Souveraines

Casterman
Rue Haute 139
1000 Bruxelles
Belgique

www.casterman.com

Titre original : *Castles in Their Bones*
Ouvrage publié avec l'accord de Folio Literary Management, LLC.

Édition originale publiée par Delacorte Press, un imprint de Penguin Random House LLC, New York

ISBN : 978-2-203-22828-3
N° d'édition : L.10EJDN002525.N001

Composition et mise en pages
Nord Compo à Villeneuve-d'Ascq

Achevé d'imprimer en février 2022, en Espagne, par Liberdúplex,
(Carretera BV-2249 Km. 7,4, Polígono Industrial Torrentfondo,
08791 Sant Llorenç d'Hortons, Barcelone).
Dépôt légal : mars 2022 ; D.2022/0053/42
Déposé au ministère de la Justice, Paris (loi n° 49.956 du 16 juillet 1949
sur les publications destinées à la jeunesse).

Laura Sebastian

SOUVERAINES

Traduit de l'anglais (États-Unis)
par Elsa Pellegri

casterman

Pour mon frère, Jerry.
Parce que même quand on se disputait,
ça a toujours été nous contre le reste du monde.

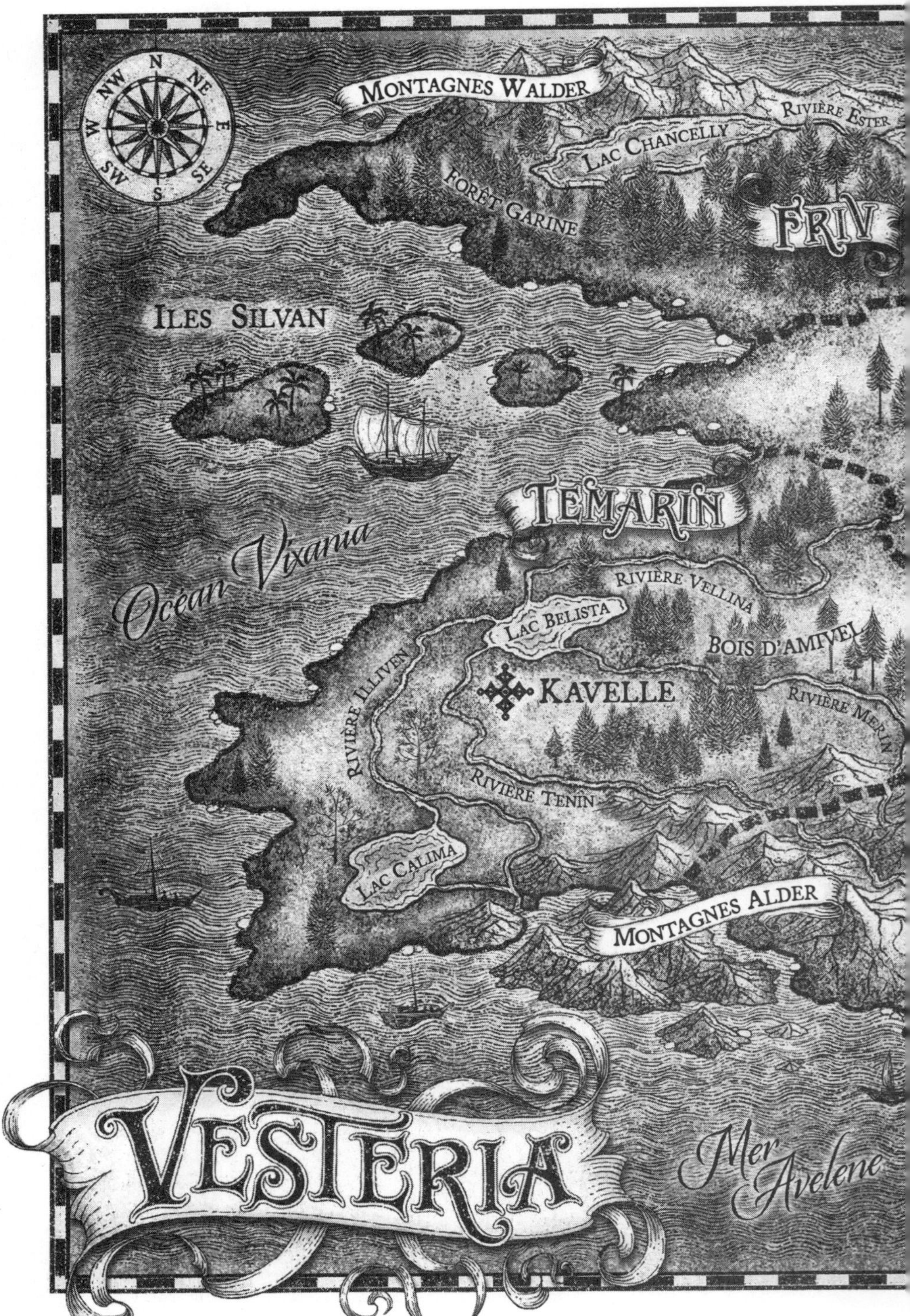
N
NE
E
SE
S
SW
W
NW
Montagnes Walder
Lac Chancelly
Rivière Ester
Forêt Garine
Friv
Iles Silvan
Temarin
Océan Vixania
Rivière Vellina
Lac Belista
Bois d'Amivel
Kavelle
Rivière Illiven
Rivière Merin
Rivière Tenin
Lac Calima
Montagnes Alder
Vesteria
Mer Avelene

Montagnes Crisk
Montagnes Tack
Lac Ester
Lac Notch
Rivière Tack
Lac Olveen
Rivière Notch
Forêt Trevail
Rivière Tenal
Eldevale
Bessemia
Lac Dalcine
Lac Asteria
Hapantoile
Mer Whistall
Bois de Nemaria
Rivière Carino
Forêt Kellian
Lac Sulimo
Bois de Pureen
Rivière Azina
Cellaria
Vallon
Bois de Vulia

Les familles royales de Vesteria

Bessemia

Maison Soluné

Empereur Aristide (décédé) — Impératrice Margaraux

Princesse Beatriz

Princesse Daphné

Princesse Sophronia

Friv

Maison Deasún

? --- Roi Bartholomé — Reine Darina

Bairre

Prince Cillian

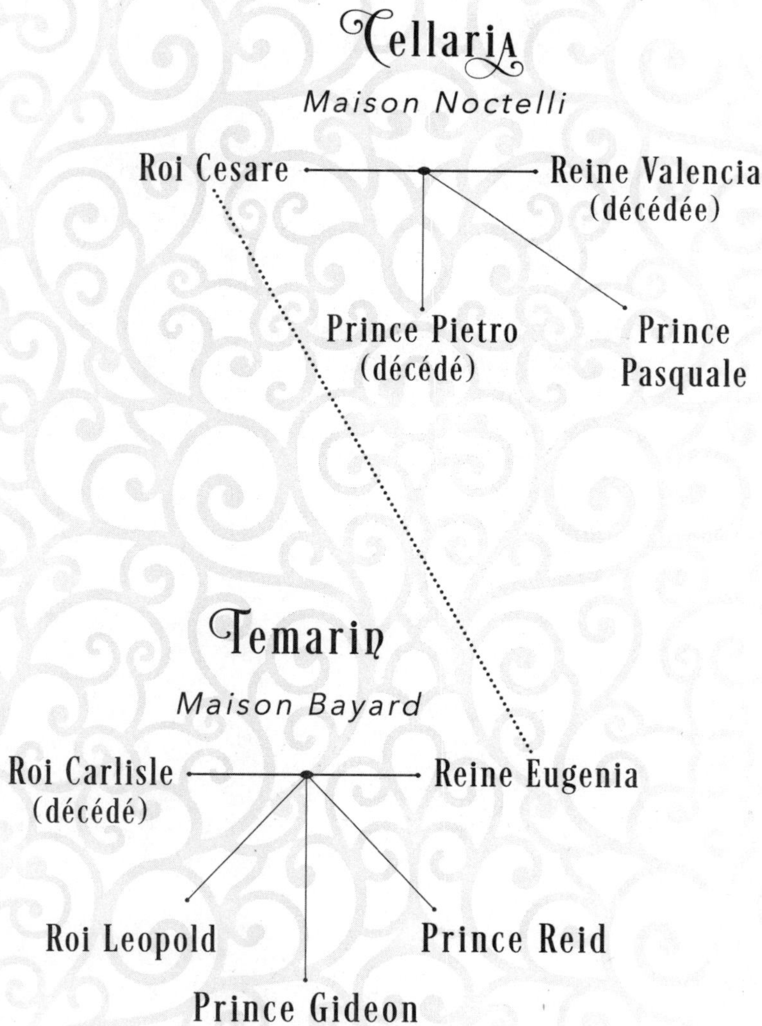
Cellaria
Maison Noctelli
Roi Cesare
Reine Valencia (décédée)
Prince Pietro (décédé)
Prince Pasquale
Temarin
Maison Bayard
Roi Carlisle (décédé)
Reine Eugenia
Roi Leopold
Prince Gideon
Prince Reid

Selon la légende, les étoiles brillent plus intensément le jour de l'anniversaire des princesses, mais elles-mêmes pensent que ce sont des balivernes : les étoiles leur ont toujours semblé avoir le même éclat que d'habitude et, cette année, la veille du jour où elles devront quitter leur foyer et se séparer pour la première fois de leur vie, la nuit dans son ensemble, étoiles comprises, a même l'air plus sombre.

Alors que l'horloge indique presque minuit, on entend encore les échos de la fête se diffuser à travers le palais, mais les princesses l'ont quittée. Daphné a cueilli une bouteille de champagne dans un seau à glace, profitant de ce que Beatriz battait des cils en direction du serveur pour détourner son attention, pendant que Sophronia faisait le guet pour s'assurer que leur mère ne les voyait pas. Elles ont accompli leur devoir : elles ont dansé, porté des toasts, serré des mains, embrassé des joues, souri jusqu'à en avoir des crampes... mais elles veulent passer les dernières minutes de leur enfance comme elles sont venues au monde seize ans plus tôt : ensemble.

Leurs chambres n'ont pas beaucoup évolué depuis qu'elles s'y sont installées en quittant la nursery : trois pièces identiquement blanches reliées à un salon commun, avec le même lit à baldaquin blanc orné d'une haute pile d'oreillers de soie, les mêmes bureaux et armoires en bouleau incrusté de motifs de vigne et de fleurs couleur or, le même épais tapis rose sur le sol. Le salon, lui, est meublé de fauteuils dont l'assise en velours est rembourrée avec excès et d'une grande cheminée de marbre sculpté représentant les étoiles dans la position dans laquelle elles étaient la nuit de leur naissance. Au centre se trouve une pleine lune d'opale et, pour l'encadrer, un ensemble de constellations : la Rose à épines, le Rapace affamé, le Cœur solitaire, la Couronne de flammes et, bien sûr, les Trois Sœurs.

La rumeur affirme que l'impératrice a ordonné à l'empyrion royal, Nigellus, de recourir à la magie pour s'assurer que les Trois Sœurs seraient haut dans le ciel lors de la naissance de ses filles, mais cela semble ridicule à certains : pourquoi aurait-elle souhaité avoir trois filles, quand un fils unique aurait été bien plus utile ?

D'autres murmurent que c'est la constellation dont Nigellus a fait tomber une étoile pour exaucer le souhait de l'impératrice d'avoir des enfants, même si aucune ne semble manquer. Le point sur lequel tout le monde s'accorde, c'est que l'impératrice a dû faire un vœu : sinon, comment le roi aurait-il soudain pu enfanter trois filles à l'âge de soixante-dix ans, alors que son épouse précédente, comme ses innombrables maîtresses, n'était jamais tombée enceinte auparavant ?

Et puis, il y a la question de la couleur des yeux des princesses, qui n'est ni le brun de ceux de leur mère, ni le bleu de ceux de leur père, mais l'argenté si particulier dont seuls sont pourvus ceux qui ont été conçus grâce à la magie, ceux nés des étoiles, dont la poussière d'étoiles coule dans les veines.

DAPHNÉ

Assise sur le tapis du salon, Daphné ne peut s'empêcher de jeter un œil au manteau de la cheminée tandis qu'elle ajuste le jupon de sa robe d'organdi vert prairie autour d'elle, comme les pétales d'une fleur.

Les enfants nés sous le signe de la Rose à épines sont réputés pour leur beauté.

Ceux nés dans l'orbe du Rapace affamé sont ambitieux.

On dit des enfants du Cœur solitaire qu'ils sont davantage sujets au sacrifice que les autres.

La Couronne de flammes offre à sa progéniture le pouvoir.

La constellation des Trois Sœurs, enfin, lui octroie équilibre et harmonie.

Il y a des exceptions, bien sûr. Daphné connaît de nombreuses personnes qui, bien que nées sous le signe de la Rose à épines, ne sont pas particulièrement belles, d'autres nées sous la Couronne de flammes qui sont devenues ramoneurs ou cultivateurs de choux. Mais, à Bessemia, plus nombreux sont ceux qui croient aux étoiles que ceux qui n'y croient pas, et même Daphné, si rationnelle en règle générale, prend à cœur les horoscopes qu'on lui dépose chaque matin avec son petit déjeuner.

Tout en observant le bas-relief de la cheminée, elle se démène pour ouvrir la bouteille de champagne volée au bal, avec sa lime à ongles en verre. Après une courte lutte, un « pop » sonore la fait piailler de surprise : le bouchon de liège, enfin expulsé, fuse dans l'air pour aller heurter le lustre au-dessus de sa tête, faisant tinter le cristal. Les bulles de champagne débordent et se déversent sur sa robe et sur le tapis, laissant derrière elles une sensation froide et humide.

— Attention ! s'exclame Sophronia en se précipitant dans la salle d'eau attenante pour y chercher des serviettes.

Beatriz tend les trois délicates coupes de cristal vers le goulot, laissant Daphné les remplir pratiquement à ras bord.

— Sinon quoi ? crie-t-elle. Ce n'est pas comme si nous allions rester assez longtemps pour souffrir d'avoir ravagé un tapis.

Revenue une serviette à la main, Sophronia commence malgré tout à éponger la tache, l'air contrariée.

En voyant son expression, Beatriz s'adoucit.

— Désolée, Sophie, s'excuse-t-elle avant de boire à l'un des verres puis de passer les autres à ses sœurs. Je ne voulais pas...

Elle laisse sa phrase en suspens ; elle ne sait pas vraiment ce qu'elle voulait dire, en fait.

Sophronia semble aussi l'ignorer, mais elle abandonne la serviette trempée au sol et se laisse couler sur le canapé à côté de Beatriz, qui la prend par l'épaule, faisant bruisser au passage le taffetas de sa robe bustier rose.

Daphné les observe un instant par-dessus sa coupe de champagne, dont elle vide la moitié d'une traite. Puis, ses yeux tombent sur la serviette mouillée.

« Le temps que ça sèche, pense-t-elle, nous aurons quitté ce lieu. Nous ne nous reverrons pas avant un an. »

Cette réflexion est assez tolérable : Bessemia est leur foyer, mais elles ont toujours su qu'elles devraient le quitter quand elles en auraient l'âge. Beatriz doit aller à Cellaria, Sophronia à l'ouest, vers Temarin, et Daphné au nord, vers Friv. D'aussi loin que Daphné se souvienne, elles ont été préparées à accomplir leur devoir : épouser les princes auxquels on les a fiancées et mener leurs royaumes respectifs à la guerre, pour permettre à leur mère d'étendre son pouvoir en ramassant les morceaux de ces contrées anéanties et de les annexer à son royaume, comme de nouveaux joyaux à sa couronne.

Mais tout ça, c'est le futur. Daphné chasse de son esprit les intrigues de sa mère et se concentre sur ses sœurs, qu'elle ne reverra pas avant un an, si le plan se déroule comme prévu. De toute leur vie, elles n'ont pas passé plus de quelques heures séparées. Comment vont-elles tenir une année entière ?

Beatriz doit voir le sourire de Daphné vaciller, parce qu'elle lève les yeux au ciel d'un air dramatique – geste qui, chez elle, montre qu'elle essaie de dissimuler ses émotions.

— Viens là, dit Beatriz d'une voix un peu tremblante, en tapotant la place libre sur le canapé.

Daphné se lève puis se laisse tomber sans aucune grâce, sa tête allant se poser sur l'épaule nue de Beatriz, dont la robe bleu semble terriblement inconfortable ; la partie corsetée s'enfonce dans sa peau, la marquant de profondes zébrures rouges, mais elle ne semble pas le sentir.

Daphné se demande si la capacité à masquer ses sentiments est un des artifices que Triz a appris au cours de sa formation auprès des courtisanes du palais – « une nécessité », a affirmé leur mère, pour qu'elle atteigne ses objectifs une fois à Cellaria – ou bien si c'est seulement dans sa nature. Beatriz n'est son aînée que de deux minutes, mais elle parvient en toutes circonstances à avoir l'air d'une femme, alors que Daphné se sent encore comme une enfant.

— Tu es inquiète ? lui demande Sophronia, en prenant la plus délicate des gorgées.

Même si elles sont triplées, Sophronia tolère beaucoup moins l'alcool que ses sœurs. Un demi-verre de champagne équivaut pour elle à deux verres bien remplis pour Daphné et Beatriz. Daphné espère que, parmi ceux qui prendront soin de sa sœur à Temarin, quelqu'un le saura. Elle espère qu'on gardera un œil sur elle là-bas, quand Daphné et Beatriz ne pourront plus le faire.

— Pourquoi diable serais-je nerveuse ? rétorque Beatriz. Au point où j'en suis, j'ai l'impression que je pourrais séduire le seigneur Savelle dans mon sommeil.

Le seigneur Savelle constitue la première étape du grand plan de l'impératrice pour Beatriz. Ambassadeur de Temarin à Cellaria, il a œuvré pour le maintien de la paix au cours des deux dernières décennies, plus longue trêve depuis des siècles. En le compromettant, Beatriz doit raviver ce conflit et ajouter quelques bûches au feu de la discorde.

— Il n'y a que Cellaria qui pourrait me rendre nerveuse, admet Sophronia en frissonnant. Pas d'empyrions, pas de poussière d'étoiles, pas de magie. J'ai entendu dire que le roi Cesare avait fait brûler vif un homme qu'il pensait responsable d'une sécheresse.

— Oui, eh bien, je m'y suis préparée, non ? réplique Beatriz en haussant les épaules. Et la paranoïa grandissante du roi pourra m'être utile : il me sera encore plus facile de déclencher la guerre. Je pourrais bien être revenue à la maison avant vous deux !

— Je parierais plutôt sur Sophie, dit Daphné d'un ton pensif en sirotant son champagne. C'est la seule de nous qui épouse un roi et non un simple prince, et je suis sûre qu'il suffira qu'elle le lui demande en battant des cils pour que Leopold déclare la guerre à Cellaria.

Même si elle a énoncé cela en plaisantant, ses mots sont suivis d'un silence gênant. Sophronia détourne les yeux, les joues virant au rouge vif, et Beatriz lance à Daphné un regard assassin. Celle-ci a l'impression que quelque chose lui a échappé, et ce n'est pas la première fois. Quoique les triplées aient toujours été très proches, Beatriz et Sophronia sont légèrement plus complices. Ce qui convient à Daphné ; après tout, elle, c'est de leur mère qu'elle a toujours été plus proche.

« Beatriz est la plus jolie de vous trois, elle n'aura aucun mal à faire chavirer le cœur des Cellariens. Sophronia est la plus douce, elle séduira facilement les Temariniens », lui a dit hier l'impératrice, sur le ton d'un général en train de donner des ordres à ses troupes. En entendant ces mots, Daphné s'est sentie rapetisser, avant que sa mère ne se penche vers elle en pressant sa paume froide sur la joue de sa fille et en la bénissant d'un de ses rares sourires. « Mais toi, ma chérie, tu es ma lame la plus aiguisée et c'est pour cela que j'ai besoin de toi à Friv, que Bessemia a besoin de toi à Friv. Si tu dois prendre ma place un jour, tu dois prouver que tu en es digne. »

Daphné sent la honte et la fierté lutter en elle tandis qu'elle prend une autre gorgée de champagne, espérant que ses sœurs ne remarquent rien. Elle ne peut pas leur en vouloir de lui cacher des choses, puisqu'elle a ses propres secrets.

Si elle envisage la situation de façon rationnelle, elle sait que sa mère a eu raison de lui demander de ne pas leur en parler ; elle n'a jamais mentionné l'idée de faire de l'une d'entre elles son héritière, et savoir que ce serait Daphné ne ferait qu'attiser les jalousies. Ce dont elle ne veut pas, surtout ce soir.

Elle soupire, se tassant un peu plus dans le fond rembourré du canapé.

— Au moins, vos princes sont beaux et en bonne santé. Selon l'un de nos espions à Friv, on a si souvent soigné le prince Cillian avec des sangsues que sa peau est recouverte de croûtes. Un autre a affirmé qu'il lui restait sans doute moins d'un mois à vivre.

— Un mois, ça te suffit largement pour l'épouser ! note Beatriz. Ça devrait même être plus simple. Vu son état, je n'imagine pas qu'il s'y oppose, et Friv est un royaume si jeune qu'il sera facile de tirer avantage du chaos qui suivra la mort du seul héritier au trône. Peut-être que ce sera *toi*, la première à rentrer à la maison.

— J'espère, répond Daphné. Mais j'ai du mal à me faire à l'idée que je serai bloquée dans ce froid et malheureux royaume pendant que tu seras en train de te prélasser sur les plages cellariennes et que Sophie profitera des légendaires fêtes temariniennes.

— Ce n'est pas comme si nous allions vraiment profiter des plages ou des fêtes, si ? lui rappelle Sophronia, mais Daphné chasse ses paroles de la main.

— Certes, mais tu auras toujours un meilleur décor que la neige, le ciel gris… et encore la neige, relève-t-elle.

— Pas besoin de prendre ce ton dramatique ! s'écrie Beatriz. Je te rappelle que tu as la mission la plus facile de nous trois : voler le sceau du roi et falsifier quelques documents, c'est ça ? Admets-le, Daph.

Daphné secoue la tête.

— Tu connais notre mère ; je suis sûre qu'elle m'en demandera davantage.

— Arrêtez, les interrompt Sophronia, au bord des larmes. Je ne veux plus parler de ça. C'est notre anniversaire. Ne devrions-nous pas nous intéresser à nous, plutôt qu'à elle ?

Daphné et Beatriz échangent un regard lourd de sens, mais Beatriz est la première à répondre.

— Bien sûr, Sophie. Et si nous portions un toast ?

Sophronia y réfléchit un instant avant de lever son verre.

— À notre dix-septième anniversaire, dit-elle.

Daphné éclate de rire.

— Oh, Soph, tu es déjà saoule ? Nous avons *seize* ans.

— Je sais bien, répond-elle. Mais seize ans, c'est l'âge auquel on se dit au revoir. À dix-sept ans, nous serons de retour ici. Ensemble.

— À nos dix-sept ans, alors, répète Beatriz en levant son verre.

— À nos dix-sept ans, conclut Daphné, faisant tinter sa coupe avec les leurs avant qu'elles n'avalent le reste de leur champagne.

Visiblement satisfaite, Sophronia s'adosse à nouveau aux coussins du canapé et ferme les yeux. Beatriz se saisit de son verre vide et le pose avec les autres par terre, hors d'atteinte. Puis elle s'étend à côté de ses sœurs, fixant le plafond voûté d'un bleu profond où sont peintes en or scintillant des étoiles tourbillonnantes.

— Comme le dit toujours Mère, murmure-t-elle, nous sommes trois étoiles de la même constellation. La distance n'y changera rien.

Venant de Beatriz, la phrase est étonnamment chargée d'émotion, mais Daphné se sent elle-même d'humeur assez sentimentale en cet instant précis, alors elle se blottit contre ses sœurs, enroulant son bras autour de leurs tailles.

La grande horloge à la façade de marbre sonne minuit. Lorsque son lourd carillon résonne aux oreilles de Daphné, elle chasse de son esprit les mots de sa mère et serre fort les filles contre elle.

— Joyeux anniversaire, dit-elle en embrassant leurs joues, y laissant des traces de rouge à lèvres rose pâle.

— Joyeux anniversaire, répondent-elles toutes les deux, les voix chargées de fatigue.

En quelques secondes, Sophronia et Beatriz s'endorment, leurs souffles calmes et réguliers emplissant l'atmosphère, mais, malgré tous ses efforts, Daphné ne parvient pas à les imiter. Ce n'est que lorsque l'éclat de l'aube pointe par la fenêtre que le sommeil finit par l'emporter.

SOPHRONIA

Sophronia ne doit pas pleurer. Pas en présence de l'impératrice, pas même dans le carrosse qui les mène vers le centre de Bessemia, où elle va devoir dire adieu à ses sœurs. Les larmes lui piquent les yeux, lui brûlent la gorge, mais elle s'oblige à les retenir, consciente du regard réprobateur de sa mère braqué sur elle, à l'affût du moindre faux pas – visant plus souvent Sophronia que Daphné et Beatriz, semble-t-il.

« Les larmes sont une arme, aime à dire l'impératrice Margaraux en pinçant sa bouche peinte et charnue. Mais une arme qu'il ne sert à rien de gâcher avec moi. »

Sophronia n'a pas l'intention d'utiliser ses larmes comme une arme, mais elle est incapable de refréner le torrent d'émotions qui la déchire. Elle se force à garder une contenance devant sa mère assise face à elle, silencieuse, inébranlable et puissante. Malgré les nombreuses leçons qu'elle a prises, Sophronia a échoué à atteindre cette maîtrise.

Le carrosse heurte un obstacle et Sophronia profite du cahot pour essuyer un pleur qui s'est arrangé pour couler de son œil.

— Vous connaissez votre mission, dit alors sa mère en rompant le silence, d'un ton dénué de passion, presque blasé, comme si elle était en route pour un séjour à la campagne et non sur le point de faire ses adieux à ses trois filles. J'attends de vous que vous me teniez régulièrement informée de vos avancées.

— Oui, Mère, répond Daphné.

En les voyant assises côte à côte, il est impossible de nier leur ressemblance. Cela va au-delà des boucles d'un noir d'encre qui encadrent leur visage en forme de cœur, au-delà de la lourde frange de cils qui orne leurs yeux – ceux de Daphné sont argentés, comme ceux de Sophronia, de Beatriz et de tous ceux nés des étoiles, tandis que ceux de l'impératrice sont d'une chaude couleur ambre –, au-delà des taches de rousseur qui dansent à la lisière entre leurs pommettes saillantes et leurs nez retroussés. C'est la façon dont elles sont assises, le dos droit, les jambes solennellement croisées aux chevilles, les mains jointes sur les genoux. C'est la forme de leur bouche, pincée, les coins très légèrement inclinés vers le bas.

Mais lorsqu'elle sourit, on perçoit de la chaleur chez Daphné, chaleur dont Sophronia n'a jamais vu leur mère faire preuve.

Blessée par cette pensée, elle détourne le regard de Daphné, se concentrant plutôt sur le rembourrage de la banquette en velours derrière les épaules de sa sœur quand elle répond en écho :

— Oui, Mère.

Elle espère que sa voix sonne aussi égale et affirmée que celle de Daphné, mais ce n'est pas le cas, évidemment : elle tremble.

Les yeux plissés, l'impératrice ouvre la bouche, une réprimande au bord des lèvres, mais Beatriz réagit la première, avec un sourire froid et ironique, pour s'interposer, comme elle l'a souvent fait auparavant.

— Et si nous sommes occupées à autre chose ? D'après ce que j'ai compris, la vie de jeune mariée peut être assez… remplie.

L'impératrice détache son regard de Sophronia pour le braquer sur Beatriz.

— Garde ça pour Cellaria, Beatriz. Tu enverras des rapports codés, exactement comme tu l'as appris.

La phrase fait grimacer Beatriz et Daphné, mais pas Sophronia. En effet, la cryptographie lui a été bien plus naturelle qu'à ses sœurs et, même si elle les aime, exceller dans un domaine qui leur est difficile lui procure des frissons de joie. D'autant plus que Sophronia brille en si peu de disciplines… Elle n'a pas la maîtrise de Beatriz en matière de flirt et de maquillage et il lui est impossible de rivaliser avec Daphné quand il s'agit de poisons ou de crochetage de serrure. En revanche, elle sait déchiffrer un code en moitié moins de temps que ses sœurs et en composer un presque aussi rapidement. Et, quand elles ont étudié l'économie, Sophronia est la seule qui a vraiment pris du plaisir à se plonger dans le droit fiscal et les rapports budgétaires.

— Et je suppose que je n'ai pas besoin de vous rappeler que vos vies de jeunes mariées, c'est uniquement pour la galerie ! reprend l'impératrice, les yeux désormais si lourdement posés sur Sophronia que la peau de cette dernière commence à la démanger, ses joues à chauffer.

Ses sœurs aussi se sont tournées vers elle, mais avec un mélange de pitié et de sympathie, teinté, dans le cas de Daphné, d'un soupçon de perplexité. Sophronia ne lui a pas raconté ce que lui a dit leur mère en la prenant à part la semaine précédente, ni l'éclat froid de ses yeux quand elle lui a demandé, sans préambule d'aucune sorte, si elle était en train d'éprouver des sentiments pour le roi Leopold.

Sophronia ne pense pas avoir hésité ni donné le moindre indice qui pouvait la trahir quand elle a répondu non, mais ça n'a pas empêché l'impératrice de déceler le mensonge.

« Je ne vous ai pas élevées pour que vous soyez idiotes au point de vous croire amoureuses, a-t-elle martelé en lui mettant dans les mains une liasse de documents : des rapports de ses espions à Temarin. Tu ne l'aimes pas. Tu ne le connais même pas. C'est notre ennemi et tu ne l'oublieras plus jamais. »

En déglutissant, Sophronia tente de chasser ce souvenir, tout comme les informations contenues dans ces papiers, avant de répondre à sa mère :

— Non, nous n'avons besoin d'aucun rappel.

— Bien, répond l'impératrice, puis elle pose les yeux sur Beatriz, les sourcils encore plus froncés. Nous y sommes presque, occupe-toi de tes yeux.

Beatriz se renfrogne, mais elle saisit la bague d'émeraude qu'elle porte à la main droite.

— Ça démange, vous savez, dit-elle en faisant tourner la pierre précieuse.

Elle place ensuite le bijou au-dessus d'un œil, puis de l'autre, faisant tomber dans chacun une goutte verte.

Après avoir battu des paupières, elle dirige à nouveau son regard vers l'intérieur du carrosse : ses yeux sont passés de leur scintillante couleur argentée, la même que ceux de Sophronia et Daphné, à un vert vif.

— Je t'assure que ce n'est pas aussi désagréable que ce qui t'arrivera si les Cellariens découvrent la couleur de tes yeux, rétorque l'impératrice.

Beatriz grimace à nouveau, mais elle ne proteste pas. Elle sait, comme Sophronia, que sa mère a raison. À Bessemia, les yeux d'argent sont très rares, on ne les trouve que chez des enfants dont les parents ont utilisé la poussière d'étoiles pour les concevoir. Elles ne sont pas les uniques membres d'une famille royale à avoir de tels yeux, car de nombreuses lignées n'ont pu se perpétuer que grâce à de copieuses quantités de poussière d'étoiles et, dans de rares cas, à l'aide des empyrions royaux. Mais à Cellaria, la magie est illégale, et de nombreuses histoires d'enfants cellariens exécutés en raison de leurs yeux d'argent circulent. Sophronia se demande combien, parmi eux, avaient simplement les yeux gris.

Le carrosse s'arrête et un rapide coup d'œil par la fenêtre lui confirme qu'elles sont arrivées à destination, au centre des bois de Nemaria, où elles vont se faire leurs adieux. Leur mère reste assise bien droite, ses yeux passant lentement de l'une à l'autre.

En y regardant de plus près, Sophronia croit distinguer un soupçon de tristesse dans l'expression de sa mère. Un soupçon de regret. Mais il disparaît aussi vite qu'il est apparu, dissimulé derrière un masque de glace et d'acier.

— Vous êtes seules, maintenant, dit l'impératrice à voix basse. Je ne serai plus là pour vous guider. Mais vous avez été formées pour cela, mes colombes. Vous savez quoi faire, qui frapper, là où ils sont vulnérables. Dans un an, nous régnerons sur chaque centimètre carré de ce continent et personne ne sera capable de nous le reprendre.

Comme toujours, Sophronia sent son cœur enfler à l'évocation de cet avenir. Même si elle redoute affreusement l'année qui se profile, elle sait que cela en vaudra la peine *in fine*, quand le continent entier de Vesteria leur appartiendra.

— Il ne me reste plus qu'à vous confier votre dernière arme, poursuit leur mère.

Elle sort de la poche de sa robe trois petites bourses de velours rouge attachées par des cordons, et en donne une à chacune de ses filles.

Après avoir ouvert la sienne, Sophronia en fait tomber le contenu dans l'une de ses paumes : une fine et froide chaîne argentée, ornée d'un unique diamant, plus petit que l'ongle de son auriculaire.

Visiblement, ses sœurs ont reçu un présent identique.

— C'est un peu simple, cela ne vous ressemble pas, Mère, fait remarquer Beatriz d'un ton légèrement ironique.

Les goûts de leur mère ont tendance à être plus ostentatoires. De l'or massif, des pierres précieuses aussi grosses que des balles de croquet : des bijoux qui clament leur prix, haut et fort. Mais, en y réfléchissant quelques instants, Sophronia comprend.

— Vous voulez qu'elles passent inaperçues, poursuit-elle en jetant un œil à l'impératrice. Mais pourquoi ? Ce n'est qu'un diamant.

À ces mots, la bouche impassible de leur mère s'incurve légèrement en un sourire pincé.

— Parce que ce ne sont *pas* des diamants, mes colombes, dit-elle en prenant la chaîne de Daphné, ainsi que son poignet, pour lui passer le bracelet avant de poursuivre : J'ai commandé ces bijoux à Nigellus. Si jamais vous devez les utiliser, faites-le avec sagesse.

À la mention du nom de Nigellus, Sophronia échange un regard furtif avec ses sœurs. Conseiller le plus proche de sa mère, empyrion royal, Nigellus a toujours représenté une sorte d'énigme, alors même qu'elles le connaissent depuis leur naissance. Il fait preuve de gentillesse envers elles, même s'il peut être un peu froid, et il ne leur a jamais donné la moindre raison de ne pas lui faire confiance. Pourtant, elles ne sont pas les seules à se méfier de lui – la cour entière ne l'aime pas –, mais elles ont suffisamment peur de lui, et de l'impératrice, pour ne jamais faire plus que de murmurer à ce sujet.

Sophronia peut compter sur les doigts de ses mains les empyrions du continent. Chaque famille royale en emploie un, sauf à Cellaria, et une petite poignée d'entre eux sont nomades, par nature ou par formation. Le pouvoir de faire tomber les étoiles leur est certes naturel, mais c'est un don qui requiert une étude approfondie. On dit qu'un empyrion inexpérimenté est dangereux, car il est capable de faire tomber des étoiles par accident et d'exaucer des vœux uniquement en les exprimant à voix haute. Mais aucun empyrion n'est né à Bessemia depuis seize ans.

— De la poussière d'étoiles ? demande Beatriz avec une touche de dérision. Je suis un peu déçue, vraiment. J'aurais pu en trouver un flacon chez n'importe quel marchand pour quelques centaines d'astres.

Beatriz est la seule des trois à oser s'adresser de cette façon à leur mère et, chaque fois qu'elle le fait, un frisson de peur parcourt Sophronia ; même si, dans ce cas, elle ne peut qu'être d'accord. La poussière d'étoiles n'est pas une rareté : lorsqu'une pluie d'étoiles a lieu quelque part à Vesteria, des faucheurs ratissent la campagne et en rapportent des kilos aux commerçants, qui les embouteillent et les vendent parmi les bijoux et les soies fines. Chaque pincée peut exaucer un petit vœu : soigner un os brisé ou faire disparaître un bouton, par exemple, mais pas plus, ce qui ne l'empêche pas d'avoir une certaine valeur.

On peut donc trouver de la poussière d'étoiles dans le stock de n'importe quel marchand digne de ce nom, sauf à Cellaria, bien sûr, où les pluies d'étoiles ne tombent jamais. Selon la tradition cellarienne, la poussière d'étoiles n'est pas un cadeau mais une malédiction, et sa possession est considérée comme un crime. Aux yeux des Cellariens, l'absence de pluies d'étoiles est une récompense de leur piété et un signe que les astres ont béni leur royaume. Cependant, Sophronia se demande si, en vérité, ce ne serait pas plutôt l'inverse : alors, les traditions seraient tel un baume, les confortant dans l'idée que la vie est meilleure sans la magie dont la nature les a privés.

L'impératrice se contente de sourire.

— Non, ce n'est pas de la poussière d'étoiles, mais un vœu. De la part de Nigellus.

En entendant ces mots, Beatriz se tait, observant son bracelet, à la fois impressionnée et effrayée. Sophronia fait de même. Si la poussière d'étoiles est un luxe assez relatif, le vœu d'un empyrion, c'est autre chose. En général, il est prononcé par l'empyrion en personne, qui fait à cette occasion tomber une étoile du ciel. Les vœux sont bien plus puissants que la poussière d'étoiles, mais en nombre limité, on doit les réserver aux circonstances les plus sombres. De ce que sait Sophronia, la dernière fois que Nigellus a fait un vœu sur une étoile, c'était pour mettre fin à une sécheresse dans les campagnes, qui avait duré des mois. Son acte a assurément sauvé des milliers de vies et empêché que le reste de l'économie bessemienne ne s'effondre, mais beaucoup ont pensé que le prix à payer était malgré tout trop élevé. Sophronia peut encore retrouver l'endroit, dans le ciel, où brillait auparavant cette étoile, au sein de la constellation du Soleil voilé. Elle se demande à quelles constellations il manque désormais des astres, à cause de la création des bijoux qu'elles vont porter au poignet.

— Et le vœu est enfermé à l'intérieur de la pierre précieuse ? s'enquiert Beatriz, l'air passablement sceptique.

— En effet, répond sa mère, toujours souriante. Une invention de Nigellus. Vous possédez les trois seuls cristaux de cette sorte au monde. Tout ce que vous avez à faire, c'est de les briser et de prononcer votre vœu. C'est une magie puissante, assez puissante pour sauver une vie. Mais, encore une fois, vous ne devrez les utiliser qu'en dernier recours.

Beatriz aide Sophronia à refermer le bracelet sur son poignet et celle-ci lui rend la pareille. Ceci étant fait, l'impératrice regarde chacune d'entre elles, leur adressant un dernier hochement de tête.

— Venez, mes colombes, dit-elle en ouvrant la porte de la calèche, laissant l'aveuglant soleil du matin l'inonder. Il est temps de prendre votre envol.

BEATRIZ

Quand elle sort du carrosse, Beatriz plisse les yeux tant la lumière du soleil l'éblouit, accentuant encore la démangeaison sous ses paupières. L'apothicaire qui a préparé ses gouttes oculaires lui a dit qu'elle s'habituerait à la sensation mais, même après plusieurs essais, elle n'est pas sûre que ce soit un jour le cas. Pourtant, même si cela lui coûte de l'admettre, sa mère a raison : c'est un inconfort nécessaire.

Quand sa vision s'ajuste, elle découvre trois carrosses à toit ouvert identiques, qui ont dû quitter le palais avant elles. Ils sont peints aux couleurs de Bessemia, bleu pastel et or, et tirés chacun par deux pur-sang blancs dont les queues et les crinières sont ornées de rubans. À côté de chaque véhicule a été montée une petite tente en soie : la première vert frivien, l'autre or temarinien et la dernière rouge écarlate cellarien, toutes trois flanquées de deux gardes vêtus d'uniformes assortis.

La délégation bessemienne qui les a accompagnées jusqu'ici encercle leur attelage. Beatriz repère quelques visages familiers, dont celui de Nigellus, avec ses froids yeux d'argent et sa longue toge noire. Même sous la chaleur du soleil de midi, pas une perle de sueur ne coule sur son front d'albâtre. Il doit avoir l'âge de sa mère, mais semble aussi jeune que Beatriz et ses sœurs.

Autour de chaque tente, elle voit une grappe d'hommes et de femmes élégamment vêtus, dont les visages se confondent les uns avec les autres : les délégations de nobles que les royaumes ont envoyées pour les escorter. Le groupe issu de Cellaria est, de loin, le plus étincelant, paré de couleurs vives, que Beatriz serait pour partie incapable de nommer. D'un abord plutôt amical, les courtisans ne sont que larges et resplendissants sourires, mais elle sait mieux que quiconque combien l'apparence peut être trompeuse.

Qu'importe le nombre de fois où l'impératrice a expliqué comment allait se passer la cérémonie de passage de relais, Beatriz ne se sent toujours pas prête, mais elle essaie de dissimuler sa nervosité en gardant le dos droit et la tête haute.

Pour la dernière fois, leur mère les embrasse une à une. Lorsqu'elle arrive à Beatriz, la jeune fille sent les lèvres de l'impératrice, fines et froides, effleurer sa peau un instant, et puis c'est terminé. Pas de démonstration d'affection, pas de mots d'adieu, pas de déclaration d'amour. Beatriz sait qu'il ne fallait pas s'attendre à autre chose. Elle se dit qu'elle ne désire rien de tout ça de la part de sa mère, qu'elle la connaît mieux que personne maintenant, mais elle est pourtant blessée lorsque l'impératrice s'éloigne d'elles, les abandonnant au centre de la clairière, prises entre deux mondes, au sens propre comme au figuré.

C'est Daphné qui avance la première, comme elle l'a toujours fait, d'aussi loin que Beatriz se souvienne. Elle marche vers la tente de Friv, redressant les épaules et le regard fixé devant elle. Elle fait tous les efforts du monde pour adopter la froideur de leur mère, mais elle ne peut s'empêcher de se retourner pour regarder ses sœurs, avec dans les yeux l'incertitude la plus pure. À cet instant, Beatriz se demande ce qui se passerait si Daphné refusait d'entrer dans cette tente, si elle désobéissait. Mais bien sûr, elle ne le fait pas. Daphné serait plus susceptible d'attraper une étoile filante à main nue que d'aller à l'encontre des souhaits de l'impératrice. Avec un dernier demi-sourire à Beatriz et Sophronia, elle pénètre dans la tente et disparaît de leur vue.

Beatriz jette un œil à Sophronia qui, contrairement à Daphné, n'a jamais été capable de dissimuler sa peur.

— Viens, lui dit-elle. On va y aller ensemble.

« Enfin, ensemble jusqu'à ce que ce ne soit plus possible », pense-t-elle en son for intérieur. Toutes deux suivent la voie ouverte par Daphné et, avant de se glisser dans sa propre tente, Beatriz adresse à sa sœur un ultime sourire. Mais la bouche de celle-ci, déjà déformée par les sanglots, est incapable de le lui rendre.

Elle espère que Sophronia ne pleurera pas devant les Temariniens : leur mère a toujours insisté sur l'importance de la première impression.

Dès que Beatriz met un pied dans la tente éclairée à la bougie, elle est assiégée par une armée de femmes babillant dans un cellarien rapide. Même si elle parle couramment la langue, leur débit est si précipité, avec une telle gamme d'accents différents, que Beatriz doit écouter attentivement pour dégager un sens de ce qu'elles disent.

— La mode bessemienne, se moque une femme, en tirant sur la jupe jaune pâle à dentelle de Beatriz, peuh ! On dirait une vulgaire marguerite.

Avant qu'elle ait le loisir de protester, une autre femme s'exclame, en pinçant ses joues :

— Là non plus, aucune couleur. Une vraie poupée de porcelaine sans peinture : terne et laide.

« Laide ». Ça, ça fait mal. Après tout, qu'est-elle, si ce n'est belle ? C'est la seule fonction qui lui a été assignée : Daphné est spirituelle, Sophronia intelligente, et Beatriz jolie. Sans ça, quelle valeur a-t-elle ? Mais les Cellariens ont des standards différents : ils veulent une beauté bruyante, théâtrale, tout en exagération. Alors, elle se mord la langue pour rester silencieuse pendant qu'on la pousse, qu'on lui donne de petits coups et qu'on fait d'elle le principal sujet de conversation. Elle laisse les femmes lui passer sa robe au-dessus de la tête avant de la jeter au sol comme un vieux chiffon, puis dénouer les lacets de sa combinaison pour la lui retirer, la laissant nue et tremblante dans l'air frais de l'automne.

Au moins, maintenant, les remarques narquoises cessent. Elle sent leurs yeux sur elle, qui l'évaluent.

— Eh bien, dit la première femme, la bouche pincée. Au moins, nous savons qu'elle mange, contrairement à certaines Bessemiennes chez qui on ne trouve rien de moelleux : pas de poitrine, pas de hanches, pas de chair. Là, je n'aurai pas besoin de coudre des vêtements sur mesure pour un squelette !

La femme fait enfiler à Beatriz une nouvelle combinaison, puis lui lace la taille. Alors que le corset bessemien était si serré qu'elle pouvait à peine respirer, celui-ci est plus lâche. Il semble conçu pour accentuer sa poitrine et ses hanches, et non pour minimiser quelque partie de son corps que ce soit.

Un jupon suit, plus volumineux que tous ceux que Beatriz a portés auparavant, même pour des cérémonies officielles. Il est si large qu'il sera difficile de passer les portes, sans parler de monter dans un carrosse, mais au moins, le tissu est léger. Même sous les nombreuses couches, sa peau reste fraîche. Elle peut sentir le bruissement de la brise qui s'infiltre dans la tente.

Enfin, la robe elle-même : un damas de soie rouge rubis et or avec un décolleté et de larges épaules, dévoilant plus de peau que n'importe qui à Bessemia n'oserait le faire tant que le soleil n'est pas couché. Sans miroir, il est difficile de savoir à quoi Beatriz ressemble, mais la femme qui l'habille lui adresse un hochement de tête approbateur puis cède la place à celle qui semble responsable du maquillage.

Après ça, c'est un tourbillon de brosses et de couleurs, de cheveux tirés, bouclés et relevés, de peignes en métal qui lui râpent le cuir chevelu et le laissent à vif, de froids fluides passés sur ses yeux, ses joues et ses lèvres, puis on recouvre l'ensemble de poudre. C'est fastidieux, mais Beatriz sait qu'il vaut mieux ne pas se plaindre ni flancher. Elle a appris à rester parfaitement immobile : une véritable poupée.

Enfin, la couturière et la coiffeuse l'aident à se hisser sur des mules à talons du même tissu que sa robe.

— Elle est plutôt charmante, n'est-ce pas ? demande la maquilleuse en l'observant, la tête penchée sur le côté.

La couturière acquiesce.

— Le prince Pasquale devrait être heureux de sa fiancée.

— Non que beaucoup de choses le rendent heureux, répond la coiffeuse d'un ton moqueur.

En souriant, Beatriz s'incline dans une légère révérence.

— Merci beaucoup pour votre travail, dit-elle dans un cellarien parfait, dénué d'accent, à la surprise de ses accompagnatrices. Il me tarde vraiment de découvrir Cellaria.

La coiffeuse parle la première, les joues rouges, confuse :

— Mes e... excuses, Votre Majesté, bégaie-t-elle. Je ne voulais pas vous manquer de respect, à vous ou au prince...

Beatriz chasse de la main ses paroles. Sa mère leur a expliqué combien il était important de se faire apprécier du personnel. Et le commentaire sur Pasquale ne révélait rien qu'elle n'ait déjà entendu de la bouche des espions de sa mère, qui l'ont décrit comme un garçon maussade et lunatique.

— Allons-y, maintenant.

La couturière s'empresse de soulever le rabat de la tente pour que Beatriz avance à nouveau dans l'éclatante lueur du soleil. Elle est la dernière à émerger : ses sœurs sont déjà postées près de leurs carrosses respectifs, entourées chacune d'une délégation de flatteurs courtisans.

Sophronia ressemble à une pièce montée, noyée dans une mer de mousseline de soie jaune citron incrustée de brillants. Ses cheveux blonds ont été bouclés et relevés dans une coiffure imposante ornée de nœuds et de bijoux variés. Daphné, elle, porte une robe de velours vert qui pourrait sembler simple, mais seulement en comparaison des leurs, avec de longues manches étroites laissant ses épaules nues et de délicats motifs de fleurs brodés dans un fil noir scintillant sur le corsage. Ses cheveux noir de jais sont noués dans une unique tresse le long de son dos, ce qui souligne la finesse sévère de ses traits.

Elles sont toutes les deux très belles, mais déjà tellement différentes. Dans un an, elles pourraient bien être devenues de parfaites étrangères. Cette pensée rend Beatriz malade, mais elle essaie de ne pas le montrer. Au lieu de ça, elle avance avec précaution vers son propre carrosse, attentive à ce que les talons de ses mules ne s'enfoncent pas dans le sol pour éviter de trébucher. Un garde la soulève pour l'installer dans l'espace laissé vide entre deux femmes cellariennes aux bouches laquées d'un rouge identique, qui s'empressent de la couvrir de compliments dans un bessemien hésitant.

— Merci, leur répond Beatriz en cellarien, à leur grand soulagement.

Mais elle entend à peine le reste de leur bavardage, car elle est absorbée par la contemplation de ses sœurs. Même une fois que le cocher a fait démarrer les chevaux et que le carrosse s'est mis en route dans une secousse, elle garde les yeux sur elles jusqu'à ce qu'elles disparaissent de sa vue.

DAPHNÉ

Daphné était convaincue qu'elle serait capable de repérer l'endroit précis où elle quitterait son royaume natal. Elle imaginait que la fertile herbe grasse et la multitude de fleurs disparaîtraient d'un coup, cédant la place à l'âpre terre noire et aux plaques de neige de Friv. Elle croyait qu'elle le sentirait dans l'atmosphère, qu'elle expirerait une dernière fois l'air frais et parfumé de Bessemia pour inspirer l'air froid et mort de Friv.

Mais le changement s'est manifesté de façon graduelle au cours de son voyage de trois jours vers le nord. La terre plate se transforme en collines ondulées, qui se dénudent petit à petit tandis que les arbres deviennent sauvages et squelettiques, leurs branches torsadant vers un ciel qui, lui, paraît légèrement plus gris à chaque battement de cils. Dans les auberges où ils font escale, les accents du patron et des clients se font de plus en plus rudes, âpres, même s'ils parlent encore bessemien.

Ils vont atteindre la frontière aujourd'hui et aucun retour en arrière ne sera alors possible.

« C'est une erreur », pense Daphné en regardant le monde autour d'elle se métamorphoser en un paysage sombre et méconnaissable. Elle veut rentrer chez elle, dans le palais où elle a appris à marcher. Repartir en courant vers sa mère et retrouver la sécurité dans son ombre. Passer les bras autour de ses sœurs et sentir leurs trois cœurs battre à l'unisson, comme cela a toujours été le cas.

La nostalgie est si forte que sa gorge se serre sous la dentelle de sa nouvelle robe à haute encolure : elle a l'impression d'étouffer. Pendant une seconde, elle imagine ce qu'elle ressentirait si elle l'arrachait : le velours raide et pelucheux sous ses doigts quand elle aurait la satisfaction de le déchirer et qu'elle serait libre de respirer profondément, n'ayant plus chaud ni envie de se gratter la gorge. Déjà, les robes souples couleur pastel de son enfance lui manquent, tout comme le fait de voir ses traits reflétés sur les visages de Sophronia et de Beatriz, réfractés comme par les facettes d'un diamant.

Elle essaie de ne pas repenser à ses sœurs telles qu'elles lui sont apparues la dernière fois qu'elle les a vues : des étrangères, avec des visages inhabituels, tellement vernies, corsetées, pincées et pressées que Daphné a dû écarquiller les yeux pour les reconnaître.

— Est-ce que ça va ? demande celle qui lui tient compagnie dans le carrosse.

Il s'agit de dame Cliona, la fille du seigneur Panlington.

Daphné suppose que le roi l'a envoyée pour lui apporter du réconfort, et qu'elle est censée être reconnaissante de voyager avec quelqu'un de son âge plutôt qu'une matrone aux yeux étrécis et à la moue sévère.

Elle se remémore ce qu'elle sait sur le seigneur Panlington : il était à la tête du clan Panlington avant que les guerres des Clans ne s'achèvent et que Bartholomé ne devienne le roi d'un Friv désormais unifié. Redoutable chef de guerre, Panlington a été l'un des derniers chefs de clan à prêter serment, mais, depuis la fin du conflit, c'est l'un des plus fidèles membres de la cour de Bartholomé ; certains espions ont même utilisé le terme d'« ami ».

Elle en sait moins sur dame Cliona, seulement qu'elle est la fille unique du seigneur Panlington, alors qu'il a cinq fils. On dit que Cliona est sa favorite, et elle est réputée être une forte tête, audacieuse et affreusement gâtée. Les espions n'ont pas explicitement mentionné sa beauté, mais il a été question de six demandes en mariage refusées au cours de l'année qui vient de s'écouler, soit depuis ses seize ans, alors Daphné a supposé que c'était le cas.

Assise à ses côtés, elle est surprise de découvrir que Cliona n'est pas une beauté classique, en tout cas pas selon les critères bessemiens. Son visage est constellé de taches de rousseur, et ses boucles couleur cuivre, en pleine rébellion, sont à peine maîtrisées par un chignon. Ses traits, trop durs, lui donnent un aspect sévère qui la fait paraître plus âgée que ses dix-sept ans. Mais au fil des trois journées passées ensemble, Daphné a découvert l'esprit vif de Cliona et l'a vue se mettre tout le monde dans la poche, du cocher aux aubergistes, en quelques secondes à peine.

Daphné décide que Cliona lui plaît, ou, au moins, que Cliona plaît à celle qu'elle prétend être.

— Je vais bien, lui répond-elle en se forçant à sourire. Un peu nerveuse, sans doute, poursuit-elle prudemment. Le prince Cillian et moi avons échangé des lettres au fil des années, mais je ne sais rien de lui. L'avez-vous rencontré ?

Quelque chose vacille sur le visage de Cliona, une expression trop vite disparue pour qu'elle puisse l'identifier, mais Daphné l'enregistre.

— Oui, bien sûr, répond finalement la Frivienne. Nous avons grandi ensemble à la cour. Il est très gentil et très beau. Je suis certaine qu'il va vous adorer.

Daphné essaie d'avoir l'air soulagée, mais elle sait que ce n'est pas la vérité – pas l'entière vérité. Le prince Cillian est en train de mourir, c'est de notoriété publique. Le dernier rapport qu'elles ont reçu de leurs espions affirmait que cela faisait trois mois qu'il n'avait pas quitté son lit et que son état s'aggravait de jour en jour. Il doit juste vivre assez longtemps pour m'épouser, se remémore-t-elle, même si une petite voix dans sa tête la réprimande pour son insensibilité. Petite voix qui ressemble beaucoup à celle de Sophronia.

— Et le reste de Friv ? demande Daphné. J'ai entendu dire que le royaume était toujours... agité. Quel est le sentiment des habitants à l'idée qu'une princesse étrangère devienne leur souveraine ?

Il y a à nouveau cette expression chez Cliona, yeux agrandis et lèvres pincées ; celle qu'elle a, comprend Daphné, lorsqu'elle est sur le point de mentir.

— Eh bien, je suis sûre qu'ils vous adoreront aussi, Votre Majesté, dit-elle avec un grand sourire. Pourquoi ne serait-ce pas le cas ?

En s'enfonçant à nouveau dans le siège du carrosse, Daphné lance un regard à sa compagne.

— Vous n'êtes pas une très bonne menteuse, dame Cliona, n'est-ce pas ? observe-t-elle.

La Frivienne se fige, avant de réussir à lui adresser un sourire timide.

— Quand j'étais enfant, ma mère disait souvent que les étoiles m'avaient bénie d'une langue honnête, mais de nos jours, cela ressemble plus à une malédiction, admet-elle.

— Friv est-il à ce point rempli de menteurs pour que vous vous sentiez encombrée par la vérité ? s'enquiert Daphné en riant.

— N'est-ce pas le cas de toutes les cours ? répond Cliona, amusée elle aussi.

Elles roulent quelques heures encore entre bribes de conversation et silences qui s'étirent, jusqu'à ce que le soleil soit haut dans le ciel et que le carrosse s'arrête devant une large rivière au débit rapide, si bruyante que Daphné l'entend avant que la porte ne s'ouvre. D'autres calèches sont rassemblées sur l'autre rive, toutes peintes en gris sombre sauf une, d'un vert laqué brillant décoré de virgules noir et or, tirée par deux pur-sang noirs plus grands que tous ceux que Daphné ait jamais vus.

C'est là que Bessemia rencontre Friv, comprend-elle : la rivière Tenal marque la frontière. Elle sait qu'il existe sur le cours d'eau de nombreuses passerelles, ainsi que des ponts plus larges qui font partie des routes commerciales, mais là, aucun n'est en vue.

— La tradition veut que vous rejoigniez Friv en traversant à pied la rivière, dit Cliona en notant l'expression déconcertée de Daphné.

— À pied, répète cette dernière, les sourcils froncés. Dans l'eau, donc ?

Quand Cliona hoche la tête, Daphné ne peut s'empêcher de rechigner.

— Mais elle va être froide à geler et j'aurai du mal à garder l'équilibre.

— On va s'assurer que vous ne tombiez pas, dit Cliona avec un geste de la main pour chasser sa remarque. Vous voyez ? Bairre est là, ajoute-t-elle quand ses yeux repèrent quelqu'un sur la rive.

Mais Daphné ne l'écoute pas vraiment, elle est perdue et inquiète. Elle regarde à l'extérieur du carrosse et découvre une foule d'étrangers. Puis, un valet lui tend la main pour l'aider à mettre pied à terre.

« C'est encore le sol bessemien », pense-t-elle, mais cette réflexion ne parvient pas réellement à la rassurer.

Cliona ne s'éloigne pas d'elle et, lorsqu'elle lui offre son bras, Daphné l'accepte. Le terrain lui est peu familier, ses nouvelles chaussures sont trop serrées, et la dernière chose qu'elle voudrait imprimer dans l'esprit des Friviens, ce serait l'image d'une princesse qui s'écroule par terre.

« Une première impression marque durablement, vous devez vous assurer qu'elle soit bonne », leur a si souvent dit leur mère. Daphné se répète maintenant ces mots, espérant ne pas décevoir l'impératrice avant même de poser un pied sur le sol frivien.

Sur la rive attend un jeune homme. Il incline la tête en la voyant approcher, mais son expression est difficile à interpréter. Ses cheveux noisette sont bouclés et en bataille, plaqués sur ses yeux par le vent violent. Il est superbe, se dit Daphné, mais dans le genre maussade, sauvage, qui aurait bien besoin d'une coupe, d'un bain et d'une flûte de champagne pour détendre ce front plissé et ces mâchoires serrées. Sous ses yeux, des cernes noirs ressortent intensément sur sa peau pâle. Elle se demande quand il a vu son lit ou le soleil pour la dernière fois.

— Bairre, dit Cliona, et cette fois Daphné comprend de qui il s'agit : c'est le bâtard du roi Bartholomé.

Il adresse un bref signe de tête à la jeune fille, puis ses yeux se posent sur Daphné et il lui fait une petite révérence. Cliona poursuit :

— Normalement, c'est votre fiancé qui devrait vous escorter pour la traversée, mais étant donné l'état de santé du prince Cillian...

Elle laisse sa phrase en suspens.

En entendant ce prénom, Bairre tressaille. Les espions ont transmis peu d'informations sur lui, alors même qu'il a toujours été présent à la cour. On raconte qu'il a été trouvé dans un panier sur les marches du château, âgé d'à peine un mois ou deux, quelques jours après la fin des guerres des Clans. Il n'y avait rien sur lui à part une note avec son prénom, mais le roi n'a pas hésité à le reconnaître comme son fils, l'élevant aux côtés du prince Cillian malgré les protestations de la reine Darina.

— Votre Majesté, la salue Bairre d'une voix aussi froide que le vent qui souffle sur la rivière, avant de se tourner vers l'autre rive, où un groupe de courtisans attend.

Daphné suit son regard, observant la rudesse du paysage, son ciel gris, ses arbres chauves et les plaques de mauvaises herbes. Elle essaie de ne pas flancher à la vue des hommes dans leurs mornes toges de velours et manteaux d'hermine. Déjà, elle se languit de la beauté douce de Bessemia, des fanfreluches, soies et paillettes. Étudiant maintenant les femmes, elle ne distingue aucun bijou, et pas la moindre trace de rouge à lèvres non plus. Les Friviens sont ternes et sans couleur ; comment imaginer qu'elle pourra un jour appartenir à cette communauté ?

« Friv est une terre dure, sans joie, lui a martelé sa mère. Peuplée de gens durs et sans joie. Une terre façonnée par la guerre et assoiffée de sang. »

Daphné frissonne.

— Vous pourriez essayer de sourire, dit Bairre, la sortant brutalement de ses pensées. Ils ont fait tout ce chemin pour vous saluer.

Daphné obtempère : elle sait qu'il a raison. Rien ne peut l'empêcher de détester ce royaume, mais il ne faut pas que ses habitants le sachent.

— Finissons-en, reprend le jeune homme d'une voix tendue.

Daphné lui lance un regard contrarié tout en ouvrant la bouche pour rétorquer, mais elle se ravise. Après avoir abandonné son foyer et ses sœurs, voyagé pendant trois jours, et au moment de plonger dans l'eau glaciale de la rivière, elle serait capable d'arracher la tête de n'importe qui, mais insulter le bâtard du roi ne la mènera nulle part. Elle se contente de laisser Cliona lui retirer ses bottes, attacher leurs lacets et les passer sur ses épaules. Bairre descend dans la rivière dans un éclaboussement, tendant un bras à Daphné.

Le courant est si puissant qu'il semble prêt à le renverser, mais il tient bon. Cela, au moins, rassure un peu Daphné alors qu'elle prend son bras. Le cœur battant si fort qu'elle pense qu'ils peuvent l'entendre de l'autre côté de la rivière, elle le laisse l'aider à entrer dans l'eau glacée. La température lui coupe le souffle et elle doit se retenir de hurler. L'eau lui arrive aux hanches, trempant sa robe de velours, l'alourdissant tellement qu'elle doit lutter pour rester debout, s'agrippant si fort au bras de Bairre qu'elle craint de lui laisser une marque sur la peau.

Cliona les rejoint, prend l'autre bras de Daphné et, ensemble, ils progressent dans la rivière à pas lents et mesurés.

— Vous allez vous casser une dent si vous continuez à les claquer comme ça, lui dit Bairre d'une voix neutre, comme si le froid ne le dérangeait absolument pas – c'est plutôt Daphné qui semble le déranger.

Elle lui jette un regard noir.

— Je ne peux pas m'en empêcher, dit-elle, la voix tremblante. Il fait *froid.*

— C'est presque encore *l'été*, rétorque Bairre en secouant la tête.

— Il gèle et je suis trempée.

Même si ce n'était pas son intention, sa voix est geignarde. Si sa mère était là, elle la réprimanderait en lui tirant sévèrement l'oreille, mais au moins, Daphné ne pleure pas. Si elle commençait, elle sait qu'il n'y aurait aucun moyen de s'arrêter. Alors, elle serre les mâchoires et garde les yeux fixés droit devant. Elle met un pied devant l'autre et se réconforte en pensant à un feu de cheminée et à une tasse de thé chaud dans ses mains.

Quand ils atteignent le rivage, un homme s'approche pour aider Daphné à sortir de l'eau, mais ce n'est que quand elle est en sécurité sur le sol frivien, les épaules recouvertes d'une couverture de flanelle vert émeraude, qu'elle remarque la couronne d'or scintillante posée sur le front de l'homme et se rappelle qu'elle doit s'incliner dans une révérence.

— Votre Majesté, dit-elle au roi Bartholomé.

Les mots qu'elle avait l'intention de prononcer sont vagues et lointains dans son esprit. Elle est censée réciter une sorte de formule, une quelconque promesse de loyauté, mais tout ce à quoi elle peut penser, c'est à quel point elle a froid.

Pourtant, le sourire du roi Bartholomé est bon : un éclat de chaleur auquel Daphné s'accroche.

— Bienvenue à Friv, princesse Daphné, dit-il en bessemien avant de se tourner vers Bairre, qui aide Cliona à sortir de la rivière.

— Comment s'est passée la traversée ? leur demande-t-il en frivien.

Bairre regarde le roi, n'ébauchant même pas un salut alors que Cliona parvient à faire une révérence frissonnante. Il hausse les épaules en grimaçant.

— Je ne vois pas pourquoi c'était nécessaire, maintenant, marmonne-t-il en jetant des coups d'œil furtifs à Daphné.

Le roi Bartholomé tressaille puis secoue la tête.

— Il y a des choses plus importantes en jeu, Bairre.

Celui-ci éclate de rire, un son froid et dur.

— Des choses plus importantes ? répète-t-il. Quoi, par exemple ? Des routes commerciales et une princesse *cannadre*, ce serait plus important que…

Le roi le fait taire d'un regard avant que ses yeux ne se posent sur Daphné, blottie dans la chaleur de la couverture, qui tente de comprendre ce qu'elle vient d'entendre.

— Votre mère m'a assuré que vous aviez poursuivi des études brillantes, y compris de frivien, lui dit le roi Bartholomé avec un sourire, quoique tendu. Veuillez pardonner les manières de Bairre. Nous avons installé une tente où vous pourrez vous changer et mettre des vêtements secs. Dame Cliona, voulez-vous l'accompagner, s'il vous plaît, et vous changer vous aussi ? Tout roi que je suis, votre père aura ma tête si vous attrapez la mort.

Cliona s'incline dans une révérence.

— Bien sûr, Votre Majesté, répond-elle, en prenant le bras de Daphné et en la guidant vers une tente en toile de jute montée entre deux immenses pins.

— De quoi parlaient-ils ? demande Daphné.

— Je ne suis pas sûre, admet Cliona en se mordant la lèvre.

— Et ce mot ? insiste Daphné. « *Cannadre* » ?

— Il n'y a pas vraiment d'équivalent en bessemien, reconnaît Cliona. Le mot le plus proche serait « tendre », mais ce n'est pas exact. On l'utilise pour décrire quelqu'un qui est habitué à une vie de luxe.

Daphné sait lire entre les lignes : Bairre l'a traitée au moins d'enfant gâtée.

SOPHRONIA

Il a fallu deux jours pour arriver à Temarin, et une autre journée encore pour parvenir en périphérie de Kavelle, la capitale. Jusque-là, le voyage a été relativement fluide. Sophronia ignore si c'est la route désormais accidentée, ou bien sa nervosité à l'idée de rencontrer enfin Leopold qui lui tord maintenant l'estomac. Peut-être est-ce une combinaison des deux, en plus du corset qui a été lacé si serré qu'elle peut à peine respirer sans sentir les baleines lui mordre les côtes.

Elle se concentre pour inspirer lentement et profondément, tout en écoutant ses compagnes de carrosse – deux duchesses d'une trentaine d'années – déblatérer dans un temarinien rapide qu'elle comprend à peu près. Elle pensait qu'elle parlait couramment la langue, mais elle ne l'avait jamais pratiquée avec des gens buvant aussi franchement.

L'une des femmes, la duchesse Henrietta, est une cousine au second degré de Leopold et l'autre, la duchesse Bruna, est sa tante du côté de son père. Lorsqu'elles se sont présentées à elle un peu plus tôt, Sophronia a souri et hoché la tête, comme si on ne l'avait jamais obligée à apprendre par cœur les noms et les diverses ramifications de la famille royale temarinienne. Comme si elle ne savait pas que la famille de la duchesse Bruna, auparavant illustre, est désormais criblée de dettes à cause du penchant de son mari pour le jeu et les femmes, ou encore que le fils aîné de la duchesse Henrietta ressemble de façon frappante au valet de son époux. Après tant d'années à mémoriser leurs noms et âges, ainsi que ceux de leurs maris, enfants et autres relations, cela lui paraît extraordinaire de les rencontrer en chair et en os. C'est presque comme si des personnages de roman prenaient vie devant ses yeux – enfin, des personnages bruyants et un peu trop imbibés d'alcool.

Elle tourne le regard vers la fenêtre, vers la forêt calme des alentours de Kavelle, essayant de ne pas penser à ce qui l'attend. Dans une heure environ, elle va enfin rencontrer Leopold. C'est une pensée étrange. Ils ont dû échanger des centaines de lettres au cours de la dernière décennie ; d'abord guindées et forcées, elles se sont, avec le temps, transformées en de longues missives exposant leurs pensées intimes et les détails de leur vie quotidienne. D'une certaine manière, elle a l'impression de mieux connaître Leopold que n'importe qui d'autre dans le monde, à l'exception peut-être de ses sœurs.

Mais ce n'est pas le cas, se rappelle-t-elle. Le dossier que sa mère lui a donné l'a prouvé. Jamais le Leopold qu'elle pensait connaître n'aurait triplé les impôts pour son seul intérêt. Il n'aurait pas chassé une vingtaine de familles et rasé leur village pour se construire un nouveau pavillon de chasse. Il n'aurait pas fait exécuter publiquement un homme pour avoir dessiné des caricatures de lui. Pourtant, le véritable Leopold l'a fait, et bien pire encore, depuis qu'il est monté sur le trône l'année précédente.

Elle ne le connaît pas réellement, pas plus qu'il ne la connaît, et il ne faut pas qu'elle l'oublie à nouveau.

« Tout le monde à Temarin est notre ennemi, Sophronia, lui a dit sa mère en lui donnant le dossier. Il faut t'en souvenir sinon tu nous condamnes toutes. »

La duchesse Bruna s'éclaircit la gorge, ramenant l'attention de Sophronia au moment présent. Elle essaie de se rappeler ce dont elles sont en train de discuter, la question qu'on vient de lui poser. Quelque chose au sujet de Bessemia, quelque chose au sujet de sa mère…

— Elle veut savoir si les rumeurs sur votre mère sont fondées, explique une voix douce en bessemien.

C'est la femme de chambre qui l'a aidée à s'habiller ce matin à l'auberge, sans lui adresser un mot. Sophronia est surprise de l'entendre parler un bessemien si parfait et dénué d'accent.

— Lesquelles ? demande Sophronia à la duchesse, en temarinien.

Même si elle est sincère, les femmes, pensant qu'elle plaisante, éclatent de rire. Sophronia se tourne à nouveau vers la femme de chambre. Environ de son âge, elle a des cheveux blond foncé, presque de la même couleur que les siens, qui ont été tirés en arrière dans un chignon serré. Elle est jolie, mais sans les artifices et l'ostentation qui semblent définir la beauté temarinienne.

— Tu parles très bien bessemien, lui dit Sophronia.

Les joues rosissant, la jeune fille baisse les yeux.

— Merci, Votre Majesté. C'est ma langue maternelle, c'est pourquoi la duchesse a souhaité que je l'accompagne pour le voyage. J'ai grandi à proximité du palais royal.

Sophronia s'aperçoit que les deux femmes sont en train de l'observer, de la jauger. Elle ne sait pas pour laquelle d'entre elles travaille la jeune fille, mais cela importe peu. Elle se tourne à nouveau vers elle pour lui demander :

— Quel est ton nom ?

La jeune servante ouvre la bouche pour répondre, mais la duchesse Bruna réagit plus vite :

— Violie ! aboie-t-elle. Donne-moi mon éventail. Cette chaleur est infernale.

La jeune fille ouvre en hâte le réticule qu'elle a à la main, en sort un éventail doré et lourdement décoré et le tend à la duchesse Bruna qui commence immédiatement à s'éventer.

— Pauvre chérie, ajoute-t-elle en regardant Sophronia. Vous devez aussi étouffer. Ce carrosse est une véritable serre.

— Je vais bien, merci, dit Sophronia.

Il lui semble même qu'il y a une petite fraîcheur dans l'air, mais les duchesses ont vidé une bouteille de champagne à elles deux ; c'est sûrement la raison pour laquelle elles ont chaud.

— Quelle fille charmante, commente la duchesse Henrietta en faisant claquer sa langue, puis elle prend une longue gorgée de champagne.

Le carrosse fait alors une violente embardée vers la gauche, expulsant des mains de Bruna sa flûte en cristal, qui se brise sur le sol de la calèche, inondant les mules de soie de Sophronia.

— Que diable était-ce ? s'exclame la duchesse Bruna, fermant son éventail en un claquement et ouvrant la fenêtre du carrosse.

Aussitôt, des hurlements frénétiques envahissent l'habitacle. Sophronia décompte cinq voix, parmi lesquelles elle reconnaît celles du cocher et du valet de pied.

— Oh non, pas une nouvelle attaque, soupire Henrietta, semblant davantage ennuyée qu'inquiète.

Elle lève les yeux au ciel et referme la fenêtre, avant d'ajouter :

— Ces bois deviennent un véritable coupe-gorge.

En regardant par sa fenêtre, Sophronia découvre un groupe de trois hommes masqués, armés chacun d'un poignard. L'un d'eux a sa lame posée sur la gorge du valet, tandis que le cocher fouille sous son siège.

— Ils vont blesser le valet ! s'exclame-t-elle, affolée.

Elle ne comprend pas pourquoi les autres femmes sont si calmes ; les hommes ont des poignards, tandis que leur seul moyen de défense est une bouteille de champagne vide. Sophronia pourrait en faire une arme si nécessaire, même si cela susciterait un tas de questions de la part de ses compagnes. Mais les duchesses se comportent comme si le verre de champagne brisé était le plus grave de leurs problèmes, et même Violie ne semble pas particulièrement troublée.

— Pas d'inquiétude, Votre Altesse, dit la duchesse Henrietta avec un sourire éteint. Ce genre d'incidents est malheureusement devenu assez fréquent dans cette zone ; ce sont des voyous qui cherchent de l'argent facile. Mais le cocher est préparé, il dispose d'une somme qui nous garantira de passer en sécurité. Ce n'est qu'un contretemps.

Elle semble sûre d'elle, mais le malaise de Sophronia ne s'estompe pas. Elle se tourne vers la fenêtre.

Le cocher tend aux attaquants une pochette de velours blanc, fermée par un cordon doré à glands. L'un des voleurs s'en saisit, regarde à l'intérieur et soupèse le contenu dans sa paume. Il l'empoche, adressant un signe de tête à celui qui tient sa lame sur le cou du valet. Lorsque ce dernier est relâché, Sophronia note que lui non plus ne semble pas particulièrement perturbé par la mésaventure.

— Je n'avais pas pris conscience que le taux de criminalité était si élevé dans cette région, soupire Sophronia en refermant le rideau.

— Les gens désespérés font des choses désespérées, Votre Majesté, murmure doucement Violie.

— Les ingrats, tu veux dire, rétorque sèchement la duchesse Bruna.

Même si elle ne peut pas le montrer, Sophronia est plus encline à être d'accord avec Violie. L'augmentation drastique des taxes à Temarin aura sans doute suffi à rendre insupportable la situation de nombreux habitants.

Le bruit de sabots qui s'approchent les interrompt. Les trois voleurs les entendent aussi et commencent à déguerpir mais, en quelques secondes, une dizaine de chevaux apparaît au bout de la route, menés par des soldats aux pistolets levés.

— Halte ! s'écrie l'un des hommes en première ligne.

Sophronia repère son uniforme aux épaulettes dorées et aux trois bandes jaunes sur sa manche : c'est le chef de la garde personnelle du roi. En revanche, elle ne sait pas trop ce qu'il fait là. Les voleurs doivent aussi le reconnaître, parce qu'ils se figent, les mains en l'air. Son pistolet toujours à la main, le garde met pied à terre et avance vers les silhouettes masquées.

— Vous êtes en état d'arrestation au nom de Sa Majesté le roi Leopold.

Il saisit l'un des voleurs par la nuque, lui arrachant son masque. Le garçon, qui ne doit pas avoir plus de quatorze ans, semble au bord des larmes. Le garde retire les masques des deux autres : ils ont l'air encore plus jeunes, mais il ne paraît pas décontenancé par cette découverte.

— Menottez-les ! ordonne-t-il.

Ses hommes descendent de cheval et obéissent, plus rudement que nécessaire. L'un des garçons crie quand son bras est tordu dans un angle peu naturel.

— Le roi Leopold voulait vous faire la surprise de venir à la rencontre de notre carrosse, se réjouit la duchesse Bruna. Quel sens de l'à-propos !

— Princesse Sophronia, vous êtes là ? s'écrie le garde de tête en leur direction. Vous êtes en sécurité, maintenant.

Les mains de Sophronia se resserrent sur la poignée de la porte ; les gardes lui paraissent plus effrayants que ne l'étaient les voleurs. Mais elle connaît son rôle dans cette pièce, alors elle ouvre la porte du carrosse et accepte l'aide du valet de pied pour sortir dans le soleil de l'après-midi, levant sa main gantée pour se masquer les yeux. Elle tourne un visage radieux vers le chef de la garde, lui offrant son plus beau sourire.

— Oh, merci, monsieur, dit-elle en temarinien. Nous avons eu si peur.

Il s'incline bas.

— Je suis désolé que votre première impression de Temarin ait été si rude, princesse, dit-il.

— Sophronia ! appelle une voix.

Elle dirige à nouveau son attention vers l'escorte de gardes ; alors, elle le voit et, malgré tout, son cœur bégaie. Elle le reconnaît immédiatement, même s'il est tellement différent du dernier portrait qui lui a été envoyé deux ans plus tôt. Ses cheveux de bronze sont plus longs, bouclant autour de ses oreilles, et ses traits semblent plus durs, leur rondeur enfantine ayant quasiment disparu, mais avant tout, il est *réel*. Il n'est plus réduit aux deux dimensions d'une peinture à l'huile ou d'une tapisserie, mais de chair, de sang et de vie. Elle ne savait pas qu'il pouvait sourire comme ça.

Elle se secoue mentalement. « Est-ce qu'il souriait comme ça quand il a condamné à mort l'artiste ? Quand il a chassé ces villageois hors de chez eux ? »

En quelques secondes, il descend de son cheval pour venir vers elle, et puis il l'enlace, et elle lui passe les bras autour du cou. Sans qu'elle sache comment, il a même l'odeur qu'elle avait imaginée, un mélange de cèdre et d'épices.

Quand ils s'écartent l'un de l'autre, il a un sourire embarrassé et Sophronia se rappelle tardivement qu'ils ne sont pas seuls. Elle découvre autour d'elle les duchesses, Violie et les gardes de Leopold qui les observent, à la fois amusés et perplexes. Les voleurs aussi les regardent, même si eux ont seulement l'air effrayés.

— Mes excuses, dit Leopold en s'inclinant pour lui baiser la main. C'est juste que je n'arrive pas à croire que vous êtes enfin vraiment là !

Sophronia s'oblige à sourire, essayant de contrôler son cœur qui bat à toute allure et le rouge qui se fraie un chemin jusqu'à ses joues.

— Je n'arrive pas à y croire non plus, répond-elle.

Et ceci, au moins, est vrai.

Leopold l'aide à monter à cheval devant lui, puis tient les rênes de chaque côté de sa taille tandis qu'ils progressent, en direction de Kavelle et du palais. La nouvelle de leur arrivée a dû se répandre car des gens accourent des villages situés en périphérie de la ville, saluant et acclamant Leopold et Sophronia, qui leur rendent leur salut. Mais tous ne les accueillent pas de manière aussi enthousiaste. Elle remarque qu'un bon quart de la foule reste debout en silence, les regardant passer avec une expression de pierre et des yeux durs. Mais ils n'osent pas les huer. Non que Sophronia puisse les en blâmer : l'exécution du dessinateur a servi de sombre avertissement.

Les gardes de Leopold les encadrent et le carrosse transportant les duchesses et Violie ferme la marche. Les trois voleurs, toujours menottés, avancent à côté des chevaux des soldats.

— Que va-t-il leur arriver ? demande Sophronia à Leopold sans cesser de sourire.

Ses joues commencent à lui faire mal, mais elle s'y tient, souriant aux paysans postés le long de la route, la main levée dans un mouvement ininterrompu.

— À qui ? demande Leopold, perplexe.

— Aux garçons, clarifie-t-elle, faisant un signe de tête vers l'un d'eux.

— Oh, les voleurs, dit Leopold, et elle sent qu'il hausse les épaules. Aucune inquiétude, le crime est pris très au sérieux à Temarin. Ils seront dûment punis.

Il prononce ces mots comme s'ils devaient la rassurer, mais c'est loin d'être le cas. Leopold pense-t-il que le dessinateur a été « dûment puni », lui aussi ?

— Ils sont si jeunes, souligne-t-elle, forçant sa voix à rester légère et aérienne. Peut-être qu'un peu de miséricorde serait la bienvenue ; personne n'a été blessé, après tout.

— Mais vous auriez pu l'être. Et ma mère dit que c'est important de faire des exemples, sinon le taux de criminalité ne va faire que grimper.

La mère de Leopold, la reine douairière Eugenia, n'avait que quatorze ans quand elle a dû quitter Cellaria pour être envoyée à Temarin épouser le roi Carlisle et sécuriser ainsi la trêve qui avait conclu la guerre Célestienne. Sophronia le sait, car sa mère utilisait souvent cet argument comme preuve de sa bonté à elle, qui a attendu que ses filles aient seize ans pour les marier. Leurs espions ont rapporté que, depuis la mort du roi Carlisle, l'année dernière, la reine Eugenia s'est davantage impliquée dans la politique temarinienne, conseillant Leopold, qui n'avait que quinze ans à son accession au trône.

— Ils ont quasiment le même âge que vos frères, pointe Sophronia, pensant aux plus jeunes princes : Gideon, âgé de quatorze ans et Reid, de douze. Je suis sûre que votre mère fera preuve d'indulgence.

— Mes frères n'attaqueraient pas un carrosse et ne menaceraient pas le valet de pied, réplique Leopold.

— Je ne peux pas imaginer qu'ils aient fait cela par plaisir. Regardez celui-ci. insiste-t-elle, désignant du menton le plus jeune des garçons, il n'a que la peau sur les os. À quand pensez-vous que remonte son dernier véritable repas ?

Leopold reste silencieux un moment.

— Vous avez un cœur tendre, c'est tout à votre honneur, finit-il par répondre, mais ils ont fait leurs choix. Ils doivent en supporter les conséquences.

Sophronia tente de masquer le malaise qui l'envahit tandis que les paroles de sa mère résonnent dans son esprit à chaque coup de sabot du cheval. « C'est notre ennemi et tu ne l'oublieras plus jamais. »

BEATRIZ

Pour Beatriz, le trajet vers le palais royal cellarien, au cœur de la ville de Vallon, passe en un clin d'œil. Ses compagnes, fatiguées par les premières étapes de leur voyage, se sont rapidement endormies après avoir quitté la dernière auberge où elles ont fait escale, laissant à Beatriz le loisir de regarder par la fenêtre, impatiente de découvrir les prémices de Vallon, au loin.

Elle sait que ses sœurs vont lui manquer. Elle sent déjà le vide qu'elles ont laissé dans son cœur, comme le faisait dans sa bouche une dent de lait en tombant. Elle ne peut s'empêcher de penser à ce sentiment de perte, horrifiée, mais elle a aussi soif de découvrir Cellaria, soif de goûter au pouvoir que sa mère a toujours soigneusement gardé, aussi férocement qu'un dragon dans un conte pour enfants.

Maintenant que Beatriz a un moment de tranquillité, elle tourne son esprit vers la mission que sa mère lui a assignée.

« Séduis l'ambassadeur temarinien, lui a ordonné l'impératrice. Je veux que tu l'aies si bien mis dans ta poche qu'il sauterait des falaises d'Alder si tu le lui demandais. »

Ce devrait être facile ; c'est ce pour quoi elle a été élevée, après tout. Élevée pour charmer, séduire, embobiner...

Les hommes, avant tout. Elle dispose pour cela d'un arsenal d'astuces de courtisane : rire en posant la main sur le bras d'un homme, laisser ses doigts s'attarder une seconde de trop, sourire de façon à dévoiler la fossette sur sa joue, et, plus important encore, comprendre, rapidement et sans se tromper, ce qu'il désire qu'elle soit, et satisfaire ce désir – la rougissante innocente, l'audacieuse séductrice, la timide romantique ou l'esprit effronté.

Tout le monde a un fantasme, et Beatriz a appris à les incarner tous, jusqu'au dernier. Il suffit juste de savoir déchiffrer la nature humaine.

Les informations qu'elle possède sur l'ambassadeur temarinien, le seigneur Savelle, indiquent qu'il sera une proie facile. Veuf, la quarantaine, il a passé la moitié de sa vie à la cour cellarienne, où il lui est interdit d'utiliser la poussière d'étoiles pour quelque raison que ce soit. Les espions de sa mère affirment que personne à la cour ne l'apprécie, ni ne lui fait confiance, en premier lieu le roi lui-même, qui ne rate jamais une occasion de l'insulter. Le seigneur Savelle, lui, reste imperturbable ; il est à Cellaria pour accomplir une mission et, selon toute vraisemblance, il s'en acquitte bien, puisque, depuis vingt ans que la guerre Célestienne s'est achevée, la paix entre Cellaria et Temarin a été maintenue – une tâche difficile, si l'on en croit les rumeurs sur le tempérament impulsif du roi Cesare. Les espions cellariens attribuent au seigneur Savelle le mérite d'avoir, à lui seul, empêché Cesare de déclarer la guerre à ceux qu'il considère comme les « mécréants temariniens », et ce pas moins d'une douzaine de fois.

Beatriz est sûre qu'il doit se sentir seul.

« Vous voulez que je séduise un vieil homme ? a-t-elle demandé à sa mère. Il est assez âgé pour être mon père. »

Cela n'a pas plu à l'impératrice, qui ne supportait aucune remise en question de son autorité. Mais Beatriz n'a jamais su tenir sa langue aussi bien que ses sœurs. Pour être honnête, elle n'a jamais vraiment essayé. « J'attends de toi que tu le conquières, quoi qu'il en coûte », a répondu froidement l'impératrice. Devant le regard horrifié de sa fille, elle a ri. « Oh, s'il te plaît, Beatriz, jouer la prude ne te va pas. Tu feras ce qui doit être fait. »

Les autres femmes assises dans le carrosse commencent à s'agiter lorsqu'elles traversent un pont menant à une ville fortifiée, dont les épais murs sont surmontés de flèches colorées qui pointent vers le ciel, et Beatriz oublie sa mère, ses instructions qui lui donnent la nausée.

— Ah, Vallon, dit l'une des femmes, la voix teintée de mélancolie.

C'est la plus proche en âge de Beatriz, mais elle doit malgré tout avoir une dizaine d'années de plus qu'elle.

Elle s'appelle Bianca, se rappelle Beatriz. C'est la comtesse de Lavellia, qui manque de confiance en elle à cause de la taille de ses oreilles et qui maltraite les demoiselles plus jeunes à la cour. Même si elles n'y sont pas encore, Beatriz a déjà pu prendre la mesure de cette réputation. La comtesse n'a pas agi de manière explicite, car elle sait qu'il vaut mieux ne pas être ouvertement malpolie envers sa future reine, mais Beatriz perçoit bien ses compliments acides, ses regards méprisants et ses rires tranchants.

Chaque fois, elle serre les dents et prétend ne rien remarquer, même quand les autres femmes ont un sourire en coin, voire rient sous cape. Sa mère lui a appris de nombreuses choses, déplaisantes pour la plupart, dont la principale est la patience.

Elle se penche un peu plus près de la fenêtre pour mieux embrasser la ville, mais même à cette distance, Vallon est trop vaste ; elle pourrait contenir trois fois Hapantoile, la capitale de Bessemia.

Soudain, Beatriz, qui est pourtant toujours trop bruyante, trop éclatante, trop tumultueuse, se sent aussi petite qu'une souris dans une cathédrale.

Le carrosse se rapproche encore, traversant le portail de la ville, une grande chose dorée parée d'un arc-en-ciel de pierres précieuses qui scintillent tant dans la lueur de l'après-midi qu'on pourrait croire l'édifice doté d'une vie propre. Ensuite, il faut franchir un labyrinthe de rues sinueuses, passer devant des maisons et des manoirs aux couleurs vives, des jardins débordant de fleurs dont Beatriz ne connaît pas le nom, des gens vêtus d'une façon qui, à Bessemia, serait considérée comme criarde et ostentatoire. La ville entière s'agite et luit d'un éclat qu'elle n'aurait jamais imaginé, et la cacophonie qui en émane frappe ses oreilles comme la plus douce des musiques.

— C'est magnifique, dit-elle en cellarien, le visage si près de la fenêtre que son souffle vient l'embuer chaque fois qu'elle expire.

Mais la ville n'est rien à côté du palais. Dominant la cité, c'est une grande structure blanche avec d'innombrables fenêtres et balcons, et un arrangement complexe de piliers à l'entrée. À la lumière du soleil, les pierres semblent briller de leur propre éclat.

Beatriz a toujours pensé que le palais royal bessemien était le plus grand du monde, mais quand elle sort du carrosse et se tient devant celui de Cellaria, elle prend conscience de la petitesse de sa propre demeure.

Faisant de gros efforts pour ne pas rester bouche bée, elle concentre son attention sur les personnes alignées devant elle. Chacun est vêtu de façon plus outrageuse que son voisin. Une femme porte une robe de cérémonie orange, avec des manches grosses comme des pastèques. Une autre arbore un chapeau qui ressemble à un papillon monarque, dégoulinant de davantage de pierres précieuses qu'un lustre. Un homme, enfin, a revêtu un costume à rayures rouges et noires et des bottes avec des talons cloutés en rubis.

Au centre de la file se trouve le roi Cesare, reconnaissable à la couronne dorée au sommet de sa tête et à la cape de velours, scintillante de bijoux, attachée sur ses épaules. Certaines Cellariennes des bordels bessemiens racontaient des histoires au sujet du monarque, revendiquant une ancienne liaison avec lui pour se faire valoir : qui ne voudrait pas d'une femme qu'un roi a trouvée assez bien pour lui ? Dans sa jeunesse, Cesare était réputé être le plus bel homme du continent, et même aujourd'hui, alors qu'il a dépassé les cinquante ans, Beatriz distingue encore sa splendeur passée. On dit qu'il a tant de bâtards qu'on a choisi un jour du calendrier pour célébrer l'ensemble de leurs anniversaires en même temps.

Le cœur de Beatriz s'affole quand elle dirige son regard à droite du roi, où se tient son unique fils légitime encore en vie, que l'on remarque lui aussi grâce à sa couronne dorée, moins chargée que celle de son père, mais tout aussi royale : le prince Pasquale.

Il est comme l'avait imaginé Beatriz, plus ou moins, même si le dernier portrait qu'elle a reçu de lui prenait quelques libertés. Ses épaules ne sont pas aussi larges, sa stature est plus fluette. Mais l'artiste avait parfaitement capturé son regard : de grands yeux noisette aussi curieux que terrifiés, qui sembleraient plus appropriés à un enfant. Quand ils croisent ceux de Beatriz, Pasquale essaie de sourire, mais ses lèvres restent fermées et tendues, et le résultat manque de sincérité.

De chaque côté des escaliers qui s'élèvent vers le palais, une foule est massée : des habitants qui hurlent, qui acclament Beatriz quand elle commence son ascension. L'une des femmes qui étaient avec elle dans le carrosse se précipite pour porter la longue traîne de sa robe, qui se répand derrière elle comme une coulée de sang frais.

Ses jambes lui font mal quand elle arrive enfin au sommet des marches, mais elle parvient à s'incliner devant le roi Cesare.

— Bienvenue à Cellaria, princesse Beatriz, dit-il d'une voix si tonitruante que même ceux qui sont en bas de l'escalier peuvent l'entendre.

Puis il se penche et pose doucement un doigt sur le menton de Beatriz pour le relever. Elle l'observe alors qu'il la dévisage d'un œil critique. Pendant un instant, son cœur s'arrête de battre : et si le roi pouvait voir à travers ses gouttes oculaires ? Elle les a mises hier soir, prenant bien soin de le faire juste avant de s'endormir pour que les servantes qui la réveillent le matin ne remarquent rien.

L'apothicaire a dit qu'elles faisaient effet au moins vingt-quatre heures, mais s'il y avait eu un problème ? Le roi la ferait-il exécuter sur-le-champ ? Après ce qui lui semble être une éternité, il sourit largement.

— Une beauté ! proclame-t-il à la foule, prenant la main de Beatriz pour la lever haut, faisant éclater les applaudissements.

La jeune fille sait que ces acclamations sont en son honneur, mais elles semblent creuses.

— Mon fils est un homme chanceux, poursuit le roi Cesare, prenant la main du prince Pasquale pour l'unir à celle de Beatriz.

La main du prince est moite dans la sienne mais il la lui serre un peu, dans un geste qu'il doit vouloir rassurant. En dépit de ses sentiments mitigés, Beatriz apprécie son intention mais, quand elle essaie de croiser le regard de Pasquale, il continue de fixer la foule, des gouttes de sueur perlant sur son front malgré la température agréable et la petite brise.

— Je sais que nous nous demandons tous si une princesse bessemienne est trop corrompue par la magie pour remplir dignement son rôle de future reine, poursuit le roi Cesare, ce qui provoque en Beatriz une soudaine sensation de malaise, même si elle est attentive à ne pas perdre son sourire.

Elle retient son souffle et attend qu'il poursuive.

— Mais l'impératrice Margaraux m'a assuré que la princesse Beatriz a été élevée en Cellarienne, qu'elle a adopté les coutumes et la religion de notre royaume, et qu'elle suit la véritable voie des étoiles. N'est-ce pas, ma chère ?

Beatriz ouvre la bouche pour réciter la tirade qu'elle a répétée pendant des années, celle qui dénonce la magie et les pratiques païennes de Bessemia. Elle est même prête à dresser le poing ou à se pâmer de façon dramatique si le public l'exige. Mais elle n'en a pas l'occasion.

— Et pourquoi devrions-nous croire la parole de cette putain ? s'écrie un homme dans la foule. Une femme qui couche avec un démon d'empyrion pour que soient exaucés les désirs de son cœur mesquin ?

Beatriz doit réprimer un rire à l'idée d'une liaison entre sa mère et Nigellus. Elle sait que celle-ci a eu de nombreux amants, mais imaginer l'empyrion parmi eux est une idée absurde.

— Ce n'est pas ce que je fais, rétorque le roi. Mon ambassadeur me l'a confirmé, comme les espions que nous avons à la cour bessemienne. Tous ont décrit la princesse Beatriz comme une fille pieuse et dévote. Alors que ses sœurs utilisent la poussière d'étoiles pour obtenir des poneys ou des bijoux, la princesse Beatriz en refuse le moindre grain.

C'est un mensonge aussi risible que d'imaginer sa mère avec Nigellus, mais Beatriz sait que l'ambassadeur et les espions sont des hypocrites, prêts à raconter au roi tout ce que sa mère leur ordonne en échange de quelques fioles de poussière d'étoiles pour leur usage personnel. Ceux qui s'y sont refusés ont été victimes de terribles et malencontreux accidents.

— C'est vrai, dit Beatriz, regardant la foule sous ses cils. Je comptais les jours, j'avais tellement hâte d'être enfin libérée de cet horrible endroit. Je me sens bénie d'être ici, dans un royaume bien plus civilisé, et je suis infiniment reconnaissante au roi Cesare et au prince Pasquale de me sauver d'un tel cauchemar. Si je ne vois plus jamais un grain de poussière d'étoiles, je remercierai les astres chaque seconde du reste de ma vie.

C'est peut-être un petit peu trop dramatique, mais ça fonctionne. Même l'homme qui a crié semble apaisé.

— Un vrai trésor ! Si tu ne fais pas attention, Pasquale, susurre le roi Cesare, se penchant à l'oreille de son fils (même si tout le monde à plus de cent mètres à la ronde peut l'entendre), je pourrais même te la voler.

Avant que Beatriz ne puisse assimiler ces paroles, le roi lui pose une main sur les fesses, au vu et au su de cette foule d'un millier de personnes, et les serre. À travers les couches de ses jupons et la crinoline, elle ne sent presque rien, mais la chaleur lui monte quand même au visage.

Elle ne devrait pas être surprise ; elle a entendu plus d'histoires qu'elle ne peut en compter sur le caractère lascif du roi, des histoires impliquant de nobles épouses et des filles de cuisine, et toute une gamme de femmes entre ces deux extrêmes. Pourtant, le choc la fige sur place ; pendant un instant, elle se sent comme une biche devant un chasseur. Mais sa mère n'a pas élevé des biches, se rappelle-t-elle, ravalant la bile dans sa gorge. Elle a élevé des vipères.

— Votre Majesté, dit Beatriz, se forçant à sourire avec coquetterie alors que tout ce qu'elle souhaite, c'est chasser sa main d'une tape, vous devez être conscient que, si vous volez à son fils sa fiancée, vous faites quelque chose de mal.

Pendant une seconde, le silence se fait et la jeune fille craint de s'être mise en difficulté par cet excès de langage, d'avoir montré ses crocs et ses griffes trop tôt. « Patience », l'a toujours mise en garde sa mère.

Mais avant qu'elle ne puisse s'excuser, le roi Cesare éclate d'un rire bruyant, la tête rejetée en arrière.

— Et un tempérament de feu ! s'exclame-t-il avec un sourire approbateur, puis ses yeux se tournent vers son fils, pétrifié.

Il baisse la voix, s'adressant cette fois uniquement au prince et à Beatriz :

— Peut-être que tu apprendras une ou deux choses d'elle, mon garçon.

Les termes affectueux qui concluent la phrase n'adoucissent pas ses paroles : le prince Pasquale tressaille comme s'il venait de prendre un coup, mais le roi Cesare ne le voit pas, car son attention est déjà à nouveau tournée vers la foule.

— Ces deux tourtereaux n'auront pas à attendre longtemps : comme prévu, leur mariage aura lieu demain soir... annonce-t-il en leur lançant un regard malicieux. Mais d'ici là, je suppose qu'un baiser ne ferait de mal à personne.

Cette fois, quand le prince Pasquale se tourne vers Beatriz, la peur est évidente dans ses yeux et sa main tremble dans la sienne.

« Par les étoiles du ciel ! pense-t-elle. Il n'a jamais embrassé une fille. »

Pendant toute sa formation, elle a été conduite à penser que Cellaria était une terre de plaisir et de mœurs légères, complètement à l'opposé de son attitude envers la magie. Elle s'attendait donc à trouver dans le prince Pasquale le digne fils de son père, un débauché plein d'assurance, laissant une file de cœurs brisés dans son sillage. Mais c'est l'inverse : Pasquale est un garçon nerveux, qui la regarde comme si elle était une espèce de dragon venue pour l'avaler tout entier.

La foule, impatiente, les observe, excitée à l'idée de ce spectacle, car Beatriz, à leurs yeux, n'est rien d'autre qu'une comédienne.

— Attirez-moi vers vous, murmure-t-elle au prince, qui a les yeux rivés sur elle, affolé.

— Qu... Quoi ?

— Faites-le, c'est tout.

Pasquale déglutit avec difficulté, avant de braquer les yeux sur son père, sur la foule, puis à nouveau sur Beatriz. Sa main toujours dans la sienne, il l'attire enfin à lui, et elle presse ses lèvres contre les siennes.

Dans l'éruption d'applaudissements et de sifflets, personne ne remarque à quel point ce baiser est désagréable, mais Beatriz, si. Il n'est pas seulement maladroit, comme la plupart des premiers baisers, il est aussi froid : ce ne sont que des lèvres qui se touchent, la main du prince consciencieusement posée dans son dos. Il n'y a aucune étincelle, aucune chaleur, aucune émotion.

Mais la foule veut voir une belle histoire d'amour éclore sous ses yeux, et Beatriz ne compte pas la décevoir. Quand ils se séparent, elle sourit, se mordant la lèvre et faisant monter le rouge à ses joues, comme elle l'a appris des meilleures courtisanes bessemiennes.

« Vous êtes un jouet pour eux, lui a dit Sabine, l'une d'entre elles. Si vous pouvez devenir ce qu'ils veulent que vous soyez, ils seront prêts à incendier le monde en votre nom. »

Elle sait ce que Cellaria veut qu'elle soit : la beauté passionnée, la fiancée rougissante, la princesse follement amoureuse de son prince. Cependant, en jetant un regard de biais au prince Pasquale, elle comprend qu'elle n'a pas la moindre idée de ce que lui attend d'elle. Mais elle est déterminée à le découvrir.

DAPHNÉ

Une petite demi-heure après avoir émergé de la rivière, trempée et gelée, Daphné porte une robe de velours vert sèche, identique à la précédente, et une épaisse cape d'hermine enroulée autour de ses épaules pour la prémunir du froid, qui parvient à se frayer un chemin même à l'intérieur du carrosse qu'elle partage avec le roi Bartholomé et Bairre. Ni l'un ni l'autre ne semble le sentir, mais quand Daphné fait une remarque à ce sujet, Bartholomé lui adresse un petit sourire.

— Vous vous habituerez, avec le temps.

Daphné se dit qu'elle préférerait brûler vive que de rester dans ce misérable royaume suffisamment longtemps pour « s'habituer », mais elle fait mine de trouver dans ces mots du réconfort.

Le roi Bartholomé jette un coup d'œil à Bairre, dont l'attention est dirigée vers la fenêtre, avant de la regarder à nouveau. Il semble chercher du courage pour accomplir quelque chose. « Jamais bon signe », pense Daphné. Le roi prend une profonde inspiration et se lance :

— Il n'y a pas de façon facile de vous l'annoncer, et j'ai un mal fou à le faire, mais Cillian est mort il y a six jours, juste après le départ de Cliona et de sa suite pour aller à votre rencontre.

Daphné éclate de rire. Elle n'en avait pas l'intention, mais avec l'angoisse, les nuits sans sommeil et les bouleversements divers qui ont émaillé ces derniers jours, elle ne peut pas s'en empêcher.

— Vous n'êtes pas sérieux, dit-elle, mais son rire s'étrangle quand Bartholomé et Bairre lui adressent des regards de détresse. Je suis tellement désolée, bégaie-t-elle alors, je ne voulais pas… Je savais qu'il était malade, mais je ne pensais pas…

— Aucun d'entre nous ne s'y attendait, soupire le roi Bartholomé, l'air abattu. Jusqu'à il y a quelques mois, il était la santé même. Nous avons toujours pensé que sa maladie allait passer. Cela n'a pas été le cas.

Ses phrases sont brèves, factuelles ; Daphné y perçoit le général qu'il était avant d'être roi, sans doute plus familier de la mort que de la vie. Mais malgré cela, il n'était pas préparé à la perte de son fils. Derrière sa façade stoïque, elle décèle de la douleur dans ses yeux.

— Je suis vraiment navrée, répète-t-elle.

Et elle est sincère. Elle ne connaissait pas vraiment Cillian. Ils ont échangé des lettres au cours des dernières années, elle l'a trouvé gentil et intelligent ; pour autant, elle n'est pas Sophronia, à s'imaginer amoureuse d'un garçon fait uniquement de mots. Mais, quelle que soit la compassion qu'elle puisse ressentir, ce sentiment est rapidement englouti par une vague de panique, qu'elle essaie de son mieux de dissimuler. Que cela signifie-t-il pour les plans de sa mère, pour son propre avenir ?

— Merci, dit le roi Bartholomé. C'est difficile pour un parent de perdre un enfant, tout comme je suis sûr que cela a été une épreuve pour vous de perdre votre père.

Daphné ne le corrige pas, même si, en vérité, elle pense rarement à son père. Il est mort quelques jours seulement après sa naissance. Elle ne peut pas pleurer un être qu'elle n'a jamais connu et, par ailleurs, sa mère a été plus que suffisante.

— J'attendais toujours avec impatience les lettres de Cillian, répond-elle à la place, et c'est un nouveau mensonge qui coule de ses lèvres avec facilité. J'étais heureuse d'enfin le rencontrer.

— Je sais qu'il ressentait la même chose, n'est-ce pas, Bairre ? assure le roi en regardant son fils.

Celui-ci hoche la tête d'un mouvement brusque, mais sans dire un mot.

— Cependant, poursuit Bartholomé, je suis roi avant tout, et le reste passe après, même ma douleur de père. J'aimerais prendre le temps de pleurer correctement Cillian, mais il me faut garantir le bien-être de mon royaume. Nous avons besoin des routes commerciales dont notre alliance avec Bessemia portait la promesse.

— Excusez-moi, je ne saisis pas bien, répond Daphné, le front plissé. Je suis venue pour sceller un traité à travers le mariage. Si Cillian est mort…

— Cillian était le seul enfant vivant de mon épouse, mais il y en a eu d'autres. Dix en tout. Six sont nés en vie, trois d'entre eux ont survécu une semaine. Aucun n'a passé deux semaines.

— Je suis désolée, dit-elle encore une fois.

Le roi Bartholomé secoue la tête.

— Comprenez la situation : ma femme et moi ne pouvons pas avoir d'autre enfant. Les étoiles ne nous en accorderont aucun, quelles que soient leurs raisons. Et ce Friv unifié est trop jeune, trop fragile, pour survivre si je meurs sans héritier. Mais j'en ai un, ajoute-t-il après une pause en se tournant vers Bairre.

Celui-ci se redresse, le visage soudain cendreux.

— Vous ne pouvez pas être sérieux, grogne-t-il. Cillian est mort depuis six jours, et vous voulez que je le remplace ? Que j'endosse sa vie, son titre, ses fiançailles, comme j'enfilerais une paire de bottes d'occasion ?

Le roi Bartholomé tressaille, mais son regard, braqué sur son fils, ne cille pas.

— Friv a besoin d'un avenir bien dessiné. Te légitimer est le seul moyen de le lui procurer. Et ainsi, notre traité avec Bessemia tiendra toujours, ajoute-t-il en se tournant vers Daphné sans attendre la réponse de Bairre. J'ai déjà écrit à votre mère. Son accord est arrivé juste avant vous. Pendant que nous discutons, on nous prépare une version actualisée du contrat.

« Évidemment qu'elle a donné son accord », pense Daphné. Rien ne ressemble plus à un prince frivien qu'un autre prince frivien. Elle doute que sa mère ait même accordé une seconde de réflexion à la question.

— Est-ce une proposition ? demande Bairre à son père. Ou bien un ordre royal ?

Le roi ne répond pas immédiatement, même s'il semble soudain bien plus âgé que ses trente-sept ans.

— Tu es mon fils, lui dit-il. Et je pense que je t'ai élevé de manière que tu connaisses la différence.

Si c'est le cas, Bairre ne commente pas davantage. Au lieu de ça, il regarde Daphné pour la première fois depuis qu'il est entré dans le carrosse.

— Et vous ? l'interroge-t-il d'un ton cinglant. Cela vous convient d'épouser un inconnu ?

Daphné soutient son regard.

— J'allais déjà épouser un inconnu, dit-elle avant de se tourner vers le roi Bartholomé. Je ferai ce qu'il faut pour que le traité soit maintenu.

Si le palais bessemien était le joyau de la couronne du royaume, le soleil autour duquel tournait la moindre forme de vie, le château où pénètre Daphné ce soir-là n'est qu'une longue ombre de Friv, sauvage et brutale. Il n'y a pas la moindre trace d'or luisant à la lueur des bougies, pas de scintillante peinture émaillée, pas de marbre resplendissant. L'édifice n'est que pierre et bois, traversé de couloirs étroits où serpentent d'épais tapis de laine dans les tons gris, à la décoration quasi inexistante. Alors que le hall d'entrée du palais bessemien brille de mille feux, décoré de peintures d'or et de vases en porcelaine remplis de fleurs fraîches, ici, l'entrée, faiblement éclairée, n'est pourvue que d'une poignée de portraits, encadrés de bois nu.

Daphné serre sa cape d'hermine plus étroitement contre ses épaules.

— Je dois aller voir comment va la reine, indique le roi Bartholomé dès qu'ils sont à l'intérieur. Veux-tu bien installer Daphné, Bairre ?

Sans attendre sa réponse, il se dirige d'un pas pressé vers un sombre couloir. Daphné et Bairre demeurent enveloppés dans un silence étrange.

— Je suis désolée, dit-elle quand l'atmosphère devient trop pesante. Je vois qu'il était important pour vous.

Bairre ne répond pas tout de suite.

— C'était mon frère, lui répond-il enfin, comme si c'était aussi simple.

Et ça l'est. Parce que même si Daphné n'aime pas Bairre, elle sait qu'il lui est impossible de se représenter ce qui peut se passer dans l'esprit du jeune homme en cet instant précis. Si c'était Beatriz ou Sophronia qui était morte, elle ne sait pas comment elle continuerait à respirer.

— Je suis désolée, dit-elle à nouveau, parce qu'il n'y a rien d'autre à ajouter.

Il a un bref mouvement de tête avant de fixer sur elle ses yeux argentés bordés de rouge. Les yeux d'un garçon né des étoiles, pense Daphné : cela aussi fait partie des informations fournies par les espions. Elle n'a jamais totalement compris, ceci dit : quelle femme ferait le vœu d'avoir un enfant pour ensuite l'abandonner ? Bartholomé n'était même pas roi à l'époque de la conception, seulement soldat. Il y a tellement de mystères autour de Bairre.

Il lui adresse une vague révérence.

— Un garde au bout du couloir va vous montrer votre chambre, lâche-t-il avant de tourner les talons et de s'éloigner, laissant Daphné seule dans un château étranger, dans un royaume étranger, son univers complètement bouleversé.

Daphné fait les cent pas dans sa chambre. Elle est plus petite que celle qu'elle avait à Bessemia, mais la jeune fille s'en réjouit : la minuscule pièce conserve mieux la chaleur de la cheminée que ne le ferait un espace plus grand, et les épais rideaux de velours vert sapin l'isolent de l'âpre air extérieur. La méridienne et le lit sont recouverts de hautes piles de fourrures dans des tons blancs, gris et bruns. Un tapis de laine tissée grise ornée de motifs de lierre recouvre le sol de pierre presque d'un mur à l'autre.

Cela fait des heures qu'elle est arrivée et l'horloge dans l'angle indique qu'il est presque deux heures du matin. Après l'avoir déshabillée pour lui faire passer une chemise de nuit de flanelle, les domestiques sont partis. Mais malgré l'heure tardive et la journée chargée, Daphné n'arrive pas à dormir. Elle ne peut rien faire d'autre qu'arpenter la pièce, absorbée par un tourbillon de pensées.

Le prince Cillian est mort.

Cela ne change rien, en réalité. Elle a été envoyée ici pour épouser un prince, et c'est ce qu'elle va faire. Rien ne sera différent, excepté le nom sur le contrat de mariage. C'est ce que lui dirait sa mère si elle était là.

Mais ce n'est pas parfaitement vrai. Sa vie entière, Daphné s'est préparée à épouser Cillian : elle a tout appris à son sujet, a réfléchi à la manière de le faire tomber amoureux d'elle pour pouvoir le modeler comme de l'argile. Elle connaissait son goût pour le tir à l'arc et la fauconnerie, elle savait qu'il avait autrefois trouvé un lapereau avec une patte cassée et s'était occupé de lui jusqu'à ce que l'animal se rétablisse, qu'il avait un jour abandonné une course de chevaux quand il avait compris que ses adversaires le laissaient gagner. Elle comprenait le fonctionnement de Cillian et savait comment en tirer profit.

Mais Bairre est un mystère qu'elle ne saisit pas, et qu'elle n'apprécie pas – sentiment manifestement partagé. Les tactiques qu'elle a élaborées pour Cillian ne marcheront pas sur lui. Elle va devoir tout recommencer de zéro.

Il y a une part d'elle, aussi, qui ne peut s'empêcher de repenser aux lettres de Cillian, au garçon qu'elle avait l'impression de connaître sans jamais l'avoir rencontré. Daphné n'est pas Sophronia, ce ne sont pas quelques mots doux qui peuvent lui faire perdre la tête et lui chavirer le cœur, mais quand elle imagine le corps de Cillian, désormais froid et sans vie, elle ressent au creux de la poitrine quelque chose qui pourrait être du chagrin.

Non. Cela n'arrivera pas. Elle se secoue et essaie de se concentrer.

Le sceau.

Elle avait initialement prévu de s'accorder quelques jours pour s'installer et réfléchir à la manière de voler le sceau du roi sans se faire remarquer, mais maintenant que la situation semble plus incertaine, Daphné s'accroche à la seule partie du plan qui tienne encore. De plus, raisonne-t-elle, vu l'heure tardive et la mort récente du prince, le château est bien moins fréquenté que d'habitude ; les conditions sont donc idéales pour fouiner.

Elle enfile sa cape par-dessus sa chemise de nuit et prend la chandelle sur sa table de chevet. Elle glisse de la chaleur de sa chambre vers le couloir froid et vide.

Le palais royal bessemien n'était jamais plongé dans le noir. Même aux petites heures du matin, il était toujours éclairé et en pleine effervescence. Des domestiques commençaient à servir café et petit déjeuner dans certaines chambres pendant que d'autres membres de la cour rentraient d'un quelconque bal ou banquet. Le château n'était jamais silencieux, pas comme ça.

Cela déconcerte Daphné qui avance sur la pointe des pieds dans l'obscurité la plus totale, la flamme de sa bougie projetant un petit halo de lumière à peine suffisant pour voir à un mètre devant elle.

Une partie d'elle veut retourner dans sa chambre, mais elle sait qu'elle n'aura peut-être pas d'autre opportunité comme celle-ci : même si elle se fait prendre, elle est arrivée il y a suffisamment peu de temps pour pouvoir écarquiller naïvement les yeux et prétendre s'être perdue en cherchant un verre d'eau.

Elle sait que sa mère garde son sceau dans son bureau, bien caché dans un tiroir fermé à clé. Il semble logique de commencer par là. La disposition du château lui est étrangère, mais elle essaie de se rappeler le chemin qu'elle a pris depuis l'entrée, le même que celui que le roi Bartholomé a emprunté quand il les a quittés, ce qui signifie qu'elle se trouvait dans l'aile royale. Le bureau du roi doit y être sans doute aussi, mais plus accessible, plus près du hall, pour lui permettre d'y tenir des réunions sans que les visiteurs aient à emprunter des couloirs privés.

Bien sûr, ce serait plus facile s'il ne faisait pas si *noir*. Daphné erre pendant presque une demi-heure avant de repérer la porte par laquelle elle est arrivée, sans croiser âme qui vive. Cela l'angoisse. Toute sa vie, elle a vu des gardes postés devant chaque porte, y compris la sienne, alors leur soudaine absence la perturbe. Elle a l'impression qu'une mouche lui tourne autour en bourdonnant, toujours hors de portée.

Il y a bien des gardes devant la grille extérieure, dont elle distingue clairement les silhouettes à travers les fenêtres : ils sont plus de vingt dans son champ de vision, tous un fusil à la main. Le contraste avec la situation à l'intérieur frappe Daphné. Quelle sorte de menace les inquiète ?

Elle se dirige vers la première porte de l'aile royale et presse l'oreille contre le bois pour voir si elle entend des voix. Cela ne peut pas être une chambre (qui voudrait dormir si près de l'entrée ?), alors, comme elle n'entend aucun bruit, elle pousse prudemment la porte.

Un salon, dépouillé, mais dont les meubles sont recouverts de velours et les rideaux à motif floral. Il y a un petit clavecin dans un coin de la pièce, qui semble négligé : le couvercle est rabattu et les partitions, sur une haute étagère, sont tapissées d'une épaisse couche de poussière. Puis elle s'avance dans une galerie, un autre salon, une bibliothèque, mais pas la moindre trace d'un bureau.

Daphné est sur le point d'abandonner quand elle trouve une pièce fermée à clé : un signe prometteur. Elle retire une épingle de ses cheveux et se baisse pour avoir la serrure à hauteur d'œil. Le crochetage est un processus complexe, qui exige de la patience. C'est pourquoi Daphné a toujours apprécié cette tâche plus que ses sœurs. Il faut du temps et des efforts pour déplacer toutes les goupilles dans le barillet, mais rien n'est plus satisfaisant que le moment où elle parvient à faire levier avec son épingle à cheveux pour tourner la poignée de la porte.

Elle retire l'épingle de la serrure en entrant dans la pièce, la replaçant en hâte dans ses cheveux. Son instinct s'avère juste. C'est le bureau du roi, une pièce de taille modérée dominée par un secrétaire en chêne, dont les murs sont couverts de tableaux représentant des batailles que Daphné est incapable de nommer. Les seules œuvres dont elle identifie le sujet, c'est un groupe de toiles plus petites, rassemblées derrière la table de travail, figurant la reine, jeune et les joues roses, le prince Cillian enfant, et enfin Bairre, à l'âge de six ou sept ans. Même là, les yeux braqués sur elle à travers la peinture, il a l'air hargneux.

Il n'y a pas de temps à perdre. Sur le secrétaire, elle ne voit qu'une pile de feuilles, une plume d'oie et un encrier, ainsi qu'un lourd presse-papiers en marbre. La plupart des tiroirs ne révèlent rien de notable. Encore des documents : des commandes adressées à des marchands, une correspondance avec un cousin dans le Nord, plusieurs versions originales de décrets royaux émis au cours de la dernière décennie.

Les tiroirs ne sont pas fermés à clé, mais aucun d'entre eux ne contient le sceau royal.

Daphné pourrait continuer à chercher, essayer une autre pièce, mais c'est presque le matin, désormais, et le château va s'éveiller d'un instant à l'autre.

Elle laisse le bureau comme elle l'a trouvé et se glisse hors de la pièce, reprenant le chemin de sa chambre pour profiter d'une misérable heure de sommeil avant l'aube.

SOPHRONIA

Le mariage survient plus vite que ce à quoi s'attendait Sophronia. À peine est-elle arrivée au palais qu'elle est accostée par un groupe de servantes et engoncée dans une robe de soie jaune parfaitement ajustée. Elle a un millier de questions sur les lèvres, mais peu d'occasions de les poser tandis qu'on la mène le long des couloirs dorés du palais royal temarinien. De toute façon, elle est soudain si nerveuse qu'elle redoute de ne pas parvenir à contrôler ce qui sortirait de sa bouche si elle l'ouvrait.

Au bout du couloir sont postés deux gardes qui, lorsqu'ils la voient, elle et sa suite, s'inclinent dans de profondes révérences avant d'ouvrir les grandes portes de verre filigrané derrière eux.

La chapelle royale est remplie d'innombrables courtisans vêtus de parures élaborées : des robes de soie brillante ornées de broderies, des costumes incrustés de pierres précieuses, et tant de bijoux que les yeux de Sophronia lui font mal rien qu'en parcourant la pièce. Leur éclat suffit presque à éclipser celui du ciel nocturne, que le toit en verre permet de voir. Lorsqu'elle lève la tête, elle comprend leur empressement. Le ciel est parsemé d'étoiles, traçant des constellations variées. Sophronia distingue vaguement celle des Mains des amants, dont on dit qu'elle ressemble à deux mains liées, même si elle n'a jamais pu les voir. Qu'importe, c'est un signe d'amour et d'unité, idéal pour un mariage. Déjà, elle aperçoit l'Abeille qui pique pointer à l'est, ainsi que l'extrémité de la Roue du vagabond qui se dessine au sud. Dans quelques moments à peine, les Mains des amants auront disparu.

Sophronia presse le pas devant ces centaines de courtisans temariniens dont elle sent le lourd regard posé sur elle, jusqu'à rejoindre Leopold qui l'attend, à l'avant, vêtu d'un costume blanc et or avec une écharpe de satin jaune sur une épaule et une couronne dorée sur le front. Avec sa peau tannée par le soleil et ses cheveux bronze bruni, il est l'image parfaite du roi de conte de fées.

Elle a imaginé ce moment plus souvent qu'elle ne l'aurait admis à haute voix, même à ses sœurs, à l'époque où Leopold n'était qu'une idée brumeuse composée de mots sur le papier. Elle pensait qu'à cet instant précis, quand elle avancerait vers lui, elle serait complètement étourdie, captivée par son regard, qu'ils se souriraient l'un à l'autre et que le reste de la chapelle disparaîtrait.

Mais la vérité n'est pas aussi romantique. Sophronia est bien plus consciente de la foule autour d'eux, des mots murmurés, qu'elle ne l'est de Leopold et, même quand il croise son regard et sourit, elle ne le ressent pas comme un réconfort, mais comme un mensonge.

« Ce qui est une bonne chose », se rappelle-t-elle.

Car *c'est* un mensonge, tout comme elle.

Sophronia vient se placer à côté de Leopold, qui prend sa main dans la sienne. Elle entend à peine l'empyrion royal – Valent, se souvient-elle en puisant dans les souvenirs de ses leçons, la version temarinienne de Nigellus – faire son discours sur les notions de partenariat et d'unité, annonçant un avenir radieux à Temarin. Il place une main sur l'épaule de Leopold et l'autre sur celle de Sophronia, puis déclare :

— C'est le moment de la bénédiction. Votre Majesté, quel vœu adressez-vous aux étoiles ?

Leopold se détourne de Sophronia pour regarder vers l'empyrion en s'éclaircissant la gorge, avant de déclamer, d'un ton inébranlable :

— Je souhaite que les étoiles nous accordent confiance et patience.

Le cœur de Sophronia manque un battement. « Confiance et patience » : c'est ce qu'un paysan pourrait souhaiter pour son mariage. Dans les noces auxquelles elle a assisté au sein de la noblesse de Bessemia, les vœux étaient moins sentimentaux. Nombre d'entre eux étaient assez directs pour souhaiter simplement des enfants, d'autres faisaient le vœu de devenir riches ou d'être dotés de rectitude morale. Elle a vu des hommes demander que leurs femmes restent belles et des femmes prier pour que leurs maris leur soient fidèles. Jamais elle n'a entendu quelqu'un souhaiter la confiance ou la patience, encore moins les deux.

Le vœu qu'elle a préparé lui semble soudain grossier : « Je souhaite que les étoiles nous accordent la prospérité. » Sa mère l'a formulé pour elle, l'a confectionné pour qu'il évoque à la fois leur mariage et Temarin dans son ensemble. Mais il ne paraît plus du tout approprié.

Avec cette formule, elle va sembler terriblement froide. Sa mère a toujours dit que les plans les mieux conçus étaient les plus adaptables.

— Je souhaite que les étoiles nous accordent l'amour, dit-elle en soutenant le regard de Leopold.

Dès que les mots quittent sa bouche, elle s'inquiète de n'avoir pas fait le bon choix, que ce vœu la fasse paraître naïve ou dénuée de vocabulaire, peu digne de la reine qu'elle va devenir dans de brefs instants. Mais quand Leopold lui sourit et que la foule laisse échapper une cacophonie de soupirs et de murmures ravis, Sophronia prend conscience que la princesse éperdument amoureuse, c'est *exactement* ce qu'ils attendent d'elle.

Valent lève leurs mains vers les étoiles et penche la tête en arrière, de la façon dont elle a toujours vu Nigellus communier avec les étoiles pour le compte de sa mère.

— Étoiles, bénissez ce couple, le roi Leopold Alexandre Bayard et la princesse Sophronia Fredericka Soluné, et accordez-leur confiance, patience et amour en cette nuit où, sous votre lueur sacrée, ils s'unissent en tant que mari et femme.

Il y a un tonnerre d'applaudissements quand Valent relâche leurs mains et que Leopold l'embrasse devant la cour entière. Le geste est chaste, un effleurement de lèvres qui dure à peine une seconde, mais suffisant pour sceller leurs vœux et faire officiellement d'elle la souveraine de Temarin.

Plus tard, au bal, alors que Sophronia est assise sur un trône à côté d'un mari qu'elle connaît à peine, elle ne peut s'empêcher de lui couler des regards à la dérobée pendant que la piste de danse, en contrebas, se remplit. Les courtisans tournoient dans cet écrin de soie, sirotant de délicates flûtes de champagne en cristal. Dans son costume de mariage, souriant comme un idiot, Leopold est si beau, si jeune, que Sophronia a du mal à réconcilier cette image avec celle du roi qui a jeté des enfants en prison le matin même.

Inconscient du torrent de pensées qui lui traverse l'esprit, son époux prend la main de Sophronia dans la sienne et en embrasse le dos, laissant ses lèvres s'attarder juste une seconde de trop sur la soie de son gant.

— Est-ce que tu t'amuses ? lui demande-t-il.

« Oui », devrait-elle dire, mais après toutes les lettres qu'ils ont échangées, elle soupçonne que Leopold la connaît mieux que personne, ou presque, alors elle lui offre une ombre de vérité :

— C'est un peu écrasant, murmure-t-elle. Je ne suis arrivée à Temarin que ce matin, et maintenant j'en suis la souveraine. Et nous sommes *mariés*. Il y a quelques heures à peine, nous ne nous étions jamais vus. C'est arrivé si vite.

Leopold a l'air perdu.

— Tu aurais voulu que l'on attende ? Je pensais...

— Non, s'empresse-t-elle de répondre en lui adressant un sourire qu'elle espère suffisamment étincelant pour masquer son mensonge. Non, je suis ravie d'être ta femme et ta reine. J'ai attendu ça tellement longtemps. Mais cela représente un si profond changement, en un si court laps de temps. J'ai presque l'impression que ce n'est pas réel.

Leopold lui rend son sourire en secouant la tête.

— Je vois ce que tu veux dire. Tu te rappelles, quand je t'ai raconté la fois où mes parents m'ont emmené en voyage à la frontière cellarienne, pour rencontrer mon oncle Cesare et mon cousin, Pasquale, pour la première fois ?

Sophronia hoche la tête. Pasquale va devenir le mari de Beatriz, si ce n'est pas déjà le cas. Elle se souvient d'avoir comparé ses lettres avec celles que recevait Beatriz, notant que les deux princes y exprimaient des sentiments similaires d'excitation et de nervosité à l'idée de leur première rencontre avec elles. Cela dit, Leopold avait envoyé cinq pleines pages à Sophronia, alors que Pasquale avait à peine réussi à en remplir une.

— J'avais attendu cela pendant des mois, reprend Leopold. Et la semaine entière était passée en un éclair. Je sais que je me suis amusé, je me rappelle avoir joué sur la plage avec Pasquale et m'être caché avec lui sous les tables de banquet le soir pour éviter l'heure du coucher, mais tout a filé si vite. C'est un peu l'impression que ça me fait.

Sophronia se mord la lèvre. Dans ces paroles-là, elle reconnaît le garçon avec qui elle a correspondu toutes ces années. Mais ce garçon n'existe pas, et elle non plus, en tout cas pas la Sophronia qu'il pense connaître. S'il la connaissait, s'il la connaissait vraiment, il s'enfuirait en courant. Mais c'est leur mariage, et elle est censée être la jeune épouse éperdue d'amour.

— Alors nous devons nous assurer de profiter de chaque moment de ce mariage, lui dit-elle.

Leopold se lève en souriant, l'entraînant avec lui.

— Une danse, dans ce cas ?

— J'ai cru que tu n'allais jamais me le proposer ! s'exclame Sophronia en le suivant au centre de la salle de bal, où les autres couples leur font une large place.

L'orchestre entame un glissé, la danse favorite de Sophronia, et elle remarque que Leopold surveille sa réaction.

— C'est toi qui leur as demandé de jouer ça pour notre première danse ? demande-t-elle, un sourire un peu plus sincère aux lèvres.

— C'est ta préférée, dit-il en levant leurs mains jointes et en plaçant son autre main sur la taille de Sophronia, qui pose ses doigts sur son épaule.

Quand ils commencent à tourbillonner, elle a l'impression d'avoir déjà dansé des centaines de fois avec lui. Leurs mouvements sont parfaitement synchronisés et, même si elle est incapable de se souvenir de tous les bals auxquels elle a participé, tant ils sont nombreux, c'est la première fois qu'elle se sent vraiment à l'aise avec un partenaire.

« L'amour est une illusion et une faiblesse, aime à dire sa mère. Et je ne tolérerai pas la faiblesse. »

Sophronia frissonne.

— Est-ce que ça va ? s'inquiète Leopold.

— Oui, répond-elle, un peu trop ardemment. Je suis juste fatiguée, la journée a été si chargée !

Il n'a pas l'air de la croire, mais avant qu'il ait le temps d'insister, le morceau touche à sa fin et Sophronia sent quelqu'un lui tapoter l'épaule. Elle se retourne pour voir un garçon d'environ quatorze ans, avec les mêmes cheveux bronze et les mêmes traits fins que Leopold.

— Ma nouvelle sœur m'accordera-t-elle la prochaine danse ? demande-t-il.

Sophronia sourit.

— Tu dois être Gideon, dit-elle, lâchant la main de son époux pour prendre la sienne. J'en serai honorée.

— Essaie de ne pas lui briser les orteils, Gid, le taquine Leopold en déposant un rapide baiser sur la joue de Sophronia avant de s'éloigner.

L'orchestre commence à jouer un devassé bien plus rapide et Sophronia laisse Gideon l'emporter dans les pas et tours successifs. Il est plus petit qu'elle de quelques centimètres avec ses mules à talons, mais ils s'en sortent bien, même si elle est hors d'haleine et étourdie lorsque le morceau s'arrête. L'autre frère de Leopold, Reid, l'attend alors pour la danse suivante. Il a à peine douze ans et rougit follement tout le long, trébuchant sur ses pieds à lui deux fois, et trois fois sur ceux de Sophronia.

— Désolé, marmonne-t-il en s'absorbant dans la contemplation du sol. C'est le premier bal auquel j'ai le droit de participer. J'aurais dû être plus attentif lors de mes leçons de danse.

— Tu te débrouilles bien, le rassure-t-elle. Pour mon premier bal, j'ai renversé un saladier de punch, puis glissé dans la flaque. La cour n'a parlé que de ça pendant la semaine entière.

Reid lève les yeux vers elle avec un sourire timide.

— J'ai toujours voulu avoir une sœur, avoue-t-il.

— Alors nous nous sommes bien trouvés : toi qui as deux frères et qui voulait une sœur, moi qui ai deux sœurs et qui voulais un frère !

Il lui sourit, l'air un peu plus détendu. Lorsque le morceau s'achève, elle est interceptée par une grande femme imposante, dont les cheveux noirs sont arrangés en un considérable chignon surmonté d'une tiare discrète. Même sans ce bijou, Sophronia l'aurait reconnue grâce aux croquis des espions de sa mère : la reine Eugenia – enfin, la reine douairière, maintenant que Sophronia est là.

Elle repense aux instructions de l'impératrice, et plus spécifiquement à celles qui visaient à conduire Temarin à la guerre avec Cellaria. « En théorie, c'est Leopold qui règne sur Temarin, mais en réalité, la main d'Eugenia est derrière toutes ses actions. Pour semer les graines de la discorde, commence avec elle : nombreux sont ceux qui n'ont pas oublié leur haine envers celle qui était autrefois princesse de Cellaria. »

Maintenant que Sophronia se trouve devant elle, elle constate qu'elle n'est pas impressionnée. Elle s'attendait à ce qu'Eugenia dégage la même énergie que sa mère, qui irradie le pouvoir et l'influence. Mais, sans sa couronne, elle soupçonne que la reine douairière disparaîtrait intégralement.

— Votre Majesté, murmure Sophronia en s'inclinant dans une révérence.

— *Votre* Majesté, réplique Eugenia avec un sourire amusé pendant qu'elle lui rend sa révérence. Il est temps de dire bonne nuit, Reid. Ton heure de coucher est dépassée, ajoute-t-elle en se tournant vers son plus jeune fils.

— Oui, Mère, répond-il en adressant à Sophronia une dernière révérence avant de s'éclipser.

— Vous devez être absolument épuisée après cette journée, ma chère, reprend la reine en guidant Sophronia hors de la foule. J'ai envoyé Leo vous chercher un peu d'eau mais, en attendant, voulez-vous vous asseoir avec moi ?

— Quelle charmante idée ! Avec grand plaisir, dit Sophronia en la suivant vers le trône.

Un domestique s'empresse d'apporter un autre siège pour la reine Eugenia et, même s'il semble moelleux et confortable, Sophronia est bien trop consciente qu'un an plus tôt, le trône sur lequel elle est assise était celui de la reine douairière.

— Leo et vous semblez très attachés l'un à l'autre, observe celle-ci.

— Je suis tellement soulagée ! s'exclame Sophronia, se souvenant qu'Eugenia a autrefois été dans sa position.

Elle sait qu'elle peut utiliser ce point commun pour établir une connexion entre elles, alors elle murmure, comme si elles étaient deux amies qui partageaient un secret :

— Si je vous racontais les pensées qui me sont passées par la tête, vous n'y croiriez pas : je me suis imaginé qu'il serait hideux ou cruel, ou encore que, tout ce temps, c'était son valet qui m'écrivait ces lettres.

— Je suis sûre qu'il a eu des pensées semblables, répond la reine. Les étoiles savent que c'était aussi mon cas quand je suis arrivée ici il y a vingt ans, même si je dois admettre que je n'ai pas bénéficié du même… soulagement, conclut-elle en choisissant ses mots avec soin.

Sophronia la regarde avec les sourcils froncés, comme si elle ne savait pas déjà à quel point le mariage de la reine Eugenia a été malheureux.

— Leopold mentionnait dans ses lettres que son père pouvait être un homme difficile, avance-t-elle prudemment.

— Nous avons fini par nous comprendre, dit la douairière. L'admiration et le respect ont grandi ; en revanche, ça n'a jamais été le cas des sentiments. J'ignore pourquoi je vous raconte ça, continue-t-elle en secouant la tête. Pour vous montrer que vous n'êtes pas la seule, je suppose. Moi aussi, je suis passée par là, mais plus jeune, et avec un mari qui me terrifiait, dans une cour remplie de gens qui détestaient Cellaria après une décennie de guerre et, par association, me détestaient tout autant.

Sophronia essaie d'imaginer à quoi cela a ressemblé pour elle, jeune fille de quatorze ans isolée en terre hostile et étrangère. Eugenia n'avait pas été élevée dans cette optique, contrairement à Sophronia, qui a été formée depuis la naissance à la langue et aux coutumes temariniennes, à la navigation dans les eaux troubles de la politique de la cour et à contrôler chaque situation, aguerrie non seulement à la survie dans un royaume étranger, mais aussi à sa conquête. Eugenia n'était qu'une petite fille, effrayée et coupée de tout ce qu'elle avait toujours connu.

— Lorsque j'étais jeune, poursuit la reine douairière, ma mère m'a expliqué qu'une reine espérait toujours avoir des garçons ; pas seulement pour perpétuer la lignée familiale, mais parce que c'est plus facile. Les garçons, on peut les garder ; les filles, on ne fait que les emprunter.

J'ignore si je l'ai comprise, à l'époque, mais je ne l'ai jamais revue après lui avoir dit au revoir à la frontière cellarienne.

Sophronia repense au moment où elle a quitté sa propre mère, à peine quelques jours plus tôt. L'impératrice a-t-elle été triste de voir partir ses filles ? Ça ne sera que pour un an, mais cela représente un an ajouté à tout le temps qu'elles ont jamais passé séparées.

— Peut-être que j'ai eu de la chance, après tout, reprend la reine Eugenia, en adressant à Sophronia un sourire qui lui rappelle celui de Leopold. J'ai eu trois garçons. Aucun d'entre eux ne sera envoyé en terre étrangère pour ne plus jamais revenir. Et maintenant, j'ai une fille que je peux garder auprès de moi.

Elle prend la main de Sophronia dans la sienne et la serre, provoquant chez la jeune fille un frisson de culpabilité, même si elle parvient à le dissimuler par un sourire.

— Je ne souhaiterais mes premières années à Temarin à personne, Sophronia, et je ferai tout ce qui est en mon pouvoir pour que ce soit plus facile pour vous que ça ne l'a été pour moi.

Une boule enfle dans la gorge de Sophronia et elle baisse les yeux vers leurs mains entremêlées, soudain gagnée par l'envie de pleurer. Elle connaît la reine Eugenia depuis quelques minutes à peine, mais celle-ci lui a déjà manifesté plus d'affection que sa mère ne l'a jamais fait. Cela rendra la trahison encore plus difficile.

L'aube est presque là lorsque Sophronia et Leopold arrivent enfin à s'enfuir de la fête pour se frayer un chemin vers leur chambre. C'est la première fois qu'elle la voit.

La pièce est large, avec un plafond si haut qu'il est presque dans l'ombre. Les murs sont peints d'une douce couleur crème, agrémentés de moulures dorées, et des meubles en chêne poli complètent la décoration. Le large lit à baldaquin est recouvert de draps de soie d'or.

Le lit.

Dans le chaos de la journée, Sophronia a presque oublié de s'inquiéter à ce sujet. Elle est une femme mariée désormais, mais ce mariage n'est pas officiel tant qu'il n'est pas consommé. Sa mère a si souvent insisté sur ce point qu'elle connaît ses arguments par cœur. Si leurs mariages ne sont pas consommés, rien de ce qu'elles pourront faire n'aura d'importance. Le plus tôt sera le mieux.

— Seuls, enfin, soupire Leopold.

Il lui prend la main et l'attire à lui pour lui donner un baiser, qui n'a rien à voir avec celui qu'ils ont échangé pendant la cérémonie : il est bien plus intense. Leopold embrasse Sophronia comme s'il voulait la dévorer, ses bras s'enroulant autour de sa taille pour la serrer encore davantage. Elle l'embrasse en retour, et en vient même à apprécier la sensation de sa bouche contre la sienne. Il fut un temps où elle attendait ce moment avec impatience.

Elle sait ce qui vient ensuite. Sa mère l'a envoyée, avec ses sœurs, prendre des leçons auprès des courtisanes pour éviter qu'elles ne se bloquent précisément dans cette situation. Sophronia a tout appris sur les aspects mécaniques de l'acte, mais quand les mains de Leopold se déplacent sur ses hanches, remontent les courbes de sa taille, quand ses mains à elle bougent selon leur propre volonté, se plongeant dans ses boucles de bronze, ancrant sa bouche à celle du jeune homme comme si elle allait mourir s'il arrêtait de l'embrasser…

Mais alors, elle pense à ces voleurs – à ces *garçons* – dans les bois. Elle les imagine recroquevillés ensemble quelque part dans un cachot sombre et humide, effrayés. Elle pense au sang et aux larmes du peuple de Leopold, le peuple dont il ne se préoccupe absolument pas. Il tient à elle, c'est évident, mais cela ne suffit pas à effacer le reste, à atténuer la répulsion qu'elle ressent quand il la touche.

C'est la raison pour laquelle elle s'oblige à rompre le baiser, posant la main sur le torse de Leopold pour mettre un peu d'espace entre eux.

— Je suis désolée, dit-elle. La journée a été épuisante, je suis tellement fatiguée, et nous ne nous connaissons pas encore vraiment, n'est-ce pas ? Est-ce que nous pouvons… patienter ?

Elle s'attend presque à ce qu'il refuse – les courtisanes leur ont dit, à ses sœurs et elle, que certains hommes pourraient leur forcer la main –, mais Leopold sourit et l'embrasse sur le front.

— Ne t'excuse pas. Nous avons le reste de nos vies, Sophronia. Nous allons juste dormir, lui dit-il en désignant du menton, par-dessus son épaule, l'une des deux portes dorées. Ton cabinet est par là ; tu peux sonner pour appeler une domestique qui t'aidera à mettre ta chemise de nuit.

Sophronia l'observe partir vers son propre cabinet, sentant le soulagement l'envahir. Bientôt, le mariage devra être consommé. Mais pas ce soir.

BEATRIZ

« Une dame ne boit jamais au point de perdre la tête », aimait dire leur mère, avec un regard qui s'attardait alors toujours un peu plus longtemps sur Beatriz, comme si elle savait que celle-ci finissait immanquablement par boire plus que ses sœurs – même si elle ne pense pas avoir jamais perdu la tête.

Mais là, assise à côté de son nouveau mari apeuré au centre de la salle de réception, alors que des courtisans cellariens viennent sans cesse leur exprimer leurs félicitations – et, suspecte-t-elle, récolter le plus de ragots possible –, elle doit reconnaître qu'elle sent les frontières de son esprit s'estomper, devenir de plus en plus floues.

Pendant l'intégralité de la cérémonie, le prince Pasquale s'est montré nerveux : il agitait les mains et, malgré la légèreté de son costume en lin et l'atmosphère fraîche de la chapelle, il était trempé de sueur. Le pire, ç'a été son hésitation si palpable lorsqu'il a dit « oui ».

Beatriz est une épouse non désirée, et chacun à la cour le sait désormais.

Elle a besoin de toute sa tête, elle sait que sa mère avait raison. Elle ne devrait plus boire et ferait sans doute mieux de manger quelque chose, mais lorsqu'un valet lui propose un nouveau verre de vin rouge auquel sont mélangés des baies et des agrumes, elle prend une gorgée, puis une autre encore.

Si Daphné était là, elle lui retirerait le verre des mains et lui dirait que c'est de l'autodestruction. Elle lui intimerait de se reprendre, lui rappellerait que quelque part dans cette dense foule de courtisans se trouve le seigneur Savelle, et que plus tôt elle aura fait sa connaissance, mieux ce sera.

Mais Daphné n'est pas là et Beatriz n'a aucune envie de se reprendre, car cela signifierait affronter les yeux des courtisans cellariens en train d'évaluer chaque centimètre carré de sa personne, à la recherche des défauts qui expliqueraient pourquoi le prince lui manifeste si peu d'intérêt. Elle devrait faire face aux murmures et aux spéculations, qui ont déjà commencé et ne feront que s'amplifier. Ce n'est pas comme ça qu'aurait dû se dérouler cette soirée.

Beatriz comprend les rumeurs, la manière dont elles fonctionnent et comment les lancer. Elle sait que la bonne rumeur, maniée avec précision et au bon moment, peut mener une personne à la ruine. Elle maîtrise elle-même ces techniques, avec une telle grâce que ça en devient presque un art. Mais elle n'est pas sûre de pouvoir supporter que cette arme soit retournée contre elle.

À côté d'elle, le prince Pasquale berce toujours le verre de vin qu'on lui a servi au début du repas et, lorsque les serviteurs lui en proposent, il secoue la tête et les chasse de la main.

— Vous n'aimez pas le vin ? lui demande Beatriz, prononçant ainsi les premiers mots qu'ils échangent depuis qu'on les a déclarés mari et femme.

Pasquale se tourne vers elle, ses grands yeux noisette clignant comme s'il avait un instant oublié qu'elle était là. Peut-être est-ce le vin qui la rend tendre et sentimentale, mais il lui rappelle soudain un chiot qu'elle avait eu enfant, qui la suivait partout, la fixant toujours avec des yeux comme ceux-là, doux et perplexes, un gémissement pathétique au fond de la gorge.

Elle avait été soulagée quand Sophronia avait pris la responsabilité de la petite créature, même si c'était quelque chose dont elles n'avaient pas discuté. C'était entendu entre elles, simplement : Sophronia savait prendre soin des choses impuissantes, Beatriz, non.

— Pas particulièrement, répond le prince Pasquale, baissant la tête et remuant les mains.

Maintenant qu'il a retiré ses gants, elle peut voir qu'il se ronge les ongles : ils sont tellement courts et si déchiquetés que même la peau qui les entoure est arrachée.

Beatriz attend qu'il poursuive, mais il n'a apparemment aucune intention de développer. Elle devrait dire quelque chose de spirituel, elle le sait, mais avec le vin qui pulse en elle, son esprit est hors de portée.

— Vous pourriez sourire, vous savez, lance-t-elle sans réfléchir. Faire semblant que ce mariage vous rend heureux, pour que les gens arrêtent de se demander si je cache un buisson d'épines entre mes jambes.

Le prince rougit *sincèrement* en entendant ces mots : son visage prend la même teinte que le vin dans son verre.

— Personne ne pense ça, marmonne-t-il. Faites-moi confiance, ce n'est pas à votre sujet qu'ils chuchotent, mais au mien. Et je commence à y être habitué.

Beatriz lève les yeux au ciel.

— Vous ne comprenez pas, n'est-ce pas, Votre Majesté ? Nous sommes mariés, désormais. S'ils médisent de vous, ils médisent de moi. Peut-être encore plus, d'ailleurs, parce que je suis nouvelle et étrangère, et une femme, par-dessus le marché, donc c'est intrinsèquement plus amusant. Alors, s'il vous plaît, collez un sourire sur votre visage, riez à mes plaisanteries et faites semblant de penser que m'épouser n'est pas une torture absolue.

Sa réplique le fait réfléchir : ses yeux de chiot plongés dans les siens, il fronce les sourcils.

— Ce n'est pas une torture, répond-il d'une voix douce. C'est juste que...

Avant qu'il ne puisse en dire davantage, deux nouveaux courtisans approchent, un garçon et une fille de l'âge de Beatriz environ, aux cheveux blond pâle et aux traits fins qui les font ressembler à deux poupées de porcelaine assorties, le genre que l'on garde haut sur une étagère : admirées, mais jamais touchées.

Même si son rang doit être supérieur au leur, le prince Pasquale se lève quand ils s'approchent, et eux ne semblent penser qu'après coup à leurs révérences.

— Félicitations, cousin, lui lance la jeune femme en s'avançant vers le prince Pasquale, la traîne de sa robe de soie lapis-lazuli se répandant sur les marches derrière elle comme un éclaboussement de ciel pur un jour d'été.

Elle lui prend les bras puis se met sur la pointe de ses mules incrustées de pierres précieuses pour l'embrasser sur chaque joue.

— Gigi, Nico, leur dit le prince, en leur faisant un signe de la tête. Je suis content que vous soyez là.

— Comme si nous allions manquer le mariage du siècle, répond la fille, Gigi, avec un sourire radieux.

— Et ne sois pas impoli, Pas, présente-nous à ta superbe épouse, ajoute Nico.

Les joues virant au rouge, le prince marmonne quelques mots en agitant un bras entre Beatriz et les nouveaux venus, qui ont tout l'air d'être frère et sœur. Même si ces paroles sont peu intelligibles, elle pense avoir compris qu'ils s'appellent Gisella et Nicolo.

— C'est un plaisir, dit Gisella en prenant la main de Beatriz et en s'inclinant dans une profonde révérence, mais appelez-moi Gigi. Nous sommes de la même famille, maintenant, après tout.

Beatriz sourit.

— Alors vous devez m'appeler Beatriz.

Nicolo va un cran plus loin : il s'incline et lui embrasse la main, puis laisse s'attarder son regard dans celui de Beatriz et presse les lèvres contre le dos de sa main à peine un peu plus longtemps que nécessaire, avant de se redresser.

— Enchanté, dit-il. Tu es un homme chanceux, Pas, ajoute-t-il en se tournant vers le prince.

Pasquale murmure encore quelque chose, bien trop doucement pour qu'on puisse distinguer le moindre mot. Mais au moins, note Beatriz, en compagnie de ses cousins, il semble un peu plus vivant. Nicolo demande qu'on leur apporte un peu plus de vin aux fruits et Beatriz boit un nouveau verre. Et encore un. Et puis un autre.

Il est minuit passé quand on presse Beatriz dans la chambre qu'elle partage avec le prince Pasquale. Pendant qu'on la remue en tous sens, qu'on lève puis baisse ses bras et ses jambes pour la déshabiller puis la rhabiller intégralement d'une chemise de nuit de doux satin rose, son esprit bourdonne agréablement. Son seul désir est de se glisser dans le lit moelleux et accueillant.

Mais les personnes qui s'occupent d'elle n'arrêtent pas de lui jeter des coups d'œil entendus avec des sourires narquois : elle se souvient soudain que c'est sa nuit de noces, et qu'elle n'est pas censée beaucoup dormir.

Beatriz sait ce qui va se passer. Sa mère le leur a expliqué, à ses sœurs et elle, quand elles étaient encore jeunes, puis elle a obtenu plus de détails de la part des courtisanes qui leur ont donné des leçons de séduction ces dernières années. Les princesses sont censées être vierges et pures, bien sûr, mais cela ne veut pas dire qu'elles ne peuvent pas apprendre l'art de faire succomber un homme en lui effleurant le bras ou en lui lançant une œillade au milieu d'une foule.

Mais tout ça n'est que théorie, et lorsque le prince Pasquale entre en chemise de nuit et que les domestiques se dispersent comme une nuée de perroquets, Beatriz ne sait soudain plus quoi faire.

« Commencez par un baiser, lui a conseillé une fois une courtisane bessemienne. Partez de là. »

Après le baiser raté de leur première rencontre, elle devrait se méfier, mais l'alcool a trop embrumé son esprit pour qu'elle s'attarde sur cette question. Elle sait qu'elle est supposée l'embrasser, alors elle avance en titubant vers lui, sentant le sol de marbre froid sous ses pieds nus. Elle doit se stabiliser en posant les mains sur les épaules du prince avant de presser sa bouche contre la sienne.

Elle est trop ivre pour se préoccuper du fait que c'est un mauvais baiser, pas uniquement parce que le prince n'a pas la moindre réaction, mais parce qu'elle non plus n'a pas vraiment envie de l'embrasser.

Il s'écarte d'elle en lui posant une main sur la taille pour l'empêcher de tomber, puis pousse un long soupir, un millier de mots sur les lèvres, qu'il réduit à néant d'un geste de la tête.

— Vous êtes ivre, lui dit-il. Mieux vaudrait vous mettre au lit.

Le soulagement et l'embarras l'envahissent en même temps quand elle le voit soulever le duvet et jeter la parure d'oreillers au sol, avant de l'aider à s'installer puis de replacer le duvet, la bordant comme avait l'habitude de le faire sa nounou. Les yeux de Beatriz sont si lourds qu'elle sombre presque immédiatement dans le sommeil, même si elle capte les bruits de pas de Pasquale qui contournent le lit. Elle attend qu'il la rejoigne.

On a raconté aux princesses des histoires pour les mettre en garde contre les hommes qui aiment les femmes dans cet état, vulnérables, incapables de protester. Peut-être que la timidité et la nervosité du prince dissimulent une part plus sombre. Elle est consciente qu'elle retient son souffle jusqu'à l'entendre s'allonger. Mais alors, le lit ne s'affaisse pas à côté d'elle. Elle se force à rouler sur le côté, luttant contre le vin qui a engourdi ses membres.

Quand elle ouvre les yeux, elle découvre Pasquale étendu sur le canapé de velours à côté du lit.

— Prenez au moins un oreiller, dit-elle, même si les mots ne semblent pas être les siens.

Elle est déjà à moitié assoupie.

— Et une couverture, conclut-elle.

Elle s'endort avant de savoir s'il l'a entendue.

DAPHNÉ

Le matin qui suit son arrivée, Daphné s'attend à ce que seuls le roi et la reine soient présents pour le thé, mais quand elle pénètre dans le salon, elle découvre que Bairre est là lui aussi, assis à une petite table ronde entre son père et Darina, tous vêtus de noir. La vision du prince qui plonge son regard noir dans une délicate tasse de porcelaine pourrait suffire à la faire rire, mais il semble si perdu que tout ce qu'elle ressent, c'est de la pitié.

En la voyant, le roi se lève, suivi un peu tardivement par Bairre.

— Daphné, la salue Bartholomé.

Il l'invite à se joindre à eux, tentant vainement de lui sourire.

— Merci de vous préoccuper de moi en ces temps difficiles, dit Daphné.

— C'est normal, répond le roi en prenant sa tasse de thé. Je voulais que vous sachiez que le nouveau contrat de mariage nous est parvenu de Bessemia, prêt à recevoir votre signature, ainsi que celle de Bairre. Cela arrive vite, je sais. Mais c'est dans l'intérêt de Friv que cela soit réglé rapidement.

« Et dans celui de Bessemia », pense Daphné.

La reine Darina laisse échapper un gémissement, reposant sa tasse sans précaution sur la soucoupe. Son visage est masqué par un voile noir qui lui arrive aux clavicules mais, même s'il est dans l'ombre, on distingue son expression. Daphné devine des traits anguleux, une peau blanche comme des os et des yeux sombres perdus dans le vague.

— J'ignore si nous parviendrons à surmonter notre douleur, poursuit Bartholomé, mais l'avenir de Friv repose sur nous : nous devons avancer. Bairre, tu es mon fils par le sang, et le seul qu'il me reste.

— Si l'on croit un morceau de papier et la parole d'une prostituée, crache la reine Darina d'une voix cassante.

Le roi tressaille, mais ne flanche pas.

— C'est ce que Cillian aurait voulu.

Daphné n'en sait peut-être pas beaucoup sur Bairre, mais elle a bien conscience qu'il est cruel de jouer cette carte. Le prince pâlit, mais finit par incliner la tête en signe d'assentiment.

Le roi Bartholomé se lève et se dirige vers un secrétaire dans un coin de la pièce, sur lequel il prend un parchemin et une plume dans un encrier. Une fois revenu à la table, il étale le document devant Daphné et Bairre.

— Avec la mort de Cillian, le royaume retient son souffle, il attend de savoir ce qu'il va advenir de lui. J'aimerais rassurer notre peuple, lui montrer que nous sommes toujours là, que nous faisons en sorte de garantir la sécurité de Friv, de mon vivant mais aussi au-delà.

Daphné parcourt des yeux le document. Même s'il est écrit dans un style frivien élaboré, elle le comprend suffisamment bien. Il semble identique au contrat que sa mère a signé en son nom pour la fiancer à Cillian lorsqu'elle était âgée d'à peine quelques semaines. Elle l'a vu quelques fois au fil des années, car sa mère le lui a fait lire quand elle a été assez âgée pour comprendre ce qu'il signifiait.

« Ne signe rien que tu ne connaisses par cœur », murmure la voix de sa mère dans son esprit.

Daphné prend le morceau de parchemin, le lit plus attentivement, mais tout est là : les grandes lignes de l'alliance, les dispositions relatives aux voies commerciales, les promesses de soutien en cas de guerre.

Sa lecture achevée, Daphné prend la plume dans l'encrier et la pose sur la ligne qui attend sa signature. Ce n'est qu'à cet instant qu'elle lève les yeux vers Bairre, qui observe ses moindres mouvements avec méfiance.

Elle hésite alors, l'espace d'une seconde. Elle ne veut pas lier sa vie à la sienne, ne veut pas avoir à l'appeler son mari.

Mais un prince est un prince, et elle accomplira son devoir.

Elle signe à l'encre noir de jais avant de tendre la plume à Bairre.

Il ne la prend pas immédiatement et, pendant un instant, elle se demande s'il serait capable de refuser : que se passerait-il alors ? Il la regarde et elle essaie de sourire, pour le rassurer, pour le séduire, peut-être, mais l'expression du jeune homme reste de pierre, fermée, un orage enveloppé de brume.

Enfin, avec un soupir, il presse la pointe de la plume sur le parchemin et appose sa signature à côté de la sienne.

Elle regarde les deux noms ensemble, les boucles délicates de son nom complet, Daphné Therese Soluné, princesse de Bessemia, et puis, tout près, le prénom Bairre simplement griffonné, avec les mots « prince de Friv » ajoutés en hâte.

Le roi Bartholomé prend le contrat et sort quelque chose de la poche de sa veste. Un frisson parcourt Daphné : son sceau. C'est un lourd objet en or, de la taille d'un citron, avec un long manche et une extrémité plate. Elle ne peut pas voir le motif lui-même, mais elle observe le roi placer une boule de cire sous les signatures, puis approcher le sceau de la flamme de la bougie pendant un moment. Lorsqu'il pense qu'il est assez chaud, il le presse dans la cire. Daphné le scrute, captivée. Elle a entendu parler de ce sceau, mais c'est autre chose de le voir réellement. Le roi Bartholomé doit sentir son regard braqué sur lui parce qu'il lève les yeux vers elle.

— Une invention de Fergal, l'empyrion de la cour, lui explique-t-il en relâchant le sceau et en lui montrant le contrat. J'ai cru comprendre que votre mère en avait un, elle aussi.

— Oui, mais elle ne m'a jamais laissée le voir d'aussi près, ment Daphné.

— Ah non ? Voilà, jetez-y un œil, c'est assez impressionnant.

Le sceau est toujours chaud et la cire jaune luit. Elle contemple l'emblème qu'il a lui-même conçu quand il a pris le contrôle de Friv : l'étoile Polaire. Elle semble assez facile à répliquer, mais ce n'est pas pour cela que Daphné se fige. Au centre, quelques gouttes pourpres se mélangent avec la cire, s'épanouissant sur sa surface jaune.

— Pour l'authenticité. Vous voyez le barillet, ici ? dit le roi en désignant le manche. Il contient une réserve de mon sang mélangé à une pincée de poussière d'étoiles.

Il tend le contrat à Daphné pour qu'elle puisse voir le sceau de près. Ce qui ressemblait à une goutte de pourpre de loin est, en réalité, un incandescent miroitement violet qui rappelle à Daphné une ecchymose.

— Comment peut-on savoir que c'est votre sang ? Cela pourrait être celui de n'importe qui, non ? demande-t-elle.

— Pour l'instant, il n'y a que trois personnes qui possèdent des sceaux comme celui-ci : moi-même, le roi Leopold et, bien sûr, votre mère. Si l'un de nous a besoin d'une authentification, un empyrion peut l'effectuer avec un peu de poussière d'étoiles. Maintenant, c'est officiel, poursuit-il en regardant les fiancés tour à tour. Nous allons déclarer Bairre prince du royaume demain soir, et vous serez mariés d'ici un mois.

Un mois. Ce n'est pas idéal, mais Daphné ne peut pas vraiment protester. Non qu'elle en ait l'occasion. La reine se lève alors si soudainement que sa tasse se renverse, répandant le thé léger sur la nappe blanche.

— C'est vous qui avez amené cette malédiction sur nous, lance-t-elle au roi, chacun de ses mots imbibé de poison. C'est vous qui avez fait ça. Vous auriez aussi bien pu tuer notre garçon de vos propres mains.

Sans laisser à Bartholomé la moindre chance de répliquer – même s'il ne semble pas avoir de réponse –, elle sort de la pièce, laissant flotter derrière elle son voile comme un nuage de fumée.

Lorsque le roi part à la poursuite de la reine, Daphné se retrouve seule avec le prince Bairre ; un silence inconfortable s'installe, si lourd au-dessus d'eux que c'en est suffocant.

— Je suis sûre que la reine Darina souffre plus que n'importe qui, finit-elle par dire. Elle ne le pensait pas.

— Si, répond Bairre sans la regarder. Elle répète la même chose depuis des mois, depuis que Cillian est tombé malade. Mon père prétend qu'elle est désespérée.

Daphné fronce les sourcils, classant cette information dans son esprit. Friv est un royaume plus superstitieux que Bessemia, et elle ne sait pas le genre de malédiction à laquelle la reine Darina faisait référence. Mais, comme l'a dit Bairre, elle est désespérée. Daphné chasse cette pensée et se concentre plutôt sur le jeune homme.

— Ce n'est pas tous les jours qu'un bâtard devient prince, observe-t-elle en prenant une gorgée de son thé devenu froid.

Bairre ne dit rien pendant un instant, la fixant comme s'il lui était poussé des cornes.

— Mon frère est mort, énonce-t-il lentement. Et soudain, on m'impose sa vie, son titre, ses fiançailles, sa position.

— Ce n'est pas ce que j'insinuais, s'empresse-t-elle de répondre. J'ai deux sœurs, et je ne peux pas imaginer l'enfer que je vivrais si quoi que ce soit leur arrivait. Mais vous serez roi un jour, et c'était inimaginable avant aujourd'hui.

— Je n'ai jamais voulu cela, l'interrompt-il en secouant la tête. Nos vies à tous ne tournent pas autour d'une couronne. Si difficile à croire que ça puisse être pour vous, je n'ai aucun désir de devenir roi. J'étais plutôt heureux d'être le frère bâtard du véritable prince.

C'est *effectivement* difficile à croire pour Daphné, mais elle sait qu'il vaut mieux se taire. Bairre la trouve déjà hautaine, elle ne va pas lui donner raison.

— Et que préféreriez-vous faire, alors ? demande-t-elle, incapable de masquer la touche de dérision dans sa voix.

Il tourne ses indéchiffrables yeux d'argent vers elle, puis secoue la tête.

— Cela n'a pas d'importance, si ? Mon père a raison, c'est mon devoir ; c'est ce que Cillian aurait voulu que je fasse. Cela ne veut pas dire que ça me rend heureux.

Il se lève pour partir, mais Daphné retrouve sa voix avant qu'il n'atteigne la porte. S'il veut jouer à celui qui est le plus à plaindre, ses munitions à elle sont largement suffisantes pour rivaliser.

— Est-ce qu'il vous est venu à l'esprit que c'était mon devoir, à moi aussi ? demande-t-elle, le stoppant net dans son élan. Si difficile à croire que ça puisse être pour *vous*, je ne suis pas exactement ravie de vous épouser – ni Cillian, d'ailleurs. C'est mon devoir depuis que j'ai quelques semaines, et j'irai jusqu'au bout. Mais ce serait bien plus facile si vous ne me traitiez pas comme votre ennemie.

Il s'arrête, une main sur la poignée de la porte, mais ne se retourne pas vers elle. Elle attend qu'il réponde et, après un moment, il se contente de grogner et ouvre la porte, puis la referme fermement derrière lui, la laissant seule.

Daphné s'abandonne sur le dossier de son siège. Elle a réussi à l'énerver, c'est un début.

BEATRIZ

Beatriz ne sait pas ce qui l'a réveillée en premier, le martèlement dans sa tête ou les murmures devant la porte de sa chambre. De *leur* chambre, se rappelle-t-elle une seconde trop tard, entrouvrant les yeux pour découvrir le prince Pasquale qui, lui aussi, émerge difficilement sur le sofa, un édredon de soie grise remonté jusqu'au menton.

— Il y a des gens, articule Beatriz, la voix rauque, assommée. Que veulent-ils ?

Juste après avoir dit cela, elle prend conscience qu'ils n'ont toujours pas échangé plus d'une dizaine de mots, son nouveau mari et elle. La journée de la veille lui semble être un rêve brumeux, comme si ce n'était pas vraiment réel, pas vraiment sa vie. Elle s'attendait presque à se réveiller dans son lit d'enfant à Bessemia, parce que Sophronia avait ri ou que Daphné chantait – faux.

Mais elle est désormais une jeune mariée, dans un lit froid, avec un époux que son existence même semble déconcerter.

Le regard que lui adresse le prince à cet instant précis exprime exactement ce sentiment : comme si elle était une sorte d'énigme ou venait de lui poser une question qu'il n'arrivait pas à comprendre. En même temps, il se lève en marmonnant dans sa barbe une flopée de mots en cellarien. Beatriz n'est pas sûre de ce qu'ils signifient mais suppose que ce sont des jurons – un langage que son tuteur n'a pas jugé nécessaire de lui enseigner.

En un instant, le prince est debout, arpentant la pièce comme à la recherche de quelque chose.

De l'autre côté de la porte, une voix masculine appelle :

— Votre Altesse, êtes-vous levé ?

— J'espère que quelque chose s'est bien levé, et plusieurs fois ! commente une autre voix, suivie de ricanements.

— Que veulent-ils ? répète Beatriz à voix basse, l'estomac noué.

— Une preuve, murmure Pasquale en retour.

Il traverse la pièce vers un panier de fruits près de la porte, examinant successivement une grappe de raisin noir, une poire, une banane, avant de tous les reposer.

— Une preuve de ? le relance-t-elle.

Les joues du prince virent au rouge quand il la regarde à nouveau.

— Une preuve que nous avons...

Il laisse sa phrase en suspens, détournant les yeux.

— Une preuve que le mariage a été consommé.

Beatriz le regarde, hébétée.

— Je pensais que personne ne respectait plus cette antique tradition.

Le prince grimace.

— Ce n'était plus le cas, jusqu'à il y a quelques mois, quand mon père a décidé de la réinstaurer, explique-t-il en prenant une fraise. Est-ce que vous pensez que ça pourrait marcher ?

— Non. Trop rose.

Elle sort du lit et remet le duvet en place. Dessous, les draps sont d'un blanc immaculé. Elle se tourne vers la porte où de nouvelles voix se joignent au vacarme.

— Juste un instant ! s'écrie-t-elle d'une voix haletante et endormie. Nous ne sommes pas vraiment décents.

— J'espère bien que non ! s'exclame un homme.

Beatriz regarde Pasquale en levant les yeux au ciel, le faisant fugacement sourire, avant de retourner au panier de fruits.

— Est-ce que vous avez déjà vu à quoi sont censés ressembler les draps ?

— Quelques fois, oui. Beatriz... commence-t-il, mais il s'interrompt, comme s'il prenait conscience qu'il n'a jamais prononcé son prénom auparavant : il lui semble bizarre dans sa bouche, presque effrayant. Mon père est derrière la porte. S'il comprend que nous n'avons pas...

Il n'a pas besoin de terminer sa phrase, l'esprit de Beatriz s'emballe déjà. Tout le monde saura qu'elle a échoué, qu'elle a été incapable de séduire son mari. Sa mère le découvrira, elle en est convaincue, et elle grimace en pensant à sa réaction. Toutes ces leçons ! diraitelle. Tout ce temps passé avec les courtisanes, et elle n'a même pas pu se débrouiller pour charmer cet étrange prince-enfant ! Pire encore, si le roi sait que le mariage n'est pas consommé, il aura des motifs pour l'annuler et la renvoyer à Bessemia. Ce ne serait pas très rationnel, mais le roi Cesare l'est rarement. La mère de Beatriz ne la laissera alors jamais oublier son échec.

La jeune fille chasse la pensée de son esprit et traverse la pièce jusqu'au bureau d'acajou, dans le coin, s'emparant d'un geste vif d'un coupe-papier incrusté de pierres précieuses pour le placer juste au-dessus de sa paume.

— S'ils veulent du sang, alors nous allons leur en donner, dit-elle au prince Pasquale. Il y en a quelle quantité, d'habitude ?

Il lui prend le coupe-papier des mains avant qu'elle ne puisse s'entailler la peau.

— Pas beaucoup, dit-il. C'est une bonne idée, mais si c'est sur la main, ils vont le remarquer.

Elle acquiesce.

— Qu'est-ce que vous proposez, alors ?

Le prince pose son pied gauche sur le lit et place le coupe-papier à l'arrière de son mollet.

— Déchirez un morceau de coton d'une de mes tuniques, voulez-vous ? Et trouvez-moi un pantalon.

Beatriz se dirige en hâte vers la penderie, dans le fond de laquelle elle trouve une tunique noire unie, dont elle arrache un morceau de tissu au niveau de l'ourlet. Après une seconde de réflexion, elle déchire une autre bande et attrape le premier pantalon qui lui passe sous la main.

Lorsqu'il se fait une légère entaille sur le côté du mollet, d'environ trois centimètres, elle le regarde, à la fois horrifiée et envoûtée. Le prince laisse échapper une petite exclamation de douleur avant de lui tendre le coupe-papier par le manche, propre, et de recueillir avec ses doigts les gouttes de sang qui fleurissent sur sa jambe. Il les étale au milieu du lit, tachant les draps blancs d'une belle couleur écarlate.

Il répète le geste deux fois encore, jusqu'à être satisfait de la taille de la tache, puis prend le morceau de tissu que lui tend Beatriz et l'enroule autour de la coupure, enfilant ensuite le pantalon qu'elle lui a donné pour la dissimuler.

Beatriz enveloppe le coupe-papier dans le deuxième morceau de tissu et le cache dans un tiroir du bureau.

Pasquale commence à avancer vers la porte, prêt à laisser entrer la foule. Mais quelque chose ne va pas. Beatriz se rappelle ses visites dans les bordels, l'apparence des hommes quand ils entraient, nets et soignés, et celle, toute différente, quand ils en sortaient.

— Attendez, souffle-t-elle.

Elle s'avance vers lui, défaisant en hâte quelques-uns des boutons de sa tunique. Puis elle passe les mains dans ses cheveux noirs pour les ébouriffer. Enfin, elle déclare, en dénouant sa propre natte et en se décoiffant :

— Nous devons être convaincants.

Il hoche la tête, l'examine pendant un moment avant de tirer la manche de sa chemise de nuit pour dénuder une de ses épaules.

— Bien, dit-elle en se pinçant les joues pour qu'elles soient rouges.

Elle grimpe à nouveau dans le lit, en faisant attention à ne pas toucher le sang, puis fait un signe de tête à Pasquale pour qu'il ouvre la porte.

Menés par le roi en personne, des nobles affluent en nombre dans la chambre ; ils sont au moins vingt, estime

Beatriz. Cesare est vêtu d'un veston de soie rouge, ses cheveux noirs sont huilés et plaqués en arrière et ses yeux brillent, encore plus lorsqu'ils se fixent sur Beatriz, qui a replacé le duvet sur elle, dissimulant ses jambes nues et la tache de sang, même si elle sait que tout sera révélé dans un moment. Elle n'est pas prude, mais elle sent qu'elle est censée l'être, alors elle joue ce rôle.

— J'espère que vous avez passé une agréable nuit de noces, dit le roi, se détournant de Beatriz pour observer son fils.

Le prince Pasquale se flétrit un peu sous le regard de son père, mais il parvient à acquiescer.

— Oui, Père. Merci.

Cesare s'arrête un instant sur lui, notant ses cheveux décoiffés et sa chemise mal boutonnée. Il pince les lèvres.

— Très bien, alors. Voyons cela.

Pasquale hoche la tête, se hâtant vers Beatriz pour l'aider à descendre du lit. Quand elle lui prend le bras, elle sent qu'il tremble à son contact. Elle lui adresse ce qu'elle espère être une pression rassurante. Dès qu'elle se lève, debout devant la foule d'hommes, vêtue seulement de sa chemise de nuit, une salve d'applaudissements et de sifflements s'élève.

Beatriz n'a jamais été pudique – Daphné l'a même plus d'une fois traitée de « fille sans vergogne » – mais là, c'est différent. Elle est exposée comme un objet à consommer ; soudain, elle ne se sent absolument plus sans vergogne. La honte la brûle, chaude et douloureuse, et elle doit lutter pour réprimer le besoin de se couvrir.

Le prince Pasquale doit le comprendre, parce qu'il se place devant elle, la protégeant du mieux qu'il le peut des regards. Puis il retire le duvet, dévoilant la tache de sang. Pendant un moment, personne ne parle et Beatriz retient son souffle, attendant que quelqu'un comprenne que le mariage n'a pas été consommé et crie à l'imposture.

Après ce qui semble être une éternité, cependant, le roi tapote l'épaule de son fils, rayonnant.

— Bon travail, mon garçon. Je ne pensais pas que tu avais ça en toi. Bien sûr, avec une aussi jolie mariée, comment résister ?

Le prince Pasquale parvient à sourire.

— Merci, Père.

— Nous allons vous laisser, alors, dit le roi en se tournant à nouveau vers Beatriz, lui donnant la chair de poule. Je me souviens de ce que c'est d'être jeune et nouvellement marié.

Quand le roi et ses hommes sont partis et qu'il ne reste plus que Beatriz et Pasquale, à nouveau seuls dans la pièce, Beatriz s'assied sur le rebord du lit en poussant un soupir de soulagement.

— Ça a marché, dit le prince, comme à lui-même, comme s'il n'y croyait toujours pas.

— Ça a marché, répète-t-elle en écho, en observant son nouveau mari. Mais je ne comprends pas pourquoi vous le vouliez. Vous n'avez clairement aucun désir d'être mon époux ; maintenant, vous êtes coincé, ajoute-t-elle hardiment.

Il baisse les yeux au sol, incapable de croiser son regard.

— Ce n'est pas ça, dit-il lentement. C'est juste que… nous ne nous connaissons pas, n'est-ce pas ?

— Non, admet-elle. Même si je n'ai jamais espéré un tel luxe. Pasquale – est-ce que je peux vous appeler comme ça ?

— Vous pouvez m'appeler Pas, si vous voulez. C'est ce que font la plupart des gens.

— Pas, alors. Nous avons peut-être berné votre père aujourd'hui, nous tiendrons peut-être à distance les ragots pendant quelques mois. Mais nous sommes jeunes et en bonne santé, et ils s'attendent à ce que des enfants arrivent bientôt.

C'est un mensonge : Cellaria s'effondrera et elle sera de retour à Bessemia bien avant qu'un enfant ne prenne racine dans ses entrailles, il y a des fioles d'herbes cachées dans sa boîte à bijoux pour s'en assurer. Mais elle a également besoin que le mariage soit consommé. Sa mère a été claire sur ce point. Personne ne doit douter de la légitimité de cette union.

Pas ne répond pas pendant un moment, mais sa peau pâlit encore d'un cran.

— Pas, dit-elle encore une fois, obligeant le jeune homme à la regarder.

Alors, comme le lui ont appris les courtisanes, elle le fixe, audacieusement et de manière complice, comme s'ils partageaient un secret. Le prince détourne immédiatement les yeux.

— Vous ne voulez pas coucher avec moi, n'est-ce pas ? lui demande-t-elle.

— Nous nous connaissons à peine, répète-t-il, les joues virant au rouge.

— Cela n'a pas d'importance. On désire quelqu'un, ou on ne le désire pas. Et vous ne me désirez pas, dit-elle.

Il reste silencieux un moment, regardant partout, sauf elle.

— Vous êtes affreusement directe, finit-il par répondre. Est-ce qu'on vous a déjà dit que c'était un peu déroutant ?

— En permanence, lance-t-elle en haussant les épaules.

Il s'assied finalement sur la chaise longue, effondré, les coudes sur les genoux, la tête dans les mains.

— Ce n'est pas vous, plaide-t-il. Croyez-moi, vous devez être la plus belle fille que j'ai jamais vue et tout le monde – *tout le monde* – n'a pas arrêté de me répéter que je suis chanceux.

— Alors, que se passe-t-il ? lui demande-t-elle. Vous préférez les blondes ? J'ai entendu parler de filles qui utilisent du jus de citron pour s'éclaircir les cheveux.

— Non, ce n'est pas ça.

Il semble vouloir lui dire quelque chose, mais paraît vite changer d'avis et ferme la bouche, se mordant la lèvre inférieure si fort que Beatriz s'étonne qu'il ne saigne pas. Puis, il se redresse et se lève.

— Vous avez raison, se dérobe-t-il. Nous ne pourrons pas jouer cette comédie indéfiniment. Nous essaierons bientôt. J'ai juste besoin d'un peu de temps.

Elle hoche la tête.

— Cela pourrait aider si vous n'en parliez pas comme si vous vous prépariez à aller au combat, fait-elle remarquer avec ce qu'elle espère être un sourire encourageant. D'après ce que je sais, la plupart des gens trouvent ça plutôt agréable.

Il essaie de lui rendre son sourire, mais ses yeux restent sans joie. Tous ses sourires sont comme ça, réalise-t-elle : trop fugaces pour que l'on puisse vraiment les apercevoir.

— Je vous verrai au petit déjeuner, alors, Beatriz.

— Triz.

Il se tourne pour la regarder, les sourcils froncés.

— Pardon ?

— Si je dois vous appeler Pas, vous pouvez m'appeler Triz. Mes sœurs sont les seules à le faire, mais vous êtes de la famille, maintenant, non ?

Il réfléchit un instant à sa réponse avant d'acquiescer.

— Je vous vois au petit déjeuner, Triz.

Une fois qu'elle a revêtu une nouvelle robe de brocart or et saphir, Beatriz se fraie un chemin vers la salle de banquet pour le petit déjeuner, suivie de ses dames de compagnie. Dans ses pensées se mêlent les paroles de Pasquale et les attentes écrasantes de sa mère. Si la rumeur de son lit de mariage resté froid parvient à Bessemia, et ce sera le cas tôt ou tard si elle ne fait rien pour contrer cela, l'impératrice sera furieuse.

La séduction est le domaine où Beatriz est censée exceller, plus qu'aucune de ses sœurs. Comment cela pourrait-il causer sa perte ?

« Pasquale a dit qu'il essaierait », se remémore-t-elle, mais d'après ce qu'elle a appris, ce n'est pas le genre d'activités que l'on doit *essayer* de faire. Et la manière dont il la regarde est de mauvais augure : comme si elle était une créature effrayante ou un verre de vin empoisonné, en général ; peut-être, une fois ou deux, comme une amie. Mais jamais comme une amante.

Elle se demande si ses dames de compagnie peuvent voir l'échec qui lui colle à la peau, si quelque chose dans ses yeux trahit sa virginité, non plus garantie de sa valeur en tant que fiancée, mais signe de son manquement en tant qu'épouse.

Juste avant d'arriver à la salle de banquet, Beatriz aperçoit Pasquale, debout avec un jeune noble qu'elle reconnaît vaguement, un garçon aux cheveux brun clair et aux vifs yeux bleus, qui s'illuminent quand il rit à quelque chose que dit Pas. Mais Beatriz ne s'attarde qu'un instant sur lui.

En revanche, elle ne peut se détacher de Pasquale. Il sourit ; il sourit pleinement, pas d'un de ces fantômes de sourires qu'elle a toujours vus sur son visage.

Et la manière dont il regarde ce garçon… Elle connaît ce regard. C'est celui qu'elle espérait lorsqu'ils se sont vus pour la première fois sur les marches du palais, ou bien pendant leur cérémonie de mariage, ou même ce matin quand elle lui a demandé abruptement s'il la désirait.

Les pièces se mettent en place dans son esprit : elle comprend tout.

SOPHRONIA

Les premiers jours de Sophronia en tant que reine de Temarin passent en un éclair. Il y a tellement de courtisans à rencontrer, d'événements auxquels assister, de tâches à superviser. Elle insiste pour s'entretenir avec les membres de son personnel : elle n'est pas idiote au point de croire qu'elle peut tenir les espions hors de sa maison, mais elle est déterminée à savoir au moins pour qui ils travaillent. Et puis il y a les essayages, pendant lesquels on la pousse et on la pique avec des aiguilles tandis que chaque centimètre carré de son corps est mesuré.

Sophronia a toujours détesté les essayages : ils l'ont rendue bien trop consciente de sa silhouette, beaucoup plus pleine que celle de ses sœurs. Désormais perchée sur une petite estrade, en sous-vêtements, elle sent les yeux de la couturière et de ses assistantes qui l'évaluent, la jaugent. Elle perçoit comme un poignard sous la peau chacun des chiffres que crie la couturière pour qu'on les prenne en note. Elle attend le jugement, les œillades sarcastiques et les murmures, mais au lieu de ça, après ce qui semble durer une éternité, la couturière lui lance, avec un regard franc :

— Vous avez plutôt de la chance. Les filles qui peuvent porter du jaune Temarin sont peu nombreuses, mais cela vous ira très bien.

Sophronia cligne des yeux : le jaune Temarin est une couleur claire, proche du canari.

— Vous êtes sûre ? Peut-être que quelque chose de sombre serait plus amincissant ?

La couturière a un petit rire moqueur.

— Vous voulez paraître plus fine ? demande-t-elle en secouant la tête. Vous êtes une *reine*. Pourquoi ne prendriez-vous pas tout l'espace que vous méritez ? Non, je pense que vous resplendirez en couleur : jaune Temarin, bleu Varil... Je viens juste de recevoir de Cellaria la soie la plus divine, couleur grenade : elle sera spectaculaire sur vous. Qu'en pensez-vous ?

Se mordant la lèvre, Sophronia détourne les yeux pour que la couturière ne puisse pas voir combien elle est émue par ces quelques paroles. « Pourquoi ne prendriez-vous pas tout l'espace que vous méritez ? » La phrase résonne dans son esprit, comme si sa mémoire essayait de la graver dans la pierre.

— Je vous en laisse juge, dit-elle.

Les essayages occupent la plus grande partie de la journée et, lorsqu'elle revient dans sa chambre, Sophronia est épuisée d'avoir regardé des tissus et enfilé d'innombrables patrons de robes en mousseline. Son moral remonte en découvrant une enveloppe posée sur son lit. Elle la prend immédiatement : le cachet de cire lui indique qu'elle vient de Beatriz. Elle brise le sceau et lit.

Chère Sophronia,

Je t'écris cette lettre en tant que femme mariée, et j'espère que tu l'es toi aussi. Cellaria est superbe. J'aimerais pouvoir t'envoyer certaines de leurs pâtisseries décadentes, mais j'ai peur qu'elles ne supportent pas le voyage vers le nord. Réponds-moi vite.

Ta sœur,
Beatriz

Sophronia comprend immédiatement que le message de Beatriz est codé, ne serait-ce que parce que les mots ne ressemblent en rien à ceux de sa sœur. Mais au moment où elle s'apprête à le déchiffrer, une bonne entre en trombe pour lui rappeler qu'elle est attendue pour le thé avec la reine douairière et la duchesse Bruna, celle qui l'a accompagnée pendant le voyage. Un peu contrariée, Sophronia glisse la lettre dans le tiroir de son bureau pour suivre la servante.

Elle n'a pas beaucoup vu Leopold depuis le mariage, trois jours plus tôt. Comme il ne reste que quelques semaines avant que le temps ne se refroidisse, il est parti avec ses frères et quelques amis dans son nouveau pavillon de chasse royal, au cœur du bois d'Amivel, que Leopold a fait construire après avoir rasé un village, selon les informations des espions. Ils n'ont toujours pas consommé le mariage et Sophronia est à la fois anxieuse et soulagée.

En l'absence de Leopold, la reine Eugenia a pris la jeune fille sous son aile, l'entraînant dans des thés l'après-midi, des soirées musicales et des promenades quotidiennes dans le jardin, que la douairière aime appeler l'« heure des ragots ».

Sophronia découvre que sa première impression d'Eugenia n'était pas tout à fait exacte. Elle pensait qu'elle n'était pas impressionnante, mais en réalité, elle manie son pouvoir d'une manière différente de l'impératrice, avec davantage de douceur. Elle ne hausse jamais la voix, garde toujours le sourire, et la majorité des batailles qu'elle mène se déroulent poliment autour d'un thé. Mais elle en sort toujours victorieuse. Il est vrai que beaucoup de courtisans ne l'apprécient pas – Sophronia a déjà vu certains regards et entendu quelques murmures au cours des derniers jours –, mais ils dépendent de son bon vouloir et en semblent bien conscients.

La reine Eugenia n'a aucun mal à assurer le fonctionnement de la cour, même en l'absence de Leopold. La plupart des déjeuners et des thés auxquels elles se rendent sont des prétextes à peine déguisés pour que les seigneurs et dames qui les reçoivent demandent des faveurs, dont Sophronia suspecte qu'elles devraient plutôt être entendues par le roi. Le comte et la comtesse de Campary requièrent un prêt de la couronne pour reconstruire leur résidence d'été après qu'elle a été incendiée par des voyous d'un village voisin. Les seigneurs Nieves et Treval ont besoin d'un jugement pour fixer la frontière entre leurs deux domaines. Dame Whittem aimerait que la maîtresse de son époux soit bannie de la cour.

Qu'importe la nature du grief, la reine Eugenia prend en charge la question, le plus souvent en dépensant de l'argent.

Alors qu'elles s'assoient pour le thé, Sophronia est curieuse de savoir ce que la duchesse Bruna va demander, et plus encore de voir comment la reine douairière va donner suite à sa requête.

— Dites-moi, Votre Majesté, comment vous adaptez-vous à la vie à Temarin ? lui demande la duchesse Bruna en prenant place pendant que sa bonne – Violie, la fille originaire de Bessemia – verse le thé dans trois délicates tasses de porcelaine ornées de soleils dorés, l'emblème de la famille royale de Temarin.

La duchesse Bruna est la sœur du roi défunt, et elle se plaît à le rappeler à la moindre occasion.

— Oh, plutôt bien, je crois, lui répond Sophronia en levant sa tasse pour prendre une gorgée de thé. Comme je suis fiancée à Leopold depuis l'enfance, ma mère s'est assurée que je sois élevée dans les coutumes de Temarin aussi bien que dans celles de Bessemia. D'une étrange façon, venir ici me fait presque l'effet de rentrer à la maison. Et appelez-moi Sophie, s'il vous plaît. Nous sommes de la même famille, désormais, n'est-ce pas ? demande-t-elle, en adressant à la duchesse Bruna un sourire que l'on pourrait qualifier d'ingénu si Sophronia n'avait pas passé un nombre incalculable d'heures à s'entraîner devant un miroir.

La duchesse se penche par-dessus la table pour tapoter sa main.

— Quelle adorable fille vous êtes, Sophie, roucoule-t-elle. Et vous devez m'appeler tante Bruna, comme Leopold. Vous n'avez pas d'oncle ou de tante à Bessemia, n'est-ce pas ?

— J'ai bien peur que non. Mes parents étaient tous deux enfants uniques.

— Bien, dit la duchesse Bruna avec un sourire en coin et un regard narquois, en se penchant vers la reine Eugenia. Enfin, c'est ce que *prétend* votre mère mais, d'après ce que j'ai entendu, personne n'a jamais su qui étaient ses parents. Elle pourrait avoir des frères et sœurs partout sur le continent et ne pas le savoir.

— Ne soyez pas désagréable, Bruna, s'interpose la reine Eugenia. L'impératrice Margaraux est la *mère* de Sophronia et la grand-mère de mes futurs petits-enfants. Je ne tolérerai aucune remarque déplacée.

Quand la duchesse Bruna lève les yeux au ciel, Eugenia fait semblant de ne pas le remarquer, adressant à la place un sourire rassurant à Sophronia. La jeune fille a déjà eu l'occasion d'entendre des choses bien pires sur sa mère, mais elle est touchée par l'effort de la douairière pour l'en protéger. Elle se rappelle ce que celle-ci lui a confié au mariage – que lorsqu'elle était une jeune épouse royale dans une cour étrangère, les gens avaient été cruels. Elle semble vouloir maintenant s'assurer que ce soit plus facile pour Sophronia.

« Pour semer les graines de la discorde, commence avec elle. » Au souvenir des mots de l'impératrice, elle sent le poignard de la culpabilité, qu'elle s'empresse de repousser. La reine Eugenia a été gentille avec elle, oui, mais sa loyauté ne va qu'à Bessemia.

— Ces pâtisseries ont l'air merveilleuses, tante Bruna, dit Sophronia.

Après l'avoir pris dans l'assiette en porcelaine, elle tient entre ses doigts l'un des gâteaux, de la taille d'un dé à coudre, pour l'examiner. Son glaçage délicat donne l'illusion d'une rose à mi-floraison. Lorsqu'elle prend une bouchée, elle retrouve la rose, avec un soupçon d'autre chose... De la pistache, peut-être ? Elle interrompt ses pensées qui s'emballent. Comme sa mère le dit chaque fois qu'elle trouve Sophronia cachée aux cuisines avec le chef pâtissier, la pâtisserie n'est pas un passe-temps pour une princesse. Encore moins pour une reine, suppose-t-elle.

— J'ai reçu une lettre de ma sœur Beatriz, poursuit la jeune fille en se tournant vers la reine Eugenia. Elle m'écrit que les pâtisseries cellariennes sont absolument décadentes. Ressemblent-elles à celles-ci ? demande-t-elle.

— Absolument pas, tranche la reine Eugenia sans hésiter. Tout à Temarin est de loin supérieur à Cellaria.

La duchesse Bruna rit.

— Et puis, les Cellariens considèrent l'usage de la poussière d'étoiles comme le plus grave des péchés, donc je ne suis pas encline à me fier à leur expertise en matière de décadence.

La reine Eugenia rit, elle aussi, mais Sophronia remarque une légère crispation au coin de sa bouche.

— Tante Bruna et moi avons vécu une sacrée aventure pendant notre voyage vers Kavelle, dit alors Sophronia pour changer de sujet. Nous avons été attaquées par une bande de voleurs.

— Oui, j'ai appris cela, répond la reine Eugenia avec un lourd soupir. Ce n'est malheureusement pas rare en ce moment.

— Des voyous, ajoute la duchesse Bruna d'un ton méprisant. Heureusement, nous étions suffisamment près du point de rencontre pour que Leopold entende le vacarme, arrive et fasse conduire ces horribles créatures en prison.

— En effet, répond Sophronia.

Sans le vouloir, elle dirige alors son regard vers les domestiques, dans le coin de la pièce, pour trouver Violie et voir, reflétée dans le visage de celle-ci, sa propre ambivalence. Puis elle ajoute, en se tournant à nouveau vers la reine :

— J'ai pressé Leopold de faire preuve de clémence envers eux. Quand on leur a retiré leur masque, on a découvert que ce n'étaient que des garçons de l'âge de Gideon et Reid.

— Vous êtes très gentille, mais c'étaient des *voleurs*, la corrige Eugenia.

Sophronia sourit.

— Oui, c'est aussi ce qu'a dit Leopold. Je suis sûre que vous avez raison, je suis tellement ignorante en la matière, soupire-t-elle en se mordant la lèvre. Mais cela semble un peu… cellarien, non, d'emprisonner des enfants pour quelque chose de si futile ? Personne n'a été blessé, après tout. On aurait presque pu y voir une mauvaise plaisanterie.

Elle adopte un ton des plus légers pour porter ce coup, tout en s'attaquant à une autre pâtisserie miniature, feignant de ne pas remarquer comme la gorge de la reine Eugenia rougit ni la lueur de joyeuse malice qui s'allume dans les yeux de la duchesse Bruna.

Sophronia est prête à parier qu'avant le dîner, le palais entier bruissera de cette polémique : la politique de la reine Eugenia est effectivement un peu cellarienne, non ?

— Je suis certaine que vous avez vous aussi des voleurs à Bessemia, dit la reine Eugenia, maintenant son sourire de façade avec peine. Que fait-on d'eux ?

Sophronia doit se mordre la langue pour éviter de répliquer qu'à Bessemia, le niveau des impôts est suffisamment bas pour qu'aucun voleur ne soit désespéré au point d'attaquer un carrosse royal. Elle se contente de hausser les épaules.

— Cela dépend des circonstances, répond-elle, ce qui n'est pas la vérité la plus stricte, mais elle doute que ses interlocutrices le sachent. Et si la victime du crime ne souhaite pas porter plainte, alors l'affaire est close.

Elle croise le regard d'Eugenia et le soutient pendant un instant, sans se départir d'un sourire radieux. Les deux femmes pourraient aussi bien être en train de discuter de la pluie et du beau temps plutôt que de crime et de châtiment.

— Nous ne sommes pas à Bessemia, rétorque la reine douairière d'une voix tranchante, qui donne à Sophronia l'impression d'être redevenue une petite fille subissant les réprimandes de sa mère. Et nous ne sommes pas non plus à Cellaria. Nous sommes à Temarin, où les criminels sont punis.

— Oui, évidemment, répond la jeune fille. Comme je l'ai dit, je suis novice à ce genre de choses. J'espère que cela ne vous dérange pas que je pose des questions.

— Pas du tout, dit la reine, alors que son ton exprime clairement le contraire.

Même Bruna les regarde l'une, puis l'autre, mal à l'aise.

— Un peu plus de thé ? demande-t-elle en faisant un signe à Violie, qui se précipite pour remplir à nouveau leurs tasses.

Dans sa hâte, quelques gouttes brûlantes jaillissent de la théière pour atterrir sur les genoux de la duchesse Bruna.

— Idiote ! hurle alors celle-ci, sautant sur ses pieds et giflant si fort Violie que le son résonne dans le silence de la pièce.

La jeune fille se cabre, sa main volant vers sa joue rougie, mais elle ne semble pas surprise.

— Je suis tellement désolée, Votre Grâce, marmonne-t-elle.

— Cette robe est en soie importée des monts Alder, as-tu la moindre idée de ce qu'elle coûte ?

— Non, Votre Grâce, dit posément Violie. Mais je suis sûre que je parviendrai à retirer la tache.

— Tu as intérêt. Sinon, je prélèverai la somme sur ta paie.

Sophronia ne sait pas combien gagne Violie, mais elle est prête à parier qu'il lui faudra des années de salaire pour rembourser la robe. Lorsqu'elle capte le regard de la jeune fille, qui se dépêche de retourner à sa place, la théière dans ses mains tremblantes, elle remarque ses yeux écarquillés et devine ses efforts pour réprimer ses larmes.

Sophronia connaît ce regard : il a très souvent été le sien à Bessemia, lorsqu'elle était la cible des humeurs de sa mère, même si celle-ci n'a jamais physiquement malmené ses filles. Elle s'astreint à reprendre la conversation avec la duchesse Bruna et la reine Eugenia, désormais occupées à commérer sur le mari d'une dame surpris dans une position compromettante avec son valet, mais son esprit est ailleurs.

Lorsque Sophronia et Eugenia prennent le chemin du retour vers l'aile royale, après le thé, la reine saisit la jeune fille par le bras pour l'attirer près d'elle.

— J'apprécierais que vous parliez avec davantage de prudence, dit-elle, d'une voix plus douce que ce à quoi se serait attendue Sophronia.

Elle redoutait de se faire réprimander plus vertement, comme l'aurait fait sa mère, mais la reine Eugenia semble plus préoccupée qu'en colère. Elle poursuit :

— La duchesse Bruna m'a toujours détestée. Aujourd'hui, elle me tolère parce qu'elle ne vit que grâce à sa proximité avec la couronne et la pension qui va avec, mais elle est toujours à la recherche de munitions à utiliser contre moi.

Sophronia plisse le front, comme si cette idée ne lui avait jamais traversé l'esprit, comme si elle n'avait pas passé des années à étudier la duchesse Bruna de façon approfondie.

— Oh, je n'y avais pas pensé ! répond-elle. Quelles munitions peut-elle bien avoir contre vous ?

La reine Eugenia tapote son bras en souriant.

— Contre *nous*, la corrige-t-elle. Temarin n'aime pas les étrangers. Oh, ils vous apprécient davantage parce qu'ils n'ont pas été en guerre avec Bessemia depuis qu'ils lui ont arraché leur indépendance, mais ne vous y trompez pas, ils vous verront toujours comme une étrangère.

Ses mots ont du sens. Tellement de sens, même, que Sophronia se sent soudain honteuse de ses tentatives pour l'écarter. « Bessemia avant tout », se rappelle-t-elle, puis elle change de tactique.

— Je suis désolée, soupire-t-elle. C'est seulement que je n'arrête pas de penser à ces garçons…

— Ces voleurs, rectifie la reine douairière.

Sophronia montre un peu d'hésitation avant d'acquiescer.

— Vous êtes trop gentille, dit encore une fois Eugenia. Mais il n'est pas nécessaire de vous faire du souci : je suis certaine que ces garçons sont désormais de retour dans la rue, dans leurs familles. (Elle rit en voyant l'expression surprise de Sophronia.) À quoi vous attendiez-vous, ma chère ? À ce que nous les fassions exécuter ? Comme vous l'avez fait remarquer, ce n'étaient que des enfants, quoique criminels.

C'est en effet précisément ce à quoi Sophronia s'attendait, mais elle parvient à afficher un sourire soulagé, même si ses inquiétudes n'ont pas intégralement été balayées. Elle est incapable d'oublier le son de la gifle de la duchesse Bruna sur la joue de Violie, la marque rouge qu'elle a laissée dans son sillage, les larmes dans les yeux de la jeune fille.

— Je commence à comprendre ce dont vous parliez quand vous évoquiez votre mal du pays, dit-elle en choisissant ses mots avec soin. Non pas que je n'apprécie pas Temarin – sincèrement, je suis si heureuse, ici –, mais il y a des aspects de Bessemia qui me manquent. Je crois que je n'en avais pas encore pris conscience avant de parler avec la domestique de la duchesse Bruna. Saviez-vous qu'elle aussi est originaire de Bessemia ?

— Il me semblait avoir détecté un accent en effet, acquiesce la reine Eugenia en lui lançant un regard de biais.

— Je sais que je suis bien plus chanceuse que vous ne l'avez été. On m'a même dit que vous ne parliez pas la langue quand vous êtes arrivée, alors que moi, j'ai appris le temarinien en même temps que le bessemien : c'est une seconde nature. Mais il n'empêche que c'était agréable d'échanger quelques mots dans ma langue maternelle avec Violie. D'autant plus que, comme vous l'avez souligné, il me faut prendre mes distances avec ma terre natale en public. Est-ce que vous pensez... Oh, non, je ne peux pas vous demander ça, conclut-elle en détournant le regard, adoptant le visage même de la retenue.

— Demandez toujours, Sophie, l'encourage la reine Eugenia.

— Eh bien... À quel point pensez-vous que la duchesse Bruna serait en colère si j'engageais une de ses domestiques ? C'est juste que... ce serait si agréable, d'avoir l'impression d'être un peu à la maison.

— Vous ne pouvez pas sauver toutes les bonnes qui ont une maîtresse cruelle, répond la reine en lui lançant un regard pénétrant.

— Je sais, s'empresse-t-elle de répondre.

Eugenia laisse échapper un long soupir.

— J'imagine que la duchesse serait un peu vexée, même si je parierais qu'elle a engagé une Bessemienne seulement pour se faire apprécier de vous, ce qui veut dire qu'elle ne pourrait blâmer personne d'autre qu'elle-même. Et, pour être honnête, je suis suffisamment mesquine pour me délecter de son irritation. Envoyez-lui un cadeau – ma belle-sœur apprécie particulièrement les rubis – et je suis sûre qu'elle vous pardonnera assez vite.

— Merci, reine Eugenia.

— Nous ne pouvons pas continuer à nous appeler l'une l'autre *reine*, Sophie, répond la douairière avec un geste de la main. C'est affreusement déroutant. Appelez-moi Genia.

Ce soir-là, lorsque Sophronia revient dans sa chambre après le dîner, elle trouve Violie assise à côté du feu, l'une de ses nouvelles robes étendue sur les genoux et une aiguille à la main, même si elle n'est pas en train de coudre. Elle a les yeux dans le vague, fixés sur le feu, mais elle se lève aussitôt pour s'incliner lorsqu'elle entend Sophronia.

— Bonsoir, Votre Majesté.

— Bonsoir, répond Sophronia, quelque peu surprise.

Juste après le thé, elle a envoyé une servante transmettre sa requête, accompagnée d'un bracelet de rubis du bijoutier royal, mais elle ne s'attendait pas à ce que la jeune fille soit si rapidement intégrée à son service.

— Quelque chose n'allait pas, avec la robe ? demande-t-elle en passant instinctivement au bessemien.

Ce n'est qu'en commençant sa phrase qu'elle prend conscience que cela lui a manqué.

Rougissante, Violie baisse les yeux vers la robe.

— Non, pas du tout. C'est juste que… La bonne que l'on a rétrogradée pour me laisser la place continue d'aller et venir en me lançant des regards mauvais, donc je voulais avoir l'air occupée, et comme il n'y avait rien à faire…

Elle laisse sa phrase en suspens et Sophronia complète, en souriant :

— Tu fais semblant de raccommoder une robe toute neuve ? Malin.

— Merci, répond Violie avant d'ajouter : De m'avoir prise à votre service, je veux dire.

— C'est agréable d'avoir avec moi quelqu'un originaire de Bessemia. Cela m'enlève un peu le mal du pays. Tu dois l'avoir, toi aussi.

— Un peu, reconnaît Violie. C'est ma mère qui me manque, surtout.

Sophronia se demande à quoi peut ressembler ce sentiment. Elle pensait que l'impératrice lui manquerait, mais en réalité, elle se sent soulagée de ne plus la voir chaque jour.

— Oh, reprend Violie, étendant la robe sur le bras de la chaise, le roi Leopold est venu il y a quelques instants à peine et m'a demandé de vous proposer une promenade à cheval demain après-midi. Vous avez le temps, après le déjeuner avec dame Enid et la comtesse Francesca et avant le banquet en l'honneur du sieur Diapollio.

— Le chanteur cellarien ? demande Sophronia, intriguée, puis se souvenant qu'il vient donner un concert : Ah, oui, je suis impatiente ! On raconte que sa voix est un don des étoiles. Dis à Leopold que je serai ravie de me joindre à lui.

— Et une lettre et un colis sont arrivés pour vous. Je les ai posés sur votre bureau : le colis est de votre sœur à Friv, la lettre de votre mère.

Sophronia adresse à Violie un sourire en guise de remerciement, tout en avançant vers son secrétaire, où l'attend aussi la lettre de Beatriz, hors de vue. Le colis comme la lettre semblent avoir été manipulés : apparemment, sa mère avait raison de tant se préoccuper de codes et messages secrets.

— Ce sera tout pour l'instant, dit-elle à Violie en s'asseyant à son bureau. Je t'appellerai si j'ai besoin de toi.

La servante fait une petite révérence, puis sort en refermant la porte derrière elle. Sophronia hésite entre la boîte et la lettre, avant de se décider pour la boîte.

Alors qu'elle dénoue le ruban et soulève le couvercle, l'inquiétude la saisit : Daphné ne peut quand même pas s'être déjà débrouillée pour voler le sceau du roi Bartholomé, si ? Sophronia a à peine commencé à semer des tensions entre Cellaria et Temarin ! Mais elle sait que sa sœur est parfaitement capable d'avoir pris cette avance sur elle. Elle n'est sans doute pas en train de perdre son temps à plaider la cause de voleurs, *elle*.

Malgré tout, lorsqu'elle découvre un livre dans la boîte, elle pousse un soupir de soulagement. Même Daphné ne saurait pas dissimuler un objet de la taille d'un sceau dans un si petit livre. Elle ouvre la lettre qui l'accompagne, parcourant les mots écrits par sa sœur.

« Le prince Cillian, mort. » Ce n'est pas si surprenant, étant donné les derniers rapports sur sa santé, pourtant Sophronia ressent un choc. Daphné, elle, semble s'être remise et avoir continué à accomplir sa mission en se fiançant au prince Bairre.

En tournant et retournant le livre entre ses mains, elle repère vite les points de suture sur le dos. Elle les fait sauter avec un coupe-papier pour découvrir une nouvelle lettre, dont les mots ressemblent tellement plus à Daphné que son cœur souffre : elle donnerait n'importe quoi pour être avec sa sœur à cet instant.

La lettre de sa mère, malgré sa brièveté, lui semble lourde de menaces, et Sophronia ne se résout pas à l'ouvrir. À la place, elle fouille dans son bureau et en sort celle de Beatriz, décidant de s'y attaquer en premier. Le code est un peu bâclé – ça n'a jamais été le point fort de Beatriz – mais elle la connaît suffisamment bien pour reconstituer le message. Apparemment, sa sœur non plus n'a pas encore consommé son mariage, et cela la rassure sur son propre retard.

Sophronia s'oblige ensuite à écarter le livre et les lettres de ses sœurs pour saisir l'enveloppe portant le sceau de sa mère, qu'elle ouvre d'un coup. Elle parcourt rapidement le bref courrier et, dès les salutations – « Ma fille la plus chère... » –, elle comprend que c'est un leurre, car il est évident que Sophronia n'a jamais été cela. Le reste est composé d'absurdités sans intérêt, des félicitations pour ses noces, des vœux chaleureux pour son avenir, des mots tendres. Seule la dernière ligne accroche son regard. « Ne doute jamais que mon amour pour toi est plus brillant que le plus brûlant des soleils. »

Voilà l'indice : « le plus brûlant des soleils ». Sophronia pousse un long soupir avant de placer la lettre près de la bougie allumée, à bonne distance de la flamme. Alors que la surface du papier noircit au contact de la chaleur, un nouveau message apparaît dans la marge du haut, en lettres blanc pâle :

Trouve le sieur Diapollio pour recevoir un cadeau de ma part.

DAPHNÉ

Lorsqu'elle a proposé à Daphné d'aller faire des emplettes, dame Cliona a décrit la rue Wallfrost comme « le quartier de la mode ». Daphné s'attendait donc à quelque chose de semblable au centre-ville de Hapantoile : des pâtés de maisons entièrement investis par des vitrines brillantes et rutilantes, des artisans exposant leurs articles sur des étals extérieurs, appâtant les clients en vantant leurs dernières offres. Mais la rue Wallfrost fait la longueur d'une seule des voies équivalentes de Hapantoile, et elle est bordée de magasins qui, s'ils sont propres et nets, manquent assurément d'allure.

— Je ne comprends pas pourquoi cela ne pouvait pas attendre, dit Daphné, toujours à cheval, en levant les yeux vers le ciel gris. On dirait qu'il va pleuvoir d'un instant à l'autre.

Derrière elles, les quatre gardes qui les escortent restent à une distance polie. Cliona, qui a déjà mis pied à terre, a un petit reniflement moqueur :

— Vous avez plus de chances de voir le feu geler que d'avoir un temps agréable à Friv à cette période de l'année.

— Quand même, répond Daphné. Ce n'est pas comme si cette sortie m'était indispensable : je porte encore le deuil de Cillian.

— Le roi a proposé à mon père que vous mettiez de côté les robes de deuil, dit Cliona en haussant les épaules. Vous ne connaissiez pas vraiment Cillian, après tout, et, pour Friv, il est préférable que vous symbolisiez un avenir radieux plutôt qu'un passé tragique.

Daphné saisit la logique de ce raisonnement mais, comme elle l'a remarqué pendant leur voyage jusqu'à Friv, Cliona est une pitoyable menteuse. Et, comme tout pitoyable menteur le sait, il est plus facile de contourner la vérité que d'essayer de l'affronter.

— Pourquoi aujourd'hui, Cliona ? demande-t-elle en lui lançant un regard de biais.

Les oreilles de la Frivienne virent au rouge et elle s'éclaircit la gorge.

— C'est la reine, avoue-t-elle à voix basse, comme si on risquait de les entendre, même si, à l'exception des gardes postés à un mètre devant et derrière elles, la rue est vide. Elle est un peu... fragile.

Daphné hésite, cherchant à déterminer la quantité d'informations qu'elle peut divulguer pour en obtenir d'autres en retour.

— Elle a mentionné quelque chose l'autre jour, quand Bairre et moi étions en train de signer le nouveau contrat de mariage, commence-t-elle prudemment. Au sujet d'une malédiction que le roi aurait amenée sur eux. Elle semblait lui reprocher la mort de Cillian, mais je ne vois pas comment ce serait possible. Le prince est mort de maladie. Mystérieuse, certes, mais comment cela pourrait-il être la faute du roi ?

Cliona se mord la lèvre.

— Il y a des ragots qui circulent depuis longtemps : des sornettes, je vous assure. Ils prétendent que, pendant les dernières guerres des Clans, Bartholomé a sollicité l'aide d'une empyria pour s'emparer de Friv.

Daphné ne peut s'empêcher de rire.

— C'est absurde ! Même Nigellus ne pourrait réaliser un vœu aussi important, et c'est le plus grand empyrion du continent.

À ces mots, Cliona hausse un sourcil.

— Vraiment ? Selon qui ?

Daphné ouvre la bouche mais la referme aussi vite. Tout le monde l'assure à Bessemia, mais personne n'en a jamais apporté la preuve : Nigellus est simplement célèbre. Mais, en y réfléchissant, un autre empyrion ou une autre empyria pourrait revendiquer ce titre sans qu'on puisse s'y opposer. Comme elle ne répond pas, Cliona poursuit :

— La magie des étoiles à Friv est plus… sauvage que ce à quoi vous êtes habituée. Plus au nord, sous l'aurore boréale, on raconte que le pouvoir des empyrions devient erratique : parfois plus fort, parfois plus faible, mais impossible à prédire.

— Je n'avais jamais entendu parler de cela, reconnaît Daphné.

En prononçant ces mots, elle prend conscience qu'elle ne sait pas grand-chose sur les empyrions de manière générale. Elle connaît la poussière d'étoiles, bien sûr, et elle sait que les empyrions sont capables de faire tomber les étoiles du ciel lorsqu'ils ont besoin d'une magie plus puissante, mais elle le comprend de la même manière qu'elle comprend la mer : comme un concept abstrait, et non comme quelque chose qu'elle a pu constater de ses yeux.

— On rapporte qu'il y a bien plus de pluies d'étoiles dans le Nord que n'importe où sur le continent, réussit-elle à dire, espérant ne pas paraître totalement ignorante.

— C'est vraiment un superbe spectacle, répond Cliona d'un air pénétré. Peut-être aurez-vous la chance de l'admirer, un jour.

Daphné espère que non : s'il fait déjà si froid dans la partie sud de Friv, elle ne sait pas comment elle pourrait survivre au Nord. Cliona poursuit :

— Et la poussière d'étoiles que nous collectons tend à être plus puissante que tout ce que vous avez déjà connu : on l'utilise pour soigner des maladies graves et faire pousser des graines dans un sol stérile, et même pour transmettre des messages à des centaines de kilomètres de distance.

Cela éveille l'intérêt de Daphné.

— Vraiment ? demande-t-elle, sceptique.

— Oui. Je n'ai jamais vu *tout ça* par moi-même, j'en ai seulement entendu parler. De ce que j'en sais, l'émetteur et le destinataire doivent être nés des étoiles pour que cela fonctionne.

Daphné enregistre cette information. Elle est elle-même née des étoiles, tout comme ses sœurs. Si elle pouvait leur parler…

— Alors, c'est possible, dit-elle, revenant au sujet en cours. Le bon empyrion ou la bonne empyria, pendant la bonne nuit, faisant le bon vœu sur la bonne étoile, pourrait avoir fait gagner Friv à Bartholomé.

— C'est la rumeur, répond prudemment Cliona. Les gens aiment trouver une excuse à leurs échecs. S'ils peuvent blâmer une femme, c'est encore mieux, et ici, ils font porter la responsabilité à Aurelia, une empyria. Je ne sais pas pour votre Nigellus, mais Aurelia est la plus grande empyria dont j'aie entendu parler, même si personne ne l'a vue depuis la fin de la guerre.

— La magie a un coût qui dépend de l'importance du vœu, observe Daphné. La seule fois où j'ai vu Nigellus utiliser un tel pouvoir, c'était pour souhaiter la fin de la sécheresse à Bessemia. Il a plu le jour même, mais Nigellus a été cloué au lit pendant des semaines, après ça. Un vœu suffisamment puissant pour que Bartholomé devienne roi pourrait très bien l'avoir tuée.

— Les étoiles ont un prix, oui, répond Cliona avec un regard appuyé. Mais ce n'est peut-être pas Aurelia qui l'a payé.

— Vous pensez que c'est ce qui a tué Cillian ? Il n'était pas encore né, pas même conçu !

Cliona hausse les épaules.

— Mais on peut imaginer que Bartholomé a payé quelque chose. C'est la rumeur. La reine semble y croire, et le roi pense que c'est mieux qu'elle aille rendre visite à sa sœur dans le Nord pendant quelques semaines. Et il est convaincu que ce sera plus facile de lui faire quitter le château sans Bairre et vous dans les parages.

Elles s'arrêtent alors devant un magasin qu'une enseigne désigne comme étant celui de la couturière Nattermore. Deux des gardes disparaissent à l'intérieur pour inspecter les lieux.

— Et où est Bairre, dans ce cas ? demande Daphné pendant qu'elles attendent. Je suppose qu'on ne l'a pas capturé pour qu'il s'achète une nouvelle garde-robe, lui.

— Non, il chasse avec mon père et d'autres nobles. Il a beaucoup de relations à entretenir, maintenant qu'il est l'héritier, explique Cliona.

Lorsque les gardes ressortent du magasin, ils font un petit signe de tête qui semble davantage adressé à Cliona qu'à Daphné.

— Venez, dit sa compagne en la tirant vers la porte. Il paraît qu'ils viennent juste de recevoir de la dentelle de Cellaria.

Le magasin est exigu mais lumineux, éclairé par le soleil teinté d'orage qui filtre à travers les larges baies vitrées, ainsi que par la demi-douzaine de lampes à huile placées sur les étagères et les tables pour mettre en valeur les rouleaux de tissu qui recouvrent le moindre espace disponible. Ils sont alignés le long des murs, installés à la verticale dans les coins ; quelques-uns sont même posés sur l'unique canapé : des mètres de velours gris acier se déversent jusqu'au tapis. C'est l'opposé des boutiques de mode bessemiennes, avec leurs ateliers immaculés, leurs fauteuils rembourrés, leurs catalogues d'échantillons bien proprement organisés et leurs vendeuses efflanquées, aux traits fins, capables de vous vendre une garde-robe entière ou de détruire votre amour-propre en quelques mots bien sentis. Mais ici, Daphné a du mal à imaginer que quiconque pourrait leur offrir du champagne.

Une femme menue, aux cheveux gris, un châle en laine passé autour de ses épaules osseuses, émerge de l'arrière-boutique, une tasse de thé dans une main et un mètre ruban dans l'autre. Lorsqu'elle découvre ses visiteuses, son visage se renfrogne.

— Vous êtes en retard.

— Mes excuses, madame Nattermore, répond Cliona en s'inclinant dans ce qui ressemble à une révérence, même si la femme n'a aucun titre et que Cliona est la fille d'un duc.

Accordant à peine un regard à cette dernière, Mme Nattermore se tourne vers Daphné, qui souhaite immédiatement qu'elle pose les yeux n'importe où ailleurs. Son examen scrutateur est si lourd que Daphné trouve difficile de respirer, mais elle s'oblige à garder le dos droit et le menton haut. Elle est princesse de Bessemia, future reine de Friv – future impératrice du continent entier –, et elle refuse de se recroqueviller devant une couturière.

— Alors, lâche celle-ci d'une voix si tranchante que ce simple mot semble porter le poids d'un empire, vous êtes notre nouvelle princesse, n'est-ce pas ? Vous ne semblez pas capable de passer l'hiver.

Daphné ouvre la bouche pour protester, mais la referme rapidement, la forçant à former ce qu'elle espère être un sourire plaisant.

— J'ai besoin de nouvelles robes, dit-elle à la femme avant de jeter un coup d'œil à Cliona.

— Et d'une robe de mariée, ajoute celle-ci.

— J'ai déjà une robe de mariée, rétorque Daphné, perplexe.

Elle est suspendue dans sa garde-robe depuis son arrivée, d'un profond velours vert avec des motifs de fleurs en perles d'or.

— Vous ne pouvez plus la mettre *maintenant*, réplique Mme Nattermore. On va dire qu'elle est maudite, qu'elle porte malheur. C'est dommage, mes doigts sont encore engourdis de ce travail avec les perles.

— Je suis... désolée ? avance Daphné.

Elle n'a pas vraiment l'intention de s'excuser, elle sait qu'elle n'est coupable de rien. Mais les mots sortent de sa bouche sans qu'elle puisse les arrêter, comme si les yeux d'acier de la couturière pouvaient les lui extirper contre sa volonté.

— On ne peut plus rien y faire, maintenant, je suppose, répond celle-ci. Dame Cliona, tirez les stores. J'ai quelques tissus de côté. Diedre ! Où est cette fille ?

Alors que Cliona s'exécute, entre dans la pièce une autre fille, de l'âge de Daphné, avec des boucles noires qui encadrent son visage pâle. Elle porte une pile de rouleaux de tissu dans des nuances variées de vert, même si aucune d'entre elles n'égale la pure couleur émeraude de la robe de mariée de Daphné.

Mme Nattermore la fait monter sur la petite estrade et lui enlève sa tenue d'équitation, si rapidement que la jeune fille ne s'en rend compte que lorsqu'elle se retrouve en chemise et qu'elle sent le mètre ruban glisser autour de ses épaules, de sa taille, de son bras, de ses hanches, puis entre ses épaules et sa taille, entre sa taille et ses chevilles. Ce faisant, la couturière crie des chiffres et Diedre les note au fusain sur un bloc de papier.

— Passe-moi le premier, ordonne Mme Nattermore.

Diedre se précipite pour prendre le rouleau du dessus de la pile, revenant en hâte vers sa patronne, qui place l'extrémité du tissu sous le visage de Daphné, les yeux plissés.

— Trop pâle, affirme-t-elle en secouant la tête. Cela va lui retirer toutes ses couleurs. Le vert bouteille, où est-il ?

L'assistante court chercher un autre rouleau, d'une teinte plus soutenue.

— C'est mieux, approuve Mme Nattermore avec un hochement de tête avant que ses yeux ne croisent ceux de Daphné. Qu'en pensez-vous ?

La jeune fille jette un œil dans le miroir trilobé, observant les trois reflets qui lui renvoient son regard.

Ce vert est de la couleur de l'herbe au printemps : il fait paraître ses yeux plus brillants. Elle acquiesce.

— Dame Cliona m'a dit que vous aviez reçu de la dentelle de Cellaria. Nous pourrions en mettre sur le corsage, en blanc, peut-être ?

Les mots sont à peine sortis de sa bouche que Cliona pousse un cri horrifié et adresse à Daphné un regard d'avertissement. Celle-ci est sur le point de demander ce qui ne va pas quand Mme Nattermore la devance :

— Est-ce que vous êtes en train de me dire comment faire mon travail, princesse ? demande-t-elle d'une voix glaciale.

— Oh non, s'empresse de répondre Daphné. Absolument pas, c'était simplement une suggestion. J'adore la dentelle de Cellaria, voilà tout.

— Ici, le blanc est la couleur de la mort, princesse, poursuit Mme Nattermore. Nous avons déjà un prince maudit par le destin, voulez-vous en condamner un autre en portant du blanc pour vos noces ?

— Non, bien sûr que non, répond Daphné, étonnée.

Elle qui a appris tant de choses sur Friv, comment peut-elle avoir oublié cette tradition ?

— J'ai juste pensé...

— Peut-être qu'il vaut mieux que vous me laissiez penser, la coupe sèchement la femme avant de se tourner vers Diedre. Descends à la réserve avec dame Cliona pour lui montrer les nouveaux velours que nous avons reçus. Je pense qu'ils seront parfaits pour le reste de la garde-robe de la princesse.

— Oui, madame Nattermore, murmure l'assistante en guidant Cliona vers la porte arrière.

En passant, celle-ci lance à Daphné un regard lourd de sens. Lorsque le battant se referme derrière les jeunes femmes, Mme Nattermore se tourne à nouveau pour faire face à Daphné, puis, en sifflant entre ses dents, elle l'examine de la tête aux pieds.

— Vous voulez de la dentelle, dit-elle lentement. De la dentelle *cellarienne*. Le jour de votre mariage. Au-delà de la couleur, est-ce que vous savez ce que diraient les gens ? Que ce n'est pas envers Friv que vous êtes loyale.

— Ce n'est que de la dentelle, proteste Daphné.

— « Que de la dentelle », répète la couturière, la voix pleine de dédain. La plupart des gens de ce royaume ne vous rencontreront jamais, princesse. Ils ne vous entendront jamais parler, n'entendront jamais comme vous avez de l'esprit – car on dit que vous êtes spirituelle, même si je n'en suis guère convaincue. Tout ce que les Friviens sauront de vous, c'est ce qu'ils verront. Ce que vous considérez comme n'étant « que de la dentelle », ils le liront comme un message. Quel message voulez-vous envoyer ?

Les mots s'infiltrent sous la peau de Daphné jusqu'à ce qu'elle sente la honte la démanger. Si sa mère était là, elle serait tellement déçue ! Elle l'a mieux élevée que ça, elle l'a élevée pour être réfléchie et volontaire, pas pour se laisser influencer par un détail aussi inutile qu'un morceau de dentelle. Alors, chassant sa honte et s'obligeant à soutenir le regard de Mme Nattermore, elle dit :

— La première robe de mariage que vous avez confectionnée était lourde et solide, comme une armure.

La couturière acquiesce :

— Une robe appropriée pour la future reine de Friv, qui ne ressemble en rien aux délicates et froufroutantes absurdités si populaires à Bessemia. Friv n'est pas un royaume délicat, princesse. Nous avons une histoire sanglante ; une histoire qui n'est d'ailleurs pas vraiment encore de l'histoire. Nous n'avons pas besoin d'une princesse délicate, mais d'une princesse capable de passer l'hiver.

Daphné hoche la tête avant de proposer, au bout d'un moment :

— De l'hermine, peut-être ? En ornement ?

Mme Nattermore envisage sa proposition, la bouche légèrement tordue. Daphné se dit qu'elle est en train de réprimer un sourire.

— Peut-être, concède la couturière. Rhabillez-vous. Je vais mettre la bouilloire sur le feu. Vous devriez vous réchauffer les os avant de mettre à nouveau un pied dans ce froid.

Quand Daphné est prête, elle s'avance vers la porte par laquelle Cliona et Diedre ont disparu, celle qui, imagine-t-elle, mène à la cuisine, qui fait peut-être la connexion avec la maison de Mme Nattermore. Là, elle trouve une bouilloire qui siffle sur le poêle, mais aucun signe de la couturière, de Cliona ni de Diedre. La porte ouvrant sur une volée de marches est légèrement entrouverte, menant sans doute à la réserve qu'elles ont mentionnée.

Elles doivent être en bas, encore en train de regarder les velours. Daphné hésite, se demandant si elle doit les attendre ici, mais elle veut voir les velours pour s'assurer qu'elles ne choisissent pas quelque chose de trop terne pour elle. Elle descend les marches inégales, suivant le son de voix étouffées, mais quand elle atteint le sous-sol, elle ne peut réprimer un hoquet de surprise.

Il n'y a aucun velours dans la réserve. Chaque centimètre carré est recouvert de boîtes, dont certaines sont ouvertes, révélant leur contenu – des fusils et des pistolets, flambant neufs –, ainsi que des barils de ce qu'elle ne peut que supposer être de la poudre à canon. Un arsenal suffisant pour armer des centaines de personnes.

— Princesse ! s'écrie une voix étonnée, et Daphné se tourne pour découvrir Cliona devant l'un des barils, soulevant le couvercle, tandis que, derrière elle, Diedre tient un fusil dans chaque main pour les inspecter.

Avant que Daphné ne puisse bouger, il y a un craquement dans l'escalier derrière elle et la lame froide et aiguisée d'un couteau se pose sur sa gorge, juste assez fermement pour qu'elle sente le tranchant s'enfoncer dans sa peau. Il suffirait d'un peu plus de pression pour que la lame lui coupe la carotide, ce qui provoquerait une hémorragie rapide. Imaginer la mort si proche devrait effrayer Daphné mais, au contraire, elle se demande si la position du couteau est un heureux hasard ou bien si ce n'est pas la première fois que Mme Nattermore en tient un sur la gorge de quelqu'un.

— Bien, dit-elle à l'oreille de Daphné. Je suppose que le thé va devoir attendre.

DAPHNÉ

Daphné est assise de force sur une chaise, les bras attachés par une corde, la lame du couteau toujours pressée contre sa gorge par Mme Nattermore. Elle sent la morsure du tranchant, même s'il n'a pas transpercé sa peau – pas encore. La raison lui indique que cette issue est probable – ce n'est pas une situation à laquelle une personne raisonnable penserait pouvoir échapper – mais la peur qui devrait accompagner cette certitude lui semble très éloignée, comme hors de portée.

Elle ne va pas mourir, décide-t-elle. Elle ne va *pas* mourir, c'est tout. Elle va faire et dire ce qu'il faut pour sortir vivante de cette cave. Bessemia a besoin d'elle, et la mort ne l'effraie pas autant que la perspective d'échouer.

— Je m'en occupe, dit Mme Nattermore à Cliona et Diedre, en gardant les yeux fixés sur Daphné.

Elle ne veut pas la tuer, comprend alors la jeune fille, ce qui ne signifie pas qu'elle ne le fera pas, mais cette ambivalence doit être mise à profit.

— Cliona et les gardes prétendront qu'ils ont été attaqués par des rebelles sur le chemin du retour au château. Tous les gardes sont-ils de notre côté ?

— Trois sur quatre, répond calmement Cliona. Il y a un nouveau dont la famille est loyale envers le roi.

— Alors vous assurerez qu'il a vaillamment donné sa vie pour protéger la princesse.

Daphné se rappelle la manière dont les gardes ont regardé Cliona, ce hochement de tête qui semblait adressé à elle seule, comme pour faire passer un message. Elle sait désormais trois choses sur ces rebelles : ce sont des ennemis du roi ; la famille de Cliona est impliquée ; ils sont très bien informés. Si elle survit à cet événement, elle aura quantité d'informations à transmettre à sa mère.

Cliona hésite mais elle dit, en hochant la tête :

— Faites-le, alors.

Daphné sent le couteau pressé plus fermement contre sa gorge.

— Vous agissez sur la base d'une hypothèse erronée, déclare-t-elle alors d'une voix calme et égale, même si son esprit est en ébullition.

« Survivre à tout prix », se rappelle-t-elle.

— Ah oui ? demande Mme Nattermore.

Daphné s'humecte les lèvres, choisissant avec le plus grand soin les mots qui vont suivre. Elle sait qu'elle ne doit pas trop en dévoiler, mais quelle importance cela aura-t-il si elle meurt ? Elle ne sera alors d'aucune utilité, ni pour sa mère, ni pour Bessemia. L'impératrice a toujours dit que Daphné pourrait convaincre un serpent de manger sa propre queue.

— Celle selon laquelle nos volontés ne convergeraient pas, poursuit-elle prudemment.

Ce n'est pas un mensonge. Les rebelles agissent contre le roi, et elle aussi.

Cliona, Mme Nattermore et Diedre échangent un regard, puis la couturière rétorque brusquement :

— Il n'y a aucune convergence. Vous voulez que Friv soit unifié, sinon vous n'aurez aucune terre à gouverner. Nous, nous voulons un pays sans roi ni reine, donc sans princesse non plus.

Daphné sourit. Peut-être que la meilleure voie est celle de l'honnêteté. Enfin, autant d'honnêteté que possible. Peut-être qu'elle peut sortir de là non seulement la vie sauve, mais en ayant aussi fait des progrès dont elle fera part à sa mère.

— Friv ne m'importe pas, leur dit-elle. C'est un pays froid et grossier, et je le déteste.

Le couteau appuie un peu plus contre sa gorge et Daphné se demande si ce n'était pas un peu trop honnête. Elle change d'orientation :

— Si vous voulez vous en emparer, vous êtes les bienvenus. Ce que je veux, c'est retourner chez moi. Vous voulez renverser la monarchie ? Formidable. Si vous pouviez le faire avant mon mariage, ce serait encore mieux. Ma mère paiera généreusement pour que je rentre saine et sauve, je rentrerai, et Friv sera à vous. Nous pouvons toutes avoir ce que nous voulons.

— Est-ce que c'est censé nous convaincre ? demande Diedre d'un ton cinglant. Nous sommes là parce que nous aimons notre pays. Nous sommes des patriotes.

— Alors, je suppose que vous ne souhaitez pas que Friv et Bessemia fusionnent, répond Daphné en les regardant chacune tour à tour.

Elle a marqué un point, c'est visible. Bien. Elle avait prévu d'attendre d'avoir le sceau du roi, mais sa mère leur a toujours martelé que les plans les mieux conçus étaient les plus adaptables. Elle poursuit :

— C'est le projet du roi. Ma mère n'a pas d'héritier mâle. Quand Bairre et moi, nous nous marierons, la fusion de Bessemia et de Friv commencera et, au final, nous les dirigerons ensemble.

C'est à moitié vrai. Friv sera annexé par Bessemia, en même temps que Temarin et Cellaria, et Daphné régnera un jour sur l'ensemble, mais le roi Bartholomé ne sait rien de tout ça. Cependant, si les rebelles veulent en faire leur ennemi, c'est encore mieux.

— Raison de plus pour vous tuer, pointe Cliona. L'alliance avec Bessemia mourra avec vous.

— Si vous me tuez, vous aurez un problème sur les bras. Il suffira d'une personne dans la rue Wallfrost qui se rappellera m'avoir vue venir ici avec vous, une personne qui aura vu Cliona repartir seule. Et si le roi Bartholomé a déjà marchandé Friv une fois, il le fera à nouveau. Me tuer ne représente qu'une solution de court terme à un problème bien plus vaste. Alors que je pourrais vous apporter mon aide.

C'est une ruse désespérée et elle ne sait pas exactement dans quoi elle s'embarque, mais si elle reste en vie, quelle importance ? Il y a peu de choses que Daphné ne donnerait pas pour sa vie. Rien ne lui vient immédiatement à l'esprit, à vrai dire.

— Vous pensez que nous avons besoin de vous ? s'esclaffe Mme Nattermore. Il y a des rebelles partout où vous regardez, princesse, des Friviens loyaux qui voient le roi comme l'imposteur qu'il est, un seigneur de guerre assoiffé de pouvoir qui est allé trop loin. Il y a des rebelles partout dans les hauts plateaux, prêts à faire renaître les clans, prêts à déclarer notre indépendance, quitte à brûler le château et tous ses habitants.

Davantage d'informations encore pour la prochaine lettre que Daphné adressera à sa mère, même si elle se demande ce que l'impératrice sait déjà. Ses espions n'ignorent rien des rebelles des hauts plateaux, des attaques des carrosses de familles loyales au roi, des menaces qui ont été proférées à l'encontre de la couronne, des réunions clandestines tenues dans des caves pas si différentes de celle-ci. « Jeux d'enfants, s'est moquée sa mère. Des mots, des fanfaronnades, aucune véritable action. » Mais voilà Daphné entourée d'assez d'armes et de poudre à canon pour raser la ville. Si tout ça ne relève pas d'une véritable action, elle ne sait pas ce qu'il lui faut.

— Très bien, vous avez des soutiens sur les hauts plateaux, reprend-elle. Mais nous ne sommes pas sur les hauts plateaux, n'est-ce pas ? Oh, vous avez aussi des alliés ici, j'en suis certaine. Quel serait l'intérêt de toutes ces armes, si ce n'était pas le cas ? Mais vous n'en avez pas suffisamment.

Pendant un instant, personne ne parle. Puis Cliona intervient, d'une voix calme :

— Elle n'a pas tort. Ces armes sont bien belles, mais elles ne seront d'aucun usage si on ne peut pas les faire entrer dans le château, à proximité du roi.

— Qu'est-ce que vous suggérez, alors ? demande la couturière.

Daphné hausse les épaules.

— Le roi semble s'être pris d'affection pour moi. Il pleure un enfant, et le destin lui en envoie un nouveau. Je pourrais en tirer profit. Sans compter que j'ai un accès illimité au château, y compris à des lieux où Cliona ne peut aller.

— J'en doute, dit celle-ci.

— Alors vous êtes allée seule dans le bureau du roi ? rétorque Daphné avec un sourire suffisant.

Les mâchoires de Cliona se serrent.

— Il est fermé à clé quand il n'y est pas.

— Oui, je suppose que cela arrêterait certaines personnes...

Mme Nattermore dévisage Daphné pendant un long moment.

— Qui êtes-vous, exactement ?

— Il y a beaucoup de choses que vous ne me dites pas. Ce n'est que justice si je garde quelques secrets pour moi.

— Qu'est-ce que vous voulez, alors ? demande Diedre, les yeux plissés.

— Eh bien, déjà, j'aimerais que vous lâchiez votre couteau, madame Nattermore. Si vous aviez l'intention de vous en servir, vous l'auriez fait depuis longtemps, mais c'est malgré tout terriblement inconfortable.

Il y a une seconde d'hésitation avant que la couturière ne lâche son bras, et la lame en même temps. Elle traverse la pièce pour se poster près de Diedre et de Cliona, les bras croisés sur la poitrine.

— D'autres conditions ? s'enquiert Cliona.

Daphné soutient son regard et décide de pousser son avantage. Elle repense au sceau qu'elle est censée voler au roi sans qu'il ne remarque sa disparition : la tâche impossible que sa mère lui a assignée. Mais peut-être pas si impossible, avec un peu d'aide.

— De la poussière d'étoiles. Un peu.

— Pourquoi ne pas en demander au roi ? Il lui en reste plein, depuis que Cillian...

— Si je m'adresse au roi, il va poser des questions. Pas vous.

Cliona pince les lèvres, croisant ses bras sur sa poitrine avant d'acquiescer.

— Marché conclu.

— Ce n'est pas vous qui passez les marchés, Cliona. C'est votre père, remarque Mme Nattermore.

Un nouveau petit cadeau pour Daphné : elle soupçonnait que le père de Cliona était impliqué, mais apparemment, c'est leur meneur.

— Lorsque mon père n'est pas là, j'agis en son nom, rétorque Cliona. Je lui expliquerai la situation. S'il n'est pas d'accord avec moi, on pourra en discuter, mais pour l'instant, c'est la meilleure façon de procéder. La princesse a raison, elle est utile vivante, mais morte, elle représente un risque.

— Et si elle raconte tout au roi à la seconde où elle rentre au château ? intervient Diedre. C'est ce que je ferais, si j'étais elle.

— Eh bien, espérons qu'elle est plus intelligente que toi, dit Cliona, ses yeux croisant ceux de Daphné. Après tout, nous avons aussi nos espions au château, moi y compris. Et elle ne sait pas qui ils sont. Les gardes avec leurs épées tranchantes, les cuisiniers qui préparent ses repas, l'empyrion royal qui pourrait faire de sa vie un enfer avec le bon vœu. Cela pourrait être n'importe qui.

Daphné déglutit mais soutient le regard de Cliona.

— Nous nous sommes comprises, conclut-elle avant de sourire. Vous voyez ? Il n'y a aucune raison pour qu'on ne puisse pas s'entendre.

Cliona prend le poignard des mains de Mme Nattermore et tranche les liens qui attachaient Daphné à la chaise.

— Nous avons rendez-vous avec le bijoutier et le cordonnier. Nous ne pouvons pas nous permettre d'éveiller les soupçons, n'est-ce pas ?

Daphné se lève, frottant ses bras là où la corde a laissé des marques rouges.

— Cliona, dit la couturière quand elles s'approchent des escaliers, si cela se passe mal, votre père sera très déçu.

Même si les mots ne sont pas si menaçants, Daphné remarque une lueur de véritable peur dans les yeux de Cliona : c'est la première fois qu'elle semble vraiment inquiète.

— Cela n'arrivera pas, assure-t-elle à travers ses dents serrées, avant de s'exclamer, un poing sur la poitrine : Pour Friv !

— Pour Friv, répètent Mme Nattermore et Diedre, imitant son geste.

Le reste de leurs emplettes se déroule en un battement de cils. Alors que Daphné essaie des dizaines de colliers, boucles d'oreilles et mules à talons, elle observe Cliona du coin de l'œil. Le masque de mondaine gâtée est à nouveau en place, mais Daphné ne peut plus la regarder sans voir aussi la fille de la cave, froide et déterminée, en train d'examiner un mousquet d'un œil aiguisé.

Elle aurait dû le déceler plus tôt, aurait dû remarquer que Cliona n'était pas celle qu'elle prétend être. Mais Cliona ne l'a pas non plus percée à jour, et cette pensée la réconforte. De plus, Daphné a réussi à semer la graine de la rumeur selon laquelle le roi voudrait fusionner Friv et Bessemia. Elle pensait qu'elle aurait besoin du sceau pour y parvenir, mais un murmure peut voyager bien plus loin qu'une déclaration officielle, et plus vite. Un royaume détruit est un royaume vulnérable, aime à dire l'impératrice. Si Friv se combat lui-même, ce sera plus facile pour Bessemia d'en prendre possession.

Lorsqu'elles sont de retour au château et confient leurs chevaux au palefrenier, Cliona enroule son bras autour de celui de Daphné, exactement comme elle l'a fait plus tôt, mais cette fois, le geste semble plus menaçant. Daphné scrute la main de sa voisine pour repérer une arme qui pourrait y être dissimulée – un anneau empoisonné, une lame large comme une plume –, mais il n'y a rien.

— Vous recevrez une missive dans quelques jours, lui indique Cliona. Suivez les instructions, et vous aurez votre poussière d'étoiles.

— Les instructions ? demande Daphné, gagnée par la peur.

À ces mots, le sourire de Cliona s'affûte pour devenir d'un tout autre genre.

— Vous vouliez vous joindre à notre jeu, princesse. Voyons comment vous jouez.

BEATRIZ

Même à Bessemia, Beatriz a entendu parler de la beauté du jardin aquatique de Vallon, une bande de littoral sur la côte sud du royaume, juste à l'extérieur de l'enceinte du palais. À marée haute, il n'y a rien à voir hormis une plage de sable sur laquelle les vagues déferlent : un paysage nouveau pour Beatriz, il est vrai, mais rien de comparable à ce qui se révèle lorsque l'eau se retire.

On dirait alors que la mer est une couverture que l'on tire pour faire apparaître des massifs de plantes étincelants, évoquant davantage des peintures d'enfant que des compositions végétales. De loin, le rivage ressemble à une boîte à bijoux, scintillant de centaine de pierres précieuses de toutes formes et couleurs, et c'est encore plus extraordinaire lorsqu'on se rapproche : certaines fleurs ont des vrilles qui s'étendent pour lécher langoureusement le sable, d'autres sont dressées vers le ciel et capables de se déplacer à leur guise, pourvues de griffes épineuses qui s'attaquent à quiconque les effleure d'un peu trop près.

Les préférées de Beatriz, ce sont les grappes de fleurs rouges dont les pétales se déploient lentement pour révéler un cœur d'un violet vif. Mais ce n'est qu'en passant devant la troisième qu'elle remarque les deux points noirs qui semblent suivre ses moindres mouvements.

Les fleurs ont des *yeux*.

À Bessemia, les jardins de sa mère, soigneusement entretenus, composés des plus belles fleurs issues des quatre coins du monde, sont l'objet de nombreuses légendes. C'est, pensait souvent Beatriz quand elle était enfant, comme marcher dans un univers magique en pâte d'amande : magnifique, coloré, irréel, mais statique. Contrairement à ce jardin aquatique, qui semble doué de sensibilité.

Elle n'est pas la seule à s'y promener cet après-midi-là, ses mules de satin à la main, ses pieds nus s'enfonçant légèrement dans le sable humide. Il y a de nombreux autres courtisans qu'elle reconnaît vaguement pour les avoir vus au palais, des couples marchant bras dessus bras dessous, riant, s'éclaboussant, profitant de cette chaude et radieuse journée. Ses sœurs lui manquent plus que jamais : Sophronia serait fascinée par le jardin, Daphné par ceux qui y déambulent. Beatriz essaie de penser à la manière dont elle va le leur dépeindre dans ses prochaines lettres, mais elle est à court de mots : c'est absolument indescriptible.

Elle laisse flotter son regard autour d'elle, scrutant les visages des promeneurs, en cherchant un en particulier. Elle a vu les portraits du seigneur Savelle réalisés par les espions de sa mère, mais n'a pas encore repéré quelqu'un qui y corresponde. Elle avait supposé qu'il assisterait au mariage, mais elle ne l'y a pas vu non plus.

« Non que tu aies prêté attention à grand-chose en dehors du contenu de ton verre de vin », lui fait remarquer une petite voix dans son esprit, qui ressemble à celle de Daphné. Beatriz tressaille. Elle sait qu'elle devrait avoir davantage avancé dans sa mission, et elle a déjà dû confesser ses échecs dans une lettre adressée à sa mère. Mais elle ne va pas s'attarder sur ses erreurs passées : il vaut bien mieux les réparer. L'une de ses domestiques a mentionné, après quelques questions choisies avec prudence et posées avec détachement, que le seigneur Savelle aimait se promener dans le jardin aquatique. Cela lui a alors semblé le meilleur endroit pour organiser leur première rencontre.

Beatriz a tout prévu : en passant près de lui, elle trébucherait sur une pierre et ferait semblant de s'être foulé la cheville. Elle a envisagé de le faire vraiment, par souci d'authenticité, mais il n'y a pas de poussière d'étoiles pour la faire guérir rapidement, ici. Alors, le seigneur Savelle serait obligé de l'escorter jusqu'au palais, peut-être même de la porter. Il lui suffirait ensuite de battre des cils et de le remercier avec profusion. Elle l'aurait mis dans sa poche avant qu'ils aient atteint l'entrée du palais et pourrait aisément le manipuler pour alimenter les ferments d'une guerre contre Temarin. Le plus difficile semble être de le trouver.

Alors qu'elle cherche le seigneur Savelle, elle sent que les courtisans la dévisagent. Leurs regards lui brûlent la peau, mais elle essaie de les ignorer.

S'étonnent-ils de la voir seule ici, se demandent-ils où est son mari ? Elle ne les en blâme pas. Elle a déjà vu de jeunes mariés : toujours l'un avec l'autre pendant les quelques semaines qui suivent les noces, lors des rares moments où ils quittent leur chambre. Elle suppose qu'elle aussi se poserait des questions.

Pasquale n'a été rien d'autre que poli. Durant les quelques jours qui se sont écoulés depuis leur mariage, il a insisté pour dormir sur le canapé de leur chambre, ne grimpant à ses côtés qu'un instant avant l'arrivée des domestiques, le matin, pour éviter de propager des rumeurs. Ce n'est pas confortable, car Beatriz doit s'assurer de rester éveillée plus tard que lui pour pouvoir mettre les gouttes dans ses yeux. De plus, même dans son sommeil, il semble si malheureux ! Ils n'en parlent plus, ni de leur première matinée ensemble. Elle ne mentionne pas non plus la façon dont elle l'a vu regarder ce garçon.

Il s'appelle Ambrose, a-t-elle appris par la suite. Pas de titre, seulement Ambrose. Il est le neveu et héritier d'un seigneur de basse extraction, l'ami le plus intime de Pasquale à la cour. D'après ce qu'elle a rassemblé comme informations, ils sont inséparables depuis l'enfance.

Beatriz essaie de se sortir cette pensée de l'esprit. Après tout, elle ne sait pas ce qu'elle a vu – Pasquale sourire ? Pourquoi ne sourirait-il pas à son ami ? Sur le moment, elle a cru saisir quelque chose entre eux, une énergie, une étincelle, mais plus elle y pense, plus elle se dit qu'elle a peut-être mal interprété ce qu'elle a vu. Si le prince héritier préférait les garçons, un ou deux ragots auraient émergé, or les espions de sa mère n'ont jamais rien rapporté de tel.

Peut-être sa fierté s'accroche-t-elle à une excuse facile pour expliquer que Pasquale lui manifeste si peu d'intérêt. Elle sait que certains hommes préfèrent les hommes ; à Bessemia, plusieurs seigneurs et comtes sont connus pour leurs amours masculines. Des femmes, aussi, préfèrent les femmes. Chez elle, c'est suffisamment commun pour que des couples de même sexe puissent se marier, mais sous son épais vernis de luxure et de sensualité, Cellaria reste prude : non seulement ses habitants sont dévoués aux étoiles, mais ils les redoutent. « Les étoiles voient tout, lui avait dit son tuteur, et les Cellariens croient qu'elles jugent et punissent les péchés. » C'est l'exact opposé de la croyance dans laquelle elle a grandi à Bessemia, selon laquelle les étoiles ne sont pas là pour juger et punir, mais pour bénir ou récompenser. Mais elle a lu les textes saints cellariens au cours de ses leçons, et elle se rappelle vaguement que l'un des nombreux péchés concerne les hommes ayant des relations intimes avec d'autres hommes.

Bien sûr, il y a aussi des règles réprouvant les femmes qui montrent leurs épaules nues ou les liaisons adultères, et pourtant elle a souvent vu les unes et les autres au cours de la dernière semaine sans conséquence notable. Un royaume d'hypocrites, selon les termes de son tuteur cellarien.

— Votre Altesse, appelle une voix haut perchée derrière elle, la faisant se retourner.

Il lui faut un moment pour reconnaître la jeune fille qu'elle a rencontrée lors de son mariage : la cousine de Pasquale. Le vin aux fruits est vraiment monté à la tête de Beatriz ce soir-là, et la plus grande partie des événements sont désormais noyés dans un tel brouillard ! Impossible de se rappeler son prénom.

Cette dernière s'avance vers elle, la traîne de sa robe d'un orange étincelant s'étalant sur le sable mouillé, ses mules suspendues au bout de ses doigts. Dans la lumière dorée de l'après-midi, ses cheveux blonds, noués en une longue tresse qui se balance sur son épaule gauche, scintillent presque.

À quelques pas derrière elle se trouve son frère. L'esprit de Beatriz était trop embrumé la première fois pour bien le voir, mais maintenant qu'elle est sobre, elle note qu'il est superbe : les mêmes cheveux blonds que sa sœur, mais un visage plus anguleux, avec une mâchoire puissante, carrée, des pommettes hautes et de sombres yeux noirs. Il a retroussé son pantalon jusqu'aux genoux, comme la plupart des hommes dans le jardin, et a également retiré sa veste, la repliant sur son bras, ce qui le laisse en tunique blanche, très simple mais de bonne confection.

— Bonjour, dit Beatriz en levant la main pour se couvrir les yeux afin de mieux les voir.

Les autres courtisans les regardent s'approcher, même s'ils prétendent ne pas le faire. Beaucoup de femmes, surtout, s'attardent un peu plus longtemps que nécessaire sur le jeune homme, mais Beatriz ne peut leur en tenir rigueur.

« Fille sans vergogne », lui chuchote la voix de Daphné dans son esprit.

— Qu'est-ce qui vous amène ici, tous les deux ? demande-t-elle, en espérant qu'ils mentionnent l'un ou l'autre leur prénom à un moment, pour qu'elle n'ait pas à admettre qu'elle les a oubliés.

— Cela semblait un bon jour pour prendre un peu le soleil, dit la jeune fille en haussant les épaules, avec un sourire radieux. Le palais devient un peu étouffant, parfois.

— Non que ce soit très différent ici, ajoute le garçon en observant les promeneurs. Mais au moins, l'air est un peu plus frais.

La fille laisse échapper un reniflement qui attire quelques regards désapprobateurs supplémentaires.

— Pour l'instant, en tout cas, remarque-t-elle. Il va falloir bientôt rentrer. C'est le Jour de Bûcher.

Beatriz fronce les sourcils.

— Le Jour de Bûcher ?

— Pour les hérétiques, répond la jeune fille. Il a lieu tous les quinze jours. Quiconque a été trouvé en train de pratiquer la magie ou d'enfreindre une des nombreuses autres lois du royaume est mis à mort.

Et à Cellaria, le bûcher est la méthode d'exécution la plus commune, a appris Beatriz, qui sent l'aigreur envahir son estomac. Elle ne peut pas oublier qu'elle porte un vœu au poignet en ce moment même.

— Je n'avais pas réalisé que cela arrivait si régulièrement, dit-elle, essayant de ne pas montrer à quel point cela la perturbe. (*Tous les quinze jours*. Combien de personnes sont condamnées à mort pour imposer une telle cadence ?) Après tout, la magie a été bannie depuis que le roi Cesare est monté sur le trône, non ? Ce n'est pas une loi nouvelle, et les gens connaissent le châtiment.

— Ah, dit le garçon, avec un sourire amusé, mais les gens désespérés font des choses désespérées, et il y a toujours des rebelles qui pensent que la loi est injuste.

— Rien qui doive vous inquiéter, vraiment, ajoute la fille en agitant une main. Mais l'odeur rend l'atmosphère assez désagréable pendant quelques heures, ensuite, alors je recommanderais de nous diriger bientôt vers l'intérieur. Nico et moi allons vous raccompagner, propose-t-elle en souriant à son frère.

Nicolo, présume Beatriz, ce prénom étant vaguement familier.

— Gisella exagère, tempère-t-il. Vous vous habituerez rapidement à l'odeur.

Beatriz ne peut pas imaginer qu'elle puisse un jour s'habituer à l'odeur de la chair en train de brûler, mais elle sait qu'il vaut mieux ne rien dire, de peur que l'on croie qu'elle éprouve de la sympathie envers les mécréants. Elle s'oblige plutôt à sourire, en les regardant l'un après l'autre.

— Est-ce que vous êtes jumeaux ?

— Techniquement, je suis plus âgé de cinq minutes, répond Nicolo.

Gisella lève les yeux au ciel, donnant à son frère un coup de coude dans les côtes.

— Un détail qu'il ne manque jamais de rappeler, chuchote-t-elle.

— Je fais la même chose avec mes sœurs, reconnaît Beatriz, traversée par un nouvel élan de nostalgie. Nous avons beau être triplées, c'est moi l'aînée. (Elle fait une pause, comme si une pensée venait juste de lui traverser l'esprit.) À vrai dire, j'attendais un mot d'elles. Je sais que ce sont des impies, mais nous devons nous efforcer de garder nos cœurs ouverts, même s'il faut empêcher leur souillure de nous atteindre. Je leur ai envoyé quelques lettres, mais je risque d'attendre longtemps avant d'avoir de leurs nouvelles. J'avais pensé en demander à l'ambassadeur de Temarin : Sophronia s'est-elle mariée, s'adapte-t-elle ? Ce genre de choses... Est-ce que vous l'avez vu ?

— Le seigneur Savelle ? lance Gisella d'un ton légèrement méprisant. Oh, vous ne le trouverez sûrement pas ici : il préfère sa propre compagnie, ces jours-ci. J'ai entendu dire qu'il ne venait au jardin aquatique qu'à l'aube, lorsqu'il n'y a personne.

Beatriz sent son cœur sombrer et doit réprimer un soupir de dépit à la perspective de devoir s'extraire du lit avant le lever du soleil.

— Comment va Pasquale ? demande Gisella. Il a été plutôt insaisissable, mais je suppose que c'est le cas de tous les jeunes mariés.

« Eh bien, où qu'il se cache, ce n'est pas avec moi », pense Beatriz. Mais à haute voix, elle adopte une approche différente, plus neutre. Cette expédition au jardin aquatique ne sera pas forcément un gâchis complet.

— Nous trouvons tous les deux ce mariage irréel, dit-elle. (C'est le genre de vérités qu'elle préfère, celles que les autres peuvent interpréter comme ils le veulent.) Vous devez bien connaître Pasquale, puisque vous êtes cousins.

— Oh, nous sommes nombreux : une dizaine, aux dernières nouvelles, sans compter le roi Leopold et ses frères à Temarin, dit Nicolo en secouant la tête. Mais la cour de Cellaria n'est pas vraiment un lieu pour des enfants. Ceux d'entre nous qui ont été élevés ici n'ont pas eu d'autre choix que de s'entraider.

— Bien sûr, Pas n'a pas passé toute son enfance à la cour, précise Gisella. Il est venu vivre ici quand il a eu… quoi, treize ans, quelque chose comme ça ? Après…

Elle laisse sa phrase en suspens, se tournant vers son frère, et Beatriz a une idée assez précise de ce qui va suivre.

— Après ? insiste-t-elle malgré tout, parce que, même si elle connaît l'histoire, elle n'a pas entendu leur version, et leur mère a toujours affirmé que, lorsqu'elle est suffisamment répétée, la rumeur crée sa propre vérité.

— Après la mort du prince Pietro, dit Nicolo. Avant, Pasquale vivait dans le Sud, avec sa mère.

Beatriz prétend découvrir la nouvelle, bien que les rumeurs sur la reine Valencia se soient frayé un chemin jusqu'à la cour de Bessemia. La Reine Folle, l'appelait-on. Beatriz avait entendu un récit plus factuel du suicide tragique de la reine au cours de ses leçons, mais ce sont les rumeurs qui lui sont le plus restées en tête au fil des ans, quoique certaines lui aient paru trop scandaleuses pour être crues.

Quant à la mort de Pietro… Eh bien, elle se rappelle le moment où cette nouvelle-*là* a atteint Bessemia : même à l'âge de douze ans, elle a acquis la certitude que sa mère y était mêlée. Beatriz est la seule de la fratrie à avoir été fiancée à un fils cadet, mais Pietro était déjà marié et on ne pouvait rien y faire. Cependant, cinq enfants mort-nés et un accident de chasse plus tard, Pasquale devenait l'héritier du trône. L'impératrice était soit chanceuse, soit diabolique, et Beatriz a désormais assez d'expérience pour privilégier la deuxième option.

— Certains prétendent l'avoir vue avancer dans la mer un matin, dit Gisella en baissant la voix, bien que personne ne soit assez près pour les entendre. Ils ont pensé qu'elle allait nager, je suppose. Son corps a été rejeté sur la plage quelques heures plus tard, des pierres dans les poches de sa robe. Pasquale n'a plus jamais été tout à fait le même.

— J'imagine que n'importe qui aurait réagi ainsi, compatit Beatriz en mordillant sa lèvre inférieure.

Même si on lui avait rapporté dans les grandes lignes l'histoire de la mort de la reine Valencia, ce tragique événement prend tout à coup une réalité tangible qui lui serre le cœur. Elle pense à son mari si mystérieux, avec ses yeux tristes et sa voix douce. Elle croyait bien le connaître, grâce aux rapports des espions et aux ragots, mais il y a beaucoup de choses qu'elle ignore au sujet du prince Pasquale.

BEATRIZ

Ce soir-là, quand Beatriz se retire dans sa chambre, elle trouve Pasquale en chemise de nuit debout à côté du canapé, un oreiller dans les mains. Il lève les yeux quand elle arrive, avec sur le visage une ébauche de sourire.

— J'ai entendu dire que vous étiez allée au jardin aquatique aujourd'hui. Est-ce qu'il vous a plu ?

Sans lui répondre, elle place les mains dans son dos, tâtonnant autour des boutons de sa robe. Au bout d'un moment, elle parvient à en défaire suffisamment pour dégager la robe de ses épaules, la laissant tomber au sol en une tache de brocart couleur écarlate. Puis, elle reste devant lui dans rien de plus qu'une chemise blanche qui ne lui arrive pas aux genoux.

Pasquale détourne le regard, les joues rouges.

— Qu'êtes-vous en train de... commence-t-il, mais elle ne lui laisse pas le temps de finir sa question.

Elle traverse la pièce dans sa direction, lui prend l'oreiller et le jette sur le côté, avant de saisir ses mains et de les placer sur sa taille, les sentant qui commencent à trembler.

— Triz, dit-il, un avertissement dans la voix.

Elle ne l'écoute pas. Elle se hisse sur la pointe des pieds et presse sa bouche contre la sienne. Elle l'embrasse avec passion, passant ses mains à l'arrière de sa nuque, l'ancrant à elle. Au crédit de Pasquale, elle doit reconnaître qu'il essaie vraiment de lui rendre son baiser, de répondre à son contact comme il doit penser qu'il faut le faire. Il essaie vraiment, mais quand Beatriz tend les doigts vers l'ourlet de sa chemise, prête à la retirer aussi, les mains de Pasquale se posent sur les siennes pour les immobiliser. Il s'écarte, lui lançant un regard angoissé.

— Je ne peux pas, murmure-t-il.

Pas « Je ne le ferai pas ». Pas « Je ne veux pas ». Mais « Je ne peux pas ».

Beatriz s'écarte de lui et l'observe attentivement.

— Le garçon, dit-elle. Ambrose.

Elle n'était pas complètement sûre d'elle jusque-là mais, à la seconde où elle prononce ce prénom, à la seconde où Pasquale tressaille et baisse les yeux, elle sait qu'elle a vu juste.

Elle se tourne et va à son armoire prendre une robe de chambre. Elle l'enfile par-dessus sa chemise pour ne pas se sentir trop exposée. Ses doigts tremblent quand elle noue le cordon autour de sa taille.

— Est-ce qu'il sait ce que vous ressentez ? demande-t-elle.

Elle s'attend à ce que Pasquale nie, qu'il prétende ignorer ce dont elle parle. Au lieu de ça, son regard croise le sien et il pousse un soupir, comme s'il se dégonflait intégralement.

— Non, répond-il, la voix à peine plus forte qu'un murmure. Ou peut-être que si. Mais je ne lui ai pas dit.

— Il ne ressent pas la même chose ?

— Il n'y a aucun intérêt à le lui demander, voyez-vous. Si quiconque le découvre… J'ai vu des gens se faire arrêter pour les sentiments que j'éprouve, Beatriz. Mon père les a fait exécuter, et si vous pensez qu'il m'épargnera ce sort parce que je suis son fils…

— Non, ce n'est pas ce que je crois.

Aucun d'eux ne parle pendant un moment, mais les mots s'attardent dans l'air et elle sent une faible odeur s'insinuer entre les murs : une odeur de feu, de fumée et de quelque chose d'autre qu'elle sait désormais être de la chair grillée. Ils pourraient si facilement se retrouver, l'un comme l'autre, dans ces flammes !

Elle s'assied au bord du lit, ramassée sur elle-même.

— Est-ce que quelqu'un d'autre est au courant ?

— Pas âme qui vive, répond Pasquale en secouant la tête.

— Alors nous allons faire en sorte que cela continue ainsi.

Il la fixe du regard, bouche bée.

— Vous voulez… m'aider ? La plupart des gens pensent que les personnes comme moi sont une abomination.

— La seule chose abominable chez vous, c'est votre goût en matière de chaussures, réplique-t-elle, ce qui le fait sourire, certes très légèrement.

Pendant un instant, elle envisage de lui parler du vœu qu'elle porte au poignet, mais ce n'est pas parce qu'il est obligé de lui faire confiance que la réciproque doit être vraie.

— Nos destins sont liés, désormais. Si quelqu'un le découvre, vous n'êtes pas le seul que cela détruira. Notre mariage sera annulé, et je pourrais très bien finir sur le bûcher à côté de vous pour avoir gardé votre secret.

Pasquale déglutit, les yeux rivés sur ses mains.

— Je sais, dit-il doucement. Je suis désolé.

Quelque chose dans ses excuses irrite Beatriz.

— Vous ne devriez pas, s'agace-t-elle. C'est moi qui suis désolée que vous soyez dans cette situation, que vous deviez nier cette part de vous-même. Je ne sais pas comment vous le supportez.

— Qu'allons-nous faire, Triz ?

— Pour commencer, vous ne pouvez plus dormir sur le canapé. Si quelqu'un entre sans prévenir, les rumeurs vont commencer.

— Mais…

— Nous ne ferons que dormir, le coupe-t-elle. Je pense qu'aucun de nous n'aura de mal à garder ses mains tranquilles.

C'est une plaisanterie, mais le visage du jeune homme vire malgré tout au rouge.

— Vous avez raison, en tout cas, admet-il. Les gens vont parler, ce n'est qu'une question de temps.

Elle réfléchit un moment, choisissant ses mots avec soin. Il n'y a pas de façon délicate de lui poser la question, mais elle doit le faire malgré tout.

— J'ai connu des hommes comme vous. On dit que certains d'entre eux apprécient à la fois la compagnie des hommes et celle des femmes. Pourriez-vous…

Pendant un instant, Pasquale reste silencieux, mais il finit par secouer la tête.

— Non, dit-il, ça me paraît inconcevable. C'est juste que… Je ne pense pas que je fonctionne de cette façon. Désolé.

Encore une fois des excuses dont elle ne veut pas, et dont elle n'a pas besoin.

— Nous avons le temps de trouver une solution, Pas. Tant que nous nous entraidons, nous pouvons y arriver.

Il soutient son regard, sans flancher, avant de hocher la tête.

— Merci, Triz.

Son ton solennel la met mal à l'aise. Elle hausse les épaules pour chasser sa gêne.

— Nous allons nous entraider, répète-t-elle. Maintenant, venez, je suis sûre que vous avez mal au dos après une semaine à dormir sur le canapé.

Elle se glisse dans le lit, lui faisant de la place pour qu'il vienne à ses côtés. Le lit est si large qu'ils peuvent s'y étendre sans se toucher.

Beatriz se tourne et se retourne pendant des heures, mais le sommeil ne vient pas. Ce n'est pas qu'elle est agitée, au contraire, elle se sent étrangement en paix maintenant : l'épée de Damoclès est toujours au-dessus de sa tête, mais désormais, elle sait qu'elle est là et est capable de la nommer. Et sa mère lui a appris qu'il valait mieux savoir ce que l'on devait affronter que de se croire faussement en sécurité.

Non, ce n'est pas son esprit qui la maintient éveillée, c'est son corps. Elle a l'impression que c'est le milieu de l'après-midi, qu'elle pourrait partir faire une grande promenade dans le jardin aquatique ou monter à cheval pendant plusieurs heures. Ou même gravir une montagne.

Elle sort doucement du lit pour ne pas déranger Pasquale et se dirige vers le meuble près de la porte.

Là, elle trouve une bouteille de cognac, dont elle se verse un verre, le vidant d'une seule gorgée. Un moment plus tard, elle s'en sert un autre. Elle arpente la pièce, que seules la lune et les étoiles qui brillent à travers la fenêtre ouverte éclairent. Après plusieurs minutes, elle se recouche, se tourne et se retourne, avant d'aller à nouveau se servir un verre de cognac.

Elle commence à être agréablement grise, mais pas plus fatiguée. Au contraire, elle ressent l'étrange désir de courir à travers les couloirs, de frapper aux portes et de réveiller le reste du palais pour ne pas être la seule à être debout. Elle essaie même de secouer doucement Pasquale, mais il dort comme un mort.

Si Sophronia était là, elle lui suggérerait de lire un livre, et Beatriz lèverait les yeux au ciel en lui répondant que ses conseils l'ennuient, mais elle est si désespérée qu'elle est prête à essayer. Elle prend au hasard un livre sur l'étagère et s'assied sur le fauteuil près de la fenêtre.

L'ouvrage s'avère être un récit des premières années de la guerre Célestienne, lorsque le roi Cesare, à peine monté sur le trône, se montrait déjà zélé, déterminé à interdire l'utilisation de la poussière d'étoiles non seulement à Cellaria, mais sur le continent entier. C'est une histoire que Beatriz connaît bien, mais elle pleure presque en lisant le premier paragraphe.

Son attention n'arrête pas de dériver vers la fenêtre, vers la lune scintillante et les constellations qui l'entourent, se déplaçant dans le ciel à un rythme lent et régulier.

Voilà la Canne de l'ermite, avec son sommet en forme de crochet, connue pour encourager l'isolement et l'introspection. Ça a longtemps été le signe que Beatriz aimait le moins parce que, chaque fois qu'il apparaissait, la cour de Bessemia dans son intégralité devenait silencieuse et se retirait. Les bals étaient annulés, les réceptions pour le thé reportées. Aux yeux de Beatriz, la Canne de l'ermite était synonyme d'ennui.

Puis il y a le Calice de la reine, un gobelet légèrement incurvé. D'habitude, il prédit la bonne fortune, mais ce soir, il est suspendu à l'envers au-dessus de Cellaria. Un mauvais présage, même si Beatriz a toujours pensé que le zodiaque, comme la plupart des superstitions, ne tire son pouvoir que de la foi qu'on veut bien lui accorder.

Elle se demande si, là où elles sont, Sophronia et Daphné peuvent voir les étoiles ; quelles constellations distinguent-elles ? Ses yeux s'attardent sur une étoile en particulier, sans savoir pourquoi : elle ne se distingue ni par son éclat, ni par sa taille.

Elle fait partie d'un des rayons de la Roue du vagabond, une constellation censée annoncer un voyage ou, plus largement, un changement. Si Beatriz croyait aux étoiles, elle pourrait y voir un présage de son retour à la maison et, même si elle sait que c'est peu probable, son cœur se serre à cette idée.

Elle ferme les yeux et pense à ses sœurs la dernière fois qu'elle les a vues, habillées à la mode de leur nouvelle patrie, presque déjà des étrangères, qui avançaient dans des directions opposées. Elle s'imagine revenir au palais de leur enfance, elle visualise le sol de marbre familier sous ses pantoufles, les portraits de ses ancêtres tapissant les murs, le lourd parfum de bergamote dans l'atmosphère.

Cela lui paraît réel, si réel qu'elle jurerait pouvoir sentir sous sa paume les angles de la poignée en cristal tandis qu'elle ouvre la porte des appartements qu'elle partage avec ses sœurs. De l'autre côté, elle perçoit le rire de Sophronia et Daphné qui parlent à voix basse. Son cœur bondit dans sa poitrine et elle entre dans la chambre, mais alors, l'illusion s'évanouit et elle est de retour à Cellaria, une ardente nostalgie pour unique compagnie.

— Je veux rentrer à la maison, dit-elle en posant à nouveau les yeux sur l'étoile.

Sa voix est un murmure, mais ses paroles résonnent dans ses oreilles longtemps après avoir passé le seuil de ses lèvres. Le cognac finit par faire effet, brouillant son esprit, et enfin – *enfin* –, elle somnole. Elle se sent épuisée, comme si le moindre atome d'énergie, la moindre pensée, le moindre sentiment lui avaient été arrachés. Elle referme le livre, ce simple geste lui demandant un gros effort, et l'abandonne sur la chaise avant de grimper à nouveau dans le lit et de tomber dans un sommeil profond et sans rêve.

SOPHRONIA

Sophronia a revêtu sa nouvelle tenue d'équitation pour rejoindre Leopold aux écuries. C'est une superbe création, dans un somptueux velours violet, avec des boutons dorés qui luisent au soleil, mais elle ne peut s'empêcher d'entendre sa mère insinuer qu'elle ressemble à une grappe de raisin. Pourtant, quand Leopold l'accueille avec un grand sourire et un rapide baiser sur les lèvres, en déclarant qu'elle est magnifique, le sarcasme maternel s'atténue un peu. Malgré elle, un frisson parcourt Sophronia ; elle doit se secouer mentalement pour se ramener à la raison.

— Comment s'est passée ton expédition de chasse ? demande-t-elle, s'obligeant ainsi à penser au village que Leopold a rasé pour construire son nouveau pavillon.

Selon les rapports des espions de sa mère, les villageois ont été chassés de chez eux sans même une compensation.

— Très bien, même si j'étais désolé de t'abandonner si rapidement après nos noces, dit-il. J'ai pensé que tu aimerais explorer le domaine, après avoir été si longtemps enfermée au palais.

— Tu as vu juste, répond Sophronia. Jusque-là, je ne savais pas à quel point les déjeuners et les thés pouvaient être épuisants !

— Tu étais avec ma mère et ses amis, pointe Leopold. « Épuisants », c'est un euphémisme.

Elle éclate de rire. Le palefrenier approche un tabouret pour que la jeune fille puisse monter à cheval, mais Leopold le chasse d'un geste pour se placer derrière elle.

— Voilà, permets-moi de t'aider, lui murmure-t-il à l'oreille, enserrant sa taille de ses mains et la soulevant pour la mettre en selle.

Sophronia se sent rougir, tendance sur laquelle sa mère s'est longtemps lamentée. Pendant que Leopold monte lui aussi à cheval, ses pensées s'attardent sur l'impératrice et sur la lettre qu'elle lui a envoyée. Elle n'est pas surprise que sa mère se soit débrouillée pour mêler le grand sieur Diapollio à ses intrigues, mais elle se demande si ça a quelque chose à voir avec Beatriz. Peut-être que le chanteur aura un mot de sa sœur à lui transmettre, en même temps que le « cadeau » de mauvais augure de la part de l'impératrice ?

— As-tu hâte d'assister au concert du sieur Diapollio ce soir ? demande-t-elle à Leopold alors qu'ils commencent à faire cheminer leurs chevaux l'un à côté de l'autre.

Le jeune homme hausse les épaules, lui lançant un bref regard.

— Il ne me fait aucun effet. Il s'est déjà produit plusieurs fois à la cour et je sais que la plupart des gens, la plupart des femmes, même, sont amoureuses de lui, mais je ne comprends pas pourquoi. C'est un bon chanteur, je le reconnais, mais…

— On m'a rapporté qu'il était plutôt beau, l'interrompt Sophronia, ce qui fait rire Leopold.

— Attention, d'aucuns pourraient considérer qu'un si faible éloge est une grave insulte à sa beauté. À dire vrai, je l'ai invité pour ma mère. L'entendre chanter en cellarien lui apporte un grand réconfort.

Sophronia hoche la tête, se demandant si cela fait partie du cadeau de l'impératrice : une autre arme à utiliser pour fragiliser la position d'Eugenia. Une arme de peu de poids, dans ce cas. Tout le monde aime le sieur Diapollio, Eugenia n'est pas la seule.

— Ta mère a été très gentille avec moi, observe-t-elle. Je sais qu'elle a connu… une période difficile, quand elle est arrivée. Elle est déterminée à ce que mon expérience soit meilleure.

— Et est-ce que c'est le cas ?

Sophronia répond avec un soupir théâtral :

— Eh bien, le palais est magnifique, et tous ceux que j'ai rencontrés ont été très agréables avec moi, et il paraît que j'ai un superbe mari, quelque part… Mais je dois reconnaître que je ne l'ai pas beaucoup vu.

— Touché, admet-il en souriant, avant d'ajouter doucement : Je vais d'ailleurs peut-être devoir à nouveau m'absenter prochainement. Il y a eu quelques… escarmouches à la frontière avec Cellaria – rien de majeur, rien qui n'ait été sanctionné par mon oncle Cesare ou par moi. Notre trêve tient toujours, officiellement, mais…

— Mais les gens à la frontière ont besoin d'un rappel ? devine Sophronia, dont les pensées s'emballent.

Elle n'était pas au courant de ces escarmouches, mais c'est peu surprenant. Il est fort possible que sa mère y soit pour quelque chose, même si elles ont tout aussi probablement pu surgir sans son concours. Les tensions entre Cellaria et Temarin ne se sont pas éteintes avec la fin de la guerre, surtout près de la frontière, où elles tendent à se multiplier. Au moins une fois par an, les espions de sa mère l'informent que des Temariniens sont entrés à Cellaria pour vendre illégalement de la poussière d'étoiles, ou bien que des Cellariens se sont introduits à Temarin pour tenter d'assassiner un empyrion.

Leopold hoche la tête.

— Voilà. Rien qui signifierait rompre la trêve avec mon oncle, mais nous allons faire défiler le gros de nos armées à la frontière. On pourra y voir une célébration de la puissance de notre royaume, un rappel à notre peuple qu'il a ma protection.

— Mais cela ne servira pas uniquement de rappel aux Temariniens, dit Sophronia, comprenant la situation. Cela permettra aussi de réaffirmer aux Cellariens qu'il ne faut pas te prendre à la légère.

— Qu'il ne faut pas *nous* prendre à la légère, la corrige Leopold avec un sourire en coin. Le roi Cesare a eu de la chance dans la guerre Célestienne. Il a pris mon père par surprise et a utilisé la mer à son avantage. Nous n'étions pas préparés sur ce terrain-là : un oubli embarrassant, mais depuis, mon père a reconstruit nos forces navales pour s'assurer que cela ne se reproduise pas. Si Cesare décidait de tenter sa chance, il serait déçu, mais je préférerais qu'on n'en arrive pas là. J'aimerais protéger l'alliance que mes parents ont forgée à travers moi plutôt que regarder mon oncle la réduire à néant.

Sophronia connaît l'histoire de la guerre Célestienne : le roi Cesare a cherché à débarrasser non seulement Cellaria, mais aussi le continent entier, des empyrions et de la poussière d'étoiles, qu'il considérait comme des abominations. Il était convaincu que c'était sa mission, en tant que roi béni des étoiles. Elle sait aussi que le père de Leopold, le roi Carlisle, a fini par accepter une trêve arrangée par son père à elle, laquelle incluait le mariage de Carlisle à Eugenia, la sœur de Cesare.

— Il paraît que le roi Cesare est dément, hasarde Sophronia. Es-tu certain que t'en remettre à son bon sens soit judicieux ?

— Ma mère assure que c'est la seule solution, en dehors d'une nouvelle guerre, que je ne souhaite pas. Elle a proposé d'aller à Cellaria pour raisonner son frère mais, compte tenu de leur lien de parenté, cela ne semblait pas être une bonne idée. C'est un peu délicat, je te l'accorde, ajoute Leopold avec une grimace. C'est comme essayer de jouer aux échecs avec un tout petit enfant en se contentant d'espérer qu'il ne renversera pas le plateau dans un accès de colère. Je suis sûr que mon père aurait su quoi faire, mais moi, je n'en ai pas la moindre idée.

— Ton père est mort de façon soudaine, Leo. Tu es devenu le plus jeune souverain de l'histoire de Temarin, dit Sophronia en se mordant la lèvre.

Elle s'interrompt, prenant conscience que son époux vient de lui offrir l'occasion rêvée d'avancer ses pions.

— Peut-être que je pourrais intervenir, ajoute-t-elle. Je n'ai jamais mis un pied à Cellaria et j'ai étudié ma vie entière pour être reine de Temarin ; je suis sûre que ta mère est plus que prête à profiter d'une vie de loisir en tant que reine douairière.

Un peu surpris, Leopold répond en souriant :

— Cela me semble être une brillante idée.

Sophronia lui rend son sourire, parcourue par un frisson de plaisir. Une partie d'elle pensait qu'il déclinerait son offre, qu'il rirait à l'idée qu'elle soit capable d'apporter une quelconque aide. C'est ce que sa mère aurait fait. Mais Leopold, quels que soient ses nombreux défauts, croit en elle.

Ce qu'il pense d'elle ne devrait pas compter. Cela ne devrait pas accélérer le rythme des battements de son cœur, cela ne devrait pas lui faire oublier, même l'espace d'une seconde, qui elle est et pourquoi elle est là. Mais c'est pourtant le cas, et cela rend la situation dangereuse. Sophronia presse son cheval pour qu'il aille plus vite, comme si elle pouvait mettre à distance ses pensées.

— Viens, lance-t-elle à Leopold par-dessus son épaule. Faisons la course.

Elle entend le jeune homme émettre une exclamation mi-choquée, mi-indignée, avant d'éperonner lui aussi son cheval, puis c'est un tonnerre de sabots au galop qui s'amplifie derrière elle.

Lorsqu'elle passe devant le parc du palais, même si c'est en un éclair, elle est consciente du regard des courtisans qui sont en train de se promener. Elle va trop vite pour distinguer les jardins dans le détail, mais elle peut malgré tout constater qu'ils sont parfaitement entretenus, avec une herbe d'un vert surnaturel, des arbres taillés avec art et d'innombrables fleurs. Puis, ils laissent derrière eux le parc pour pénétrer dans les bois tentaculaires. Sophronia est surprise de constater que même là, les arbres semblent avoir été conçus par des artistes. Il n'y a rien de sauvage dans cette forêt : cela pourrait parfaitement être une aquarelle idyllique.

— Sophie ! appelle Leopold derrière elle, plus près que ce qu'elle pensait.

— Attrape-moi si tu peux ! lui crie-t-elle en retour, accélérant encore l'allure de sa monture.

— Sophie, attends !

Elle s'amuse trop pour l'écouter.

Au loin, elle aperçoit le flanc d'une falaise : elle décide que ce sera sa ligne d'arrivée. Alors qu'elle s'en approche, elle arrête son cheval pour regarder en contrebas, comprenant soudain où elle se trouve.

Devant elle, la ville de Kavelle s'étend comme une couverture sale. Après la splendeur des jardins du palais, cette vision est bouleversante : des ruelles crasseuses noires, des maisons et échoppes que la moindre petite brise pourrait abattre, et davantage de gens qu'elle ait jamais vus rassemblés dans un même lieu. Sûrement trop, même, pour rentrer dans la ville.

— Sophie, dit Leopold derrière elle. Viens, rentrons.

Mais elle ne bouge pas. Même à cette distance, elle peut voir que Kavelle, la capitale de Temarin, est dans une situation encore plus catastrophique que ce qu'elle pensait.

— Que se passe-t-il ? demande-t-elle en désignant du doigt une foule particulièrement dense sur une des places de la cité.

— Je ne sais pas, répond Leopold, trop vite pour qu'elle le croie.

— Alors peut-être devrions-nous aller voir, dit-elle, longeant la falaise sur son cheval jusqu'à trouver un sentier qui descend vers la ville, bloqué par une imposante porte flanquée de deux gardes.

— Sophie, l'appelle encore Leopold en la suivant. D'accord. C'est une exécution.

Elle arrête brutalement sa monture et se tourne vers lui.

— Une exécution, répète-t-elle. De qui ?

Comme il ne répond pas, elle continue à faire avancer son cheval, jusqu'à ce que Leopold finisse par soupirer :

— De criminels, c'est tout.

Cette réponse aurait pu être suffisante, en lui laissant croire qu'il s'agit d'assassins ou de violeurs, dont les crimes sont punissables de mort même à Bessemia. Mais comme Leopold ne la regarde pas, Sophronia sait qu'il n'a pas tout dit.

— Des criminels, répète-t-elle. Quelle sorte de criminels ?

Il semble encore plus mal à l'aise.

— Je crois que la plupart d'entre eux sont des voleurs.

Quelque chose se met alors en place dans l'esprit de Sophronia.

— Est-ce que cela pourrait concerner ceux qui ont tenté de dévaliser mon carrosse ?

— Je suppose, répond-il en haussant les épaules. Les exécutions ont lieu une fois par semaine et s'appliquent à l'ensemble des personnes arrêtées au cours de cette période.

— Mais ta mère m'a dit qu'ils avaient été relâchés, qu'ils étaient de retour chez eux, avec leurs familles.

Dès qu'elle a prononcé ces mots, Sophronia se sent la dernière des idiotes. Eugenia lui a servi un agréable mensonge pour l'apaiser, comme un parent raconterait à un enfant que son petit chat est parti vivre à la campagne alors qu'il vient de mourir. Le mensonge l'agace d'autant plus : elle n'est plus une enfant avec laquelle on peut être condescendant, mais une reine.

— J'en ai discuté avec elle, soupire Leopold. Nous avons décidé de ne pas faire d'exception.

Sophronia ne se méprend pas sur ce « nous ». Leopold aurait épargné les garçons pour la rendre heureuse, elle en est certaine. C'est Eugenia qui a pris la décision, et il n'a pas eu le courage de s'opposer à elle.

Sophronia ne peut plus supporter de le regarder ; elle se tourne de nouveau vers la ville, vers la foule. Maintenant que Leopold lui a dit ce qui se passait, elle parvient à distinguer le vague contour d'un échafaud, ainsi que dix silhouettes oscillant sur une poutre, des cordes passées autour du cou.

— Ce sont des enfants.

— Ils savaient que ce qu'ils faisaient était mal, répond Leopold. Ils connaissaient les conséquences, et ils ont agi malgré tout. Si j'étais clément, cela ne mènerait qu'à plus de vols encore, et les prochaines victimes pourraient ne pas être aussi chanceuses que vous l'avez été.

Encore les paroles de sa mère, suppose Sophronia. Elle repense aux rapports des espions, à la façon dont les choses ont changé à Temarin depuis que Leopold a accédé au trône. Hausse des impôts, expulsions, exécutions de criminels quelle que soit la gravité de leur méfait : Sophronia y a vu les actions d'un roi cruel et insouciant. Il lui était difficile de faire coïncider ces traits de caractère avec le Leopold qu'elle connaissait, mais elle comprend soudain : il n'est ni cruel, ni insouciant, et encore moins... roi. Pas vraiment, en tout cas. C'est une marionnette, heureuse de laisser sa mère tirer les ficelles, ne remettant jamais ses choix en question.

De loin, elle entend le bruit du plancher de l'échafaud qui est escamoté, les cris d'horreur et de plaisir mêlés des spectateurs, mais pas les voleurs : ils meurent en silence, mais ils meurent quand même.

En observant de nouveau la scène, elle aperçoit des hommes en noir retirer les corps des nœuds coulants et les emporter. Quelques secondes plus tard, dix autres silhouettes sont amenées. Sophronia a un haut-le-cœur.

— Combien y en a-t-il ? demande-t-elle.

Leopold reste silencieux un instant, avant de répondre :

— Je ne sais pas.

Il tend la main pour lui toucher le bras, essayant de capter son regard. Sophronia doit faire appel à tout son sang-froid pour ne pas le repousser brutalement.

— Rentrons, dit-il.

Elle sourit, mais sans sincérité. Elle le fait parce qu'elle sait que c'est son devoir, parce qu'elle sait que si sa mère était à ses côtés, elle lui ordonnerait de sourire et de faire du charme à son mari, pour s'assurer qu'il soit de son côté. Elle lui dirait que le plus sûr moyen de desserrer l'emprise de la reine Eugenia sur Leopold, c'est d'établir la sienne.

Et elle a besoin de cette emprise, comprend-elle. Pas à cause des plans de sa mère, pas même pour le salut de Bessemia, mais pour celui de Temarin.

Ce soir-là, au concert du sieur Diapollio, Sophronia est incapable de se concentrer sur les talents du chanteur, même si elle est consciente qu'il chante bien et qu'il a belle allure, malgré ses quelques décennies de plus qu'elle. Elle n'arrive pas non plus à supporter la main de Leopold dans la sienne, ni la façon dont il se penche pour lui parler à l'oreille tout au long de la soirée. Elle doit se forcer à rire quand il lui fait remarquer que les dames de la cour sont suspendues à la moindre note du sieur Diapollio, et prendre sur elle pour ne pas tressaillir quand il lui assure qu'elle est magnifique.

Après ce qui lui semble être une éternité, l'interprète achève sa dernière chanson et s'incline dans une profonde révérence, sous les applaudissements de Sophronia, de Leopold et de toute la cour.

— Peut-on aller à sa rencontre ? demande Sophronia à Leopold avec un sourire radieux qui lui semble parfaitement vide, bien que le jeune homme ne paraisse pas le remarquer.

— J'aurais dû savoir qu'il ne fallait pas l'inviter : même ma propre femme n'est pas immunisée contre le fameux charme de Diapollio ! s'exclame-t-il en secouant la tête. Pourquoi n'irais-tu pas sans moi ? Je dois discuter avec le sieur Fauntas d'abord. Diapollio doit être en train de se reposer dans le petit salon, sur la gauche avant la salle de réception, ajoute-t-il en lui montrant la direction.

Ils prennent des chemins séparés et Sophronia se hâte à travers la foule en effervescence jusqu'à la porte indiquée par Leopold, non sans avoir dû s'arrêter plusieurs fois pour s'extasier sur le concert auprès de courtisans qui l'ont interpellée. Quand elle finit par atteindre la porte, celle-ci est légèrement entrouverte, alors Sophronia la pousse et pénètre dans la pièce faiblement éclairée.

— Sieur Diapollio ? appelle-t-elle.

Elle entend quelques mots marmonnés en cellarien, dont elle est sûre que ce sont des jurons, puis un bruissement de soie et des pas précipités. Quand ses yeux s'ajustent à la pénombre, elle distingue deux silhouettes qui s'éloignent en hâte l'une de l'autre, mais pas assez vite : Sophronia est peut-être innocente, mais elle a passé suffisamment de temps parmi les courtisanes bessemiennes pour savoir exactement ce qu'elle vient d'interrompre.

— Vous n'avez pas verrouillé la porte ? demande sèchement au sieur Diapollio une voix familière, qui fait se raidir Sophronia.

Eugenia sort de l'obscurité, lissant du plat de sa main ses jupons froissés. Quand elle découvre sa belle-fille, elle s'arrête brusquement, les yeux écarquillés, la bouche grande ouverte, ce qui, se dit Sophronia, la fait un peu ressembler à un poisson en train de mourir. La reine douairière ouvre la bouche une fois, deux fois, trois fois, mais les mots ne sortent pas. Et puis, elle se redresse un peu et passe devant elle sans la regarder, la tête haute.

Sophronia tourne son attention vers le sieur Diapollio, qui ne semble pas surpris de son intrusion. Au contraire, il la scrute avec des yeux complices, en lui adressant une petite révérence moqueuse. Alors, elle comprend.

— Le cadeau de ma mère ? demande-t-elle en s'avançant un peu plus dans la pièce et en refermant la porte derrière elle.

Le sieur Diapollio incline la tête.

— Elle a dit que vous sauriez quoi en faire.

Sophronia acquiesce. Elle s'imagine aller trouver la duchesse Bruna et, l'air gênée, lui confesser qu'elle a été témoin de quelque chose mais qu'elle ne sait pas si elle doit le révéler. *Cela* devrait piquer l'intérêt de la duchesse, qui parviendrait sans doute à lui tirer les vers du nez avant que leur thé n'ait refroidi. En moins d'une heure, le palais entier serait au courant et la reine Eugenia serait détruite. Leopold n'aurait pas d'autre choix que de la renvoyer de la cour, laissant un vide béant dans la structure du pouvoir de Temarin, que Sophronia pourrait rapidement combler.

Malgré tout, elle est déçue que le cadeau de sa mère n'ait finalement rien à voir avec Beatriz.

— Est-ce que vous avez des nouvelles de ma sœur Beatriz ? demande-t-elle.

Le sourire du sieur Diapollio devient plus salace.

— Une vraie beauté, n'est-ce pas ? J'ai chanté à son mariage. Elle a émerveillé la cour entière ; sauf le prince, bien sûr.

— J'ai reçu des lettres de ma sœur qui avaient bien plus à m'apprendre, répond Sophronia.

L'expression du sieur Diapollio se modifie : le sourire disparaît de son visage et il se penche vers elle, sa voix désormais réduite à un murmure, bien qu'ils soient seuls dans la pièce.

— Bien sûr, c'est normal. Les frères et sœurs s'écrivent des lettres, n'est-ce pas ? Je sais que le roi Cesare et la reine Eugenia en échangent beaucoup, par exemple. Je les remets moi-même lors de nos rencontres.

De surprise, Sophronia recule d'un pas.

— Des lettres ? Est-ce un autre cadeau de ma mère ?

— Non. Ce cadeau, Votre Majesté, est intégralement le mien, même s'il a un prix.

— Ce n'est pas vraiment un cadeau, alors.

Mais Sophronia sait que, peu importe le prix, elle le paiera.

« Des lettres secrètes entre le roi Cesare et Eugenia ! » Son esprit tourbillonne déjà de possibilités. Quel qu'en soit le contenu, elle est certaine que sa mère lui dira de faire tout ce qui est en son pouvoir pour les obtenir. Mais cette pensée soulève une question.

— Je suis surprise que ma mère n'ait pas été intéressée par ces lettres, elle aussi.

Il est possible que le chanteur soit en train d'essayer de la faire payer deux fois, ou peut-être que les lettres sont fausses et qu'il la pense plus crédule que l'impératrice.

Le sieur Diapollio sourit.

— Un homme de mon talent est limité par le temps, ma chère. Déjà, mon... charme s'estompe, et avec lui, mon public. J'ai décidé il y a longtemps d'accumuler des secrets pour subvenir à mes besoins. J'en ai vendu un à votre mère, mais je suis maintenant prêt à me séparer d'un autre. Au juste prix. Voyez-vous, Eugenia est partie si vite qu'elle a oublié de me réclamer la dernière missive de son frère.

Il fouille dans la poche de sa veste et en sort une lettre enroulée et fermée par un sceau rouge portant le sigle royal de Cellaria, le croissant de lune.

— Et comment puis-je avoir la certitude que la lettre est authentique ? demande Sophronia. Les sceaux des Cellariens ne contiennent pas de poussière d'étoiles. Vous pourriez avoir vous-même écrit la lettre.

— Vous êtes plus intelligente que ce à quoi je m'attendais, répond l'homme avec un rire. Hélas, je n'ai aucun moyen de prouver son authenticité. Mais je suis sûr que vous en serez convaincue une fois que vous en aurez lu le contenu. Considérez cette lettre comme une boussole, vous guidant vers la vérité.

— Et combien cette boussole va-t-elle me coûter, sachant qu'elle peut très bien être cassée ?

— Votre bague me plaît, dit-il, ses yeux se posant sur la main qui tient la lettre.

Sophronia pense d'abord qu'il parle de son alliance, mais c'est la bague qu'elle porte au petit doigt qu'il fixe du regard : un rubis en forme de goutte d'eau, serti dans un anneau d'or constellé de diamants. Elle fait partie des bijoux royaux temariniens dont elle a hérité lorsqu'elle est devenue reine et, en temps normal, jamais elle ne s'en serait séparée. Pourtant, elle n'a pas le choix. Violie remarquera son absence, mais Sophronia pourra prétendre qu'elle a glissé de son doigt sans qu'elle s'en aperçoive ;

compte tenu de la petite taille du bijou, c'est un mensonge crédible. Elle retire la bague et la tend au sieur Diapollio en échange de la lettre.

— C'est un plaisir de faire affaire avec vous, Sophie.

Elle grimace en l'entendant utiliser son surnom, mais l'homme ne le remarque pas. Toute son attention est concentrée sur la bague.

— Je saluerai votre sœur quand je la reverrai, conclut-il.

Sophronia l'entend à peine, déjà sur le point de passer la porte, désireuse de s'éloigner du chanteur aussi vite que possible, la lettre glissée dans son corsage.

BEATRIZ

Beatriz se réveille car on la secoue par les épaules sans ménagement. Elle essaie de se dégager en émettant un grognement, mais cela n'a pas l'effet escompté : les secousses continuent.

— Triz, appelle une voix et, quelque part au-delà du mal de tête qui lui vrille le crâne, elle reconnaît celle de Pasquale. Réveille-toi, mon père veut te voir.

Cela capte l'attention de Beatriz. Elle s'oblige à se mettre debout, les paupières si lourdes qu'elle doit faire appel à toute son énergie pour ne serait-ce que les soulever. Elle découvre alors Pasquale, déjà habillé, qui la regarde anxieusement.

— Je me sens horriblement mal, lui dit-elle, et c'est la vérité, même si elle est l'unique responsable de son état.

Combien de verres de cognac a-t-elle bus la nuit dernière ? Mais son hébétude lui semble être encore pire que ses habituels lendemains de fête. Non seulement elle a l'impression que sa tête est fendue en deux, mais c'est comme si son sang avait été remplacé par du plomb. Le moindre geste lui coûte tellement !

— Plus tard ? demande-t-elle.

— Non.

Quelque chose, dans son ton, suscite en elle un frisson de panique. Elle cligne des yeux pour regarder véritablement Pasquale, cette fois, et elle voit cette même panique reflétée sur son visage.

— Une servante a été arrêtée en possession de poussière d'étoiles, l'informe-t-il. Elle affirme qu'elle l'a trouvée sur le rebord de notre fenêtre.

Beatriz essaie de déglutir, mais sa bouche est comme remplie de coton. Il n'y a pas eu de pluie d'étoiles hier soir – si l'absence de pluies d'étoiles à Cellaria avait été rompue, elle l'aurait su – et le seul autre moyen pour que de la poussière d'étoiles apparaisse, c'est qu'un empyrion énonce un vœu sur une étoile, la faisant tomber du ciel. Elle a vu Nigellus à l'œuvre une fois et, même s'il n'avait pas l'air d'accomplir quelque chose d'incroyable, elle se rappelle le tas de poussière d'étoiles qui avait surgi à côté de lui, scintillante, grise, rayonnant de magie.

Son estomac s'emballe et elle a l'impression qu'elle va être malade.

— J'ai besoin d'un verre d'eau, dit-elle à Pasquale, parvenant à parler d'une voix égale. Et puis je me préparerai aussi vite que possible.

Quand il s'éloigne, elle sort du lit, même si chaque muscle dans son corps proteste. Son esprit est un tourbillon, aussi affolé qu'ahuri. Comment de la poussière d'étoiles a-t-elle pu atterrir sur le rebord de sa fenêtre ? Est-ce que quelqu'un l'y a placée ? Qui ? Elle repense à la nuit dernière, quand elle a fait un vœu en fixant une étoile, ivre, dans un accès de mal du pays. Mais elle chasse immédiatement cette pensée de son esprit. Elle n'est pas empyria, après tout, et si ce vœu s'était réalisé, ne serait-elle pas rentrée chez elle, désormais ? Non, quelqu'un essaie de la piéger.

— Triz ? l'interpelle Pasquale.

Elle se tourne vers lui, fronçant les sourcils.

— Tu veux savoir si je l'ai fait ? demande-t-elle, d'une voix plus dure que souhaité.

Elle prend une profonde inspiration, se forçant à au moins apparaître détendue.

— Non, je ne l'ai pas fait. Tous les habitants hors de Cellaria n'ont pas le don des empyrions : seul un pour dix mille, ou quelque chose comme ça, a ce pouvoir. Même si j'étais une hérétique – ce que je ne suis pas –, je t'assure que je suis tout à fait incapable de faire de la magie.

Avec un hochement de tête, Pasquale disparaît pour lui chercher de l'eau mais, alors que Beatriz sonne une cloche, faisant immédiatement apparaître des domestiques qui entrent en s'agitant pour l'aider à s'habiller, elle ne peut s'empêcher de repenser aux mots qu'elle a prononcés la nuit dernière : « Je veux rentrer à la maison. »

Des mots inoffensifs, vraiment. L'expression de sa nostalgie, simplement, et non une formule magique. D'accord, elle s'est imaginée chez elle, a senti pendant un moment que ce qu'elle visualisait était réel, mais c'était le cognac, c'est sûr. Rien de plus.

Mais qu'importe le nombre de fois où elle se le répète, cela ne suffit pas à défaire le nœud dans son estomac.

La salle du trône est si remplie de courtisans que les gardes qui escortent Beatriz et Pasquale doivent les écarter pour leur ouvrir un chemin dans la foule. La chaleur étouffante causée par de si nombreux corps entassés dans un si petit espace accentue la nausée de Beatriz. Elle prend de profondes inspirations pour tenter d'apaiser son estomac en ébullition.

« Je ne toucherai plus jamais une goutte d'alcool », se promet-elle, mais, dès qu'elle formule cette pensée, elle sait que c'est un mensonge. Elle sait combien Cellaria prend au sérieux les accusations de sorcellerie, elle sait aussi que le roi Cesare est de plus en plus paranoïaque. Si elle s'en sort sans être attachée à un poteau, elle le fêtera avec une bouteille entière de vin.

Au moins, elle sait comment dissimuler son état. Elle l'a fait suffisamment souvent quand sa mère les convoquait pour une quelconque leçon, ses sœurs et elle, à une heure indue – semblant toujours savoir exactement quelles nuits Beatriz avait un peu trop bu.

Après que les bonnes l'ont aidée à s'habiller, elle a réussi à prendre quelques minutes pour fouiller dans sa boîte à maquillage. Elle a tamponné sous ses yeux un peu de fond de teint, mis une touche de rouge sur ses joues, puis s'est poudré le visage. Elle a même ajouté quelques gouttes dans ses yeux, même si elle en avait mis la veille avant d'aller se coucher, comme toujours.

« Cela ne peut pas faire de mal », a-t-elle pensé. Si elle doit se tenir devant le roi en étant accusée d'être une empyria, elle ne veut laisser aucune chance à ses yeux d'argent de se dévoiler.

Quand elle arrive dans la pièce, Beatriz découvre Cesare assis sur son trône, la tête posée sur le bras comme un enfant qui s'ennuie. Quand il la voit, il se redresse un peu et agite une main.

Nicolo fait un pas pour présenter au souverain un plateau sur lequel est posé un verre de vin rouge, dont ce dernier prend une longue gorgée avant de le remettre à sa place. Nicolo doit être l'échanson du roi ; à Bessemia, cette tâche est confiée à un serviteur quelconque, mais pas à Cellaria. Beatriz se souvient d'une des lettres qu'elle et sa mère avaient reçues des espions cellariens : « Le roi Cesare n'est jamais loin d'un verre de vin et ses échansons sont sans doute ceux des nobles qui travaillent le plus dans le royaume. Après un temps à son service, ils sont souvent récompensés par un poste au sein du conseil du roi, des domaines, et parfois même un titre. La plupart des jeunes seigneurs, cependant, ne tiennent pas suffisamment longtemps pour récolter le fruit de leur labeur. »

Beatriz range ces informations dans son esprit et espère qu'elle aura l'occasion de les utiliser.

— Votre Majesté, dit-elle, s'inclinant dans une profonde révérence avant de se relever.

Elle lui adresse un sourire rayonnant, comme si elle n'était pas en train de trembler dans ses mules de satin.

À côté d'elle, Pasquale fait écho à ses paroles et exécute sa propre révérence.

— J'ai cru comprendre qu'il y avait eu un problème avec une servante, ce matin ? demande-t-elle en inclinant la tête sur le côté. Le prince Pasquale et moi sommes prêts à vous aider du mieux que nous le pourrons, soyez-en sûr.

L'expression du roi Cesare ne vacille pas. Ses yeux se dirigent vers la gauche où se tient une jeune fille, qui ne doit pas avoir plus de quatorze ans, flanquée de gardes, les poignets attachés par de lourdes menottes de fer. Elle ne pleure pas, mais Beatriz soupçonne que ce n'est que parce qu'elle l'a déjà abondamment fait : son visage est rouge et ses yeux sont injectés de sang.

— Cette bonne affirme qu'elle a trouvé de la poussière d'étoiles sur le rebord de votre fenêtre en faisant le ménage ce matin, déclare le roi d'une voix indifférente, bien que ses yeux pétillent de malveillance. J'aimerais savoir comment elle s'y est retrouvée.

— Tout comme moi, Votre Majesté, dit Beatriz en détournant son regard de la servante pour le poser à nouveau sur Cesare.

Elle fait mine d'hésiter, comme si elle n'était pas sûre de ses prochaines paroles alors qu'elle a, en réalité, élaboré son discours depuis qu'on l'a informée de la situation, pendant qu'on l'habillait et qu'on la menait jusqu'ici.

— Même si, je le reconnais, j'ai quelques soupçons. Je dois confesser…

Elle laisse sa phrase en suspens, poussant un lourd soupir.

— Oh ? dit le roi Cesare en se redressant. Vous voudriez confesser quelque chose, princesse Beatriz ? Je comprends, venant d'un royaume comme Bessemia, cela doit être difficile de vous familiariser avec nos coutumes. Confessez-vous, et nous saurons faire preuve de miséricorde.

Il ne prend même pas la peine d'essayer de rendre ses mots convaincants. Aucun doute n'est possible sur le fait qu'il pense que, dans ce cas, la « miséricorde » reviendrait à la contempler en train de brûler.

— Votre Majesté, reprend Beatriz, je suis certaine que vous aussi, vous trouvez étrange que cette poussière d'étoiles soit apparue comme ça sur le rebord de ma fenêtre, à peine une semaine après mon arrivée. Je sais que nombreux sont ceux, au sein de votre cour, qui désapprouvent mon mariage avec Pasquale, qui croient que je suis marquée de la même souillure païenne que ma mère et mes sœurs. J'avais espéré qu'avec le temps, je leur prouverais que c'est faux. Je n'arrive pas à me faire à l'idée que quelqu'un ait eu envie de se débarrasser de moi au point de se procurer lui-même de la poussière d'étoiles et de la déposer sur le rebord de ma fenêtre. Je ne peux pas y croire.

— C'est... inimaginable, en effet, commente le roi Cesare.

— Et pourtant, je ne peux que le constater, déclare Beatriz avec un autre soupir théâtral. Quelle serait l'alternative, Votre Majesté ? Je serais venue à votre cour et aurais épousé votre fils en empyria intrigante, décidée à détruire Cellaria avec de la poussière d'étoiles et des vœux ?

Elle rit, d'un rire plein et sonore, et si quelques courtisans se joignent à elle, d'autres la dévisagent fixement. Même le roi sourit, si fugace que soit son sourire. Beatriz poursuit :

— Je suis sûre que vous ne pouvez pas le croire. Si j'étais véritablement une empyria, ne pensez-vous pas que j'aurais su qu'il ne faut pas laisser de la poussière d'étoiles là où n'importe qui peut la trouver ? Non, je suis convaincue qu'elle a été placée là pour éveiller des soupçons contre moi.

Ici, elle prend un air meurtri, faisant trembler sa lèvre inférieure tout en levant les yeux, comme si elle s'empêchait de pleurer.

— Cela me blesse, Votre Majesté, que certains, au sein de votre cour, me détestent au point d'enfreindre ainsi les lois.

Elle bat rapidement des cils, laissant couler sur ses joues quelques larmes habilement distillées.

« Les larmes sont une arme, aime à répéter la mère de Beatriz. Mais elles doivent être maniées avec prudence : trop nombreuses, on est perçue comme hystérique, trop rares et on est négligée. Mais la bonne quantité... La bonne quantité peut mettre un homme si mal à l'aise qu'il fera n'importe quoi pour les arrêter. »

Beatriz semble avoir trouvé le juste équilibre. Le roi Cesare s'agite sur son trône, balayant la pièce d'un regard circulaire. Il fait à nouveau un geste pour réclamer du vin. Cette fois, quand Nicolo s'approche pour tendre un verre au roi, ses yeux croisent ceux de Beatriz. Il ne semble pas déconcerté par ses larmes, remarque-t-elle, simplement approbateur. Il lui adresse un petit sourire avant de reprendre le verre du roi et de se retirer derrière le trône.

— Princesse Beatriz, dit Cesare en se penchant vers elle, j'espère que vous accepterez mes excuses, ainsi que celles de la cour. Si vous avez l'impression que l'on vous a maltraitée, eh bien, ce n'était l'intention de personne, j'en suis certain. Si vous deviez rencontrer d'autres difficultés, je vous prie de me les rapporter afin que je puisse y mettre un terme, ajoute-t-il avant de balayer, derrière elle, la foule de courtisans. La princesse Beatriz fait partie de la famille royale, poursuit-il en s'adressant désormais à eux. Si j'apprends que quiconque la malmène, je m'occuperai de son cas rapidement, et avec sévérité.

— Oui, Votre Majesté, murmurent les courtisans, presque à l'unisson.

Beatriz est légèrement surprise par la réaction du roi. Elle espérait être crue, bien sûr, mais la rapidité avec laquelle il est passé du désir de la juger pour sorcellerie à des menaces envers sa cour lui donne le tournis.

— Merci, Votre Majesté, dit-elle en s'inclinant à nouveau dans une profonde révérence.

Quand elle se redresse, elle remarque la servante toujours debout et menottée entre les gardes. Les yeux du roi Cesare suivent son regard.

— N'ayez crainte, princesse Beatriz, l'impie sera envoyée au donjon en attendant le prochain Jour de Bûcher. Nous n'avons aucune pitié pour les hérétiques, ici.

— S'il vous plaît, Votre Majesté ! s'écrie la fille. S'il vous plaît, je ne savais même pas ce que c'était ! J'ai mis la poussière dans ma poche uniquement parce que je la trouvais jolie.

Sans lui prêter la moindre attention, le roi Cesare reste les yeux rivés sur Beatriz, qui prend bien garde à ne pas manifester sa sympathie pour la jeune fille. Même si elle voudrait ardemment lui demander de faire preuve de miséricorde, elle en a assez appris pour savoir que cela risque seulement de la mener au bûcher à ses côtés. Pasquale doit la sentir frémir parce qu'il vient se placer à côté d'elle et pose une main dans son dos.

— Merci, Père, dit-il en s'inclinant à nouveau devant le roi. J'espère que celui ou celle qui a piégé ma femme sera rapidement identifié et subira le même destin.

Le roi Cesare acquiesce mais, l'esprit déjà ailleurs, il est en train de réclamer du vin quand les gardes emmènent la servante, en pleurs. Beatriz note que ses larmes à elle ne lui sont d'aucune utilité.

Beatriz se cramponne au bras de Pasquale qui l'escorte hors de la salle du trône, pourtant elle peut sentir que lui aussi tremble. Il la guide le long du hall bondé puis vers un couloir vide. Dès qu'ils sont seuls, elle lâche sa main et se plie en deux. Elle a envie de vomir, mais elle sait que rien ne viendra.

La nausée ne faiblit pas, cependant, même quand elle s'efforce de prendre de profondes inspirations. Tout ce temps, elle sent la main de Pasquale contre son dos, qui la caresse de manière apaisante.

— Tout va bien, lui dit-il, même s'il ne semble pas y croire lui-même.

— Non, ce n'est pas vrai, rétorque Beatriz en se redressant, incapable de s'arrêter de frissonner. J'ai cru qu'il allait me tuer ; à un certain moment, j'en étais même certaine.

Elle s'attend à ce que Pasquale la rassure, qu'il lui dise qu'elle n'a jamais été en danger, mais il ne le fait pas.

— Moi aussi, reconnaît-il doucement.

— Et cette fille ! poursuit-elle en chuchotant au cas où quelqu'un passerait. Elle va mourir pour avoir ramassé un peu de poussière brillante.

Pasquale hoche la tête, détournant le regard.

— Ce ne sera pas la première, ni la dernière. Le mois dernier, un jeune garçon, le fils de mon ancien tuteur, de douze ans à peine, a été exécuté parce que l'un de ses amis avait dit qu'il parlait de poussière d'étoiles. Il a suffi de ça, les paroles d'un enfant, et il est mort. Ils ont aussi exécuté son père, parce qu'il avait offert au garçon un livre sur le sujet.

Beatriz se sent à nouveau malade. Elle n'ignorait pas l'intolérance de Cellaria envers la magie, et le caractère du roi Cesare. Mais c'est une chose d'entendre des rumeurs et de lire des rapports, et une autre de vivre par soi-même ce genre d'expérience.

— Est-ce que tu as… commence Pasquale. Beatriz, tu connais mon secret. Si toi aussi, tu en as un, j'espère que tu sais que je serai capable de le garder.

Beatriz a presque envie de rire à cette idée. Elle a tellement de secrets, mais aucun d'entre eux ne se rapproche de ce que Pasquale doit avoir en tête. Non, elle n'est pas une empyria, seulement une espionne et une saboteuse dont l'objectif est de mener Cellaria à la ruine. Pendant une seconde, cependant, elle se demande s'il pourrait garder ce secret-là aussi ; il est clair qu'il n'aime ni son père, ni la façon dont il gouverne son royaume. Et si Beatriz met de côté les sentiments complexes qu'elle éprouve envers sa mère, elle ne peut nier que l'impératrice serait une bien meilleure dirigeante que ne l'est Cesare.

Quand Cellaria sera sous son autorité, il n'y aura plus de Jours de Bûcher, plus d'enfants arrêtés pour hérésie, plus besoin de marcher sur des œufs pour ménager un souverain fou. Peut-être que, si elle racontait cela à Pasquale, il serait d'accord avec elle.

Elle chasse cette idée de son esprit. Non, elle n'a pas besoin qu'il soit d'accord. Elle a besoin de faire ce pour quoi elle a été envoyée ici, afin de rentrer chez elle aussi rapidement que possible.

Comme s'il avait été convoqué par ses pensées, un homme apparaît alors à l'entrée du couloir, une expression prudente sur le visage. Elle le reconnaît immédiatement d'après les croquis qu'elle a vus de lui.

— Mes excuses, Votre Altesse, dit le seigneur Savelle en s'inclinant. J'espère que je ne vous dérange pas, mais je souhaitais voir si vous alliez bien. Vous avez subi un vrai calvaire.

Beatriz s'astreint à sourire, en s'essuyant les yeux pour attraper les larmes qui auraient pu s'échapper.

— Merci, c'est très gentil, répond-elle, prétendant ne pas savoir qui il est. Je ne crois pas que nous nous soyons déjà rencontrés, monsieur.

— Triz, voici le seigneur Savelle, l'ambassadeur de Temarin. Seigneur Savelle, ma femme, la princesse Beatriz, dit Pasquale.

L'homme s'incline à nouveau.

— C'est un plaisir de faire votre connaissance.

— Tout le plaisir est pour moi, seigneur Savelle, lui retourne Beatriz avec ce qui pourrait être son premier vrai sourire de la journée. Je suis désolée d'avoir perdu contenance.

— Nul besoin d'excuse, princesse, répond-il en balayant ses mots du revers de la main. Je suis à la cour de Cellaria depuis deux décennies maintenant, je comprends mieux que quiconque le... choc que peuvent représenter certaines pratiques. Raison pour laquelle je tenais à vous faire part de ma compassion. Ah, et j'apporte également un mot de votre sœur – dame Gisella a dit que vous seriez sans doute ravie d'avoir des nouvelles.

— Sophie ? demande Beatriz, son cœur gonflant dans sa poitrine. Est-ce qu'elle va bien ?

— Elle est mariée. Un jour avant vous, je crois. On m'a dit que le roi Leopold et elle ne sont plus que balades en tête à tête et poèmes d'amour.

Beatriz sourit, même si, en son for intérieur, elle espère que Sophronia garde la tête froide. Malgré tout, sa sœur mérite un peu de bonheur, alors qu'elle en profite !

— Je suis très heureuse de l'apprendre. (Elle fait une pause, comme si une idée venait juste de lui traverser l'esprit.) Vous devriez vous joindre à nous un de ces jours pour dîner, afin que Pasquale et moi puissions vous exprimer notre gratitude.

Le seigneur Savelle s'incline à nouveau.

— J'en serai honoré, Votre Altesse.

Après tout, pense Beatriz avec une pointe de triomphe, peut-être que son retour chez elle n'est pas si lointain.

DAPHNÉ

La missive de Cliona arrive juste avant minuit, le lendemain de leur expédition dans le quartier de la mode : une note attachée à la fenêtre ouverte avec un ruban noir, dont les extrémités flottent dans la légère brise.

La chambre de Daphné étant située au troisième étage, le messager a dû escalader les murs du château sans être remarqué, et cela représente un exploit qui parvient à impressionner même Daphné. La note est courte, tracée à la hâte, mais d'une écriture délicate.

Volez votre contrat de mariage. Il est dans le bureau du roi, mais vous avez dit que ce n'était pas un problème.

Elle n'est pas surprise que Cliona veuille voir le contrat de mariage : bien sûr qu'elle demande des preuves après que Daphné lui a affirmé que le roi Bartholomé et l'impératrice Margaraux voulaient fusionner leurs deux royaumes. Ces preuves n'existent pas, il n'y a aucun accord formel, tout simplement parce que le roi n'aurait jamais accepté d'unir son royaume à Bessemia. Mais Daphné peut régler cela assez facilement. Elle n'est sans doute pas aussi douée que Sophronia pour la contrefaçon, mais elle se débrouille assurément.

Elle enfile sa robe de chambre par-dessus sa chemise de nuit, enfouissant la missive dans sa poche.

Un frisson lui remonte le long de l'échine quand elle pose un pied dans le couloir vide, une chandelle à la main, refermant doucement la porte derrière elle. Si dangereux que ce soit de jouer deux rôles, de servir deux objectifs, elle ne peut nier qu'une partie d'elle apprécie le risque.

Maintenant que Cillian est mort, depuis une semaine, le château commence à s'animer, alors elle doit être plus prudente que la dernière fois qu'elle s'est glissée en douce hors de sa chambre. Les domestiques s'activent, alimentant les feux et faisant le ménage. Les couloirs près des cuisines, en particulier, sont fréquentés.

Lorsqu'elle parvient devant le bureau, elle pose la chandelle, tire une épingle de ses cheveux et se met au travail. Comme elle a déjà forcé la serrure une fois, cela va plus vite et, en quelques secondes seulement, elle pousse la porte de la pièce et y pénètre.

Elle commence immédiatement à fouiller dans les tiroirs à la recherche du contrat de mariage. Lorsqu'elle le trouve, elle s'assied à la table du roi Bartholomé et prend sa plume dans l'encrier, parcourant le document jusqu'à atteindre la fin.

Cet accord est conclu de bonne foi et dans le meilleur intérêt de Friv comme de Bessemia.

Il est assez facile à Daphné de transformer ce point en une virgule. Elle étudie le reste du texte, observant la calligraphie, précise et sans fioritures – facile à lire et facile à imiter –, mais avec quelques signes distinctifs : la manière dont les A et les O sont légèrement inclinés, la barre des T et des F plus basse que chez la plupart des gens, la forme spécifique de la petite boucle du G majuscule.

Une fois qu'elle est convaincue de pouvoir correctement contrefaire l'écriture, elle prend une profonde inspiration et commence.

Cet accord est conclu de bonne foi et dans le meilleur intérêt de Friv comme de Bessemia, et du royaume unifié qu'ils formeront un jour, qui sera dirigé par le prince Bairre et la princesse Daphné après la mort du roi Bartholomé et de l'impératrice Margaraux.

Il n'est pas aisé de faire entrer ces quelques lignes supplémentaires dans le petit espace au-dessus des signatures et des sceaux du roi et de l'impératrice, mais quand Daphné replace la plume dans l'encrier et recule pour observer le résultat, rien ne semble anormal.

Alors qu'elle attend que l'encre sèche, elle réfléchit à l'instruction de Cliona de voler le contrat. Et si le roi remarquait qu'il avait disparu ? C'est effectivement inquiétant, mais pas pour elle. Si cela arrive, il n'y a aucun risque que le roi la soupçonne, alors quelle importance ? Elle aura accompli son devoir.

Elle entend soudain des pas dans le couloir. Daphné s'immobilise un instant, puis se met en mouvement. Elle effleure l'encre, qui par chance est sèche, enroule le contrat avec le message de Cliona, les met dans sa poche, puis souffle la bougie, plongeant le bureau dans l'obscurité.

Les bruits de pas deviennent de plus en plus forts : des bottes. De lourdes bottes. Un garde ? Le martèlement semble effectivement assez militaire. Les prétextes commencent à tourbillonner dans l'esprit de Daphné, les raisons qui expliqueraient sa présence dans le bureau du roi, mais toutes semblent pouvoir éveiller les soupçons, même à ses propres oreilles.

Et puis, après avoir atteint un niveau sonore maximal, les pas dépassent le bureau et s'effacent petit à petit en s'éloignant. Daphné pousse un soupir et s'affaisse contre le secrétaire. Elle attend que le silence soit revenu pour avancer jusqu'à la porte et se glisser à nouveau dans le couloir.

Mais, dès qu'elle a refermé le battant, la personne est de retour, revenant dans sa direction. Ses doigts trifouillent l'épingle à cheveux, mais elle n'a plus le temps de refermer le bureau à clé. Alors que les bottes tournent à l'angle, Daphné remet la parure dans son chignon.

— Ohé ? appelle une voix dans le noir.

Une voix familière.

— Bairre ? murmure-t-elle.

Il y a le bruit d'une allumette qu'on frotte, puis une flamme jaillit, illuminant le visage incrédule du jeune homme. Ses abondants cheveux châtains sont ébouriffés par le vent et encore plus sauvages que d'habitude. Ils ont besoin d'un coup de peigne, mais cette coiffure désordonnée lui va bien.

— Daphné, dit-il, de la façon dont il prononce toujours son prénom : comme si l'effort d'être en sa présence l'avait déjà épuisé. Que faites-vous…

Il n'achève pas sa phrase, braquant ses yeux sur la porte derrière elle. Le pli sur son front se creuse.

— J'essayais de trouver les cuisines pour prendre un verre d'eau, lui explique Daphné en adoptant son plus bel air d'ingénue, avant que les pensées de Bairre ne le guident vers une autre hypothèse. Je pensais que cette porte menait peut-être à un couloir, mais on dirait juste un bureau. Ce château est un tel labyrinthe, et c'est difficile de bien voir dans le noir. Elle s'est éteinte il y a quelques minutes, conclut-elle en lui montrant sa bougie.

Bairre tend la main derrière elle, essayant d'ouvrir la porte du bureau du roi, qui cède facilement.

— Elle devrait être fermée à clé, observe-t-il, plus pour lui-même qu'à l'intention de Daphné.

Un instant, le cœur de la jeune fille se fige, mais Bairre secoue la tête.

— Tout le monde a été un peu distrait ces derniers temps, je suppose.

— Comment s'est passée votre expédition de chasse ? lui demande-t-elle alors, afin de détourner son attention.

Cela fait deux jours qu'il est absent, depuis qu'elle est allée en ville avec Cliona, parti chasser avec des chefs de clan quelconques des hautes terres.

Il fronce les sourcils et hausse les épaules.

— Plutôt bien. J'ai tué quelques cerfs, même un sanglier.

— Mais vous n'étiez pas là pour chasser, si ? Comment vous êtes-vous entendu avec le reste des participants ?

— Pourquoi cela vous inquiète-t-il tant ? demande-t-il, et la tension dans sa mâchoire le trahit.

Elle cligne des yeux. « Pourquoi cela l'inquiète-t-il tant, en effet ? »

Elle sera coincée avec lui une fois qu'ils seront mariés, suppose-t-elle. Et une fois que sa mère lui léguera l'empire, Daphné imagine qu'elle dirigera seule, pendant qu'il... pendant qu'il fera quoi ? Elle ne devrait peut-être pas s'en préoccuper, mais Bairre sera son mari...

— Parce que l'objectif de cette expédition était qu'ils vous perçoivent comme l'héritier du trône et non comme le bâtard du roi, mais je présume que cela n'a pas fonctionné. Que cela vous plaise ou non, vous êtes un prince, désormais.

— Personne ne me voit comme ça, maugrée-t-il en secouant la tête.

— Parce que *vous*, vous ne vous comportez pas comme tel. Ma mère était la fille d'un tailleur et la maîtresse d'un empereur. Elle non plus, personne ne voulait la considérer comme une dirigeante, mais elle ne leur a pas laissé le choix.

Pendant un moment, Bairre reste silencieux. Puis il désigne l'extrémité du couloir, vers l'endroit dont Daphné est venue.

— C'est par là.

— Qu'est-ce qui est par là ? demande-t-elle en suivant son regard avant de se tourner à nouveau vers lui.

— Les cuisines. Je croyais que vous aviez soif.

— *J'ai* soif, s'empresse-t-elle de répondre. Vous m'avez juste distraite.

Elle prend la direction qu'il lui a indiquée, et il commence à marcher à ses côtés. Même si elle ne l'admettrait pour rien au monde, elle se sent réconfortée par la lumière qu'il apporte avec lui.

— Il y a une cloche, vous savez, dit-il. Vous pouvez sonner si vous avez besoin de quoi que ce soit.

— Je l'ai fait, ment-elle. Personne n'est venu.

Il semble accepter cette réponse et ils continuent à progresser en silence vers les cuisines.

— Restez ici, lui propose-t-il quand ils sont juste devant des portes. Moi, ils me connaissent, mais s'ils voient une princesse à cette heure-ci, ils vont paniquer.

— Merci.

Il s'arrête un instant, l'observant d'un air hésitant.

— Autre chose ? lui demande-t-il. Fromage à la truffe ou pâtisseries au sucre filé ? Du caviar ?

— Je trouve le caviar vulgaire, en vérité, dit-elle avec un sourire désabusé. De l'eau, ça fera l'affaire.

— Vous êtes sûre que vous ne voulez pas de poudre de perle dedans ? continue-t-il, s'amusant manifestement. J'ai entendu dire que votre mère faisait bouillir des perles dans son thé pour s'embellir.

— On ne peut pas faire bouillir les perles, répond Daphné sans pouvoir s'en empêcher. Mais on peut les dissoudre dans le vinaigre, si on sait s'y prendre, et l'effet produit est un bon moyen d'affirmer sa richesse et son pouvoir, quand on est une jeune reine débutante qui doit dîner avec des dignitaires étrangers qui essaient de saper son autorité, ajoute-t-elle. Peut-être y a-t-il une leçon pour vous, là-dedans.

Cela efface le sourire suffisant du visage de Bairre ; tête baissée, il entre dans les cuisines sans ajouter un mot. Lorsqu'il réapparaît un moment plus tard, il met un verre d'eau dans les mains de Daphné.

— Vous pourrez retrouver votre chemin ? demande-t-il.

Elle acquiesce, prend le verre et tourne les talons.

De nouveau seule dans sa chambre, Daphné prend le contrat de mariage enroulé dans sa poche. Elle traverse la pièce jusqu'à la fenêtre, qu'elle ouvre, laissant le document sur le rebord, à l'endroit exact où elle a trouvé le message un peu plus tôt, avant de retirer sa robe de chambre et de gagner enfin son lit.

Épuisée comme elle l'est, elle devrait rapidement s'endormir, mais au lieu de ça, la conversation qu'elle a eue avec Bairre tournoie dans son esprit. Elle se dit qu'elle a atteint son objectif : elle l'a distrait – il n'a jamais soupçonné ce qu'elle faisait vraiment près du bureau du roi – mais elle n'avait pas à lui donner de *conseils*. Ce que la cour pense de Bairre, ce n'est pas son problème. Friv n'est pas son problème. Son problème, c'est de tenir jusqu'à ce mariage, de voler le sceau du roi et de faire tout ce que sa mère pourra exiger d'elle. Ce serait mieux si Bairre l'appréciait, mais il est peu probable que cela arrive, vu la manière dont elle l'a insulté.

Pourquoi l'a-t-elle fait ?

Daphné s'endort avant de trouver une réponse.

Elle se réveille à l'aube, à cause d'un courant d'air passant par la fenêtre ouverte. Elle sait pourtant qu'elle a fermé le battant dans la nuit, elle l'a même verrouillé. Mais maintenant, le vantail est ouvert, et là, sur sa coiffeuse, une autre note et une petite fiole de poudre scintillante.

La poussière d'étoiles.

Elle sort du lit en trébuchant, se dirige vers le meuble, ramasse la fiole et la fait tourner dans ses mains. Puis, elle la repose et prend le message, le déplie et le parcourt rapidement du regard. Il n'y a que quatre mots, mais ils lui font l'effet d'un poids qui viendrait s'écraser au fond de son estomac.

Bien joué. Davantage bientôt.

SOPHRONIA

Sophronia n'arrive pas à dormir. La lune brille haut dans le ciel et sa lueur, filtrant par la fenêtre de sa chambre, transforme les meubles dorés en silhouettes argentées et fantomatiques. C'est approprié, se dit-elle : elle-même se sent plus fantôme qu'humaine ces derniers jours. Depuis qu'elle a surpris la douairière avec le sieur Diapollio, Eugenia l'évite. Il n'y a plus eu d'invitations à prendre le thé, plus de promenades dans les jardins pour partager les derniers potins. Quand elles sont obligées de se tenir dans la même pièce, lors de banquets ou de bals, la reine ne regarde pas dans sa direction. Ce qui est tout aussi bien, puisque Sophronia, elle aussi, n'aspire qu'à éviter Eugenia, après avoir lu la lettre que son frère lui a adressée. Les mots la hantent encore.

Ma très chère sœur,

Les nouvelles de votre dernière lettre sont aussi bienvenues que vous le serez à Cellaria lorsque vous rentrerez à la maison.

Nous sommes presque prêts désormais. J'ose même affirmer que nous pourrions attaquer Temarin demain et en sortir victorieux avant le printemps, mais j'aimerais que ce soit plus rapide. Je crains que les défenses temariniennes ne soient encore trop puissantes pour tomber facilement. Un dernier effort de votre côté, et elles devraient s'effondrer au moindre courant d'air.

Que les étoiles vous guident et vous bénissent,

Cesare

Sophronia sait qu'il est dangereux d'agir en présumant que la lettre est authentique. Sa mère a toujours insisté sur l'importance de contrôler chaque information et d'examiner la fiabilité de sa source. Sophronia ne se fie pas au sieur Diapollio, alors elle n'est pas sûre de pouvoir se fier à la lettre, si accablante soit-elle.

Mais le chanteur avait raison sur un point : elle peut vérifier son contenu, même s'il est important qu'elle le fasse sans éveiller les soupçons. Et une reine originaire d'un royaume étranger, sur le trône depuis moins d'un cycle lunaire, demandant à voir les dépenses de la défense, cela paraîtrait sans aucun doute suspect.

Elle a passé les deux derniers jours à essayer d'obtenir des informations sur les finances du palais par des moyens détournés, mais chaque fois qu'elle a abordé la question lors d'un des nombreux déjeuners, thés ou dîners, les courtisans se sont empressés de changer de sujet ; comme elle ne peut pas continuer à être indiscrète sans attirer l'attention, elle a été obligée d'abandonner.

Elle roule sur le côté pour regarder Leopold, profondément endormi sur le dos, un bras replié sous la tête. Dans le sommeil, il ressemble au garçon qu'elle imaginait quand elle lui écrivait des lettres : ouvert, gentil et doux. Si elle est avérée, la trahison de sa mère le dévasterait.

« On ne peut pas être doux et porter une couronne, lui a dit l'impératrice à plus d'une occasion, quand Sophronia exprimait quelque doute d'ordre moral pendant les leçons. Ou bien on est écrasé par son poids. »

Il y a de la vérité dans cette assertion, qui ne se vérifie pas seulement chez sa mère, chez Leopold ou chez la reine Eugenia, mais chez Sophronia elle-même. Elle sent qu'elle s'endurcit. Peut-être que l'impératrice avait raison, après tout : pour manier le pouvoir, on doit être affûté et prêt à verser du sang.

Elle s'éloigne de Leopold et ferme les yeux. Elle ne dormira pas cette nuit, elle le sait. Cela lui arrive de temps en temps, quand son esprit devient trop agité pour autoriser les rêves à remplacer ses pensées. Quand elle était à Bessemia, elle descendait parfois aux cuisines, où la cheffe pâtissière, Mme Devoné, était levée avant l'aube pour mélanger, malaxer et cuire ses créations. Elle n'avait pas eu beaucoup de scrupules à mettre une princesse curieuse au travail, lui enseignant comment plier la pâte pour rendre le gâteau léger, comment insérer des couches de beurre pour ajouter une note feuilletée aux pâtisseries. Les tâches répétitives et monotones ont toujours aidé Sophronia à apaiser son esprit.

Quel dommage de ne pas pouvoir le faire maintenant, pense-t-elle, avant de se reprendre. Pourquoi serait-ce impossible ? Elle est la reine de Temarin – la seule personne dont le rang est supérieur au sien est profondément endormie à ses côtés et, même si Leopold était réveillé, elle sait qu'il n'émettrait aucune objection.

Sophronia sort du lit, prend sa robe de chambre suspendue dans sa penderie pour l'enfiler par-dessus sa chemise de nuit, et se glisse hors de leurs appartements, dans le couloir.

C'est étrange d'être à nouveau dans une cuisine – et dans une cuisine inconnue, qui plus est. Elle s'était habituée à celle du palais de Bessemia. Elle savait où étaient conservés les différents ingrédients, connaissait la fraîcheur des œufs, se méfiait du four capricieux et toujours quelques degrés plus chaud qu'il n'aurait dû. Là, il lui faut un moment pour s'habituer à ce nouvel environnement. C'est une heure creuse, entre le moment où l'escouade de nuit part et celui où arrive celle du petit matin, donc la cuisine est silencieuse, à l'exception de quelques domestiques en train de faire le ménage.

Lorsque Sophronia demande à l'une d'entre elles si elle peut occuper un coin de table, celle-ci la fixe avec des yeux écarquillés, lui offrant pour toute réponse une révérence maladroite, que la jeune reine interprète comme un assentiment.

Elle a à peine le temps de rassembler les ingrédients que Violie survient, en chemise de nuit elle aussi, ses cheveux blonds attachés en une longue natte qui s'enroule sur son épaule. Son apparition ne surprend pas Sophronia, qui avait parié qu'à la seconde où elle arriverait aux cuisines, une servante se dépêcherait d'appeler l'une de ses femmes de chambre. Elle est ravie qu'elles aient trouvé Violie, qui pourra s'avérer utile si Sophronia se débrouille bien.

— Qu'est-ce que tu penses d'un gâteau ? lui demande-t-elle.

Violie la regarde en clignant ses yeux fatigués.

— Il est trois heures du matin, Votre Majesté. C'est un peu tôt pour un gâteau, ou trop tard, non ?

— Ne sois pas idiote, on ne le mangera pas avant plusieurs heures, répond Sophronia en commençant à doser la farine qu'elle puise dans un sac deux fois plus grand qu'elle. Un gâteau pour le petit déjeuner.

Violie réfléchit à la proposition, se penchant pour poser ses coudes sur le plan de travail.

— Dans ce cas, je suis complètement pour. Y a-t-il une raison en particulier pour vous lancer dans cette aventure ?

— N'y suis-je pas autorisée ? demande Sophronia en haussant les épaules, presque sur un ton de défi.

— Il n'y a aucune règle qui l'interdit, même si c'est sans doute parce que aucune reine n'a jamais mis les pieds dans les cuisines. Que puis-je faire pour vous aider ?

Elles s'installent dans un silence confortable, pendant lequel Sophronia montre à Violie comment casser des œufs et doser le lait. Et quand elle commence à tamiser, fouetter et malaxer l'ensemble en une pâte épaisse, son esprit s'apaise enfin suffisamment pour qu'elle puisse concevoir un plan.

— Depuis quand es-tu à Temarin, Violie ? demande-t-elle.

La servante semble quelque peu surprise par cette question soudaine.

— Un an, maintenant, Votre Majesté. J'ai d'abord trouvé du travail, brièvement, dans les cuisines, et puis la duchesse Bruna m'a embauchée juste avant la mort du roi Carlisle.

— Alors tu as passé tout ton temps au palais ?

— J'ai parfois été envoyée faire une course à Kavelle, mais oui, je vis au palais depuis mon arrivée.

— Tu as quand même vu plus de ce royaume que moi, soupire Sophronia en secouant la tête. Puis-je te faire un aveu, Violie ? demande-t-elle en baissant la voix. (C'est une des astuces favorites de sa mère pour obtenir des informations : dévoiler un secret, pas un véritable secret, mais quelque chose qui donne une illusion de vulnérabilité.) Je suis inquiète pour Temarin. Le peuple semble malheureux – pas au sein du palais, mais en ville, et je parierais que c'est aussi le cas dans le reste du royaume. D'après ce que j'ai compris, les gens sont affamés, et tout ce que nous avons fait, c'est augmenter leurs impôts. Les tripler, même, je crois.

Violie cille, surprise par sa franchise.

— Oui, dit-elle. Je pense que c'est exact.

Sophronia secoue la tête, comme si elle essayait de se débarrasser de pensées déplaisantes, puis elle poursuit :

— On m'en avait parlé avant que j'arrive, mais autant que je puisse en juger, le palais lui-même ne s'est imposé aucune restriction : la famille royale et les nobles semblent se porter aussi bien que d'habitude. J'ai consulté les factures correspondant à ma nouvelle garde-robe. Elle a coûté vingt mille astres, sans compter les chaussures et les bijoux. Et si je me fie aux cadeaux qui nous ont été envoyés, à Leopold et moi, depuis notre mariage, le reste de l'aristocratie n'est pas à plaindre, même ceux que je croyais endettés.

Violie ne répond pas, mais elle n'en a pas besoin : il est clair qu'elle aussi est troublée.

— Bessemia n'est pas parfaite, et je sais que nombre de pauvres y souffrent aussi, mais...

— Si je peux me permettre, Votre Majesté, intervient Violie, est-ce que vous vous souvenez de ce qui s'est passé il y a cinq ans ? Bessemia avait affronté un hiver rude, suivi par une cruelle sécheresse. Les récoltes étaient pitoyables.

Sophronia hoche la tête. Âgée de onze ans à l'époque, elle était assez grande pour commencer à siéger aux sessions du conseil de sa mère. Et il lui est impossible d'oublier comment Nigellus a finalement eu recours à ses pouvoirs pour mettre un terme à la sécheresse.

— L'effet s'est propagé dans le royaume entier : personne ne dépensait d'argent, et personne n'en gagnait, dit Sophronia.

— Je n'en sais pas assez sur la situation actuelle, répond Violie, mais j'imagine que c'est quelque chose de similaire. L'économie connaît des hauts et des bas, ça arrive. L'économie bessemienne a repris, elle a même explosé. Je suis certaine qu'il en sera de même à Temarin.

Sophronia réfléchit à son argument tout en versant la pâte dans deux moules préparés à cet effet. Violie a peut-être raison, mais si elle accorde foi à la lettre de Cesare, quelque chose de plus sinistre est en train de se tramer. Elle jette un coup d'œil à la grosse horloge suspendue au-dessus du fourneau. L'aube approche, ce qui signifie que le reste du palais ne va pas tarder à se réveiller.

— Nous avons réduit les impôts, reprend Sophronia, ramenant la conversation sur le sujet qui l'intéresse.

Violie se tourne vers elle, perplexe.

— Pardon ?

— À Bessemia, précise Sophronia, en se rappelant l'une des réunions auxquelles elle avait participé avec ses sœurs.

Beatriz s'était ennuyée, et Daphné avait davantage eu à cœur de dire ce que l'impératrice voulait entendre que d'écouter attentivement ce qui se jouait.

Sophronia, elle, avait été fascinée, parcourant les propositions de coupes budgétaires du palais et les nouvelles lois fiscales jusqu'à les connaître presque par cœur.

Elle poursuit :

— Ma mère a ordonné que l'on réduise les impôts. Elle a aussi puisé dans le trésor royal pour instaurer un fonds d'aide pour ceux qui avaient perdu leur emploi ou ne pouvaient pas payer les produits de première nécessité. Elle a harcelé les familles nobles pour qu'elles fassent la même chose. Cela ne leur a pas plu, parce qu'elles avaient déjà dû renoncer à une bonne partie de leurs revenus, issus des impôts prélevés sur les villages situés sur leurs terres, mais elle leur a forcé la main. Je me souviens de notre anniversaire, cette année-là : au lieu de l'habituel bal fastueux, nous avons eu une petite réception autour d'un thé. Ma mère avait dit que si Bessemia souffrait, nous souffrions toutes.

Violie se tourne vers Sophronia, un éclair de compréhension dans le regard.

— Et Bessemia s'est remise, dit-elle. L'année d'après, la situation était presque revenue à la normale.

Sophronia hoche la tête.

— Je serais curieuse de savoir, Violie, si des mesures similaires ont été prises à Temarin. Mais aucune des personnes à qui j'ai parlé ne semble concernée par les questions budgétaires ou fiscales.

Violie se mord la lèvre, un peu perdue.

— Est-ce que vous êtes en train de me demander de trouver ces informations ? demande-t-elle.

Sophronia sourit.

— Nous sommes des étrangères ici, Violie. Mais c'est chez nous, désormais. Je crois que nous voulons toutes les deux ce qu'il y a de mieux pour Temarin.

Elle n'a pas prononcé de requête, mais elle sait que Violie l'a entendue.

— Je vais voir ce que je peux faire, dit la jeune fille.

— Excellent, se félicite Sophronia en se redressant. La reine Eugenia m'a dit qu'elle aimait se lever avant l'aube pour mieux commencer la journée, poursuit-elle. Pourrais-tu s'il te plaît lui faire parvenir une invitation à prendre le petit déjeuner avec moi dans mon salon ?

— Une invitation suffira-t-elle ? demande Violie en haussant les sourcils.

Manifestement, le fait que la reine Eugenia évite sa belle-fille n'est pas passé inaperçu.

Sophronia pince les lèvres.

— Cela peut sonner comme une invitation, mais fais en sorte qu'elle le perçoive comme un ordre. De la part de sa reine.

Toutes deux sont assises l'une en face de l'autre dans le salon de Sophronia, autour d'une table ronde dressée avec des tasses de café et des parts de gâteau. Aucune n'a parlé depuis qu'Eugenia est arrivée, dix minutes plus tôt, même si elles ont déjà terminé leur café et entamé leur part de gâteau. Sophronia croise le regard de sa belle-mère et lui adresse un sourire placide, ce qui ne semble que la déconcerter davantage.

Enfin, Eugenia cède et brise le silence :

— Ce gâteau est divin, commence-t-elle, sur un ton léger qui pourrait berner n'importe qui, mais Sophronia perçoit la tension derrière ces mots. Le chef a dû essayer une nouvelle recette. C'est de la cannelle, vous pensez ?

— Cannelle et myrtilles, oui, répond Sophronia alors qu'une domestique s'avance avec un pot de café frais pour remplir à nouveau leurs tasses.

Sophronia ajoute un carré de sucre dans la sienne, mais Eugenia le garde noir.

— C'est moi qui l'ai fait, en fait, ajoute-t-elle.

Elle s'attend à ce qu'Eugenia soit surprise, mais celle-ci se contente de hausser un sourcil.

— Chaque reine a son passe-temps, commente-t-elle. Moi, je préfère le jardinage.

— Entre autres, souligne Sophronia, toujours d'un ton badin.

Les yeux d'Eugenia s'étrécissent et elle repose sa fourchette.

— Ce n'est pas ce que vous pensez avoir vu, Sophronia, dit-elle fermement.

— Il faisait plutôt sombre, admet Sophronia. Peut-être devrais-je m'ouvrir à Leopold sur ce que je pense avoir vu et entendu, et lui demander son avis ?

— Ah, murmure Eugenia en reculant dans sa chaise et en lui lançant un regard méfiant. Alors nous en sommes là.

La jeune fille ressent une pointe de culpabilité. Elle ne reproche pas son amant à la douairière – les étoiles savent que sa mère en a eu de nombreux. Mais si Sophronia doit prendre le pouvoir à Temarin, Eugenia va devoir y renoncer. Et si la reine est vraiment en train de comploter avec son frère pour renverser Temarin, eh bien... Sophronia ne devrait pas se sentir trop coupable.

Elle se penche en avant en souriant.

— Mais les amies savent garder un secret l'une pour l'autre, n'est-ce pas ? Et je pense que nous sommes amies.

— Vous êtes comme la fille que je n'ai jamais eue, Sophronia, répond Eugenia en lui rendant son sourire, même s'il est de glace. Et je détesterais qu'un de mes... choix malencontreux... ait un impact négatif sur Leopold et vous, s'il venait à être dévoilé.

— Oh, vous ne devriez pas vous préoccuper de cela, je suis certaine que nous saurions gérer une telle situation, assure Sophronia. Mais comme je l'ai dit, les amies gardent les secrets. Elles se soutiennent aussi l'une l'autre, ne pensez-vous pas ?

— Je suppose que oui, répond lentement Eugenia, portant à nouveau son café à ses lèvres, et Sophronia remarque le léger tremblement de ses mains.

C'est étrange comme cela lui donne un sentiment de puissance, et inquiétant comme elle l'apprécie.

— Leopold m'a demandé de me joindre aux réunions du conseil, pour lui faire part de mes réflexions et opinions sur la façon dont Temarin est dirigé. J'espère pouvoir compter sur votre soutien. Il faudra nos efforts conjoints pour le bien du royaume. N'êtes-vous pas d'accord ?

La mâchoire d'Eugenia se contracte mais elle parvient à sourire et à esquisser un petit hochement de tête.

— Formidable, approuve Sophronia, resplendissante, en levant sa tasse pour porter un toast. À un Temarin fort et prospère !

BEATRIZ

Le soir où Beatriz et Pasquale sont censés dîner avec le seigneur Savelle, elle trouve son époux au lit, agrippé à une bassine, le visage verdâtre et couvert de sueur. Elle s'arrête sur le seuil, se demandant si elle n'a pas dosé un peu trop généreusement les racines d'hortensia qu'elle a versées dans son thé cet après-midi ; elle le voulait trop malade pour assister au dîner, pas à l'article de la mort. Mais elle n'a jamais eu le don de Daphné pour le poison.

— Comment te sens-tu ? demande-t-elle, essayant d'ignorer la culpabilité qui commence à l'assaillir.

Pasquale est dans un état lamentable, et c'est par sa faute. Elle a besoin d'un moment seule avec le seigneur Savelle, se rappelle-t-elle. Mais sa mauvaise conscience ne reflue pas complètement.

— Oh, un peu mieux, il me semble, répond le jeune homme d'une voix rauque. Je ne crois pas avoir vomi dans le dernier quart d'heure, donc c'est une amélioration.

Beatriz pousse un petit soupir de soulagement : si elle y était allée trop fort avec la racine d'hortensia, Pasquale aurait vomi de plus en plus, au contraire.

— Je me sens très mal de t'abandonner pour la soirée. Tu es sûr que ça ne te dérange pas que j'aille dîner sans toi ?

Il balaie son inquiétude d'un geste de la main.

— Non, je sais que tu voulais l'entendre parler de Temarin et de Sophronia. Est-ce que tu pourras prendre des nouvelles de Leopold ? Nous avons perdu contact ces dernières années, mais c'est mon cousin.

— Bien sûr, répond Beatriz. Veux-tu que je demande quelque chose aux domestiques ? Du pain, peut-être, maintenant que ton estomac est calmé ?

Il hoche lentement la tête, même si sa prise sur la bassine se resserre à la seule mention de la nourriture.

— Peut-être d'ici une heure ? Je ne veux pas me précipiter.

— D'accord, répond-elle en s'attardant sur le pas de la porte.

Elle aimerait réconforter Pasquale, comme il a été capable de le faire quand elle a dû affronter son père dans la salle du trône, mais elle ne sait pas par où commencer. Lorsque ses sœurs ou elle étaient malades, sa mère les isolait toujours, même les unes des autres, pour éviter toute contagion. La solitude était en général pire que la maladie elle-même. Devrait-elle s'approcher de lui ? Lui caresser le dos, comme il l'a fait pour elle ? Une petite partie d'elle-même a envie de lui embrasser le front, pour une raison qu'elle peine à comprendre. Au lieu de quoi, elle reste à côté de la porte, la main sur la poignée.

— Remets-toi bien, dit-elle avec un petit sourire tendu. Je serai vite de retour.

Le dîner est servi dans la plus petite des salles à manger, directement reliée aux appartements de Beatriz et Pasquale, même si « plus petite » est une description toute relative : elle pourrait aisément accueillir une dizaine de personnes au moins. Quand Beatriz pénètre dans la pièce, elle trouve l'extrémité de la table dressée pour trois personnes et le seigneur Savelle déjà installé à gauche de la place d'honneur. En la voyant entrer, il se lève et lui fait une révérence.

Elle attend que son regard la balaie, surtout ses épaules nues et son décolleté, si splendidement mis en valeur par la robe qu'elle a choisie. Elle sait que sa profonde couleur violette fait ressortir ses cheveux auburn et elle a pris soin d'appliquer un arsenal de poudres et de crèmes pour rehausser les traits de son visage. Mais les yeux du seigneur Savelle ne s'attardent pas sur ses courbes, ne la lorgnent pas comme les autres hommes en ont l'habitude. Par les étoiles ! Même quand elle porte sa robe la plus discrète, elle sent le regard lubrique du roi qui scrute ses moindres mouvements. Pourquoi, se demande-t-elle, les deux hommes qu'elle a besoin de prendre au piège sont-ils les seuls qui ne lui manifestent pas le moindre intérêt ?

Elle a échoué avec Pasquale, il n'y a aucun espoir de ce côté. Mais elle refuse d'essuyer un nouveau revers.

— Votre Altesse, dit le seigneur Savelle, encore merci pour l'invitation.

— Merci de vous joindre à nous... Enfin, à *moi*. J'ai bien peur que le prince Pasquale ne soit légèrement indisposé pour l'instant, mais il vous transmet ses regrets et nous prie de dîner sans lui.

— Je suis désolé de l'apprendre.

Comme Beatriz prend le siège en face de lui, l'ambassadeur s'assied également.

— Je ne suis jamais allée dans cette partie du palais auparavant. C'est stupéfiant.

— Vraiment ? demande Beatriz en fronçant les sourcils pour mimer la surprise.

En effet, d'après ce qu'elle a entendu, personne à la cour ne fait le moindre effort pour adresser au seigneur Savelle des invitations mondaines, et encore moins la famille royale. Pasquale semble l'apprécier, mais le prince n'est pas vraiment connu pour donner des dîners ou des fêtes. Si Beatriz n'avait pas suggéré cette soirée, jamais l'idée ne serait venue à l'esprit du jeune homme. Elle poursuit :

— Eh bien, je suis ravie que vous ayez pu venir, dit-elle en faisant un geste à un serviteur posté debout près de la porte pour qu'il apporte le vin.

Une fois que leurs verres sont pleins, elle lève le sien et lui adresse son sourire le plus charmant.

— À vous, seigneur Savelle. Et à l'éclosion d'une nouvelle amitié.

Une touche de couleur vient orner les joues de l'homme quand il lève son verre en direction du sien, provoquant un tintement qui résonne dans la pièce silencieuse.

— Vous me flattez, Votre Altesse, mais merci, dit-il avant de boire une gorgée de son vin. Je le confesse, votre invitation m'a surpris.

— Ah oui ?

Négligemment, elle plante son regard dans le sien en passant un doigt le long de son cou – une astuce que lui a enseignée une courtisane à Bessemia, qui affirmait que cela pouvait suffire à faire chavirer un homme, même à travers une salle de bal bondée. Mais si le seigneur Savelle remarque la courbe de son cou ou l'étincelle charmeuse de son regard, il n'en donne aucun signe.

— Oui, poursuit-il. Je suis sûr que vous n'avez pas encore eu l'occasion de le remarquer, mais je ne suis pas très populaire à la cour.

— J'ignore pourquoi, répond Beatriz avec un autre sourire éclatant. Je ne vois rien qui me déplaise chez vous, seigneur Savelle.

— Encore une fois, vous êtes trop bonne, Votre Altesse…

— Oh, appelez-moi Beatriz, dit-elle en lui posant la main sur le bras.

Il ne s'éloigne pas, mais il n'accentue pas non plus le contact.

— Très bien, Beatriz, répond-il, l'air légèrement perplexe. Mais comme je le disais, les gens ont la mémoire longue. Ils sont nombreux ici à ne pas avoir oublié leurs… difficultés avec Temarin, et à me percevoir encore comme un ennemi.

— C'est idiot, s'exclame Beatriz en retirant sa main et en masquant sa frustration grandissante avec une nouvelle gorgée de vin. La guerre est terminée depuis bien avant ma naissance ! Je suis sûre que personne ne peut garder rancune pendant *aussi* longtemps.

— Vous êtes très jeune, Votre, euh, enfin, Beatriz, soupire-t-il en secouant la tête.

Il la regarde encore une fois, et il est évident qu'il n'y a aucune trace de désir dans ses yeux. Elle commence à suspecter que, si elle se mettait à déambuler nue dans la pièce, il cillerait à peine. Cette conviction lui pèse. C'est ce pour quoi elle a été élevée, sa beauté est censée être son meilleur atout, et pourtant elle ne lui a été d'aucune utilité jusque-là.

Le seigneur Savelle poursuit :

— Vous me rappelez quelqu'un, en fait, dit-il en l'observant, la tête légèrement penchée sur le côté. Ma fille.

— Oh ? demande Beatriz, fouillant à travers tout ce qu'elle sait de lui. Je ne savais pas que vous aviez des enfants.

— Non, comment l'auriez-vous su ? demande-t-il en secouant la tête, et Beatriz a envie de se donner une gifle. Elle est née environ deux ans après mon arrivée ici. Sa mère était… C'était ma maîtresse, dit-il finalement après l'avoir regardée d'un air incertain. Je ne suis pas très fier de la manière dont ma fille est venue au monde, mais je lui ai donné mon nom et tous les privilèges que je pouvais. Elle a été élevée au sein de ma maison, a reçu les mêmes leçons que n'importe quel enfant de la noblesse. Sincèrement, je l'ai gâtée. Elle s'appelait Fidelia.

— « S'appelait » ? demande Beatriz en écho, sentant son ventre se contracter. Que lui est-il arrivé ?

Le seigneur Savelle pousse un soupir.

— Il y a presque deux ans, elle a été convoquée devant le roi, exactement comme vous. Je crois, au plus profond de mon âme, qu'elle était aussi innocente que vous l'êtes,

Beatriz, mais elle… Elle n'avait pas votre charme, je suppose. Le roi Cesare ne l'a pas crue.

— Oh, souffle-t-elle. C'est pour cela que vous êtes venu me voir, pour vous assurer que j'allais bien.

Le seigneur Savelle acquiesce.

— Je pensais qu'il voudrait me faire exécuter moi aussi, reconnaît-il. C'est en général comme cela que se passent les procès du roi. Mais je présume qu'il n'a pas voulu prendre le risque de froisser Temarin.

Beatriz se mord la lèvre inférieure, se sentant soudain la pire des idiotes, à se pavaner dans une robe si tapageuse avec ses astuces de coquette.

— Je suis désolée, lui dit-elle. Je ne peux pas imaginer ce que ça a été de vivre ça. Je ne sais pas comment vous parvenez à rester ici. Je suis sûre que le roi Leopold vous trouverait un remplaçant, si vous le demandiez.

— Oui, moi aussi, répond le seigneur Savelle avec un léger sourire. Mais, si difficile que ça puisse être parfois de rester, l'idée de vivre quelque part où elle n'a jamais vécu est… inimaginable pour moi.

— Je peux le comprendre, répond Beatriz. Eh bien, je suis honorée que vous pensiez que je lui ressemble d'une quelconque façon. Je m'efforcerai de mériter cette comparaison, seigneur Savelle.

Lorsqu'elle lui adresse un autre petit sourire, elle prend soudain conscience qu'elle est absolument hors de son élément. Elle maîtrise le jeu de la séduction, elle était prête à aller aussi loin que nécessaire pour atteindre les objectifs de sa mère. Mais ça ? Le seigneur Savelle la regarde comme un père regarde sa fille, et c'est une relation à laquelle elle n'est absolument pas préparée.

Comme le dîner ne dure pas plus d'une heure, quand Beatriz revient dans la chambre qu'elle partage avec Pasquale, elle lui apporte quelques tranches de pain chaud sur une assiette. Un domestique propose de s'en charger, mais Beatriz insiste pour le faire elle-même. La culpabilité de l'avoir empoisonné – même légèrement – la taraude toujours et, même si elle sait que du pain, ce n'est pas grand-chose, c'est tout ce qu'elle peut faire pour s'excuser.

Quand elle entre dans la chambre, Pasquale n'est pas seul. Ambrose est assis au pied du lit, un livre ouvert sur les genoux auquel il ne prête pas attention ; lui et Pasquale sont en train de rire. Beatriz prend conscience qu'elle n'a jamais entendu Pasquale rire *vraiment*, auparavant. C'est un joli son.

— J'espère que je ne vous dérange pas, dit-elle depuis le seuil.

Ambrose saute du lit, le livre serré entre ses mains, et Pasquale se redresse, les joues virant au rouge brillant. Elle remarque qu'il semble aller mieux, la nuance verte ayant disparu de son visage.

— Triz, dit Pasquale en se passant la main dans les cheveux. Désolé, tu m'as surpris... Tu nous as surpris... As-tu déjà rencontré Ambrose ?

Quand elle fait un pas dans leur direction, celui-ci ne la regarde pas, mais il s'incline profondément.

— C'est un plaisir de vous rencontrer, Votre Altesse.

— Oh, s'il vous plaît, dit Beatriz, appelez-moi Triz. Pasquale m'a tant parlé de vous que j'ai déjà l'impression de vous connaître.

Pasquale la fixe mais Ambrose se contente de sourire, de façon incertaine.

— Je suis venu parce que la bibliothèque a reçu un nouvel arrivage de livres de Friv et que je voulais en apporter un à Pas, mais quand il m'a dit qu'il ne se sentait pas bien, je lui ai proposé de lui faire la lecture.

— Ah oui ? demande Beatriz en traversant la pièce pour se diriger vers sa coiffeuse, avant de retirer ses boucles d'oreilles, puis son collier. Quel livre est-ce ?

— Un volume rassemblant des histoires de fantômes des hauts plateaux, répond Ambrose. Avec les guerres des Clans, il semble que presque chaque centimètre carré de Friv soit un ancien champ de bataille…

— La sœur de Triz est à Friv, précise Pasquale en les regardant l'un puis l'autre avec des yeux prudents.

Que pense-t-il qu'elle va faire, se demande Beatriz, révéler à Ambrose qu'il a des sentiments pour lui ? Quand bien même, ce ne serait sans doute pas si terrible : au bout de quelques minutes, il est déjà évident pour elle que ces sentiments ne sont pas aussi unilatéraux que Pasquale ne le croit. Ce dernier poursuit :

— Daphné, n'est-ce pas ?

— Oui, dit Beatriz en se tournant à nouveau vers eux. Même si, entre nous, je pense que Daphné est plus effrayante que n'importe quel fantôme.

Ils éclatent de rire comme si c'était une plaisanterie, mais Beatriz n'en est pas entièrement convaincue.

Cette pensée provoque en elle un sentiment de nostalgie. Si agaçante que puisse être Daphné, elle lui manque terriblement.

Quand son rire s'estompe, Ambrose jette un œil au livre dans ses mains.

— Eh bien, je voulais seulement déposer cela. Il commence à être tard, alors je devrais y aller. Triz, c'était un plaisir de vous rencontrer enfin. Pas, j'espère que tu vas vite te remettre.

— Oui, oui, répond Pasquale. Au moins pour te battre aux échecs, demain après-midi.

Ambrose sourit.

— À demain, dit-il avant de partir.

Lorsque la porte se referme sur lui, Beatriz, toujours vêtue de sa robe de soirée, s'effondre sur le lit à côté de Pasquale.

— Je vois pourquoi il te plaît, le taquine-t-elle en lui jetant un coup d'œil, et il dissimule son visage cramoisi en poussant un grognement.

— Arrête.

Beatriz sourit malgré elle. Pendant un instant, la situation semble presque normale : elle a l'impression de ressentir la même chose qu'avec ses sœurs, quand elles se serraient sur un unique lit après une longue nuit à danser, boire et flirter avec des garçons avec qui elles savaient qu'elles ne pourraient jamais aller plus loin. Les embrasser, peut-être, mais rien de plus. Malgré tout, elles passaient des heures à bavarder à leur sujet, échangeant sur ceux qui leur plaisaient ou ceux à qui elles pensaient plaire.

Mais la situation n'a rien de normal, se rappelle Beatriz. Sinon, elle dirait à Pasquale qu'elle est presque certaine qu'Ambrose aussi est amoureux de lui. Mais cette certitude ne ferait du bien à personne ; elle se dit que garder ce secret est le mieux qu'elle puisse faire pour Pasquale.

Elle roule sur le côté et appuie la tête sur son coude, avant de déclarer :

— Un jour, nous vivrons dans un monde meilleur.

C'est la vérité, réalise-t-elle. Quand sa mère prendra possession de Cellaria, le peuple sera gouverné selon les lois bessemiennes. Pasquale sera déchu de ses titres, mais elle suppose qu'il ne représentera pas une menace pour le règne de sa mère : il ne sera peut-être même pas nécessaire de l'exiler. Alors, rien ne l'empêchera d'être avec la personne qu'il souhaite.

— Un jour, nous le bâtirons, ajoute doucement Pasquale.

En entendant ces mots, le cœur de Beatriz se serre tant qu'il lui est douloureux. Elle se force à sourire avant de s'éloigner de lui.

DAPHNÉ

Daphné trouve le roi Bartholomé dans la bibliothèque, la fiole de poussière d'étoiles enfouie au fond de la poche de sa jupe en laine.

Lorsque les gardes postés devant la porte l'ouvrent et qu'elle entre dans la pièce, elle reste un instant sous le choc, en admiration. La majorité du château trahit la jeunesse de l'édifice : de nombreux murs sont nus, certaines pièces sont sous-meublées, les espaces semblent ne pas être habités comme le sont les palais vieux de plusieurs siècles à Bessemia. Mais la bibliothèque, c'est autre chose.

Elle est haute de deux étages, avec des rayonnages qui tapissent l'intégralité des murs, accueillant davantage de livres que Daphné n'en a jamais vu rassemblés dans un même lieu. Ils sont si nombreux que cela l'étourdit d'essayer d'estimer leur quantité.

— Daphné, la salue le roi Bartholomé en se levant de son fauteuil près du feu ronronnant.

Comme dans le reste du château, il y a peu de meubles ici, mais ils sont accueillants : rembourrés et tapissés de velours vert émeraude. Lorsque Daphné avance sur le tapis tendu sur le sol de pierre, ses pieds s'y enfoncent profondément.

— Je suis désolée de vous interrompre, dit-elle en affichant un sourire penaud. Je n'avais pas encore vu la bibliothèque, mais j'espérais trouver un livre de poésie.

En vérité, Daphné n'a aucun goût pour la poésie ; c'est Beatriz qui se faufilait dans le jardin avec de petits volumes reliés en cuir pour les lire à haute voix à l'ombre des arbres. Daphné aimait écouter la voix mélodieuse de sa sœur mais les mots eux-mêmes ne lui ont jamais procuré beaucoup de plaisir. Être joli pour le plaisir d'être joli, cela ne présente aucun intérêt à ses yeux.

Mais penser à Beatriz provoque en Daphné, en plus de la nostalgie, un sentiment d'amertume, à cause de la dernière lettre qu'elle a reçue d'elle, notamment la phrase finale.

Il fait encore plus chaud à Cellaria que ce à quoi je m'étais attendue. Je ne peux pas marcher à l'extérieur plus de cinq minutes sans transpirer sous ma robe. Je suis sûre que tu m'en voudras de me plaindre, depuis Friv, cette terre gelée, mais je suis convaincue que le froid te va mieux qu'il ne m'irait.

Il n'y a pas de quoi être peinée, Daphné le sait, mais les mots la blessent malgré tout, cette insinuation qu'elle-même est aussi glaciale que le royaume où on l'a envoyée. Beatriz a déjà eu ce genre de paroles auparavant, la traitant de « garce froide et impitoyable » – toujours en plaisantant, de la même manière que Daphné la traitait de « femme de petite vertu sans vergogne ». Mais cette fois, son irritation perdure, en grande partie parce que Daphné commence à suspecter que c'est la vérité. Elle n'a pas versé une larme pour Cillian, la sympathie qu'elle éprouve pour les parents du prince est au mieux superficielle, et même quand elle a eu un couteau sur la gorge et pensé qu'elle pourrait mourir, elle a constaté qu'elle était plus agacée qu'effrayée. Peut-être que Beatriz a raison et que son cœur *est* aussi gelé que les hauts plateaux de Friv au beau milieu de l'hiver.

Elle repousse la lettre de sa sœur au fond de son esprit et se concentre sur la tâche en cours : une autre froide manœuvre pour tirer profit d'un père en train de pleurer son fils.

Le roi Bartholomé adore la poésie, elle l'a appris lors de l'une de ses nombreuses réunions avec les espions de sa mère. Cillian et lui passaient des heures à la bibliothèque, plongés dans des ouvrages. Alors elle a supposé que le roi serait là, songeant à son fils, d'où sa présence.

Et, comme elle l'imaginait, le roi lui sourit et lui fait signe de s'approcher, levant le livre qu'il a entre les mains pour lui montrer la couverture. Elle feint la surprise quand elle découvre que c'est un recueil de poèmes de Verity Bates, l'une des auteures préférées de Beatriz. Elle avait même demandé à Daphné de lui traduire quelques volumes depuis la version frivienne originale pour les comparer à la traduction bessemienne officielle. Daphné fouille sa mémoire pour se rappeler quelque chose à son sujet.

— Oh, n'est-ce pas elle qui a écrit *D'humeur sombre et déclinante* ? demande-t-elle.

— Vous connaissez Bates ? demande le roi.

— C'est l'une de mes poétesses favorites, répond Daphné, souriante. Son utilisation des couleurs pour décrire les émotions est si inspirée !

La façon dont il lui rend son sourire lui indique que c'était exactement la chose à dire. « Merci, Beatriz, espèce de femme de petite vertu sans vergogne. »

— J'ai un bon nombre de recueils sur les étagères, là, indique le roi en se dirigeant vers une zone près de la fenêtre. Prenez celui que vous voulez, je vous en prie.

— Oh, merci ! Cela signifie tant pour moi.

La première étape de son plan étant réalisée, il est temps de passer à la seconde.

Elle commence à avancer vers le coin que le roi a indiqué mais s'arrête à mi-chemin pour éternuer de façon si théâtrale qu'un frisson lui traverse tout le corps.

— À vos souhaits, mon enfant, s'amuse le roi en levant à nouveau les yeux de son livre.

— Merci, Votre Majesté. Je suis désolée, je crois que j'ai besoin d'un peu de temps pour m'habituer à l'air frivien, explique-t-elle avant de frissonner à nouveau pour faire bonne mesure.

— Eh bien, ce n'est pas étonnant, si ? Où donc est votre manteau ? s'inquiète le roi.

Daphné baisse les yeux vers sa robe de jour à la douce laine grise, qui lui aurait donné l'impression d'être dans une fournaise si elle l'avait portée à Bessemia. Mais à Friv, elle est loin d'être suffisante. Et, contrairement à ce que pense Beatriz, Daphné n'aime absolument pas le froid.

— Oh, dit-elle en feignant un rire, je l'oublie tout le temps ! Nous n'avions pas besoin de manteau à l'intérieur, à Bessemia.

Elle s'arrête, éternuant à nouveau, plus bruyamment encore cette fois-ci.

Le front du roi se plisse, ses yeux trahissant une préoccupation si sincère qu'un soupçon de culpabilité assaille Daphné. Elle est venue dans le lieu qui lui rappelle le plus son fils, et maintenant elle feint de tomber malade, ce qui sans aucun doute lui rappellera *aussi* Cillian. Elle joue sur les sentiments du roi, les utilise contre lui. Si Sophronia était là, elle lui adresserait ce regard si particulier, celui qui trahissait la déception et la désapprobation, et qui poursuivait Daphné pendant des jours et des semaines en la rongeant peu à peu.

Mais en l'absence de Sophronia, la pointe de culpabilité que Daphné ressent s'évapore quand le roi Bartholomé se lève et retire son manteau pour en couvrir ses épaules.

— Nous avons eu assez de maladies dans cette famille, Daphné, dit le roi d'une voix ferme mais bienveillante. Vous devez mieux prendre soin de vous.

— Merci, Votre Majesté, murmure-t-elle en baissant les yeux.

Lorsque ses doigts effleurent le sceau à travers le tissu de la poche du manteau, elle fait de son mieux pour adopter une expression détachée.

Le roi retourne à son fauteuil et à son recueil de poésie, mais lorsqu'elle se dirige vers l'étagère, il s'adresse à nouveau à elle, sans lever les yeux de son ouvrage :

— C'est dans le volume deux.

— Quoi donc ? demande-t-elle par-dessus son épaule.

— *D'humeur sombre et déclinante*. C'est le recueil qu'elle a écrit après la mort de son frère. Cillian le détestait, il trouvait qu'il était trop noir, trop lugubre. Parfois, cependant, il y a quelque chose de réconfortant à voir sa peine reflétée dans celle d'un autre. Cela aide à se sentir moins seul.

Daphné essaie de trouver quelque chose à répondre, mais rien ne semble suffisant. Après une seconde, le roi la regarde par-dessus son livre.

— Vous lui auriez plu.

Daphné ravale sa gêne et essaie de se rappeler ce que Beatriz avait dit au sujet du poème.

— *D'humeur sombre et déclinante* me fait penser à mon père, je suppose, hasarde Daphné. Je ne me souviens pas de lui, mais il me manque parfois, malgré tout.

C'est un autre mensonge, une autre vulnérabilité inventée de toutes pièces pour attendrir un homme qu'elle finira par trahir, mais Daphné ne se sent pas coupable, pas même lorsque le roi lui adresse un sourire tendre, à la façon dont elle aime à imaginer que son père l'aurait fait. Après tout, peut-être que Beatriz a raison et qu'elle est une garce froide et impitoyable.

Elle se retourne vers l'étagère, faisant semblant de parcourir les titres des yeux alors qu'elle réfléchit à la suite de son plan, le moment qu'elle redoute vraiment. Elle ne peut pas faire son vœu en présence du roi, et elle doute qu'il la laisse partir avec son manteau car, en dehors du sceau, il est alourdi par un trousseau de clés ainsi que par des morceaux de parchemin. Le vêtement est rempli de toutes sortes d'objets dont un roi est susceptible d'avoir besoin.

Alors, si elle ne peut pas partir avec, elle va devoir faire quitter la pièce au roi dans une telle hâte qu'il n'y pensera pas.

Elle se dirige vers l'échelle de la bibliothèque, la fait glisser devant la section poésie, puis commence à grimper. Elle n'a pas besoin d'aller trop haut, quelques barreaux devraient suffire. Lorsqu'elle est à un bon mètre du sol, elle prend une profonde inspiration avant de se mettre sur la pointe des pieds, faisant semblant d'essayer d'atteindre un livre rangé quelques centimètres trop haut.

Et alors, elle se laisse tomber sur le tapis, tendant le bras gauche pour amortir sa chute. Au moins, le cri qu'elle pousse quand son poignet heurte le sol de pierre n'est pas feint. La douleur lui vrille le corps, l'aveuglant pendant un instant. Lorsqu'elle rouvre les yeux, le roi est à ses côtés, en train de soulever son bras. Même si elle s'y était préparée, même si elle était déterminée à affronter la douleur, elle ressent des ondes de choc à travers tout son corps. Si doux qu'essaie d'être le roi, elle laisse échapper un cri lorsqu'il lui touche le poignet.

— Je pense qu'il est cassé, dit Bartholomé en se levant. Ne bougez pas, Daphné, je vais envoyer chercher une fiole de poussière d'étoiles pour le soigner.

Lorsqu'il est parti, elle glisse la main droite dans la poche du manteau, sort le sceau et le pose sur ses genoux avant d'attraper le flacon de poussière d'étoiles donné par Cliona. Cela lui demande un certain effort de le déboucher d'une seule main, l'autre lui envoyant de terribles élancements chaque fois qu'elle la remue, mais elle y parvient, versant la poussière grise scintillante sur sa paume douloureuse.

— Je fais le vœu que ce sceau soit dupliqué, dit-elle en énonçant chaque mot clairement.

Le temps se transforme en mélasse, l'air se fige autour d'elle. Lorsque la sensation s'estompe, deux sceaux sont apparus là où il n'y en avait qu'un.

Elle replace le duplicata dans la poche du manteau du roi avant de se saisir de l'original et de la fiole vide. La porte s'ouvre alors et Daphné se hâte de les enfouir dans sa propre poche, grimaçant de douleur quand elle bouge sa main blessée.

Lorsqu'elle relève les yeux, ce n'est pas le roi qui se tient devant elle, mais Bairre. La façon dont il la regarde, le front plissé, les coins de la bouche inclinés vers le bas, les yeux suspicieux, toute son expression lui indique qu'il l'a vue avec le sceau.

— Je suis tombée, lui dit-elle.

L'expression de Bairre ne change pas, mais il lève la main, lui montrant une fiole de poussière d'étoiles identique à celle qu'elle vient d'utiliser.

— J'ai vu mon père discuter avec les gardes, explique-t-il, et il se trouve que j'avais ceci sur moi. Qu'avez-vous mis dans votre poche ?

— Comment ? demande Daphné en fronçant les sourcils. Oh, quand je suis tombée, le sceau de votre père a glissé du manteau qu'il m'a prêté. Je l'ai juste remis à sa place. Il ne m'a pas semblé s'être cassé dans sa chute.

Elle remet la main dans la poche du manteau pour sortir, en guise de preuve, le sceau dupliqué.

Bairre ne semble pas entièrement convaincu.

— Je vous ai vue mettre quelque chose dans *votre* poche.

Daphné ignore son cœur qui bat à tout rompre et pousse un soupir ennuyé.

— Je sais que vous ne m'appréciez pas, Bairre, dit-elle, serrant les dents avec une douleur qui n'est pas complètement feinte. Mais si vous avez envie de m'accuser de vol, pouvez-vous au moins me soigner d'abord, que je puisse correctement me défendre, sans être distraite par la souffrance ?

Les sourcils froncés, Bairre traverse la pièce pour se laisser tomber à côté d'elle. Il débouche le flacon et verse la poussière d'étoiles sur le dos de la main de Daphné, puis saisit son poignet cassé.

— Aïe, proteste-t-elle.

— Désolé, s'excuse-t-il d'une voix douce.

Son toucher aussi est doux, plus doux que ce à quoi elle se serait attendue, dans la mesure où les extrémités de ses doigts sont très calleuses.

— Je fais le vœu que ces os se remettent en place, dit-il, et il jette à nouveau un œil à Daphné. Désolé, ajoute-t-il de nouveau.

— Pour qu… commence-t-elle, avant de subir des élancements insupportables au niveau du poignet.

Elle peut *sentir* ses os bouger, fusionner, et elle n'a jamais eu aussi mal de toute sa vie.

Et puis la douleur s'estompe, même si elle ne disparaît pas complètement. Une sensation aiguë perdure, palpitant sous sa peau désormais mouchetée de taches noirâtres.

— C'est encore douloureux, observe-t-elle en baissant les yeux vers son poignet.

Bairre continue de le tenir, le pouce posé sur son pouls.

— Oui, ce sera sans doute le cas pendant encore quelques jours. C'est la première fois que l'on vous soigne avec de la poussière d'étoiles ?

Daphné hoche la tête. Beatriz et Sophronia l'ont été toutes deux de nombreuses fois : Beatriz parce qu'elle est téméraire, Sophronia parce qu'elle est maladroite. Mais Daphné a toujours été prudente à l'extrême. Oh, elle a eu son lot d'égratignures et de bleus, mais ces derniers ont toujours guéri de façon naturelle.

— Eh bien, soigner une blessure aussi importante que des os brisés requiert beaucoup de magie, souvent trop pour la poussière d'étoiles. Les os sont remis en place, maintenant, mais il faudra encore une bonne semaine pour que vous soyez totalement guérie et que la douleur disparaisse complètement. Bien, ajoute-t-il après un instant de silence, je ne pense pas qu'un *merci* vous tuerait.

Daphné retire sa main d'un geste sec.

— Merci, Bairre, dit-elle d'une voix sucrée. D'avoir suivi les ordres de votre père, mais pas avant de m'avoir traitée de voleuse.

— Je vous ai vue mettre quelque chose dans votre robe, répète-t-il, contrarié. Si j'ai tort, je vous présente mes excuses, mais...

— Si vous voulez à ce point regarder sous ma robe, vous allez devoir attendre un peu, s'offusque-t-elle. Nous ne sommes pas encore mariés.

Une rougeur écarlate se répand sur les joues du jeune homme.

— Ce n'est pas ce que je voulais di...

La porte de la bibliothèque s'ouvre à nouveau et le roi entre, une bande de tissu à la main.

— Je vous ai entendus vous chamailler, leur lance-t-il. Quel est le problème ?

Daphné se mord la lèvre inférieure et lance à Bartholomé son regard le plus innocent.

— Bairre croit que j'ai volé quelque chose. Mais tenez, regardez votre manteau, tout y est, je le jure.

Elle retire le vêtement, grimaçant quand la manche passe sur son poignet.

— Je t'ai envoyé pour aider Daphné, Bairre, pas pour l'interroger, répond le roi, l'air mécontent.

— Vérifiez, c'est tout, demande le jeune homme en passant le manteau à son père. Je l'ai vue prendre quelque chose, j'en suis certain.

Bartholomé soupire, mais il saisit le manteau et en tâte les poches.

— Tout est là, dit-il à Bairre. Excuse-toi, maintenant.

— Mais j'ai vu…

— Excuse-toi, répète le souverain d'une voix plus ferme.

À contrecœur, Bairre s'astreint à croiser les yeux de Daphné.

— Je suis désolé.

— J'accepte vos excuses, répond-elle avec un sourire qu'elle espère plus magnanime que prétentieux. Et je vous remercie de m'avoir soignée, mon prince.

Il soutient son regard encore un instant, mais elle se ferme, ne lui offrant rien de plus qu'une façade vide.

Cet après-midi-là, Daphné est assise à son bureau avec le sceau du roi, la lettre qu'il a envoyée pour la prier de venir prendre le thé, et un morceau vierge de parchemin. L'écriture manuscrite du roi est plus difficile à maîtriser que celle du contrat de mariage. Même si elle est plutôt soignée, les points à la dérive au-dessus des I et les tiges un peu trop inclinées trahissent ses origines modestes. Une fois que Daphné a pris le coup de main, elle s'attaque au brouillon d'une lettre de la part du roi Bartholomé à destination de sa mère.

Chère Margaraux,

Je suis ravi que nous ayons pu établir un nouveau contrat de mariage pour Daphné et Bairre. Je sais que ce n'est pas l'alliance initialement prévue, mais je crois de tout mon cœur qu'ils seront un jour le bon roi et la bonne reine pour régner sur nos deux royaumes, Friv et Bessemia, unis.

À ce propos, j'ai des raisons de croire que des rebelles à Friv conspirent contre ce projet et ont l'intention de s'en prendre à nous. Dans l'intérêt de notre alliance, je vous demande humblement de nous aider, en envoyant des troupes pour mettre un terme à ce début de soulèvement. Peut-être pourrez-vous aussi user de votre influence sur Temarin, dans la mesure où leur puissance guerrière est légendaire, et qu'eux aussi ont un intérêt direct dans notre avenir commun.

Votre allié loyal,
Bartholomé, roi de Friv

Daphné relit la lettre, se demandant si elle doit spécifier l'intérêt de Temarin, mais elle décide qu'il vaut mieux laisser s'emballer l'imagination des rebelles. Cette lettre sera déjà suffisante pour soulever une véritable frénésie chez Cliona et son groupe. Satisfaite, Daphné saisit le sceau et le tient contre la chandelle un instant avant de le presser sur le papier, à côté de la signature contrefaite, puis elle appuie, comme elle a vu le roi le faire. Lorsqu'elle le retire, le cachet de cire est là, jaune avec une tache violacée au milieu.

Puis elle enveloppe le sceau du roi dans une épaisse écharpe de laine, avec l'échantillon de son écriture manuscrite. Elle cache l'ensemble dans une boîte qu'elle a emportée avec elle depuis Bessemia : un simple objet en bois à première vue, mais avec un compartiment caché dans le couvercle bombé, juste assez grand pour ce dont elle a besoin. Puis, elle remplit le principal compartiment de la boîte avec une autre écharpe en laine qu'elle a achetée en ville avec Cliona, ainsi qu'une lettre adressée à Sophronia.

SOPHRONIA

Quand Sophronia revient dans son salon après le déjeuner, elle trouve Violie qui l'attend avec une brassée de papiers, l'air plutôt contente d'elle.

— S'il te plaît, dis-moi que ce n'est pas ma correspondance, soupire Sophronia en jetant un coup d'œil au tas de documents.

Il doit y avoir une centaine de feuilles.

Elle sait que Beatriz a tendance à digresser dans ses lettres, mais un nouvel extrême semble avoir été atteint.

— Ce sont des factures, explique Violie en les lâchant sur la table ronde, débarrassée depuis le café que Sophronia a partagé avec la reine Eugenia plus tôt dans la matinée. J'ai demandé un peu autour de moi ; c'est tout ce que j'ai pu trouver. Cela ne concerne que votre maison, mais j'ai pensé que ça pourrait aider.

— Est-ce que tu les as regardées, toi ? demande prudemment Sophronia.

Elle a conscience qu'elle ne risque pas de découvrir la preuve d'un trésor de guerre secret à côté d'une facture de sa couturière, mais Violie a raison, ce sera utile. Surtout que, jusqu'à récemment, la maison de Sophronia était celle d'Eugenia.

Violie secoue la tête.

— Non, Votre Majesté. J'ai bien peur de ne pas savoir lire ; c'est du charabia pour moi. Mais Mme Ladslow, votre comptable, m'a assuré que tous les documents pertinents étaient là.

— Oh, souffle Sophronia en rougissant. Je suis désolée, je ne voulais pas sous-entendre que…

— Ne vous inquiétez pas, répond Violie. Est-ce que vous voulez les regarder, ou dois-je les rapporter à Mme Ladslow ?

— Non, je vais y jeter un œil, dit Sophronia en s'asseyant à la table et en tendant la main vers le sommet de la pile. Merci d'y avoir pensé.

— Souhaitez-vous du thé, ou du café ?

— Non, mais un peu d'aide serait appréciable.

Sophronia change de siège pour se placer en face de Violie.

Celle-ci hésite.

— Comme je le disais, je ne sais pas lire.

— Ce n'est pas un problème. Je vais lire à haute voix et nous allons y arriver. Tu es à Temarin depuis plus longtemps que moi, je suis sûre que tu auras des remarques intéressantes à faire.

— Si vous l'affirmez, Votre Majesté, répond la jeune fille.

— Sophie, la corrige Sophronia. Cela t'épargnera un peu de salive, et je n'aurais pas en permanence l'impression que ma mère est juste derrière moi.

— Sophie, alors, reprend Violie en souriant.

— Cette facture-là concerne le buffet que j'ai organisé la semaine dernière pour l'anniversaire de la fille du cousin de Leopold, commence Sophronia en parcourant les sommes, relisant trois fois les chiffres pour s'assurer qu'ils sont justes. Ça a coûté dix mille astres ? Je ne savais pas qu'on avait distribué des pépites d'or enrobées de poussière d'étoiles en guise de cadeaux, à cette fête !

Violie éclate de rire.

— Vous n'êtes pas loin, en fait, observe-t-elle. Le vin pétillant a été importé de Cellaria. Cinq cents astres la bouteille, et les invités étaient plutôt assoiffés. Il y a eu d'autres dépenses, mais je crois que c'est la plus importante.

— Qui a choisi le menu ? Je ne me souviens pas d'avoir été consultée.

— La reine Eugenia a dit qu'il n'était pas nécessaire de vous ennuyer avec de si minuscules détails, alors elle a repris le menu d'un buffet qu'elle avait tenu il y a quelque temps.

« Intéressant », pense Sophronia. Cinq cents astres la bouteille, ce n'est pas rien pour un vin mousseux, et pour un buffet ? De plus, que ce vin ait été importé de Cellaria pique sa curiosité. Elle se demande si cet argent a pu en réalité financer autre chose.

— Je me rappelle ce vin, déclare-t-elle au bout d'un moment. Est-ce que tu pourrais trouver le nom du vignoble ? Si Eugenia l'aime tant, j'en commanderais bien une bouteille pour son anniversaire.

Si Violie trouve la requête étrange, elle n'en montre rien.

— Bien sûr, Votre... Euh, Sophie, je veux dire, répond-elle.

Sophronia reprend sa lecture. Elle décide de diviser le tas de papiers en plusieurs catégories : événements, vêtements, décoration, nourriture, divers. Il devient rapidement clair que la catégorie « divers » est essentiellement composée de cadeaux à des courtisans. Elle identifie la facture du bracelet qu'elle a fait envoyer à la duchesse Bruna quand elle a embauché Violie, un millier d'astres, mais il y en a d'autres dont elle n'a pas la moindre connaissance. Au cours des deux dernières semaines seulement, elle semble avoir offert toutes sortes de présents, un étalon frivien primé au seigneur Verimé comme une résidence d'été sur la frontière sud à la famille Croist.

— Je n'ai pas encore rencontré la moitié de ces personnes, dit-elle à Violie. Est-ce aussi la reine Eugenia qui a commandé ces cadeaux ?

Violie fronce les sourcils.

— Si c'est le cas, la demande n'est pas passée par moi, mais il est possible qu'il y ait encore une certaine confusion entre votre maison et la sienne. Peut-être que les cadeaux vous ont été facturés par erreur.

« Ou bien Eugenia m'utilise pour se couvrir », pense Sophronia. Les cadeaux ne viennent pas toujours de Cellaria, mais elle remarque que, le plus souvent, les articles de luxe, comme les bijoux, la soie, le vin, et apparemment même les chevaux, ne sont en aucun cas achetés à Temarin mais importés, ce qui signifie que l'argent n'irrigue pas l'économie temarinienne. Une coïncidence, peut-être, mais les coïncidences s'accumulent et, combinées avec la lettre du sieur Diapollio, elles font naître un soupçon qui commence à s'enraciner fermement dans les entrailles de Sophronia.

« Ce n'est pas une preuve », se rappelle-t-elle. Elle ne peut pas en référer à sa mère sans preuve tangible.

Lorsqu'elle a traité la moitié du tas, elle fait une pause et se masse les tempes pour contenir la migraine qui éclot derrière ses yeux.

— C'est si terrible ? demande Violie.

Pendant un moment, Sophronia reste silencieuse et se contente de se pencher en arrière pour contempler le plafond. Elle ne peut pas révéler à Violie ce qu'elle soupçonne de la part d'Eugenia, mais il y a un autre problème.

— Ma mère pensait que c'était important que nous comprenions les finances, finit-elle par dire. Depuis nos dix ans, nous avons tenu nos propres comptes, payé nos propres factures. Il arrivait que l'une d'entre nous dépense plus que son argent de poche et que ma mère refuse de lui donner davantage. Une fois, ma sœur Beatriz a été à court d'argent une semaine avant la fin du mois : elle a dû manger dans nos assiettes, passer en cachette ses robes à la blanchisserie avec les nôtres, et même se coiffer elle-même pour les fêtes. Cela doit sembler si frivole...

Violie sourit.

— Cela semble surtout représenter beaucoup de responsabilités, pour des enfants.

— Mes sœurs détestaient cela, mais pour être honnête, c'est l'une des seules leçons de ma mère que j'aie vraiment appréciée. C'est un peu comme un casse-tête, et j'ai toujours aimé ça. Par les étoiles, si seulement Leopold savait tenir ses propres comptes, peut-être que...

Elle laisse sa phrase en suspens, se reprenant en se rappelant la présence de Violie, qui est toujours, avant toute chose, une inconnue.

— Désolée, conclut-elle.

— Est-ce que c'est vraiment grave, alors ? demande la servante en jetant un œil aux piles de documents qui occupent maintenant l'intégralité de la table.

— En tant que tel ? Non. Si importante que soit la somme globale, répartie en impôts à travers le royaume, cela ne coûtera pas trop cher aux habitants. Il y a sans doute de nombreuses dépenses que je peux réduire – que je *vais* réduire à partir de maintenant – mais, ce qui me préoccupe, c'est que ce n'est que le début. Si nous examinions d'autres comptes, ceux de Leopold, ceux de la reine douairière et des princes, ceux de chaque aristocrate qui gagne sa vie en taxant ceux qui vivent sur son domaine... J'ai bien peur que ce soit plus ou moins la même chose, et le tout additionné...

— Pire, même, dans certains cas, murmure Violie.

Lorsque Sophronia hausse un sourcil, la servante poursuit :

— Quand je travaillais pour la duchesse Bruna, on aurait dit qu'elle était toujours en train de tout faire pour surpasser ses amies. Si dame Kester avait une nouvelle robe ornée d'une centaine de diamants, la duchesse Bruna devait en avoir une avec deux cents pierreries. C'était la même chose avec les fêtes, les résidences d'été, les calèches. Et les hommes, c'était encore pire. La plupart d'entre eux dépensaient des milliers d'astres en une seule soirée de jeu, et le commerce des chevaux et des chiens est une activité très onéreuse. J'ai toujours entendu dire que la guerre faisait partie intégrante de la culture temarinienne, alors je suppose que, comme il n'y a pas eu de conflit depuis des décennies, ça a été remplacé par cette décadence…

— Mais ce n'est pas leur argent, objecte doucement Sophronia. Je ne peux pas exiger de consulter des documents fiscaux sans m'attirer l'animosité de la cour. Ils penseraient que je ne suis qu'une fouineuse d'étrangère.

— Techniquement, vous *êtes* une fouineuse d'étrangère, dit Violie, avant de pâlir. Désolée, Votre Majesté.

Sophronia éclate de rire.

— Pourquoi ? Tu as raison. Mais il vaut mieux que mon peuple ne me voie pas comme son ennemie. (Elle s'interrompt un instant, mais elle sait ce qu'elle a à faire ; c'est simplement que cela ne lui plaît pas.) Est-ce que tu pourrais t'organiser avec le valet de Leopold et voir si on peut trouver un moment dans nos agendas pour un pique-nique ?

Violie se met debout, lissant sa robe.

— J'y vais tout de suite.

Lorsqu'elle est partie, Sophronia jette encore un coup d'œil à la pile de factures et prend la suivante.

Il faut plusieurs jours pour que les agendas de Sophronia et de Leopold leur permettent de partager un pique-nique, mais les étoiles, au moins, semblent être de leur côté, parce que le temps est parfait : aussi radieux qu'ensoleillé, mais suffisamment frais pour que Sophronia n'étouffe pas dans son épaisse robe de satin d'un bleu saphir brillant.

Leopold est superbe, elle doit le reconnaître. Sa veste vert sapin fait ressortir ses yeux et, au soleil, ses cheveux bronze semblent dorés.

— Tu es en colère contre moi, observe-t-il, la sortant de ses pensées.

Il a dit cela à voix basse, bien que leurs gardes tiennent éloignés même les plus curieux des courtisans.

Sophronia se tourne vers lui, prête à nier et à lui assurer que tout va *bien*, mais, à la seconde où ses yeux croisent les siens, elle sait que c'est vain. Elle *est* en colère contre lui, et peut-être qu'elle pourrait arrêter de le cacher et le lui avouer.

— Oui, répond-elle en soutenant son regard, je suppose que je le suis.

— Si je pouvais recommencer, je ferais tout différemment, dit-il en secouant la tête.

Un petit coin du cœur de Sophronia s'éclaire, sans doute la partie la plus naïve.

— Vraiment ?

— Oui. Je t'aurais fait prendre un autre chemin ce jour-là. Par le côté nord du palais, peut-être.

Le coin de cœur naïf replonge dans l'obscurité.

— Oh, répond-elle en se détournant de lui pour contempler l'architecture du palais. Alors je ne serais pas en colère contre toi, mais seulement trop stupide pour savoir que je devrais l'être. Tu préférerais que je sois stupide ?

Leopold pousse un long soupir.

— Ce n'est pas ce que j'ai voulu insinuer, Sophie.

— Non ? Ces garçons seraient morts de la même façon, n'est-ce pas ? Et beaucoup d'autres, par les étoiles ! La seule différence, c'est que je n'en saurais rien. Peut-être qu'il n'est pas trop tard : tu peux aller voir ton empyrion pour faire le vœu d'avoir une femme plus stupide.

— Tu es ridicule. Ce n'est même pas comme ça que fonctionnent les vœux.

— Je *sais*, rétorque Sophronia. Parce que je ne suis *pas* stupide, Leopold. Ce n'est pas parce que j'ai *vu* les pendaisons que je suis en colère contre toi, mais parce qu'elles ont eu lieu.

Pendant un long moment, Leopold ne dit rien.

— Qu'aurais-tu fait ? finit-il par demander.

Sophronia hésite. Qu'importe ce qu'elle aurait fait. Elle n'est pas censée être une véritable souveraine, seulement une reine provisoire. Très bientôt, Temarin passera sous le règne bessemien, celui de sa mère, et Leopold, ses frères et leur mère seront exilés dans un quelconque royaume lointain, et rien de tout cela n'aura eu d'importance.

Sauf que si. Il faudra attendre au moins quelques semaines encore avant que Temarin et Cellaria n'entrent en guerre, et des mois avant que cette guerre ne pénalise suffisamment Temarin pour que sa mère puisse s'accaparer le royaume. Et ce, sans compter ce que peut être en train de tramer Eugenia.

Combien de personnes vont périr, exécutées, mortes de faim ou de froid quand l'hiver sera venu ? *C'est* important. Et il n'y a aucune raison pour que Sophronia ne puisse pas à la fois obéir aux ordres de sa mère *et* aider le peuple de Temarin.

— Tu as dit que le taux de criminalité avait atteint un pic, avance-t-elle. A-t-il diminué ne serait-ce qu'un peu depuis que tu as imposé tes châtiments plus stricts ?

— Ce ne sont pas *mes* châtiments, se défend-il. Mon conseil décide…

— C'est *ton* nom qui figure sur le décret, l'interrompt-elle. Ces exécutions ont lieu sur *tes* ordres. Pas ceux de ta mère, pas ceux du conseil, les *tiens*.

— Non, répond Leopold. Le taux de criminalité a même augmenté ces dernières semaines. Je viens d'apprendre que la prison allait devoir doubler les exécutions hebdomadaires parce que les cellules sont trop pleines.

Sophronia hoche la tête.

— Alors tous ces gens, toujours de plus en plus nombreux, ont décidé que, même s'ils risquaient de mourir, cela valait la peine de voler. À quel point penses-tu qu'une personne doive être désespérée pour faire ce choix, Leopold ? Ces garçons étaient des enfants. Ils auraient dû être dehors à jouer avec leurs amis, comme le font tes frères. Au lieu de cela, ils risquent leur vie en volant des plus riches qu'eux. Tu devrais chercher à comprendre pourquoi.

Comme Leopold ne répond pas, Sophronia poursuit :

— C'est une question à laquelle j'ai beaucoup réfléchi, reconnaît-elle, en y voyant une ouverture. J'ai même pris la liberté d'examiner les dépenses de ma maison. J'ai dépensé plus de cinq millions d'astres, et ce seulement depuis deux semaines que je suis là.

Il fronce les sourcils.

— Est-ce que c'est… beaucoup ?

Sophronia s'oblige à ne pas lever les yeux au ciel.

— Oui. Un million d'astres suffiraient à nourrir la population de Kavelle pendant un mois. J'ai vérifié.

Et la plus grande partie de cet argent a été dépensée pour des cadeaux à destination de personnes que je n'ai jamais rencontrées, pour des fêtes que je n'ai jamais voulu organiser, des services que je n'ai jamais demandés. Savais-tu que les rideaux de notre chambre à coucher sont repassés à la vapeur trois fois par jour, au tarif unitaire de cent astres ? Ce qui est beaucoup, ajoute-t-elle, parce que Leopold semble toujours perdu. Je crois que la plupart de ces dépenses sont facturées de façon récurrente, chaque semaine ou chaque mois : un héritage de l'époque où c'était la maison de ta mère. C'est un oubli, assez facile à réparer, mais je soupçonne que nous pourrions trouver des oublis similaires dans tes propres comptes, ainsi que dans les comptes d'autres maisons que la couronne soutient financièrement. Ta mère, ta tante, tes frères, n'importe qui vivant sur ta gentillesse. *Notre* gentillesse.

Leopold plisse le front.

— Tu veux examiner leurs comptes ? Il me semble qu'ils n'apprécieront pas que tu veuilles contrôler leurs dépenses.

— Ils n'ont pas besoin de le savoir, répond Sophronia en lui adressant un petit sourire. Sauf si je trouve quelque chose de vraiment alarmant.

— Je ne sais pas, Sophie… C'est notre argent, et nous pouvons nous permettre le luxe que notre position exige.

— Notre argent, répète-t-elle, dévisageant son époux pendant un long moment pendant que quelque chose se met en place dans son esprit. Leopold… d'où penses-tu que notre argent vient ?

— Eh bien, je n'y ai jamais vraiment réfléchi, pour être honnête, pour moi il provient d'un coffre-fort quelque part, peut-être dans les sous-sols du palais ?

Sophronia doit faire appel à tout son sang-froid pour ne pas le secouer.

— Il vient des impôts, Leo. Chaque mois, nous collectons des impôts auprès du peuple, en échange du privilège de vivre dans notre royaume. Chaque habitant paie également une taxe à son propriétaire terrien, un duc ou un comte, ou quiconque possède la terre sur laquelle est située sa maison. Presque chaque astre, jusqu'au dernier, au palais, provient des poches de ceux-là mêmes qui sont à court d'argent au point de risquer leur vie pour le voler.

Leopold la fixe comme si ce qu'elle disait était du charabia, puis il se redresse un peu, le front profondément plissé.

— Tu en es sûre ?

— Oui.

— Je n'en avais aucune idée, murmure-t-il.

Le silence s'étire entre eux, Leopold profondément pensif et Sophronia qui l'observe. Il est possible, se dit-elle, qu'il ne soit pas cruel, mais simplement ignorant au dernier degré. Elle ne sait pas ce qui est le mieux.

— Leopold, est-ce que tu peux te procurer les dernières lois fiscales du royaume ? lui demande-t-elle.

— Oui. Je m'en occupe aujourd'hui.

— J'aimerais aussi accepter ta proposition de participer aux réunions de ton conseil. Quand la prochaine a-t-elle lieu ?

BEATRIZ

Beatriz surprend Gisella dans une position compromettante : le dos plaqué contre le mur d'un couloir peu éclairé, les bras enroulés autour du cou d'un superbe garçon qu'elle reconnaît vaguement comme étant le fils d'un comte.

Lorsque Gisella l'entend s'éclaircir la gorge, elle décolle sa bouche de celle du garçon et, en voyant Beatriz, elle bat des cils comme si elle était encore étourdie. Elle ne semble absolument pas gênée par les circonstances et lui adresse même un sourire radieux, son rouge à lèvres débordant un peu.

Immédiatement, Beatriz ne l'en apprécie que plus.

« Tu n'as pas besoin de l'apprécier », lui murmure la voix de sa mère, mais Beatriz l'ignore, comme elle essaie toujours de le faire avec des résultats mitigés.

— Votre Altesse, dit Gisella, repoussant l'épaule du garçon et s'inclinant dans une révérence rapide.

Elle n'est peut-être pas embarrassée, mais le garçon, si. Le visage soudain aussi rouge que les lèvres de Gisella, il s'empresse de plonger dans une profonde révérence.

— Dame Gisella, répond Beatriz, en retenant un sourire en coin, puis-je vous dire un mot ?

Le garçon s'incline encore une fois, bégayant une excuse à laquelle elle n'accorde aucune attention. Gisella passe son bras sous celui de Beatriz et lance à son compagnon un sourire rayonnant.

— Je suis sûre que je vous reverrai bientôt, seigneur Elio, dit-elle avant de suivre Beatriz le long du couloir.

— Votre rouge à lèvres, lui dit celle-ci.

— Oh, répond Gisella en sortant un miroir miniature de la poche de sa robe pour examiner son reflet puis pour effacer les traces rouges. Merci.

— Je suis désolée de vous avoir interrompue, ça avait l'air de bien se passer, la taquine Beatriz. Pas m'a dit que vous cherchiez un mari : il semble que vous en avez trouvé un magnifique !

— Oui, eh bien, si je ne m'en déniche pas un bientôt, mon père va le faire pour moi et, ce qui est sûr, c'est que je ne le souhaite pas, répond Gisella en levant les yeux au ciel. Elio est assez riche pour satisfaire mon père mais aussi assez jeune et beau pour que ça ne soit pas une corvée absolue de l'épouser. Et puis, il a tellement peur de moi que je doute qu'il me prive de ma liberté. Je pourrais tomber sur bien pire.

Il vient à l'esprit de Beatriz que Gisella pourrait aussi trouver bien mieux qu'un garçon terrifié par elle, mais elle ne peut pas nier qu'il y a une certaine logique dans son raisonnement. Et elle ne parvient pas non plus à éprouver de la compassion pour son interlocutrice, qui a toujours plus d'options qu'elle-même.

— Je voulais vous remercier, dit-elle à Gisella, d'avoir mis le seigneur Savelle sur mon chemin. J'ai enfin eu l'occasion de faire sa connaissance et d'obtenir des nouvelles de ma sœur.

Ce qu'elle n'ajoute pas, c'est que maintenant qu'elle a fait sa connaissance, il est devenu facile d'entretenir la relation. Elle a pris l'habitude de le rejoindre lors de ses promenades matinales au jardin aquatique. Les premières fois, elle a eu du mal à sortir de son lit, mais elle a fini par attendre impatiemment ces sorties. Ils parlent peu mais, en comparaison de l'amitié feinte des courtisans cellariens, leurs conversations sont rafraîchissantes pour Beatriz. Le seigneur Savelle lui a raconté, plutôt honnêtement, ses premières années à Cellaria, a évoqué les ajustements qu'il avait dû faire, le ressentiment qu'il avait éprouvé. Il lui a parlé de Temarin, un royaume que Beatriz découvrira peut-être un jour, même si, d'ici là, il aura sans doute changé sous le règne de sa mère. L'ambassadeur lui a parlé de sa fille, aussi : de petits détails, comme sa couleur préférée, ou le fait qu'elle chantait mal mais que sa voix lui manque. Il s'est confié si librement que Beatriz a bien vu qu'il était seul depuis des années, mais elle comprend, un peu tardivement, que si elle apprécie tant leurs promenades matinales, c'est parce qu'elle aussi se sent seule.

— Ah oui ? Comment va la petite hérétique ?

Beatriz doit lui lancer un regard inquiet, parce que Gisella éclate de rire.

— C'est comme cela que vous l'appelez, non ? Toutes les deux, même.

— Oui, bien sûr, répond Beatriz en riant aussi. Elle va bien. Elle est follement amoureuse de son mari, apparemment.

— N'ayez pas l'air si jalouse, Pasquale et vous semblez bien vous entendre, note Gisella, avant de faire une pause. Il peut être difficile à cerner, il arrive d'ailleurs que la cour fasse quelques remarques... peu aimables à son sujet. Mais je pense vraiment que vous lui apportez beaucoup. Il a besoin d'un peu d'audace.

— Merci, dit Beatriz, même si elle n'est pas tout à fait sûre qu'aucune de ses paroles ait été un compliment. Que... Qu'a dit la cour ?

Gisella lui adresse un sourire embarrassé.

— Oh, je n'aurais pas dû évoquer cela. Ce n'est rien, vraiment. Les gens s'ennuient tellement, ici, à l'approche de l'hiver, qu'ils ont besoin de s'amuser d'une manière ou d'une autre, je suppose.

— Quoi, exactement, Gisella ? demande à nouveau Beatriz.

Les yeux de la jeune fille s'élargissent et Beatriz lui serre le bras d'une manière rassurante.

— Je ne suis pas en colère, encore moins contre vous. Mais j'aimerais savoir quels mensonges je dois combattre. Je suis certaine que vous le souhaiteriez aussi, à ma place.

— Oui, sans doute, admet Gisella après un temps de réflexion. Ce n'est vraiment rien, Votre Altesse. Pasquale est simplement si... silencieux. La plupart des gens ne savent pas la moindre chose sur lui. Quand un mystère est si grand, les spéculations sont inévitables.

— Quelles sortes de spéculations ? insiste Beatriz, essayant d'étouffer une panique grandissante.

À quel point ces rumeurs sont-elles près de la vérité ?

Gisella se mord la lèvre.

— Les gens se demandent s'il est aussi dément que sa mère l'était, déclare-t-elle calmement. (Comme Beatriz ne dit rien, elle poursuit :) C'est assez simple à régler, en fait. Emmenez-le avec vous la prochaine fois que vous visitez le jardin aquatique, assurez-vous qu'il ne se cache pas dans un coin au prochain banquet. J'adore mon cousin, et je suis sûre que tout le monde l'aimerait aussi, si seulement les gens le connaissaient.

Beatriz acquiesce lentement. Cela n'a pas d'importance, vraiment, que quiconque *aime* Pasquale. Dans quelques mois, si les choses se déroulent comme prévu, il ne sera plus le prince héritier et ces rumeurs deviendront insignifiantes. Ce serait même mieux pour Pasquale s'il n'avait pas de soutien, si l'impératrice ne le percevait pas comme une menace. Mais pourtant, c'est si facile.

— Je vais voir ce que je peux faire.

— Mesdames ! retentit alors une voix derrière elles.

Gisella ferme rapidement les yeux avant de prendre une profonde inspiration, resserrant sa prise sur le bras de Beatriz. Et puis, son expression s'éclaire et elle plaque un grand sourire sur son visage. Beatriz parvient à faire de même avant qu'elles ne se retournent.

Entouré d'une foule de courtisans vêtus de soieries et de bijoux scintillants, le roi Cesare s'avance vers elles. Beatriz remarque à peine Nicolo, derrière eux, portant le verre de vin du roi, mais lorsqu'elle le repère, il arque les sourcils. Gisella et lui semblent avoir une conversation silencieuse, ce qui suscite chez Beatriz une pointe de tristesse. Elle se rappelle avoir fait la même chose avec ses sœurs.

— Dame Gisella, princesse Beatriz, vous êtes toutes les deux particulièrement ravissantes aujourd'hui ! N'est-ce pas ? dit le monarque en jetant des coups d'œil rapides à sa suite, dont les membres s'empressent d'acquiescer bruyamment.

Beatriz sent le regard du roi parcourir son corps, s'attardant sur sa poitrine. Sa robe n'est pas particulièrement échancrée, c'est peut-être même l'une de ses plus simples, mais elle a soudain l'impression d'être nue. Il lui faut recourir à toute sa maîtrise d'elle-même pour ne pas croiser les bras.

— Votre Majesté, répond Gisella en s'inclinant jusqu'à balayer le sol, Beatriz l'imitant une fraction de seconde plus tard. C'est une belle journée, ne trouvez-vous pas ? Je disais justement à la princesse Beatriz que nous devrions prendre l'air dans le jardin aquatique. Elle me confiait avoir un peu mal à la tête, n'est-ce pas, princesse ?

Beatriz n'a pas la moindre idée de ce dont parle Gisella, mais elle décide de jouer le jeu.

— Oui, en effet, admet-elle avec un sourire penaud. L'air de Cellaria est tellement plus frais qu'à Bessemia ! Mais je suppose que je suis en train de m'habituer au changement d'altitude.

— Pas besoin du jardin, tranche le roi Cesare en balayant ses paroles de la main. Vous savez ce qui guérit le mal de tête à coup sûr ? Une coupe de vin. Nicolo ! Donnez à la princesse un peu de vin.

Nicolo semble perturbé.

— Votre Majesté, je n'ai que votre gobelet, et...

— Pas de discussion ! aboie le roi Cesare.

Tandis que Nicolo s'avance, le front plissé, Beatriz adresse au roi un sourire.

— C'est très gentil, Votre Majesté, mais j'ai bien peur que le vin n'ait l'effet inverse sur moi.

« Comme sur la plupart des gens, d'ailleurs », ajoute-t-elle en silence.

Il y a quelques hoquets horrifiés parmi les courtisans et l'une des femmes commence à agiter nerveusement son éventail de soie. Même Gisella prend une grande inspiration.

— Vous refusez quelque chose à votre roi ? gronde Cesare, la voix sourde, toute trace de jovialité envolée.

— Non ! s'empresse de protester Beatriz. Non, bien sûr que non, Votre Majesté. C'est seulement que je détesterais que cela puisse vous déranger.

— L'aurais-je proposé si tel était le cas ? demande-t-il, alors qu'elle sent son regard quasiment transpercer ses os.

Beatriz ne s'est jamais considérée comme quelqu'un d'intimidable. Par les étoiles, elle a toujours été celle de la fratrie qui était prête à affronter leur mère ! Même lorsque l'impératrice agissait de la plus stricte des façons, même quand elle leur imposait les leçons les plus éreintantes, leur infligeait les punitions les plus pénibles, Beatriz ne l'a jamais vraiment redoutée. Mais, désormais, une petite partie d'elle craint le roi Cesare. Sa mère était logique, donc prévisible ; le roi Cesare n'est ni l'un, ni l'autre. Alors, Beatriz accepte le verre que lui offre Nicolo et prend une petite gorgée, bouche fermée, luttant pour ne pas grimacer. Savoir qu'elle pose sa bouche là où s'est trouvée celle du roi la rend malade, mais lorsqu'elle a terminé, elle s'oblige à sourire.

— Merci, Votre Majesté. Vous aviez raison, c'était très rafraîchissant, dit-elle en rendant le verre à Nicolo.

— Alors, vous voyez ? Vous devez vous rappeler, princesse Beatriz, que votre roi a raison en toutes choses. N'est-ce pas ?

Encore une fois, son entourage est prompt à acquiescer. Beatriz soupçonne que si Cesare proclamait que le ciel est vert, ils feraient tous les efforts du monde pour le conforter dans cette idée.

— Allez, marchons, reprend le roi.

Avant que Beatriz ne comprenne ce qui lui arrive, Cesare enroule son bras autour du sien et y pose l'autre main, si bien qu'elle se sent absolument prise au piège. Elle jette un coup d'œil derrière elle : les yeux écarquillés, Gisella est absorbée dans l'escorte du roi. Beatriz sait qu'elle ne l'aidera pas, et elle ne peut même pas lui en vouloir. Après tout, quel secours Gisella – ou qui que ce soit d'autre – pourrait-elle lui apporter ? Le roi a déjà failli la faire exécuter une fois. Beatriz ne peut pas risquer sa vie à nouveau. Alors, pendant que le souverain la guide le long du couloir, elle s'oblige à sourire.

— Dites-moi, princesse Beatriz, lance-t-il, assez fort pour que tous puissent l'entendre. Que pensez-vous de votre vie de jeune mariée ? Une fille comme vous est sans aucun doute faite pour cela.

Les courtisans s'esclaffent. Même si elle garde les yeux braqués droit devant elle, Beatriz peut sentir le regard du roi sur sa poitrine. La bile lui monte à la gorge, mais elle la force à redescendre.

— Oh oui, dit-elle, aussi aimablement que possible. Le prince Pasquale et moi sommes très heureux. Je suis si reconnaissante à Votre Majesté et à ma propre mère d'avoir arrangé ce mariage ! Pasquale est vraiment tout ce qu'une femme peut espérer comme mari, vous devez être si fier de lui.

Beatriz espère qu'en lui parlant de Pasquale, elle va lui rappeler qu'elle est sa fille, désormais, et qu'il devrait arrêter de reluquer ses seins, mais cela semble avoir l'effet inverse. Au contraire, son regard s'intensifie.

— Bien sûr, mais vous pensez cela parce que vous n'avez jamais fréquenté un homme digne de ce nom, rétorque-t-il, provoquant plus de rires encore autour d'eux.

Beatriz ne savait pas qu'elle trouverait un jour des rires si irritants, mais ils commencent à rendre le mal de tête inventé par Gisella beaucoup trop réel. Le roi poursuit :

— Si vous le souhaitez, nous pouvons toujours y remédier, Beatriz. Je suis sûr que cela ne dérangerait pas Pasquale.

Il glisse sa main sur son bras, et elle a la sensation que ce geste laisse dans son sillage une traînée de bave, qu'elle sentirait encore même si elle prenait une dizaine de bains.

— Oh, je ne...

Elle ne sait pas comment poursuivre. Elle a toujours maîtrisé à la perfection l'art du flirt, mieux que Daphné ou Sophronia, mais soudain, elle a l'impression qu'on l'a jetée dans un nouveau jeu mortel dont elle ne comprend pas les règles, où elle doit faire l'équilibriste sur la plus fine des cordes raides.

Soudain, quelque chose heurte son dos et un liquide imprègne sa robe, formant une tache d'un rouge profond sur la soie couleur aigue-marine. Elle est si soulagée qu'elle a envie de pleurer : elle va devoir rejoindre ses appartements pour se changer, maintenant. Un coup d'œil rapide vers Nicolo lui révèle qu'il a intentionnellement renversé le vin.

— Espèce d'imbécile ! rugit le roi Cesare en ramassant le verre au sol pour le jeter au visage de son échanson.

Il y a une étincelle lorsque le bord doré du verre rencontre la tempe du garçon, dont la main s'envole pour s'en protéger, mais pas avant que Beatriz n'ait vu un filet de sang gicler.

— Mes excuses, Votre Majesté, murmure Nicolo en s'inclinant profondément. Permettez-moi d'aller vous chercher un nouveau verre de vin. Et je peux raccompagner la princesse jusque dans ses appartements pour qu'elle passe une toilette propre.

— Oui, faites, dit le roi d'un ton sec, lâchant le bras de Beatriz.

Elle est si heureuse d'être débarrassée de lui qu'elle trébuche en avançant vers Nicolo, qui saisit son coude pour la stabiliser.

— À très bientôt, princesse, lance le roi alors que Nicolo et elle s'éloignent, Gisella se dépêchant de les suivre.

— Merci, souffle Beatriz à Nicolo lorsqu'ils sont hors de vue et d'oreille.

Gisella se trouve maintenant de l'autre côté de Beatriz.

— Ça a empiré, ces derniers temps, dit la jeune femme dans un murmure, même s'ils sont seuls dans les couloirs.

Beatriz ne peut pas la blâmer d'être paranoïaque ; la moindre parole contre le roi peut être interprétée comme une trahison.

— Il a toujours aimé… les femmes plus jeunes, ajoute-t-elle, prudemment.

— Les très jeunes, même, souligne Nicolo. La servante de dame Emilia avait seulement quatorze ans. Malgré tout, je pensais qu'il considérerait l'épouse de son fils comme interdite.

Beatriz l'espérait aussi, même s'il l'a tripotée lors de leur première rencontre. Elle était mal à l'aise, bien sûr, mais n'a pas pensé être en danger. Aujourd'hui, en revanche, elle s'est sentie menacée, même entourée de gens qui auraient pu s'exprimer, qui auraient pu l'aider. Mais seul Nicolo l'a fait, et il a payé cher cette intervention.

— Laissez-moi voir votre visage, dit Beatriz en s'arrêtant au milieu du couloir et en faisant ralentir Nicolo.

— Croyez-moi, ce n'est pas la première fois qu'il me jette quelque chose à la figure, répond-il avec un rire qui sonne faux.

— Son caractère aussi empire, renchérit Gisella en scrutant par-dessus l'épaule de Beatriz pour voir la blessure sur la tempe de Nicolo.

C'est une coupure superficielle, qui devrait guérir avec un bandage. À Bessemia, une blessure comme celle-ci ne justifierait pas le recours à la poussière d'étoiles.

— Je suis certaine que l'on trouvera des bandages dans mes appartements, reprend Beatriz en arrachant l'un des nombreux volants de la manche de sa robe et en le pressant contre la blessure. Gardez ceci jusqu'à ce que nous arrivions, ajoute-t-elle en posant la main de Nicolo dessus, à moins que vous ne vouliez tacher votre chemise.

— Alors que je peux ruiner votre robe ? demande-t-il, même s'il obtempère.

— Je vous en prie, si mes servantes savent retirer une tache de vin, elles savent raccommoder une manche ! Mais vous n'arrêtez pas de dire que le comportement du roi empire, qu'est-ce que cela signifie ?

Les jumeaux se consultent du regard, ont une nouvelle conversation silencieuse, même si Beatriz en devine l'essentiel.

— Si vous pensez que je risque de trahir votre confiance... commence-t-elle.

— Ce n'est pas ça, assure Gisella. Mais c'est une question difficile. Il a toujours été... caractériel.

Beatriz acquiesce : elle le savait déjà. Les rapports sur les sautes d'humeur du roi Cesare étaient fréquents quand elle était à Bessemia ; elle s'y attendait. Mais elles sont plus préoccupantes que ce qu'elle avait imaginé. On dirait presque qu'il n'a aucune inhibition, ce qui n'est peut-être pas surprenant, étant donné qu'il semble toujours avoir un gobelet de vin à proximité. Lorsque Beatriz fait part de ses réflexions à Nico et Gigi, ils échangent un nouveau regard.

— Il est possible que j'ai peu à peu dilué son vin, comme les autres échansons, reconnaît Nicolo. Nous avons débuté par de petites quantités pour qu'il ne le remarque pas, mais maintenant son vin est, pour une bonne moitié, du jus de raisin.

— Quand avez-vous commencé ? demande Beatriz.

— Cela doit faire environ six mois. Je suppose que son comportement est devenu erratique juste un peu avant.

Soit au printemps. Beatriz repense aux rapports que sa mère a reçus de la part de ses espions cellariens à cette période ; elle se rappelle les scandales habituels, les liaisons avec des femmes plus jeunes, une crise de colère ou deux. Puis une histoire au sujet du roi retirant sa chemise au milieu de son banquet d'anniversaire, affirmant qu'il faisait trop chaud dans la pièce. Chez quelqu'un d'autre, cela aurait été inquiétant, mais pour lui, c'était habituel.

Cependant, il est possible qu'une partie du comportement du roi n'ait pas été rapportée, se dit Beatriz, avant qu'une autre pensée ne lui traverse à l'esprit : il est aussi possible que sa mère n'ait pas partagé ces rapports avec elle. C'est une idée ridicule. Beatriz a peut-être beaucoup de réserves au sujet de l'impératrice, mais garder ces informations secrètes ne les aurait pas aidées, ni l'une ni l'autre. Pourtant, sa mère ne lui avait pas non plus parlé de la fille du seigneur Savelle, alors même que cela lui aurait été utile. Il est possible, mais peu probable, que l'impératrice ait ignoré son existence. Elle joue son propre jeu, Beatriz le sait mieux que ses sœurs ; il doit y avoir une raison à cela.

Ils arrivent alors devant ses appartements.

— Venez, je vais regarder votre blessure.

Nicolo acquiesce avant de poser les yeux sur le verre vide dans sa main. Gisella suit son regard.

— Je vais descendre aux cuisines le remplir, dit-elle en le lui prenant des mains. Nous ne voulons pas risquer de déclencher la colère du roi si tu traînes trop.

Beatriz guide Nicolo dans le petit salon à l'entrée de ses appartements, où elle trouve une domestique en train de nettoyer la cheminée, qui se relève et fait la révérence en les voyant entrer.

— Daniella, l'appelle Beatriz, le seigneur Nicolo a trébuché dans les escaliers et s'est coupé au visage. Peux-tu envoyer chercher un médecin ?

Les yeux de Daniella fusent vers Nicolo, vers la coupure qu'il couvre avec un morceau de dentelle déchirée.

— Bien sûr, Votre Altesse, dit-elle en faisant une autre révérence rapide avant de se dépêcher de sortir.

Nicolo la dévisage un instant.

— Je n'ai pas besoin de médecin, marmonne-t-il. Et si je ne suis pas très vite de retour avec du vin, le roi aura ma tête.

Beatriz n'arrive pas à savoir s'il exagère.

— Je sais, s'agace-t-elle en levant les yeux au ciel. Mais quelle autre raison qu'un problème de santé pouvais-je invoquer pour avoir emmené un jeune homme, seul, dans mes appartements, en l'absence de mon mari ?

Nicolo s'éclaircit la gorge en détournant le regard.

— En effet. Mais je ne peux pas me permettre d'attendre un médecin.

— Je *sais*, répète Beatriz en désignant une chaise à haut dossier près du feu. Asseyez-vous là, je reviens tout de suite.

Il suit ses ordres et elle se glisse dans la chambre, revenant un instant plus tard avec un pan de tissu propre, déchiré dans l'une des chemises de nuit de Pasquale, un bol d'eau et un gant de toilette. Lorsqu'elle s'approche de lui, elle sent les yeux de Nicolo posés sur elle, méfiants mais curieux.

— Vous savez ce que vous faites ? demande-t-il, avant d'ajouter en ayant l'air de se défendre : Je veux juste dire que je ne m'attendais pas à ce qu'une princesse sache soigner une blessure. D'ailleurs, à Bessemia, n'avez-vous pas des fioles de poussière d'étoiles qui traînent partout, prêtes à guérir la moindre écharde ou égratignure ?

Beatriz trempe le gant de toilette dans l'eau puis le pose sur la tempe de Nicolo, rétorquant d'un ton moqueur :

— Je n'ai jamais eu recours à la poussière d'étoiles, vous vous rappelez ?

— Ah oui, parce que vous êtes horrifiée par les mœurs profanes de Bessemia, répond-il, amusé.

— Et je sais soigner une blessure parce que ma sœur, Sophronia, peut être maladroite et que, comme notre mère lui faisait de terribles sermons chaque fois qu'elle se blessait, il était plus facile que je prenne les choses en main.

C'est une demi-vérité : les blessures arrivaient souvent pendant leur entraînement. Sophronia était désespérément mauvaise au combat au couteau, et elle s'était coupée elle-même bon nombre de fois. Mais les colères de l'impératrice étaient, elles, bien réelles, et allaient souvent plus loin que des sermons. Une fois, alors que Sophronia avait laissé tomber sa dague au milieu d'un entraînement, l'impératrice l'avait forcée à rester debout dans la neige, pieds nus, pendant une demi-heure.

— Sophronia, c'est celle qui est à Temarin ? demande Nicolo.

Beatriz acquiesce.

— C'est amusant, ce qui se passe avec nous trois. J'aime mes sœurs de manière égale, mais je pense que je préfère Sophronia. Daphné ressemble tellement à notre mère, dans les bons et les mauvais côtés, alors que Sophronia est plus douce. Elle a toujours eu besoin de moi.

— Oui, je crois qu'il est plus facile d'aimer les gens qui ont besoin de nous plutôt que ceux dont nous avons besoin. Se sentir nécessaire, c'est être puissant, alors qu'avoir besoin de quelqu'un, cela rend vulnérable.

Beatriz réfléchit à ce que Nicolo vient de dire tout en tamponnant sa blessure avec le gant, s'assurant de la nettoyer parfaitement.

— Je suppose qu'il y a du vrai là-dedans, répond-elle, avant d'ajouter : Merci de m'avoir aidée à me débarrasser de lui.

Elle n'a pas besoin de préciser de quel « lui » elle parle. Le pli sur le front de Nicolo s'accentue.

— Vous devriez essayer de l'éviter lorsque vous n'êtes pas avec Pasquale, observe-t-il.

— Je suis sa fille, désormais, répond Beatriz, même si elle sent toujours la main du roi Cesare sur son bras et son regard transpercer sa robe, comme s'il était capable de voir à travers. Ce ne sont que des paroles, je suis sûre qu'il n'irait pas plus loin.

— Il a tendance à être obsessionnel en ce qui concerne les femmes, la met en garde Nicolo, baissant la voix. Et lorsque c'est le cas, il... s'acharne. Il s'est pris d'affection pour la fille du seigneur Enzo, il y a quelques mois. Le seigneur Enzo l'a envoyée dans une sororia, dans les montagnes, pour l'éloigner de lui. Quelques jours plus tard, le roi l'a fait revenir à la cour. Et peu de temps après, elle était dans son lit.

Beatriz sent son estomac lui tomber dans les talons.

— Volontairement ?

Nicolo la fixe d'un regard neutre.

— Vous avez vu ce qu'il fait à ceux qui lui refusent quelque chose. Je pense que cela dépend de votre définition de « volontairement ».

— Merci pour l'avertissement, murmure-t-elle en se sentant nauséeuse, même si elle ne sait pas exactement pourquoi.

C'est ce pour quoi on l'a élevée, non ? Être consciente de la façon dont les hommes la lorgnent, savoir comment utiliser l'intérêt qu'ils lui portent pour le retourner contre eux. Flirter et séduire les hommes puissants pour servir ses objectifs.

Pasquale ne la désire pas, le seigneur Savelle non plus. Quelle importance si c'est le cas du roi Cesare ? Elle sait que si elle écrivait à sa mère à ce sujet, l'impératrice lui conseillerait d'encourager le penchant du roi, de l'utiliser pour semer encore davantage de chaos à la cour de Cellaria. Ce serait si facile, n'est-ce pas ? De profiter de son attirance pour elle pour le faire paraître encore plus instable, pour le mener à la guerre contre Temarin en le lui chuchotant à l'oreille, quand l'heure serait venue.

Oui, elle sait exactement ce que sa mère lui dirait de faire, si elle était là. Mais l'impératrice est loin, et Beatriz découvre que c'est une limite qu'elle ne peut pas franchir, une part d'elle-même qu'elle ne peut pas abandonner.

— Je ne voulais pas vous effrayer, reprend doucement Nicolo.

— Ce n'est pas le cas, assure-t-elle avec un sourire de façade. Je peux me débrouiller, je vous le promets.

— Je vous crois, dit-il lentement en levant les yeux vers elle.

En abaissant le gant de toilette, Beatriz capte le regard de Nicolo et le soutient.

« Voilà », pense-t-elle. Voilà la manière dont elle espérait que Pasquale et le seigneur Savelle la regarderaient. En revanche, ce n'est pas ainsi que la considère le roi Cesare. Non. Nicolo ne la voit pas comme un objet à posséder, mais simplement comme une fille qu'il désire. Même s'il n'y a rien de *simple* à ce sujet, se dit-elle soudain.

Elle recouvre rapidement la blessure du garçon avec le tissu sec, essayant d'ignorer le creux dans son estomac.

« Fille sans vergogne », lui murmure la voix de Daphné dans son esprit, même si elle essaie de l'ignorer. Si gênant que ce soit, elle doit admettre que le sentiment est agréable. Elle n'est pas assez stupide pour s'y abandonner, mais elle l'apprécie. Mérite-t-elle cela ?

La porte du salon s'ouvre et Gisella entre, avec à la main un verre de vin fraîchement rempli. Ses yeux papillonnent entre Beatriz et Nicolo pendant un instant mais, si elle s'inquiète de leur proximité, elle ne le montre pas.

— Voilà, pressez bien dessus, lui recommande Beatriz en plaçant la main gauche de Nicolo sur le tissu.

Le saignement n'est pas si terrible. Dans quelques minutes, je suis sûre qu'il s'arrêtera.

Nicolo s'éclaircit la gorge.

— Oui, merci, dit-il en se relevant. Et merci, Gigi, ajoute-t-il en saisissant le verre de vin des mains de sa sœur et en se hâtant vers la porte.

Lorsqu'il est sorti, Gisella regarde Beatriz, en haussant les sourcils.

— Que lui avez-vous fait, vous avez menacé de le brûler vif ? demande-t-elle. Je ne l'ai jamais vu se déplacer aussi vite.

— Je crois que c'est la peur de la colère du roi, répond Beatriz, même si elle n'est pas convaincue.

Gisella lève les yeux au ciel.

— Il est échanson depuis presque un an, maintenant. Espérons que cela ne dure pas plus longtemps. Celui qu'il remplace siège désormais au petit conseil du roi, vous savez.

— Cela semble dangereux de vouloir gravir cet échelon, remarque Beatriz.

— Peut-être, mais c'est ce qui rend l'entreprise amusante, répond Gisella avec un sourire. Oh ! Avant que j'oublie : j'ai intercepté un messager en venant ici. Il y avait une lettre pour vous.

Gisella met la main dans la poche de sa robe et en sort une enveloppe de couleur crème, scellée par une cire jaune parsemée de violet. L'estomac de Beatriz se retourne dès qu'elle tend la main pour la saisir : la lettre est de sa mère.

SOPHRONIA

Cinq minutes à peine après le début de sa première réunion du conseil, Sophronia est convaincue d'une chose : Leopold n'a pas le moindre pouvoir sur la façon dont est dirigé Temarin. Elle savait qu'il était peu impliqué, mais désormais elle doute même qu'une seule de ses décisions en tant que souverain ne lui ait pas été soufflée à l'oreille. Il porte peut-être la couronne, il se croit même peut-être responsable, et si l'on interrogeait les membres de son conseil, ils seraient sûrement d'accord avec lui. Mais l'impératrice avait raison : c'est la reine Eugenia qui dirige Temarin, de la côte jusqu'à la frontière avec Bessemia, avec l'aide des autres membres du conseil, le seigneur Verning et le seigneur Covier, dont les fonctions semblent se résumer à approuver ses moindres paroles.

— Nous avons reçu une note de la part du seigneur Savelle, commence Verning après que les présentations ont été faites, en jetant un œil à Sophronia.

Puis il ajoute, sur le ton que l'on emploierait pour expliquer quelque chose à un jeune enfant :

— C'est notre ambassadeur à la cour de Cellaria, Votre Majesté.

Sophronia hoche la tête comme si elle ne le savait pas déjà, comme si elle n'avait pas reçu une lettre de Beatriz le matin même, lui détaillant ses promenades matinales avec le seigneur Savelle. Cela ne ressemble pas à l'opération séduction planifiée par sa mère, mais Beatriz a toujours été du genre à gérer les choses à sa façon.

Le seigneur Verning s'éclaircit la gorge avant de poursuivre :

— Il a exprimé des inquiétudes au sujet de la… santé du roi Cesare.

— Mon frère est-il malade ? demande la reine Eugenia en inclinant la tête.

Sophronia l'examine aussi discrètement que possible, à la recherche d'un quelconque indice de simulation, mais Eugenia ne trahit rien qui suggérerait qu'elle a été en contact avec lui. Elle pourrait d'ailleurs tout aussi bien prendre des nouvelles d'une vague connaissance plutôt que de son frère.

— Pas tant malade que… caractériel, précise prudemment le seigneur Verning.

— Ce n'est pas nouveau, réplique la douairière en riant. Cesare a toujours été caractériel.

— Oui, mais récemment, il a fait emprisonner et exécuter quiconque exprimait un désaccord avec lui. Le duc de Dorinthe est la victime la plus récente de son tempérament.

Les sourcils de la reine Eugenia s'arquent de surprise.

— Il a fait exécuter un duc ?

— En effet. Le seigneur Savelle a également mentionné un comportement inapproprié envers sa belle-fille.

— Beatriz ? ne peut s'empêcher de demander Sophronia.

C'est la première phrase qu'elle prononce. Elle s'était résolue à garder sa langue et à écouter, mais la mention de sa sœur lui rend la tâche impossible. Elle sait que Beatriz est parfaitement capable de prendre soin d'elle-même, mais l'idée qu'elle doive faire face à un roi lubrique voire dément la rend malade.

— Eh bien, il est loin d'être le premier monarque à essayer de détourner une jeune mariée de son époux, fait remarquer Covier.

— D'après le seigneur Savelle, la princesse Beatriz a su repousser ses avances. Mais ses attentions ont été... publiques.

— Il se ridiculise, conclut la reine Eugenia.

— Il perd le respect de sa cour, renchérit le seigneur Verning. Des rumeurs circulent selon lesquelles des familles proches du trône prépareraient un coup d'État, mais personne ne semble parvenir à se mettre d'accord sur le candidat à soutenir.

— Pourquoi Pasquale ne pourrait-il pas prendre sa place ? demande Leopold, faisant écho aux pensées de Sophronia. C'est le prince héritier.

— Le prince Pasquale n'a aucun allié à la cour, réplique le seigneur Verning. Et de nombreuses familles avides de pouvoir n'hésiteraient pas une seconde à enjamber son cadavre pour s'en emparer.

« Oh, sois prudente, Triz », pense Sophronia, même si elle sait que sa sœur rirait de son inquiétude. Et à juste titre. Si quelqu'un peut rallier les courtisans cellariens à sa cause, c'est bien Beatriz.

— Il a un ami à Temarin, déclare Leopold. C'est mon cousin, sa femme et la mienne sont sœurs. S'il faut en arriver là, nous lui apporterons tout le soutien possible.

Sophronia l'observe, surprise par son ton passionné. Lorsque viendra le moment de déclarer la guerre à Cellaria, elle ne devrait pas avoir trop de difficultés à en convaincre Leopold.

Le seigneur Verning échange un regard avec la reine, si rapide qu'il échappe presque à Sophronia. Se pourrait-il qu'il soit lui aussi impliqué dans le complot d'Eugenia avec Cellaria ? Avant qu'elle ne puisse examiner cette éventualité, le seigneur Verning se tourne à nouveau vers Leopold avec un sourire obséquieux.

— Bien sûr, Votre Majesté, nous vous tiendrons informé de la situation.

— Bien, répond le roi avant de jeter un œil à Sophronia. La reine et moi souhaiterions discuter des finances du palais.

— Vraiment ? demande le seigneur Covier en se redressant et en feuilletant la pile de documents devant lui. Eh bien, il semble que nous soyons prêts à hausser de deux pour cent les impôts royaux le mois prochain, mais nous pouvons également appliquer cette augmentation aux impôts locaux de la ville de Kavelle, si vous souhaitez plus de…

— Non, l'interrompt Leopold. Non, c'est tout l'inverse, à vrai dire. Nous avons évoqué la possibilité de réduire les dépenses du palais afin de *baisser* les impôts.

Le seigneur Covier, le seigneur Verning et la reine Eugenia échangent des regards circonspects.

— Je ne comprends pas, Votre Majesté, dit Covier en se penchant en avant. Vous voulez être moins riche ?

Leopold fronce les sourcils, se tournant vers Sophronia pour requérir son aide, alors elle se lance :

— Nous avons pris conscience de la situation critique dans laquelle se trouvent de nombreux habitants de Temarin, explique-t-elle. Ils peuvent à peine payer les taxes actuelles. Après l'examen des comptes de la famille royale, il s'avère que nous avons dépensé plus de trente millions d'astres, rien que ce mois-ci. Une grande partie de notre peuple ne parvient pas à mettre quelque chose à manger sur sa table. Pourquoi devrions-nous prendre le peu d'argent qu'il leur reste pour nous acheter des diamants ?

— Des diamants ? réplique la reine Eugenia dans un rire. Je suis sûre que nous n'avons pas dépensé trente millions d'astres en diamants, Sophronia.

— Non, admet la jeune fille, baissant les yeux vers la pile de documents qu'elle a apportés, qui contiennent les éléments les plus saillants des relevés de comptes que Leopold et elle ont passé les dernières nuits à éplucher. Non, il semble que les diamants et les bijoux aient coûté trois millions ce mois-ci. Les fêtes et célébrations en tout genre atteignent un total de dix millions…

— Eh bien, le mariage a représenté une dépense importante, l'interrompt le seigneur Covier.

— Ma dot a couvert ces frais, rétorque Sophronia. Ce n'était pas inclus dans mes calculs. Et devons-nous parler des cadeaux ?

— Quels cadeaux ? demande la reine Eugenia.

Sophronia consulte à nouveau ses documents.

— Il y a eu le pavillon de chasse à un million d'astres que vous avez acheté pour le seigneur Haverill, le collier à six cents astres que vous avez offert à dame Reves, et la… (Sophronia fait semblant de réfléchir pour faire monter le suspense, même si elle sait exactement ce qu'elle compte dire :)… raquette de tennis en or massif que vous avez fait fabriquer pour le sieur Eldrick, dont le prix avoisine neuf cent mille astres.

Le regard de la douairière se durcit, le temps d'un éclair seulement.

— J'aime à penser qu'être généreux envers ses amis est un trait de caractère positif, Sophie.

« Amis », relève la jeune fille. Eugenia n'a aucun ami à la cour. Ce qui rend ces extravagants cadeaux encore plus troublants.

— Peut-être que cela serait *plus* généreux si une quelconque partie de cet argent était dépensée à Temarin. Mais le pavillon est situé juste après la frontière avec Bessemia, le collier vient de Cellaria, et la raquette de tennis a été fabriquée sur mesure à Friv.

La reine Eugenia tord la bouche comme si elle avait une saveur amère dans la gorge.

— Je ne peux pas m'empêcher de me sentir visée, s'offusque-t-elle, la voix tendue.

— Mes excuses, Genia, dit Sophronia avec un sourire éblouissant, avant de se tourner vers l'homme à sa gauche. Seigneur Covier, j'ai cru comprendre que vous aviez augmenté les taxes sur votre domaine de dix pour cent l'an dernier. Devons-nous nous pencher sur les impressionnantes dettes de jeu que vous avez accumulées, et que paie notre peuple ?

À côté d'elle, Leopold essaie de dissimuler son hilarité par une toux, pendant que le visage de Covier prend une étrange teinte violacée.

— Vous simplifiez à outrance les problèmes, Votre Majesté, rétorque le seigneur Verning. De nombreux autres facteurs contribuent à la décision d'augmenter les impôts. Les coûts d'infrastructure, les salaires des employés de la couronne… et le trésor de guerre, si jamais nous devions un jour en avoir besoin. C'est bien plus compliqué que ce que vous pouvez avoir à l'esprit.

— Vraiment ? s'étonne Sophronia en plissant le front et en agitant ses documents pour en placer un nouveau au sommet de la pile. Parce que j'ai aussi les chiffres correspondant à ce que vous venez de mentionner, ainsi qu'à plusieurs autres postes nécessaires au bon fonctionnement du royaume. Devons-nous les passer en revue un par un ? Je suis particulièrement intéressée par celui-ci, qui montre que d'importantes sommes d'argent ont en réalité été *retirées* du trésor de guerre de Temarin, sans aucune indication sur leur usage.

Elle observe attentivement Eugenia pendant qu'elle fait glisser la feuille au centre de la table pour qu'ils puissent bien la lire, notamment les sections surlignées par Sophronia elle-même lorsque Leopold lui a donné les documents hier soir. C'était pire que ce qu'elle avait imaginé : lorsque le roi Carlisle est mort, le trésor de guerre de Temarin s'élevait à cinq milliards d'astres au total. Maintenant, il en compte moins de cinquante millions.

À peine de quoi payer les rations des troupes pendant deux mois, et certainement pas assez pour financer l'armement ou bâtir de nouvelles défenses. Et si Cellaria attaque par la mer, comme pendant la guerre Célestienne, Temarin ne pourra pas se permettre d'utiliser la flotte que le père de Leopold a mis tant de temps à rassembler. Ils sont, dès à présent, sans défense.

Et le voici, l'éclair de peur qu'elle attendait sur le visage d'Eugenia. Pas parce que la situation l'inquiète, mais parce qu'elle panique à l'idée de s'être fait prendre. Ce n'est pas exactement de la culpabilité, mais c'en est proche. Elle l'efface rapidement avec un sourire, puis répond, prenant les documents en main :

— Un malentendu, j'en suis certaine. Je dirai un mot à nos comptables à ce sujet, mais je suis sûre qu'il y a une explication parfaitement rationnelle à ces retraits. Après tout, cela fait deux décennies que Temarin n'a pas eu besoin de son trésor de guerre et, comme vous l'avez mentionné, nous sommes au beau milieu d'une crise financière. Peut-être a-t-il été décidé que l'argent serait plus utile ailleurs.

— Par qui, exactement ? s'enquiert Leopold.

Sophronia prend conscience qu'elle ne l'a jamais vu s'emporter auparavant, pas même la veille au soir lorsqu'elle lui a expliqué ce que signifiaient exactement ces documents. Mais là, il est en colère ; sa voix est calme et posée mais ses yeux lancent des éclairs. Il poursuit :

— Parce que les documents montrent que ces retraits ont été faits après la mort de mon père, pourtant je ne les ai jamais approuvés.

Un silence gêné s'abat sur la table, rompu quand la reine Eugenia se penche pour prendre la main de son fils.

— Oh, Leo, dit-elle avec un doux sourire, ton père serait si fier de te voir prendre les choses en main, mais chéri, tu dois te souvenir qu'il faisait confiance au seigneur Covier, au seigneur Verning et à ta mère pour t'aider à gouverner. Parfois, nous avons dû prendre des décisions mineures en ton absence, c'est notre devoir envers toi et envers Temarin. C'était la dernière volonté de ton père.

Sophronia sent venir le moment où Leopold commencera à s'adoucir et à douter des chiffres qu'il a vus de ses propres yeux. Elle se prépare à son revirement, mais au lieu de cela, il secoue la tête et répond :

— La dernière volonté de mon père, c'était que je gouverne. Je ne pense pas l'avoir fait correctement jusqu'ici, mais cela va changer. Et j'ai l'intention de commencer en trouvant ce qui est arrivé au trésor de guerre et en le réapprovisionnant immédiatement. (Il retire sa main de celle de sa mère et s'appuie un peu plus contre le dossier de son siège.) Nous pouvons parcourir les comptes ligne par ligne si vous le souhaitez, mais je vais baisser les impôts de Temarin de moitié le mois prochain, ainsi que ceux de la ville de Kavelle.

Les trois membres du conseil balbutient, stupéfaits.

— Votre Majesté, ce chiffre est bien trop important, proteste le seigneur Covier. Peut-être pouvons-nous l'atteindre avec le temps, mais un pour cent serait plus raisonnable.

— De moitié, répète Leopold. Sophronia et moi avons étudié la question ; il y aura quelques sacrifices à consentir, mais je vous assure que c'est faisable et nécessaire, étant donné les dommages que nos dépenses inconsidérées ont causés à nos sujets l'an dernier. En outre, j'aimerais décréter qu'aucune taxe locale instaurée par un noble ne pourra plus excéder dix pour cent du revenu d'un citoyen.

C'est un plan que Sophronia et lui ont imaginé ensemble, après avoir examiné les comptes : le chiffre est suffisamment bas pour que les gens puissent compenser leurs pertes des mois passés, vivre décemment et économiser pour l'avenir, mais aussi assez important pour couvrir les besoins de première nécessité du royaume et renflouer le trésor de guerre au cas où les fonds initiaux ne pourraient être récupérés. Entendre Leopold exposer le plan de sa voix claire, avec un regard assuré qui ne trahit aucune faiblesse, la comble de joie.

— C'est trop, Votre Majesté, intervient le seigneur Verning en secouant la tête. Votre cour sera dévastée par la perte de ses revenus.

— C'est l'un des avantages d'être né noble, ajoute le seigneur Covier. Vous comprenez cela, Votre Majesté. Quel intérêt d'être souverain si on ne peut pas vivre dans le luxe ?

Leopold fronce les sourcils.

— Mon père est peut-être mort avant de pouvoir m'enseigner beaucoup sur la fonction de roi, rétorque-t-il, mais il s'est assuré que je comprenne que c'était un devoir, et non un cadeau. Un devoir envers le peuple de Temarin, qui ne peut pas être ignoré.

— Reine Eugenia, reprend Covier, vous pouvez sûrement expliquer en quoi c'est une terrible idée ?

La douairière ouvre la bouche, mais la referme rapidement quand elle croise le regard de Sophronia. Même si celle-ci ne prononce pas un mot de menace, Eugenia sait à quoi s'en tenir. Pendant un infime instant, on dirait qu'elle n'a qu'une envie : se jeter en travers de la table pour étrangler Sophronia à mains nues. Au lieu de cela, elle se force à sourire et se tourne vers son fils.

— C'est un plan brillant, mon chéri. Je suis sûre que Temarin t'en sera très reconnaissant.

Cette nuit-là, Sophronia relate la réunion à Violie pendant que celle-ci l'aide à retirer sa robe pour enfiler sa chemise de nuit, puis lui tresse les cheveux. Elle passe sur certains détails que la servante n'a pas besoin de connaître (par exemple, la façon dont elle a eu recours au chantage pour obtenir l'accord de la reine Eugenia, ou encore la confirmation de ses soupçons sur les manigances de cette dernière avec son frère), mais elle ne voit pas de mal à lui raconter le reste. Si Violie ne lui avait pas déniché le premier lot de factures de sa maison, Sophronia n'aurait peut-être jamais su à quel point les choses allaient mal à Temarin.

— Tu aurais dû voir Leopold. Il était magnifique. Je l'ai à peine reconnu.

— On dirait que vous avez vous-même été magnifique, Sophie, répond Violie en nouant sa natte avec un ruban jaune.

Sophronia rougit, mais elle sait que Violie a raison : elle *a été* magnifique. Elle a tenu bon face à trois des personnes les plus puissantes de Temarin, les a mises face à leurs responsabilités, a défendu une solution qu'ils détestaient et même menacé une reine pour obtenir gain de cause. Elle ne peut s'empêcher de se souvenir de toutes les fois où elle a plié devant sa mère au moindre conflit. Elle n'a jamais été capable de se défendre.

Mais il ne s'agissait pas de se défendre elle, cette fois-ci, réalise-t-elle. Il s'agissait de défendre les autres, le peuple de Temarin, qui est incapable de le faire lui-même. C'est ce qu'elle a fait, et elle en est fière.

— L'impératrice ne sera pas ravie, je parie, dit Violie en sortant Sophronia de ses pensées.

— L'impératrice ? demande-t-elle lentement, le front plissé, croisant le regard de la jeune fille. Qu'est-ce que ma mère a à voir avec quoi que ce soit de tout ça ?

Violie cligne deux fois des yeux avant de secouer la tête avec un petit rire.

— Excusez-moi, je voulais parler de la reine Eugenia. Une vieille habitude, je suppose. Impératrices, reines, je m'y perds un peu quelquefois. Pourquoi y a-t-il des mots différents pour la même fonction, de toute façon ?

— Oh, dit Sophronia, quelque peu surprise.

Elle a entendu l'histoire si souvent en grandissant qu'elle s'est sûrement enracinée dans son esprit, mais même si Violie a grandi à quelques kilomètres d'elle, c'était un monde entièrement différent.

— Eh bien, il y a des siècles, l'empire bessemien incluait le continent entier : Temarin, Cellaria et Friv. Quelques guerres plus tard, ces terres ont été rendues, les indépendances obtenues : Bessemia est devenue la petite mais fière nation qu'elle est aujourd'hui, mais le titre est resté. Comme tu l'as souligné, vieille habitude.

Violie sourit.

— Eh bien, ce que je voulais dire, c'est que la reine Eugenia n'a pas dû être ravie. Elle a envoyé une servante solliciter un rendez-vous avec vous demain matin, même si *solliciter* est sans doute un euphémisme.

— Ah oui ? répond Sophronia, son estomac lui tombant dans les talons, mais elle n'est pas surprise : Eugenia ne semble pas être le genre de personne à chuter sans combattre. Que lui as-tu dit ?

— Que votre emploi du temps était plutôt chargé et que vous ne pouviez pas la voir avant au moins trois jours. Il me semblait avisé de laisser un peu de temps à sa colère pour s'apaiser ; non plus bouillir, mais seulement mijoter.

— Et pour lui rappeler qu'elle n'est plus reine, se félicite Sophronia. Brillamment exécuté, Violie.

C'est au tour de la servante de rougir.

— Il se peut que vous soyez en train de déteindre sur moi, Sophie.

Lorsqu'elle souhaite bonne nuit à Violie et passe la porte qui relie sa penderie à la chambre à coucher qu'elle partage avec Leopold, celui-ci est déjà au lit, assis contre une pile d'oreillers, un livre ouvert sur les genoux. Quand il l'entend arriver, il lève la tête, les yeux brillants.

— Tu es au courant pour les droits de douane ?

Sophronia ne peut s'empêcher de sourire. Ces derniers jours, Leopold s'est mis à lire tout ce qui pouvait lui tomber sous la main, l'assaillant de questions sur les codes fiscaux et les théories économiques. Aux yeux de Sophronia, elles sont un peu naïves ; ce sont des choses qu'elle a étudiées des années plus tôt, un jeu d'enfant, mais Leopold est enchanté par tout cela. Elle a aperçu sur sa table de nuit une pile de livres aux pages marquées avec des morceaux de parchemin.

— Je t'écoute, répond-elle en grimpant à côté de lui dans le lit.

— Eh bien, apparemment, si quelqu'un – disons, le seigneur Friscan – devait acheter un cheval à Friv plutôt qu'un autre, en parfaite santé, à Temarin, nous pourrions lui imposer des frais d'importation. Et si nous les remettions en place ? Cela encouragerait les riches à investir leur argent dans l'économie temarinienne.

Sophronia doute que la mère de Leopold approuve cette suggestion.

— Je trouve que c'est une brillante idée. Même si le seigneur Friscan risque de ne pas être d'accord.

Leopold agite une main dédaigneuse.

— Si le seigneur Friscan veut acheter hors de Temarin un nouveau cheval pour ses écuries déjà surpeuplées, je pense qu'il peut en assumer le coût.

— Coût qui nous sera payé à nous, souligne Sophronia.

— Ah oui, justement, j'ai réfléchi à ça, dit-il en repoussant son livre pour en prendre un autre, le feuilletant jusqu'à trouver le bon passage. Un fonds public. Nous en avions un il y a deux cents ans, pendant la Grande Famine. Mon arrière-arrière-arrière-grand-père avait alloué une partie du trésor à l'établissement d'un fonds pour de la nourriture et des biens de première nécessité à destination de ceux qui ne pouvaient y subvenir. Nous pourrions le réinstaurer et…

Sophronia l'interrompt avec un baiser qui les prend tous les deux au dépourvu. Lorsqu'elle recule, l'un comme l'autre rougissent.

— Pour… Pourquoi cela ? demande Leopold. Non que je me plaigne, mais…

Sophronia n'a pas recherché le moindre contact physique depuis qu'ils ont assisté aux pendaisons, et chaque fois qu'il l'a touchée, elle a dû faire de gros efforts pour ne pas reculer. Elle pensait qu'elle s'était bien débrouillée pour le lui dissimuler, mais apparemment, non.

Elle hausse les épaules.

— Cette conversation sur les droits de douane et la philanthropie est extrêmement séduisante.

— Je m'en souviendrai, répond Leopold en riant avant de redevenir plus sérieux, reposant les deux livres sur la table de nuit pour se tourner vers elle. Si je pouvais revenir en arrière, Sophronia, je ferais tout différemment. Lorsque mon père est mort si soudainement et que son conseil m'a annoncé qu'ils prendraient tout en charge, j'ai été… soulagé. J'avais quinze ans et je ne voulais pas que ma vie change. Je n'étais pas prêt à devenir roi, je le savais. J'étais plus que ravi d'avoir une excuse pour ne pas endosser cette responsabilité, ravi que d'autres s'en chargent. Si je pouvais revenir en arrière, c'est *cela* que je modifierais. L'état dans lequel se trouve Temarin aujourd'hui est ma faute.

Sophronia voit combien ces derniers mots sont douloureux pour lui, voit leur vérité le frapper en plein cœur.

Elle ne sait pas si elle lui a pardonné, ni si elle sera un jour capable de le regarder sans voir ces corps pendus aux gibets, mais elle comprend aussi qu'ils ont été élevés de façon très différente, elle et lui. Il n'était pas prêt à devenir roi, et il n'est pas le seul à blâmer pour cela.

— Nous ne pouvons pas changer le passé, lui dit-elle en posant la paume sur sa joue. Mais j'ai confiance dans le fait que tu puisses transformer l'avenir.

— *Nous* allons transformer l'avenir, lui assure-t-il en l'embrassant à nouveau.

Elle est contente qu'il ne puisse pas voir son visage, la myriade de mensonges qu'elle y sent soudain gravés. Lorsqu'il s'écarte, elle parvient à façonner un sourire.

Leopold s'endort avec un bras passé autour de sa taille ; elle sent sa respiration profonde et lourde contre son cou. Mais elle n'arrive pas à s'endormir.

« Nous allons transformer l'avenir. » Les mots de Leopold résonnent dans son esprit ; elle commence à imaginer ce à quoi pourrait ressembler ce futur si le plan de sa mère n'existait pas. Elle se voit côte à côte avec lui sur le trône de Temarin, tous deux plus âgés, plus sages, parcourant à cheval un Kavelle plus propre et plus heureux, où les gens clameraient leurs noms, dirigeant des réunions du conseil ensemble, comme ils l'ont fait aujourd'hui, mais avec des conseillers qui les respecteraient ; régnant ensemble, pendant le reste de leurs vies, et elle sait qu'ils en seraient capables. Elle le sait au plus profond d'elle-même.

La seule chose qu'elle ne sait pas, c'est de quelle manière ce futur et celui pour lequel sa mère est en train de comploter peuvent coexister.

Le lendemain matin, Sophronia s'assied pour écrire une lettre à sa mère, ce qu'elle aurait dû faire immédiatement après sa conversation avec le sieur Diapollio. Elle avait besoin de preuves que le message du roi Cesare était authentique, se dit-elle, mais elle sait que ce n'est pas l'entière vérité. Elle avait peur d'annoncer à sa mère qu'Eugenia et Cesare étaient en train de comploter pour lui arracher Temarin. Elle avait peur que l'impératrice ne trouve un moyen quelconque de distordre la vérité pour que cela devienne sa faute à elle, Sophronia.

Désormais, non seulement ses soupçons sont confirmés, mais en plus, elle a commencé à saper les plans d'Eugenia, et elle sait que sa mère ne peut plus la prendre en faute. Elle pourrait même être fière d'elle – ce qui est sans doute trop espérer.

Mais Sophronia est fière d'elle-même, et cela lui suffit.

Dans sa missive, elle raconte en détail les événements de la semaine précédente, y compris la lettre de Cesare à Eugenia, mot pour mot, puis elle explique à sa mère les mesures qu'elle prend pour réparer les dégâts causés par Eugenia. Elle sait que Margaraux veut que Temarin tombe, mais à ses conditions, pas à celles d'Eugenia et Cesare. Si Cellaria parvient à prendre le contrôle de Temarin, Bessemia aura du mal à conquérir les deux royaumes en même temps.

Satisfaite, Sophronia utilise l'Obscuration Hartley pour coder le message et le transformer en une lettre aussi fade qu'ennuyeuse sur la météo temarinienne, puis la remet à Violie pour qu'elle la fasse parvenir à Bessemia.

DAPHNÉ

Quand l'impératrice avait convoqué les princesses sur le terrain de tir à l'arc pour une leçon, un mois avant leur seizième anniversaire, Daphné était enthousiaste. Depuis l'instant où on lui avait mis un arc entre les mains à l'âge de huit ans, après que les espions de sa mère avaient appris que le prince Cillian adorait cette discipline, elle avait senti que cela faisait partie d'elle. Elle passait la plupart de ses après-midi sur le champ de tir à l'arc, la corde bien tendue, laissant les plumes des flèches lui effleurer la joue avant de s'élever dans les airs. Peu de sons étaient aussi satisfaisants que celui de la pointe de flèche perçant la cible.

Mais sa mère ne les y attendait pas seule. Avec elle se trouvait un groupe de cinq jeunes hommes. Daphné les avait reconnus immédiatement : des archers. Elle les avait vus concourir au dernier tournoi de tir, même si aucun d'entre eux n'était parvenu jusqu'aux demi-finales. Ils étaient, de l'avis de Daphné, absolument moyens.

« C'est ton jour de chance, on dirait ! avait lancé Beatriz en enroulant son bras autour de celui de Daphné avec un sourire rapide, avant de lancer ses yeux telles des flèches sur les garçons, et d'ajouter pensivement : Mais ça pourrait aussi être le mien.

— Si tu arrives au bout de la journée sans leur faire du charme, je t'offre mes nouvelles chaussures. Ces sandales couleur lavande à talons hauts, avec les nœuds, que tu convoitais, lui avait répondu Daphné, en grande partie parce qu'elle savait que Beatriz allait lamentablement échouer, même si ce serait amusant de l'observer essayer de se contrôler.

— Ces chaussures sont superbes, mais je ne les veux pas *à ce point*, avait rétorqué Beatriz en riant.

— Ajoute mon nouveau chapeau », avait proposé Sophronia, qui se tenait de l'autre côté de Beatriz, en échangeant des regards de conspiratrices avec Daphné.

Beatriz avait fusillé Sophronia des yeux, mais elle réprimait un sourire.

« Complète le gain avec ta petite robe de jour violette, et marché conclu ! » avait-elle dit.

Sophronia avait contemplé Daphné en haussant les sourcils, un sourire amusé aux lèvres.

« Alors, marché conclu. Mais à la seconde où tu battras des cils ou lâcheras le moindre sous-entendu, nous aurons le droit de t'emprunter n'importe quel vêtement de ta garde-robe, pendant un mois.

— Deux mois, avait rectifié Daphné.

— Très bien, avait répondu Beatriz avec une moue. Mais c'est un débat stérile, de toute façon : je sais me tenir. »

Lorsqu'elles avaient rejoint l'impératrice, celle-ci les avait gratifiées de son habituel sourire pincé.

« J'ai pensé que nous pourrions nous amuser un peu, aujourd'hui, mes colombes. Faisons une compétition de tir à l'arc, voulez-vous ? »

En disant cela, elle s'était attardée sur Daphné, qui s'était redressée, essayant de cacher sa joie. Beatriz s'épanouissait toujours durant les leçons de séduction, tandis que Sophronia excellait dans le codage et les recherches en bibliothèque. Daphné, elle, était plus forte en crochetage de serrure ou en poisons, mais ces talents n'étaient pas aussi flamboyants. Alors que remporter un tournoi de tir à l'arc… cela impressionnerait sans doute sa mère.

Les binômes avaient été constitués, et Daphné avait facilement vaincu son premier adversaire. Sophronia et Beatriz en étaient sorties victorieuses également, même si aucune d'entre elles n'avait été aussi proche du mille qu'elle. Au tour suivant, elle avait battu sans effort Beatriz tandis que Sophronia perdait avec grâce face au dernier garçon.

Il visait mieux que ce à quoi s'était attendue Daphné, même si sa flèche avait tendance à dévier vers la gauche.

« Très bien, avait dit sa mère avec un sourire gracieux qui parvenait à ne dévoiler aucune dent. Notre dernier tour. Sieur Aldric, à vous l'honneur. »

Le jeune archer s'était avancé d'un pas et avait levé son arc. Son épaule droite était trop haute, avait pensé Daphné. Il avait besoin de se détendre pour…

À peine avait-elle formulé cette pensée qu'il avait lâché la flèche ; comme Daphné l'avait prévu, elle avait à peine atteint la cible. La jeune fille avait retenu un sourire avant de s'avancer et d'encocher sa flèche. Cela serait plus simple que prévu, mais cela ne voulait pas dire qu'elle pouvait fanfaronner.

Elle s'était concentrée sur la cible, les yeux plissés, avait pris une profonde inspiration, puis laissé s'envoler sa flèche.

La pointe avait atterri exactement au milieu, en plein dans le mille.

Sans plus chercher à dissimuler le sourire qui s'épanouissait sur son visage, Daphné s'était retournée vers ses sœurs. Beatriz et Sophronia l'avaient toutes les deux acclamée, se précipitant vers elle pour l'enlacer dans un tourbillon de soie, de volants et de dentelle. Lorsqu'elles s'étaient séparées, les yeux de Daphné avaient cherché l'approbation de sa mère.

Mais l'expression de l'impératrice était de pierre, comme d'habitude : la bouche sévère, les sourcils froncés.

« Sieur Aldric, avait-elle dit en se tournant vers le jeune homme, que ressentez-vous face à ce résultat ? »

Pendant un moment, l'archer avait semblé surpris par la question. Il avait jeté un coup d'œil à Daphné, puis s'était retourné vers l'impératrice.

« Il y a de nombreux tournois, Votre Majesté, on ne peut pas s'attendre à tous les remporter. La princesse a un bon bras et un bon œil.

— Ce n'est pas ce que je vous ai demandé, avait répondu l'impératrice, fronçant encore davantage les sourcils. Que ressentez-vous ? »

Le sieur Aldric avait haussé les épaules, réfléchissant à la question.

« Aucun homme n'aime perdre, je le reconnais.

— Bien sûr que non, avait renchéri Margaraux en regardant Daphné. Ma fille vous a battu – de façon plutôt retentissante, pourrais-je ajouter. Que pensez-vous d'elle ?

— Comme je l'ai dit, elle a un talent admirable.

— C'est vrai. »

Enfin, sa mère disait exactement ce que Daphné rêvait d'entendre, mais pas sur ce ton, pas comme si c'était une malédiction. La jeune fille avait retenu son souffle, en attendant que le couperet tombe, et l'impératrice avait continué :

« Mais vous ne l'appréciez pas pour autant, n'est-ce pas ? »

Le sieur Aldric avait semblé encore plus dérouté, et Daphné avait eu envie de rentrer sous terre. Quelques minutes plus tôt, elle était fière et victorieuse, et maintenant, elle n'avait jamais ressenti une aussi cruelle sensation d'échec.

« Elle ne vous attire pas, avait poursuivi l'impératrice en avançant vers Daphné. Vous n'avez aucun désir de l'impressionner, de lui faire la cour. Vous ne la voudriez pas dans votre lit. »

Les mots avaient blessé Daphné comme des coups de poing. Sophronia avait posé une main sur son bras pour la réconforter, mais elle l'avait à peine senti. Son attention était concentrée sur sa mère, qu'elle était à nouveau parvenue à décevoir, cette fois en réussissant.

« Non, avait fini par répondre le sieur Aldric au bout d'un moment. Je crois que non, Votre Majesté.

— Merci, sieur Aldric, avait répondu l'impératrice. Et merci à vous aussi. Vous pouvez disposer. »

Alors que les archers s'éclipsaient, tout était devenu immobile et silencieux.

Beatriz avait dit alors :

« C'était un tournoi. Daphné a gagné. Qu'y a-t-il de mal à cela ?

— Il n'y a qu'un tournoi, qu'un prix, avait répondu l'impératrice, les yeux toujours braqués sur Daphné. Pour espérer contrôler vos princes, vous devez vous rappeler d'être exactement ce qu'ils veulent que vous soyez. Et aucun homme ne veut une femme qui l'émascule. »

Daphné avait froncé les sourcils, essayant de comprendre la leçon, car c'en était une. Avec sa mère, c'était toujours une leçon. Mais là... L'impératrice avait passé des années à les formater, à les entraîner, à faire en sorte qu'elles atteignent le meilleur de leurs capacités. Et maintenant, elle voulait qu'elles soient moins impressionnantes, qu'elles se rabaissent pour protéger les ego fragiles ?

« Le sieur Aldric est mauvais perdant, avait poursuivi Beatriz en secouant la tête. Tous les hommes ne sont pas comme cela.

— Si c'est ce que tu crois, tu es encore plus naïve que ce que je pensais, s'était moquée sa mère. Et tu oublies quelque chose : nous ne parlons pas d'hommes, mais de princes ; des garçons gâtés, habitués à obtenir ce qu'ils veulent. Si vous ne comprenez pas votre adversaire, si vous ne savez pas ce qu'il attend de vous, alors vous avez déjà perdu. Est-ce que tu comprends, Daphné ? »

Elle avait levé le visage vers sa mère et s'était forcée à hocher la tête.

« Je comprends, Mère. »

Depuis une semaine qu'elle a volé le sceau du roi, Daphné s'est mise à explorer les terres du château. Elle a commencé par les écuries, dont les palefreniers sont toujours prompts à lui seller un cheval.

Ses promenades matinales lui ont paru rafraîchissantes ; elle n'avait pas mesuré combien cela lui manquait de monter à cheval jusqu'à ce qu'elle recommence. Et cela lui a permis de découvrir le bosquet dans le nord et le pré dans le sud du domaine. Rien de comparable à Bessemia, cependant, selon elle. La plupart des arbres sont squelettiques et, même si ce n'est que l'automne, un épais manteau de neige recouvre déjà le sol. Mais l'air frais reste de l'air frais, et Daphné compte bien en profiter autant que possible. Sa découverte la plus heureuse, au cours de ces promenades, a été le champ, à l'est, où sont disposées de grandes cibles de paille, pas si différentes de celles qu'elle avait l'habitude d'utiliser pour les entraînements de tir à l'arc.

Quand elle est revenue au château, elle a demandé à une domestique un arc et des flèches, et l'ensemble s'est matérialisé au pied de son lit le soir même, poli et neuf, taillé dans un bois si sombre qu'il était presque noir. Il était différent de celui qu'elle avait laissé à la maison – plus raide, moins adapté à sa prise – mais, à la seconde où elle est arrivée sur ce terrain, a pris l'arc en main et tiré la corde, une petite partie d'elle s'est sentie bien, et c'était la première fois depuis son arrivée à Friv.

Cela faisait des mois qu'elle n'avait pas tiré une flèche, depuis cette leçon de sa mère qui l'avait laissée mortifiée et furieuse. Elle manquait tellement d'entraînement qu'elle n'a même pas touché la cible, les premières fois. Mais au fil des jours, cela lui est revenu, et elle s'est rappelé pourquoi elle aimait ça : la tension de l'arc dans ses mains, la contraction des muscles de ses bras et de son dos, qui la faisait se sentir forte, capable et assurée. Et puis, cette sensation au moment de relâcher la flèche : c'était comme pousser un profond soupir.

À peine quelques jours après avoir commencé à s'entraîner, elle a retrouvé son niveau d'autrefois. Les flèches atteignent en général la cible, maintenant, et elles se rapprochent de plus en plus régulièrement du mille. C'est agréable de constater ses progrès, de sentir qu'elle a prouvé quelque chose, même s'il n'y a personne d'autre qu'elle pour le voir.

Elle encoche une nouvelle flèche et lève son arc, les yeux rivés sur la cible. Elle prend une profonde inspiration et…

— Relâchez votre épaule.

Elle se retourne vers la voix, lâchant accidentellement la flèche au passage, l'envoyant frôler l'oreille gauche de Bairre.

Sans tressaillir, il garde les yeux braqués sur elle, haussant à peine un sourcil.

— Si vous espérez me tuer, il va falloir mieux viser.

— Si j'espérais vous tuer, rétorque-t-elle en saisissant une nouvelle flèche, la méthode serait bien plus discrète, et plus propre.

Elle se tourne vers la cible et vise. Après une seconde, elle prend conscience que Bairre avait raison. Son épaule est si contractée qu'elle touche presque son oreille. Elle se force à la relâcher avant de laisser voler la flèche.

Elle n'est pas dans le mille, mais solidement plantée dans le cercle juste autour. Elle abaisse son arc sur le côté et se tourne vers Bairre.

— Vous êtes venu pour m'accuser à nouveau de vol ?

— Je me suis excusé, rétorque-t-il en secouant la tête.

— Seulement parce que votre père vous y a forcé, souligne Daphné.

Il ne nie pas. Au lieu de cela, il tend la main derrière lui pour dégainer son propre arc, taillé dans le même bois que celui de Daphné.

— Puis-je me joindre à vous ?

— Le champ est vaste, il y a largement la place pour nous deux, dit-elle en haussant les épaules, avant de se frapper mentalement.

Si sa mère était là, elle la réprimanderait pour son ton sec : elle a besoin de plaire à Bairre, besoin qu'il la désire. En l'état actuel des choses, ils sont incapables d'avoir une conversation de plus de quelques minutes sans s'insulter.

Bairre vient se placer à côté d'elle, visant la cible voisine, levant son arc et tirant une flèche de l'étui placé dans son dos. Elle l'observe pendant un moment puis fait un effort pour prendre la parole :

— Je ne savais pas que vous aimiez le tir à l'arc. J'ai entendu dire que certains des meilleurs tournois au monde étaient organisés à Friv. Y avez-vous déjà participé ?

Il la regarde, étonné, puis secoue la tête.

— C'est simplement un loisir, pour moi. En revanche, Cillian prenait des leçons, alors nous nous entraînions parfois ensemble. Il y a quelque chose de… relaxant, dans le tir à l'arc.

Elle est surprise d'entendre ses propres réflexions sortir de la bouche de Bairre.

— C'est difficile de se sentir tendu après avoir lancé sa flèche, approuve-t-elle.

— Surtout si on peut visualiser mon visage à la place de la cible, non ?

Elle ouvre la bouche pour nier, mais lorsqu'elle le regarde, elle est surprise de constater qu'il lui sourit. C'est trop timide pour être un véritable sourire, mais c'est ce qu'elle a vu de plus proche chez lui.

— Eh bien, oui, tout ce qui peut aider ! lui répond-elle, avant d'encocher une nouvelle flèche.

Cette fois-ci, cependant, elle entend la voix de sa mère dans son esprit. « Il n'y a qu'un tournoi, qu'un prix. » Si intensément qu'elle veuille prouver à Bairre qu'elle peut rivaliser avec lui, elle a aussi besoin qu'il l'apprécie davantage, et cela signifie s'abaisser.

Elle enrage, mais elle laisse sa flèche prendre le large. Elle atterrit sur le cercle le plus extérieur de la cible, avec un « clac » que Daphné ressent jusque dans son âme. C'est un jeu, se répète-t-elle, un moyen pour atteindre une fin ; malgré tout, l'humiliation d'avoir échoué est cuisante.

— Pas de chance, commente Bairre en se préparant pour tirer.

Sa posture est affreuse : son coude est trop bas, ses pieds ne sont pas assez écartés. L'effort pour lancer la flèche suffira à lui faire perdre l'équilibre.

— Attendez, dit-elle avec un soupir avant de s'approcher et de remonter son coude pour qu'il ne s'affaisse pas au risque de faire partir la flèche en l'air. Maintenant, alignez vos hanches.

— Quoi ? demande-t-il en la regardant par-dessus son épaule, l'air perdu.

Elle écarte un peu le pied du jeune homme, puis, sentant le rouge lui monter aux joues, elle pose les mains sur les hanches de Bairre, ajustant leur position pour que son torse soit entièrement dirigé vers la cible.

— Voilà, dit-elle en s'empressant de retirer ses mains. Essayez, maintenant.

Le regard du jeune homme s'attarde sur elle une seconde encore, sceptique, avant de se tourner vers la cible. Il vise et relâche la flèche, qui atterrit à quelques centimètres à peine du mille. Pendant un instant, il se contente de fixer la flèche, sous le choc.

— Comment avez-vous fait ?

— J'avais un bon professeur, à Bessemia, répond-elle en haussant les épaules.

— Bien, dit-il en s'éclaircissant la gorge. À vous, maintenant.

Le sourire de Daphné est contraint quand elle vise à nouveau, laissant la flèche partir trop tôt, si bien qu'elle va s'écraser dans l'herbe, une cinquantaine de centimètres avant la cible.

— Pas votre jour, n'est-ce pas ? commente Bairre.

Elle se hérisse mais ravale sa fierté.

— Apparemment pas.

Daphné attend qu'il saisisse une nouvelle flèche, mais il l'observe, une expression encore plus perplexe que d'habitude sur le visage.

— On dirait vraiment que vous faites exprès de mal tirer.

— Eh bien, il ne faut pas se fier aux apparences. Mon poignet est encore un peu endolori par ma chute.

C'est un mensonge, mais il est crédible.

— Est-ce que je peux ? demande Bairre en tendant la main.

Daphné place sa main gauche dans la sienne, le laissant déboutonner le gant de cuir et le faire glisser pour dévoiler la peau pâle de son poignet. Il le retourne dans sa main, effleurant de son pouce le pouls de Daphné, ce qui fait s'emballer le rythme de son cœur. Elle veut se dégager, remettre son gant avant qu'il ne puisse recommencer. Au lieu de ça, elle se souvient de sa formation et fait un pas vers lui, en levant les yeux et en se mordant la lèvre inférieure.

— Alors, qu'en dites-vous ? demande-t-elle.

— Encore un peu meurtri. Vous devriez vous reposer quelques jours.

— Je devrais, approuve-t-elle avec le petit sourire secret qu'elle a passé des semaines à perfectionner devant le miroir. Mais je n'ai jamais été très douée pour me reposer.

Il lui rend son sourire mais, après un moment – bien trop tôt au goût de Daphné –, il détourne le regard et lâche sa main.

— Cillian a toujours dit que vous étiez intelligente. Il affirmait que vos lettres faisaient partie des choses les plus spirituelles qu'il ait jamais lues, et il lisait beaucoup, alors vous pouvez prendre cela comme un grand compliment.

Les mots coulent comme du goudron au fond de son estomac. Elle n'a pas envie de penser au prince mort, celui à qui elle a écrit des lettres à la lumière de la bougie, celui qu'elle ne peut même pas pleurer.

— Ah oui ? se force-t-elle à répondre. Et vous êtes d'accord ?

Bairre rit, mais semble vaguement mal à l'aise.

— Peut-être trop intelligente pour votre bien. Dites-moi, auriez-vous aussi laissé Cillian gagner au tir à l'arc, ou bien est-ce parce que je suis vraiment mauvais ?

Daphné s'immobilise.

— Je n'avais pas conscience qu'il était question de gagner ou de perdre, objecte-t-elle, je pensais que nous étions seulement en train de nous exercer.

— Vraiment ? demande-t-il en haussant les sourcils. Parce que l'expression de votre visage trahit autre chose, et que vous avez tressailli dès que vous avez lâché la flèche, presque comme si vous saviez exactement où elle allait se ficher. Alors est-ce de la pitié, ou de la flatterie ? Parce que je pense que j'ai eu assez des deux au cours des dernières semaines.

Cela fait réfléchir Daphné. Pendant un moment, elle se contente d'observer Bairre, essayant de voir au-delà des sourcils froncés, des mâchoires serrées et du ressentiment dans ses yeux. Pour la première fois, il ressemble à un garçon qui a perdu son frère et qui a vu sa vie bouleversée en un seul instant.

— Je suis désolée, dit-elle, et cette fois il n'y a pas de sarcasme dans sa voix. Je ne voulais pas… On recommence ?

Il hésite une seconde, acquiesce et encoche une autre flèche.

Cette fois, sa posture est meilleure. Elle peut voir qu'il est en train de vérifier s'il a rectifié sa position comme elle le lui a proposé un peu plus tôt. Une partie d'elle souhaiterait avoir une excuse pour placer une main sur son épaule, sur sa hanche… N'importe où, à vrai dire. Par les étoiles, elle est en train de devenir aussi effrontée que Beatriz.

Lorsqu'il relâche la flèche, elle frôle le mille.

— Bien joué ! s'exclame-t-elle avec sincérité.

— Mieux que d'habitude, reconnaît-il. L'astuce du coude a aidé.

— De rien, dit Daphné qui se met elle-même en position et lève son arc.

Elle contrôle mentalement tous les points essentiels, s'assurant que ses épaules sont bien relâchées, son coude en place, ses hanches alignées. Elle vise et relâche la flèche, l'envoyant se planter exactement dans le mille.

Lorsqu'elle aperçoit le visage de Bairre, elle a une seconde de panique : son expression est indéchiffrable. Elle se rappelle comment le sieur Aldric l'a regardée lorsqu'elle l'a battu, quand il a dit à sa mère qu'il la trouvait peu attirante. Pendant une seconde, elle s'inquiète que sa fierté ait pu étouffer quelque sentiment que Bairre puisse avoir à son égard, elle s'inquiète d'avoir intégralement ruiné les plans de sa mère.

Mais alors, quelque chose dans le visage du jeune homme frémit, et il sourit presque.

— Impressionnant, dit-il. Vous auriez même pu représenter un défi pour Cillian. Il aurait été fou de vous.

Il l'était déjà, juste à travers vos lettres, mais en personne, il n'aurait pas eu la moindre chance.

Daphné détourne les yeux avant de s'obliger à soutenir le regard de Bairre à nouveau.

— Et vous ? hasarde-t-elle.

Après un instant, Bairre, les mâchoires contractées, se détourne, lui aussi.

— Je vais vous laisser, dit-il enfin. Je ne voulais pas vous interrompre.

Elle ouvre la bouche pour lui expliquer qu'il ne l'a pas interrompue, pour lui demander de rester, mais il est déjà parti en direction du château, la réponse à la question de Daphné toujours emprisonnée en lui.

SOPHRONIA

Sophronia plonge un minuscule gâteau moelleux dans sa tasse de café et prend une bouchée sans lever les yeux de la page qu'elle est en train d'étudier depuis près d'une heure. L'ébauche du nouveau code fiscal est un sacré morceau – Sophronia soupçonne que c'est à dessein – et elle y a trouvé erreur sur erreur. Le seigneur Covier croit-il que s'il noie les informations importantes dans des mots inutiles, elles vont lui échapper ?

Après réflexion, elle ne serait pas surprise que ce soit exactement le cas.

Sophronia repose son café et sa pâtisserie pour saisir sa plume, encerclant une phrase particulièrement verbeuse, qui digresse tant qu'elle occupe la moitié de la page.

— Quel intérêt d'annoncer une baisse des impôts si les gens ne comprennent pas un mot de la nouvelle politique ? marmonne-t-elle.

Leopold, courbé sur un parchemin à l'autre extrémité du salon, lève les yeux vers elle.

— Peut-être que c'est difficile pour toi à cause de la barrière de la langue ?

Elle lui lance un regard agacé.

— Je peux te le garantir, Leopold : mon vocabulaire temarinien est plus étendu que celui de nombreux villageois. Combien d'entre eux, à ton avis, connaissent le sens du terme « vérisimilitude » ?

— C'est Covier qui a mis ça là-dedans ? Je ne sais même pas ce que ça veut dire.

— Lui non plus, manifestement, parce qu'il l'a utilisé de manière impropre, souligne Sophronia, parcourant à nouveau la phrase en question. On pourrait presque croire qu'il *espère* que personne ne comprendra le moindre mot. Nous devrions vraiment penser à les remplacer, lui et Verning, ajoute-t-elle.

Elle s'abstient de suggérer à Leopold de remplacer sa propre mère ; c'est d'ailleurs plus pratique de garder Eugenia à proximité. Sophronia n'a pas reçu de réponse de l'impératrice pour l'instant, mais elle se fait fort d'empêcher Eugenia de ruiner ses plans.

— Survivons déjà à cet après-midi, soupire Leopold.

Ils doivent se rendre à Kavelle avec Eugenia et les frères de Leopold pour annoncer la baisse d'impôts. À la fois excitée et inquiète, Sophronia sait que Leopold redoute lui aussi ce moment. Il a passé toute la matinée à peaufiner son discours et a mangé presque tous les moelleux qu'elle a cuisinés.

— Tu apportes de bonnes nouvelles, lui rappelle-t-elle. Ils vont acclamer ton nom avant même que tu aies terminé.

On frappe alors un coup à la porte du salon et, sans attendre l'autorisation, Eugenia apparaît. Ses yeux se posent d'abord sur Leopold, qu'elle salue d'un large sourire chaleureux, mais, quand elle remarque Sophronia, ce sourire meurt sur son visage.

— Oh, vous êtes là tous les deux, comme c'est charmant.

— En fait, dit Leopold en regardant l'horloge suspendue au-dessus du manteau de marbre de la cheminée, je suis en retard pour rejoindre Gideon et Reid : je leur ai promis que je leur expliquerais tout aujourd'hui. Est-ce que je peux prendre le reste des gâteaux avec moi ? Cela pourra aider à calmer leurs nerfs.

— Oui, bien sûr, *leurs* nerfs, le taquine Sophronia.

Leopold l'embrasse sur la joue.

— Tu as terminé avec ça ? demande-t-il en désignant du menton les papiers. Je peux les déposer à Covier sur mon chemin.

— Presque, répond-elle en parcourant une nouvelle phrase avant de lui tendre la pile de documents. Demande-lui de faire simple : un langage que même des enfants pourraient comprendre. Nous ne voulons pas que quoi que ce soit puisse être mal interprété.

— Compte sur moi.

Alors qu'il passe devant sa mère sur le chemin de la sortie, il s'arrête pour déposer un rapide baiser sur sa joue.

— Pas *trop* de sucreries pour tes frères ! lui crie la douairière, mais la porte se referme avant qu'elle ait terminé sa phrase.

Avec un soupir, elle se tourne vers Sophronia : le masque tombe entre la mère aimante et l'adversaire coriace.

— Sophie, dit-elle en inclinant la tête.

— Genia, répond Sophronia en imitant le sourire froid de la reine. La journée s'annonce plutôt excitante, non ? Mais Leopold est nerveux. J'ai eu du mal à y croire, quand il m'a appris qu'il n'avait jamais fait de discours à Kavelle !

J'aurais pensé qu'il serait un visage familier pour le peuple qu'il gouverne.

Pendant un moment, Eugenia ne répond pas. Elle penche la tête sur le côté et examine Sophronia d'un air critique.

— Cela ne fonctionnera pas, vous savez, dit-elle.

— De baisser les impôts ? Je ne vois pas pourquoi, mais nous pouvons réexaminer les chiffres ensemble, si vous le souhaitez...

— Ils ne vous aimeront jamais, l'interrompt Eugenia, venant s'asseoir en face d'elle et se versant une tasse de café comme si elles discutaient des dernières tendances en matière de mode. Oh, Leopold est peut-être amoureux, pour l'instant, mais nous verrons à quelle vitesse il se fatiguera de vous une fois que vous l'aurez accueilli entre vos jambes. Et ne m'insultez pas en me mentant, les domestiques parlent, vous savez.

Sophronia, qui était en effet sur le point de nier, referme la bouche.

— Et Temarin, poursuit Eugenia en claquant la langue. Si les peuples ont un cœur inconstant, celui de Temarin est carrément tempétueux, surtout envers les étrangers.

Quelque chose dans ses paroles pénètre profondément sous la peau de Sophronia, la déstabilisant. L'amertume de sa voix, oui, mais au-delà, la haine qu'elle y perçoit. Elle a déjà entendu Eugenia parler de Temarin avec méfiance, mais jamais avec ce niveau de ressentiment.

Il lui vient à l'esprit que c'est la véritable Eugenia, celle qui complote avec son frère pour conquérir un royaume qu'elle déteste. Et si elle laisse Sophronia voir au-delà des illusions, cela signifie qu'elle sait que le jeu est terminé.

— Je ne suis pas vous, objecte Sophronia.

— Non, en effet, approuve la douairière en riant. C'est exactement cela. Mon mari ne m'a jamais aimée, son royaume abandonné par les étoiles non plus, mais la véritable différence entre nous, Sophie, c'est que je n'ai jamais eu besoin qu'ils le fassent. Vous voulez si désespérément être appréciée que vous seriez prête à vous trancher la gorge pour vous faire aimer de ces vautours.

Sophronia fait attention à ne pas montrer combien ces paroles la blessent. Elle soupçonne que c'est parce qu'il y a une part de vérité en elles.

— Oh, vous n'avez pas besoin de vous inquiéter pour moi, Genia, répond-elle avec un sourire qu'elle n'essaie même pas de faire passer pour sincère. Je vous assure que je suis assez douée pour repérer les vautours exactement *là* où ils sont.

Pendant que Violie aide Sophronia à s'habiller pour son expédition à Kavelle, toutes deux débattent de la robe qui sera la plus appropriée à la situation : rien de trop ostentatoire, ce qui est la tendance générale de sa garde-robe, mais malgré tout quelque chose de royal, incarnant la puissance. Elles tombent d'accord sur une robe de velours d'une riche couleur prune, avec une légère touche de broderies argentées sur le corsage. Elles renoncent à tout bijou, à l'exception d'un diadème, mais il s'agit du plus simple de sa collection, en argent fin et effilé, constellé de perles.

— Vous êtes plutôt démodée, déclare Violie en enroulant la tresse de Sophronia dans un chignon minimaliste et en l'attachant avec une épingle. Mais royale, assurément, en tout point.

— Honnêtement ? Je préfère ça, reconnaît Sophronia en se regardant dans le miroir. Peux-tu demander aux autres servantes de se pencher sur le reste de ma garde-robe et de retirer tous les bijoux et fioritures ? La cour entière va être en colère contre moi, et j'aimerais montrer l'exemple. Et... hésite-t-elle en se mordant la lèvre et en réfléchissant à la conversation qu'elle a eue avec Eugenia.

Elle ne serait pas surprise si la douairière avait une autre carte dans sa manche et, si elle devient désespérée, elle n'en sera que plus dangereuse. Sophronia est suffisamment sûre de ses soupçons pour les avoir partagés avec sa mère, mais elle doit disposer de preuves irréfutables dans le cas où elle devrait révéler la trahison d'Eugenia à Leopold.

— As-tu pu trouver des informations au sujet du vin pétillant ? De sa provenance ? finit-elle par demander.

— J'ai bien peur de m'être heurtée à une sorte de mystère, sur ce sujet. J'ai interrogé le personnel des cuisines, ils m'ont dit qu'il venait d'un vignoble nommé Cosella, dans le sud de Cellaria.

— Je ne vois aucun mystère à cela. Le meilleur vin pétillant vient de là.

— Oui, mais ils n'ont pas pu me donner l'adresse. Finalement, j'ai trouvé les coordonnées d'un autre vignoble de la région, celui auquel le palais commande aussi souvent du vin pétillant. Ils n'ont jamais entendu parler d'une telle appellation.

— C'est curieux, répond Sophronia, perplexe. Vu le prix à la bouteille, on aurait pu penser que le viticulteur avait une certaine réputation.

— Comme je l'ai dit, c'est un mystère.

— J'ai écrit à ma sœur. Peut-être qu'ils servent ce vin au palais, là-bas.

— Peut-être, concède Violie avec une moue. C'est se donner beaucoup de mal pour une bouteille, non ?

— Une de mes lubies, j'en ai peur. Une fois que je me suis mise à réfléchir à une énigme, je ne peux pas être satisfaite si je ne la résous pas. Pour mon édification personnelle.

Avant que Violie n'ait le loisir de répondre, une servante passe la tête dans la chambre.

— Votre Majesté, la duchesse Bruna souhaite vous voir.

La duchesse n'attend pas que la bonne finisse, la poussant du coude pour entrer chez Sophronia, le visage quasiment de la même couleur que la robe de la jeune souveraine.

— Tante Bruna, la salue-t-elle en lui adressant un sourire charmant. Je suis en retard, mais nous pouvons peut-être parler ce soir...

— Cette *garce* de Cellarienne m'a coupé ma pension ! éclate la duchesse, pouvez-vous croire à cette audace ? Elle m'a toujours détestée, Sophie, mais là, le summum est atteint. Vous devez y mettre un terme immédiatement.

Sophronia jette un œil à Violie, qu'elle congédie d'un hochement de tête.

— En vérité, commence-t-elle aussi doucement que possible, ce n'était pas une décision d'Eugenia, mais de Leopold et moi.

La duchesse fixe Sophronia comme si elle venait de se mettre à parler frivien.

— Je suis la sœur du défunt roi, Sophie, martèle-t-elle, d'une voix glaciale. C'est terriblement grossier de me traiter de cette manière. Cet argent m'est dû.

Sophronia pousse un long soupir, regardant l'horloge suspendue au mur.

— Malheureusement, tante Bruna, les finances de Temarin sont dans un état plutôt lamentable. Vous n'êtes pas la seule à être affectée : toute la famille royale va devoir réduire ses dépenses, Leopold et moi plus que quiconque. J'espère que cette mesure ne sera que temporaire, jusqu'à ce que Temarin se remette sur pied, mais c'est nécessaire.

Bruna secoue la tête, les mâchoires serrées.

— C'est... illégal, crache-t-elle.

Sophronia doit se mordre la lèvre pour se retenir de rire : cela mettrait encore davantage en colère la duchesse.

— Je vous assure que non. Nous aurons tous à faire des sacrifices, tante Bruna. Avez-vous besoin d'aide pour parcourir vos comptes et effectuer les ajustements nécessaires ?

— Bien sûr que j'en ai besoin, rétorque la duchesse, même si Sophronia est soulagée de voir que son visage a retrouvé une teinte plus naturelle. Vous m'avez pris la seule de mes bonnes qui avait une écriture lisible, vous savez.

Sophronia fronce les sourcils ; il doit y avoir un malentendu.

— Violie ?

— Les autres ne savent qu'aligner des pattes de mouche ! Comment se fait-il qu'une paysanne bessemienne ait une meilleure écriture que des filles nées et élevées ici ?

Bruna semble se parler plus à elle-même qu'à Sophronia, mais celle-ci retourne la question dans sa tête. Comment, en effet ? D'autant que Violie lui a affirmé qu'elle ne savait pas lire.

Sophronia compte plus de vingt gardes qui escortent leurs carrosses depuis l'entrée du palais jusqu'aux portes monumentales du domaine, au-delà duquel une estrade a été installée. Il y a deux carrosses : le premier transporte Sophronia et Leopold, le second Eugenia, Gideon et Reid.

Ils sont accueillis par le bruit de la foule avant même que le carrosse ne s'arrête devant le portail.

— Prêt ? demande Sophronia à Leopold.

Il hésite, tirant légèrement les rideaux pour voir ce qui les attend.

— Il y a bien plus de monde que tous ceux à qui j'ai parlé à la cour dans ma vie.

— Tu vas très bien t'en sortir, lui assure-t-elle. Tout le monde aime les bonnes nouvelles.

Il hoche la tête, se tournant à nouveau vers elle.

— Un baiser pour me porter chance ? demande-t-il avec un sourire.

Sophronia rit avant de se pencher pour l'embrasser rapidement sur les lèvres, essayant d'ignorer les mots d'Eugenia qui résonnent dans son esprit : « Nous verrons à quelle vitesse il se fatiguera de vous une fois que vous l'aurez accueilli entre vos jambes. » Elle s'astreint à sourire :

— Ne les faisons pas attendre.

Il tapote la vitre des doigts : un garde s'incline et les aide à sortir du carrosse, les exposant au radieux soleil de l'après-midi. Sophronia prend le bras que lui tend Leopold et ils progressent vers les portes monumentales du domaine royal. À travers les boucles de métal dorées, Sophronia découvre une foule dense. Leopold a raison : il y a là une quantité innombrable de gens, impatients d'entendre le discours du jeune roi.

Alors qu'un mur de gardes les guide jusqu'à l'estrade, Sophronia serre une dernière fois le bras du roi pour lui donner du courage, avant de le laisser avancer et de reculer pour se placer aux côtés de la mère et des frères de Leopold. Le vacarme est assourdissant, mais elle ne parvient pas à savoir s'il est composé d'acclamations ou de huées. Les deux, sans doute. Quand Leopold s'éclaircit la gorge puis lève la main, l'assemblée se tait.

Pendant un long moment, il se fige, fixant la foule du regard. Même si elle ne peut pas voir son visage, Sophronia remarque la tension dans ses épaules, la manière dont elles remontent vers les oreilles. C'est comme s'il ne respirait plus.

— Bonjour, braves gens de Kavelle. Je sais que Temarin a affronté des temps difficiles et ce n'est nulle part plus évident qu'ici, à la capitale. Mon rôle de souverain est de faire tout ce qui est en mon pouvoir pour nous aider à traverser cette épreuve.

— Foutaises ! s'exclame un homme au milieu de la foule.

Les yeux de Sophronia le repèrent rapidement, tout comme les gardes qui se fraient un chemin jusqu'à lui. Mais lorsque l'un d'eux saisit rudement le bras de l'homme, Leopold lève à nouveau la main.

— Relâchez-le, s'il vous plaît.

Après une seconde d'hésitation, le garde obéit.

Même l'homme semble éberlué.

— J'ai fait preuve de… négligence dans mes fonctions depuis que je suis monté sur le trône, je ne peux donc pas vous blâmer si vous ne me croyez pas, mais je vous assure que je suis sincère. Dès le mois prochain, vos impôts vont être réduits de moitié.

Il y a des murmures, un remous de voix qui bourdonnent jusqu'à masquer celle de Leopold. Il poursuit :

— Nous allons aussi mettre en place un système de distribution de nourriture, grâce auquel ceux qui en auront besoin pourront se procurer des rations, gratuitement.

Il y a encore plus de murmures. Alors que Sophronia parcourt la foule du regard, essayant de déterminer si les gens sont contents ou non, ses yeux accrochent un visage familier. Là, vers l'avant, elle repère Violie. Ce n'est pas surprenant, elle reconnaît d'ailleurs vaguement d'autres domestiques du palais, qui sont venus écouter des nouvelles qui les concernent tout autant. Mais ce qui l'étonne, c'est que Violie n'est pas seule. Un garçon d'environ dix-huit ans se tient juste derrière son épaule gauche, lui chuchotant à l'oreille quelque chose qui semble agacer la jeune fille. Elle lui répond, l'air tendue ; une réponse manifestement désagréable, pense Sophronia. Une querelle d'amoureux, peut-être. Un autre secret de Violie.

Sophronia mémorise le visage du garçon : des traits anguleux, des yeux d'un brun foncé, des cheveux noirs qui auraient bien besoin d'une coupe, une peau dorée par le soleil et une pâle cicatrice sur la joue gauche. Violie la surprend en train de l'observer et, après avoir légèrement rougi, lui adresse un sourire que Sophronia se force à lui rendre avant de tourner à nouveau son attention vers Leopold.

— Temarin a déjà fait face à des difficultés auparavant, et nous nous en sommes toujours sortis, plus solides et plus unis.

Il y a quelques applaudissements, certains sans doute même sincères, mais ce n'est pas suffisant pour couvrir les huées, et notamment le cri lancé par une femme qui hurle à pleins poumons : « Menteur ! », en s'avançant dans les premières rangées. Elle est petite, avec des cheveux gris et drus tirés en arrière, partiellement recouverts d'un fichu d'un bleu poussiéreux. Son visage ridé est rouge d'avoir crié, mais ses yeux, résolus, sont braqués sur Leopold.

Les gardes déjà au milieu de la foule amorcent un mouvement dans sa direction, mais à nouveau, le roi lève la main pour les arrêter, autorisant la femme à monter sur l'estrade.

— Combien d'entre nous ne vont pas s'en sortir, *Votre Majesté* ? demande-t-elle, la voix pleine de dérision. Combien de nos enfants ont été exécutés parce qu'ils avaient dû voler pour survivre, pendant que vous *nous* spoliiez pour remplir vos coffres ? Combien de parents se sont laissés mourir de faim pour nourrir leurs enfants ? Ma propre fille est morte en couches parce qu'elle ne pouvait pas payer un médecin : vos hommes lui avaient pris jusqu'à son dernier centime. Combien d'autres, parmi nous, ont des histoires semblables ?

Ceux qui sont suffisamment proches pour l'entendre acquiescent vigoureusement. Sophronia se demande, en effet, combien d'entre eux ont perdu des personnes qu'ils aimaient à cause de la naïveté de Leopold. C'est une chose de comprendre le coût de son inaction sur le papier, mais une autre de le voir reflété dans les yeux de tant de gens.

Le roi doit ressentir la même chose, car il n'a pas de réponse. Sophronia n'est pas sûre d'en avoir une, elle non plus, mais, sans s'en rendre compte, elle vient se placer à côté de lui et pose la main sur son bras.

— Nous vous adressons toutes nos condoléances, dit-elle, étonnée que sa voix soit si claire et posée. Le roi Leopold et moi ferons notre possible pour…

Avant qu'elle ne puisse terminer sa phrase, quelqu'un dans la foule lance un caillou, de la taille d'un gros grain de raisin, qui l'atteint à la joue. Elle est plus surprise qu'autre chose, mais après avoir porté les doigts à sa joue, elle voit qu'ils sont ensanglantés.

— Sophie ! s'exclame Leopold, en se plaçant devant elle alors que de nouvelles pierres rejoignent la première.

— Ce n'est que justice ! crie un homme à l'avant de la foule en jetant un projectile plus gros qui atteint le roi à l'épaule, le faisant reculer d'un pas. La mort appelle la mort !

— Retournons aux portes, dit Leopold à Sophronia alors que les soldats referment le cercle autour d'eux et que la foule devient de plus en plus agitée.

Il garde sa main serrée dans la sienne pendant qu'ils se dépêchent de rejoindre Eugenia et les princes. Lorsqu'ils les atteignent, Sophronia prend la main de Reid et tous les cinq se serrent les uns contre les autres. Une autre pierre lui heurte alors la hanche, une troisième frappe l'arrière de sa tête suffisamment fort pour qu'elle voie des étoiles, mais elle s'oblige à ignorer la douleur et à avancer, plaçant son bras autour des épaules de Reid pour protéger le plus jeune garçon des attaques.

La barrière formée autour d'eux par les gardes ne tient pas longtemps : avant qu'ils aient pu quitter l'estrade, trois d'entre eux sont tombés, l'un poignardé, l'autre assommé et le dernier traîné dans la foule. Le cœur de Sophronia tambourine dans sa poitrine ; les gens se rapprochent, hurlant des insultes, des menaces et des mots en temarinien qu'elle ne reconnaît pas mais qui semblent loin d'être positifs. Quelqu'un agrippe sa robe, déchirant son ourlet. Un autre tire sur le bras de Leopold et parvient à lui faire perdre l'équilibre, mais un garde le repousse.

Ils sont presque aux portes quand Reid est arraché à Sophronia et disparaît en une fraction de seconde, laissant sa main ballante.

— Reid ! hurle-t-elle, mais les gardes les poussent déjà vers les portes, les lourdes barres de fer se fermant dès qu'ils sont passés.

Pourtant, les solides battants ne suffisent pas à arrêter la foule. Les habitants de Kavelle, déchaînés, passent la main à travers les barreaux, jettent des pierres, vocifèrent.

— Reid… dit Sophronia en tournant le visage de Leopold vers le sien.

— Tu saignes, remarque-t-il, l'air hébété, alors que lui aussi a été touché, comme l'atteste une marque de sang sur sa tempe. Quoi, Reid ?

— La foule l'a pris, explique-t-elle, des larmes de panique lui piquant les yeux.

En laissant échapper un juron, Leopold s'éloigne d'elle et se tourne vers les gardes.

— Trouvez-le, ordonne-t-il d'une voix sur le point de se briser. Immédiatement.

Les soldats dégainent leurs épées avant de s'enfoncer à nouveau dans la foule en furie.

— Leopold ! s'exclame Eugenia en se précipitant vers lui, les yeux rougis de larmes. Où est-il ? Que s'est-il passé ? Je l'ai vu il y a à peine quelques secondes, et là… (Elle dirige son regard vers Sophronia :) *Vous.*

— La foule, dit-elle faiblement. Ils l'ont attrapé ! J'ai essayé de le retenir, mais…

Sa culpabilité anéantit toute tentative d'explication rationnelle.

— C'était *votre* idée, siffle Eugenia en s'avançant vers elle jusqu'à ce qu'elles ne soient plus qu'à quelques centimètres l'une de l'autre.

Sophronia s'attend à ce que la douairière la frappe, mais, avant qu'elle en ait l'occasion, Leopold s'est interposé.

— Assez, lance-t-il d'une voix ferme. Si vous devez blâmer quelqu'un, c'est moi, dit-il à sa mère en passant une main dans ses cheveux, qui se tache de sang.

— Votre Majesté, intervient un garde en s'approchant, vous êtes blessé, la reine aussi. Vous devriez vous faire examiner par un médecin.

— Je vais bien, rétorque Leopold. Mais emmenez la reine, ma mère et Gideon.

Pour la première fois, Sophronia se tourne vers l'autre frère de Leopold. Gideon ne semble pas avoir été touché, mais son visage est pâle et ses yeux écarquillés. Il paraît tellement plus jeune que ses quatorze ans.

— Je reste, dit-elle, glissant sa main dans celle de Leopold. Je vais bien aussi.

Ce n'est qu'en partie vrai – l'arrière de sa tête palpite et devrait sans doute être pansé – mais elle va certainement aussi bien que Leopold. S'il ne reçoit pas de soins pour l'instant, elle non plus.

— Votre Majesté, Votre Majesté ! s'écrie une voix aux portes et, au bout d'un instant, les gardes s'écartent suffisamment pour que Sophronia puisse voir Reid, effrayé mais sauf, une main étrangère sur son épaule.

Enfin, pas totalement étrangère. Elle reconnaît le jeune homme avec qui Violie parlait plus tôt, celui qui porte une cicatrice sur la joue. Il annonce :

— Le voici, il n'est pas blessé.

Les gardes ouvrent la porte et Reid et le garçon s'avancent en même temps, Reid se précipitant aussitôt dans les bras d'Eugenia, en pleurs.

— Je vous suis reconnaissant, monsieur, dit Leopold à l'étranger en lui tendant la main. J'avais peur que... commence-t-il en secouant la tête. Merci... Quel est votre nom ?

— Ansel, Votre Majesté, répond le jeune homme en inclinant la tête et en prenant la main du roi pour la serrer. Et pas besoin de remerciements. N'importe qui aurait fait la même chose.

Leopold jette un œil derrière lui, en direction des portes où l'on peut toujours voir et entendre la foule en colère.

— Je ne pense pas, non.

— Ansel, demande Sophronia en retrouvant sa voix, il me semble que vous étiez avec ma femme de chambre, Violie. Est-ce qu'elle va bien ?

— Je pense que oui, Votre Majesté. Je l'ai vue, elle et d'autres domestiques du palais, se faufiler entre les portes juste avant que la situation ne dégénère. D'après ce que j'ai compris, environ la moitié de la foule est venue armée, prête à en découdre. J'ai dit à Violie de mettre les autres à l'abri et d'essayer d'avertir les gardes, mais c'était trop tard, regrette-t-il en secouant la tête. Je suis désolé, si j'avais été plus rapide...

— Ne vous excusez pas, Ansel, le reprend Leopold. Vous avez fait ce que vous pouviez, et davantage encore. C'est grâce à vous si mon frère est vivant. Vous devriez dîner avec nous, un jour prochain, j'y tiens absolument. La semaine qui vient ? J'enverrai quelqu'un vous donner les détails.

Avec un sourire, Ansel s'incline une nouvelle fois.

— Si vous insistez, Votre Majesté, j'en serai honoré.

Alors que les gardes pressent Sophronia et Leopold vers le palais, elle se retourne pour observer Ansel : il leur fait un signe de la main, mais cela ne suffit pas à apaiser la suspicion qui la ronge. Si elle ne peut pas se fier à Violie, il est certain qu'elle ne peut pas lui faire confiance à lui non plus. Elle n'est plus sûre de pouvoir vraiment faire confiance à quiconque.

Ce n'est que près d'une heure plus tard que Sophronia retourne dans ses appartements, les muscles douloureux, le corps éreinté, même si la moindre de ses blessures a été soignée avec quelques pincées de poussière d'étoiles de l'empyrion de la cour. Elle aurait voulu rester pendant qu'il s'occupait de la plaie à la tête de Leopold, mais ce dernier, l'empyrion et le médecin royal ont insisté d'une seule voix sur le fait qu'elle avait besoin de repos.

Pourtant, dès qu'elle voit Violie, Sophronia sait que le repos va devoir attendre encore un peu.

— Tu es de retour, constate-t-elle en retirant ses chaussures et ses gants. J'ai entendu dire que tu avais pu rentrer saine et sauve, mais je suis ravie de le constater de mes propres yeux.

Elle prend conscience au moment où elle prononce cette phrase que ce n'est pas un mensonge. Peut-être qu'elle est idiote de penser cela – ce serait certainement l'avis de sa mère – mais qu'importe qui est vraiment Violie, à qui elle rend des comptes, Sophronia est heureuse qu'elle soit en vie.

— Je n'ai jamais vraiment été en danger, répond Violie. Comment allez-vous, *vous-même* ?

Sophronia peut encore sentir la douleur sourde là où la pierre a heurté l'arrière de sa tête. Le médecin a dit qu'elle irait bien et l'empyrion a utilisé de la poussière d'étoiles pour faire cesser les élancements, mais le choc demeure. Quelqu'un l'a *frappée*. Une personne, un inconnu, la déteste au point de souhaiter sa mort. Plusieurs individus, suppose-t-elle, s'il faut en croire les clameurs de la foule. Cette pensée la rend malade, mais elle se force à sourire.

— Je m'en remettrai, assure-t-elle. La blessure de Leopold était pire : on est encore en train de l'examiner. Et Reid a disparu pendant un moment, emporté par la foule.

Les yeux de Violie s'agrandissent.

— Ce n'est qu'un enfant ! Est-ce qu'il va bien ?

— Oui, grâce à ton ami, répond Sophronia en observant attentivement l'expression de la servante.

Celle-ci fronce les sourcils.

— Mon ami ?

— Ansel, il me semble. Je t'ai vue parler avec lui juste avant le début de l'émeute.

Une légère étincelle s'allume dans les yeux de Violie.

— Oh, lui. Je ne l'avais jamais rencontré auparavant, il a juste commencé à me parler, enfin à flirter. Je n'étais pas intéressée et je le lui ai fait comprendre. C'est tout.

Sophronia incline la tête, choisissant avec soin ses mots. Il ne faut pas que Violie devine ses soupçons, mais elle aimerait avoir des réponses.

— Il a dit qu'il t'avait prévenue, toi et d'autres serviteurs du palais, que l'émeute allait se déclencher, et qu'il vous avait conseillé de vous dépêcher de rentrer.

Violie hésite suffisamment longtemps pour que Sophronia soit sûre qu'elle est en train de remanier son histoire. Elle le repère à un vacillement subtil derrière ses paupières, quelque chose que Sophronia n'aurait pas su identifier si elle n'y avait pas elle-même eu recours.

— Ça ne m'étonne pas qu'il ait raconté ça, prétend Violie avec un léger rire. Certains garçons aiment jouer le rôle du héros ; sauver le prince n'a pas suffi à regonfler sa fierté, je suppose. Il fallait qu'il ait porté secours à un groupe de servantes aussi !

C'est un bon mensonge, Sophronia doit le reconnaître, mais un mensonge malgré tout.

— Comment as-tu su qu'il fallait se dépêcher de rentrer, alors ? Est-ce que quelqu'un d'autre t'a informée de l'émeute ?

Après un soupir, Violie a un sourire un peu gêné.

— Je ne suis pas étrangère aux revirements d'humeur de la foule. C'est quelque chose que j'ai souvent vu à Bessemia.

— Il y a eu des rassemblements de ce genre à Bessemia ? demande Sophronia, interloquée.

— Non, pas comme ça, s'empresse de répondre Violie. Mais... Ma mère était – *est* – une courtisane. Parfois, les hommes qui venaient à la maison close dans laquelle elle travaillait s'énervaient contre les filles, parfois des voisins se rassemblaient pour essayer de « chasser de nos rues la souillure du péché », comme ils disaient. Ils ne devenaient pas souvent violents, remarquez, mais je suppose que j'ai appris à reconnaître les signes précurseurs, pour pouvoir aller chercher de l'aide. C'est difficile à expliquer... C'est comme un changement d'énergie. Je l'ai senti dans cette foule, aujourd'hui, alors j'ai rassemblé les autres domestiques et nous avons fait demi-tour.

Nous étions à peine arrivées aux portes que cet homme a lancé la première pierre.

Sophronia la scrute pendant un moment, notant chaque légère inflexion de ses sourcils, chaque frémissement de narine, chaque modulation de sa voix, cherchant le moindre indice que Violie n'est pas en train de lui dire la vérité, mais elle ne le trouve pas. Elle se demande où elle a appris à si bien mentir – à moins que ce ne soit un talent naturel.

Mais Sophronia finit par abandonner.

— Eh bien, je suis heureuse que tu sois saine et sauve. J'aimerais me reposer, maintenant. La journée a été éprouvante.

— Oui, bien sûr, lui répond Violie, allant chercher dans la penderie une de ses chemises de nuit.

Pendant les quelques instants de silence où elle l'aide à se changer et à se brosser les cheveux, Sophronia observe le visage de la jeune fille dans le reflet du miroir de la coiffeuse.

Qui est-elle ? Et, plus important, pour qui travaille-t-elle ? L'impératrice est une option plausible mais, encore une fois, Sophronia pense que c'est un peu trop évident pour elle d'envoyer comme espionne une servante bessemienne. La duchesse Bruna est une autre option, même si Violie a aidé Sophronia à agir explicitement contre les intérêts de cette dernière. La seule autre possibilité qui lui vient à l'esprit, c'est Eugenia, pourtant cela non plus n'aurait aucun sens.

— Oh, dit Violie en sortant brutalement Sophronia de ses pensées, avant que j'oublie, il y a une lettre pour vous de la part de votre mère.

Le rythme cardiaque de Sophronia s'accélère, mais elle essaie de paraître indifférente.

— Ah oui ? J'y jetterai un œil avant de me coucher.

Sophronia attend que Violie soit partie puis, assise contre ses oreillers, elle décachette l'enveloppe pour découvrir les mots de sa mère. La lettre n'est pas codée, remarque-t-elle, et il n'y a aucun signe qu'elle ait été manipulée, ce qui soulève davantage de questions encore.

Ce que tu me dis, c'est qu'Eugenia a fait un meilleur travail que toi pour déstabiliser Temarin. Laisse-la-moi. On dirait que tu as du mal avec la plus simple des consignes, alors je vais être claire : les finances de Temarin ne m'intéressent pas, les paysans de Temarin ne m'intéressent pas. Donc, toi non plus. Ne te berce pas d'illusions en pensant que tu es une véritable souveraine, ma chérie. Le rôle ne te va pas.

Sophronia froisse immédiatement la lettre dans sa paume, n'ayant pas besoin de la lire une seconde fois ; les mots ébouillanteront sa mémoire assez longtemps.

Ce n'est pas la cruauté qui la blesse ; *ça*, elle y est habituée de la part de sa mère. Ce n'est même pas l'insinuation que l'impératrice surveille Sophronia, qu'elle dispose de quelqu'un de suffisamment proche d'elle pour lui livrer un message qui lui parvienne sans avoir été ouvert. La jeune fille connaît assez bien sa mère pour s'être attendue à ces choses-là. Non, ce qui lui fait le plus mal, c'est de voir un espoir anéanti, même minuscule, et surtout d'avoir eu la sottise de nourrir cet espoir.

Peut-être que l'impératrice a raison, peut-être qu'elle a le cœur tendre, peut-être qu'elle est faible.

Pourtant, justement, Sophronia ne se sent pas faible. Pour la première fois de sa vie, la désapprobation de sa mère ne lui semble pas capable de l'ébranler. « Le rôle de reine ne te va pas », a écrit l'impératrice. Mais ces derniers jours, cela ne ressemble pas à la vérité.

Sophronia laisse tomber la lettre de sa mère dans la tasse de thé chaud que Violie a laissée sur sa table de nuit, regardant les mots se dissoudre jusqu'à être illisibles. Mais, si satisfaisant que cela soit pour l'instant, Sophronia sait qu'elle ne pourra pas si facilement réduire l'impératrice au silence.

BEATRIZ

De la poussière d'étoiles. C'est le cadeau que la mère de Beatriz lui a envoyé, dissimulé dans le compartiment secret d'une petite boîte à musique décorée de pierres précieuses, avec un message.

L'heure est venue de compromettre le seigneur Savelle. Lorsqu'on le découvrira avec cette poudre, le conseil pressera le roi Cesare d'être miséricordieux à son encontre en le renvoyant à Temarin, afin d'éviter une nouvelle guerre. Je compte sur toi pour le convaincre de l'inverse. Agis rapidement, je détesterais que tu te fasses prendre avec cette fiole à sa place, ma colombe.

Beatriz n'arrive pas vraiment à être surprise. Dans les deux jours qui ont suivi l'arrivée du « cadeau », elle a pris conscience que ce dénouement était inévitable : l'impératrice n'aurait pas ordonné à sa fille de se rapprocher du seigneur Savelle sans raison et, pour déclencher une guerre, rien n'est plus efficace que d'exécuter un ambassadeur.

Malgré tout, depuis deux jours, Beatriz a évité ses promenades matinales dans le jardin aquatique avec le seigneur Savelle, tout en étant bien consciente que chaque minute passée en possession de la poussière d'étoiles mettait sa vie à elle en danger.

Sa mère l'a menacée – car Beatriz ne se fait aucune illusion : la dernière phrase de sa lettre est bel et bien un avertissement. Jusque-là, la jeune fille s'est justifiée en son for intérieur en se disant qu'elle devait mettre au point un plan, qu'elle attendait le bon moment, même si ce n'était pas la vérité.

Mais aujourd'hui, Beatriz se force à se lever avec le soleil.

Elle se rend au jardin aquatique et le trouve désert, à l'exception d'une longue silhouette debout au milieu des plantes aux vives couleurs, dos à elle, les mains enfouies dans ses poches.

Beatriz s'approche du seigneur Savelle, chaque pas lui semblant plus lourd que le précédent. Lorsqu'elle atteint le sable mouillé, elle retire ses chaussures et continue à marcher en les gardant à la main.

— Ah, princesse, dit-il en se tournant vers elle, légèrement surpris. Je pensais que vous vous étiez lassée de moi.

— Ce ne sera jamais le cas, répond Beatriz avec un sourire. Mais j'ai eu du mal à dormir ces dernières nuits, et n'étais pas d'humeur à avoir de la compagnie si tôt le matin.

Ce n'est pas complètement un mensonge. Depuis qu'elle a lu la lettre de sa mère, ses pensées l'ont tenue éveillée, bien qu'elle n'ait plus ressenti l'étrange agitation qu'elle a connue la nuit précédant sa convocation par le roi.

— Je vous confesse que je suis content. Je commençais à m'inquiéter pour vous.

Cela met Beatriz mal à l'aise, sans qu'elle soit vraiment capable de dire pourquoi. Elle ignore si quelqu'un s'est déjà inquiété pour elle auparavant. Elle doute que ça ait jamais été le cas de sa mère. Ses sœurs, peut-être, mais pas plus qu'elle ne s'inquiète pour elles.

Le seigneur Savelle tourne son regard vers l'horizon.

— De nombreux aspects de Cellaria ont perdu de leur charme à mes yeux, vous savez. Sauf celui-là.

Beatriz reste debout à côté de lui et, en silence, ils contemplent le soleil se lever, teintant le ciel et la mer de nuances orange et roses.

— J'avais l'habitude d'emmener Fidelia regarder le lever de soleil, reprend le seigneur Savelle au bout d'un moment.

Beatriz l'observe, fronçant légèrement les sourcils. Il a mentionné Fidelia assez souvent pendant leurs promenades, mais il ne lui avait jamais dit cela.

— C'était notre rituel. Elle aussi avait du mal à dormir, ajoute-t-il en se tournant vers Beatriz. En général, après ça, elle y parvenait, parfois même jusqu'à midi. Je n'ai jamais eu le cœur de la réveiller plus tôt.

— Vous étiez un bon père, murmure Beatriz.

Elle n'a peut-être pas beaucoup d'expérience avec les pères, mais elle n'aurait jamais eu l'idée d'aller voir sa mère lors de ses insomnies : l'impératrice Margaraux accorde la plus grande importance à ses huit heures de sommeil, et cela passe avant tout le reste, y compris ses filles.

— Je l'étais, je suppose… jusqu'à ce que je ne le sois plus, soupire-t-il avec tristesse. Vous savez, princesse, pour un parent, c'est une expérience terrible d'être incapable de protéger son enfant.

Beatriz est consciente de la présence de la fiole de poussière d'étoiles dans sa poche. Elle sait ce qu'elle a à faire : feindre de perdre l'équilibre et profiter du moment où le seigneur Savelle tendra la main pour la rattraper pour glisser la fiole dans sa poche à lui. Cela peut être l'affaire de quelques secondes. Au lieu de ça, elle répond :

— Je ne me souviens pas de mon père. Il est mort quand je n'avais que quelques jours. La rumeur prétend qu'il ne m'a jamais prise dans ses bras, ni moi, ni mes sœurs, parce qu'il était déçu que nous ne soyons pas des garçons.

Le seigneur Savelle l'observe, surpris – surprise qui fait écho à celle de Beatriz : ces trois phrases représentent sans doute davantage que tout ce qu'elle a jamais pu dire sur son père.

— Je ne pense pas que la mort de votre fille ait été votre faute, poursuit-elle, détournant le regard vers le soleil. Vous étiez un bon père : s'il y avait eu un moyen de la protéger, je suis certaine que vous l'auriez trouvé.

Pendant un moment, le seigneur Savelle ne dit rien. Finalement, il pousse un long soupir.

— Merci, princesse.

— Je vous ai demandé de m'appeler Beatriz, répond-elle doucement.

Il sourit avant de poursuivre :

— J'ai reçu une lettre du roi Leopold, hier soir. Votre sœur va bien, mais il y a eu une émeute en ville. La famille royale a été attaquée par une foule de paysans en colère.

Beatriz le regarde, alarmée.

— Mais Sophronia va bien ? s'inquiète-t-elle.

— Il semblerait qu'elle ait été touchée à l'arrière de la tête par un jet de pierre. À cet endroit, une telle blessure aurait pu être sérieuse, mais on m'a dit que l'empyrion royal avait utilisé de la poussière d'étoiles pour la guérir rapidement. Elle va bien.

— Que les étoiles soient louées, murmure Beatriz.

— Dites-moi, princesse…

— Beatriz.

Sans prendre en compte sa remarque, il continue :

— Vos sœurs ont-elles aussi du mal à dormir ?

— Pardon ?

— Vous avez dit que vous aviez du mal à dormir, lui rappelle-t-il. Je me demandais si c'était la même chose pour vos sœurs.

— Non, répond Beatriz après un temps de réflexion. Enfin, cela arrive parfois à Sophronia, mais elle prétend toujours que c'est parce que son esprit est trop agité, même quand elle est épuisée. Moi, c'est différent. Parfois, je ne me sens absolument pas fatiguée quand la nuit tombe, alors qu'à d'autres moments, je serais capable de dormir une journée entière.

— Plus souvent, récemment ?

Beatriz y réfléchit.

— C'est possible, admet-elle en se forçant à rire. Mon corps ne s'est pas encore complètement habitué à Cellaria, je suppose ! Il fait jour plus longtemps, ici, vous savez. Il y a moins de nuit pour dormir.

Le seigneur Savelle semble dubitatif.

— Comme je vous l'ai dit, ma fille avait le même genre de problèmes. Viendrez-vous me voir si cela empire ?

— Empire ? demande Beatriz, perplexe.

— J'avais fait préparer une tisane spéciale pour Fidelia, peut-être pourrait-elle vous être utile, hasarde-t-il en haussant les épaules.

La perplexité de Beatriz s'accentue.

— Pourquoi cette attention ? s'enquiert-elle sans pouvoir s'en empêcher.

— Parce que j'aurais aimé que quelqu'un soit tout aussi attentionné envers elle, simplement. Et parce que je crois que votre père aurait voulu que quelqu'un prenne soin de vous.

D'après tout ce que Beatriz a entendu dire sur son père, c'est très peu probable, mais elle ne réussit pas à le détromper.

L'horloge du palais se met à carillonner.

— Ah, il faut que j'y retourne, dit le seigneur Savelle. J'ai un petit déjeuner d'affaires avec le conseil du roi pour lui transmettre des nouvelles de Temarin.

Il fait volte-face et commence à marcher vers le palais. Beatriz sent sa chance lui échapper.

— Attendez !

Il se tourne vers elle, surpris. Il est suffisamment près pour qu'elle puisse faire exactement ce qu'elle a prévu, juste un petit pas qui la fera trébucher. Il la rattrapera, elle glissera la poussière d'étoiles dans sa poche. Ça devrait être facile.

Mais ça ne l'est pas. Soudain, cela semble même être une tâche impossible. Alors, elle ne parvient qu'à dire :

— Merci.

Le seigneur Savelle lui fait un rapide signe de tête avant de se diriger vers le palais.

Beatriz essaie de chasser de son esprit le seigneur Savelle et sa préoccupation déconcertante pour sa santé. Elle retournera au jardin aquatique demain matin, se promet-elle, et cette fois, elle accomplira sa mission. Chaque fois qu'elle se répète cela, cependant, elle y croit un peu moins, d'autant que, lorsque le crépuscule commence à tomber, elle sent ce picotement désormais familier agiter son corps, cet état d'alerte qui lui annonce qu'elle ne dormira pas cette nuit non plus.

Si cela devait être le cas, elle est déterminée à ne pas s'ennuyer et à garder les autres éveillés aussi longtemps que possible. Raison pour laquelle elle invite Pasquale, Ambrose, Gisella et Nicolo à un dîner improvisé sur la plage, qui devient bien trop somptueux pour un simple pique-nique : une couverture en soie est étendue sur le sable, assez grande pour accueillir trois fois plus de convives. Les chefs du palais ont préparé un panier contenant des faisans rôtis, des petits pains, des carottes et des panais, ainsi que des tartelettes aux fruits rouges, si minuscules qu'elles tiennent dans la paume de la main. Et bien sûr, Gisella s'est arrangée pour qu'il y ait du vin en quantité.

Le dîner est rapidement consommé, tous les cinq ayant dévoré les plats, mais le vin dure un peu plus longtemps. Quand la lune est haut dans le ciel, Beatriz sent que l'énergie de la fête faiblit et que Pasquale commence à s'agiter à son côté. Elle sait que ce n'est qu'une question de minutes avant qu'il propose de rentrer.

Et voilà comment elle se retrouve à expliquer les règles d'un jeu à boire bessemien, *Confessions et Affabulations*. Elle y a souvent joué au cours des dernières années lors de bals et de fêtes, même s'il lui a toujours été impossible d'y mêler ses sœurs, car c'est terriblement inintéressant avec des personnes que l'on connaît par cœur. Mais, justement, elle ne connaît pas ceux qui l'entourent ce soir, sauf peut-être Pasquale, et parfois même lui semble plus mystérieux que quiconque.

Elle se raconte qu'elle a suggéré ce jeu pour s'amuser, pour apprendre à mieux connaître ses nouveaux amis, mais elle sait que ce n'est pas l'entière vérité. Sa mère ne l'a pas élevée pour *s'amuser*, et encore moins pour se faire des amis. *Confessions et Affabulations* est un bon moyen de rassembler des informations.

— Voici le principe, leur dit-elle, assise en tailleur sur la couverture, sa jupe d'un vert profond l'entourant d'un cercle de soie mousseuse, une bouteille de vin à moitié vide dans les mains. Je vais commencer en faisant une confession : cela doit être quelque chose d'amusant, pas des histoires ennuyeuses sur mon dessert préféré ou le nom de mes animaux de compagnie quand j'étais petite. Puis, vous devrez décider si la confession est véridique, ou si je mens. Si vous vous trompez, vous devez boire une gorgée et, inversement, je dois boire pour chaque personne qui a raison. Simple, non ?

— Faussement simple, note Nicolo, assis à sa gauche, ses longues jambes étendues devant lui, en appui sur ses mains pour tourner le visage vers le ciel.

Beatriz essaie de ne pas remarquer qu'il se trouve tout près d'elle, mais il serait plus aisé d'ignorer une flamme qu'elle tiendrait au creux de la paume.

— Dangereusement simple, ajoute Gisella, dont la voix semble un ronronnement sourd dans la nuit.

Elle a replié ses jambes contre sa poitrine et son menton repose sur ses genoux. Exceptionnellement, ses cheveux blonds ne sont pas attachés ; ils se déversent sur ses épaules en épaisses vagues blondes et souples.

— Les meilleurs jeux à boire ne le sont-ils pas ? rétorque Beatriz en lui faisant un clin d'œil. Je me lance la première, comme ça, vous pourrez voir comment on fait. Une fois, à Bessemia, j'ai couru dans les jardins en chemise de nuit parce qu'on m'avait défiée de le faire.

Les quatre amis échangent un regard, mais Pasquale est le premier à parler.

— Vérité, dit-il. Je ne crois pas que tu sois du genre à refuser un défi.

Après une seconde de réflexion, Gisella et Ambrose acquiescent, mais Nicolo plisse le front.

— Affabulation, finit-il par décréter.

Beatriz pince les lèvres et, après une seconde, elle lève la bouteille à ses lèvres pour prendre une gorgée avant de la passer à Pas, qui semble surpris.

— Vous avez tous les trois perdu, dit-elle en désignant aussi Gisella et Ambrose.

Pasquale rit mais il prend une gorgée, puis passe la bouteille à Ambrose.

— J'étais sûr que c'était quelque chose que tu aurais été capable de faire, pourtant.

— C'était presque le cas ! Le véritable pari, c'était de courir dans les jardins en corset. Ma sœur ne pensait pas que je le ferais, mais comme tu l'as affirmé, je ne me défile jamais.

— Comment as-tu su qu'elle bluffait ? demande Pas à Nicolo en secouant la tête.

— La chance, je suppose, répond-il en haussant les épaules.

— Maintenant, à toi, lui dit-elle. Quelle va être ta confession ?

Nicolo soutient son regard tout en prenant la bouteille des mains de sa sœur ; Beatriz réalise alors que ses paroles étaient peut-être bien plus teintées de séduction qu'elles ne l'auraient dû. Non que quiconque semble l'avoir perçu, mais il faut dire que Beatriz parle comme ça à tout le monde.

— Vous connaissez le trésorier de la cour ? demande Nicolo en se penchant en avant et en détournant son regard de Beatriz pour le diriger vers les autres. Le seigneur Nodreno ?

— Un homme infâme, précise Gisella en fronçant le nez. Je l'ai surpris en train d'importuner une domestique, une fois. Il s'est arrêté quand il m'a vue, mais ce n'était sans doute pas la première fois – ni la dernière.

— Celui-là, oui, approuve Nicolo. Il était opposé à un décret que mon père essayait de faire signer au roi, alors j'ai… glissé quelques herbes dans son verre de vin, au déjeuner. Rien de grave, mais ça l'a rendu incapable de s'éloigner de plus d'un mètre des toilettes pendant les heures qui ont suivi, et il a manqué la réunion du conseil.

Gisella éclate d'un rire très sonore, très peu féminin.

— Je ne sais pas si c'est vrai, mais j'espère que oui, alors je vais te croire.

Pasquale réfléchit un moment : Beatriz peut quasiment voir les engrenages tourner dans son esprit, sans aucun doute en train de soupeser la moralité et la crédibilité de cet acte.

— Quelles herbes ? demande-t-il au bout d'une seconde.

Nicolo se tourne vers Beatriz.

— Les questions sont-elles autorisées ?

— Oui. Un bon menteur doit savoir argumenter. Je les autorise.

Nicolo se tourne à nouveau vers Pasquale.

— Des feuilles de bitchier et d'helve.

Pasquale plisse le front.

— Affabulation, dit-il.

Ambrose se penche en avant.

— Pas s'y connaît en herbes. Je le suis : affabulation. Beatriz ?

Elle se mord la lèvre inférieure et dévisage pensivement Nicolo.

— Vérité, déclare-t-elle au bout d'un moment.

Nicolo sourit, prend deux rapides gorgées de la bouteille et la passe à Pasquale par-dessus la couverture.

— Non, dit le prince, des feuilles de bitchier et d'helve n'auraient pas eu ce résultat.

— En effet, elles servaient juste à masquer le parfum de la racine de sylxen, précise Nicolo.

— Mais tu n'as pas dit…

— Il n'y était pas obligé, intervient Beatriz, impressionnée malgré elle. Il n'avait pas à répondre sincèrement aux questions.

Pasquale grogne et prend sa gorgée puis passe la bouteille à Ambrose, qui contemple Nicolo et Beatriz d'un air perplexe, avant de prendre sa propre gorgée.

— Vous êtes bien trop doués à ce jeu, tous les deux. Ce n'est pas juste, dit-il en essuyant la tache rouge de ses lèvres.

— C'est un jeu à boire, ce n'est pas censé être juste, c'est censé te rendre saoul, le corrige Gisella en lui prenant la bouteille des mains. À mon tour, maintenant : je n'ai jamais embrassé personne.

Beatriz doit réprimer un rire, ayant pu constater par elle-même que Gisella vient de dire un mensonge éhonté. Mais elle tient sa langue, laissant les autres répondre pour ne pas gâcher le jeu. Mais ils décrètent immédiatement que Gisella ment, et elle boit ses quatre gorgées en souriant.

— Très bien, dit-elle avec un profond soupir. Je suppose que celle-ci était un peu trop facile. Pas ? Ambrose ? demande-t-elle en leur tendant le vin.

C'est Ambrose qui s'en saisit, tapotant le verre de la bouteille pendant qu'il réfléchit à sa confession. Mais, avant même qu'il ouvre la bouche, Beatriz sait que, quoi qu'il s'apprête à dire, ce sera la vérité. Elle ne pense pas Ambrose capable de mentir sur quoi que ce soit. Cette prise de conscience la met vaguement mal à l'aise : si elle sait à quoi s'attendre de la part des menteurs, la sincérité est une tout autre affaire.

— Je ne sais pas nager, dit-il finalement.

Pendant une seconde, Beatriz est tentée de lui rétorquer que ce n'est pas une confession scandaleuse. Mais, en regardant Ambrose, son cœur s'adoucit. Ce garçon n'est pas fait pour les scandales. Ne pas savoir nager, c'est sans doute suffisant.

— Vérité, affirme-t-elle.

— Est-ce qu'on a le droit de le jeter dans l'océan pour vérifier ? demande Gisella.

Tout le monde rit, excepté Ambrose, dont les sourcils se froncent d'inquiétude avant de comprendre que ce n'est qu'une plaisanterie.

— Oublie ! dit Gisella en agitant la main. J'ai eu ma réponse : vérité.

Après une seconde de réflexion, Pasquale et Nicolo optent aussi pour « vérité » et, avec un sourire tendu, Ambrose prend quatre gorgées rapides.

— Je ne suis pas bon à ce jeu, j'en ai peur, se plaint-il en passant la bouteille à Pasquale.

— Cela dépend de l'objectif, réplique ce dernier en souriant. C'est serré entre Gigi et toi dans la course à celui qui aura le plus bu : sous cet angle, on pourrait considérer que c'est vous, les vainqueurs.

C'est difficile à dire au clair de lune, mais Beatriz pourrait jurer qu'une légère rougeur vient colorer la peau d'Ambrose.

La bouteille de vin dans une main, appuyé sur le coude de l'autre bras, Pasquale fixe le ciel pendant une seconde avant de déclarer :

— Je ne veux pas être roi.

Un temps de silence suit ses mots, puis Gigi éclate de rire.

— *Tout le monde* veut être roi, dit-elle. Affabulation.

Ambrose et Nicolo acquiescent et votent tous les deux pour « affabulation », mais Beatriz hésite. Pasquale ne lui a jamais dit cela en ces termes, mais elle est intimement convaincue que ce qu'il vient d'affirmer trahit l'ébauche d'une vérité.

— Vérité, dit-elle.

Pasquale croise son regard par-dessus le feu en train de se consumer : elle y décèle surprise et vulnérabilité pendant un instant, avant qu'il ne les dissimule en souriant.

— Affabulation, bien sûr ! Comme l'a dit Gigi, qui ne voudrait pas être roi ?

Il prend trois gorgées et passe la bouteille à Beatriz pour qu'elle puisse boire à son tour.

L'espace d'une seconde, elle envisage de le contredire. Elle connaît les menteurs, et le mensonge que vient d'énoncer Pasquale était si palpable, si flagrant, qu'elle est étonnée que personne d'autre ne l'ait décelé. Mais peut-être qu'ils ne veulent pas le voir. Rien de bon n'en sortirait si elle insistait, alors elle sourit et boit sa gorgée sans se plaindre.

— Tu t'en sortais si bien, Triz, dit Gisella en secouant la tête. Mais je suppose que c'est Nicolo qui a gagné ce tour, non ?

— Je n'avais pas pris conscience qu'il y avait des gagnants et des perdants, remarque l'intéressé. Et comme l'a affirmé Pas, je ne me sens pas trop gagnant : je suis le plus sobre ! Passe-moi la bouteille, veux-tu, Triz ?

Pendant une seconde, leurs doigts se frôlent et Nicolo s'attarde, ou peut-être est-ce elle. Elle n'en est pas sûre, mais elle sait que le contact dure juste une fraction de seconde de plus qu'il ne le devrait. Ce qu'elle sait, aussi, c'est qu'elle le regrette quand il est rompu.

Ambrose est le premier à déclarer forfait, juste après que la tour de l'horloge a sonné minuit, arguant qu'il doit se lever tôt le lendemain. Gisella l'imite une demi-heure plus tard : elle a besoin de sommeil pour être belle. Pasquale tient jusqu'à près de deux heures avant de commencer à s'assoupir ; Beatriz doit insister pour qu'il aille au lit, lui promettant de le rejoindre rapidement.

Et puis, il ne reste que Beatriz et Nicolo, qui se partagent la dernière bouteille de vin en silence, ayant épuisé tous les sujets de conversation.

— Il est tard, finit-elle par dire. Veux-tu me raccompagner jusqu'à mes appartements ?

Nicolo se met debout avec un hochement de tête, tendant une main pour l'aider à se relever. Elle n'est pas très stable sur ses pieds, ce qui, après une telle quantité de vin, n'est pas surprenant. Même quand elle retrouve son équilibre, il ne la lâche pas immédiatement, et Beatriz regrette qu'il ne l'ait pas tenue plus longtemps.

Ils commencent à avancer en direction du palais, côte à côte.

— Je suis sûr que tu manques à Pas, observe Nicolo alors qu'un silence s'étire entre eux.

Beatriz retient à peine un rire et lui adresse un sourire penaud.

— Je dois l'admettre, c'est agréable de disposer de quelques heures de liberté, dit-elle en secouant la tête. Quand on se marie, personne ne nous prévient que l'on n'aura plus un moment pour soi. Je pensais qu'être triplée, c'était quelque chose, mais au moins, je dormais dans ma propre chambre, dans mon propre lit.

Elle réalise combien cette remarque peut paraître amère et se reprend avant que Nicolo ne puisse percevoir la vérité de son mariage.

— J'aime Pasquale, sincèrement, mais c'est parfois agréable d'être un peu seule avec mes pensées.

— Je suis sûr qu'elles sont fascinantes, répond-il avec un petit sourire.

Beatriz hésite, observant le garçon à la lumière de la lune, la façon dont elle souligne les contours de son visage. Il est tout en angles, yeux noirs et lèvres pleines : magnifique.

Sophronia a toujours dit qu'elle avait tendance à prendre de mauvaises décisions en présence de superbes visages. Si elle était là, elle lui conseillerait de laisser partir Nicolo, parce que sa beauté est dangereuse.

Mais Sophronia n'est pas là pour dispenser des paroles sensées. Le silence retombe sur eux alors qu'ils progressent dans le palais, lui aussi silencieux : même les domestiques semblent endormis, il n'y a pas âme qui vive. C'est presque surnaturel, en comparaison de la vie et de l'énergie qui agitent en général les couloirs, mais c'est également très reposant.

— Est-ce qu'elles te manquent ? Tes sœurs ? demande alors Nicolo en sortant Beatriz de ses pensées.

— Est-ce que Gigi te manquerait ? lui retourne-t-elle.

— Parfois, j'en suis sûr. Mais parfois il me semble que non, aussi.

Beatriz se mord les lèvres.

— J'avais envie d'un peu de distance, tu sais, reconnaît-elle. Pendant toute mon enfance, cela me pesait tellement. Elles étaient toujours si près. Parfois, j'avais l'impression d'étouffer. J'avais si hâte d'atteindre l'âge de les quitter, de venir ici et de découvrir toutes sortes de choses nouvelles et excitantes.

— Et maintenant ?

Elle examine la question prudemment, consciente que, même si Nicolo lui plaît, elle ne peut pas lui faire confiance. C'est un jeune homme en train de grimper dans la hiérarchie sociale, résolu à s'attirer les bonnes faveurs du roi. Elle suspecte qu'il la trahirait s'il en avait l'occasion et, même si elle respecterait ce choix, elle ne veut pas lui en donner l'occasion.

— Elles me manquent, bien sûr qu'elles me manquent. Mais Cellaria est un vrai rêve éveillé. C'est tout ce que j'avais imaginé en grandissant. J'ai toujours voulu découvrir le monde.

Il éclate de rire.

— C'est amusant ! Moi aussi, mais à mes yeux, rien n'est plus exotique que Bessemia. Cellaria m'ennuie. Donnez-moi un temps doux, un air sec et des palais blancs étincelants : voilà le vrai conte de fées !

— Ça l'est, admet-elle en souriant doucement avant de secouer la tête. Mais il y a tant de lieux que j'aimerais découvrir : Friv, Temarin et les îles de l'Est, sans parler de toutes les régions au-delà, que nous ne savons même pas nommer.

Nicolo reste silencieux un moment et elle s'inquiète d'en avoir trop dit, d'avoir été trop franche, de l'avoir effrayé d'une manière ou d'une autre.

— Parfois, avoue-t-il, j'ai l'impression d'avoir tellement soif de connaître le monde que je serais prêt à l'engloutir d'un seul coup si je le pouvais.

La bouche de Beatriz s'étire dans un sourire.

— Il te faudrait le partager avec moi. Moitié-moitié.

Il lui jette un regard de côté, un grand sourire sur les lèvres lui aussi. Et, dans ce regard, Beatriz perçoit qu'il la voit dans son intégralité, chaque centimètre d'elle, à l'extérieur et à l'intérieur. Ils avancent vers l'aile royale maintenant, hochant tous deux la tête en direction des gardes postés à l'entrée, même si eux aussi semblent assoupis et leur accordent à peine un regard.

— Moitié-moitié, accepte-t-il.

Ils s'arrêtent devant la porte des appartements que Beatriz partage avec Pasquale, mais ni l'un ni l'autre ne fait un geste pour partir. Sur le mur opposé, les larges fenêtres ont été laissées ouvertes, si bien que la lune et les étoiles nimbent le couloir d'une lueur éthérée.

Elle veut qu'il l'embrasse. Elle le veut si désespérément qu'elle serait prête à tout sacrifier pour sentir les lèvres de Nicolo sur les siennes.

— Je veux que tu m'embrasses.

Elle ne prend pas conscience qu'elle a prononcé les mots à voix haute, jusqu'à ce qu'une expression de surprise apparaisse sur le visage de Nicolo. Mais alors, il fait un pas vers elle et prend son visage entre ses mains, ses doigts si légers contre ses joues qu'elle les sent à peine.

— J'espérais que tu dirais ça, fait-il dans un murmure à peine audible.

— Nous ne devrions pas.

Mais, en prononçant ces mots, elle penche la tête vers la sienne.

— Nous ne devrions pas, répète-t-il. Mais j'ai espéré, et tu m'as dit que tu le voulais, et voilà où nous en sommes.

Dès que leurs lèvres s'effleurent, elle comprend qu'il n'y avait aucun moyen d'échapper à ce baiser ; il était inévitable. Ils filaient à toute allure vers ce moment depuis que Nicolo lui avait baisé la main au mariage. Vouloir prétendre le contraire était un jeu de dupes et, maintenant que cela arrive, que les bras du jeune homme lui enserrent la taille, que ses mains à elles se glissent dans ses cheveux et que leur étreinte semble ne jamais vouloir s'arrêter, elle n'arrive pas à se rappeler pourquoi elle a essayé de résister.

Les paroles de Sabine, la courtisane, résonnent à nouveau dans son esprit : « Si vous pouvez devenir ce qu'ils veulent que vous soyez, ils seront prêts à incendier le monde en votre nom. »

Mais à cet instant, Nicolo semble juste la vouloir, elle. Elle n'a pas besoin de devenir qui que ce soit, simplement de rester elle-même. Et cela lui donne le sentiment d'un tout autre type de pouvoir, dans lequel elle serait prête à se noyer.

Lorsqu'ils se séparent et que ses yeux croisent ceux de Nicolo, elle comprend alors quelque chose qui la fait frissonner. Il la désire, oui, mais elle le désire aussi, et tout autant. Sa mère et les courtisanes ne lui ont jamais appris comment manœuvrer en pareil cas.

— Je suis désolé, je n'aurais pas dû...

Nicolo laisse sa phrase en suspens et Beatriz a la sensation qu'il veut à nouveau l'embrasser. Mais cette fois, c'est l'esprit qui prend le dessus, et il se détourne d'elle et s'éloigne en hâte, la laissant seule.

Elle a déjà la main posée sur la poignée de la porte de ses appartements quand elle aperçoit quelque chose qui scintille sur la pierre à ses pieds. Elle s'accroupit, tend la main, et ses doigts reviennent brillants. Beatriz sent un poids lui tomber dans l'estomac.

Qu'a-t-elle dit exactement ? « Je veux que tu m'embrasses. » Des mots simples, une phrase banale. Rien de magique là-dedans.

Pourtant, elle a fait un vœu à la lumière des étoiles et il est devenu réalité. Et maintenant, il y a de la poussière d'étoiles sur le sol, là où elle se tenait quelques instants plus tôt, et une douleur aiguë pointe déjà, comme une migraine de lendemain de fête, mais bien pire. La même que le matin où Pasquale l'a réveillée en la secouant pour lui annoncer que le roi voulait lui parler après qu'on a trouvé de la poussière d'étoiles sur le rebord de sa fenêtre. Une nuit exactement comme celle-ci, où elle n'arrivait pas à dormir.

Beatriz se dirige vers l'une des fenêtres qui bordent le couloir pour scruter la voûte céleste. La constellation de l'Ours qui danse est en train de se frayer un chemin dans le ciel, suivie de la Rose à épines, et enfin, les Mains des amants sont nouées juste au-dessus de sa tête, mais quelque chose ne va pas dans cette dernière constellation. Quand Beatriz parvient à comprendre ce que c'est, le sol se dérobe sous ses pieds : il manque une étoile au pouce de l'une des mains.

Elle s'éloigne à reculons de la fenêtre, d'un pas trébuchant, une dizaine de prétextes se bousculant dans son esprit. Quelqu'un d'autre aurait pu faire tomber l'étoile. Et celui ou celle qui a placé la poussière d'étoiles sur le rebord de sa fenêtre peut aussi l'avoir laissée devant la porte de sa chambre cette fois-ci – un nouveau stratagème pour la piéger. Le mal de tête qui pointe pourrait n'être qu'un mal de tête, provoqué par l'abus de vin. Il y a une dizaine de raisons possibles, mais elle sait qu'elle ne fait que se mentir.

Elle a fait un vœu et une étoile est tombée du ciel. Et ce n'est pas la première fois. Elle repense à la nuit où cela s'est produit sur une étoile de la Roue du vagabond : même si elle a souhaité rentrer chez elle, le vœu n'a pas été exaucé. Mais les vœux fonctionnent d'une manière mystérieuse, non ? Et, peu de temps après, elle a rencontré le seigneur Savelle, la clé d'un possible retour chez elle, justement.

Le seigneur Savelle. Il l'a interrogée sur ses nuits sans sommeil et a semblé particulièrement intéressé par ce sujet parce que sa fille avait souffert du même mal. Qu'a-t-il dit exactement ? « Je crois, au plus profond de mon âme, qu'elle était aussi innocente que vous l'êtes. » Elle avait compris qu'il ne les pensait pas coupables de magie, mais peut-être que cela signifiait le contraire. Qu'il savait que sa fille était une empyria, et Beatriz aussi.

Est-ce le cas ? Cela semble impossible, hautement improbable, mais elle en a la preuve sur ses doigts et dans le ciel. Une personne sur dix mille est capable de faire tomber les étoiles, et seule une fraction d'entre elles parvient à contrôler ce pouvoir ; pourtant, sans qu'elle comprenne bien comment, c'est le cas. Deux choses deviennent alors très claires dans son esprit. D'abord, elle doit quitter Cellaria au plus vite, avant que son pouvoir ne soit découvert ; ensuite, ce que sait le seigneur Savelle représente une menace.

Elle ramasse le reste de la poussière d'étoiles et l'emporte dans ses appartements, essayant d'ignorer la migraine qui vient. Souhaiter que Nicolo l'embrasse était un petit vœu – certainement pas plus important que celui de rentrer chez elle –, donc elle suspecte que les effets sur elle seront les mêmes. Elle doit agir sur-le-champ. Un petit feu brûle dans la chambre et elle jette un œil à Pasquale, qui est profondément endormi, avant de lancer la poussière d'étoiles dans le foyer et de la regarder brûler. Puis, elle sort la fiole que sa mère lui a envoyée de sa boîte à produits de beauté, en même temps que quelques pots de poudres et de crème. Elle s'assied devant sa coiffeuse et se met au travail.

Beatriz ne s'est jamais considérée comme lâche, mais quand elle se glisse sans bruit dans les appartements du seigneur Savelle, juste après le lever du soleil, le sachant au jardin aquatique, elle prend conscience qu'elle en est peut-être une. Elle sait qu'elle ne peut pas placer la poussière d'étoiles directement sur lui ; si elle essaie, elle perdra son sang-froid, comme la fois précédente. Ce qui l'a conduite à s'enduire le visage avec suffisamment de crème et de poudre pour ressembler à une femme d'au moins trois fois son âge. Dans sa robe grise la plus terne, elle peut passer pour une bonne, si personne n'y regarde de trop près.

Dans son déguisement – avec, en plus, une démarche voûtée, car Beatriz ne fait jamais rien à moitié –, elle gagne facilement l'entrée des appartements du seigneur Savelle. Il y a moins de gardes qu'à l'extérieur de l'aile royale, remarque-t-elle et, avec les serviteurs qui commencent à vaquer à leurs tâches respectives, elle se fond assez aisément dans le décor.

Peut-être que c'est un manque de courage, pense Beatriz en plaçant la fiole de poussière d'étoiles dans l'une des bottes du seigneur Savelle, mais elle préfère être une lâche en vie qu'une héroïne morte.

Elle quitte la chambre aussi vite qu'elle est entrée et erre dans les couloirs jusqu'à tomber sur un garde. Elle fait exprès de lui rentrer dedans, comme par accident.

— Fais donc attention, lui dit-il d'un ton sec.

— Oh ! s'excuse-t-elle, feignant la confusion. Je suis tellement désolée, monsieur, je suis un peu distraite.

Le garde ne mord pas à l'hameçon comme Beatriz pense qu'il l'aurait fait si elle avait son apparence habituelle : il est parfaitement heureux de pouvoir ignorer une femme ayant dépassé l'âge moyen.

— Monsieur, s'il vous plaît, reprend-elle avant de laisser filer un bref silence et de se mordre la lèvre pour murmurer : Est-ce que vous savez à quoi ressemble la poussière d'étoiles ?

Ça, au moins, ça attire son attention. Il braque les yeux sur elle comme s'il la voyait pour la première fois.

— Pourquoi est-ce que tu veux savoir ça ?

Elle fait mine d'hésiter.

— J'en ai peut-être vu dans la chambre de l'ambassadeur de Temarin. Il y avait une petite fiole d'une espèce de poussière argentée…

— Où ? l'interrompt-il en se redressant.

— Cachée dans l'une de ses bottes. Dans la penderie, une grande paire noire.

Les mots sont à peine sortis de la bouche de Beatriz que le garde la dépasse en hâte pour se diriger vers la pièce dont elle vient de sortir.

Lorsqu'elle revient dans ses appartements, Beatriz se sent soudain si épuisée, avec sa tête qui bourdonne et chaque muscle douloureux, qu'elle sombre dans le sommeil dès qu'elle s'allonge dans le lit à côté de Pasquale. Elle ne se réveille pas avant plusieurs heures et, à ce moment-là, on ne parle déjà plus que de l'arrestation du seigneur Savelle.

DAPHNÉ

Daphné retrouve Cliona dans les bois à l'extérieur du château. Elle est adossée à un tronc d'arbre, un livre ouvert sur ses genoux et une pomme entamée à la main. Lorsqu'elle entend Daphné s'approcher à cheval, la Frivienne lève les yeux, sans la moindre trace de surprise, avant de demander, au milieu d'une bouchée de pomme :

— Êtes-vous seule ?

Daphné pousse un soupir agacé et descend de cheval en gardant une main sur les rênes.

Sa jument habituelle, Manot, s'est blessée à la cheville et l'étalon que le palefrenier a sellé pour elle n'est pas aussi bien dressé. Il lui a fallu faire tous les efforts du monde pour ne pas être éjectée de son dos pendant le trajet.

— Bien sûr que oui, répond-elle. Selon le roi, les terres du château sont sûres. Il pense que je n'ai pas besoin d'escorte tant que je reste à l'intérieur de leurs limites.

— Bien, dit Cliona en refermant son livre et en se levant. Vous avez impressionné mon père.

Daphné doit se mordre la langue pour ne pas lui faire remarquer le peu de prix qu'elle accorde à l'opinion du seigneur Panlington. « Rappelle-toi de rester proche de tes ennemis, ma colombe, et encore plus proche des ennemis de tes ennemis », lui a écrit l'impératrice en réponse à son rapport hebdomadaire, qui traitait des rebelles et de leurs frustrations accumulées contre le roi Bartholomé.

Ils ne vont pas réussir dans leur entreprise, mais si Daphné parvient à alimenter leur colère, ils seront capables de desserrer l'emprise de Bartholomé sur Friv et de faciliter sa conquête par Margaraux.

— Vous ne mentiez pas à propos du contrat de mariage, observe Cliona d'une voix douce.

Daphné secoue la tête.

— En fait…

Elle s'interrompt, fouillant sa poche pour en sortir la fausse lettre du roi à destination de sa mère, close par son sceau. Elle la tend à Cliona et reprend :

— J'étais en train de faire envoyer quelque chose à mes sœurs quand j'ai repéré ça sur le comptoir, dans une pile de courrier. Je l'ai saisie quand le postier avait le dos tourné.

— Bien joué, la félicite Cliona, l'air impressionnée, avant d'ouvrir la lettre. Tandis qu'elle la parcourt, le sillon sur son front s'approfondit.

— Vous l'avez lue ? demande-t-elle en regardant Daphné, qui montre un signe d'hésitation puis acquiesce.

— Bartholomé est au courant pour votre petite rébellion et il envisage une guerre, dit Daphné.

Cliona hausse à peine une épaule.

— Alors nous allons la lui donner !

Daphné fronce les sourcils. Quand bien même la réaction de Cliona est conforme à l'objectif de sa mère de déstabiliser le règne de Bartholomé, elle est surprise de la rapidité avec laquelle la jeune fille a réagi.

— Vous pensez que ça va être si facile ? répond-elle, se demandant si elle n'a pas sous-estimé la puissance des rebelles, et si sa mère devrait s'en inquiéter. Cette lettre dit qu'il demande de l'aide non seulement à Bessemia, mais aussi à Temarin.

— Et ? demande Cliona. La rébellion a avec elle la plus grande partie des hauts plateaux.

Ou bien peut-être que les rebelles ont exactement la puissance qu'envisageait Daphné, et que Cliona est une idiote. Elle est en train de comparer une flaque d'eau à l'océan. C'est loin d'être surprenant : Friv se vante de rester un territoire isolé et d'agir comme si le reste du monde n'existait pas. Personne à la cour n'évoque ce qui se passe à Temarin, à Bessemia ni à Cellaria ; Daphné le sait, elle a posé des questions pour obtenir des nouvelles de ses sœurs et de sa mère, mais en vain. Et, alors qu'elle a longuement étudié l'histoire du continent pendant son enfance, elle serait surprise que Cliona sache seulement le nom des différentes capitales, sans parler de la réputation de brutale puissance guerrière de Temarin.

— Bartholomé peut bien être au courant de la rébellion, il ignore votre complicité, dit Cliona. Vous êtes en position de nous aider. Quand Bartholomé constatera qu'il ne reçoit pas de réponse à sa lettre, puisque vous l'avez subtilisée, il écrira de nouveau à votre mère. Mais vous pourriez la contacter la première, la convaincre de ne pas envoyer de troupes.

Daphné éclate de rire, avant de demander :

— Et pourquoi devrais-je faire quelque chose de plus pour vous aider ?

En réalité, elle va le faire, bien sûr, puisque cela sert aussi les intérêts de l'impératrice, mais elle est curieuse de voir ce que Cliona va lui proposer en échange.

— Si vous nous accordez une nouvelle faveur, vous aurez plus de poussière d'étoiles.

Daphné doit faire appel à toute sa maîtrise d'elle-même pour ne pas sourire.

— Combien ? demande-t-elle.

— Une fiole. Pour l'instant.

— Et je dois simplement écrire à ma mère ?

— Eh bien, je ne vais pas vous croire sur parole, rétorque sèchement Cliona. Je vais rédiger la lettre, vous la copierez et la signerez, et je la mettrai au courrier pour vous. Et, une chose encore : j'aimerais que vous dansiez, dit-elle, un sourire s'épanouissant lentement sur son visage.

— Je vous demande pardon ? bredouille Daphné, interloquée.

— Lors de votre banquet de fiançailles, demain soir, dit Cliona. Le roi a invité les chefs de clan des hauts plateaux. Certains sont de notre côté, d'autres sont loyaux envers le roi, mais une poignée nous semble susceptible de rejoindre la rébellion. Trois en particulier.

— Vous pensez que je peux les convaincre de changer d'avis en une seule soirée ? s'étonne Daphné. Je suis flattée, mais sincèrement, vous surestimez mes capacités.

— Non, je ne crois pas. Et vous n'allez pas essayer de les convaincre, mais seulement me dire si, à votre avis, il est possible de les rallier à notre cause.

Daphné fait mine de réfléchir pendant une longue minute. Elle sait que c'est surtout sa propre loyauté qui est mise à l'épreuve.

— Qui sont les chefs ? s'enquiert-elle.

— Je vous laisserai une liste de noms en même temps que le texte de la lettre que vous aurez à copier – mot pour mot, insiste Cliona.

— Autre chose ? lance Daphné, même si elle a déjà rassemblé les rênes de sa monture.

— Non, à part vous rappeler que nous vous surveillons et que nous sommes partout : ne faites rien de stupide.

— Oui, oui, croyez-moi, je suis terrifiée, dit Daphné.

Elle s'apprête à monter à cheval mais, dès qu'elle fait peser son poids sur l'étrier, la sangle se détache et la selle glisse. Daphné se retrouve couchée sur le dos, le souffle coupé. Elle lève les yeux juste à temps pour voir des sabots noirs au-dessus de sa tête et entendre un hennissement sauvage. D'instinct, elle détourne le visage, fermant de toutes ses forces les paupières, attendant l'inévitable impact. Mais c'est la main de Cliona qu'elle sent, qui attrape son bras et écarte Daphné avec une force surprenante.

L'instant d'après, les sabots de l'étalon heurtent le sol exactement là où elle était étendue, et puis il disparaît, galopant dans les bois.

Daphné s'assied en grimaçant.

— Pas besoin de démonstration, dit-elle d'un ton sec à Cliona. Je crois déjà à vos menaces.

— Vous pensez que je suis derrière ça ? s'offusque Cliona, l'air si en colère que Daphné comprend qu'elle est sincère. C'était un accident.

Daphné secoue la tête, se tournant vers la selle échouée au sol, à côté d'elle. Elle saisit la sangle et la montre à Cliona : le cuir est coupé de manière très propre sur les trois quarts de la largeur, le reste arraché plus grossièrement.

— Ce n'était pas un accident, rétorque-t-elle en se mettant debout sur ses jambes tremblantes. Le palefrenier m'a dit que ma jument habituelle s'était foulé une cheville, mais en y repensant, je ne l'ai pas reconnu.

— Et vous n'avez pas trouvé ça louche ?

— Pas jusqu'à maintenant, reconnaît Daphné en fronçant les sourcils. Ce n'est pas comme si j'étais là depuis assez longtemps pour connaître tous les palefreniers. Je ne m'attendais pas vraiment à une tentative d'assassinat.

— Une tentative d'assassinat, ça sonne atrocement dramatique, dit Cliona.

— Je suis désolée, mais j'ai failli être piétinée à mort par un cheval sauvage. Comment appelleriez-vous cela, vous ?

— Vous ne posez pas la bonne question. Qui veut vous voir morte, princesse ?

— En dehors de vous, vous voulez dire ?

— Si je vous voulais morte, je ne vous aurais pas sauvée. De rien, d'ailleurs, rétorque Cliona.

C'est un argument solide.

— Alors je ne sais pas, admet Daphné. Mais je vais assurément le découvrir.

Elle se penche et ramasse la selle, la hisse sur son épaule et commence à avancer en direction du château.

— Vraiment, un peu de gratitude ne vous tuerait pas ! lui crie Cliona.

— Peut-être pas, mais une seule expérience de mort imminente m'a suffi pour aujourd'hui, je préfère ne pas prendre le risque, lui lance Daphné sans se retourner.

Pendant un bref moment, Daphné envisage d'alerter le roi sur la tentative d'assassinat dont elle a été victime, mais elle chasse immédiatement cette idée. Il ne lui accorderait plus aucun moment seule, et cela rendrait impossible la mise en œuvre des ordres de sa mère. Et puis, saboter sa selle ? Si quelqu'un veut vraiment la voir morte, il va falloir qu'il fasse davantage d'efforts.

Lorsqu'elle revient à l'écurie, elle cherche du regard le palefrenier qui a sellé sa monture ce matin, mais il est introuvable. Elle voit par contre Manot, dans son enclos, sans aucun signe d'une cheville foulée, ainsi qu'un palefrenier qu'elle reconnaît, en train de brosser un autre cheval.

— Gavriel, le salue-t-elle en souriant. On dirait que Manot va mieux.

— Mieux, Votre Altesse ? demande-t-il, l'air perplexe.

— Oui, le palefrenier que j'ai vu ce matin m'a dit qu'elle s'était foulé la cheville. J'ai peur de ne pas avoir saisi son prénom.

— J'étais seul, ce matin. Ian est malade, il est resté à la maison aujourd'hui, alors j'ai été plus occupé que d'habitude. Vous dites que quelqu'un d'autre vous a aidée ?

Daphné s'accroche à son sourire, essayant de déchiffrer l'expression du garçon d'écurie, mais s'il a quoi que ce soit à voir avec cette sangle coupée, c'est un meilleur menteur qu'elle, ce dont elle doute.

— Oui, ça devait être un domestique qui essayait de me rendre service. Il a sellé un autre cheval pour moi : plus haut que Manot, alezan, crinière noire, vous voyez lequel cela peut être ?

En entendant ces mots, Gavriel se rembrunit.

— Vrain ? Mais il n'est pas prêt à être monté ! Il vient juste d'arriver, en cadeau pour vos fiançailles. D'excellente lignée, mais sauvage.

— Un cadeau pour moi ? demande Daphné. (Gavriel acquiesce.) De la part de qui ?

— Du roi Bartholomé, dit-il avant de détourner le regard en rougissant. Je suis désolé, Votre Altesse, je crois que c'était censé être une surprise.

Daphné sourit, même si son esprit est en train de retourner ces nouvelles informations dans tous les sens, essayant d'assembler les pièces du puzzle.

— Oh, je ne lui dirai rien, promet-elle, mais il m'a échappé. Je me suis arrêtée pour ajuster la selle et… Eh bien, j'espère qu'il n'est pas allé loin.

— Je vais lancer les recherches immédiatement, promet Gavriel. Nous avons de la chance qu'il ne se soit rien passé de pire : Vrain a éjecté les derniers entraîneurs qui ont essayé de le monter.

— Oui, dit Daphné. Beaucoup de chance, en effet.

Ce soir-là, Daphné trouve la liste et la lettre que Cliona lui a promises. Elle décide de s'attaquer d'abord à la lettre pour sa mère, parcourant le texte que Cliona a préparé pour elle.

Ma chère Mère,

J'espère que vous allez bien. Je vous écris car je crains que le roi Bartholomé n'ait pas laissé la guerre derrière lui : il voit des ennemis partout, parle toujours de factions rebelles en train de comploter contre lui. Il a même mentionné l'idée de vous écrire pour vous demander des troupes ! Je sais qu'en son temps, il a été un grand héros, mais je vous supplie d'ignorer ses requêtes. Il n'y a pas de complot contre lui : tous ceux que j'ai rencontrés ont été merveilleux avec moi et ils semblent tous attendre avec impatience notre règne, au prince Bairre et à moi.

Daphné

Cela ne ressemble en rien à une lettre que Daphné pourrait envoyer à sa mère, mais c'est aussi bien, l'impératrice repérera immédiatement le faux.

Daphné la recopie mot pour mot, ajoutant seulement une conclusion : « Puissent les étoiles briller sur vous et sur Bessemia », avant de retourner le morceau de parchemin et de prendre le pot d'encre caché au fond du tiroir de son bureau. Elle commence à écrire le véritable message.

Chère Mère,
Ignorez cela, c'est une ruse. J'ai la situation bien en main avec nos amis les rebelles. Plus d'informations bientôt.

Daphné

Lorsqu'elle a terminé, l'encre devient invisible, et elle le restera jusqu'à ce que sa mère la recouvre de la poudre qui l'accompagne : une invention de Nigellus à base de poussière d'étoiles, à laquelle fait allusion la formule de politesse ajoutée par Daphné.

Elle repousse la lettre et déplie la liste de noms. Ils lui sont tous trois familiers, même si elle n'a jamais rencontré les personnes correspondantes.

« Seigneur Ian Maives », a écrit Cliona. Daphné ajoute mentalement : « Beau-frère de la reine, ami proche du roi. »

Il n'y a aucune chance pour que le seigneur Maives se range du côté des rebelles : Daphné soupçonne Cliona de l'avoir inclus à la liste pour la tester, afin de vérifier la validité des informations qu'elle lui transmettra. Elle passe au nom suivant.

Seigneur Rufus Cadringal

« En voilà un qui peut pencher des deux côtés. » Le nouveau seigneur Cadringal est à peine plus âgé que Daphné, avec cinq frères et sœurs plus jeunes que lui. Son père est mort brutalement et elle parierait qu'il est perdu et impressionnable.

Le troisième nom sur la liste la fait réfléchir.

Haimish Talmadge

Ce n'est pas un seigneur, pas encore du moins, mais Daphné sait que son père était l'un des plus loyaux généraux du roi Bartholomé pendant la guerre. C'est ainsi que, troisième fils d'un forgeron à l'origine, il est devenu le seigneur de l'une des régions les plus prospères de Friv. Si le *seigneur* Talmadge avait figuré sur la liste de Cliona, Daphné l'aurait écarté sans hésitation, mais elle réalise qu'elle ne sait rien sur Haimish Talmadge.

Il est temps d'y remédier.

SOPHRONIA

Le colis que Daphné a envoyé a été fouillé avec soin, comme Violie l'explique à Sophronia, s'excusant pour le retard avec lequel il lui parvient. Mais en dépit de ses efforts, le personnel n'a pas découvert le sceau du roi Bartholomé ni l'échantillon de son écriture manuscrite cachés dans le compartiment secret, au fond de la boîte. Daphné a accompli sa mission, et une fois que Beatriz aura fait de même, ce sera le tour de Sophronia. En attendant, elle cache la boîte au fond de sa penderie. Elle espère que Beatriz fera sa part bientôt, pour pouvoir revoir ses sœurs, mais elle se surprend à redouter ce moment, aussi. Même si les mots durs de sa mère résonnent encore dans son esprit, lui rappelant que *souveraine* n'est pas un rôle qu'elle est destinée à jouer, Sophronia sait qu'elle pourrait être une bonne reine pour Temarin. Plus important encore, Leopold, lui aussi, est en train de devenir un bon roi, maintenant qu'il est déterminé à corriger ses erreurs.

Temarin est un royaume ravagé – en partie à cause de lui – mais Sophronia sait qu'à deux, ils peuvent améliorer la situation. Après avoir vu de ses yeux combien le peuple a souffert, elle prend conscience qu'elle n'a aucune envie de céder le pouvoir à sa mère. La couronne lui semble être *la sienne*.

L'émeute a représenté un pas en arrière, mais avec le recul, Sophronia a compris qu'ils n'auraient jamais dû organiser ce discours.

« Nous voulions de la reconnaissance, a-t-elle dit à Leopold le soir de l'émeute, quand ils sont allés se coucher, tous deux épuisés et perdus dans leurs pensées.

— Nous avons essayé de les aider, a-t-il répondu en secouant la tête. Ils ont refusé notre aide.

— Nous aurions pu diminuer de moitié les impôts et ne rien dire, laisser nos actes parler pour nous. Ce n'est pas ce que nous avons fait, parce que nous voulions leur approbation. Mais Leo, nous ne pouvons pas l'obtenir sans assumer aussi nos fautes, et elles surpassent amplement le bien que nous avons tenté de faire pour les contrebalancer.

— Mais nous *essayons*. N'apprécient-ils pas nos efforts ? » lui a-t-il retourné, s'entêtant comme un enfant.

Cela inquiétait Sophronia, mais il fallait peut-être se rendre à l'évidence : sous de nombreux aspects, Leopold était davantage un enfant qu'elle ne l'avait jamais été.

« Après tant de trahisons, tant de douleurs, tant de morts, pourquoi devraient-ils nous reconnaître le moindre mérite, alors que nous ne faisons que le strict minimum pour remédier à une situation catastrophique que nous avons nous-même créée ? »

Pendant un instant, Leopold n'a rien dit.

« Alors comment les faire changer d'avis ? lui a-t-il enfin demandé.

— Je ne sais pas. Mais je suppose que nous devons commencer par accepter que nous n'en serons peut-être pas capables, que le dommage est peut-être irréparable.

Puis essayer malgré tout. Pas pour la gloire que nous pourrions en tirer, mais parce que c'est ce qui est juste. »

Leopold est resté silencieux pendant si longtemps que Sophronia a pensé qu'il s'était peut-être endormi. Mais juste au moment où elle s'apprêtait à sombrer elle-même dans le sommeil, il a repris la parole :

« Tu n'arrêtes pas de dire "nous" ; ce n'était pas "nous", c'était moi. Je suis désolé que tu aies été blessée à cause de moi. »

Sophronia a roulé vers lui jusqu'à ce qu'ils soient étendus face à face. La lumière de la lune qui se déversait par la fenêtre créait un éclat argenté sur le visage de Leopold, le faisant ressembler à un spectre. Il semblait plus âgé que la veille, comme s'il avait vécu une vie entière au cours des dernières heures.

« Nous traversons cette épreuve ensemble, Leo », lui a-t-elle dit doucement.

Elle y repense maintenant, alors qu'elle est seule dans sa chambre. C'est l'occasion parfaite de prendre le sceau envoyé par Daphné et de contrefaire l'écriture du roi Bartholomé pour écrire une fausse lettre qui l'entraînera lui aussi dans la guerre imminente. Sa mère assure qu'il faut toujours se tenir prêt, et Sophronia est sûre que Beatriz va mener Cellaria à la guerre d'un jour à l'autre. Elle devrait finir la lettre, pour pouvoir en disposer le moment venu. Elle devrait s'en tenir à ce que sa mère lui a dit et ne pas s'inquiéter d'Eugenia et de ses complots, elle devrait la laisser contribuer à affaiblir Temarin. Elle ne devrait pas se soucier que la douairière veuille sa perte. Elle devrait faire ce que sa mère lui a ordonné. Mais au lieu de ça, elle code une lettre à destination de Beatriz, lui demandant l'origine du vin cellarien pour lequel Eugenia a dépensé des millions d'astres, puis sonne une domestique pour la faire partir au courrier du jour.

La seule chose positive, durant ce dîner avec Ansel, c'est qu'Eugenia est encore plus méfiante envers lui que ne l'est Sophronia. Chaque fois qu'il aspire bruyamment une gorgée de soupe ou utilise la mauvaise fourchette, la reine douairière tressaille comme s'il la frappait. Ansel, cependant, ne le remarque pas : il est trop occupé à charmer les princes avec des histoires datant de l'époque où, apprenti pêcheur, il naviguait sur l'océan Vixania.

— Il paraît qu'il y a des monstres dans ces eaux ! s'exclame Reid avec de grands yeux.

Ansel rétorque d'un ton moqueur :

— C'est ce que les marins friviens te feraient croire, pour pouvoir garder tous les poissons pour eux. Le pire monstre que j'aie croisé au cours de ces voyages, c'était mon capitaine. Il ronflait comme un ours en colère et était prompt à se servir de ses poings.

— Il vous *frappait* ? demande Gideon.

Eugenia s'interpose, rafraîchissant d'un coup l'atmosphère par le regard qu'elle lance à Ansel.

— Ce n'est pas une conversation appropriée à la table du dîner.

— Mes excuses, répond-il en lui adressant un sourire penaud, contredit par la malice qui luit dans ses yeux.

— Et vous êtes toujours pêcheur ? s'enquiert Leopold en découpant un morceau de steak.

La manière dont il tient les couverts en or, le fait qu'il sache exactement comment découper sa nourriture, et même sa façon de mastiquer, tout l'identifie comme un roi. Il n'en a probablement même pas conscience, mais Ansel, si : il tient ses propres couverts maladroitement, et si on posait la question à Sophronia, elle parierait qu'il n'avait jamais mangé de steak auparavant.

— Non, Votre Majesté, répond-il. Nous pêchions surtout du goujon – un bon poisson, à prix modéré – mais, au cours de l'année passée, les classes moyennes n'ont plus eu les moyens de l'acheter, et il n'est pas jugé assez bon par les nobles comme vous. Le capitaine a laissé partir la plupart de l'équipage.

Leopold jette un œil à Sophronia et, même si elle est satisfaite de percevoir la gêne dans ses yeux, l'urgence de *faire quelque chose*, elle se méfie trop du messager. Ansel est poli depuis son arrivée, et il est possible que le fait qu'il ait parlé avec Violie ne soit qu'une coïncidence, mais Sophronia ne lui fait pas confiance, et elle a appris à se fier à son instinct.

— Que faites-vous, maintenant ? demande-t-elle en prenant une petite gorgée de vin, sans quitter des yeux le jeune homme, qui soutient son regard.

— De petits travaux, principalement, dit-il en haussant les épaules. Je crois que le dernier que j'ai fait, ça a été de nettoyer les potences après les pendaisons.

Il a prononcé ces mots sur un ton neutre, mais Sophronia doit réprimer un frisson. Eugenia, elle, ne réprime rien du tout.

— Ça suffit, crache-t-elle d'un ton mordant, tamponnant délicatement sa bouche avec sa serviette, une expression nauséeuse sur le visage. Il n'est pas convenable de discuter de sujets si déplaisants pendant le dîner.

Sophronia ne peut s'empêcher de lever les yeux au ciel. Eugenia peut tenter de chasser ces sujets *déplaisants* autant qu'elle le veut, elle y a participé activement. Et si elle l'oublie, Sophronia se fera un plaisir de le lui rappeler.

— Oh, Genia, dit-elle en se mordant la lèvre. Vous n'avez pas l'air bien ; je sais à quel point vous devez vous sentir coupable, voulez-vous aller vous allonger ?

Leopold lui lance un regard d'avertissement ; il est toujours loyal envers la douairière. C'est la raison pour laquelle Sophronia a besoin que Beatriz confirme ses soupçons sur le vignoble. Il ne croira pas sa mère capable de trahison sans preuve.

— Je vais bien, crache Eugenia.

— Je suis ravie de l'entendre, dit Sophronia, avant de se tourner à nouveau vers Ansel. Avez-vous passé beaucoup de temps à Friv pendant vos expéditions maritimes ? Ou à Bessemia, peut-être ?

Ansel regarde alternativement Sophronia et Eugenia, qui a toujours les yeux braqués sur lui.

— Malheureusement non : je n'ai travaillé sur le navire que pendant une année et, comme j'étais le membre le plus récent de l'équipage, je n'avais pas le droit de débarquer lorsque nous accostions. Je n'ai jamais mis les pieds sur un sol qui ne soit pas celui de Temarin.

Avec un hochement de tête, Sophronia prend une bouchée de son petit pain. Elle aurait aimé que Daphné soit là. Daphné est capable de soutirer des informations à n'importe qui, sa mère n'a pas cessé de le répéter. Elle peut commencer en demandant le temps qu'il fait et, à la fin de la conversation, elle connaît les secrets les plus sombres de son interlocuteur. Sophronia, à l'inverse, n'est même pas sûre qu'Ansel soit le véritable prénom du jeune homme, et sait encore moins pour qui il travaille.

— Nous pouvons vous trouver un emploi, intervient soudain Leopold, l'air assez content de lui. Quelque part au palais, peut-être ? Avez-vous des compétences en dehors de la pêche ?

La dernière chose que veut Sophronia, c'est voir Ansel rôder dans le palais, mais elle tient sa langue pour l'instant.

— C'est trop aimable de votre part, Votre Majesté.

— C'est le moins que je puisse faire, insiste Leopold. Vous avez sans doute sauvé la vie de mon frère, ajoute-t-il en jetant un œil à Reid qui s'enfonce dans son siège, les oreilles rouges.

— Eh bien, j'apprécie beaucoup votre proposition, dit Ansel avant de faire une pause. Je sais m'occuper des chevaux. Y aurait-il une place aux écuries ?

Leopold sourit.

— Je parlerai en personne au responsable demain matin.

— Leopold, je ne pense vraiment pas... commence Eugenia, mais elle est interrompue par la porte de la salle à manger, qui s'ouvre sur un messager.

Il se précipite à l'intérieur, l'air bouleversé, et parvient à faire une rapide révérence avant de lancer, s'adressant tour à tour à Leopold et Sophronia :

— Votre Majesté, Votre Majesté, nous venons de recevoir d'inquiétantes nouvelles en provenance de Cellaria. Notre ambassadeur, le seigneur Savelle, vient d'être arrêté pour sorcellerie ; ils disent qu'ils vont l'exécuter.

Le reste de la tablée, y compris Eugenia, est sous le choc, mais Sophronia n'est pas surprise par la nouvelle. Elle y voit la mise en œuvre du complot de sa mère, les prémices d'une guerre inévitable. Une guerre dans laquelle elle est censée entraîner Temarin. Daphné avait déjà accompli son devoir, maintenant Beatriz a fait le sien. C'est le tour de Sophronia.

Dans le sillage de l'annonce du messager, chacun passe à l'action. On envoie les serviteurs chercher les seigneurs Covier et Verning, les princes sont raccompagnés dans leurs chambres et Sophronia, Leopold et Eugenia prennent le chemin de la salle du conseil. Ce n'est que lorsqu'ils se trouvent devant la porte que Sophronia remarque qu'Ansel est toujours avec eux.

— Je suis désolée que notre dîner ait été écourté, Ansel, mais si vous revenez demain, nous pourrons vous trouver une place aux écuries, lui dit-elle, espérant qu'il comprendra que ses paroles visent à le congédier.

Ansel jette un œil à Leopold.

— En vérité, Votre Majesté, j'espérais pouvoir me joindre à vous.

Eugenia laisse échapper un reniflement de mépris qu'elle ne fait aucun effort pour masquer.

— Pourquoi, au nom des étoiles, devriez-vous vous joindre à nous ?

— Mère ! s'exclame Leopold en lui lançant un regard d'avertissement avant de se tourner vers Ansel. Ceci dit, j'ai bien peur qu'elle n'ait raison.

— Avec tout le respect que je vous dois, Votre Majesté, vous prenez toujours les décisions qui affectent tout le royaume en ne consultant qu'un très petit nombre de ses représentants. Peut-être que la voix de quelqu'un de moins privilégié par la naissance pourrait être la bienvenue ?

Sophronia aimerait en débattre, mais elle sait que cet argument est pertinent. Plusieurs membres du conseil de sa mère sont issus de la classe marchande de Bessemia et l'impératrice a toujours considéré qu'un point de vue différent pouvait être utile. C'est celui d'Ansel dont Sophronia ne veut pas. Le front de Leopold se plisse un instant et il lance un regard incertain à sa mère, puis à sa femme.

— Leopold, intervient Eugenia, tu ne peux pas l'envisager sérieusement.

— Il n'a pas tort, répond le roi. Nous allons discuter de l'éventualité d'une guerre, Mère. Une guerre qui affectera principalement ceux qui sont à l'extérieur des murs du palais. Si je veux créer un Temarin meilleur, je dois entendre ceux qui vivent en son cœur. Ansel reste.

Sur ces mots, Leopold entre à grands pas dans la pièce et s'installe en tête de la longue table en chêne.

— Merci, Votre Majesté, dit Ansel en s'inclinant, avant de suivre Leopold et de choisir le siège à sa gauche, qui est d'habitude réservé à Eugenia.

Les mâchoires serrées et l'œil meurtrier, cette dernière s'installe dans le suivant, à côté d'Ansel, tandis que Sophronia s'assied à sa place, à la droite de Leopold.

Quelques secondes plus tard, les seigneurs Covier et Verning arrivent, prenant deux des derniers fauteuils. Ils accordent à Ansel un regard surpris, mais ne posent aucune question sur sa présence. Puis, Covier s'éclaircit la gorge et commence :

— Selon nos sources, le seigneur Savelle a été arrêté hier pour sorcellerie : on a trouvé une fiole de poussière d'étoiles parmi ses affaires et on affirme que c'est un empyrion qui utilise la magie des étoiles pour nuire au roi Cesare. Il n'y a jamais eu la moindre preuve que le seigneur Savelle soit un empyrion, quant à la poussière d'étoiles… Eh bien, il savait qu'abandonner la magie serait exigé de lui lorsqu'il a pris ce poste. Il a tenu bon pendant deux décennies sans l'ombre d'un problème, mis à part cette malheureuse affaire avec sa bâtarde. Je trouve difficile à croire qu'il ait soudainement changé.

— Comme je l'ai déjà dit, intervient Eugenia, les humeurs de Cesare ont toujours été fluctuantes, et nous avons eu vent de sa paranoïa grandissante. Ces accusations sont, au mieux, le fruit de son imagination, au pire un prétexte bancal pour nous forcer à nous engager dans une nouvelle guerre. Eh bien, s'il veut la guerre, nous allons la lui donner.

— Avec quel argent, Eugenia ? intervient Sophronia sans pouvoir s'en empêcher.

C'est peut-être le plan de sa mère, mais c'est aussi celui de la douairière, et elle sait mieux que quiconque combien Temarin est mal préparé. Le royaume ne pourrait pas gagner une bataille de boules de neige.

— Nous allons trouver l'argent, assure Eugenia, comme si une telle somme pouvait être découverte sous un canapé. S'ils exécutent le seigneur Savelle, ils nous déclarent la guerre. Nous n'avons pas d'autre choix que de défendre notre royaume et nos concitoyens.

— Vos concitoyens seront ceux qui en assumeront le coût, intervient Ansel en se penchant en avant. Je n'étais pas encore né pendant la dernière guerre contre Cellaria, mais mes parents m'ont raconté que leurs impôts avaient significativement augmenté. Ils avaient même doublé, certains mois.

— Vous osez sous-entendre qu'il y a un prix que vous n'êtes pas prêt à payer pour votre patrie ? commence le seigneur Covier en fronçant les sourcils. Qui êtes-vous ?

Leopold fait une courte présentation distraite, et les seigneurs Covier et Verning échangent des regards de dédain.

— Votre Majesté, Temarin ne peut pas se permettre une guerre, répète Ansel. Le peuple souffre déjà trop.

— Combien coûte une guerre ? demande alors le roi, balayant le conseil du regard.

— Eh bien, euh… C'est une question complexe, répond le seigneur Verning, embarrassé.

— Alors, décomplexifions-la, rétorque Leopold. Trouvez-moi le coût moyen par mois de la dernière guerre avec Cellaria, ainsi qu'un bilan détaillé de la provenance de cet argent. Combien du trésor, combien des impôts, combien d'autres sources.

— Je ne dispose pas de ces informations, Votre Majesté, répond Verning.

— Alors allez les chercher, s'agace Leopold en se passant la main dans les cheveux.

Le seigneur Verning hésite pendant quelques secondes avant de repousser sa chaise et de sortir en hâte, jetant un regard dérouté au roi.

— Et où est l'ambassadeur cellarien ? poursuit ce dernier. Je veux qu'il soit en permanence surveillé par un garde.

— Vous voulez emprisonner le seigneur Fiorelli ? demande Covier, après un bref coup d'œil perplexe à Eugenia.

— Le seigneur Fiorelli pourrait s'avérer notre seule monnaie d'échange, et je ne compte pas le laisser filer à Cellaria quand il aura vent de la nouvelle, répond Leopold, se tournant vers l'un des gardes postés à la porte. Allez-y, placez un de vos hommes auprès de lui.

Le garde fait une rapide révérence avant de s'exécuter.

— Si préoccupé que je sois au sujet du coût d'un conflit, Ansel, reprend le roi en se tournant à nouveau vers lui, il y a d'autres éléments plus importants en jeu. Le roi Cesare a l'intention de tuer mon ambassadeur. Ma mère a raison : c'est une déclaration de guerre. Qui peut dire qu'il ne va pas ensuite attaquer les frontières de Temarin ? Il y a déjà eu des escarmouches dans cette zone. Si nous hésitons maintenant, cela pourrait signifier davantage de vies temariniennes perdues. Et il y a l'aspect personnel...

— Oui, au sujet de la princesse Beatriz... renchérit le seigneur Covier en baissant les yeux sur les documents devant lui.

Le cœur de Sophronia bégaie. Beatriz va bien. Il faut qu'elle aille bien.

— Certains rapports de nos espions indiquent que le seigneur Savelle et la princesse Beatriz sont devenus... proches. Ils ont dîné en tête à tête et ont pris l'habitude de faire des promenades dans le jardin aquatique, à l'heure où il est désert. L'un d'eux laisse même entendre que cette proximité pourrait être la véritable raison de l'emprisonnement de l'ambassadeur.

Sophronia lutte pour conserver une expression impassible, même si elle sait qu'il doit y avoir un fond de vérité à cette rumeur. Beatriz le lui a dit elle-même : elle lui a confié qu'elle prenait plaisir à leurs promenades et qu'elle appréciait même l'homme en tant que tel. Cela ne l'a pas empêchée de le trahir, cependant, pense Sophronia.

Parce que c'était son devoir, tout comme celui de Sophronia est de pousser Leopold à déclarer la guerre. Une fois qu'elle aura forgé une alliance entre Friv et Temarin grâce au sceau du roi Bartholomé, Friv tombera, entrant dans une guerre qui laissera les trois royaumes si vulnérables que les forces de Bessemia pourront les conquérir sans difficulté.

Sophronia a toujours envisagé le processus de manière abstraite, le visualisant comme un jeu d'échecs, de froides figures de marbre tombant l'une après l'autre sur un plateau, mais, maintenant que la situation se concrétise, elle perçoit le coût humain derrière tout cela et prend conscience que cette guerre va non seulement dévaster la sécurité et l'économie de Temarin, mais aussi massacrer son peuple : sur le champ de bataille, et en l'affamant.

Oui, sa mère sera là pour ramasser les morceaux, oui, elle reconstruira le royaume, oui, il sera même peut-être plus fort, au final. Mais combien de Temariniens ne survivront pas pour le voir ?

Cette pensée ne devrait pas la déranger. « Bessemia avant tout. » Mais même si la couronne qu'elle porte est une coquille vide, même si elle n'a fait que *jouer* ce rôle de souveraine, elle ne peut s'empêcher de sentir que c'est *son* peuple, et qu'elle va le trahir.

Le seigneur Covier poursuit, inconscient du tourbillon qui agite l'esprit de Sophronia :

— Comme je l'ai mentionné lors de notre dernière réunion, de nombreux nobles intriguent pour déchoir Pasquale. Je crois qu'ils utiliseront les liens de la princesse Beatriz avec le seigneur Savelle contre elle, et contre le prince par ricochet. Je suis d'accord avec votre mère. Si nous frappons tôt, si nous frappons *maintenant*, nous pouvons les prendre par surprise. Nous pouvons manœuvrer avec le prince et la princesse pour destituer le roi Cesare et les mettre à sa place sur le trône, avant qu'ils ne perdent encore davantage de soutiens. Tout le monde y gagnerait.

« Tout le monde ne va pas gagner », pense Sophronia. Peut-être que si Eugenia n'avait pas siphonné le trésor de guerre de Temarin, peut-être que si l'impératrice n'attendait pas de déclarer sa propre guerre une fois Temarin atteint… Alors, oui, peut-être que le plan du seigneur Covier serait pertinent.

Mais Sophronia sait qu'au final, la seule qui va gagner, ce sera Margaraux. Elle pensait qu'elle l'emporterait avec elle, aux côtés de Daphné et de Beatriz. N'était-ce pas ce à quoi la victoire devait ressembler ? Les trois sœurs réunies, de retour chez elles. Daphné et Beatriz seront si surprises quand elles la reverront ! Elle sait désormais mieux se défendre, elles ne la reconnaîtront peut-être même pas. Sans doute qu'elle ne les reconnaîtra pas non plus, d'ailleurs.

C'est à cela qu'est censée ressembler la victoire, ce à quoi elle aurait toujours dû ressembler. Mais Sophronia lui trouve un goût amer, maintenant qu'elle comprend le prix à payer.

— Sophie ? demande Leopold, la sortant de ses pensées. Tu es inhabituellement silencieuse. À quoi penses-tu ?

Elle lève les yeux vers lui et regrette immédiatement de l'avoir fait. L'expression du roi est ouverte, dépourvue de malice. Il lui fait confiance, sollicite son aide, et elle sait sans l'ombre d'un doute que le conseil qu'elle est supposée lui donner va le détruire, et détruire Temarin. Elle n'apprécie peut-être pas Ansel, mais il a raison : Temarin ne peut pas se permettre cette guerre, maintenant moins que jamais. Ce seront les plus vulnérables qui en souffriront le plus. Tout ça pour que sa mère puisse réclamer une couronne. Une *nouvelle* couronne, et encore davantage de terres, davantage de pouvoir.

Autrefois, elle pensait que Temarin serait mieux loti sous le règne de l'impératrice, et peut-être que c'était vrai. Mais aujourd'hui ? Leopold n'est pas parfait, mais il fait des efforts. Il se préoccupe sincèrement de son peuple. Et Sophronia sait qu'ensemble, ils peuvent sortir ce royaume de l'ornière dans laquelle il est embourbé.

Elle sait qu'ils peuvent l'améliorer, davantage que ne le ferait sa mère, ne serait-ce que parce que cela n'implique pas sa destruction.

Sophronia sait la réponse qu'elle doit donner. Elle s'imagine le faire. « Tu devrais déclarer la guerre. » Cinq mots. Pas les siens, d'ailleurs, mais qui ont été écrits pour elle avant son premier souffle. Des mots qu'elle a toujours été destinée à dire.

Mais à la place, elle répond :

— Ansel a raison. Temarin ne peut pas se permettre une guerre : nous engager dans ce conflit nous détruirait.

Le front de Leopold se plisse.

— Même si cela met Pasquale et Beatriz en danger ?

Sophronia déglutit.

— Beatriz saura prendre soin d'elle, assure-t-elle, en espérant que ce soit vrai. Temarin, non.

BEATRIZ

Beatriz essaie d'ignorer la culpabilité qui la taraude, mais ce sentiment devient son compagnon quotidien au cours des jours qui suivent l'arrestation du seigneur Savelle. Il l'accompagne au jardin d'hiver du palais quand elle prend le thé avec Gisella. Il marche à ses côtés lorsqu'elle se promène dans le jardin aquatique avec Pasquale. Il est même allongé près d'elle la nuit, la tenant éveillée pendant des heures, hantant ses rêves lorsqu'elle parvient à dormir.

Le seigneur Savelle ne sera pas exécuté, pas pour l'instant. Le roi Cesare semble être engagé dans un jeu de « je te tiens, tu me tiens par la barbichette » avec Temarin, conscient qu'un tel acte serait une déclaration de guerre, mais tenté de s'y aventurer malgré tout.

La lettre de sa mère, que Beatriz trouve roulée dans les pétales d'une rose séchée qu'elle lui a envoyée, n'arrange pas les choses.

Tu as placé tes dominos, ma colombe. Il ne te reste plus qu'à faire basculer le premier. Veille à ce qu'aucune pitié ne soit accordée au seigneur Savelle.

L'impératrice a patienté durant presque deux décennies, mais cette patience s'amenuise. Beatriz sait combien il lui serait facile de convaincre le roi d'exécuter le seigneur Savelle, elle s'imagine le faire pendant le petit déjeuner en présence de Pasquale : elle pourrait pousser un soupir mélodramatique et glisser, l'air de rien, à quel point la présence du seigneur Savelle lui inspire un sentiment d'insécurité, raconter comment il a essayé de la convaincre de recourir à la magie mais comment, bien sûr, elle a résisté. N'importe quoi pour attiser la fureur vertueuse du roi, n'importe quoi pour que la guerre avec Temarin semble en valoir la peine.

Mais au lieu de ça, elle retient sa langue, mange ses œufs pochés et laisse le roi Cesare divaguer sur les Temariniens sacrilèges, sur les courtisans qu'il suspecte de comploter contre lui, voire de vouloir l'assassiner. Ce dernier point, au moins, est une nouveauté dans sa paranoïa.

— Qui voudrait vous assassiner, Votre Majesté ? demande-t-elle avec son plus charmant sourire.

Elle n'a pas oublié les mains baladeuses ni le regard concupiscent du roi, mais il semble se contrôler quand Pasquale est là. C'est déjà ça.

Cependant, plutôt que de lui retourner son sourire, le roi Cesare se contente de la dévisager sans aménité.

— Je connais deux personnes qui auraient tout à gagner à me tuer, déclare-t-il froidement.

Beatriz échange un regard avec Pasquale avant de se forcer à rire. Il n'y a rien de drôle à être accusée de vouloir attenter à la vie d'un roi, mais Beatriz a conscience de la présence des gardes postés devant la porte, des domestiques qui s'affairent à apporter et débarrasser les plats. Elle sait que si elle ne prend pas cette remarque comme une plaisanterie, cette rumeur va se répandre, et c'est la dernière chose dont elle a besoin.

— Vous êtes hilarant, Votre Majesté, dit-elle. Sincèrement, rien ne nous rendrait plus heureux que si vous viviez éternellement ! Diriger semble être une terrible corvée. Je préfère de loin être une princesse qu'une reine. Tout le faste, mais aucune responsabilité. N'est-ce pas vrai, Pas ?

Pasquale hoche la tête, mais il n'a pas la capacité de Beatriz à réfléchir rapidement sous la pression. Que les étoiles le bénissent, il fait de son mieux.

— Je ne peux imaginer que quiconque veuille vous tuer, père, dit-il finalement, même s'il n'arrête pas de jeter des coups d'œil à Beatriz comme s'il attendait des instructions de sa part. Parce que sans vous, Cellaria cesserait sûrement d'exister.

Il en fait peut-être un peu trop, mais le roi Cesare semble apaisé lorsqu'il tend encore une fois la main vers son verre de vin.

— Tu as sacrément raison, Pasquale, assène-t-il avant de finir le verre et de faire un geste pour que l'échanson le remplisse à nouveau.

Ce n'est pas Nicolo, note Beatriz avec un mélange de soulagement et de déception, mais un autre garçon. Un quelconque cousin au troisième degré de Pasquale, se rappelle-t-elle.

— Ma garce de sœur à Temarin n'arrête pas de m'écrire au sujet de Savelle, reprend le roi une fois que son verre est plein. Elle veut que je lui accorde mon pardon, en tout cas c'est ce qu'elle prétend.

Voici l'opportunité de Beatriz, l'occasion parfaite de le pousser à exécuter le seigneur Savelle. Mais le doute l'envahit. Elle a reçu la lettre de Sophronia le lendemain de l'arrestation de l'ambassadeur, lui racontant que Cesare et Eugenia complotaient pour s'emparer de Temarin, et l'interrogeant à propos d'un vignoble. Beatriz n'y a pas prêté attention ; cela semblait être une préoccupation sans intérêt, de toute façon, avec la guerre qui se profile à si court terme. Mais si Cesare et Eugenia intriguent ensemble, la dernière réplique du roi n'a pas de sens. Ne seraient-ils pas mieux organisés ? Il est possible, bien sûr, que la mémoire du roi soit défaillante, mais s'il possède les facultés nécessaires pour organiser un siège, il ne peut pas avoir à ce point perdu l'esprit, si ?

Quant au vignoble… Beatriz a eu plus que sa part de vin à Cellaria, mais aucun de ceux qu'elle a goûtés ne provenait du vignoble Cosella, et les quelques investigations discrètes qu'elle a menées auprès des domestiques n'ont suscité que de la perplexité.

— Que voulez-vous dire ? demande Beatriz, en pensant que Sophronia a peut-être reçu des informations erronées.

Le roi Cesare agite une main et rit, son humeur sombre soudain oubliée. Ce n'est pas inhabituel, ces jours-ci. Ses épisodes taciturnes sont comme les orages cellariens : brutaux, mais éphémères.

— Eugenia me prend pour un idiot, ricane-t-il. Prétendre qu'elle aimerait que je relâche Savelle pour qu'il puisse rentrer à Temarin, et dans le même temps me rappeler l'ensemble des raisons pour lesquelles je devrais le faire brûler et m'en débarrasser... Je commence à la soupçonner de vouloir sa mort.

Cela intrigue Beatriz. S'ils sont en train de conspirer pour déclencher une guerre, pourquoi Eugenia l'inciterait-elle à ne pas exécuter Savelle ? Et d'ailleurs, pourquoi essaierait-elle de le convaincre de quoi que ce soit ? Si Cesare voulait vraiment une guerre avec Temarin, comme en est convaincue Sophronia, pourquoi n'aurait-il pas déjà exécuté le seigneur Savelle ?

— Peut-être qu'elle vous provoque, simplement, suggère Beatriz, alors même que les rouages de son esprit tournent toujours. C'est ce que font les frères et les sœurs, non ? Mes sœurs et moi avons toujours tiré un grand plaisir à nous agacer les unes les autres. Peut-être qu'elle n'a pas conscience de la gravité de la situation.

— Tandis que vous, si ? lui demande le roi Cesare, une note moqueuse dans la voix. Dites-m'en plus sur la gravité de la situation, Beatriz.

Elle peut sentir son humeur s'assombrir à nouveau, et même si ce n'était pas le cas, le regard que lui lance Pasquale est un avertissement suffisant.

— Eh bien... commence-t-elle avec la sensation de marcher sur un pont instable, où le premier faux pas la ferait tomber en chute libre.

Mais elle entend les mots de sa mère résonner dans son esprit. « Tu as placé tes dominos, ma colombe. Il ne te reste plus qu'à faire basculer le premier. »

— Cela semble être une affaire très sérieuse, reprend-elle. L'ambassadeur d'un royaume étranger qui, sur vos terres, chez vous, fait preuve d'un tel manque de respect. Ce n'est pas comme s'il avait simplement parlé à tort et à travers ou qu'il ne vous avait pas manifesté la déférence qu'il vous doit, Votre Majesté ; non, il a bafoué ce que d'aucuns considèrent comme la loi la plus importante de Cellaria. Il ne vous a pas seulement manqué de respect, il a manqué de respect aux étoiles. N'est-ce pas une affaire d'une extrême gravité ?

Elle sent que la pièce entière retient son souffle : pas seulement elle-même et Pasquale, mais les domestiques et les gardes aussi. L'atmosphère se tend brusquement.

— Vous avez bien raison, Beatriz. Presque aussi intelligente que belle !

Elle pousse un soupir. Puis, soudain, le roi Cesare frappe du plat de la main sur la table, faisant sursauter tout le monde, avant de reprendre :

— L'offense du seigneur Savelle ne peut durer : il sera exécuté au prochain Jour de Bûcher. Si Temarin veut conduire la guerre jusqu'à notre porte, laissons-le faire. Nous serons prêts.

Beatriz devrait se sentir soulagée ; elle a fait tout ce qu'elle était censée faire. Elle a placé ses dominos et a fait tomber le premier. Il ne lui reste plus qu'à observer la chute de Cellaria. Elle devrait se sentir soulagée, oui, voire fière, mais elle ne ressent que terreur et culpabilité.

— Est-ce que tu vas bien ? lui demande Pasquale quand ils retournent vers leurs appartements après le petit déjeuner.

— Oui, dit-elle en secouant la tête. C'est juste que... Jamais je n'aurais cru qu'il le ferait, je suppose. Ce qui est idiot, je sais, mais...

— Le seigneur Savelle et toi avez passé un peu de temps ensemble. Tu l'apprécies. Mais si tu avais dit autre chose, tu sais que tu aurais pu finir exécutée à ses côtés.

Beatriz hésite avant de hocher la tête.

— Il a dit que je lui rappelais sa fille.

Un éclair passe dans les yeux de Pasquale.

— Je me souviens de Fidelia ! J'ai tout vu, tu sais.

— Sa mort ? demande-t-elle, déroutée.

Nombreux sont ceux qui aiment voir les gens brûler, qui en font un événement, festoyant avant et après le supplice. Mais Pasquale ne lui semblait pas être ce type de personnes.

— Oh non, pas ça, dit-il en détournant le regard et en baissant la voix. Je l'ai vue... utiliser la magie.

Beatriz s'arrête presque de marcher.

— C'est vrai ? Qu... Qu'a-t-elle fait ?

— C'était la nuit du solstice d'été. Elle avait un an de plus que moi, ou quelque chose comme ça et... Bon, eh bien, tu connais mon père et son goût pour les jeunes filles...

Beatriz réprime à peine un frisson, mais Pasquale continue :

— Il a essayé de l'éloigner de la fête, mais elle ne voulait pas le suivre : je l'ai vu, je suis sûr que beaucoup d'autres l'ont vu aussi, mais personne n'a rien fait. Je voulais m'interposer, Triz, mais j'étais pétrifié. Elle a dit quelque chose ; je ne sais pas quoi, mais j'ai vu ses lèvres remuer et ses yeux lancer des regards paniqués autour d'elle, cherchant de l'aide. Cherchant les étoiles, je me dis maintenant, les invoquant, même. Puis c'est arrivé très vite. Une bougie s'est éteinte alors qu'il n'y avait pas le moindre vent. Une bagarre a éclaté dans un coin de la salle de bal. Un arbre du jardin s'est écrasé sur une fenêtre. Chacun de ces incidents aurait pu être, individuellement, une coïncidence, mais tous en même temps ? Non. « Je veux que vous me laissiez partir. » Voilà ce qu'elle a dit, je crois. Mon père ne l'a jamais précisé, il l'a juste traitée d'empyria et l'a fait exécuter, mais je crois que c'est ce qu'elle a dû dire. Elle voulait si désespérément qu'il la lâche qu'elle a fait tomber une étoile : on peut voir le vide qu'elle a laissé dans le Cœur du héros. Et ça a marché. Il a cessé de l'importuner, ne serait-ce que pour que les gardes puissent l'arrêter.

Beatriz déglutit, incapable de dire un mot. Fidelia savait ce qu'elle faisait, pense-t-elle. C'était un choix, dont elle comprenait les conséquences.

Les paroles du roi, combinées à celles de Sophronia, continuent de la tourmenter. Beatriz sait qu'elle ne devrait pas s'en préoccuper, qu'elles n'ont plus d'importance, mais elle en est incapable.

— Pas, as-tu déjà entendu parler d'un vignoble appelé Cosella ? lui demande-t-elle.

— Cosella ? répète-t-il, pensif. Ça me dit vaguement quelque chose, mais je n'associe pas ce nom à un vignoble. Pourquoi ?

— Ce n'est rien, dit-elle en lui serrant le bras. Rien qui vaille la peine de s'en soucier.

Ce soir-là, le roi Cesare organise un banquet improvisé – une fête, assure-t-il, ce qui, avec lui, peut signifier un certain nombre de choses, dont la plupart sont de mauvais augure. Malgré tout, Pasquale et Beatriz s'habillent pour l'occasion, comme on l'attend d'eux, et s'assoient sur les sièges qui leur sont attribués dans la salle de réception, immédiatement à la droite du roi. Quand Beatriz balaie des yeux la pièce bondée, elle remarque que ce rassemblement rend perplexes la majorité des convives, même si personne ne semble vouloir en interroger le bien-fondé.

Lorsque les verres de vin sont remplis, le roi prend le sien de la main de Nicolo – qui semble faire un détour pour éviter le regard de Beatriz – et se lève.

Un chuchotement pour faire taire la salle s'élève et le roi Cesare s'éclaircit la gorge.

– Comme vous le savez peut-être, nous avons découvert un hérétique parmi nous, déclare-t-il, provoquant quelques huées. La question s'est posée de savoir ce qu'il adviendrait du seigneur Savelle : pour n'importe qui d'autre, on aurait inévitablement conclu à l'exécution, mais on m'a dit que je devais peser les conséquences d'une telle décision. Sans aucun doute, exécuter un ambassadeur mènerait les Temariniens en force à nos frontières, l'écume à la bouche, assoiffés de sang et de guerre. Nombreux sont les membres de mon conseil qui souhaitent éviter cela, même si cela revient à permettre que les lois de Cellaria soient bafouées, au sein même de ma cour.

Le roi Cesare s'interrompt pour poser les yeux sur Beatriz. Elle sent le reste de la foule l'imiter : tous les regards sont braqués sur elle.

— Mais comme l'a suggéré la... divine princesse Beatriz, commence-t-il, il ne peut y avoir aucune miséricorde pour les hérétiques. (Elle doit réprimer un haut-le-cœur en entendant ces mots.) Les étoiles veulent voir le seigneur Savelle brûlé vif pour son comportement impie.

Ces paroles sont saluées par une salve d'applaudissements, donnant à Beatriz l'opportunité de se pencher vers Pasquale pour lui demander, derrière un sourire de façade :

— Est-ce que j'ai dit cela ?

— Je ne crois pas, non, répond-il, semblant plus fatigué que perplexe.

Même si Beatriz ne connaît pas le roi depuis aussi longtemps que lui, elle se sent elle aussi un peu lasse de la situation : marcher sur une corde raide, voir ses paroles déformées, ne jamais savoir à laquelle de ses facettes ils seront soumis... c'est épuisant.

La culpabilité menace à nouveau d'engloutir Beatriz, mais une petite part d'elle est soulagée, aussi, comme si sa propre armure s'était épaissie d'une nouvelle couche. Qui pourra l'accuser d'utiliser la magie, maintenant que le roi lui-même la fait apparaître comme la partisane la plus dévote des étoiles ?

Mais, pense-t-elle en jetant à Cesare un regard de biais, elle est loin d'être en sécurité. Tout ce qu'elle peut espérer, c'est que l'affection du roi pour elle ne diminue pas – ni n'augmente, d'ailleurs. Marcher sur une corde raide, c'est bien ça.

Pasquale, Nicolo et Gisella lui ont affirmé qu'il n'avait pas toujours été comme ça, que ça avait empiré au fil des années, et elle sait que parfois l'esprit des gens peut décliner avant leur corps, mais le roi Cesare a seulement la cinquantaine. Cela ne peut pas être l'âge, et s'il avait une quelconque maladie, quelqu'un l'aurait diagnostiquée.

Lorsque les applaudissements s'éteignent, Beatriz voit le roi tendre à nouveau la main vers son verre de vin. Ses yeux suivent le verre, qui a déjà été rempli de si nombreuses fois ce soir qu'elle a perdu le compte. Nicolo a raconté que les échansons avaient commencé à diluer le vin. Cette pensée en appelle une autre : si Beatriz voulait empoisonner le roi, son vin serait un excellent moyen. Il n'en est jamais loin, et elle n'aurait jamais à le manipuler elle-même. Une fois la bouteille empoisonnée, il serait impossible de remonter la piste du coupable. Peut-être qu'en trafiquant le vin, Nico et les autres échansons sont en réalité en train de diluer le poison, détériorant l'esprit du roi au lieu de le tuer directement.

Mais former ce projet ne signifie pas grand-chose, Beatriz le sait. Pourtant, quelque chose s'accroche à son esprit ; et sa mère leur a toujours dit, à elle et à ses sœurs, de se fier à leur intuition. Beatriz regrette seulement de ne pas s'y connaître mieux en poison, mais elle n'a jamais été aussi douée dans ce domaine que Daphné, et, vu l'enjeu, elle n'a pas envie de prendre des risques.

Elle observe le verre de vin quand le roi Cesare le rend à Nicolo, poursuivant sa diatribe :

— Alors je dis : mort au mécréant qui a osé s'infiltrer chez moi comme un ver de terre, et mort à tout Temarinien qui chercherait à le venger. Qu'il en soit ainsi, continue-t-il en mettant la main dans sa poche pour en sortir une enveloppe de couleur crème, richement ornée. (Beatriz est assez près pour distinguer le sceau : un soleil, coulé dans la cire jaune, avec une tache rouge en guise de marque royale.) On dirait que mon jeune neveu est assez stupide pour déclarer la guerre avant même que j'aie fait couler la moindre goutte de sang ! Eh bien, si le roi Leopold cherche à nous faire la guerre, nous apprendrons à ce garçon une chose ou deux sur ce que cela veut dire. À Cellaria ! s'écrie-t-il en levant à nouveau son verre.

Le reste de l'assistance l'imite, faisant écho à son toast ; Beatriz suit elle aussi le mouvement, même si son esprit est en ébullition.

La guerre avec Temarin, exactement comme sa mère l'avait prévu, ce à quoi Sophronia et elle ont œuvré. Vaguement, elle se demande ce que Daphné fait, à Friv, mais elle ne peut pas perdre son temps à y réfléchir : quoi qu'elle ait entrepris, elle est sûre que Daphné s'emploie à donner satisfaction à leur mère. Exactement comme elle l'a elle-même fait, et comme a dû le faire Sophronia si elle a convaincu Leopold de déclarer la guerre. Les pensées de Beatriz se dirigent ensuite vers le seigneur Savelle et son arrêt de mort désormais signé, mais elle s'oblige à l'ignorer. Bientôt, Cellaria va tomber et Bessemia viendra ramasser les morceaux. Bientôt, Beatriz rentrera chez elle.

À cette idée, son sourire lui semble légèrement plus sincère quand elle lève son verre de vin à ses lèvres et prend une gorgée.

Beatriz suppose que cela n'a pas vraiment d'importance que quelqu'un soit en train d'empoisonner le roi Cesare, ni d'ailleurs qu'il ait réellement comploté avec sa sœur. Cellaria sera sans doute sous le contrôle de sa mère bien avant que le possible empoisonneur ne parvienne à ses fins. Cela ne devrait pas avoir d'importance, mais la curiosité de Beatriz l'emporte. À la fin du banquet, elle dit à Pasquale de retourner dans leur chambre sans elle parce qu'elle a oublié son étole. Bien sûr, il n'a pas remarqué qu'elle n'en portait pas pendant le banquet, et peut-être même qu'il ne sait pas ce qu'est une étole.

Il lui est ensuite facile de se poster à un virage du couloir, jusqu'à entendre la voix tonitruante du roi Cesare. Elle fait alors un pas juste au bon moment, venant le percuter.

— Oh, s'excuse-t-elle en levant de grands yeux vers lui. Je suis tellement désolée, Votre Majesté, j'étais en train de repenser à votre si merveilleux discours, et je me suis laissé distraire, dit-elle avec un sourire éclatant.

Derrière le roi, sa suite habituelle d'insupportables courtisans s'agite, comme si ce léger heurt avait réellement pu blesser le souverain. Il les chasse impatiemment d'un geste de la main, les yeux fixés sur elle. Beatriz doit s'obliger à ne pas reculer et à garder son sourire malgré son regard obscène.

— C'était un discours merveilleux, n'est-ce pas ? dit-il, satisfait de lui.

— Oui, assurément, renchérit Beatriz, avant de tousser légèrement. Oh, pardonnez-moi, ma gorge est un peu sèche…

— Nico ! appelle le roi Cesare en tendant la main.

Nicolo la regarde, les sourcils froncés, mais tend son verre au roi, qui le passe à Beatriz. Elle lui expliquera plus tard, se dit-elle, lorsqu'elle saura avec certitude ce qui se trame.

Beatriz prend le vin, puis plisse le front.

— Oh, si je suis en train de tomber malade, la *dernière* chose que je voudrais, ce serait de contaminer Votre Majesté, dit-elle en regardant les courtisans, qui ont tous à la main leur propre verre.

Une femme, la duchesse Lehey, tient le sien de travers, un signe qu'il ne contient plus rien qu'elle puisse craindre de renverser.

— Duchesse Lehey, pourrais-je emprunter votre verre ? Vous semblez avoir terminé.

— Je... Bien sûr, Votre Altesse, répond la femme, même si elle ne semble absolument pas ravie.

Mais lorsque le roi lui fait signe de se dépêcher, elle s'empresse de tendre le verre à Beatriz, qui verse un peu du vin du roi dans le gobelet vide, avant de faire mine d'en prendre une gorgée et de sourire au roi.

— Merci, Votre Majesté. C'est très rafraîchissant.

Dès qu'elle est de retour dans sa chambre, elle salue rapidement Pasquale, distrait par la lecture d'un livre, et va dans sa penderie, où elle trouve une petite fiole en verre dans le compartiment secret de sa boîte à bijoux. Elle y transvase le vin et commence à écrire une lettre à Daphné.

SOPHRONIA

Leopold guide Sophronia dans les couloirs labyrinthiques du palais, où elle ne parvient toujours pas à se repérer, même après y avoir séjourné un mois. Ils grimpent tant d'escaliers en colimaçon que les muscles de ses jambes protestent et que son souffle est court.

— Ce n'est plus très loin, lui assure-t-il par-dessus son épaule, essoufflé lui aussi.

Sophronia lui fait une grimace, mais prend sur elle et continue à le suivre. Elle monte, monte, monte jusqu'à ce qu'enfin, Leopold pousse une porte en bois desservant une petite pièce, éclairée seulement par le soleil de l'après-midi, dont les rayons se déversent par une unique et grande fenêtre.

La pièce, de forme circulaire, est sans doute la plus petite qu'elle ait vue dans le palais : si Leopold et elle se donnaient la main, ils pourraient chacun toucher un mur opposé. Elle est également vide, à l'exception d'un tapis élimé aux couleurs passées étalé sur le sol en pierre.

— C'est la plus haute tour de garde du royaume, explique Leopold en répondant à la question qu'elle n'a pas posée. Pas d'une grande utilité depuis la fin de la guerre avec Cellaria, mais c'est de là qu'on a la meilleure vue.

Il l'attire vers la fenêtre ouverte. Sophronia ne peut s'empêcher d'avoir le souffle coupé par le spectacle qui s'offre à elle. On dirait que le royaume entier s'étale devant elle, s'étirant jusqu'à l'horizon. Tout est si petit qu'elle se sent soudain redevenue une enfant jouant avec des figurines. Elle peut à peine distinguer les points qui doivent être des personnes, loin sous ses pieds, massées dans les rues bondées de Kavelle.

— On dirait des fourmis ! s'exclame-t-elle, la voix pleine d'émerveillement. Et ils se ressemblent tous. D'ici, on ne peut pas savoir qui est roturier et qui est duc.

— Je doute que le moindre duc ose s'aventurer dans les rues de Kavelle, répond Leopold d'une voix sourde.

Il est debout derrière elle, la tête juste au-dessus de ses épaules, si près qu'elle peut sentir son souffle contre ses joues lorsqu'il parle.

Sophronia désigne une grappe particulièrement dense sur l'une des places. Cela doit représenter des centaines de gens.

— Que se passe-t-il, là-bas ?

— Ah. C'est ce que je voulais te montrer, dit Leopold, plutôt fier de lui. Tu te rappelles quand nous avons évoqué la possibilité de créer un fonds public ? En théorie, cela prend un certain temps pour que les taxes permettant de l'alimenter soient mises en place, mais j'ai décidé d'accélérer le processus. Tu as réduit en bonne partie le budget mensuel du palais, et j'ai réussi à... encourager un certain nombre de familles nobles de la cour à faire des dons.

— Encourager ? demande Sophronia en lui jetant un coup d'œil par-dessus son épaule, un sourcil levé.

— En exerçant une pression significative, admet-il avec un sourire penaud. Il est possible que j'aie vaguement menacé quelques-uns d'entre eux de leur retirer leurs titres ou leurs propriétés. J'ai dit à tante Bruna que j'avais envisagé de la nommer comme nouvelle ambassadrice à Cellaria – un poste très excitant, tu en conviendras.

— Si on omet le fait que leur roi est fou, que la magie y est hors la loi et qu'ils ont emprisonné le dernier ambassadeur que nous leur avons envoyé, observe Sophronia en se mordant la lèvre pour réprimer un rire.

Elle ne peut qu'imaginer la manière dont Bruna a dû réagir à cette proposition.

— Elle était... loin d'être enthousiaste, reconnaît Leopold. Elle m'a donné trois cent mille astres pour que je change d'avis. Je ne savais même pas qu'elle possédait autant d'argent, vu la fréquence à laquelle elle réclame l'augmentation de sa pension.

— Je parierais qu'elle dispose de bien plus que cette somme, si elle était prête à s'en séparer si rapidement, fait remarquer Sophronia. Combien as-tu rassemblé, en tout ?

— Presque deux millions, répond-il d'un ton un peu suffisant. Assez pour financer cinq livraisons de nourriture à travers Temarin, exactement comme celle-ci, ajoute-t-il en attirant à nouveau l'attention de Sophronia vers la foule rassemblée en contrebas. Dans les cinq plus grandes villes pour l'instant, mais j'ai l'espoir de bientôt pouvoir étendre le programme à de plus petites villes et des villages.

— Comment cela fonctionne-t-il ?

— Chaque matin, une file se forme, et chacun a droit à un certain nombre de rations, en fonction de la taille de son foyer : un assortiment de produits achetés aux agriculteurs locaux ; viande, céréales, etc.

Sophronia se tourne à nouveau vers Leopold.

— Et ça marche bien ?

— Ça vient juste de commencer. Hier matin, pour le premier jour, ça a été le chaos : personne n'avait envie de former une file nette et bien ordonnée. Mais lorsqu'il est devenu clair que ce serait le seul moyen d'obtenir de la nourriture, les choses se sont un peu calmées. La question, maintenant, c'est de savoir comment faire en sorte que les gens ne prennent pas plus que ce dont ils ont besoin. J'ai entendu dire que certains se débrouillaient pour obtenir des rations supplémentaires afin de les revendre avec une marge astronomique. Ce n'est pas un système parfait, mais nous y travaillons.

— Regarde-toi, dit-elle en souriant.

Les joues de Leopold rougissent, mais lui aussi sourit.

— Oui, eh bien, il semblerait que je sois plutôt doué pour cela. Personne n'en est plus étonné que moi, admet-il avant de désigner à nouveau la place où plusieurs formes plus larges se dirigent vers le magasin.

Il faut une seconde à Sophronia pour comprendre ce que c'est.

— Des chariots ? demande-t-elle, intriguée.

— En effet. Qui apportent du gibier frais. Ansel m'a présenté un groupe de travailleurs inemployés aux parcours divers. Leurs compétences varient, mais il s'avère qu'avec un peu de formation dans les cuisines, ils sont tous capables de mijoter un ragoût décent.

Sophronia observe les chariots se rapprocher.

— Ils sont si nombreux, dit-elle en se tournant à nouveau vers Leopold. Où as-tu trouvé tant de gibier ?

— J'ai lancé un défi, répond-il, rayonnant. C'est la fin de la semaine, les gentilshommes de la cour ont tendance à avoir envie de chasser. Alors, je leur ai dit que celui qui aurait atteint le poids le plus important à quinze heures gagnerait une récompense. Ils étaient plutôt motivés.

— Comment les as-tu convaincus de céder leurs prises ?

— Techniquement, ce ne sont pas leurs prises. Elles ont été chassées sur les terres du palais, donc elles m'appartiennent. Ou, plutôt, elles *nous* appartiennent. Et puis, je les ai autorisés à conserver les fourrures, et ils savent d'où viendront leurs prochains repas, donc personne n'a exprimé la moindre plainte.

— Et la récompense, alors ? Tu as dit qu'ils étaient plutôt motivés, et comme l'argent nous manque si cruellement…

— La récompense ne nous coûte rien. J'ai pensé que nous pourrions profiter de tes excursions nocturnes dans les cuisines : la perspective de goûter un gâteau préparé par la reine elle-même lors de leur prochaine réception les a plus que séduits !

— Oh, j'aime cette idée, s'enthousiasme Sophronia.

— C'est ce que j'ai pensé, répond Leopold avant que son visage n'exprime le doute. Et que penses-tu du reste ? demande-t-il presque timidement, comme s'il redoutait sa réponse.

Sophronia se rapproche de lui et lève la main pour lui caresser la joue.

— Je pense que c'est brillant. Je pense que *tu es* brillant.

Il recouvre sa main de la sienne et soupire.

— Merci de m'avoir conseillé de ne pas déclarer la guerre à Cellaria. Ansel et toi aviez raison, notre situation est déjà si terrible. Je ne sais pas comment... Non, ce n'est pas vrai. Je sais exactement comment.

— Ton père est mort soudainement. Il était jeune et en bonne santé, personne ne s'attendait à ce qu'il tombe de cheval.

— Pourtant, toi, tu étais parfaitement préparée, alors même que tu n'es pas destinée à hériter du trône de ta mère.

Sophronia se mord la lèvre pour s'empêcher de révéler la vérité : on l'a préparée pour un objectif différent, dont elle s'est désormais détournée. Elle ne parvient toujours pas à croire qu'elle l'a fait, mais c'est le cas, et elle n'est pas assez idiote pour penser qu'il n'y aura pas de conséquences.

— Mon père ne m'a jamais préparé à être roi, poursuit-il. Je pense qu'il ne m'en croyait pas capable.

— S'il te voyait comme un enfant, Leo, c'est parce que tu en étais un, dit-elle doucement. Il t'a créé un conseil...

— C'est ma mère qui a créé le conseil. Il s'avère que mon père n'a même pas pu s'en occuper.

— Elle a pourtant affirmé que ton père avait personnellement demandé à Covier et Verning de te guider, s'étonne-t-elle.

Eugenia avait même blâmé le roi Carlisle pour son incompétence.

Leopold hausse les épaules.

— Je le pensais aussi. Je suppose qu'elle essayait de me protéger de la vérité, de l'antipathie de mon père à mon égard. Mais Covier a laissé échapper ce matin que c'est elle qui les a fait entrer à la cour, lui et Verning, après la mort de mon père. Je sais qu'ils ont des défauts, mais ma mère est comme moi. Elle non plus n'avait jamais fait de politique, je ne suis pas surpris qu'elle ne soit pas plus experte aujourd'hui.

Sophronia ne dit rien, mais les engrenages de son cerveau tournent à une allure folle. Elle soupçonnait déjà Covier et Verning de travailler dans le sens des objectifs d'Eugenia, mais à quelle fin ? En quoi faire passer Temarin sous la coupe de Cellaria pourrait-il bien leur profiter ?

— Mais tu avais raison, reprend Leopold en la sortant de ses pensées. On ne peut pas changer le passé, seulement le futur. Je veux un nouveau conseil, avec toi, et Ansel. Et peut-être quelqu'un de la classe marchande, aussi ?

Sophronia veille à garder une expression neutre. Elle suppose qu'Ansel est le premier roturier avec lequel Leopold ait jamais eu une conversation, et elle doit reconnaître que le jeune homme s'est brillamment débrouillé pour se rapprocher de lui, en sauvant son frère et en lui tenant tête juste assez pour avoir l'air courageux et audacieux. Bien sûr, Leopold est tombé dans le panneau, mais pas Sophronia.

— Et mes frères, poursuit-il. Je veux m'assurer que je ne commets pas les mêmes erreurs que mon père. À partir de maintenant, c'est Gideon, l'héritier du trône. Si quelque chose devait m'arriver, je veux qu'il soit prêt.

— Je pense que c'est une bonne idée, répond Sophronia, en passant son pouce sur la pommette de Leopold. Même si Gideon ne sera pas l'héritier pour toujours, ajoute-t-elle.

Leopold secoue la tête.

— Il n'y a aucune urgence, Sophie, dit-il, en posant un instant son front contre le sien. J'étais sincère, lors de notre nuit de noces. Nous n'avons pas à nous hâter. Et je sais que j'ai trahi ta confiance.

Pendant un instant, Sophronia reste silencieuse. Il n'a pas tort : ses actions l'ont blessée autant qu'elles ont blessé Temarin. Le garçon qu'elle connaissait d'après les lettres n'était pas celui qu'elle a rencontré, celui qu'elle a épousé. Ce dernier n'est pas parfait, mais il *fait des efforts*.

Sa mère l'a mise en garde, elle lui a conseillé ne pas perdre la tête, mais c'est désormais la perspective de *ne pas* le faire qui semble ridicule, non parce qu'elle a déjà abandonné sa mère ou qu'elle n'est plus en train de mettre en œuvre un plan contre Leopold, mais parce qu'elle prend conscience qu'elle est déjà amoureuse de lui. Elle ne sait pas quand c'est arrivé, ni ce que lui réserve l'avenir. Tout ce qu'elle sait, c'est que ce qu'il y a entre eux est bien plus fort qu'un serment d'encre et de papier. C'est réel.

Elle penche la tête sur le côté et embrasse Leopold dans un baiser qui la fait frémir jusqu'au bout des orteils. Elle pourrait l'embrasser comme ça chaque jour pendant le reste de leur vie, se dit-elle. Cette perspective lui fait tourner la tête. Elle recule de quelques millimètres et lui sourit.

— Pourquoi ne nous retirerions-nous pas pour la soirée ?

Les sourcils de Leopold se froncent.

— Ce n'est même pas encore l'heure du dîner… Es-tu fatiguée ?

Sophronia soutient son regard et secoue la tête.

— Non, dit-elle en l'embrassant à nouveau. Je ne suis pas fatiguée du tout.

Ils sont à peine retournés dans leur chambre, main dans la main, qu'ils entendent un cri venant du couloir. Leopold regarde Sophronia.

— Je connais cette voix, dit-il en rouvrant la porte.

Sophronia le suit, même si elle n'aimerait rien tant que de le garder avec elle et de s'isoler du reste du monde pendant quelques heures. Elle connaît aussi cette voix, et elle sait au plus profond de ses tripes que rien de bon ne va sortir de ce qu'ils vont découvrir.

Lorsqu'ils tournent au coin du couloir, ils trouvent Ansel retenu par deux gardes du palais, en train de se débattre. Quand il voit Leopold, il s'agite avec plus d'ardeur encore.

— Espèce de menteur ! s'écrie-t-il.

Le soldat qui retient son bras droit s'apprête à sortir son épée, mais Leopold lève une main.

— Arrêtez, ordonne-t-il aux gardes. Relâchez-le.

Ces derniers échangent un regard mais font ce qu'on leur dit. Ansel semble aussi perplexe qu'eux, même s'il ne fait aucun mouvement vers Leopold et Sophronia.

— De quoi parlez-vous ? lui demande le roi d'une voix calme et posée.

L'air éberlué, Ansel le fixe, puis Sophronia.

— Vous plaisantez ? lâche-t-il, mais comme Leopold ne répond pas, il se redresse un peu. Vous avez déclaré la guerre à Cellaria, après avoir promis que vous ne le feriez pas. On ne parle que de ça à Kavelle.

— C'est une rumeur dénuée de fondement, répond le roi en secouant la tête. Vous étiez là lorsque j'ai pris la décision de l'éviter. Rien n'a changé.

L'un des gardes s'éclaircit la gorge.

— Avec tout le respect que je vous dois, Votre Majesté, je fais partie des gardes qui ont affiché les avis de guerre en ville ce matin. Le palais recrute des soldats en ce moment même.

Dérouté, Leopold regarde à nouveau Sophronia, qui laisse échapper un long soupir.

— Ta mère, murmure-t-elle pour que les autres ne l'entendent pas. Elle a dû agir dans notre dos.

Il secoue la tête.

— Elle n'aurait pas fait ça. Covier ou Verning, peut-être.

— Covier et Verning ne pourraient pas nouer les lacets de leurs propres chaussures sans directives – les directives de ta mère, précisément. Elle voulait la guerre, et comme tu ne la lui as pas accordée, elle t'a contourné, dit Sophronia.

Le reste lui vient alors au bord des lèvres : la lettre de Cesare, le fait qu'Eugenia pille le trésor de guerre de Temarin depuis un an que Leopold est monté sur le trône, son complot contre lui et le royaume... Mais elle se tait. Ce n'est pas le lieu, ils ne sont pas seuls. Les mots qu'elle a prononcés ont déjà suffi à le choquer.

Elle se tourne vers Ansel et les gardes.

— Nous n'allons pas faire la guerre, leur dit-elle. Il y a eu un malentendu. Nous allons immédiatement y remédier.

— C'est trop tard, dit une voix derrière eux.

Tous se tournent pour voir Eugenia s'approcher, une jupe de soie d'un violet vif ondoyant derrière elle. Elle ne semble pas satisfaite d'elle-même, note Sophronia. Ce qui est surprenant : après tout, elle vient d'obtenir ce pour quoi elle a œuvré pendant au moins un an.

— J'espère que vous n'avez rien à voir avec ça, Mère, dit Leopold, la voix grave.

— Moi ? demande Eugenia, en haussant les sourcils. Ce n'est pas *moi* qui ai envoyé une déclaration de guerre à Cellaria il y a deux jours !

— Ni moi ! rétorque Leopold.

— Et pourtant, il y en a bien une qui leur est arrivée, apparemment. J'ai cru comprendre qu'elle était signée.

— Les signatures peuvent être contrefaites, fait remarquer Sophronia.

Elle est bien placée pour le savoir, puisqu'elle était censée imiter la signature du roi Bartholomé pour forcer Friv à entrer en guerre. Mais seule, une signature n'est rien.

— D'après mes espions à la cour de Cellaria, la lettre était aussi scellée, ajoute Eugenia, comme si elle lisait dans les pensées de Sophronia. Avec une goutte de sang.

— Pas *mon* sang, s'offusque Leopold.

La douairière hausse les épaules.

— Un empyrion serait capable de régler ça sans difficulté...

— Mais la sorcellerie est illégale à Cellaria, conclut Sophronia, comprenant soudain la situation. Donc ils ne pourront jamais le savoir.

Ils ont une signature, le sceau de Leopold avec du sang présumé être le sien, et un roi fou et paranoïaque sur le trône, qui profitera de n'importe quel prétexte pour raviver la guerre Célestienne.

Il y a les empreintes digitales de l'impératrice partout dans cette histoire, mais Sophronia ne voit pas comment elles ont pu arriver là.

Eugenia hoche lentement la tête, incapable de masquer son sourire.

— Ce qui signifie que nous sommes désormais en guerre avec Cellaria, que ça vous plaise ou non.

Leopold secoue la tête.

— Je vais leur dire que c'était une erreur.

Eugenia regarde à nouveau sa belle-fille. Cette fois-ci, elle a un air suffisant.

— Tu ne peux pas, dit Sophronia à Leopold, l'estomac tordu par l'angoisse. Ce genre de revirements te fera perdre toute crédibilité auprès de ton peuple, et les Cellariens ne croiront pas à l'erreur. Nous pouvons toujours refuser d'entrer en guerre contre eux, mais eux viendront quand même à nous.

C'est un coup brillant, qui met Temarin au pied du mur. Eugenia affirme qu'elle n'y est pour rien, et Sophronia la croit ; elle sait reconnaître l'œuvre de sa mère quand elle la voit. Soudain, avec le sentiment de sombrer, elle prend conscience de la façon exacte dont l'impératrice a procédé, et de la personne qui l'a aidée. Sans un mot, elle écarte Eugenia de son chemin, laissant Leopold, les gardes et Ansel derrière elle pour se précipiter dans ses appartements. Elle entend vaguement Leopold hurler son nom, mais elle l'ignore. Elle traverse en courant son salon, puis sa chambre, jusqu'au placard où elle a caché le sceau du roi Bartholomé.

Là, dans la boîte que Daphné lui a envoyée, elle trouve la lettre de sa sœur et un échantillon de l'écriture manuscrite de Bartholomé. Mais le sceau qui contenait le sang a disparu.

Le sceau de Friv est une étoile Polaire, bien loin du soleil éclatant de Temarin, mais Sophronia les visualise tous les deux dans son esprit et voit comment, si la question s'était posée, elle aurait placé une aiguille sur la cire avant qu'elle ne durcisse, transformant les pointes de l'étoile en rayons du soleil. On aurait pu déceler la manipulation en regardant attentivement, mais pourquoi les Cellariens l'auraient-ils fait ? C'était inutile, avec le nom de Leopold sur la lettre, sa signature, et ce message qui leur apportait les nouvelles que le roi Cesare attendait, et pour lesquelles il avait travaillé si longtemps.

C'est exactement ce qu'aurait fait Sophronia. Mais elle ne l'a pas fait. Ce qui signifie que c'est l'œuvre de quelqu'un d'autre.

Sophronia trouve Violie dans la petite pièce juste à côté de ses appartements, celle qu'on lui a attribuée quand elle est devenue sa femme de chambre. En entrant sans frapper, elle surprend Violie, la faisant sursauter : elle était assise sur son lit, un livre ouvert sur les genoux. Un *livre*, alors que la jeune fille a affirmé ne pas savoir lire.

Mais elle ne semble pas se le rappeler, ou bien elle espère que Sophronia ne s'en souvient pas, parce qu'elle garde l'ouvrage ouvert devant elle et sourit.

— Sophie, dit-elle. Je suis désolée, avez-vous besoin de moi ? Je pensais que vous étiez avec le roi.

Les yeux de Sophie se fixent sur le livre, puis se posent à nouveau sur Violie.

— Je veux que tu partes, dit-elle, la voix calme et froide. Immédiatement. Tu peux prendre quelques minutes pour rassembler tes affaires, ensuite des gardes t'escorteront hors du palais.

Violie fait un pas vers elle, mais Sophronia l'arrête de la main.

— Sophie... commence-t-elle.

— C'est « Votre Majesté ». Je suis sûre que tu sauras rentrer seule à Bessemia. Et quand tu verras ma mère, transmets-lui mes salutations. J'espère que ce qu'elle t'a offert, quoi que ça puisse être, en valait la peine.

Sophronia s'avance vers la porte. Quand elle en touche la poignée, Violie répond d'une voix douce :

— La vie de ma mère.

Sophronia se retourne.

— Quoi ?

— Voilà ce qu'elle m'a offert. Ma mère est malade : le médecin a dit qu'elle avait le vexis.

Sophronia tressaille. Le vexis est une maladie du cerveau dont on ignore la cause. À mesure qu'elle progresse, elle détruit l'esprit du malade. Le passé devient le présent, le présent devient le passé et, souvent, les gens ne savent pas qui ils sont, ne reconnaissent plus les visages de leurs plus proches amis, ni de leur famille. C'est presque toujours fatal, et il n'y a qu'un remède.

— Nous ne pouvons pas nous permettre la poussière d'étoiles, et ce n'est pas un moyen sûr, de toute façon, dit Violie. Alors j'ai pensé que, si je devais en voler, il fallait que je trouve la plus puissante qui existe. Voilà pourquoi je suis entrée par effraction dans le laboratoire de Nigellus, au palais. Je me suis fait prendre aussitôt, avoue-t-elle avec un rire amer. Je savais que ce serait probablement le cas, mais ça m'était simplement... égal. Je pensais qu'on me mettrait en prison. Imaginez ma surprise quand on m'a menée jusqu'à votre mère à la place.

— Et elle t'a offert de la poussière d'étoiles en échange de quoi ? M'espionner ? Est-ce qu'il y en a d'autres comme toi, qui font la même chose avec mes sœurs ?

— Non, je suis la seule, répond-elle, manifestement honteuse, même si ça ne suffit pas à apaiser Sophronia. Vous êtes le maillon faible, selon elle, la seule sur laquelle elle ne peut pas compter. J'étais censée vous surveiller, m'assurer que vous restiez sur votre chemin.

— C'est toi qui m'as aidée à en sortir ! s'écrie Sophronia. C'est toi qui m'as donné ces relevés de comptes.

— Parce que vous me les avez demandés, réplique Violie. Qu'est-ce que j'étais censée faire, refuser ? Je pensais qu'une fois que votre mère vous aurait ordonné de renoncer, vous...

— Mais je ne l'ai pas fait.

Violie expire, dépitée.

— Non. Alors l'impératrice m'a demandé d'accomplir une dernière tâche avant de guérir ma mère. Trouver le sceau qu'elle affirmait être en votre possession, falsifier une lettre de la main du roi Leopold et déclarer la guerre à Cellaria. C'était une petite mission, que j'ai accomplie en quelques minutes.

— Comment ? Comment, exactement, as-tu imité sa signature ?

— De la même manière que vous l'auriez fait, je suppose, dit Violie. Je suis restée au service de votre mère pendant deux ans avant de venir ici. J'ai reçu, en grande partie, les mêmes leçons que vous : contrefaçon, crochetage de serrure, déguisement…

— Et tu sais lire, conclut Sophronia en désignant le livre d'un signe de tête.

Violie lui adresse un sourire malheureux.

— Personne ne soupçonne une servante sans éducation. Vous étiez si occupée à me sauver que vous n'avez jamais imaginé… Je suis désolée. Je ne voulais pas faire ça. Je n'ai pas eu le choix.

Sophronia resserre sa prise sur la poignée de la porte.

— Tu avais le choix, Violie, dit-elle. Tu as échangé la vie de ta mère contre celle d'un million de Temariniens qui ne survivront pas à cette guerre, ne survivront pas au siège de l'impératrice. Qui mourront sur le champ de bataille, ou bien de faim ou de maladie. Tu as sauvé ta mère, mais combien d'autres mères as-tu tuées ?

Violie pâlit, mais elle tient bon.

— Je suis désolée, répète-t-elle.

Mais Sophronia sait que si c'était à refaire, elle le referait.

— Les gardes seront là dans une demi-heure pour t'escorter hors du palais, lui dit-elle en passant le seuil. Si je te revois, je te ferai arrêter.

Sur ces mots, elle claque la porte.

Il y a un dernier espoir, pense-t-elle. Elle retourne dans sa chambre, s'assied à son bureau et commence une lettre à ses sœurs.

DAPHNÉ

Daphné est en train d'enfiler ses mules de satin quand une domestique entre, une petite boîte à la main.

— De la part de votre sœur, dit-elle, ajoutant rapidement lorsque Daphné hausse un sourcil : La princesse Beatriz.

Elle essaie d'avoir l'air ravie, mais elle est déjà en retard pour son bal de fiançailles et la liste de noms de Cliona pèse lourd dans son esprit. Quoi que veuille Beatriz – et elle connaît suffisamment sa sœur pour être certaine qu'elle veut quelque chose –, Daphné n'a pas le temps de s'en préoccuper.

— Merci, dit-elle à la servante, en lui prenant la boîte. Pourrais-tu aller chercher mon châle ? Il fait particulièrement frais ce soir.

Tandis que la domestique se dirige vers la penderie, Daphné ouvre la boîte pour y découvrir une lettre et une petite fiole de ce qui semble être du vin rouge. Le paquet ne paraît pas avoir été fouillé, mais cela ne surprend pas Daphné : en termes de sécurité, Friv est plus laxiste que Bessemia. Elle suppose que c'est parce que c'est une jeune monarchie dont les habitants n'ont pas appris à voir des ennemis à chaque coin de rue. Cela lui facilite sans doute les choses, même si cela a aussi permis qu'on tente de l'assassiner.

Elle chasse cette pensée et ouvre la lettre.

Ma très chère Daphné,

Je suis tombée sur un remède cellarien contre la migraine, et j'ai voulu te l'envoyer – je sais à quel point les tiennes te font souffrir. Le roi lui-même ne jure que par cette mixture, même si je n'ai pas la moindre idée de ce que ça peut être. Bien sûr, je ne serais pas surprise que tu en découvres la composition ! Je serais ravie de t'en envoyer davantage si besoin.

Ta sœur,
Beatriz

Daphné cherche le code, mais elle n'en repère aucun. Elle lève les yeux au ciel. Tellement typique de Beatriz de renoncer au codage ! Elle n'a jamais été aussi douée dans ce domaine que ses sœurs. Daphné relit la lettre, identifiant d'abord les mensonges pour en déduire la vérité.

Pour commencer, elle n'a jamais souffert de migraine de sa vie et, de ce qu'elle sait, le roi de Cellaria non plus, sinon cela aurait sans aucun doute été mentionné dans les rapports des espions.

« Je ne serais pas surprise que tu en découvres la composition. »

C'est ça, alors. Le roi consomme cette boisson, quelle qu'elle soit, et Beatriz veut savoir ce que c'est. Quelques liens logiques sont sautés dans son raisonnement, mais Daphné connaît sa sœur. Parfois, elles n'ont pas besoin de logique pour se comprendre.

À Bessemia, elles avaient souvent des conversations muettes. C'est réconfortant de savoir que, malgré les centaines de kilomètres entre elles, certaines choses n'ont pas changé, mais l'irritation de Daphné prend le dessus. Elle a largement assez de pain sur sa propre planche sans faire aussi le travail de Beatriz. Elle range la fiole dans le tiroir de son bureau et jette la lettre au feu.

Elle a une rébellion à infiltrer, pense-t-elle pendant que la bonne lui dépose un châle d'hermine sur les épaules. Beatriz va devoir se débrouiller toute seule pour découvrir le contenu de la fiole.

Le château de Friv est aussi silencieux qu'une crypte depuis que Daphné est arrivée, mais elle n'avait pas pris conscience de l'épaisseur de ce silence jusqu'à ce qu'elle pénètre dans la salle de réception où se tient son bal de fiançailles. La vaste pièce est remplie de groupes composés de membres des douze familles nobles des hauts plateaux en visite, des six familles nobles des basses terres et de tous les nobles du château qui ont jusque-là observé la période d'un mois de deuil obligatoire.

Daphné avait entendu dire que Friv était une contrée sauvage et sans raffinement, mais elle n'avait pas pleinement compris ce que cela signifiait jusqu'à maintenant : elle se retrouve enveloppée d'une tenace odeur de bière et de viande rôtie, et submergée par le vacarme de multiples conversations toutes plus sonores les unes que les autres, certaines avec des accents si marqués qu'elle ne parvient même pas à distinguer ne serait-ce que le début d'un mot.

Les corps s'entassent, la plupart d'entre eux bien plus massifs que celui de n'importe quel Bessemien, tous vêtus de laine et de velours. La plupart des hommes semblent avoir désespérément besoin d'une bonne coupe de cheveux, les femmes portent peu de bijoux. Daphné a passé énormément de temps à étudier les coutumes et fêtes friviennes, mais c'est autre chose que d'être jetée au beau milieu de l'une d'entre elles. Elle est attentive à dompter son expression dans un sourire poli et à dissimuler son dégoût quand elle parcourt la pièce du regard à la recherche d'un visage familier.

— Ah, Daphné ! appelle une voix.

Elle découvre le roi Bartholomé, debout au centre de la pièce, en compagnie de Bairre et de deux hommes qu'elle ne reconnaît pas. Lorsqu'elle les rejoint, le roi fait de rapides présentations.

— Voici le seigneur Ian Maives et le seigneur Panlington.

Daphné s'incline tour à tour devant chacun d'entre eux. Elle a déjà exclu le seigneur Maives de la liste de Cliona, mais c'est toujours utile de mettre un visage sur un nom. Et le seigneur Panlington doit être le père de Cliona.

— C'était très attentionné de votre part d'envoyer dame Cliona pour m'accompagner lors de mon premier voyage vers Friv, lui dit-elle en lui offrant son plus charmant sourire. Nous sommes devenues amies en un rien de temps.

Elle observe attentivement sa réaction ; Mme Nattermore a laissé entendre qu'il était à la tête des rebelles, il doit donc savoir ce qui s'est passé chez la couturière et être au courant de l'implication de Daphné, mais elle se demande s'il sait aussi quelque chose sur la tentative d'assassinat dont elle a été victime. Elle a cru Cliona quand celle-ci lui a juré qu'elle n'était impliquée en rien, mais il est possible que le seigneur Panlington n'ait pas souhaité mettre de sang sur les mains de sa fille.

En tout cas, s'il sait quoi que ce soit à ce sujet, il n'en montre rien. Il s'incline bas et baise sa main gantée.

— Je suis ravi de l'entendre, Votre Altesse.

Enfin, Daphné se tourne vers Bairre. Elle ne l'a pas beaucoup vu au cours de la semaine écoulée, pas depuis leur rencontre sur le terrain de tir à l'arc. Il a été retenu par son père dans des réunions, essayant, en quelques jours seulement, de rattraper une vie entière de formation à la fonction de prince et à la fréquentation de la noblesse.

Il a plutôt belle allure, habillé d'un velours bleu nuit qui lui va mieux que tout ce qu'elle l'a vu porter jusqu'ici ; elle se demande si c'est le premier vêtement taillé spécialement pour lui. Ses cheveux sont coiffés, même s'ils sont toujours trop longs, et Daphné constate qu'elle se félicite qu'il ne les ait pas coupés. Cette longueur lui va bien.

— Prince Bairre, dit-elle en s'inclinant à nouveau.

Il lui retourne sa révérence en marmonnant quelque chose qui ressemble à son prénom. Il est nerveux, elle ne peut pas l'en blâmer. Elle, on lui a appris comment se comporter lors d'événements comme celui-ci, comment sourire, se mêler aux autres et faire bonne impression. Bairre a été élevé pour rester en périphérie, à observer mais sans participer. Il doit se sentir très mal à l'aise.

— Les enfants devraient commencer à danser, lance le seigneur Maives en donnant une petite tape sur l'épaule du roi.

Si quiconque osait toucher sa mère de cette manière, Daphné imagine qu'il perdrait sa main, mais Bartholomé se contente de sourire.

— Bien sûr, approuve-t-il en levant haut son verre.

Dans la seconde, tout le monde fait silence. Lorsqu'il reprend la parole, sa voix est retentissante, suffisamment puissante pour atteindre le coin le plus reculé de la pièce :

— Je ne m'éterniserai pas pour ne pas vous empêcher de manger, de boire et de vous amuser, dit-il en parcourant la pièce du regard.

Daphné l'imite, à la recherche des plus légers indices de ressentiment contre le souverain. Elle en trouve beaucoup, mais Bartholomé ne semble pas les remarquer.

— Cette période a été difficile pour ma famille et pour notre royaume, mais je voudrais que ce jour marque un tournant pour nous tous. J'espère que vous ferez bon accueil à la princesse Daphné, à Friv et au sein de ma famille, et que vous lui souhaiterez, à elle et à mon fils, le prince Bairre, une union bénie des étoiles. À Daphné et Bairre !

— À Daphné et Bairre ! répond la foule en écho, chacun levant son verre vers les fiancés.

Étant l'objet de toutes les attentions, elle décide de leur offrir un spectacle. Elle glisse sa main dans celle de Bairre et lui adresse un sourire béat. Pendant un instant, il semble sous le choc, puis il le lui rend, quelque peu sur ses gardes.

— Une danse ! lance Bartholomé, et, dans le coin, un quatuor prend ses instruments et commence à jouer.

Elle reconnaît une carrondelle et pousse un discret soupir. Bairre l'entend et lui lance un regard interrogateur.

— Je ne suis pas très douée pour cette danse, admet-elle.

On lui a appris les danses traditionnelles de Friv en même temps que celles de Bessemia, mais ses pieds n'ont jamais vraiment su les exécuter. Elle les trouvait grossières et irrégulières, sans rien de la douceur et de la grâce de celles que l'on pratiquait dans les salles de bal bessemiennes.

— Alors vous allez devoir me suivre, répond Bairre en levant leurs mains jointes pour guider Daphné vers le centre de la salle, où un petit espace s'est dégagé.

— Si vous me marchez sur les pieds, lui dit-elle, tout en souriant à l'assemblée, soyez certain que je chercherai à me venger.

— Je n'en attendais pas moins de vous.

Il entrelace leurs doigts et pose son autre main sur sa taille. De son côté, elle place une main sur son épaule, appréciant la fermeté des muscles sous sa veste de velours.

Il fait un pas vers elle et, en même temps, elle fait un pas vers lui : résultat, son menton à lui et son front à elle s'entrechoquent.

— Aïe ! dit-elle en retirant sa main de l'épaule de Bairre pour se frotter la tête.

— D'abord, je fais un pas en avant, et vous en arrière, lui explique-t-il, l'air concentré.

— Pourquoi votre menton est-il si pointu ? demande-t-elle en grimaçant.

Elle ne l'avait jamais remarqué auparavant, mais là, elle est sûre qu'il a laissé une marque indélébile sur son front.

— C'est vous qui avez la tête dure comme le marbre, rétorque-t-il. Là, voilà, faites comme moi.

Comme si c'était facile ! Mais pour deux de ses pas, Daphné a de la chance quand elle arrive à en faire un sans trébucher. À Bessemia, elle est considérée comme une bonne danseuse, certes moins gracieuse que Sophronia et moins vive que Beatriz, mais les danses friviennes sont une tout autre affaire. Heureusement, dès qu'ils commencent, d'autres couples se joignent à eux, aussi n'a-t-elle pas l'impression que son échec est trop visible. Au bout d'un moment, elle commence même à s'amuser, le rythme rapide de la musique lui faisant tourner la tête, ses pas devenant plus assurés, la main de Bairre dans son dos lui servant d'ancrage pour se stabiliser. Quand il relâche sa taille pour la faire tournoyer, elle ne peut réprimer le cri de joie sauvage, sans restriction d'aucune sorte, qui éclate dans sa poitrine.

Lorsque le morceau atteint son crescendo, Daphné est hors d'haleine et sourit si franchement que ses joues lui font mal. Bairre l'imite, et son sourire est le plus sincère qu'elle ait jamais vu chez lui. Elle décrète que cela lui plaît : on ne peut pas s'empêcher de le lui rendre. Lorsque la musique s'arrête, il garde la main posée sur sa taille, stable, sûre et chaude à travers son gant de velours.

— Vous dansez mieux que ce que je pensais, le complimente-t-elle, ne faisant aucun mouvement pour se dégager de ses bras alors que les autres couples autour d'eux se séparent.

Le charme de la musique s'évanouissant, le masque d'impassibilité reprend possession du visage du jeune homme.

— Eh bien, vous savez, on donne des leçons même aux bâtards, dit-il en détachant les mains de sa taille.

Elle recule d'un pas, les bras soudain ballants.

— Ne me faites pas dire ce que je n'ai pas dit. J'essayais de vous faire un compliment.

— Votre Altesse, intervient alors une voix, et Daphné se tourne pour voir s'approcher un jeune homme d'environ vingt ans, les cheveux noirs retenus en arrière par un ruban de cuir, soulignant ses traits taillés au couteau. J'espère avoir l'honneur de danser avec la princesse.

Bairre détourne le regard de Daphné en haussant les épaules.

— Vous allez devoir le lui demander, Haimish, répond-il avant de tourner les talons.

« Haimish », se dit Daphné en souriant au jeune homme pour accepter sa main. Le troisième nom de la liste de Cliona. Elle sait qu'elle devrait se concentrer sur lui, mais elle ne peut s'empêcher de suivre Bairre des yeux pendant qu'il traverse la salle, les épaules voûtées, prêt à se glisser à nouveau dans l'ombre. Mais, comme ce n'est plus un simple bâtard, on ne lui en laisse pas le loisir : les yeux des membres de l'assemblée suivent chacun de ses mouvements. Daphné a presque pitié de lui.

— Alors, une danse, princesse ? demande Haimish en ramenant son attention à lui.

Elle plaque sur son visage un sourire radieux.

— Rien ne me ferait plus plaisir ! Mais j'ai peur de m'être tordu la cheville au cours de la dernière danse. Ce n'est sans doute rien de grave, ajoute-t-elle lorsqu'il écarquille les yeux, inquiet, mais il vaudrait mieux que je m'asseye un peu.

— Bien sûr, dit-il en lui offrant son bras.

Elle le laisse l'accompagner jusqu'au mur, où quelques sièges ont été disposés. Il l'aide à s'asseoir et s'apprête à partir.

— Attendez ! dit-elle, avant de lui adresser une mimique penaude lorsqu'il se retourne vers elle. Voudriez-vous me tenir compagnie un moment ? Je crains de ne pas connaître grand monde, ici.

— Vous ne me connaissez pas non plus, fait-il remarquer en s'installant néanmoins à côté d'elle.

— Alors nous allons devoir y remédier, n'est-ce pas ? Haimish, c'est cela ?

— Oui. Je suis le fils du seigneur Talmadge.

— Ah, lui, je le connais au moins de réputation, dit-elle avec un grand sourire, en observant attentivement le visage de son interlocuteur. Ses faits d'armes, lors de la dernière guerre des Clans, sont légendaires ; même à Bessemia, on chante des ballades à sa gloire.

— Vraiment ? demande Haimish en arquant les sourcils.

— Oh oui, assure-t-elle. À Bessemia, nous n'avons pas eu de guerre depuis des siècles, et les gens sont toujours avides des récits héroïques étrangers.

Et voici ce qu'elle attendait : un rire moqueur qu'il ne peut pas réprimer, même s'il ne se départit pas de son attitude respectueuse.

— Qu'y a-t-il ? demande-t-elle en lui offrant toujours de grands yeux innocents. Vous ne pensez pas que c'était un héros ?

— Je pense que la guerre est une affaire bien plus compliquée que ce que l'on peut imaginer à partir de contes et de ballades, répond-il en balayant la pièce du regard.

Elle prend note de la nuance condescendante dans sa voix, mais ne relève pas. Il n'a pas tort : elle ne connaît pas la guerre comme la connaissent les Friviens.

— Et vous ? Vous ne semblez pas assez âgé pour vous rappeler la dernière guerre des Clans.

Il sourit, même si ses yeux scrutent toujours la foule.

— J'avais deux ans lorsque Bartholomé a été couronné. Ceci dit, certains affirment que la guerre ne s'est jamais vraiment terminée ; selon eux, elle fait autant partie de Friv que la terre sèche, les arbres et la neige.

Daphné l'observe discrètement, une question sur les lèvres, mais alors, elle remarque que le regard circulaire du jeune homme s'est enfin immobilisé : en le suivant, elle tombe sur Cliona, debout à côté de Bairre. Il a la tête penchée vers la sienne pour lui murmurer quelque chose qui le fait sourire – pas exactement le même sourire que celui dont il a gratifié Daphné sur le terrain de tir à l'arc ou pendant leur danse, à l'instant, mais cela allume malgré tout une vilaine sensation au creux de son ventre. Pourtant, elle est sûre que Cliona est simplement en train d'exploiter leur amitié pour servir les objectifs de la rébellion.

Cela ne devrait pas déranger Daphné qu'elle le manipule – les étoiles savent qu'elle fait la même chose – mais une part d'elle inattendue, étrangère, se sent le devoir de protéger Bairre. Personne ne pourrait le taxer de naïveté, elle doute qu'aucun bâtard royal le soit, mais il n'a pas encore compris que tout le monde voulait obtenir quelque chose de lui.

— Cliona prétend qu'ils sont amis depuis l'enfance. C'était aussi le cas avec Cillian, dit Daphné à Haimish, dans un effort pour s'arracher de ces troublantes pensées. Je suis contente qu'ils puissent compter l'un sur l'autre, dans leur chagrin.

Dès qu'elle prononce ces mots, elle se demande à quel point ils sont vrais. Bairre aimait son frère, elle le sait, mais Cliona ? Si elle est en train de travailler activement contre la famille royale, cela inclut Cillian. Et la maladie qui l'a tué a résisté à chaque médecin qui a examiné le garçon. Elle est bien placée pour savoir que les Friviens ne sont pas avares de tentatives d'assassinat. Et si les rebelles étaient responsables de la mort de Cillian ? Que cela signifierait-il pour Bairre ? Peut-être qu'elle a raison de chercher à le protéger. Après tout, leurs fiançailles représentent la seule prise de sa mère sur Friv et, à sa connaissance, Bartholomé n'a pas d'autres bâtards cachés dans la nature.

— C'était quelqu'un de bien. Le prince Cillian, précise Haimish, la sortant de ses pensées.

Il essaie de le cacher, mais elle voit la manière dont ses yeux n'arrêtent pas de revenir vers Cliona, comme attirés par une force invisible.

— Oui, je crois, dit Daphné avant de faire une pause et de choisir avec soin les mots qui vont suivre. Bairre est aussi quelqu'un de bien. Si quoi que ce soit devait lui arriver, ce serait un désastre.

Cela attire l'attention d'Haimish. Il la dévisage, interloqué.

— Votre attachement pour le prince est touchant, Votre Altesse.

— Ah oui ? s'étonne-t-elle, la tête penchée sur le côté. Je pensais justement la même chose de celui que vous nourrissez pour Cliona.

Haimish se raidit. Daphné se demande même s'il respire encore. Le seul changement qu'elle observe est une rougeur qui naît à la base de son cou pour remonter vers son visage.

— Vous n'avez pas pu vous empêcher de la fixer pendant toute la soirée. Et elle semble faire tout son possible pour ne *pas* vous regarder. Lequel de vos parents désapprouve ? Je parierais que c'est son père. J'ai entendu dire qu'il était très protecteur envers elle... Sans parler de votre héros de guerre de père, et de sa loyauté envers le roi. Est-ce pour cela que vous avez rejoint la rébellion ? Pour prouver que vous n'êtes pas seulement le fils de votre père ?

Haimish reste silencieux quelques secondes encore, mais ensuite, il surprend Daphné en souriant.

— Quelque chose comme ça, je suppose. Comment avez-vous deviné ?

— Vous m'avez sous-estimée par négligence, répond Daphné. C'était plutôt facile, en fait. Pourquoi Cliona vous a-t-elle mis sur ma liste ? Elle doit connaître votre loyauté mieux que quiconque.

Haimish se masse la nuque.

— Nous avons parié. J'ai perdu.

— Alors tout ça n'est qu'un jeu pour vous ? Croyez-le ou non, j'ai mieux à faire.

— Détendez-vous, répond-il d'un ton moqueur. Ce n'est pas entièrement le cas. Considérez-moi comme un simple défi, mais les deux autres noms sont authentiques.

— Eh bien, je doute que vous puissiez rallier à votre cause le seigneur Maives. Il est encore plus proche du roi que ne l'est votre père, sans parler du fait que c'est le beau-frère de la reine. Ce serait idiot d'essayer.

Haimish a l'air sceptique, et Daphné se force à ne pas lever les yeux au ciel. S'il veut retourner le seigneur Maives, qu'il le tente lui-même.

— Et Rufus Cadringal ? insiste-t-il.

Daphné note qu'Haimish n'utilise pas son titre, qui est récent. Elle se demande si les deux hommes sont suffisamment proches pour que ce soit une habitude difficile à briser.

— En me basant sur ce que je sais déjà, je pense qu'il est possible de le convaincre. Mais je ne l'ai pas rencontré, alors c'est difficile de l'affirmer, dit Daphné en scrutant la foule. Vous le voyez ?

— Malheureusement, ils ont eu quelques problèmes de calèche et ont été retardés. J'ai appris qu'ils ont envoyé un messager pour prévenir qu'ils arriveraient avant l'aube.

— C'est malheureux, en effet, déplore Daphné, les roues de son esprit se mettant à tourner.

À l'autre bout de la pièce, Bairre dit quelque chose à Cliona avant de s'éclipser par les portes principales.

— Merci de m'avoir tenu compagnie, Haimish. Si cela ne vous dérange pas, je dois dire un mot à mon fiancé.

Elle trouve Bairre adossé au mur de pierre, juste après les portes de la salle de réception, sous une petite applique, les traits anguleux de son visage mis en relief par la flamme vacillante. Plus que jamais, il semble presque sauvage, mais lorsque leurs yeux se croisent, il y a une étincelle de douceur, si fugace que Daphné n'est pas sûre de ne pas l'avoir imaginée.

— Vous vous cachez ? lui demande-t-elle. Les gens des hauts plateaux ne semblent pas vraiment mauvais, si turbulents soient-ils.

Bairre secoue la tête, un sourire hésitant sur ses lèvres.

— J'avais juste besoin d'être seul un moment. Que pensez-vous d'Haimish ?

Daphné lève les yeux au ciel pour montrer combien elle le trouve pénible et Bairre éclate de rire.

— Oui, il le mérite, je crois !

— Il a mentionné que l'une des familles était retardée : les Cadringal. Je me suis dit que nous pourrions les emmener chasser demain, puisqu'ils n'auront pas pu participer à la soirée, propose-t-elle.

— Les Cadringal ? demande Bairre, les yeux pétillants. Je n'ai pas vu Rufus depuis… Eh bien, depuis l'époque où nous avions chacun un titre différent, je suppose.

— Depuis que vous avez chacun perdu un être cher.

Il acquiesce, détournant le regard.

— Ce n'est pas nécessaire, vous savez.

— Quoi donc ? demande Daphné.

— D'essayer de le séduire, dit Bairre en haussant les épaules. Les Cadringal font partie des premières familles qui ont juré fidélité à mon père, et Rufus était à la fois l'ami de Cillian et le mien. Nous prenions des leçons ensemble chaque fois qu'il était à la cour. Il ne m'a jamais traité de manière différente de mon frère. Si je peux compter sur la loyauté de quelqu'un, c'est bien sur la sienne.

Daphné réfléchit à ce qu'il vient de dire, l'ajoutant aux informations qu'elle a déjà rassemblées sur Rufus Cadringal, mais également sur Bairre lui-même : derrière une apparence bourrue, il y a tant de choses qu'il ne comprend pas sur sa nouvelle position. Si quelqu'un a déjà réussi à tuer Cillian, il pourrait lui aussi être menacé et, pour le moment, c'est une cible facile. Elle s'adosse au mur en face de lui.

— Un dirigeant fort sait qu'il ne faut dépendre de la loyauté de personne, Bairre, dit-elle doucement.

Après tout, il ne sait pas que Cliona travaille contre sa famille. Il ne sait rien non plus sur Daphné elle-même. C'est une bénédiction, mais s'il ne voit aucun ennemi quand il regarde les visages des courtisans de Friv, cela pourrait bien le mener à sa perte, et Daphné est certaine que sa mère considérerait que c'est sa faute.

Il secoue la tête et reste silencieux un moment, avant de lancer :

— Comment faites-vous ?

— Comment je fais quoi ?

— Comment faites-vous pour regarder les gens qui vous entourent en vous demandant en permanence comment vous pouvez les utiliser, comment ils peuvent vous trahir. Mon père et vous, vous parlez des personnes présentes ici comme si leur valeur pouvait être estimée sur une feuille de papier : ce qu'ils valent pour la couronne et pour Friv. J'ai toujours pensé qu'il était froid et calculateur, mais il est possible que vous le soyez encore davantage.

Daphné l'observe un moment, essayant de formuler une réponse. Les courtisanes bessemiennes lui ont appris que la clé de la séduction, c'était de comprendre ce qu'un homme voulait et de le devenir. Mais que Bairre attend-il d'elle ? Veut-il qu'elle soit désolée, ou bien admire-t-il en réalité sa nature ? C'est le défi, avec lui : elle ne sait jamais ce qu'il *veut* d'elle. Alors elle décide de lui dire la vérité, pour une fois.

— Contrairement à vous, contrairement même à votre père, j'ai été élevée pour porter une couronne depuis le moment où je suis née, dit-elle lentement. Vous, à l'inverse, étiez destiné à l'arrière-plan, à la périphérie. Peut-être Cillian vous aurait-il confié un poste quelconque dans son conseil, un titre, même, mais vous n'auriez jamais eu de vraie marge de manœuvre. Or, ce que l'on apprend vite lorsqu'on a véritablement le pouvoir, c'est que les autres, tous les autres, n'ont qu'une envie : vous le prendre. Oh, ils peuvent ne jamais rien faire en ce sens, ils peuvent même ne jamais se l'avouer, mais ils veulent ce que vous avez. Et cela les rend faciles à comprendre, faciles à manipuler, mais toujours, *toujours* dangereux. Chaque individu dans cette pièce, Bairre, nous poignarderait dans le dos s'il pensait pouvoir s'en sortir.

Le jeune homme réfléchit un instant à ce qu'elle vient de dire avant qu'un rictus ne naisse sur sa bouche.

— Et on vous dit charmante ! rétorque-t-il d'un ton sec.

— Vous ne me voulez pas charmante. Vous me voulez honnête, affirme-t-elle, et il ne nie pas. Voici la vérité : tout le monde veut le pouvoir.

— Justement, objecte-t-il en reposant la tête contre le mur en pierre derrière lui. Moi pas. J'étais parfaitement heureux dans l'ombre de Cillian ; mon statut de bâtard me convenait parfaitement.

Daphné le fixe pendant un instant, scrutant la tension dans ses mâchoires, la dilatation de ses narines.

— Vous êtes un menteur, dit-elle en se détachant du mur pour se rapprocher de Bairre.

— Pardon ?

— Tout ça : la bouderie, l'amertume. Ce n'est pas du ressentiment, c'est de la culpabilité. Parce que vous n'étiez pas heureux dans l'ombre de votre frère ; au contraire, vous vouliez désespérément ce qu'il avait. Et maintenant, vous l'avez obtenu, et votre frère est mort.

Bairre la regarde, sans voix, avec une haine tellement intense dans ses yeux que cela chasse l'air des poumons de Daphné.

— Vous ne savez pas qui je suis.

— Non, admet-elle. Personne ne vous connaît vraiment, je suppose.

Elle fait une pause, frappée soudain par une sensation intense. Elle sait ce que c'est d'être jaloux de ses frères et sœurs : elle a passé sa vie à envier la confiance en elle de Beatriz ou la gentillesse naturelle de Sophie. Même si le seul fait d'y penser la fait souffrir, si quoi que ce soit devait leur arriver, elle ne sait pas ce qu'elle ferait.

— Vous ne l'avez pas tué, dit-elle, avec douceur. Si la jalousie suffisait à tuer, il n'y aurait plus personne sur terre. Peut-être qu'il était né pour ça, peut-être qu'il aurait été un meilleur prince, mais il est mort, et vous ne l'êtes pas. Vous pouvez continuer à errer en vous lamentant sur votre sort, ou bien vous pouvez remplir cette mission d'une manière qui l'aurait rendu fier. C'est à vous de voir.

Pendant un long moment, il ne dit rien, l'air abattu. Quand il la regarde enfin, elle y décèle une vulnérabilité qui fait craquer quelque chose dans sa poitrine.

— Je ne sais pas comment faire, dit-il calmement.

Elle fait un pas vers lui, la main tendue. Elle tente de se convaincre que cela fait partie de son plan de gagner sa confiance, de le séduire, que cela fait partie d'un jeu au long cours. Mais, au plus profond d'elle, elle sait que ce n'est pas l'entière vérité.

— Eh bien, comme vous l'avez fait remarquer, moi, si. Alors demain, nous allons chasser avec le seigneur Cadringal, et je vous aiderai à agir comme le prince que vous êtes censé être.

Il regarde sa main pendant un moment, comme si elle pouvait tenir un couteau, avant de la prendre. Elle peut sentir la rude callosité de sa paume contre la sienne : ce n'est pas aussi désagréable qu'elle s'y attendait.

BEATRIZ

Beatriz a lu la lettre de Sophronia tant de fois qu'elle la connaît par cœur, mais les mots n'ont toujours aucun sens à ses yeux.

Je n'ai pas pu mettre notre plan à exécution. Je sais que Mère pensera que je suis faible, mais je crois que toi, au moins, tu comprendras. Ce n'était pas correct, et cela ne valait pas le prix à payer : je n'ai pas pu m'y résoudre.

Mais apparemment, Mère me connaît si bien qu'elle a réussi à me retirer toute possibilité de faire un choix. Je suis sûre que d'ici à ce que tu reçoives ma lettre, la déclaration de guerre de Leopold sera arrivée. C'est un faux, mais cela n'a pas la moindre importance. Mon seul espoir, c'est que tu libères le seigneur Savelle et que tu le renvoies chez lui. Je n'ai aucun droit de te demander quoi que ce soit, je le sais, mais je pense qu'au plus profond de ton cœur, tu sais toi aussi que c'est mal.

Je ne pense pas non plus que l'une ou l'autre ayons la moindre chance contre Mère, pas seules, mais si nous agissons ensemble, et si par un quelconque miracle Daphné se joint à nous, je pense qu'il y a un espoir de briser son emprise. Libérer le seigneur Savelle, c'est la première étape. Je te promets que je te soutiendrai quelles qu'en soient les conséquences.

Je t'aime, je te fais confiance et tu me manques.

Sophie

Pour partie, le contenu n'est pas surprenant : leur mère a toujours considéré que Sophronia était trop tendre, même si Beatriz pense que « sensible » serait un terme plus approprié. Mais, quel que soit le terme, il s'avère que ce n'est pas une qualité utile pour être princesse de Bessemia, et l'impératrice a fait ce qu'elle pouvait pour endurcir Sophronia. Ça n'a jamais vraiment fonctionné.

Non, ce qui surprend Beatriz, c'est la force dans les mots de sa sœur. Pas simplement la culpabilité, les tiraillements interrogeant le bien-fondé de leur action : ça, Beatriz pouvait s'y attendre. Mais passer à l'acte ? Que Sophronia se soit vraiment dressée contre leur mère et ait refusé d'obéir à ses ordres ? Ça, c'était inimaginable de la part de la fille que connaissait Beatriz.

Évidemment, la rébellion n'a servi à rien : Sophronia aurait dû le savoir. Depuis leur naissance, leur mère a toujours eu un coup d'avance, elle a toujours semblé tout voir et tout savoir. Mais jusqu'alors, Beatriz pensait que c'était elle, celle qui refusait les ordres, qui se révoltait.

« Je pense qu'au plus profond de ton cœur, tu sais toi aussi que c'est mal. » Ces mots s'attardent dans l'esprit de Beatriz longtemps après qu'elle a brûlé la lettre dans la cheminée pour se préparer à aller au lit. Est-ce qu'elle sait que c'est mal ? Oui, elle a été rongée par la culpabilité d'avoir piégé le seigneur Savelle ; oui, elle a été hantée par l'image de lui emprisonné, brûlé, à cause d'elle. Mais c'était une horrible nécessité, non ? Un moyen de sauver sa propre vie, bien sûr, mais aussi de sauver Cellaria, de sauver d'autres personnes comme elle et comme la fille du seigneur Savelle, ainsi que l'ensemble de ceux qui enfreignent les strictes lois de ce royaume. Beatriz n'est peut-être pas d'accord avec sa mère sur grand-chose, mais elle est convaincue que Cellaria vivrait mieux sous le règne de l'impératrice. Cela ne vaut-il pas la vie d'un homme ?

Elle n'en est plus certaine.

— Tu sembles perturbée, note Pasquale, qui arrive du salon.

Il a dîné avec son oncle, le père de Gisella et Nicolo, et avec d'autres membres du conseil du roi. En voyant son expression, elle doute que ce se soit bien passé.

— Toi aussi, lui fait-elle remarquer. J'aurais aimé y aller avec toi.

— Crois-moi, je l'aurais souhaité, mais ils ont beaucoup insisté pour me parler seul. Ils ont dû avoir peur que tu ne parviennes à en faire passer certains de notre côté en les charmant, dit-il avec un sourire en coin.

— Notre côté ? demande Beatriz. Avons-nous pris parti ?

— Je crois que quelque chose ne tourne vraiment pas rond chez mon père. Cette guerre contre Temarin est la dernière chose dont nos deux royaumes aient besoin. La trêve a été bénéfique à tous, il est impératif qu'elle tienne. Mais ils ne sont pas d'accord. Mon oncle, en particulier, semble déterminé à entrer en guerre. Alors oui, je suppose qu'il y a des clans, maintenant, dit Pasquale en s'effondrant sur le lit à côté d'elle. Je connais mon père, Triz. Je connais ses humeurs. Je connais son caractère. Mais il y a autre chose : il est malade. Je le sais, et je pense qu'eux aussi, mais qu'ils ne peuvent pas l'admettre.

— Bien sûr que non, dit Beatriz avec mépris. Leur pouvoir dépend du sien : c'est pour cela que personne ne lui dit non.

Elle se demande si sa mère est responsable de l'aggravation de l'état du roi. Elle n'aurait pas hésité, et un roi fou servirait ses intérêts. Ce sera plus facile de gagner la loyauté d'un royaume ennemi si elle libère son peuple d'un tel tyran. « Je pense qu'au plus profond de ton cœur, tu sais toi aussi que c'est mal. » Les mots de Sophronia résonnent à nouveau dans son esprit.

— Est-ce que tu veux être roi ? demande Beatriz.

Même s'ils sont seuls dans la pièce, elle a baissé la voix.

Pasquale la dévisage, le front plissé.

— Pourquoi une telle question ?

Beatriz se souvient du jeu sur la plage, quand il a prétendu qu'il mentait sur le fait de ne pas vouloir être roi, alors qu'elle savait que c'était la vérité. Elle poursuit :

— Je pense que tu serais un bon roi. Peut-être pas celui que ton père était dans la force de l'âge, mais un roi honnête et juste. Tu pourrais faire de Cellaria un meilleur royaume.

Le pli sur le front de Pasquale s'approfondit.

— Nous ne parlons pas de ça, répond-il d'une voix plus ferme que nécessaire.

Beatriz le regarde, observe le garçon qu'elle a épousé en sachant qu'elle finirait par le trahir, le mari qui n'est en rien ce à quoi elle s'attendait, en rien ce qu'elle avait espéré, mais, d'une certaine manière, se révèle être l'ami dont elle avait besoin.

— Nous parlons bien de ça, dit-elle en soutenant son regard. Ton père ne va pas bien. Il prend de mauvaises décisions pour Cellaria. Le dénouement logique de cette situation, c'est toi sur le trône. Alors je te le demande : est-ce que c'est ce que tu veux ?

Pasquale pousse un long soupir. Il détourne les yeux mais, quand il les repose sur elle, elle se souvient de ce qu'elle a pensé quand ils se sont rencontrés : il ressemblait à un chiot effrayé. Maintenant, elle se dit que le chiot a peut-être des dents.

— Je ne l'ai jamais voulu, et je ne le veux toujours pas. Mais je pense que c'est ce qu'il faut que je fasse, ou plutôt ce qu'on attend de moi. Et avec toi à mes côtés, la perspective est moins effrayante.

Beatriz acquiesce lentement, un plan prenant forme dans son esprit. Un plan insensé, un plan peut-être impossible, mais la seule chance d'aider sa sœur. « Que les étoiles te maudissent, Sophie, toi et ta fichue conscience. » Elle contemple le garçon dont la vie est désormais irrévocablement liée à la sienne et un sourire fragile naît sur ses lèvres.

— Très bien, dit-elle. Alors je suppose que nous allons devoir organiser un coup d'État.

La confiance n'est pas une chose facile pour Beatriz. Sa mère ne l'a jamais encouragée, pas même entre elle et ses sœurs, même si c'était inévitable. Mais Daphné, Sophronia et elle n'ont jamais eu d'amis ; chaque fois qu'elles devenaient proches de gens de leur âge, leur mère faisait en sorte de saboter leur relation. Beatriz se rappelle qu'à l'âge de huit ans, elle s'était liée avec la fille d'un comte qui partageait son amour à la fois de la mode et du théâtre. Sa famille avait rapidement déménagé de la cour pour s'installer dans sa propriété à la campagne, et Beatriz n'avait plus jamais entendu parler de la petite fille. Bien que cela ait semblé être un cruel coup du sort à l'époque, elle voit clairement aujourd'hui l'empreinte de sa mère sur cet incident, mais aussi sur beaucoup d'autres semblables.

« Ne vous fiez à personne d'autre qu'à moi », semblait leur dire leur mère et, même si elle ne l'avait jamais formulé en ces termes, la leçon avait été apprise. Beatriz et ses sœurs n'ont pas d'amies, n'ont jamais eu de confidentes ; elles n'ont qu'elles, et leur mère.

« Je t'aime, je te fais confiance et tu me manques », a écrit Sophronia dans sa lettre et ce sont ces mots que Beatriz se répète encore et encore tandis qu'elle et Pasquale sont assis dans leur salon, attendant l'arrivée de leurs invités. Elle fait *vraiment* confiance à Sophronia, peut-être davantage qu'à n'importe qui, et certainement plus qu'à Daphné qui, Beatriz en est certaine, ne dirait jamais un mot contre leur mère, et est encore moins susceptible d'agir contre elle. Sur ce point, Beatriz sait que Sophronia se trompe, mais à chaque jour suffit sa peine.

Elle fait confiance à Pasquale aussi, pense-t-elle alors qu'ils surveillent ensemble la porte. C'est en partie une confiance de mercenaire, c'est vrai : ils n'ont pas d'autre choix que de se fier l'un à l'autre, du moins pour l'instant. Mais cela va au-delà. Elle lui fait confiance parce que c'est Pasquale et que, depuis le moment où on les a poussés l'un vers l'autre, leurs destins sont scellés.

Et, lorsque Gisella et Nicolo entrent dans la pièce, Ambrose sur leurs talons, Beatriz prend conscience qu'elle leur fait confiance à eux aussi, pas seulement parce qu'elle n'a pas le choix non plus, mais parce que ce sont des amis. Peut-être, surtout avec Ambrose, n'est-ce que par ricochet : Pasquale croit en lui, alors Beatriz également. Mais Gisella et Nicolo l'ont mise en garde contre les penchants du roi ; Nico s'est même mis en danger pour l'en protéger.

Lorsqu'ils sont tous assis autour du feu qui ronronne, Beatriz et Pasquale échangent un regard. Ils n'en ont pas discuté, mais Beatriz sait qu'elle doit prendre les rênes. Elle se tourne vers les trois autres et s'éclaircit la gorge.

— Le roi Cesare est instable, commence-t-elle. Nous le savons tous, n'est-ce pas ?

Gisella et Nicolo ont l'une de leurs conversations silencieuses, tandis qu'Ambrose ne semble pas savoir comment réagir, mais personne n'émet son désaccord et, après un moment, tous trois hochent la tête. Beatriz envisage de mentionner qu'elle pense qu'on empoisonne le roi depuis un moment, que cela aurait pu être mortel si Nicolo et les autres échansons n'avaient pas dilué son vin, mais elle tient sa langue. Elle attend des nouvelles de Daphné avant de pouvoir l'affirmer.

— S'il continue à agir de manière incontrôlée, il va mener Cellaria à la ruine, poursuit-elle. Cette guerre avec Temarin ne sera que le début.

— Temarin nous a déclaré la guerre, dit Ambrose, d'une voix douce. Cela semble difficilement évitable, maintenant.

Beatriz se mord la lèvre.

— J'ai reçu un mot de ma sœur, Sophronia : la déclaration de guerre était un faux. Elle et Leopold n'ont aucun désir de nous attaquer, tout comme nous ne devrions avoir aucune envie de nous battre contre eux. Nous sommes de la même famille, de plus d'une manière. Maintenir la trêve est dans le meilleur intérêt à la fois de Cellaria et de Temarin.

Beatriz prend une profonde et fortifiante inspiration avant de poursuivre :

— Une fois que le seigneur Savelle sera exécuté, il n'y aura plus aucun moyen d'empêcher cette guerre.

« Aucun moyen d'empêcher ma mère de s'emparer de ces deux royaumes », ajoute-t-elle en silence.

Parce que c'est bien l'enjeu du soutien qu'elle va apporter à Sophronia. Beatriz n'a jamais hésité à se révolter contre leur mère auparavant, mais il s'agissait de petites rébellions sans réelles conséquences, pour le plaisir du spectacle, guère plus. Cette fois-ci, par contre, il n'y a pas de retour en arrière possible. Beatriz le sait, mais si effrayant que cela paraisse de rompre avec l'impératrice, tourner le dos à Sophronia n'est pas une option. Elle s'endurcit et continue :

— Si le roi Cesare veut nous condamner en franchissant cette ligne, c'est à nous de l'en empêcher.

Nico les regarde tous tour à tour.

— Nous parlons de trahison, là, dit-il.

— Nico… commence Gisella.

— Je n'émets aucun jugement, s'empresse-t-il d'ajouter. Je veux juste être très clair. Ce dont nous discutons relève de la trahison. On brûle des gens pour ça.

— On brûle des gens pour moins que ça, ces jours-ci, rétorque Beatriz.

Nicolo braque ses yeux sur elle.

— Ce n'est pas drôle.

— Non, en effet, approuve-t-elle en soutenant son regard. Vous pensez que c'est juste ? De brûler des gens pour avoir eu recours à la magie ?

Elle prend conscience qu'elle a désespérément envie de connaître l'opinion de Nicolo : pour savoir s'il les soutiendra, mais aussi ce qu'il penserait s'il savait la vérité sur elle. La regarderait-il différemment ? Serait-il heureux de la voir brûler ? Elle ne le pense pas, mais elle ne peut pas en être sûre.

— Même sans aller jusqu'à y avoir eu recours, ajoute Pasquale. Nous savons tous que les preuves présentées contre la plupart d'entre eux sont minces.

— Au-delà de ça, insiste Beatriz. Quand nous avons eu l'occasion d'en parler, Gigi et Nico, vous ne sembliez pas penser que c'était un sacrilège, mais plutôt un scandale. Pas, tu n'as jamais exprimé le niveau de haine que j'ai entendu de la part d'autres personnes. Si le seigneur Savelle est coupable de ce dont le roi l'accuse, pensez-vous qu'il devrait mourir ?

Pendant un moment, personne ne dit rien. Puis, à la surprise de Beatriz, c'est Ambrose qui parle le premier :

— La magie donne quantité de pouvoir à une seule personne, commence-t-il doucement. Mais j'ai lu beaucoup de livres – trop, sans doute, et dont une bonne partie sont illégaux ici, je l'admets. J'ai lu des histoires sur les horribles choses que les empyrions ont faites avec ce pouvoir, mais il y a aussi des choses positives. De grandes choses. Des miracles.

Il hésite, regardant les autres avec une certaine méfiance. Beatriz ne peut pas lui en vouloir. Les mots qu'il prononce pourraient le conduire au bûcher. Mais il continue :

— Non, je pense que si le seigneur Savelle avait le pouvoir de faire tomber les étoiles du ciel, de les plier à sa volonté, il faudrait considérer que les étoiles ont jugé bon de le bénir. Si c'était le cas, le tuer pourrait-il être un sacrilège ?

C'est une réponse complexe, et qui ressemble à un débat rhétorique dont Beatriz ne comprend peut-être pas tous les enjeux, mais ce qu'elle retient, c'est qu'Ambrose ne souhaite pas sa mort, et cela lui suffit. Elle jette un coup d'œil aux autres.

— Je ne sais pas… hésite Gisella en fixant Beatriz. Je mentirais si je disais que je n'ai pas moi-même fait des vœux sur quelques étoiles, juste pour voir si j'avais un don. Toi aussi, Nico, ne prétends pas le contraire.

Nicolo lance un regard noir à sa sœur avant de se tourner vers Beatriz.

— Elle a raison, reconnaît-il. Je suppose que c'est le cas de la plupart des gens, même à Cellaria. On ne devrait pas condamner quelqu'un pour ça.

Beatriz se sent en quelque sorte confortée, même si ce n'est pas aussi affirmatif que ce qu'elle aurait souhaité. C'est suffisant, présume-t-elle. Elle se tourne vers Pasquale, qui lui renvoie son regard avec une détermination surprenante.

— Voilà longtemps que je suis convaincu que les lois de mon père sont mauvaises. Je pense souvent à la fille du seigneur Savelle : elle ne méritait pas de mourir pour ce qu'elle a fait. Je regrette de n'avoir rien tenté pour l'aider à l'époque, alors j'aiderai son père aujourd'hui, sans hésiter.

Nicolo observe tour à tour Pasquale et Beatriz.

— Alors ? demande-t-il. Qu'avez-vous en tête, exactement ?

Beatriz jette un œil à Pasquale. Il estimait que cette partie du plan relevait de la folie, mais il était prêt à la suivre. Elle espère que les autres aussi.

— Nous allons libérer le seigneur Savelle de sa cellule et le renvoyer à Temarin.

DAPHNÉ

Daphné est assise dans sa chambre, devant la cheminée, la lettre de Sophronia à la main. Elle l'a lue une fois mais ne parvient pas à recommencer.

« J'ai besoin de ton aide, Daph. »

Sophronia lui a raconté comment tout a dérapé à Temarin, ou plus précisément comment elle a tout fait déraper en allant à l'encontre du plan de l'impératrice. « Tu dois avoir vu à quel point elle a tort, maintenant, à quel point nous avons eu tort d'obéir à ses ordres. »

Mais cette phrase n'a aucun sens aux yeux de Daphné, qui n'a rien constaté de tel. Ce qu'elle a vu, elle, c'est que Friv est une terre sauvage, qui a besoin d'une main plus forte que celle de Bartholomé. Elle ne comprend pas pourquoi Sophronia n'a pas simplement pu faire ce qu'on attendait d'elle. Daphné a fait son devoir : elle a volé le sceau du roi, elle a eu un couteau sous la gorge, elle s'est acoquinée avec des rebelles dont elle est presque certaine qu'ils veulent sa mort ; elle est même allée au-delà de ce qu'on lui avait demandé ! Sophronia n'a même pas réussi à falsifier une pauvre lettre pour faire entrer en guerre ce roi censé être follement amoureux d'elle.

« Et Bairre ? » murmure une voix dans son esprit, qu'elle s'empresse de réduire au silence. Qu'en est-il de

Bairre ? Il ne veut pas régner, il l'a dit lui-même. D'une certaine façon, elle lui rendra service.

« Je ne peux pas faire confiance à tes sœurs, a dit l'impératrice à Daphné peu avant qu'elles ne partent à la rencontre de leurs destins. Sophronia est faible et Beatriz est volage. Toi, ma colombe, tu es celle sur qui je peux compter, la seule en qui j'aie confiance pour gouverner à ma place quand je ne serai plus là. »

Daphné envisage d'envoyer la lettre de Sophronia à leur mère pour qu'elle puisse remettre de l'ordre, mais elle hésite. Il semble que l'impératrice ait déjà la situation en main, et Daphné ne veut pas que sa sœur ait davantage de problèmes, même si elle est très en colère. Cependant, elle ne peut pas non plus répondre à Sophronia, encore moins lui offrir la moindre aide. Elle n'éprouve qu'un bref sentiment de culpabilité quand elle jette au feu la lettre avant de se lever et d'appeler une servante pour l'aider à enfiler sa tenue d'équitation.

— Vous devez vous rappeler de ne jamais rien promettre, pas même la monnaie dans votre poche. Je sais que le seigneur Cadringal et vous êtes amis, mais les choses ont changé. Vous êtes désormais tous deux responsables de bien plus que vos seules personnes, dit Daphné à Bairre alors qu'ils attendent les Cadringal, à la lisière des terrains de chasse du château.

Le seigneur Cadringal et ses cinq frères et sœurs sont arrivés une heure avant l'aube et la chasse a été organisée l'après-midi, afin qu'ils aient le temps de se reposer et de se remettre de leur éprouvant voyage.

Daphné lutte pour chasser de son esprit Sophronia et sa lettre, pour ignorer la culpabilité qui la tenaille. Il lui vient à l'esprit que le conseil qu'elle donne à Bairre s'applique aussi à elle : elle aime tendrement sa sœur, mais si elle a dévié de son chemin, Daphné ne peut pas la soutenir. Sa mère compte sur elle. Sophronia se ravisera, se dit-elle. Elle réalisera son erreur et leur mère finira par lui pardonner.

Elle décide de se concentrer plutôt sur Bairre, qui la regarde le front plissé : expression dont elle est devenue familière et qu'elle a même commencé à affectionner. Il fait les cent pas depuis plusieurs minutes, les mains nouées derrière le dos.

— Vous ne connaissez pas Rufus ; il ne me demandera rien.

Daphné devrait être agacée, mais elle est surprise par le soupçon de jalousie qu'elle sent pointer en elle à la place : Bairre semble sincèrement croire ce qu'il dit. Peut-être qu'il avait raison à son sujet. Peut-être qu'elle n'a que des relations intéressées, mais c'est seulement parce qu'elle y est obligée. La voix de Sophronia l'assaille une nouvelle fois : « J'ai besoin de ton aide, Daph » – mais, à nouveau, elle la repousse.

— Je peux vous assurer que d'ici la fin de la chasse, il vous sollicitera pour que vous demandiez à votre père de baisser les impôts de sa région.

Bairre y réfléchit.

— Je ne vois pas pourquoi nous ne pourrions pas le faire. J'ai appris que le dernier hiver a été plus dur que d'habitude. Beaucoup, parmi les clans des hautes terres, ont du mal à s'en sortir.

« Ils n'ont pas seulement du mal à s'en sortir, pense Daphné. Ils complotent. »

— Ne faites pas de promesses que vous ne pourrez pas tenir, c'est tout, répète-t-elle, ses pensées se dirigeant encore vers sa sœur.

Sophronia a promis d'être loyale à sa mère, de faire ce qui lui était demandé. Elle a rompu ses promesses désormais, et même si Daphné la plaint, elle est également en colère. Était-ce si difficile de se contenter de suivre des ordres ?

— Daphné ? demande Bairre, la regardant bizarrement.

— Désolée, qu'est-ce que vous avez dit ?

— Vous allez bien ? Vous n'avez pas l'air dans votre assiette.

— Je vais bien, répond-elle avec un sourire crispé. Seulement, je n'ai pas bien dormi la nuit dernière.

Bairre ouvre la bouche pour répliquer, et elle suspecte qu'il va refuser cette excuse bancale, mais alors, les yeux du garçon sont attirés par quelque chose derrière l'épaule de Daphné. Son expression se modifie et il lève la main dans un salut. En se tournant, Daphné découvre un groupe de six personnes, aux mêmes cheveux d'un roux vif, qui se dirigent vers eux. Elle compte trois filles et trois garçons, dont le plus âgé doit être Rufus. Elle sait qu'ils ont le même âge, mais lorsqu'il s'approche, elle prend conscience qu'il doit dépasser Bairre de presque une trentaine de centimètres, et elle-même de près du double.

— Rufus, le salue Bairre en tendant la main vers lui, mais celui-ci l'ignore et, à la place, le serre dans ses bras.

— C'est bon de te voir, Bairre, dit-il lorsqu'ils s'écartent, avec un accent des hautes terres si fort que Daphné peine à distinguer les mots. J'ai été tellement désolé d'apprendre pour Cillian.

— Et moi désolé d'apprendre pour ton père, réplique Bairre.

Rufus hoche la tête pour le remercier avant de se tourner vers Daphné.

— Et vous devez être la charmante princesse Daphné dont nous avons tant entendu parler au fil des années, dit-il en prenant la main qu'elle lui offre pour qu'il la baise. Puis-je vous présenter mes sœurs, Liana, Della et Zenia. Et mes frères, Verne et Teddy, poursuit-il en les désignant successivement du menton.

— Theodore, maintenant, insiste le plus jeune.

— Oui, c'est vrai, se reprend Rufus avec un petit sourire. Theodore. Vous vous rappelez Bairre – le prince Bairre. Et voici sa fiancée, la princesse Daphné.

Les frères et sœurs inclinent la tête vers eux d'un seul mouvement.

— Vos Altesses, murmurent-ils.

Daphné sourit en retour.

— Et si nous partions chasser ?

Daphné savoure la sensation de l'arc dans ses mains. À la seconde où elle décoche la première flèche, touchant en plein vol un faisan gras, un étrange sentiment de paix l'envahit. Le reste peut bien n'être que désordre et confusion, ça, elle sait faire.

— Joli tir, princesse, dit Rufus par-dessus son épaule avec un sourire appréciateur.

— Daphné, lui répond-elle en tendant le bras derrière elle pour tirer une autre flèche du carquois. Ce n'est que justice, si je vous appelle Rufus.

— Va pour Daphné, répond-il en se tournant vers Bairre. Une vraie tireuse d'élite, n'est-ce pas ?

— En effet, répond le prince, les yeux scrutant les bois autour d'eux à la recherche du moindre mouvement. Daphné est dangereuse à plus d'un égard.

Elle ignore si c'est un compliment ou une insulte de sa part, mais décide d'opter pour le compliment.

— Est-ce que vous chassez souvent, Rufus ? demande-t-elle. J'ai entendu dire que le gibier était encore plus abondant dans le Nord.

Elle n'est toujours pas sûre de lui, en tout cas elle n'a pas encore déterminé s'il pouvait avoir des sympathies pour les rebelles. Son affection pour Bairre semble sincère, mais Daphné sait qu'il est parfaitement possible pour une personne de vous sourire à un moment et de vous poignarder dans le dos l'instant d'après.

— Nos cerfs atteignent presque le double de ceux d'ici, bien qu'ils aient été rares ces derniers mois.

— Chut ! souffle la cadette, Della, d'un ton désapprobateur. Vous faites peur au gibier.

— Elle est très sérieuse, Della, dit Rufus à Daphné, la voix devenue un murmure.

Mais sa sœur l'entend, et lui lance un regard noir.

— Vous avez des sœurs également, n'est-ce pas ?

« Oui, deux », articule Daphné en silence, tout en examinant les bois, aux aguets. La mention de ses sœurs lui fait l'effet d'un coup de couteau dans la poitrine, mais elle s'efforce de ne pas le montrer.

— Plus âgées ou plus jeunes ? demande Rufus.

Elle le dévisage, surprise. Personne ne lui a jamais posé cette question avant. Tout le monde les a toujours considérées, elle et ses sœurs, presque comme une seule et même entité.

— Nous sommes triplées. Dans les faits, je suis celle du milieu. Beatriz est l'aînée, Sophronia la plus jeune, même si cela ne se joue qu'à quelques minutes.

« J'ai besoin de ton aide, Daph. » Qu'importent les efforts qu'elle fournit pour la faire taire, la voix persiste.

— Elles doivent vous manquer, observe Rufus, ignorant tout de ses pensées. Bien que, je dois l'admettre, il m'arrive souvent d'avoir envie de mettre quelques centaines de kilomètres entre mes frères et sœurs et moi.

Liana, la seule des intéressés à entendre cette phrase, le fusille du regard.

— Que pensez-vous de votre nouveau rôle de seigneur ? demande Daphné pour changer de sujet.

S'ils n'arrêtent pas de parler de ses sœurs, elle va devenir folle. Elle a besoin de se concentrer sur sa mission et de rassembler des informations pour Cliona.

— Je suis sûre que cela doit représenter beaucoup de responsabilités d'un coup.

Rufus tressaille.

— J'ai été élevé pour cela, même si je n'avais jamais pensé que cela arriverait si tôt, dit-il avant de faire une pause. Et ça a été une année difficile, même avant la mort de mon père. Nos récoltes n'ont pas été aussi bonnes que d'habitude, et comme je l'ai dit, la population de cerfs, ainsi que le reste du gibier, a diminué. Notre peuple est dans une situation grave.

Daphné capte le regard de Bairre et fronce à peine les sourcils comme pour lui signifier : « Je vous l'avais dit. »

— Je suis désolée de l'apprendre, compatit-elle.

Rufus attend qu'elle poursuive, mais lorsqu'il réalise qu'elle ne le fera pas – qu'il lui est impossible de le faire –, il hausse les épaules.

— Friv est un royaume obstiné, Daphné. Nous avons survécu à pire, je suis sûr que nous survivrons à cela.

Mais il n'en semble pas si certain. Daphné ne doute pas que si le père de Cliona devait l'approcher, s'il venait à promettre à Rufus ce que Bairre et Daphné ne peuvent lui accorder, il serait prêt à réfléchir à sa proposition. Diminuer encore le nombre de fidèles à Bartholomé servira aussi les intérêts de sa mère.

— Est-ce qu'on peut s'arrêter pour boire un peu d'eau ? les interrompt Zenia d'un ton boudeur.

Âgée de seulement dix ans, c'est la plus jeune de la fratrie. Elle porte son arc par la corde, le faisant pendre à son côté d'une manière qui fait grimacer Daphné. Elle n'a pas tiré une seule flèche de l'après-midi et en semble parfaitement satisfaite.

— Nous n'avons vu aucun cerf encore, répond Verne. Nous devrions en trouver au moins un avant de faire une pause.

— Nous en aurions trouvé davantage si vous tous vous *taisiez*, répète Della.

De tous les frères et sœurs de Rufus, Della est la préférée de Daphné. Cela doit être par solidarité de cadettes.

— Zenia a raison, dit Bairre avec un soupir. Prenons cinq minutes, et puis nous essaierons encore un peu.

Della se renfrogne mais lâche son arc, replaçant dans son carquois la flèche qu'elle avait encochée.

Liana ouvre sa sacoche, en sort plusieurs outres remplies d'eau et les fait passer. Lorsqu'elle tend la sienne à Daphné, elle ne la regarde pas.

— Dites-moi, Daphné, vos sœurs sont-elles aussi pénibles que les miennes ? demande Rufus, ce qui incite Liana à lui lancer sa gourde, qui lui heurte presque le visage.

— Oh, absolument, répond Daphné en dévissant le bouchon de la sienne. Une fois, Beatriz était tellement en colère contre moi qu'elle est venue dans ma chambre et a vidé l'intégralité de ma garde-robe sur la pelouse sous ma fenêtre. Imaginez ma surprise quand je suis revenue du bain.

« Et mon autre sœur a décidé de gâcher une décennie de planification minutieuse dès qu'elle en a eu l'occasion », ajoute-t-elle silencieusement.

Tout le monde rit, même la maussade Liana. Satisfaite, Daphné porte la gourde à ses lèvres et prend une grande gorgée. Après avoir marché et fait du cheval pendant une heure, l'eau est aussi bienvenue que rafraîchissante. Elle s'apprête à boire une nouvelle gorgée, mais une brindille craque sur sa gauche et Daphné se fige, la gourde à mi-chemin de ses lèvres.

Là, au milieu de la luxuriante forêt, se trouve le plus beau cerf qu'elle ait jamais vu. Il y avait beaucoup de cerfs à Bessemia, mais c'étaient de petites choses, avec plus de tendons que de viande. Celui-ci fait facilement deux fois leur taille, et il est d'autant plus haut qu'il est couronné de bois. C'est une bête superbe, et il ne les a pas encore repérés ; sans qu'elle comprenne vraiment comment, leurs bavardages lui ont échappé. Il continue à brouter, la tête penchée sur une touffe d'herbe. Lentement, Daphné abaisse son outre d'eau, la reposant à ses pieds avant de tendre la main vers une flèche et de la placer dans l'encoche de son arc.

— Qu'est-ce que… commence Verne, en la regardant avec des yeux ahuris, mais Rufus lui plaque une main sur la bouche en désignant le cerf d'un signe de tête.

Les autres suivent son regard, mais aucun ne fait un geste pour tirer une flèche.

Ce cerf est entièrement pour Daphné.

Elle tend la corde de son arc, les yeux toujours rivés sur l'animal et, plus particulièrement, sur son long cou. Les muscles de son bras se contractent mais elle se force à prendre une profonde inspiration, à se concentrer sur le cerf et sur rien d'autre.

Puis elle lâche la flèche, l'envoyant vrombir dans l'air avec un doux sifflement, mais celle-ci rate sa cible de presque un mètre et va se ficher dans le tronc d'un arbre derrière l'animal. Au bruit, le cerf se redresse et repère Daphné. Pendant une seconde, il la fixe sans bouger, avant de s'enfuir dans un sursaut.

Della et Rufus partent immédiatement à sa poursuite dans les bois, leurs frères et sœurs sur leurs talons, mais les pieds de Daphné sont ancrés au sol. Ils semblent soudain si lourds ! Son corps entier lui paraît peser une tonne. L'arc tombe à côté d'elle et la tête lui tourne.

— Daphné, demande Bairre, est-ce que ça va ?

— Oui, répond-elle trop vite.

Elle secoue la tête pour essayer de s'éclaircir les idées, mais l'expression de Bairre est de plus en plus déconcertée.

— Pourquoi me posez-vous la question ?

— Parce que vous n'auriez pas dû rater ce cerf. Et que vous semblez sur le point de vous évanouir.

— Ne soyez pas ridicule, rétorque-t-elle, même si elle doit faire un gros effort pour que les mots traversent le brouillard qui commence à lui obscurcir l'esprit.

Pourquoi est-elle si fatiguée ? Elle ne l'était pas une seconde plus tôt, mais maintenant, elle ne rêve que de trouver un coin de sol moelleux quelque part et de s'y étendre, juste un instant.

— Je vais bien, essaie-t-elle de dire, mais elle ne parvient pas à faire sortir les mots de sa bouche.

Ses genoux se dérobent et son esprit sombre dans l'obscurité. La dernière chose dont elle est consciente, ce sont les bras de Bairre qui la rattrapent avant qu'elle ne touche le sol.

DAPHNÉ

La conscience du monde extérieur échappe à l'esprit de Daphné comme le ferait de la fumée entre ses doigts, mais, de temps en temps, elle est assez alerte pour ouvrir les yeux. Chaque fois qu'elle le fait, elle n'est pas seule. Bairre est installé sur une chaise à côté de son lit, parfois assis bien droit, les mains nouées sur les genoux, les sourcils froncés, parfois affaissé la tête en arrière, les yeux fermés, la poitrine s'élevant et s'abaissant au rythme de longues respirations égales. Dans ces moments, son expression est tellement douce, paisible et ouverte qu'il ressemble à un étranger. Dans ces moments, l'esprit fiévreux et embrumé de Daphné se demande ce que ça lui ferait de toucher sa joue, de passer ses doigts dans ses cheveux en bataille, de presser ses lèvres contre les siennes.

Une fois, elle ouvre les paupières et le trouve en train de l'observer, ses pupilles d'argent plantées dans les siennes.

— Pourquoi êtes-vous là ? lui demande-t-elle.

Sa voix est rauque et Bairre s'empresse de lui tendre le verre d'eau qui était posé sur la table à côté de lui.

Elle se contente de fixer son contenu mais ne le boit pas.

— Elle a été vérifiée, dit-il, déchiffrant son expression méfiante. Vous vous rappelez ce qui s'est passé ?

Daphné hésite mais prend une petite gorgée d'eau, puis une nouvelle. Elle ne lui fait pas complètement confiance, mais la soif l'emporte. En quelques secondes, elle vide le verre, puis le lui rend. Il tire une corde derrière lui qui disparaît dans le plafond. Au lointain, elle entend le tintement d'une cloche.

— Vaguement, répond-elle.

Sa voix semble toujours rugueuse, mais sa gorge lui fait un peu moins mal. Elle se laisse retomber contre l'oreiller.

— L'eau était empoisonnée.

Cette pensée l'irrite comme une épine sous sa peau : comme sa mère serait déçue, surtout après les leçons que Daphné et ses sœurs ont suivies sur la façon de détecter et de concocter elles-mêmes leurs poisons ! D'autant plus que Daphné a toujours excellé en la matière. Son échec à repérer qu'on était en train de l'empoisonner est une véritable humiliation.

— Oui, confirme Bairre. Mon père fait interroger tout le monde pour essayer d'identifier le coupable.

— J'imagine que les responsables sont les mêmes que la première fois.

Ce n'est que lorsqu'il la regarde avec inquiétude qu'elle prend conscience qu'elle a parlé à haute voix. En grimaçant, elle se redresse un peu.

— Que voulez-vous dire ? On a déjà tenté de vous empoisonner ?

— Non, s'empresse-t-elle de répondre.

Elle cherche un mensonge plausible, mais rien ne vient. Son esprit lui semble obscurci par une épaisse brume : rien n'est visible à part ce qui est juste devant elle, soit, dans ce cas, la vérité. Elle avoue donc :

— Mais il y a quelques jours, la sangle de ma selle a été sabotée et j'ai failli être piétinée à mort.

Bairre pousse un long soupir.

— Vous êtes peut-être simplement tombée.

— Je vous assure que non. Vous pouvez demander à Cliona, elle était là.

Par les étoiles du ciel, qu'y avait-il dans ce poison, du sérum de vérité ? Elle ferme les yeux pendant un moment avant de les rouvrir.

— Ne le dites pas à votre père. Ce n'est pas un problème aussi important qu'il y paraît, puisqu'ils ont échoué à deux reprises.

— Et vous allez les laisser essayer une troisième fois ? rétorque sèchement Bairre.

Daphné ouvre la bouche, puis la referme, ravalant sa phrase. Elle sait qu'il a raison, mais elle ne peut s'empêcher de considérer ces tentatives de meurtre comme un échec *personnel*. Comme si elle était fragile et, par conséquent, faible. La pensée que quiconque le sache la remplit de honte.

— S'ils essaient encore, ils échoueront de nouveau.

— La seule raison pour laquelle ils ont échoué cette fois-ci, c'est parce que vous avez repéré ce cerf avant de finir de boire votre eau. Le médecin a affirmé que si vous aviez absorbé quelques gorgées de plus, vous ne seriez plus de ce monde.

Daphné se sent soudain nauséeuse, le moindre effort pour répliquer anéanti par la révélation d'être passée si près de la mort.

Elle se rappelle la fille qui lui a passé la gourde, la sœur la plus âgée de Rufus : Liana. Elle se rappelle qu'elle ne l'a pas regardée. Les mots de sa mère lui reviennent à l'esprit.

« Les hommes affirment que le poison est une arme de femme. Dans leur bouche, c'est une insulte, parce qu'ils considèrent que c'est de la lâcheté. Mais le poison, c'est propre, discret. Et il est tellement plus simple de contrôler les effets d'un poison que ceux de la pointe de l'épée au plus fort d'un combat. C'est facile de s'en tirer avec le poison et, s'il est bien utilisé, il est impossible à tracer. Le poison est une arme de femme parce que c'est une arme *intelligente*. »

— Liana, dit-elle lentement. Elle ne semblait pas m'apprécier.

Bairre pousse un long soupir.

— Zenia a avoué.

Zenia. Daphné se souvient de la plus jeune des filles, les cheveux noués en deux nattes qui pendaient de chaque côté de son visage parsemé de taches de rousseur. Une enfant de dix ans à peine.

— Je croyais que votre père essayait de trouver le responsable, fait remarquer Daphné.

— Zenia n'a fait que suivre des ordres. Elle ne connaissait pas l'effet du poison. Elle devait seulement vider une fiole, qu'on lui a donnée, dans votre eau. Quelqu'un lui a offert un vœu si puissant qu'il devait permettre de ramener son père à la vie. Ce quelqu'un est celui que nous recherchons.

— Un vœu ne peut pas faire ça, objecte Daphné.

— Non, mais elle était assez désespérée pour y croire.

Bairre se passe une main dans les cheveux. Ses yeux sont fatigués ; quelque sommeil qu'il soit parvenu à trouver, ça n'a pas été suffisant. Il poursuit :

— Elle est retenue dans les appartements de sa famille jusqu'à ce qu'on décide ce qui sera fait d'elle. Rufus nous supplie d'être miséricordieux, bien sûr.

— Bien sûr, répond Daphné.

Elle essaie de s'asseoir, mais la douleur la transperce et elle s'effondre.

— Attention, prévient Bairre en se penchant en avant.

Il tend la main comme s'il voulait la toucher, mais se ravise.

— C'est une enfant, dit Daphné, sans faire attention au jeune homme. Elle ne savait pas ce qu'elle faisait.

— Elle a essayé de vous tuer, rétorque Bairre, les yeux pétillants d'une lueur que Daphné n'identifie pas.

— Si quelqu'un avait prétendu pouvoir ramener Cillian à la vie, vous auriez fait la même chose, je le parierais.

— Vous l'avez dit vous-même, ce n'est pas possible.

— Mais si vous pensiez que ça l'était, s'il y avait eu ne serait-ce que la plus mince des chances, vous auriez tout tenté.

Bairre ne nie pas.

— Gardez-la sous surveillance, conseille Daphné. Interrogez-la de très près pour trouver qui lui a fait faire ça. Puis laissez son frère la punir comme il l'entend.

Bairre semble prêt à protester lorsqu'on frappe à la porte.

— Entrez, dit-il.

Un serviteur apparaît, apportant un pichet sur un plateau. Il s'apprête à verser de l'eau dans le verre que tient Bairre, mais celui-ci l'arrête.

— Buvez d'abord.

L'homme interrompt son geste, le visage soudain plus pâle.

— Votre Altesse…

— Une précaution nécessaire, vous le comprenez, dit Bairre avec un sourire très froid. Je suis sûr qu'il n'y a rien à craindre.

Le serviteur déglutit avant d'avaler une gorgée. Satisfait, Bairre tend le verre et le laisse le remplir avant de poser le plateau sur la table.

— Est-ce que… Est-ce que ce sera tout ? demande le domestique d'une voix tremblante.

— Oui, pour le moment, le congédie Bairre, passant le verre à Daphné. Merci.

Le serviteur s'enfuit, fermant la porte derrière lui.

Daphné prend une gorgée d'eau rafraîchissante, tout en observant Bairre par-dessus le rebord du verre.

— Pourquoi êtes-vous là ? demande-t-elle une nouvelle fois.

— Quelqu'un a essayé de vous empoisonner, vous vous rappelez ?

— Non, je veux dire : pourquoi n'êtes-vous pas en train d'interroger le personnel du château ?

— Mon père s'en occupe.

— Quand même, votre temps serait mieux employé à l'aider plutôt qu'à jouer les infirmières à mon chevet.

— Zenia n'a pas fabriqué le poison, ce n'était pas son plan à elle. Ce qui signifie qu'une personne, peut-être même plusieurs, souhaite toujours votre mort. Je n'allais pas vous laisser seule, à leur merci, même avant d'être au courant de la première tentative de meurtre.

— Il y a des gardes, fait-elle remarquer.

— Je ne suis pas sûr de pouvoir me fier à eux non plus.

Daphné se souvient de son expédition chez la couturière : trois des quatre gardes qui les escortaient étaient du côté des rebelles. Bairre n'a pas tort d'avoir des soupçons.

— Comment vous sentez-vous ? demande-t-il.

— On dirait que ma tête a été fendue en deux, et j'ai tellement froid ! Mais j'ai aussi l'impression que mon corps entier est en feu.

Bairre se penche pour effleurer le front de Daphné.

— Vous êtes toujours brûlante. Vous devriez essayer de dormir davantage.

Il prend une serviette sur la table et lui en tamponne le front, les joues, avant de la faire descendre sur son cou. La serviette est trempée de sueur. De si près, Daphné voit la fatigue dans les yeux de Bairre et constate à quel point sa peau est blafarde.

— Depuis combien de temps suis-je ici ? demande-t-elle.

— Une journée.

Elle cligne des yeux pour dissiper sa surprise. Une journée entière, disparue.

— Vous avez aussi besoin de sommeil.

— Je vais bien. Ce n'est pas moi qui ai été empoisonné.

— Non, concède-t-elle. Mais pour une certaine raison, vous êtes resté assis là tout ce temps, à prendre soin de moi. Et le repos que vous avez pu trouver sur cette chaise n'a pas dû être des plus paisibles.

— C'est une petite chaise, reconnaît-il, mais ça va. Vous devez dormir.

Elle soutient son regard pendant qu'elle finit le verre d'eau.

— Je ne dormirai pas si vous ne dormez pas.

— Vous n'êtes pas sérieuse, dit-il en haussant les sourcils.

Elle tapote la place à côté d'elle sur le grand lit.

— Vous ne voudriez pas me mettre au défi, lui rétorque-t-elle. Allez, il y a assez de place pour deux et je ne veux pas vous entendre vous plaindre de votre mal de dos demain.

— Ce n'est pas correct.

Elle rit, mais son rire est faible. Déjà, elle sent que son esprit s'engourdit à nouveau et que le sommeil la reprend dans ses griffes.

— Je ne savais pas que vous vous préoccupiez beaucoup de ce genre de choses, murmure-t-elle. Nous sommes fiancés, et par ailleurs, vous n'aurez aucun mal à garder vos mains en place : je dois faire peur à voir.

— C'est un euphémisme, admet-il avec un long soupir en repoussant la chaise pour la rejoindre, même s'il s'installe au-dessus des couvertures. On dirait que vous êtes à un doigt de la mort.

Daphné essaie de lui donner un petit coup, mais son bras est si lourd, si faible, que cela n'a aucun effet.

— Dormez, c'est tout, lui intime-t-il, en roulant sur le côté pour lui faire face, la joue posée sur l'oreiller.

Et en effet, c'est ce qu'elle devrait faire aussi : l'épuisement est prêt à la faire sombrer d'une seconde à l'autre. Mais au lieu de ça, elle laisse ses yeux parcourir le visage de Bairre : les pommettes saillantes, les longs cils sombres en éventail, la mâchoire assombrie d'une barbe naissante. Après une seconde, il ouvre à nouveau les yeux, rencontrant ceux de Daphné avec une intensité calme qui interdit à la jeune fille de détourner le regard.

— Je suis content que vous ne le soyez pas, dit-il doucement.

— Pas quoi ?

— Morte.

Elle s'enroule un peu plus dans la couverture pour lutter contre le froid.

— Vraiment ? Je pensais que ce serait un soulagement. Vous l'avez dit vous-même, vous n'avez pas souhaité tout ça, ni souhaité m'avoir.

— Vous non plus, lui rappelle-t-il. Vous n'avez pas demandé à être fiancée à Cillian, ni à venir à Friv. On vous a poussée à faire tout ça. Vous n'aviez rien demandé.

« Vous n'aviez rien demandé. »

C'est la première fois que cette idée traverse l'esprit de Daphné. Elle n'a jamais protesté, jamais combattu son sort, mais elle ne l'a pas demandé non plus. C'est sa mère qui a décidé de son destin avant même qu'elle ait pris sa première inspiration et, jusque-là, elle s'en est accommodée, mais ce n'est pas la même chose. Elle n'a jamais eu le choix. Une pensée perce à travers son esprit enfiévré, une vérité qui la frappe : si ça avait été le cas, elle aurait pris d'autres décisions, opté pour une vie sans poisons ni subterfuges, où elle n'aurait pas appris à crocheter des serrures ou à coder des lettres, une vie sans mensonges.

Soudain, Daphné se dit qu'elle est fatiguée des mensonges, lasse de faire semblant. Elle a envie de toucher Bairre, alors elle le fait. Elle pose une main sur sa joue, sent la barbe rugueuse sous sa paume.

— Daphné, dit-il, réduisant son prénom à un murmure.

Elle pense d'abord que c'est un avertissement, mais il ne recule pas.

— Je suis sûr que Cillian m'aurait plu, dit-elle alors sans en avoir eu l'intention, comme si les mots se déversaient de ses lèvres sans qu'elle ait le temps de les en empêcher. Mais je ne crois pas qu'il m'aurait regardée de la manière dont vous me regardez.

— Et comment est-ce que je vous regarde ?

On dirait que Bairre ne sait pas s'il veut vraiment entendre la réponse.

Daphné sourit, même si ce petit mouvement la fait souffrir.

— Comme si j'étais la foudre, murmure-t-elle en passant les doigts sur la mâchoire de Bairre. Et que vous étiez incapable de déterminer si je vais vous tuer ou vous ramener à la vie.

Il ne dit rien, mais elle sent le mouvement de sa gorge sous ses doigts.

— Daphné, dit-il à nouveau, et cette fois, impossible de se tromper : le soupir dans sa voix le trahit.

— Et je suis sûre que je vous regarde de la même façon, affirme-t-elle calmement.

Il ferme les yeux puis les rouvre.

— Vous êtes malade. Vous avez besoin de dormir. Vous avez dit que vous le feriez.

Daphné hoche la tête, se pelotonnant encore davantage sous les couvertures.

— J'ai si froid, Bairre. Pourquoi fait-il si froid ?

— Il ne fait pas froid, au contraire. Il fait une chaleur étouffante, ici. C'est le poison qui quitte votre corps, cela vous rend fébrile.

Elle sait, au fond, que ça a du sens, mais cela n'apaise pas ses tremblements. Elle s'enfonce encore plus sous les couvertures.

— Là, dit Bairre avec un soupir. Tournez-vous.

Il passe ses bras autour d'elle, l'installant contre son torse.

— Est-ce mieux ainsi ? demande-t-il.

Ce n'est pas vraiment le cas, en réalité, mais la sensation lui plaît. Cela n'apaise peut-être pas les frissons qui la parcourent, mais l'aide à se sentir en sécurité. Elle perçoit sa respiration, régulière et profonde, le rythme de son cœur qui bat, et cela lui permet de trouver un ancrage.

— Beaucoup mieux, dit-elle en fermant les yeux.

Le silence s'abat sur eux et le sommeil commence à l'attirer à lui, une fois de plus.

— Pourquoi êtes-vous là ? s'entend-elle questionner à nouveau, malgré elle.

Les mots circulent depuis ses lèvres, presque dans un bâillement.

Bairre ne répond pas. Il est déjà endormi, pense-t-elle. Mais avant qu'elle puisse le rejoindre dans le sommeil, elle sent sa poitrine se soulever et il parle d'une voix douce dans son oreille :

— Je suis là parce que j'en ai envie. Parce que vous êtes comme la foudre : terrifiante, belle, dangereuse et lumineuse en même temps. Et je ne voudrais pas que vous soyez quoi que ce soit d'autre.

SOPHRONIA

Un bal, c'est bien le dernier endroit où Sophronia avait envie d'être, ce soir. La foule autour d'elle, en effervescence, boit et discute bruyamment de la guerre à venir contre Cellaria comme si c'était le dernier ragot à se mettre sous la dent, et non une erreur dévastatrice pour le royaume. Si un courtisan la félicite encore, Sophronia ne sait pas si elle sera capable de se retenir de le frapper.

Mais elle comprend que les apparences comptent : s'ils doivent, quoi qu'il arrive, être entraînés dans une guerre avec Cellaria, il faut que cela semble avoir été leur choix. Personne ne doit apprendre que la lettre envoyée à Cesare était un faux, ni que Leopold a essayé de revenir sur cette déclaration de guerre contrefaite. Elle garde donc son sourire fermement arrimé à ses lèvres, même si elle a envie de hurler.

Leopold lui passe une flûte à champagne en cristal en lui chuchotant :

— Je n'ai aucune nouvelle de Pasquale. Est-ce que tu en as eu de ta sœur ?

Sophronia secoue la tête. Après avoir envoyé les lettres codées à Beatriz et à Daphné, elle a suggéré à Leopold d'écrire, lui aussi, à Pasquale. Cela ne fait que quelques jours, mais depuis, elle surveille le courrier avec un désespoir croissant.

— Nous ferons partir nos troupes demain matin, poursuit Leopold. Comme il semble qu'on ne puisse pas y échapper, je préfère que la guerre soit terminée le plus tôt possible. Si nous les prenons en embuscade sur leurs terres, nous avons une meilleure chance d'y arriver.

Sophronia acquiesce, même si son esprit est ailleurs.

Ses yeux traquent Eugenia qui traverse la salle de bal dans une superbe robe dorée. Il n'y a rien de contraint dans son sourire, elle est absolument rayonnante, plus heureuse que Sophronia ne l'a jamais vue. Pourquoi ne le serait-elle pas ? Elle est tout près d'obtenir exactement ce pour quoi elle a œuvré : Temarin passant sous la coupe de Cellaria. Cependant, convaincue que sa mère a aussi un plan pour cela, Sophronia éprouve une joie mesquine à savoir que le bonheur de la douairière sera de courte durée.

— Excuse-moi un instant, dit-elle à Leopold avant de suivre Eugenia.

Elle la rattrape à l'autre extrémité de la salle, lui prenant le bras en lui emboîtant le pas.

— Je sais ce que vous avez fait, dit-elle.

Eugenia lève les yeux au ciel.

— S'il vous plaît, ma chère, c'est une fête. J'aimerais en profiter.

— Alors pourquoi ne pas vous servir un verre de vin pétillant ? Dites-moi, provient-il du vignoble Cosella ?

La douairière se raidit un instant avant d'éclater de rire.

— Vous êtes vraiment folle. Non, comme Leopold l'a exigé, chaque dépense pouvant être faite à Temarin l'a été. Y compris le vin. Puis-je vous suggérer de prendre un verre ? demande-t-elle en en saisissant un sur le plateau d'un valet qui passe devant elles et en le tendant à Sophronia. Il faut vraiment que vous vous détendiez.

Sophronia serre si fort le verre qu'elle a peur de le briser.

— Vous avez conspiré avec votre frère, dit-elle, faisant à peine l'effort de parler à voix basse.

Les yeux plissés, Eugenia l'attire loin de la foule, jusqu'à un balcon à l'abri des regards.

— J'ignore de quoi vous parlez.

C'est le mensonge le plus flagrant qu'ait jamais entendu Sophronia.

— Vous avez intentionnellement mis Temarin en faillite, vous avez vidé notre trésor de guerre pour que Cellaria puisse nous conquérir facilement lorsque la guerre viendrait. J'ai une lettre que votre frère vous a adressée. Si vous ne quittez pas le palais ce soir, je la montrerai à Leopold.

C'est un coup de poker, mais Eugenia ne le sait pas. Sans la lettre, Sophronia ne peut pas prouver sa trahison, pas de manière suffisamment concluante pour que Leopold la croie elle plutôt que sa propre mère, pas sans révéler sa propre duplicité. Mais elle veut voir disparaître Eugenia.

Cette dernière la dévisage longuement, mais la jeune fille ne flanche pas. Elle soutient son regard.

— C'est amusant, finit par dire la reine douairière avec un sourire meurtrier. Parce que votre mère m'a raconté que vous lui aviez envoyé cette lettre, justement.

Le sol se dérobe sous les pieds de Sophronia. Qu'avait dit sa mère ? « Laisse-la-moi. » Avant qu'elle puisse comprendre ce que ces mots signifient réellement, Eugenia continue :

— Elle m'a expliqué que nous avions des objectifs similaires, elle et moi. Mais elle voulait savoir pourquoi je faisais tant d'efforts pour me mettre au service d'un autre roi alors que je pouvais agir pour mon propre compte. Nous avons donc... reconfiguré nos plans. J'avoue que je préfère le sien.

Par la porte ouverte du balcon, Sophronia entend un verre de vin se briser sur le sol, mais elle a l'impression que cela vient d'un autre monde.

— Quoi, nous pousser à la guerre ? C'est le même plan, dit-elle.

Mais quelque chose cloche, elle le sent au creux de son ventre.

— Oh, il n'y aura pas de guerre, annonce Eugenia en riant. Vous avez l'air complètement desséchée, Sophie. Prenez ce verre.

C'est une étrange formule, mais ce n'est que lorsque la main de la douairière se referme sur celle de Sophronia, la forçant à porter le verre de vin à ses lèvres alors qu'un autre se brise quelque part, cette fois-ci suivi d'un cri, qu'elle comprend. Elle se débat pour s'éloigner d'Eugenia, mais celle-ci la plaque contre la balustrade du balcon.

— Le vin est empoisonné, parvient-elle à dire.

Au loin, elle entend Leopold l'appeler, mais elle prend conscience qu'Eugenia les a attirées hors de vue de la salle de bal. Pourtant, elle est soulagée : s'il l'appelle, c'est qu'il est sain et sauf.

— Votre mère prétendait que vous étiez intelligente, dit Eugenia en serrant les dents. Ansel était tellement en colère contre Leopold, il était facile de le convaincre que l'aristocratie représentait une menace. Et il lui a été facile de convaincre à son tour de nombreux autres roturiers.

Sophronia réussit à repousser le bras de la reine avec suffisamment de force pour faire voler le verre contre le sol de pierre, mais elle ne fait que deux pas avant que la douairière ne sorte un petit pistolet de la volumineuse manche de sa robe et le pointe sur elle. Cette fois, Sophronia est prête. Elle plonge avant qu'Eugenia puisse ajuster son tir et saisit le bras qui tient le pistolet, le tordant en arrière selon un angle aigu qui ne laisse pas d'autre choix à Eugenia que de lâcher prise en poussant un cri de douleur. Elle s'empare de l'arme sur le sol et la presse contre la tempe de la reine en l'espace d'un souffle, lui disant :

— Je vous tuerais ici et maintenant, vous savez, si je ne pensais pas faire une faveur à ma mère.

À la place, elle abat la crosse du pistolet sur la tête de la douairière, l'envoyant s'écraser au sol, inconsciente.

Laissant Eugenia derrière elle, elle se dirige à nouveau vers les portes mais, en s'approchant, elle voit que la salle de bal a déjà été envahie par un groupe d'opposants sûrement, dont certains portent une livrée de domestique. Ils vérifient le pouls des nobles tombés au sol. Lorsque le duc d'Ellory fait un geste pour se redresser, un homme debout au-dessus de lui sort un pistolet de sa veste et lui tire une balle dans la poitrine. Sophronia ne voit pas Leopold, mais il y a tellement de corps par terre que cela ne lui apporte pas beaucoup de réconfort.

Elle s'éloigne en titubant, regagnant le balcon pour trouver une autre sortie. Elle n'est qu'au troisième étage : descendre par le mur pourrait être sa meilleure chance. Elle est sur le point de se hisser par-dessus la balustrade lorsqu'elle entend son prénom murmuré depuis un coin peu éclairé de la pièce, juste à côté de la porte.

— Sophie, par ici, murmure la voix, un peu plus fort.

Sophronia s'approche sur la pointe des pieds, mais avant qu'elle puisse voir de qui il s'agit, une main lui saisit le bras et l'attire dans un passage sombre dont elle ignorait l'existence. Ce n'est que quand la porte se referme et que ses yeux s'ajustent à l'obscurité qu'elle découvre Violie.

— Où sommes-nous ? murmure Sophronia.

— Dans le couloir des domestiques, chuchote la servante en retour, commençant à la guider.

Sophronia n'a aucune raison de lui faire confiance, mais, comme elle n'a pas d'autre choix pour l'instant, elle la suit.

Un million de questions se bousculent dans son esprit alors qu'elles avancent en silence, mais une seulement lui vient aux lèvres :

— Comment es-tu revenue au palais ? J'avais dit que je te ferais arrêter.

Violie se tourne vers elle avec un haussement d'épaules.

— Si nous sortons vivantes d'ici, vous pourrez mettre votre menace à exécution. Mais pour répondre à votre question, la reine Eugenia m'a fait venir avant que je quitte le palais. Apparemment, votre mère lui a parlé de moi et lui a confié une dernière tâche, qu'elle m'a assignée : faire entrer les émeutiers et le vin.

Sophronia s'arrête net.

— C'est *toi* qui as empoisonné le vin ?

Violie la regarde à nouveau.

— Il était déjà empoisonné, mais je ne le savais pas. Je ne savais pas non plus ce qu'ils avaient prévu de faire, au début. Votre mère n'aime pas qu'on lui pose des questions.

Sophronia ne le sait que trop bien.

— Tu n'as pas pensé que si le vin devait être passé discrètement, c'est qu'il y avait une raison ? Tu as bien dû soupçonner qu'il était frelaté, d'une manière ou d'une autre.

Violie tressaille, mais ne nie pas.

— J'ai choisi de ne pas y penser. Mais une fois que j'ai compris que ce serait mortel, que le plan était de tuer tous les nobles du palais, je suis revenue vous chercher pour vous sauver.

Si elle attend de la gratitude, Sophronia n'en a pas une once à lui offrir.

— Où est Leopold ? demande-t-elle à la place. Et ses frères ?

— Eugenia a fait sortir les princes du palais cet après-midi. Je ne sais pas exactement où ils sont, mais je crois qu'elle l'a fait pour assurer leur sécurité.

Comme elle ne poursuit pas, Sophronia insiste :

— Et Leo ?

— Son verre était le seul à ne pas être empoisonné, finit par dire Violie. Quand les corps ont commencé à tomber,

Ansel l'a fait ramener dans vos appartements et l'a placé sous la surveillance de gardes qui lui sont acquis.

Le soulagement immédiat de Sophronia est rapidement éclipsé par l'effroi.

— Pourquoi ? demande-t-elle, même si elle pense déjà connaître la sinistre réponse à cette question.

— Son exécution doit être publique, répond Violie. Elle est prévue pour après-demain au coucher du soleil. Les rebelles voulaient s'assurer que la nouvelle ait le temps de se répandre. Ils veulent qu'il y ait foule.

Sophronia la regarde fixement pendant un moment, absorbant le choc que représente cette nouvelle.

— Non, dit-elle finalement.

— Sophie...

— Non. Cela n'arrivera pas. Je ne le permettrai pas, nous ne le permettrons pas, reprend-elle en secouant la tête.

— On ne peut pas l'empêcher, dit Violie. Il est sous haute surveillance. J'ai de la chance d'avoir réussi à vous trouver. Nous devons quitter le palais, quitter cette ville, quitter ce royaume oublié des étoiles...

— Non, répète Sophronia. Il doit y avoir un moyen.

Elle fait un rapide inventaire : elle a le pistolet d'Eugenia, Violie et sa parfaite connaissance des couloirs des domestiques, et un vœu autour de son poignet.

Ses doigts se dirigent vers le bracelet que sa mère lui a donné. « Au cas où tu en aurais besoin. » Elle sait que ce n'est pas ce à quoi l'impératrice pensait, mais là, elle va avoir besoin d'un miracle.

Un plan se forme autour de ce vœu – un plan insensé, et pour lequel elle a besoin de Violie. Elle attrape sa main et la serre fort.

— Je suis heureuse que tu m'aies sauvée, Violie, mais nous ne sommes pas quittes pour autant. C'est loin de compenser ta trahison.

La servante la regarde comme si elle venait de recevoir un coup, mais après une seconde, elle acquiesce.

Sophronia se prépare à entendre d'autres excuses, mais rien ne vient, alors elle poursuit :

— Aide-moi à sauver Leopold. Si tu le fais, je te pardonnerai tout.

Comme Violie la dévisage en silence pendant un long moment, elle a peur d'en avoir trop demandé, mais finalement, la servante hoche la tête.

— Que voulez-vous que je fasse ?

Une heure plus tard, Violie conduit Sophronia dans les couloirs déserts du palais, les mains attachées dans le dos par une bande de tissu arraché à sa robe, le pistolet appuyé sur sa tempe. Elles s'arrêtent devant l'entrée de l'aile royale, où deux hommes montent la garde : des paysans, suppose Sophronia, d'après leurs vêtements et leurs armes dépareillées. L'un tient une hache rouillée, l'autre un fusil.

— Qu'est-ce que ça encore ? demande l'homme au fusil, en les regardant tour à tour.

— *Ça*, c'est la reine Sophronia, rétorque Violie. Je l'ai trouvée en train d'essayer de se faufiler hors du palais.

Apparemment, elle n'a pas bu de vin, mais j'ai pensé qu'Ansel pourrait vouloir l'exécuter aux côtés du roi.

Les deux hommes se regardent et haussent les épaules avant de les laisser passer.

— C'est une idée terrible, murmure Violie alors qu'elles se dirigent vers les appartements royaux.

Sophronia essaie de l'ignorer, même si elle a bien peur que la servante ait raison. « Je ne peux pas laisser Leopold mourir pour mes erreurs », pense-t-elle en chassant ses doutes de son esprit.

D'autres gardes sont postés à l'extérieur de leurs appartements. Lorsque Violie répète ce qu'elle a dit à la première équipe, l'un des hommes se glisse à l'intérieur, et elle peut entendre une brève conversation étouffée avant que le garde ne revienne, accompagné d'Ansel. Quand ce dernier découvre Sophronia, ses yeux s'illuminent.

— Ah, Votre Majesté, nous avions peur de vous avoir perdue ! s'écrie-t-il comme s'ils avaient une agréable conversation autour d'un thé.

Sophronia lui adresse un sourire crispé mais ne prend pas la peine de répondre. Ansel se tourne vers Violie.

— Bien joué, Violie. Mieux vaut exécuter deux têtes couronnées qu'une seule.

Sur ce, il saisit l'épaule de Sophronia et la pousse dans la pièce.

SOPHRONIA

Sophronia entre en trébuchant dans le salon où, le matin même, Leopold et elle ont partagé un café. Le nuage sombre de la guerre à venir planait déjà sur eux tandis qu'ils attendaient anxieusement le courrier, espérant des nouvelles de Beatriz et de Pasquale, ou de Daphné. Elle donnerait n'importe quoi pour revenir à ce moment.

Leopold est là, sur le canapé, les mains attachées dans le dos, mais un rapide coup d'œil lui indique qu'il n'est pas blessé : il est toujours vêtu du costume qu'il portait au bal, qui n'est ni déchiré ni taché. Le soulagement l'envahit, et elle le voit se refléter sur le visage du jeune homme lorsque ses yeux la scrutent, bien que la crainte prenne rapidement le dessus.

Quand la porte se referme derrière elle, elle entend le murmure sourd des voix de l'autre côté, celles de Violie et d'Ansel.

— Sophie, les étoiles soient louées, tu vas bien, dit Leopold alors qu'elle traverse la pièce pour s'asseoir à côté de lui.

Ce n'est pas facile, les bras liés dans le dos. Violie a relâché les nœuds pour qu'elle puisse se libérer facilement, mais ce n'est pas encore le bon moment.

— Je craignais que tu n'aies bu le vin.

— Non, répond Sophronia.

Ils n'ont pas beaucoup de temps, et elle a tant à lui dire.

— Même si ta mère a essayé de me forcer à l'avaler.

Leopold a l'air complètement éberlué.

— Ma mère a fait quoi ?

L'envie de mentir lui monte aux lèvres. C'est une habitude si naturelle, et elle sait qu'elle pourrait inventer une histoire qui la blanchirait tout en rejetant la faute sur Eugenia, mais Leopold a besoin de la vérité, et elle est tellement lasse des mensonges.

— Ta mère a conspiré avec le roi Cesare : ils ont mis Temarin en faillite et ont vidé son trésor de guerre pour que Cellaria puisse conquérir le royaume. Elle travaille contre Temarin depuis que tu es monté sur le trône, peut-être même depuis plus longtemps.

— Non, proteste Leopold en fronçant les sourcils. Non, elle ne ferait pas ça.

— Si, elle le ferait, et elle l'a fait, réplique Sophronia avant de prendre une profonde inspiration. Je le sais parce que j'étais censée faire quelque chose de similaire.

L'expression de Leopold devient encore plus confuse et méfiante.

— Tu... Quoi ?

Elle se mord la lèvre.

— C'est une longue histoire, Leo, et tu risques de beaucoup moins m'aimer quand j'aurai fini, mais j'ai besoin que tu m'écoutes.

Sophronia regrette tant de ne pas avoir l'usage de ses mains. Alors, elle parcourt la pièce du regard, scrutant les tableaux vieux de plusieurs siècles sur les murs, la table du petit déjeuner avec son linge blanc parfaitement repassé, le feu qui crépite dans l'âtre… Partout où elle peut éviter les yeux de Leopold, mais, finalement, ils la rappellent à lui et elle pousse une profonde expiration.

— Ma mère n'a jamais été destinée à être impératrice, commence-t-elle. Tu as sûrement entendu suffisamment de son histoire pour le savoir. Elle s'est frayé un chemin jusqu'au trône à coups de griffes, et puis elle a décidé que cela ne lui suffisait pas, que Bessemia ne lui suffisait pas. Alors, elle nous a donné naissance, à Beatriz, Daphné et moi, et quand mon père est mort, elle a établi un plan pour reconstruire l'empire bessemien. C'est là qu'entrent en jeu les fiançailles : les nôtres et celles de mes sœurs. Ma mère a commencé à intriguer, à organiser sa prise de pouvoir sur l'ensemble du continent, nous utilisant comme ses pions, qu'elle allait envoyer à Temarin, à Cellaria et à Friv pour les détruire et faire d'elle l'impératrice de tout Vesteria.

Leopold se redresse.

— Elle t'a envoyée ici pour… m'assassiner ?

— Non, s'empresse de répondre Sophronia. Non, bien sûr que non. Ça aurait été trop simple : on y aurait clairement vu sa patte et son règne aurait été tumultueux. (Elle s'interrompt, prenant une profonde inspiration.) Non, elle m'a envoyée ici pour ruiner ton royaume, retourner ton peuple contre toi et utiliser la guerre contre Cellaria afin d'affaiblir vos deux royaumes puis les conquérir.

— Mais je n'ai pas eu besoin de toi pour ça, fait remarquer Leopold d'un ton contrit. Je me débrouillais déjà très bien tout seul pour mener Temarin à sa perte. Et... Attends, tu m'as conseillé de *ne pas* entrer en guerre.

Sophronia rit.

— Ma mère aime à dire que les étoiles lui ont joué un tour cruel avec moi. Daphné peut être froide comme la glace quand elle le veut, et Beatriz, elle aussi, est capable d'être impitoyable à sa façon, mais ma mère a toujours prétendu que j'étais trop tendre. Je pense maintenant qu'elle savait depuis le début que je ne lui obéirais pas, que je viendrais ici et tomberais amoureuse de Temarin, amoureuse de toi. C'est pourquoi elle m'a envoyé Violie.

— Ta femme de chambre, souffle Leopold, plus perdu que jamais.

— Ma mère a... un effet sur les gens. Elle capte leurs faiblesses, sait exactement comment les exploiter. J'en ai souvent fait l'expérience et, apparemment, ça a été le tour de Violie. C'est elle qui a envoyé la déclaration de guerre à Cellaria. Elle a imité ton écriture et fermé la lettre avec un sceau royal.

— Comment le sais-tu ?

Sophronia soutient son regard.

— Parce que tout était prévu, Leo : Daphné a volé le sceau du roi Bartholomé et me l'a envoyé. Je suis la meilleure en contrefaçon, donc je devais écrire une lettre de sa main, t'offrant son soutien dans la croisade contre Cellaria et forçant ainsi Friv à entrer aussi en guerre.

Leopold secoue la tête.

— Parce que jamais Friv ne se serait immiscé dans les querelles de deux autres royaumes de sa propre initiative.

— Exactement, confirme Sophronia. Dans le même temps, Beatriz se rapprochait de notre ambassadeur, suffisamment pour le piéger en le faisant arrêter pour sorcellerie, afin que je puisse te pousser à une guerre perdue d'avance. En quelques mois, les trois royaumes auraient été ravagés, de sorte que ma mère fonçant sur eux, ramasse les morceaux sans rencontrer la moindre résistance.

— Et ensuite ?

Sophronia s'interrompt un moment.

— Ensuite, mes sœurs et moi serions retournées à Bessemia.

— Et moi ? Et Pasquale ? Et ce prince bâtard, à Friv ?

Encore une fois, elle s'oblige à croiser le regard de Leopold.

— Ma mère n'aurait pas laissé traîner les choses, répond-elle calmement. Elle t'aurait exilé dans un quelconque royaume lointain, enfin c'est ce qu'elle prétendait. Je ne suis pas sûre d'y avoir cru, cependant. L'impératrice n'aime pas faire les choses à moitié.

— Alors elle m'aurait tué. Et tu l'aurais laissée faire.

— Je ne sais pas, admet Sophronia. Si nous en étions arrivés là, j'ignore si j'aurais pu l'arrêter, et j'ignore si j'aurais même essayé. Comme je te l'ai dit, ma mère a un effet sur les gens.

— Mais nous n'en sommes pas arrivés là, dit Leopold. Parce que tu as changé d'avis.

— Oui. Mais avant de le faire, j'ai raconté à ma mère ce que j'avais découvert sur la tienne, notamment une lettre que le roi Cesare lui avait envoyée clandestinement, la remerciant pour le travail qu'elle avait accompli en vidant le trésor de guerre de Temarin et en semant la discorde.

Elle ne lui révèle pas les aspects plus durs encore de la lettre, les cruautés qu'ils ont échangées sur Leopold.

— Je pensais qu'elle serait contente que je la mette au courant de leurs complots, mais elle a recruté ta mère de son côté, ainsi que les rebelles, organisant l'émeute, le champagne empoisonné et, apparemment, nos exécutions.

— Tu penses que nos mères veulent nous tuer ? demande Leopold, éberlué.

— Je ne peux pas parler pour Eugenia, mais ma mère n'est pas du genre à pardonner, répond Sophronia. Mais j'ai un plan pour nous sortir de là. Malgré ce que je viens de te raconter, j'ai besoin que tu me fasses confiance.

Pendant un long moment, Leopold la fixe avec une expression incrédule comme s'il ne l'avait jamais vue auparavant. À bien des égards, elle suppose que c'est le cas.

— Quelle part de tout ça était réelle ? finit-il par demander.

Elle pose à nouveau la tête contre le dossier du canapé et ferme les yeux un moment avant de s'autoriser à le regarder une fois encore.

— J'ai fait tellement d'efforts pour barricader mon cœur. Au début, tu m'as même facilité la tâche. Il y avait tant de mensonges, Leo. Je le sais, et j'en suis désolée. Mais quand le moment est arrivé, j'ai choisi Temarin. Je t'ai choisi, toi. Je t'aime. C'est ça, la vérité.

Le silence s'étire entre eux ; Sophronia retient son souffle en attendant qu'il parle, ou bouge, ou fasse *quoi que ce soit*, mais il la dévisage comme une étrangère. Après ce qui semble durer une éternité, il pousse une longue expiration, les épaules affaissées.

— Une fois que nous aurons surmonté tout ça, lui dit-il, je serai furieux contre toi.

Sophronia se force à sourire.

— Une fois que nous aurons surmonté tout ça.

DAPHNÉ

Quand Daphné rouvre les yeux, la douleur lancinante à sa tête s'est estompée en sensation sourde et elle peut s'asseoir dans le lit sans être parcourue de spasmes. Bairre s'est réinstallé sur la chaise à côté du lit, un livre ouvert sur les genoux. Lorsqu'elle remue, les yeux du jeune homme se lèvent rapidement pour rencontrer les siens et il ferme le livre.

— Tout va bien ? demande-t-il.

Daphné fait un inventaire rapide : sa gorge est sèche et râpeuse, ses muscles un peu endoloris. Elle rêve de prendre un bain et de manger, même si rien ne lui semble appétissant pour l'instant.

— Plus ou moins, répond-elle, d'une voix rauque mais intelligible. Combien de jours cela fait-il, maintenant ?

— Seulement une nuit supplémentaire, lui assure Bairre avec un petit sourire.

Elle repose la tête sur l'oreiller et fixe le plafond sans le voir.

— Est-ce qu'il y a des nouvelles, concernant mon empoisonnement ?

— Oui. Nous avons identifié les coupables : la gouvernante de Zenia, avec son mari et son frère, dit Bairre. Exécutés.

Elle sent qu'il observe sa réaction et se demande laquelle lui présenter. De l'effroi ? De la tristesse ? De la culpabilité ? Elle est trop épuisée pour prétendre quoi que ce soit.

— Ils ont essayé de me tuer, lui dit-elle. Je ne suis pas désolée qu'on les ait exécutés.

Il hoche la tête en détournant le regard.

— On les a minutieusement interrogés au préalable, mais ils n'ont pas avoué pour qui ils travaillaient.

Il a dit « interrogés », mais Daphné entend « torturés ». Elle se demande s'il le sait lui-même.

— Mais ce n'étaient pas les rebelles.

— Non.

Même si l'une d'entre eux tenait un couteau sur sa gorge à peine deux semaines plus tôt, Daphné le croit.

— Je dois parler avec Cliona, reprend-elle.

Bairre a l'air surpris de la voir changer de sujet.

— Elle est venue plusieurs fois voir comment vous alliez. Mais vous devriez vraiment continuer à vous reposer.

— Je vais bien. En fait, j'aimerais prendre un peu l'air. Pourriez-vous demander à Cliona de me rejoindre pour une promenade dans les jardins ?

— Vous avez failli mourir, Daphné, réplique Bairre, comme si elle n'en était pas consciente.

— Mais je ne suis pas morte, répond-elle, essayant de paraître plus déterminée qu'elle ne l'est en réalité. Nous serons prudentes, ce ne sont que les jardins.

— La *prudence*, ça ne suffit pas. La *prudence*, ça n'arrêtera pas une flèche, une balle, un gaz empoisonné, ou…

— Eh bien, l'assassin devrait vous consulter ! On dirait que vous avez beaucoup réfléchi au meilleur moyen de m'exécuter.

Bairre la fixe avec un regard noir, qui lui rappelle d'autres mots qu'il lui a chuchotés hier. « Je suis là parce que j'en ai envie. »

— C'est sérieux, Daphné, dit-il.

Il ne prononce plus son prénom de la même manière que lorsqu'elle avait la paume posée sur sa joue. Elle chasse cette image.

— Moi aussi, je suis sérieuse. Je connais les risques, c'est moi qu'on a essayé de tuer. Mais je suis clouée au lit depuis presque deux jours et je refuse de laisser la peur me séquestrer dans cette chambre plus longtemps.

Bairre la considère pendant un long moment, les mâchoires serrées.

— Très bien, finit-il par dire en se levant. Mais vous prenez des gardes avec vous.

Daphné ouvre la bouche pour argumenter, puis la referme. C'est la raison pour laquelle elle n'avait pas mentionné la première tentative de meurtre : elle savait que cela signifierait renoncer à sa liberté. Mais maintenant qu'ils ont dépassé ce stade, impossible de revenir en arrière.

— D'accord. Je veux Mattlock et Haskin, précise-t-elle en se rappelant les gardes qui les ont accompagnées, Cliona et elle, chez la couturière, ceux qu'elle sait du côté des rebelles et qui, par conséquent, garderont le silence.

— Soit, concède-t-il en commençant à se diriger vers la porte. Je pense que je vais me joindre à vous, moi aussi : un peu d'air frais, ça me semble être une bonne idée.

Daphné veut protester, mais il est déjà parti, la porte se fermant derrière lui. Elle se laisse retomber sur les oreillers et soupire. Elle ne pourra pas parler librement à Cliona en présence de Bairre.

Si seulement elle n'avait pas été empoisonnée, elle aurait déjà pu le faire ! Cette pensée est encore douloureuse : elle a toujours été la plus habile de la fratrie avec les poisons. Que l'un d'eux ait failli avoir sa peau est plus qu'embarrassant.

Un souvenir remonte alors à la surface : Beatriz. La fiole qu'elle lui a envoyée. Le poison qu'elle pensait que Daphné pourrait identifier. Après avoir échoué si lamentablement, elle est déterminée à se racheter.

Elle va jusqu'à la boîte à bijoux, sur sa coiffeuse, et sort du compartiment secret le flacon de Beatriz, rempli d'un liquide rouge foncé.

Daphné le débouche pour humer le liquide : du vin. Elle remet le bouchon en place et lève la fiole à la lumière du soleil qui filtre à travers sa fenêtre, le faisant pivoter. Elle scrute intensément le liquide, son attention concentrée sur les fines particules, semblables à du limon, qui ont sombré au fond.

Quelqu'un ajoute quelque chose au vin du roi Cesare. Les sourcils froncés, Daphné fouille une nouvelle fois dans le double fond de sa boîte à bijoux. Il est rempli d'autres flacons et poudres, d'entonnoirs et de divers ustensiles que l'apothicaire de sa mère a rassemblés pour elle. Daphné prend une bande de tissu blanc et un verre grossissant avant de s'installer à sa coiffeuse.

Après avoir secoué la fiole, elle verse un peu de vin sur le tissu. Quand celui-ci l'absorbe, quelques grains résiduels apparaissent à la surface. Elle prend ensuite la loupe et la place au-dessus du tissu, le cœur battant si fort dans sa poitrine qu'elle se demande si le reste du château peut l'entendre. Les grains sont grossiers et de différentes tailles, comme s'ils avaient été broyés à l'aide d'un pilon et d'un mortier, même si elle est quasiment certaine, à leur couleur uniforme, qu'ils proviennent de la même source.

Elle les arrache du tissu et les porte à sa langue ; même s'ils sont toxiques, une si petite quantité ne lui fera pas de mal. Ce goût. Elle connaît ce goût.

C'est les mains tremblantes qu'elle fouille dans son laboratoire miniature à la recherche d'un flacon en particulier. Lorsqu'elle le trouve, elle l'ouvre et verse quelques grains dans le creux de sa paume, comparant leur couleur à celle des résidus du vin. Ils sont du même brun sombre, presque noir. Elle met un des grains dans sa bouche et le mord, l'écrasant avec ses dents. Il a le même goût aussi.

L'esprit de Daphné est embrumé quand elle referme l'ensemble. Elle sonne pour appeler une bonne et la laisse lui enfiler une robe de jour propre et tresser ses cheveux, une pensée tourbillonnant dans son esprit pendant tout ce temps : il faut qu'elle parle à Beatriz. Maintenant.

Lorsque Daphné descend enfin dans les jardins, emmaillotée dans tellement de couches de laine et de fourrure qu'elle est en sueur, Cliona, Bairre et Haimish l'attendent déjà, Mattlock et Haskin environ un mètre derrière eux. Peut-être qu'elle devrait être surprise qu'Haimish soit là, mais ce n'est pas le cas. Elle ne peut penser à autre chose qu'à Beatriz, et la présence du jeune homme est beaucoup moins préoccupante que celle de Bairre, de toute façon. Elle doit trouver un moyen de se débarrasser de lui si elle veut obtenir la poussière d'étoiles promise par Cliona.

Lorsque cette dernière la voit, elle sourit, et même si Daphné connaît la vérité, elle pourrait presque jurer qu'elle est sincèrement soulagée de la voir.

— Regardez-vous, s'exclame-t-elle, ravie, prenant ses mains et l'embrassant sur chaque joue. On ne croirait pas que vous avez failli mourir il y a moins de deux jours !

— Comme vous êtes gentille, réplique Daphné.

Haimish doit dissimuler son rire avec une toux, mais Cliona lui lance un regard noir malgré tout.

— Si vous ne vous sentez pas assez bien… commence Bairre, l'air inquiet.

— Je pense qu'un peu d'air frais est exactement ce dont j'ai besoin, l'interrompt Daphné, même si le froid la pénètre déjà.

Cela n'a pas d'importance, se rappelle-t-elle. *Beatriz* est importante. Si elle doit avoir un peu froid pour l'aider, alors qu'il en soit ainsi.

— Si nous marchions ?

Bairre ne semble toujours pas convaincu, mais il lui propose son bras et elle l'accepte, laissant un de ses gants tomber au passage – personne ne le remarque. Cliona prend le bras d'Haimish et, pendant un moment, ils marchent en silence. Quand ils sont suffisamment loin du château, Daphné relâche le bras de Bairre et fait semblant de chercher son gant.

— Oh non, s'écrie-t-elle, mon gant ! J'ai dû le laisser tomber.

Bairre regarde le sol autour d'eux.

— Est-ce que vous savez où ?

Elle se mord la lèvre et secoue la tête.

— Je *sais* que je l'avais quand je suis sortie. Est-ce que ça vous ennuierait de faire demi-tour ? Je m'en veux de vous demander cela, mais je n'aimerais pas attraper froid.

C'est un coup bas d'utiliser son état de santé et, lorsque Daphné voit le visage de Bairre prendre une teinte plus pâle, la culpabilité la traverse.

— Bien sûr, lui dit-il. Vous trois, restez ici avec les gardes, je reviens tout de suite.

Dès qu'il est hors de portée de voix, Daphné se tourne vers Haimish et Cliona.

— La situation est compliquée sur les terres du seigneur Cadringal. Si votre rébellion l'approche, il pourrait se laisser convaincre de vous rejoindre malgré son amitié avec Bairre. Voilà. J'ai fait ce que vous m'avez demandé. Maintenant, j'ai besoin de cette poussière d'étoiles.

Ils échangent un regard qu'elle ne peut déchiffrer.

— Nous devons voir si votre opinion se vérifie avant de…

— J'en ai besoin maintenant, les interrompt Daphné.

Elle fait une pause, pinçant les lèvres. Elle déteste le fait d'être aussi désespérée, autant à leur merci, mais c'est bien sa situation, elle ne peut le nier.

— S'il vous plaît, poursuit-elle, adoucissant sa voix. J'en ai besoin pour parler avec ma sœur. C'est une urgence.

Haimish et Cliona se consultent à nouveau en silence.

— Un vœu pareil requiert énormément de pouvoir, fait remarquer Cliona. La poussière d'étoiles pourrait ne pas suff…

— Je sais, la coupe Daphné. Mais je dois essayer.

La Frivienne semble avoir envie de poser des questions mais, au bout d'un moment, elle secoue la tête.

— Ce sera sous votre oreiller après le dîner.

— Merci.

— Épargnez-nous vos remerciements. Vous avez une dette envers nous, répond Cliona.

Daphné ouvre la bouche pour argumenter, mais elle voit Bairre arriver à pas vifs, son gant serré dans sa main. Elle ravale ses protestations et hoche la tête.

— Très bien, lâche-t-elle du bout des lèvres, avant de saluer le retour de Bairre avec un sourire.

Ce soir-là, Daphné s'excuse au milieu du dîner, prétendant ne pas se sentir bien. Après les événements récents, personne ne lui pose de questions. Deux gardes l'escortent jusqu'à sa chambre, dont ils inspectent le moindre recoin, dans la penderie, sous le lit, avant de la laisser seule. Elle suppose que leurs attentions devraient l'aider à se sentir plus en sécurité, mais cela l'irrite. Ils essaient de la maintenir en vie, elle le sait, mais elle a trop de secrets à cacher.

Dès qu'elle est seule, elle se dirige vers son lit et passe la main sous les oreillers. Il lui faut un moment, mais elle trouve la fiole de poussière d'étoiles, accompagnée d'une note de Cliona, avec un ensemble d'instructions sur la façon de s'en servir pour entrer en communication avec quelqu'un.

Sans perdre de temps, Daphné débouche le flacon et verse la poudre d'un noir scintillant sur le dos de sa main.

— Je veux parler à la princesse Beatriz, dit-elle.

Dès que les mots sont sortis de sa bouche, son environnement s'opacifie : les vents sifflant à l'extérieur du château, les voix des gardes de l'autre côté de la porte, même le son des battements de son cœur.

— Triz ? appelle-t-elle.

Elle entend une inspiration brutale, suivie d'un rire exalté qui ne peut être que celui de Beatriz.

— Daphné ? demande sa sœur.

— C'est moi, répond-elle. Je n'ai pas beaucoup de temps : les Friviens utilisent la poussière d'étoiles pour communiquer, mais je ne sais pas combien de temps ça va durer.

— Qu'est-ce que...

— Pas de questions pour l'instant. J'ai examiné le vin que tu m'as envoyé. Tu avais raison, quelque chose n'allait pas. Pépins de pomme broyés.

Daphné parle si vite qu'elle se demande si c'est intelligible. Pendant un moment, Beatriz ne répond pas.

— Des pépins de pomme ? demande-t-elle finalement. Mais...

— Ils contiennent du cyanure, précise Daphné. Tu t'en souviens sûrement, c'était dans nos cours.

— Je n'ai jamais été aussi attentive que toi, répond sa sœur. Mais je me rappelle que le cyanure est mortel.

Le roi Cesare est encore bien en vie ; on m'a dit que ses serviteurs diluaient son vin.

Daphné secoue la tête, même si elle sait que Beatriz ne peut pas la voir.

— Le vin que tu m'as envoyé n'était pas dilué, mais le dosage de poison est faible : ça va le tuer à petit feu. Ils ne peuvent pas en mettre plus, cela se remarquerait. Cela peut aussi affecter son esprit, selon la quantité qu'il ingère chaque jour.

— On peut dire qu'il en ingère beaucoup. Et il est de plus en plus instable. Pasquale pense que ça dure depuis des mois.

— Ça va le tuer, répète Daphné. Peut-être pas immédiatement, mais bientôt.

Beatriz laisse échapper un long soupir, avant de lâcher d'un air agacé :

— Dommage que tu ne me l'aies pas dit il y a quelques jours !

Daphné lève les yeux au ciel.

— Désolée, j'étais juste en train de me remettre de mon propre empoisonnement. Peut-être que si *toi*, tu avais prêté plus attention…

— On t'a empoisonnée ? s'inquiète Beatriz.

— Je vais bien, répond vivement Daphné, vraiment fatiguée qu'on s'occupe d'elle. Et toi ?

Cela réduit sa sœur au silence pendant un moment.

— Oh, assignée à résidence, à vrai dire. Pour trahison.

— Est-ce que tu… plaisantes ?

— Malheureusement, non.

— Mais tu as ton vœu pour te sortir de ce genre de situation, non ? plaide Daphné.

— J'*avais* un vœu. Il est possible, cependant, que tu m'aies fourni de quoi me sortir de ce guêpier.

Daphné se mord la lèvre.

— Beatriz, dit-elle lentement, à quel point es-tu en difficulté ?

— Ce ne sont que des problèmes que j'ai moi-même créés, Daph. Tu sais que j'ai toujours été douée pour ça, tout comme j'ai toujours su m'en sortir.

Elle prononce ces mots d'un ton léger, et Daphné sait combien ils sont vrais, mais cela ne suffit pas à lui dénouer l'estomac.

— Est-ce que tu as eu des nouvelles de Sophie ? demande sa sœur en changeant de sujet.

Sophie. Les souvenirs du jour où elle a été empoisonnée sont un peu flous dans l'esprit de Daphné, mais à la mention de Sophronia, son courrier revient comme à travers un filtre.

— Elle m'a envoyé une lettre, reconnaît-elle. S'il te plaît, dis-moi que tu as réussi à la faire revenir à la raison ?

Pendant un instant, Beatriz ne parle pas et Daphné s'inquiète qu'elles aient pu perdre la connexion.

— Toi et moi, on sait que je ne suis pas du genre raisonnable, Daph, finit par déclarer Beatriz. Et puis, il se trouve que je suis d'accord avec elle.

La frustration enfle en Daphné, et elle arrache un oreiller de son lit pour le jeter à travers la pièce. Il atterrit avec un léger bruit étouffé, ne causant aucun dommage et ne lui offrant aucun réconfort. C'est sans doute approprié, elle-même se sent tellement impuissante.

— Pas étonnant que tu te sois mise dans une situation si catastrophique, Triz, rétorque-t-elle. Si vous aviez pu vous contenter de faire ce qu'on vous demandait de...

— Est-ce que tu penses que c'est la bonne chose à faire, Daphné ? l'interrompt sa sœur. Réponds-moi honnêtement : est-ce que tu penses que la mainmise de notre mère sur Vesteria est dans l'intérêt de tous ? Ou seulement du sien ?

La prochaine fois que Daphné verra Beatriz, elle l'étranglera.

— Ce n'est ni la bonne, ni la mauvaise chose à faire. C'est la *seule*. Tu es assignée à résidence, Triz, donc, clairement, ta façon d'agir ne t'a pas vraiment réussi. Voilà ce que tu vas faire : écrire à Mère, t'excuser, la supplier de t'aider à réparer les dégâts que tu as causés.

Beatriz se tait à nouveau, mais cette fois, Daphné sait qu'elle est toujours là. Même à des centaines de kilomètres, elle peut percevoir la fureur de sa sœur.

— Ce n'est pas moi qui t'ai mise dans cette situation, poursuit Daphné, parce qu'elle sait que la rage de Beatriz est dirigée contre elle. Et tu sais que j'ai raison : Mère est ton seul espoir maintenant.

Une autre longue pause.

— Bien sûr, dit Beatriz, à nouveau avec cette légèreté feinte qui lui donne envie de lui arracher les cheveux. Je vais me sortir de là, ne t'inquiète pas. Essaie d'éviter de te faire à nouveau empoisonner, veux-tu ?

Elle a disparu avant que Daphné ne puisse répondre.

BEATRIZ

Beatriz plonge un épais pinceau biseauté dans un pot de poudre d'une teinte à peine plus sombre que la peau de Gisella, puis la lui applique sous les pommettes. Sous le vif éclairage de sa chambre, on dirait une comédienne dans l'une des farces que le roi met en scène de temps en temps : son visage est si maquillé et poudré qu'elle est méconnaissable. Elle a des sourcils fournis, les joues creusées, et paraît avoir une bonne vingtaine d'années de plus que son âge.

— Je ne vois pas pourquoi tu ne pouvais pas me faire plus jolie que ça, se plaint Gisella en observant son reflet dans le miroir aux bords dorés de la coiffeuse. Un peu de rose sur les joues, et peut-être aussi un peu de rouge à lèvres…

— Parce que, dit Beatriz, échangeant le pinceau biseauté contre une grosse brosse et la plongeant dans une poudre translucide – celle que Mme Curioux, la maîtresse bessemienne du déguisement, considère comme la dernière touche d'une illusion –, on remarque les jolies filles, tu le sais aussi bien que moi, mais on a tendance à ignorer, et à oublier, celles qui ont un physique banal. Ou, encore mieux, les femmes au-delà d'un certain âge. Et ce soir, c'est exactement ce que nous voulons.

Cela fait deux jours que Nicolo, Gisella et Ambrose ont accepté d'aider Beatriz et Pasquale à libérer le seigneur Savelle du donjon. Pasquale voulait attendre plus longtemps, pour mieux planifier l'opération, mais avec les humeurs imprévisibles du roi, Beatriz a pensé qu'il y avait un risque qu'il avance la date de l'exécution.

Gisella pousse un soupir dramatique.

— Très bien, dit-elle en regardant encore une fois son reflet, les sourcils froncés. Mais j'aurais pu me passer de ce rappel de ma propre mortalité. Tu penses vraiment que j'aurai autant de rides ?

Avant que Beatriz ne puisse répondre, Nicolo, qui se prélasse sur la méridienne, a un petit reniflement moqueur.

— Gigi, nous sommes sur le point de nous rendre coupables de trahison. Estime-toi chanceuse si nous vivons assez longtemps pour avoir des rides !

Gisella lève les yeux au ciel.

— L'optimisme incarné !

— Je me pose une question, cependant, poursuit Nicolo en se tournant vers Beatriz. Comment se fait-il qu'une princesse bessemienne soit une telle experte en maquillage ? Je suis sûr qu'une domestique pouvait le faire à ta place.

Beatriz savait que cette question allait surgir, et sa réponse est toute prête :

— Mes sœurs et moi avions l'habitude de nous glisser en cachette hors du palais de temps en temps, pour aller dans une taverne, en ville. C'était agréable de passer une soirée avec des gens qui ne savaient pas qui nous étions.

Ce n'est pas complètement un mensonge : Beatriz a effectivement utilisé ses talents à cette fin à plusieurs reprises, mais ce n'était pas la véritable raison pour laquelle elle a étudié le sujet avec Mme Curioux. Nicolo semble cependant accepter cette réponse.

— Je ne vois toujours pas pourquoi vous deux devriez faire ça seules, dit-il. C'est la partie la plus dangereuse.

— Parce qu'on sous-estime les femmes, Nico, explique Gisella. Personne ne pensera que nous sommes capables de libérer un homme de prison. Es-tu déçu de ne pas pouvoir t'amuser ?

— Oh, crois-moi : jouer au guetteur, ça me paraît exactement le bon niveau d'amusement pour moi ce soir.

Gisella ouvre la bouche – pour lui lancer une réplique cinglante, Beatriz le parierait, mais elle l'interrompt avec un sourire.

— C'est fini pour toi, Gigi, lui dit-elle en reposant la brosse. Est-ce que ça te dérangerait d'aller voir où en sont Pasquale et Ambrose pendant que je maquille Nico ? Ils devraient déjà être de retour.

Gisella se tourne vers Beatriz en haussant un sourcil, mais obtempère.

— Très bien. Mais tâchez de ne pas ajouter l'adultère à la liste de vos crimes ce soir, voulez-vous ? leur lance-t-elle par-dessus son épaule avant d'atteindre la porte.

Elle est partie avant qu'aucun d'eux n'ait pu répondre.

Les joues de Nicolo virent au rouge et il ne regarde pas Beatriz quand il vient s'asseoir sur le tabouret de la coiffeuse, que sa sœur vient de quitter.

— Je ne lui ai rien dit, murmure-t-il dans sa barbe.

— Je n'en ai jamais douté, répond Beatriz en se concentrant sur les pots de pigments devant elle.

Gisella et lui ont exactement la même carnation, alors elle peut réutiliser les mêmes couleurs, ce qui lui facilite la tâche.

— Mes sœurs ont toujours su quand j'avais embrassé quelqu'un, poursuit-elle. C'était comme si j'avais un panneau autour du cou.

— Et tu as... embrassé beaucoup de gens ? demande-t-il.

Beatriz lui lance un regard circonspect. Nicolo pourrait sembler jaloux, mais étant donné qu'elle est mariée, les garçons qu'elle a embrassés avant devraient être le cadet de ses problèmes.

— Quelques-uns, concède-t-elle en haussant les épaules et en plongeant son pinceau dans une teinte légèrement plus foncée.

Elle n'aura pas besoin d'autant de travail avec lui qu'avec Gisella : juste assez pour que personne ne risque de le reconnaître. Elle va lui ajouter des rides pour le vieillir, assombrir ses cernes, peut-être ombrer son nez pour en modifier la forme. Elle poursuit :

— D'aussi loin que je me souvienne, je savais que j'allais épouser Pasquale, donc que je devais rester vierge, mais même selon les lois cellariennes, rien ne m'interdisait d'embrasser quelqu'un. Je suppose que j'ai vu ça comme un entraînement.

Il reste parfaitement immobile quand elle commence à appliquer la poudre sur son visage.

— Je ne t'ai jamais remercié, dit-elle au bout d'un moment. Je sais que ce que nous allons faire te rend nerveux, et je ne t'en blâme pas. Pasquale et moi vous en demandons beaucoup, à tous les trois. Je te suis reconnaissante de ton aide.

— Ne me remercie pas, Triz. Vraiment. Ce n'est rien.

— C'est une trahison, tu l'as dit toi-même, lui rappelle-t-elle. Peu de gens risqueraient la mort pour quelqu'un d'autre, même pour leur cousin...

— Je ne le fais pas pour Pasquale, l'interrompt-il, la voix tendue. Ne te méprends pas, je n'aurais jamais trahi sa confiance, mais ce n'est pas pour lui que j'ai accepté de participer. Je l'ai fait pour toi.

Beatriz prend conscience de leur proximité ; ils sont assez près pour que l'odeur de Nicolo envahisse ses sens : coton propre, pomme, et quelque chose d'autre qui n'appartient qu'à lui. Elle se rappelle ce que ça lui a fait lorsqu'il l'a embrassée dans le couloir. Elle se demande s'il va le faire à nouveau maintenant. Ce serait déconseillé, mais elle le désire plus qu'elle ne l'aurait jamais imaginé.

Elle se concentre sur ses couleurs, plongeant un pinceau plus petit dans une poudre bleu-violet.

— Lève les yeux, dit-elle, sans penser à ce qui se produira lorsqu'il le fera.

Quand leurs yeux se rencontrent, le désir devient si puissant que Beatriz pourrait s'y noyer. Elle déglutit et applique doucement la poudre sur la peau de Nicolo, exagérant les faibles cernes déjà présents.

— C'est d'autant plus noble de prendre autant de risques pour quelqu'un que tu viens à peine de rencontrer, remarque-t-elle, s'obligeant à adopter un ton taquin.

— Je ne suis pas noble, rétorque-t-il d'une voix tranchante. Si tu avais la moindre idée de ce qui traverse mon esprit, Triz, tu saurais qu'il n'y a rien de noble en moi.

Beatriz saisit un autre pinceau, adoucissant les contours de certaines rides qu'elle vient de créer. Il devrait avoir l'air ridicule, comme ça, avec ses rides et ses demi-cercles violets sous les yeux. Il *a* l'air ridicule, se dit Beatriz. Mais elle a quand même envie de l'embrasser, quelles qu'en soient les conséquences.

— Peut-être, alors, dit-elle lentement en reposant le pinceau, que nous devrions être lâches ensemble.

Elle a beau essayer, Beatriz ne parvient pas à chasser l'image de sa mère de son esprit. Même là, à un cheveu d'un garçon avec qui elle ne devrait en aucun cas être seule, elle visualise la désapprobation de l'impératrice. Une centaine de kilomètres les séparent, mais Beatriz peut imaginer le front plissé de sa mère, ses narines dilatées. Elle entend sa voix dans son oreille, si brûlante qu'elle en frémit.

« Même toi, tu n'es pas assez bête pour tomber amoureuse, Beatriz. Je ne t'ai pas élevée pour papillonner de façon aussi éhontée avec l'un de tes propres pions. Juste quand je pense que tu ne peux me décevoir davantage, tu trouves de nouvelles profondeurs à explorer. »

La voix ne devrait pas autant la submerger, surtout pas maintenant qu'elle a décidé de saboter le reste des plans de sa mère pour aider Sophronia. Pourtant, c'est le cas. Beatriz ignore si un jour viendra où la voix de sa mère ne la suivra pas partout pour lui faire part d'opinions inopportunes.

Elle se dit qu'elle embrasse Nicolo parce qu'elle en a envie, parce qu'elle ne rêve que de recommencer depuis la dernière fois. Elle se dit qu'elle l'embrasse parce qu'elle le veut, et qu'il la veut, et que rien d'autre ne compte en dehors de la pression de leurs lèvres, du contact de leurs langues et des mains fortes et assurées de Nicolo dans le bas de son dos quand il l'attire sur ses genoux.

C'est vrai, mais ce n'est pas toute la vérité. Elle l'embrasse aussi parce qu'elle sait qu'elle ne devrait pas le faire, parce que cela mettrait en rage sa mère si jamais elle le découvrait, parce que, comme Sophronia le lui a fait remarquer une fois, tout ce que sa mère a à faire pour la convaincre de sauter d'une falaise, c'est de lui ordonner le contraire.

La porte s'ouvre soudain et Beatriz et Nicolo s'écartent ; elle se lève pour se dégager de ses bras plus vite qu'un éclair zébrant le ciel. Mais, comme elle le comprend lorsque Gisella lui jette un regard entendu, elle n'a pas été assez rapide.

— Personne n'arrive à garder ses mains tranquilles, ce soir, murmure Gisella en pénétrant dans la pièce, suivie par Pasquale et Ambrose, qui rougissent en entendant ces mots.

Qu'ont-ils fait exactement, de leur côté ? se demande Beatriz, même si une partie d'elle est heureuse pour Pas, si dangereux que cela puisse être. Peut-être devrait-elle s'alarmer que Gisella les ait tous les deux surpris en train d'embrasser quelqu'un d'autre, mais ce n'est pas le cas. Ils commettent une trahison ensemble : la situation suffira à tous les détruire, s'ils le souhaitent.

En hâte, Beatriz attrape la brosse et applique un peu de poudre transparente sur le visage de Nicolo.

— Voilà, dit-elle rapidement, c'est fait. Ambrose, Pas, avez-vous les vêtements ?

Pasquale hoche la tête, les oreilles toujours rouges, en laissant tomber un paquet d'habits de différentes nuances de gris sur le lit.

— C'est jour de lessive, donc on a pris quelques affaires sur les cordes à linge. On a failli se faire prendre.

— Alors habillons-nous, les presse Beatriz en observant le tas. Si les gardes sont relevés à minuit, nous n'avons qu'une heure pour descendre.

Le plan, si on peut parler de plan, est très simple.

Ambrose et Pasquale vont préparer le bateau de la famille d'Ambrose, amarré au port de la ville, et non à celui réservé aux membres de la famille royale et aux nobles. C'est une petite embarcation, mais sur laquelle Ambrose a déjà navigué seul plusieurs fois pour visiter son domaine sur la côte nord, près de la frontière avec Temarin. Il a justement averti son oncle qu'il le ferait, afin que personne ne s'étonne de son absence pendant les semaines à venir, durant lesquelles il acheminera le seigneur Savelle jusqu'à la sécurité du sol temarinien. Ce voyage sera plus long que ceux qu'il a déjà faits, mais il se sent confiant.

Nicolo va jouer le rôle du guetteur, en se faisant passer pour un serviteur balayant le couloir à l'extérieur du donjon. S'il voit quelqu'un qui ne devrait pas être là, il doit l'intercepter et le ralentir comme il le peut.

Gisella et Beatriz, vêtues et grimées en servantes d'âge moyen, apportent le dîner et le vin pour les gardes – tâche dont Beatriz a libéré deux jeunes bonnes en exigeant, de sa voix la plus « princesse », qu'elles rangent la bibliothèque de Pasquale toutes affaires cessantes.

Mais alors que Beatriz et Gisella abaissent leurs plateaux devant les deux gardes assignés à la surveillance du donjon, le nœud dans l'estomac de Beatriz refuse de se desserrer. Il y a tant de choses qui peuvent mal tourner, elle le sait. Ce n'est plus seulement sa vie qui est en jeu, désormais, mais celles de Pasquale, de Gisella, de Nicolo et d'Ambrose. Cette pensée la rend malade, mais elle s'oblige à garder son sourire et à bavarder agréablement du temps qu'il fait avec les gardes jusqu'à ce qu'ils vident leurs verres de vin. Quelques secondes après, ils sont tous les deux avachis, la tête penchée et les yeux fermés.

— Penses-tu qu'on leur en ait donné trop ? s'inquiète Gisella.

Beatriz vérifie le pouls des hommes.

— Ils vont bien, affirme-t-elle. Ils dorment, c'est tout. Cela devrait durer une demi-heure, mais s'ils se réveillent plus tôt…

— Je sais, la coupe Gisella en lui adressant un léger sourire. Je dois exprimer mon inquiétude et leur dire que tu es allée chercher de l'aide, et puis, très subtilement… (Elle lève la bague à poison de Beatriz, avec son aiguille cachée dans la pierre précieuse.) Et quand on en aura fini, il faudra que tu m'indiques où je peux me procurer un de ces bijoux !

— Quand on en aura fini, promet Beatriz en écho, prenant l'anneau de clés sur son support, derrière les gardes.

À partir de maintenant, elle a trente minutes – plutôt vingt, par prudence – pour déterminer laquelle de cette cinquantaine de clés déverrouillera la porte du seigneur Savelle.

Beatriz s'éloigne en hâte de Gisella, accordant à chaque cellule un coup d'œil rapide pour s'assurer que l'ambassadeur n'est pas à l'intérieur. La plupart d'entre elles sont vides : la prison principale est en ville, et les deux lieux de détention sont en grande partie vidés tous les quinze jours, lors des Jours de Bûcher. Mais quelques-unes sont occupées par des serviteurs ou des courtisans de moindre importance, qui ont provoqué la colère du roi d'une manière ou d'une autre. Certains appellent quand elle passe, mais elle les ignore, consciente du lourd trousseau de clés qu'elle porte et de la rapidité avec laquelle vingt minutes peuvent s'écouler.

Elle passe en trombe devant la cellule du seigneur Savelle, avant de revenir sur ses pas lorsqu'elle reconnaît ses cheveux châtain clair à la lumière de la lune qui filtre par la haute meurtrière. Dépouillé de ses beaux vêtements, vêtu de la même tenue gris terne et usée que le reste des prisonniers, il n'est plus que l'ombre de lui-même.

— Seigneur Savelle, murmure-t-elle, s'avançant vers les barreaux et saisissant la première clé.

Il la regarde en clignant des yeux. Il lui faut un moment pour comprendre qui elle est à travers son déguisement.

— Votre Altesse ? Que faites-vous…

Il s'interrompt lorsqu'il s'aperçoit que Beatriz essaie une clé, puis une autre. Ayant compris, il demande alors :

— Pourquoi ?

En silence, Beatriz teste une troisième puis une quatrième clé, sans succès. Elle a joué les événements de ce soir un nombre incalculable de fois dans sa tête au cours de la journée, anticipant au mieux les soucis qu'ils pourraient rencontrer, mais elle n'a pas prévu de réponse à cette question. Elle se décide pour la vérité : elle a l'impression qu'elle la lui doit.

— Parce que nous savons, vous comme moi, que si quelqu'un doit être emprisonné pour sorcellerie, c'est moi, murmure-t-elle dans l'obscurité, faisant pour la première fois cet aveu à haute voix.

La vérité est bien plus difficile à ignorer maintenant qu'elle a prononcé ces paroles. Il est également impossible de revenir dessus.

Le seigneur Savelle n'est pas surpris. Évidemment. Elle avait supposé qu'il avait deviné, maintenant elle en est certaine.

— J'avais peur que vous ne fassiez part de vos soupçons à quelqu'un, dit Beatriz, en se concentrant sur la serrure pour ne pas avoir à le regarder. Alors quand l'opportunité s'est présentée de vous... éliminer, je l'ai saisie. Je suis désolée.

Elle ne lui raconte pas le reste, tait les plans de sa mère, même si elle est tentée de le faire.

Pendant un long moment, le seigneur Savelle ne répond pas. Beatriz a le temps d'essayer six clés, sans succès.

— Je ne peux pas vous en tenir rigueur, Beatriz, finit-il par dire doucement. Si ma fille avait pu mentir pour se sauver, même si cela aurait signifié punir ou rejeter la faute sur quelqu'un d'autre... Que les étoiles me pardonnent, j'aurais aimé qu'elle le fasse.

Beatriz s'était préparée à ce qu'il soit furieux, à ce qu'il la condamne, elle s'était attendue à ce qu'il réagisse comme l'aurait fait sa mère. Jamais elle n'avait imaginé qu'il lui pardonnerait. Dans son ahurissement, ses doigts s'emmêlent sur une des clés et elle les fait tomber, laissant échapper un juron. Elle ramasse l'anneau. Ne sachant plus la clé qu'elle a essayée en dernier, elle doit tout recommencer.

Elle est tentée de lui en dire plus. Il pense sans doute que c'est elle qui a créé la poussière d'étoiles qu'elle a placée dans sa chambre. Il ne peut pas connaître l'implication de sa mère. Elle n'est pas prête à dévoiler cette partie de la vérité. Ce secret est en elle depuis bien trop longtemps : s'il est révélé, elle ne sait pas ce qu'il lui restera.

— Un ami a un bateau, dit-elle à la place, laissant une autre mauvaise clé dans la serrure pour porter la main à sa sacoche et en sortir une tunique de domestique, qu'elle passe au seigneur Savelle à travers les barreaux. Enfilez ceci.

Combien de temps s'est-il écoulé depuis qu'elle a laissé Gisella ? Cinq minutes ? Dix ? Elle n'en a aucune idée.

— Un bateau ? répète le seigneur Savelle.

— Pour vous emmener à Temarin, explique-t-elle. C'est la seule façon de vous sauver, et d'empêcher une guerre.

En entendant ce mot, il laisse échapper un rire surpris.

— La guerre me semble un peu extrême. Seul un roi dément, ou un idiot, irait…

Il laisse sa phrase en suspens.

— On ne peut pas dire que le roi Cesare soit particulièrement sain d'esprit, n'est-ce pas ? répond Beatriz. Et même si j'en ai entendu assez sur le roi Leopold pour remettre en question son intelligence, ma sœur m'a appris que sa déclaration de guerre était contrefaite. Si nous parvenons à vous faire rentrer à Temarin, cela suffira peut-être pour éviter la guerre. Mais nous devons nous dépêcher.

Le seigneur Savelle n'a pas besoin qu'on le lui répète deux fois. En quelques mouvements rapides, il jette la tunique sur ses épaules. Elle est assez longue pour couvrir en grande partie son uniforme de prisonnier, et il fait trop sombre pour qu'on puisse l'examiner attentivement. Beatriz essaie encore quelques clés, mais la porte reste fermée. Son cœur commence à battre bruyamment dans ses oreilles, noyant la moindre pensée.

— Est-ce que vous venez aussi ? demande le seigneur Savelle.

Beatriz lève les yeux, surprise, et manque de faire à nouveau tomber les clés.

— Où ça ?

— À Temarin. Vous n'avez sans doute pas l'intention de rester ici.

La pensée ne lui était pas venue à l'esprit, même si, maintenant qu'il le dit, elle se demande si cela aurait dû être le cas.

— Beatriz, si vous restez ici, ils vont découvrir ce que vous êtes, tôt ou tard, lui dit-il lentement. Et ils vous tueront.

— Ce n'est pas si simple, répond-elle en continuant à essayer les clés et en pensant à Pasquale, Gisella et Nicolo, qu'elle ne veut pas abandonner aux caprices d'un souverain caractériel. Je crois que quelqu'un empoisonne le roi, et que c'est ce qui provoque sa folie. Je ne peux pas le prouver pour l'instant, mais quand je le ferai...

— Ah, dit-il, en la jaugeant du regard. Je ne suis que la première partie de votre plan, alors. Vous avez l'intention de devenir reine.

Beatriz se mord la lèvre, la honte lui brûlant le visage. Daphné a toujours dit qu'elle était sans vergogne : si elle la revoit un jour, elle sera ravie de prouver à sa sœur qu'elle se trompait.

— Vous ne pouvez pas le nier, Cellaria serait un bien meilleur endroit si Pas et moi étions sur le trône. Nous pourrions changer les choses, les améliorer.

En prononçant ces mots, elle prend conscience que c'est ce que dit toujours sa mère, sa façon de justifier ses horribles actions. « Ce n'est pas la même chose », se dit Beatriz, mais elle n'y croit pas complètement. Et puis, il y a la menace que représente désormais sa mère : elle n'abandonnera pas son rêve d'un empire uni sans combattre. Mais si Beatriz et Sophronia forment une alliance, elles ont peut-être une chance. Une petite partie optimiste d'elle imagine Daphné les rejoindre, bien qu'elle en doute. Beatriz aime sa sœur, mais elle sait que Daphné est avant tout la créature de l'impératrice, des pieds à la tête.

— Cellaria serait un meilleur endroit avec un cochon sur le trône, réplique le seigneur Savelle et, plus par habitude que par peur réelle, Beatriz jette un coup d'œil autour d'elle pour s'assurer que personne n'a entendu.

Il le remarque et rit.

— On doit déjà m'exécuter, Beatriz. Je n'ai pas vraiment de raison de tenir ma langue.

Beatriz atteint la dernière clé du trousseau, mais celle-ci non plus ne fonctionne pas. Elle fronce les sourcils. En a-t-elle raté une ? Peut-être que la serrure bloque et qu'elle aurait dû insister ? Elle n'a plus le temps de toutes les réessayer ; les gardes vont se réveiller d'un instant à l'autre, maintenant, et si Gisella n'arrive pas à les maîtriser… Elle chasse la pensée de son esprit. Elle ne va pas laisser son amie payer pour son erreur.

Comme convoquées par ses pensées, de lourdes bottes martèlent soudain le sol. Beatriz laisse échapper une bordée de jurons qui ne faisaient assurément *pas* partie de ses leçons de cellarien.

— Laissez-moi, la presse le seigneur Savelle, les yeux sombres. Peut-être que si vous vous cachez, ils penseront…

Il s'interrompt lorsque Beatriz lâche les clés pour saisir le bracelet autour de son poignet. « Utilise-le avec sagesse, lui a dit sa mère. Brise le cristal et fais ton vœu. » Beatriz sait que si l'impératrice pouvait la voir maintenant, « sagesse » serait le dernier mot qui lui viendrait à l'esprit pour qualifier son comportement. Elle s'en moque. Elle jette le bracelet au sol.

— Trouvez ma sœur, murmure-t-elle au seigneur Savelle. Dites-lui que je vous ai envoyé. Dites-lui... Dites-lui que j'ai essayé.

Il ouvre la bouche pour répondre, le front plissé par la perplexité, mais Beatriz ne lui laisse aucune chance.

— Je fais le vœu que le seigneur Savelle parvienne sain et sauf aux quais, puis à Temarin.

— Beatriz... commence-t-il, mais avant qu'il ait pu ajouter un mot, la foudre tombe du ciel pourtant clair.

L'éclair frappe le donjon, créant une fissure dans le mur étroit de la cellule, juste assez large pour qu'il s'enfuie.

Des cris s'élèvent des autres cachots et le rythme des pas qui s'approchent accélère – plusieurs personnes, se dit Beatriz.

— Allez-y, chuchote-t-elle au seigneur Savelle, ou bien ils nous tueront tous les deux. Un bateau vous attend au port de la ville. Fuyez.

Il hésite pendant une fraction de seconde, mais il doit entendre les bottes lui aussi, mesurer leur proximité, savoir qu'il n'y a nulle part où Beatriz peut se cacher. Il lui fait un rapide signe de tête avant de se faufiler dans la fissure et de disparaître de sa vue.

Un battement de cœur plus tard, les gardes apparaissent. Beatriz se tourne pour aller à leur rencontre, se forçant à sembler calme malgré son pouls qui s'emballe. Elle lève les mains pour leur montrer qu'elle n'est pas armée.

Un garde, dont la bande dorée sur le veston signale son haut grade, s'avance. Ses yeux s'écarquillent légèrement lorsqu'il découvre la cellule vide, le trou dans le mur, et

Beatriz avec de la poussière d'étoiles à ses pieds. Il parcourt ensuite du regard son visage, cherchant sous les couches de maquillage, même s'il semble déjà savoir ce qu'il va trouver.

— Votre Altesse, dit-il, d'une voix qui ne tremble pas alors qu'elle le défie du regard, vous êtes en état d'arrestation pour trahison.

Elle ne proteste pas quand il lui maintient les bras pendant qu'un autre attache ses poignets. Elle ne peut qu'espérer que les autres sont saufs, qu'Ambrose et le seigneur Savelle parviendront à s'enfuir, que peut-être Pasquale a décidé de les rejoindre : il est sans aucun doute plus en sécurité là-bas.

Mais alors que les gardes la mènent le long du couloir, vers l'entrée, elle se repasse dans la tête les mots que l'un d'eux vient de prononcer. « En état d'arrestation pour trahison. » Pas pour avoir fait sortir un homme de prison, pas pour avoir eu recours à la magie, même si elle est certaine que ce sera ajouté aux charges qui la condamnent, mais pour trahison. Pour avoir comploté contre le roi.

Seules quatre personnes connaissaient leur projet : les quatre qui y ont participé avec elle. Lorsqu'elle atteint l'entrée du donjon, Beatriz n'est donc pas surprise de découvrir Gisella et Nicolo debout près de la porte, les têtes penchées l'une vers l'autre, en train de chuchoter. Quand les gardes la font passer devant eux, Nicolo, au moins, a la décence de détourner le regard, trop honteux pour croiser le sien. Mais pas Gisella. Ses yeux sombres soutiennent ceux de Beatriz, sans ciller et sans la moindre trace de remords. Elle hausse une épaule, et Beatriz doit faire tous les efforts du monde pour ne pas se jeter sur elle et la frapper aussi fort que possible. Même avec les deux mains attachées, elle pourrait se débrouiller pour lui faire mal. Mais pas assez, cependant.

Alors elle se détourne, le regard fixé droit devant elle, la tête haute et la bouche fermée, pour aller à la rencontre de son destin.

SOPHRONIA

Sophronia garde un œil sur l'horloge : la nuit se transforme en matinée, qui avance doucement vers midi. Leur exécution n'est pas prévue avant le lendemain au coucher du soleil ; bien qu'elle ne souhaite pas trop s'approcher de cette échéance, elle doit laisser à Violie le temps de rejoindre leur point de rendez-vous, choisi aussi loin que possible du palais. Elle explique à Leopold le plan qu'elle a élaboré avec son ancienne femme de chambre : lorsque l'horloge sonnera trois coups, elle déliera ses poignets, brisera son bracelet et fera un vœu, demandant qu'ils soient transportés dans une grotte à l'autre bout du bois d'Amivel, où Violie les attendra.

Comme la servante, Leopold n'est pas sûr que la poussière soit suffisamment puissante pour accomplir un tel vœu, mais elle leur a garanti à tous les deux que ce serait le cas.

L'horloge n'est plus qu'à quelques souffles de quinze heures quand la porte s'ouvre et qu'Ansel entre. Il a enfilé des vêtements propres, mais Sophronia ne pense pas qu'il ait dormi. Il a des cernes noirs sous ses yeux, qui n'étaient pas là la veille au soir. Il les regarde alternativement et se passe la main dans les cheveux. Il semble ne pas savoir quoi dire, ce qui est une bonne chose, parce que

Sophronia a quelques questions, et c'est sa seule chance d'obtenir une réponse.

— Quand ma mère vous a-t-elle recruté, Ansel ? demande-t-elle.

Il cligne des yeux de surprise.

— La reine Eugenia m'a contacté après la déclaration de guerre de Leopold...

Sophronia l'interrompt en riant :

— Je suis déçue. Je m'attendais à ce que ma mère ait engagé un meilleur menteur. Vous parliez avec Violie pendant le discours, et ensuite, vous avez sauvé le prince de la foule d'émeutiers, que vous dirigez aujourd'hui. Contrairement à ce que ma mère pourrait croire, je ne suis pas idiote.

Ansel la regarde un long moment, puis semble prendre une décision.

— Bon, vous serez bientôt morte, alors quelle importance ? dit-il en venant s'asseoir dans le fauteuil en face d'eux. Oui, je le reconnais, je suis en contact avec votre mère depuis un an et demi. L'histoire du bateau de pêche était vraie, mais je suis descendu à terre une fois, quand nous étions à quai à Bessemia. J'ai eu quelques problèmes dans une taverne, j'ai triché aux cartes et je me suis battu. Un des hommes avait un méchant crochet droit et, quand je suis revenu à moi, j'étais dans une des salles de la taverne, et un empyrion était là, qui proposait de me guérir avec de la poussière d'étoiles.

— Nigellus, devine Sophronia.

Bien sûr, le bon petit chien de sa mère était impliqué.

Ansel hausse les épaules.

— Je n'ai pas demandé qui c'était, et ça m'était égal. Mais il me connaissait : il connaissait mon nom, mon poste sur le bateau, ma famille à Kavelle.

— Il vous a aussi proposé de soigner un parent malade ? dit Sophronia en se rappelant l'histoire de Violie.

Ansel rit.

— Non, je suis du genre simple. Il m'a offert de l'argent. Tout ce qu'il attendait de moi, c'était que je retourne à Kavelle et que j'attise la colère du peuple contre les aristocrates. Ce n'était pas compliqué après la mort du roi Carlisle. C'était même très facile de vous haïr, vous savez, ajoute-t-il en se tournant vers Leopold.

Ce dernier grimace, mais ne répond pas, alors Ansel continue :

— Je ne savais pas que votre mère était impliquée jusqu'à ce que Violie vienne me trouver. Puis vous êtes arrivée, reine Sophie, et tout s'est mis en place.

— Jusqu'à ce que j'aille à l'encontre des plans de ma mère, répond-elle.

Pendant un moment, Ansel la fixe d'un regard vide, puis il éclate de rire.

— Oh, peut-être que vous n'êtes pas aussi intelligente que vous le pensez, finalement. Vous avez suivi à la lettre le plan de votre mère.

C'est au tour de Sophronia d'être sous le choc ; les roues de son esprit tournent à une allure folle alors qu'elle essaie de donner un sens à la dernière réplique d'Ansel.

— Non, finit-elle par dire, j'ai refusé de pousser Leopold à entrer en guerre, j'ai même essayé de reconstruire Temarin…

— Vous vous êtes comportée exactement comme votre mère l'attendait, l'interrompt-il. La seule surprise, vraiment, c'était Eugenia : une bénédiction inattendue. Mais tout ceci, dit-il en désignant la pièce, la situation du royaume, a toujours été le plan de l'impératrice : un palais assiégé par des rebelles, des aristocrates morts, un roi et une reine à la dérive, le chaos, partout. Ses troupes arriveront d'ici la fin de la semaine et la voie sera dégagée. Grâce à vous.

Sa mère veut sa mort. Sophronia le savait déjà, elle l'a révélé à Leopold la nuit dernière. Mais elle croyait que c'était parce qu'elle avait échoué. Elle pensait que la colère de l'impératrice envers elle était sa faute, comme toujours. Il y a quelque chose d'étrangement libérateur à savoir que ça n'a absolument rien à voir avec elle.

L'horloge derrière Ansel sonne trois coups, mais il l'ignore. Sophronia et Leopold échangent un regard, et elle lui fait un rapide signe de tête. Le moment est venu. Elle tord ses poignets dans le bon angle, avec ce qu'il faut de force pour briser les liens. Avant qu'Ansel ait la possibilité de réagir, elle attrape le bracelet et le jette au sol, le plaçant sous le talon de sa chaussure.

— Je suis désolée, murmure-t-elle à Leopold.

« C'est une magie assez puissante pour sauver une vie », leur a dit leur mère lorsqu'elle leur a donné les bracelets. *Une* vie. Pas deux, contrairement à ce que Sophronia a fait croire à Leopold et Violie.

Elle écrase le vœu sous son talon.

— Je fais le vœu que Leopold rejoigne Violie, loin d'ici.

Pendant un instant, le temps s'écoule comme du miel. Ansel plonge sur Leopold, Leopold fait un pas vers Sophronia. Puis, dans un battement de cils, il disparaît et Ansel ne serre rien d'autre que de l'air. Lorsqu'il en prend conscience, il se tourne vers Sophronia, les yeux pleins de fureur.

— Qu'avez-vous fait ? hurle-t-il.

Le sourire de Sophronia est fragile quand elle lui répond :

— Quelque chose que ma mère n'avait pas prévu.

BEATRIZ

Enfermée dans leur chambre à coucher, Beatriz fait les cent pas pour élaborer un plan. Les mots de Daphné résonnent à son oreille, mais elle se concentre sur ce qui est vraiment utile : les pépins de pomme écrasés. N'importe qui aurait pu les mettre dans le vin du roi, bien sûr, mais elle connaît un garçon qui a un accès direct au vin et qui sent toujours la pomme. Et si Nicolo a glissé les pépins dans le vin, elle est prête à parier que c'est Gisella qui les écrasait.

Alors que le ciel, de l'autre côté des vitraux, commence à pâlir, Beatriz rassemble les bribes d'information qu'elle a pour élaborer une arme qui pourra la sortir de cette situation – parce que, contrairement à ce qu'elle a laissé croire à sa sœur, elle préférerait mourir que de demander de l'aide à sa mère.

Bientôt, le roi Cesare va la convoquer pour prononcer sa sentence, et elle pourra lui révéler que Nicolo l'empoisonne. Elle répète l'histoire qu'elle va lui servir : ce sont Nicolo et Gisella qui complotaient ensemble, ils l'ont menacée de représailles si elle ne suivait pas leur plan… Elle n'est donc qu'une victime, tout autant que le roi lui-même. Les humeurs de Cesare sont imprévisibles, mais elle a réussi à l'embobiner une fois, elle peut tenter sa chance.

La porte de la chambre s'ouvre brutalement et Beatriz se tourne juste à temps pour voir Pasquale entrer en trébuchant, comme si on l'avait poussé. En quelques secondes, elle parcourt la pièce et passe les bras autour de son cou pour le serrer fort contre elle, tandis que ses émotions se bousculent : soulagement qu'il soit en vie, mais colère qu'il soit là, aussi piégé qu'elle.

— Triz, dit-il en la serrant si fermement qu'elle n'est pas sûre qu'il la lâchera un jour, ni de vouloir qu'il le fasse. Je suis tellement désolé, reprend-il, d'une voix rauque. Je ne sais pas ce qui s'est passé : le plan se déroulait comme prévu, le seigneur Savelle est monté sur le bateau, lui et Ambrose sont partis. Puis les gardes m'ont trouvé sur le quai et m'ont arrêté.

Il y a au moins une raison d'être soulagée, alors : le seigneur Savelle et Ambrose s'en sont sortis. Avec un peu de chance, ils auront réussi à atteindre Temarin ; le vœu qu'elle a utilisé devrait les protéger.

— Ce n'était pas ta faute, dit-elle, en s'écartant pour le regarder. Nicolo et Gisella nous ont trahis.

Elle le met au courant de la situation, lui révélant aussi le poison que sa sœur a trouvé dans le vin du roi, même si cela requiert encore davantage d'explications. Pasquale l'écoute dans un silence absolu pendant qu'elle lui en dit plus encore, commençant par sa naissance et les grands plans de sa mère. Elle s'attend à ce qu'il soit furieux, qu'il se sente trahi, qu'il la déteste, mais il se contente de la regarder, l'air fatigué.

— Nous sommes les marionnettes de nos parents, Beatriz.

— Tu n'es pas en colère ? lui demande-t-elle.

Il reste silencieux un moment, puis répond :

— Pas contre toi. Ce serait hypocrite, non ? De te reprocher de ne pas t'être opposée à ta mère alors que je n'ai jamais osé affronter mon père. Et puis je suppose que nous nous sommes tous les deux rebellés maintenant, n'est-ce pas ? Et vois où ça nous a menés.

Beatriz se mord la lèvre.

— Si Nico et Gigi ont empoisonné le roi, nous pouvons en tirer profit. Nous pouvons jeter le doute sur eux, sur leurs accusations. Cela ne sera pas facile : ils m'ont arrêtée devant la cellule vide du seigneur Savelle avec de la poussière d'étoiles, mais peut-être que nous pouvons mettre au point une histoire…

Elle laisse sa phrase en suspens quand Pasquale secoue la tête et prend sa main entre les siennes, pour l'y presser.

— Beatriz, les gardes m'ont arrêté hier soir. Après ça, ils m'ont mené à mon père, sur son lit de mort.

Beatriz s'immobilise.

— Il est mourant ?

— Il est mort il y a une heure.

Malgré la gravité de la nouvelle, sa voix est calme et égale.

— Avant de partir, reprend-il, il voulait me faire savoir à quel point je l'ai déçu, à quel point j'ai sali notre lignée familiale, à quel point je suis faible de m'être fait manipuler par ma femme. C'est ce qu'il pensait, en fait ce que tout le monde pensera, je suppose.

— Pas…

— Il m'a renié, conclut Pasquale. Mon père a décidé, dans ses derniers instants, qu'après sa mort, la couronne passerait non à moi, mais à un cousin. Et après des mois de loyaux services en tant qu'échanson, l'arrosant de vin et murmurant à son oreille, sais-tu lequel de mes nombreux cousins il a choisi ?

Beatriz ferme les yeux : elle recolle enfin les morceaux. Elle savait que Nicolo et Gisella l'avaient trahie, mais elle n'avait pas compris l'objectif qu'ils visaient.

— Nico va être roi, dit-elle calmement.

Pasquale hoche la tête.

— Ce qui signifie que ce sera lui qui décidera de notre sort.

Beatriz essaie de ne pas se sentir coupable d'avoir drogué Pasquale cet après-midi, et elle y réussit plutôt bien. Il a besoin de sommeil, sans aucun doute, et il est peu probable qu'il le trouve par lui-même. Heureusement, les gardes qui ont fouillé leur chambre n'ont pas touché à sa trousse à maquillage. À l'intérieur de l'un des bocaux, elle a trouvé un somnifère en poudre masqué en fard à paupières et en a glissé un peu dans son thé. Il s'est endormi avec la tasse à la main.

Maintenant, seule, le souffle profond et régulier de Pasquale pour unique compagnie, Beatriz a elle aussi envie de prendre une dose de somnifère. Elle rêve de la paix qui viendrait avec un esprit vide, mais elle sait qu'elle ne la mérite pas. Et puis, quelqu'un doit rester sur ses gardes au cas où une information leur parviendrait.

Beatriz arpente la pièce plongée dans la pénombre, avec pour seule indication du temps qui passe la lente mort du feu dans l'âtre de la cheminée. Elle décide de suivre le conseil de Daphné et d'écrire une lettre à sa mère, finalement. Cela ne sera pas facile de la lui faire parvenir dans de telles circonstances, mais l'impératrice a sûrement des alliés dans le palais, qui se feront bientôt connaître : à ce moment-là, elle devra être prête. Pourtant, rien que l'idée lui laisse un goût amer dans la bouche.

Ce n'est pas pour son salut à elle, se rappelle-t-elle en marchant vers le bureau, c'est pour celui de Pasquale. Oui, Beatriz préférerait mourir que de quémander l'aide de sa mère, mais elle ne condamnera pas Pasquale au même sort.

Un coup discret interrompt ses pensées ; Beatriz s'arrête net au beau milieu de la chambre. Le coup ne vient pas de la porte : il est trop ténu, c'est le son de doigts qui tapent contre du verre. Elle se tourne vers les vitraux et s'en approche, distinguant la vague silhouette d'un corps de l'autre côté. Elle entend le bruit d'une clé qu'on fait pivoter dans une serrure et, le cœur battant, elle ouvre la fenêtre d'un coup sec, faisant perdre l'équilibre à Nicolo, qui se rattrape de justesse au cadre.

Pendant un instant, Beatriz le fixe ; lui garde les yeux rivés au sol en pierre.

— Il faut que nous parlions, dit-il enfin.

Quelques instants plus tôt, Beatriz aurait été d'accord avec cette affirmation. Au cours des dernières heures, elle a mené d'innombrables conversations imaginaires avec lui, lors desquelles elle s'est mise en colère, a hurlé, l'a traité de tous les noms. Elle y a exigé des réponses, l'a giflé avant même qu'il ait le temps de les lui donner. Elle a pensé à une dizaine de répliques cinglantes, chacune pire que la précédente, mais aucune n'était suffisamment horrible pour la satisfaire.

Mais maintenant qu'il se tient devant elle, accroupi, les articulations blanchies tandis qu'il s'agrippe fermement au cadre de la fenêtre, elle sent que les mots l'abandonnent. Au lieu de lui dire toutes les choses qu'elle a répétées dans son esprit, elle saisit le battant de la fenêtre ouverte et le claque, piégeant les doigts de Nicolo à le faire hurler de douleur.

Le cri la réconforte un peu, mais cela ne dure qu'un instant. Une seconde plus tard, la fenêtre est à nouveau ouverte et Nicolo est toujours là, en équilibre précaire sur le rebord.

— Il faut que nous parlions, répète-t-il, et cette fois Beatriz perçoit son léger bredouillement.

— Tu es ivre, crache-t-elle. Mais je suppose que tu as dû fêter ça, *Votre Majesté*.

— Triz…

En un mouvement, elle est devant lui et l'attrape par les épaules.

— Je pourrais te pousser dans le vide.

Il ne semble pas inquiet, ni tendu. Il se contente de l'examiner de ses yeux calmes et froids.

— Non, à moins que tu souhaites ajouter le régicide aux charges qui pèsent contre toi, fait-il remarquer.

Beatriz ne desserre pas sa prise.

— Tu empestes l'alcool. N'importe qui de sensé présumera que tu as fait une chute mortelle en tentant quelque chose de stupide.

— Et tu considères les membres de la cour comme des personnes sensées ? ricane-t-il, son sourire devenant moqueur.

— Je ne sais pas, mais j'aimerais mettre cette théorie à l'épreuve, rétorque-t-elle en le repoussant.

Nicolo s'accroche encore plus fermement au cadre de la fenêtre. En remarquant la peur qui luit dans son regard, Beatriz sent un frisson de triomphe la parcourir. Elle pourrait le regarder mourir, pense-t-elle. À peine vingt-quatre heures plus tôt, elle l'embrassait, et maintenant elle est tentée de le tuer de ses propres mains. Comme les choses peuvent changer rapidement !

— Laisse-moi au moins t'expliquer…

— Je t'assure, je ne suis pas assez stupide pour ne pas avoir tout compris toute seule.

— Gigi a décidé…

Les sourcils de Beatriz s'arquent.

— On se cache derrière sa sœur, maintenant ? Comme c'est brave.

Il secoue la tête, levant enfin les yeux pour croiser les siens.

— Je ne suis pas venu ici te présenter des excuses, Triz.

— Ne m'appelle pas comme ça, lui retourne-t-elle sèchement.

Il pousse un long soupir avant de faire une nouvelle tentative :

— Je suis venu pour régler la situation.

Beatriz croise les bras sur sa poitrine.

— Ah oui ? demande-t-elle. Et comment as-tu l'intention de le faire ? En nous libérant, Pas et moi ? Ou bien en renonçant au trône que tu as usurpé pour le rendre à celui à qui il revient ?

Elle ressent une certaine satisfaction à le voir rougir de honte, mais il s'oblige à continuer :

— Ton mariage n'a jamais été consommé, poursuit-il. Si tu l'annules pour m'épouser à la place…

— Tu plaisantes, n'est-ce pas ? réplique Beatriz en riant avant de jeter un œil à Pasquale, qui dort toujours, et de baisser la voix. Je ne t'épouserais pas même si tu étais le dernier survivant de ce misérable royaume.

Pendant un long moment, Nicolo se tait ; elle voit qu'elle l'a blessé. « Tant mieux. »

— C'est la seule façon pour t'en sortir. Nous pouvons tourner les choses à notre façon, dire que ton mariage avec Pas était un simulacre et que tu étais désespérée. Expliquer que rien n'était ton idée, qu'il s'est servi de toi.

Beatriz ne pensait pas que Nicolo pourrait la mettre davantage en colère, elle croyait que sa fureur avait atteint ses limites. Elle avait tort.

— Si je comprends bien ce que tu me proposes, dit-elle lentement, tu voudrais que je rejette toute la faute sur Pas pour sauver ma peau ?

— Impossible de sauver sa peau à lui, affirme Nicolo en secouant la tête. Il y a déjà des gens puissants à la cour qui le veulent sur le trône : lui pardonner serait trop dangereux pour moi.

L'estomac de Beatriz se serre.

— Alors tu vas le faire exécuter.

Nicolo marque une pause, juste assez longue pour lui faire savoir qu'il a effectivement considéré cette idée.

— Non, cela ferait de lui un martyr. Il sera exilé dans les montagnes ; il y a une fraternia, là-bas, qui va l'accueillir. On lui retirera son titre, et même son nom ; il passera le reste de ses jours entre leurs murs, à étudier les textes saints et à réfléchir à sa rédemption spirituelle.

Ce n'est pas la mort, pense Beatriz, mais Pasquale ne trouvera pas cela beaucoup mieux. Elle a entendu parler des fraternias et sororias à Cellaria : des structures froides et minimalistes, dénuées de tout confort, où le seul divertissement possible, ce sont les pages des textes saints, et la seule conversation autorisée, celle d'un frère ou d'une sœur adressant ses prières quotidiennes aux étoiles. Elle imagine que ces lieux ont la même origine que les fraternias et sororias à Bessemia, où hommes et femmes décident de vivre sans attaches familiales ou matérielles pour se consacrer aux étoiles et à leur lecture. « Décider » étant la principale différence, suppose-t-elle. Peut-être que quelques personnes choisissent les sororias ou fraternias à Cellaria, mais en général, ces sanctuaires font office de punition, comme dans ce cas précis.

— Alors, voilà mes options ? T'épouser, ou être… quoi, envoyée dans la plus proche sororia ? Je vois pourquoi Cesare t'a choisi pour lui succéder : bannir une jeune fille pour l'avoir rejeté, cela lui ressemble bien.

Nicolo tressaille.

— Je n'essaie pas de te faire du chantage, mais Pasquale est capable de se protéger seul. Il n'a pas besoin que tu souffres à ses côtés.

— Je vais être parfaitement claire, Nico : je préfère souffrir aux côtés de Pasquale que régner avec toi.

Nicolo semble s'éteindre. Il s'affaisse contre le cadre de la fenêtre comme une voile en l'absence de vent.

— J'aurai essayé, dit-il au bout d'un moment. J'espère que tu t'en souviendras.

— Je ne pense pas avoir la moindre chance d'oublier un jour ce moment, rétorque Beatriz. Je m'en souviendrai jusqu'à mon dernier souffle. On dit que l'ennui est un compagnon fidèle dans les sororias, mais je doute de m'ennuyer tant que je pourrai me remémorer l'image de toi faisant irruption dans ma chambre, ivre, désespéré et déçu, la bouche pleine d'excuses pathétiques, ne parvenant qu'à jouer à être roi. J'ose affirmer que ce souvenir m'apportera de la joie même dans les moments les plus sombres. Maintenant, sors, avant que j'appelle les gardes. Que diraient-ils en découvrant que leur nouveau souverain s'est glissé en douce dans la chambre de deux traîtres ?

Pendant un moment, elle pense qu'il va lui rétorquer qu'elle tente un dernier pari, mais il finit par faire demi-tour, sans un mot de plus. Lorsqu'il est parti, Beatriz claque la fenêtre et le son résonne dans la chambre.

— Triz, dit Pasquale doucement, depuis le lit.

Elle grimace.

— Qu'as-tu entendu ?

— Assez pour savoir que tu viens de faire une erreur. Tu aurais dû accepter sa proposition.

Beatriz secoue la tête avant de s'asseoir à côté de lui sur le lit.

— Non. Nous sommes dans ce bourbier ensemble, Pas, et nous allons nous en sortir ensemble.

— Tu ne lui as pas dit que tu savais pour le poison.

— Non, ça aurait été stupide. Pour l'instant, nous sommes gênants, mais s'il sait que nous connaissons son secret, nous deviendrons trop dangereux.

Pasquale hoche lentement la tête, les sourcils froncés.

— Cosella, dit-il au bout d'un moment.

— Oui, eh bien ?

— Lorsque Gigi et Nico étaient enfants, ils ne se quittaient jamais, et Cosella était leur surnom commun : une combinaison de Nicolo et Gisella. Je l'avais oublié, mais c'est pour cela que le nom me semblait familier quand tu m'as posé la question.

Beatriz ferme les yeux, essayant de donner un sens à cette nouvelle information. C'est remarquablement facile : bien sûr, le roi Cesare n'a jamais conspiré avec sa sœur ; Beatriz avait déjà compris qu'il n'avait pas la capacité mentale nécessaire. Mais l'information de Sophronia était malgré tout valide. Nicolo a dû utiliser sa position d'échanson pour intercepter les lettres. Elle ignore si la reine Eugenia savait avec qui elle correspondait réellement, mais elle suppose que cela n'a plus d'importance, désormais. Encore une information qui ne les sauvera pas, Pasquale et elle, et elle doute qu'elle soit capable de faire parvenir une lettre à Sophronia.

Pasquale la regarde à nouveau et tente un sourire.

— Une partie de moi est contente que tu n'aies pas accepté la proposition de Nico, si égoïste que cela puisse me faire paraître.

— Eh bien, une partie de moi est contente que tu n'aies pas pris le large avec Ambrose, répond Beatriz. Il semblerait que nous soyons tous les deux égoïstes.

Lorsque le somnifère fait à nouveau sombrer Pasquale dans le sommeil, Beatriz sort de la chambre sur la pointe des pieds pour rejoindre le salon adjacent, avant de s'asseoir à son bureau. Elle prend un morceau de parchemin dans le tiroir, plonge sa plume dans l'encrier et commence à écrire.

Chère Mère,
Je préférerais mourir que de vous demander votre aide.

Elle froisse la lettre et la jette dans le feu.

Chère Mère,
J'ai de gros problèmes par votre faute...

Avec un soupir, Beatriz fait subir le même sort à cette ébauche de lettre. Puis, elle prend une profonde inspiration pour se calmer et réessaie.

Chère Mère,
Je sais que nous avons eu nos différends par le passé, et que je n'ai pas toujours été la plus obéissante des filles. Je me trouve désormais dans un terrible guêpier, que j'ai moi-même créé, accusée de trahison

aux côtés du prince Pasquale. Je crains pour nos vies et vous supplie de nous aider.

Beatriz fixe les mots, son estomac se tordant tant qu'elle pense être malade. C'est excessif, se dit-elle, sa mère ne la croira jamais. Pendant qu'elle roule en boule cette nouvelle lettre pour la jeter dans la cheminée, elle prend conscience du problème : ce n'est pas en suppliant l'impératrice qu'elle va obtenir quelque chose d'elle. Elle prend sa plume une dernière fois.

Chère Mère,

Nos plans ont mal tourné : tout ce pour quoi vous avez œuvré est en danger. Si vous nous aidez maintenant, j'aurai une dette éternelle envers vous.

Écrire ces mots-là lui demande un terrible effort, mais elle sait que, si quelque chose peut faire réagir sa mère, c'est ça. Elle écarte la lettre et prend un nouveau parchemin, le scrutant pendant un long moment, tapotant la plume sur sa joue.

Elle transcrit avec soin la note, utilisant le code préféré de l'impératrice, le Brouilleur Delonghier, pour la masquer par un message bien plus simple, dans lequel elle supplie sa mère de maintenir le traité avec Cellaria même si elle est en état d'arrestation.

Lorsqu'elle a terminé, elle scelle la lettre et brûle l'originale avant de se rasseoir sur sa chaise en poussant un long soupir.

« L'impératrice va venir », se dit-elle. Elle répète cette pensée encore et encore, jusqu'à presque la croire.

DAPHNÉ

Dans les heures qui suivent sa conversation avec Beatriz, Daphné n'arrête pas de penser à ses sœurs. Même quand l'aube vient remplacer l'obscurité de la nuit à travers ses fenêtres, elle n'a pas vraiment trouvé le sommeil.

Ce que ses sœurs et elle font est dangereux, Daphné l'a toujours su : c'est la raison pour laquelle on leur a appris à garder un poignard, dans un étui, sur leur cuisse, la raison pour laquelle elle en dissimule un second dans sa chaussure depuis qu'elle a été empoisonnée. Mais le danger qui pèse sur elle lui semble sans importance. C'est pour ses sœurs qu'elle s'inquiète, et à chaque heure qui passe sans nouvelles de l'étranger, cette angoisse grandit, en même temps que la frustration à l'idée qu'elles se soient mises dans ce pétrin.

C'est une bonne chose que Cliona ait décidé de passer la journée avec elle. Elle arrive juste après le petit déjeuner et aide Daphné à traiter le courrier qui s'est accumulé pendant sa convalescence. Daphné soupçonne d'abord Cliona d'agir avec une arrière-pensée mais, alors que le temps s'écoule, elle ne parvient pas à l'identifier. Agacée, elle décide d'aborder franchement le sujet pendant qu'elles boivent une tasse de café.

— Je sais que nous ne sommes pas amies, commence-t-elle, et vous devez savoir que je ne dirai rien à personne concernant les rebelles. Impossible de le faire sans m'incriminer moi-même.

Cliona lève rapidement les yeux de l'une des lettres de Daphné : en l'occurrence, celle-ci a été envoyée par une connaissance à Bessemia qui vient à la pêche aux ragots.

— Êtes-vous sûre que nous ne sommes pas amies ? demande-t-elle en posant la lettre sur le côté.

— Oui, répond Daphné, l'air perplexe. Les amies s'apprécient. Elles ne se menacent pas, ne se font pas chanter, ne tentent pas de se corrompre.

— Mmh, concède Cliona en pinçant les lèvres comme si elle n'y avait jamais réfléchi. Je suppose que je manque d'expérience. Je n'ai pas beaucoup d'amies, et vous non plus, quand on y pense.

— J'ai des amies, rétorque Daphné.

Mais dès que les mots sont sortis de sa bouche, elle prend conscience qu'ils ne sont qu'à moitié vrais. Elle n'a pas d'amies ; elle a des sœurs. C'est la même chose à certains égards, mais pas à d'autres. Elle ressent une pointe de regret lorsqu'elle repense à sa dernière conversation avec Beatriz, mais elle la refoule rapidement. C'est leur façon de se parler, c'est tout.

Beatriz l'a sans doute déjà oubliée.

— Je trouve toujours intéressant de passer du temps avec vous, observe Cliona en haussant les épaules. Et que je vous apprécie ou non, je vous respecte, ça, c'est sûr. Peut-être que ça suffit, non ?

Daphné se replonge dans la lettre qu'elle a devant les yeux, les sourcils si froncés qu'elle peut entendre la voix de sa mère la mettant en garde : cela pourrait lui donner des rides.

— Et puis, poursuit Cliona, si je ne nous croyais pas amies, je ne vous aurais pas offert la possibilité de parler à votre sœur.

— Ce n'était pas un cadeau, vous vous rappelez ? rétorque Daphné d'un ton moqueur. Vous avez dit que j'avais une dette envers vous. Ce n'est pas de l'amitié, par conséquent.

— Oui, acquiese lentement Cliona. Mais je ne vous ai rien demandé, encore, si ?

— Voilà, triomphe Daphné en la pointant du doigt. Peut-être que je n'y connais pas grand-chose en amitié, mais je sais que les amies ne passent pas leur temps à se menacer.

Cliona se contente de rire.

— S'il vous plaît, vous savez que vous vous ennuieriez terriblement si je n'étais pas là pour vous tenir compagnie, menaces ou non.

Daphné serre les dents, mais elle prend conscience qu'elle ne peut pas le nier.

Lorsqu'elles ont parcouru la correspondance de Daphné, les jeunes filles partent en promenade dans le château. Le mariage de Daphné approchant à grands pas, l'effervescence règne : les domestiques sont deux fois plus nombreux et les membres des clans des hauts plateaux venus en visite sont partout. Cliona présente Daphné à tous ceux dont elles croisent le chemin et, même si la jeune fille reconnaît leurs noms grâce à sa formation, elle n'en montre rien. Elle constate que leur accent est devenu plus compréhensible pour elle. Lorsqu'elle le dit à Cliona, celle-ci rit.

— Attendez qu'il soit mâtiné d'un peu de bière. Même *moi*, je ne peux pas les comprendre quand ils ont bu.

Daphné sourit et elles pénètrent dans la chapelle du château, où elle épousera Bairre dans trois jours à peine. Elle trouve cette perspective étrange, même si elle ne sait pas pourquoi. Elle était prête à épouser Cillian quand elle est arrivée à Friv, et maintenant, elle a l'impression de mieux connaître Bairre que son frère. Enfin, c'est sa dernière tâche à accomplir pour exécuter les plans de sa mère. Pourtant, elle ressent une certaine inquiétude.

Le toit en verre de la chapelle laisse pénétrer le soleil de la matinée, augmentant la température : il y fait quelques degrés de plus que dans le reste du château. Une dizaine de domestiques sont en plein travail, à disposer des fleurs, polir des chandeliers, installer un tapis doré dans l'allée centrale, que Daphné empruntera. Elle embrasse la scène, essayant d'imaginer le résultat final, la nuit de son mariage, avec les étoiles qui brilleront sur sa robe de mariée et Bairre qui l'attendra devant l'autel. Elle espère que personne n'obligera le jeune homme à se couper les cheveux, parce qu'elle s'est mise à beaucoup les apprécier tels qu'ils sont.

Elle est tirée de ses pensées par la sensation d'être observée. Cela ne devrait pas la perturber : évidemment qu'on l'observe, c'est la princesse. Chaque domestique a braqué les yeux sur elle dès la seconde où elle a mis un pied dans la chapelle. Mais quelque chose dans ce regard-là la met mal à l'aise.

— Je pense que ce sera splendide, dit Cliona derrière elle.

— Oui, j'ai suggéré des guirlandes de lys blanc ; le fleuriste m'a indiqué qu'on les utilisait pour le deuil à Friv, et il m'a semblé que c'était un hommage approprié à Cillian, répond Daphné.

Mais même ses propres mots lui semblent lointains. Elle fait mine de s'intéresser aux détails de la décoration, mais elle cherche en réalité autre chose.

Voilà, là : debout sur le banc de devant, un balai à la main ; de taille moyenne, avec des cheveux clairs et de larges épaules. Elle ne s'attarde pas sur lui, mais ce n'est pas nécessaire. Elle l'a immédiatement reconnu.

— Cliona, dit Daphné, baissant la voix sans se départir de son sourire. Est-ce que vous voyez l'homme qui balaie le banc d'honneur ? Ne lui montrez pas que vous l'observez.

Cliona a une moue indignée, mais elle obéit et laisse ses yeux flotter sur la chapelle.

— Oui, je le vois, pourquoi ?

— Y a-t-il une chance qu'il fasse partie des rebelles de votre père ?

— Non, répond Cliona sans la moindre hésitation.

— Vous en êtes certaine ? Vous ne pouvez pas tous les connaître.

— Je vous assure que non. J'aime savoir en qui je peux avoir confiance. Pourquoi ? Qui est-ce ?

Daphné dirige Cliona vers l'entrée de la chapelle, baissant encore davantage la voix.

— C'est l'homme qui a prétendu travailler aux écuries, qui m'a préparé un cheval sauvage et une selle sabotée. C'est, ajoute-t-elle pour être parfaitement claire, l'homme qui a essayé de me tuer.

Cliona attend dans un coin de la chapelle, se servant d'un miroir de poche pour surveiller la porte au cas où le présumé assassin s'en irait. Daphné revient en hâte dans sa chambre, jetant un œil à l'horloge murale. Il est presque midi, heure à laquelle les domestiques prennent leur pause déjeuner. Elle n'a pas beaucoup de temps.

Elle fouille dans sa boîte à bijoux, y trouve une grosse bague sertie d'une émeraude contenant du poison, avec une aiguille dissimulée à l'intérieur, et la passe à un doigt de sa main droite, avant de prendre, dans le compartiment secret, une fiole de sérum de vérité qu'elle glisse dans sa poche. Daphné déteste agir sans avoir un plan, mais elle sait saisir les opportunités quand elles se présentent, et elle ne compte pas attendre qu'on attente encore à sa vie.

Elle prend deux manteaux dans l'armoire, l'un blanc, l'autre gris, avant de quitter la pièce et de tomber sur Bairre, qui pose les mains sur ses épaules.

— Daphné, lui dit-il, je venais juste vous prévenir que la couturière arrive pour les derniers essayages de votre robe de mariée. Est-ce que je la fais monter ?

Elle s'oblige à sourire.

— En fait, pourriez-vous m'excuser auprès d'elle ? J'ai promis à Cliona que j'allais l'aider.

Bairre se rembrunit.

— De quelle façon ? demande-t-il en baissant les yeux vers les deux manteaux enroulés autour du bras de Daphné. Est-ce que vous allez quelque part ?

— Une promenade, c'est tout, dit-elle, la voix glacée.

— Une promenade, c'est plus important que vos derniers essayages ?

Daphné ouvre la bouche, prête à argumenter, mais elle est interrompue par le carillon de l'horloge, qui signifie que le service de la matinée est terminé, donc que l'homme qui a essayé de la tuer va quitter le château. Elle n'a pas le temps de discuter.

— Oui, dit-elle en repoussant Bairre et en se précipitant dans le couloir, mais il lui emboîte le pas et elle comprend qu'il ne se laissera pas si facilement convaincre.

Alors elle lui révèle la vérité, aussi vite que possible.

— Nous devons en parler à mon père, conclut-il quand elle a terminé.

— Il n'a pas été d'un grand secours la dernière fois, si ?

— Que pensez-vous faire, alors ?

— Le suivre. Voir où il va, à qui il parle.

Elle ne mentionne pas les poignards qu'elle dissimule, la bague empoisonnée, le flacon de sérum de vérité.

— Vous allez suivre quelqu'un qui veut vous tuer, seule…

— Pas seule, l'interrompt-elle. Cliona vient aussi.

Bairre ne semble pas vraiment rassuré par cette information.

— Je suppose que je ne peux pas vous empêcher de nous accompagner, s'agace Daphné.

— Non, en effet, confirme-t-il.

Ils trouvent Cliona exactement là où Daphné l'a laissée, le miroir toujours levé. Lorsqu'elle les entend approcher, elle se tourne, haussant un sourcil en découvrant Bairre.

— Une complication inévitable, grommelle Daphné, mettant le manteau gris dans les mains de la jeune fille et enfilant le blanc.

Elle prend le miroir pour regarder derrière elles pendant que Cliona revêt son manteau.

— Cela ressemblait presque à un compliment, s'amuse Bairre, mais Daphné lui fait signe de rester silencieux.

Là, dans le reflet du miroir, elle voit l'homme aux cheveux pâles quitter la chapelle. Les autres serviteurs se rassemblent, riant, discutant de leur déjeuner, mais l'homme reste seul. Il ne semble connaître aucun des autres.

— Venez, leur intime-t-elle en rangeant le miroir dans sa poche. Il part.

C'est inquiétant de constater comme il est facile de passer sous le nez des gardes du château parmi la foule de domestiques, mais il est vrai que personne ne s'attend à ce que Bairre, Cliona et Daphné quittent volontairement le domaine. Dans des circonstances habituelles, ce manque de rigueur pourrait contrarier Daphné, mais là, elle ne peut que s'en réjouir.

Alors qu'ils suivent l'assassin à une distance leur garantissant un minimum de sécurité, Daphné se dit que ce serait beaucoup plus simple si elle était seule, mais, là aussi, elle doit reconnaître qu'elle est soulagée que ce ne soit pas le cas.

— Cliona, vous avez une arme, dit-elle, comme un constat et non comme une question.

En souriant, Cliona remonte la longue manche de sa robe pour dévoiler une fine dague attachée sur son avant-bras gauche.

Il faut à Daphné quelques secondes pour dégainer ses propres poignards pendant que, mentalement, elle note qu'il lui faudra demander à Cliona où elle a acheté cette sangle. Lorsqu'elle passe l'un des couteaux à Bairre, il fronce les sourcils.

— Donc vous êtes armée… en permanence ? demande-t-il.

Il ne pose aucune question à Cliona, remarque Daphné.

— Quelqu'un *essaie de me tuer*, lui dit-elle, même si ce n'est qu'à moitié la vérité.

La plupart des domestiques s'engagent dans le sentier qui mène au village, mais l'assassin s'éloigne, seul, vers les bois à la périphérie des terres du château. Daphné lève une main, indiquant à ses compagnons d'attendre.

— Laissons-le prendre assez d'avance pour ne pas nous faire repérer.

Le sol est recouvert d'une couche de neige fraîche, ils pourront donc facilement suivre ses traces.

— Je n'aime pas ça, grommelle Bairre.

— Alors partez, lui rétorque Daphné.

Il marmonne quelque chose d'inintelligible, mais ne fait aucun mouvement pour s'éloigner ; elle constate, là encore, qu'elle en est contente. Elle prend sa main et, même s'ils portent tous les deux des gants, elle a un peu plus chaud, soudain.

— Faites-moi confiance, lui dit-elle, et, dès que les mots sortent de sa bouche, elle se déteste de les avoir prononcés. Parce qu'il ne devrait pas lui faire confiance, et Cliona non plus. Tôt ou tard, elle aura à les trahir, mais aujourd'hui, en tout cas, ils sont du même côté.

— Je crois qu'il est assez loin, maintenant, remarque Cliona.

Daphné retire sa main de celle de Bairre.

Chacun sait ce qu'il a à faire : Daphné suit les traces de l'assassin, pendant que Cliona tend l'oreille et que Bairre, la lame tirée, scrute les alentours à la recherche du moindre indice trahissant une menace. Bairre est habitué à chasser, se rappelle Daphné ; bien sûr qu'il sait traquer quelqu'un. Et elle a cessé de s'étonner des compétences de Cliona. Ils continuent ainsi pendant une demi-heure jusqu'à ce que Daphné s'arrête net.

— Un problème ? souffle Cliona.

Daphné ne répond pas tout de suite. Elle s'accroupit à côté des empreintes de bottes et en touche les contours avec l'un de ses doigts gantés.

— Ce ne sont plus les mêmes chaussures, dit-elle, les sourcils froncés. Une taille plus grande que celles que nous suivons, et la forme du talon est complètement différente.

— Attendez, il y en a d'autres, signale Cliona en baissant les yeux. Plus petites.

— Et d'autres encore ici aussi, ajoute Bairre.

La panique envahit Daphné un instant seulement avant que la première flèche ne fende l'air et vienne accrocher l'épaule de Cliona. Mais celle-ci s'est déjà tournée vers l'archer, son poignard à la main, et flanche à peine sous l'impact avant de lancer son arme. Une seconde plus tard, un homme pousse un cri.

— Attention, il y en a d'autres, prévient Daphné alors que Cliona se glisse dans les bois pour retirer le poignard de sa cible.

Comme s'ils attendaient un signe, davantage d'hommes commencent à sortir du couvert des arbres, partout autour d'eux. Tandis qu'elle se rapproche de Bairre pour se placer dos à lui, les lames dégainées, Daphné en dénombre six. L'assassin qu'elle a reconnu au château est là ; il sourit lorsque son regard croise le sien.

— Et moi qui pensais que ce serait difficile de vous attirer dans un piège, princesse, lui lance-t-il. Je regrette que vous ayez amené des amis : je n'ai été payé que pour vous tuer, vous. Mais je suppose que je peux ajouter deux cadavres à l'addition. Mon employeur à des poches bien garnies.

Les yeux de l'homme se posent alors sur Bairre, puis s'étrécissent.

— Où est passée l'autre fille ? demande-t-il, en s'adressant à ses hommes.

Car ce sont bien ses hommes, comprend Daphné : ils attendent ses instructions. Pour toute réponse, l'un d'eux hausse les épaules et détourne le regard.

— Je croyais que Murtag l'avait touchée.

L'homme fronce les sourcils.

— Trouvez…

Mais il n'a pas le temps de terminer sa phrase. Il s'effondre au sol, révélant Cliona derrière lui, son poignard à la main, qui dégoutte maintenant de sang.

Ses yeux croisent ceux de Daphné et elle hoche une fois la tête avant que le chaos ne se déchaîne.

Daphné ne sait pas à quoi s'attendre de la part de Bairre ; elle ne l'a jamais vu avec une arme à la main à part son arc, mais, dès que le premier assassin s'avance vers lui, le jeune homme réagit avec un coup rapide entre les côtes, avant de profiter de l'effet de surprise pour saisir le poignard de son adversaire, le retourner contre lui et lui trancher la gorge.

Daphné aimerait avoir le loisir de le contempler plus longtemps ; il y a quelque chose de presque artistique dans la manière d'apparence si simple dont il a exécuté l'homme, mais un autre adversaire s'avance vers elle, levant un pistolet de ses mains tremblantes. Elle comprend immédiatement qu'il n'a jamais tiré sur personne : elle utilise sa seconde d'hésitation pour éjecter l'arme d'un coup de coude et enfoncer son poignard dans son estomac, jusqu'à la garde.

Quand elle se redresse, elle voit Bairre qui l'observe avec la même expression à la fois choquée et admirative que celle qu'elle a eue à son égard à peine quelques secondes plus tôt. « Si nous sortons vivants de cette situation, pense-t-elle, nous aurons beaucoup de choses à nous dire. »

Il reste trois hommes : deux d'entre eux convergent vers Cliona, tandis que le troisième se dirige vers Bairre.

— Partez, dit Bairre à Daphné, levant à nouveau son poignard et désignant Cliona du menton.

Elle lui obéit sans hésiter, faisant seulement une halte pour attraper le pistolet sur le sol neigeux. Il est chargé, alors elle vise et tire : la balle atteint l'un des assassins à la poitrine pendant que Cliona tranche la gorge d'un autre. Elle se tourne juste à temps pour voir leur dernier assaillant s'écrouler au sol, Bairre debout au-dessus de lui, le poignard ensanglanté, hors d'haleine.

Ils sont tous les trois debout, vérifie-t-elle. L'épaule de Cliona saigne, Bairre a une entaille à la jambe qui nécessitera sans doute des points de suture, et elle s'aperçoit que quelqu'un l'a poignardée à l'estomac, même si elle le sent à peine et que la blessure n'a pas l'air terriblement profonde.

Daphné ouvre la bouche pour parler, mais du coin de l'œil, elle voit l'homme aux cheveux clairs, celui qu'ils ont suivi jusqu'ici, parvenir à se redresser sur son coude et à lever son pistolet de l'autre main, le canon pointé droit sur elle. Avant qu'elle ne puisse réagir, il tire et le monde de Daphné devient silencieux et flou. Comme déjà dissociée de son corps, elle baisse les yeux : du sang s'épanouit sur le corsage de sa robe.

Trop de sang, pense-t-elle, et ses pensées virent au noir.

BEATRIZ

Le temps s'écoule et Beatriz et Pasquale sont toujours enfermés dans leurs appartements. Les repas leur sont régulièrement servis, en même temps que des bonnes nettoient les lieux, et un domestique vient au coucher du soleil pour raviver le feu dans la cheminée et allumer les bougies. Ils sont toujours traités avec dignité, se voient toujours accorder tout le confort possible. Rien ne trahit qu'ils sont en état d'arrestation à l'exception, peut-être, du fait qu'ils ne sont pas autorisés à sortir.

Juste un peu avant le déjeuner, il y a un coup à la porte principale. Ils échangent un regard, lui étendu sur le lit fraîchement fait, un livre à la main, elle au bureau, écrivant une lettre à Sophronia dont elle doute qu'elle pourra un jour sortir du palais.

Avant que l'un d'eux puisse répondre, la porte s'ouvre et Gisella se glisse dans leurs appartements, d'abord dans le salon puis dans leur chambre. Elle porte la tenue la plus délicate que Beatriz lui ait jamais vue : une robe de jour de soie bleu pâle, avec un corsage brodé d'une centaine de perles graines et des manches mi-longues théâtralement volumineuses. Ses cheveux blond clair sont bouclés et enroulés au-dessus de sa tête en un chignon élaboré, surmonté d'une tiare d'or et de saphirs qui paraît étrangement familière à Beatriz.

— Est-ce que c'est… Est-ce que tu portes l'un de mes diadèmes, Gigi ? demande-t-elle, essayant de maîtriser sa voix tout en lançant à son ancienne amie un regard glacial.

Ignorant l'acidité de sa question, Gisella adresse un sourire radieux à Beatriz.

— Techniquement, ça n'a jamais été *ton* diadème. Il appartient à Cellaria et à la famille royale, dont vous deux ne faites plus partie.

— Bon débarras, déclare Pasquale dans sa barbe.

— Attention, Pas, prévient Gisella. Ton père est peut-être mort, mais cela ne te rendra pas service de dire du mal de lui.

— Tu n'es sûrement pas là pour nous donner des leçons de sagesse, Gisella, intervient Beatriz. Viens-tu me supplier de te pardonner, comme l'a fait ton frère ? Je doute que tu aies toi aussi l'intention de me demander en mariage, si ?

Gisella arque les sourcils.

— Vraiment, il a fait ça ? demande-t-elle, l'air plus lasse que surprise. Je ne sais pas qui est le plus idiot : lui de te l'avoir proposé, toi de l'avoir refusé.

— De mon point de vue, la plus idiote, c'est toi, dit Beatriz en s'appuyant au dossier de sa chaise. Tu penses que tu es une princesse, maintenant ? Qu'après tes intrigues et tes trahisons, tu es en sécurité, à l'abri de tout reproche ? Intouchable ? Tu ne l'es pas, tu sais. En revanche, tu es seule.

Les mots sont des poignards, et Beatriz ne peut s'empêcher de se sentir la fille de sa mère en les maniant de façon si experte, en trouvant les failles de Gisella et en venant les frapper, puis en se délectant de l'expression de peur qui se reflète sur son visage.

— Je ne suis pas seule, répond celle-ci en levant le menton. J'ai Nico, et j'ai le pouvoir. Il n'y a plus personne pour contrôler nos destins, maintenant, personne pour m'obliger à épouser un vieil inconnu ou forcer Nico à ramper devant un roi ingrat.

Se souvenant de l'apparence de Nicolo la veille, de sa promptitude à blâmer sa sœur, Beatriz se demande si Gisella peut vraiment compter sur lui.

— À quel prix ? demande calmement Pasquale.

— Vous croyez que je me réjouis d'avoir provoqué votre chute ? demande Gisella en secouant la tête. Ce n'est pas le cas. Mais je ne m'excuserai pas d'avoir saisi la seule opportunité qui m'était offerte de me rapprocher du sommet.

Beatriz a envie de se lever de son siège pour gifler Gisella. Mais la satisfaction serait brève et cela ne ferait qu'aggraver sa situation. Alors, elle agrippe les accoudoirs de sa chaise et fixe Gisella avec froideur.

— Tu as été assez aimable pour me faire la grâce d'un conseil, alors permets-moi de te retourner cette faveur, dit-elle d'un ton tranchant. Tu penses que tu es en sécurité parce que tu as du pouvoir ? Tu ne seras jamais en sécurité, Gigi. Qu'importe le nombre de diadèmes que tu portes, qu'importe ta proximité avec le trône. Le pouvoir est une illusion : plus on pensera que tu en as, plus on sera déterminé à te réduire en pièces. Tu dois le savoir mieux que quiconque, ayant été de l'autre côté.

Combien de temps penses-tu qu'il faudra avant qu'une nouvelle version de toi-même arrive, avec ses intrigues et ses manigances ? Tu es montée haut, mais cela signifie juste que la chute te tuera.

— Tu te trompes, rétorque Gisella. Nico est roi, maintenant. Qui s'opposerait à lui ?

Beatriz rit, un son aigu et cruel.

— Qui ne s'opposerait *pas* à lui ? demande-t-elle. Et tu sembles oublier que ce n'est pas *toi*, le roi. Tu n'es même pas princesse. Tu n'es que la sœur du roi et tu n'as *aucun* pouvoir. Nico t'en veut déjà pour tes intrigues...

— Je l'ai fait roi !

— Combien de temps faudra-t-il avant qu'il ne se retourne aussi contre toi ? Avant que tu ne sois complètement seule ?

Gisella fixe Beatriz avec intensité, mais celle-ci soutient son regard, lui rendant la pareille : haine pour haine.

— Je te souhaite tout le bonheur que tu mérites, Gigi, dit-elle avec un sourire glacial. Je pense que je n'ai pas besoin de te raccompagner jusqu'à la sortie.

Gisella résiste, les yeux rivés sur Beatriz, les mâchoires serrées.

— Je ne suis pas venue me battre avec vous. Je suis venue vous dire que vous partez tous les deux demain à l'aube, en direction de la fraternia et de la sororia des monts Alder.

— Plutôt mourir que de devenir sœur, rétorque Beatriz.

Gisella hausse les épaules.

— Je suis sûre qu'on peut arranger ça. Mais je crois que le mot que tu cherches, c'est « merci ».

Beatriz rit.

— Je suis encore plus certaine que je préférerais mourir que de te dire ça.

— Merci, Gisella, intervient alors Pasquale avec une expression indéchiffrable sur le visage. Et transmets nos remerciements au roi, veux-tu ?

Gisella le regarde, l'air confus, mais acquiesce.

— Bien sûr.

Elle tourne les talons mais Beatriz se lève.

— Attends, il y a encore quelque chose. J'aimerais que tu envoies une lettre à ma mère pour moi.

Gisella s'immobilise, arquant les sourcils.

— Tu penses que je vais t'aider à nous plonger dans une nouvelle guerre ?

Beatriz va chercher la lettre codée qu'elle a écrite pour l'impératrice et la place dans la main de Gigi.

— Vas-y, lis-la toi-même.

Gisella plisse le front en parcourant la courte lettre et laisse échapper un rire.

— Tu penses que je vais croire ça ? Que tu demandes à ta mère de *ne pas* t'aider ?

— Je n'ai pas besoin de l'aide de ma mère, dit Beatriz en levant le menton. Et je ne l'accepterais pas si elle me l'offrait. J'essaie de te faire une faveur. Tu penses que le règne de Nico survivra à une guerre ? Deux guerres, s'il ne peut pas régler les choses avec Temarin ? Son propre peuple le mangera vivant.

La bouche de Gigi se pince.

— Et pourquoi devrais-je te croire ? demande-t-elle.

— Rien ne t'y oblige. Mais c'est la vérité : je ne veux *pas* d'aide.

Gisella ne semble pas convaincue, mais elle empoche la lettre malgré tout et sort de la pièce en coup de vent, sans un regard en arrière.

Lorsqu'elle est partie, Beatriz se tourne vers Pasquale.

— Je ne peux pas croire que tu l'aies *remerciée*, dit-elle, la voix suintant la dérision. Qu'est-ce qui t'a pris ?

Pasquale hausse les épaules.

— J'ai eu la même idée que celle qui se cache derrière ta lettre, il me semble. Les laisser croire que nous avons perdu, Beatriz. Les laisser croire que nous ne représentons aucune menace. Nous n'avons pas dit notre dernier mot : bientôt, ils regretteront de ne pas nous avoir tués lorsqu'ils en avaient l'occasion.

Le soleil est haut dans le ciel quand Beatriz et Pasquale sont escortés hors de leurs appartements à travers les couloirs étrangement silencieux du palais et jusqu'à l'air libre. Nicolo voulait sans doute éviter une scène, mais Beatriz peut distinguer les silhouettes de ceux qui les observent depuis les fenêtres, les visages pressés contre la vitre. Ils n'attendent qu'une chose, avidement : capter leur malaise, la moindre bribe de ragot.

Elle refuse de leur donner satisfaction. Elle garde la tête haute et le bras bien serré autour de celui de Pasquale.

— Lève le menton, lui dit-elle à mi-voix, nous avons un public. Souris, fais comme si c'était exactement ce que nous voulions. Laissons-les se demander ce que nous savons qu'ils ne savent pas.

Pasquale suit aussitôt ses instructions, en allant même un cran plus loin : il rit bruyamment, comme si elle avait dit quelque chose de drôle.

Les gardes qui les encadrent échangent des regards perplexes, mais Beatriz se contente de leur sourire, et elle fait même un clin d'œil à l'un d'entre eux, dont le visage devient cramoisi. Devant, une calèche les attend – pas le monstre tout d'or et d'ornements dans lequel Beatriz est arrivée, mais un petit carrosse, intégralement noir, vieux de plusieurs années, tiré par une paire de chevaux non assortis qui semblent avoir dépassé leur prime jeunesse depuis longtemps.

Un garde ouvre la porte du carrosse et l'autre offre sa main à Beatriz, mais elle l'ignore, relevant sa jupe pour monter seule dans le véhicule, suivie quelques secondes plus tard par Pasquale.

L'un des hommes ferme la porte avec un claquement qui résonne dans le petit habitacle sombre, puis les deux gardes grimpent sur le siège avant. Alors, sans aucun avertissement, il y a une violente embardée, et la calèche s'ébranle.

Beatriz se laisse lourdement retomber contre la tapisserie usée de la banquette, fermant les yeux un moment. Lorsqu'elle les rouvre, elle voit Pasquale assis en face d'elle, penché le plus possible contre la fenêtre, qui observe le palais rapetisser.

— Je suis désolée, lui dit-elle au bout d'un moment.

Il ne la regarde pas, mais ses sourcils se froncent.

— Pourquoi devrais-tu l'être ?

— C'était mon idée de libérer le seigneur Savelle : ça, je ne le regrette pas. Mais je regrette d'avoir fait confiance à Nico et Gigi.

— J'ai fait confiance à Ambrose.

— Oui, mais il ne nous a pas trahis.

— Il aurait *pu*, répond Pasquale en la regardant enfin. C'était un risque à courir, mais un risque que nous avons pris ensemble. Si tu regrettes pour Nico et Gigi, je devrais regretter pour Ambrose.

Sa voix se brise sur le dernier mot et elle prend l'une des mains de Pasquale dans les siennes.

— Il s'en est sorti. Il est en sécurité, assure-t-elle à voix basse. Pour ce que nous en savons, il est à Temarin maintenant. S'il peut rejoindre Sophie, elle le protégera, au moins jusqu'à ce que ses parents le retrouvent.

Pasquale hoche la tête, mais l'inquiétude ne quitte pas ses yeux. Il regarde à nouveau par la fenêtre.

— C'est une étrange idée, n'est-ce pas ? remarque-t-il d'un air pensif. De chercher l'aide de ses parents lorsqu'on est en difficulté. Aucun de nous n'a fait ça.

— J'ai envoyé une lettre à ma mère, lui rappelle-t-elle. Et tu ne pouvais pas vraiment solliciter l'aide de ton père : il était sur son lit de mort.

— Non, je voulais dire avant ça. Depuis le début, et même encore avant. J'aurais pu expliquer à mon père que je ne voulais pas t'épouser, et pourquoi. Quand tu as découvert ce que je ressentais, tu aurais pu écrire à ta mère pour annuler le mariage.

Beatriz pousse un long soupir.

— Je ne pense pas que nous aurions trouvé beaucoup de soutien, ni l'un ni l'autre.

Il rit, mais il n'y a aucune joie dans son rire.

— Exactement. Alors que si Ambrose avait été à notre place, il le leur aurait dit, et ils auraient fait n'importe quoi pour l'aider, pour le protéger, quoi qu'il en coûte. Je n'arrête pas de penser à ça. Cela semble tellement ridicule, mais c'est la vérité. Ils feraient n'importe quoi pour garantir son bonheur.

Beatriz ne dit rien pendant un instant. C'est au-dessus de ses forces. Sa gorge lui semble si serrée qu'elle peut à peine respirer.

— Tu avais ta mère, quand même, finit-elle par ajouter. Au moins pendant un moment, tu avais ta mère.

— J'aimais ma mère, Triz, et je sais qu'elle m'aimait. Mais c'était moi qui la protégeais, et pas le contraire. Surtout à la fin : elle en était incapable. Elle voulait le faire, mais ce désir n'a pas surpassé la peur que lui inspirait mon père. Je sais que ce n'est pas juste, mais parfois je suis en colère contre elle.

— Parfois, je suis en colère contre mon père aussi, reconnaît Beatriz en se mordant la lèvre. Pourtant, tout ce qu'il a fait, c'est mourir.

Pasquale hoche lentement la tête.

— Ce que je suis en train de découvrir, je pense, c'est que je suis jaloux d'Ambrose, du fait qu'il ait des gens dans sa vie qui l'aiment de manière si inconditionnelle, qui donneraient leur vie pour lui. Je n'ai jamais eu ça. Je sais que tu as tes sœurs…

— Ce n'est pas la même chose, dit-elle en secouant la tête, se rappelant sa dernière conversation avec Daphné. Je les ai protégées, mais elles ne m'ont jamais rendu la pareille. C'était impossible pour elles. Peut-être que je suis en colère contre elles aussi, reconnaît-elle doucement, se détestant de prononcer ces mots, détestant leur parfum de vérité.

Mais, si horrible qu'elle se sente en disant cela, il n'y a aucun jugement dans les yeux de Pasquale.

— Quoi qu'il arrive, Triz, je ferai tout ce que je pourrai pour te protéger.

Beatriz soutient son regard et sourit, légèrement.

— Et je te protégerai, lui promet-elle. Quoi qu'il arrive.

DAPHNÉ

Daphné doit être morte – elle se sent morte, en tout cas. Même si, dès que cette pensée pénètre son esprit, elle perçoit la faille dans son raisonnement. Si elle ressent quelque chose, elle ne peut pas être morte, n'est-ce pas ? Et puis, si c'était le cas, elle n'aurait certainement pas l'impression que quelqu'un a creusé dans sa poitrine avec une cuillère aux bords aiguisés.

Elle sait, avant même d'ouvrir les yeux, qu'elle n'est pas au château. Il fait trop chaud, ici, presque étouffant, et elle sent une odeur de paille, de feu dans la cheminée, et une épice qu'elle ne parvient pas à identifier. Lorsqu'elle finit par ouvrir les yeux, elle voit le crépuscule qui pointe par la fenêtre.

— Daphné ? dit une voix.

Bairre.

Elle se roule vers lui, grimaçant de douleur, et ouvre les yeux un peu plus. Ils se trouvent dans une petite chambre, d'une superficie à peine égale à un quart de celle de sa chambre au château, et elle est allongée dans un lit étroit, à un mètre environ d'une cheminée dans laquelle ronronne un feu vif. Bairre est assis à côté du lit dans une chaise en bois sculpté, une couverture de laine enroulée autour des épaules.

— Nous devrions arrêter de nous retrouver comme ça, dit-elle en se rappelant qu'il est resté à son chevet pendant qu'elle se remettait de son empoisonnement. Où sommes-nous ?

Bairre détourne le regard.

— Chez une amie, explique-t-il prudemment avant de faire une pause. Après qu'on t'a...

— Tiré dessus ? complète-t-elle.

— Oui. Tu allais mourir. Tu *étais* en train de mourir. Je n'étais pas sûr que même Fergal soit capable de te sauver, mais je connaissais une personne qui pouvait le faire, et nous étions plus près de chez elle que nous ne l'étions du château.

— Qui ? demande Daphné en fronçant les sourcils.

À cet instant, une femme ouvre la porte et entre avec un plateau. Elle semble avoir l'âge de l'impératrice ; en tout cas, elle a la tête que Daphné imagine à sa mère au réveil, avant que ses cheveux ne soient arrangés et son visage enduit de toutes les crèmes et poudres qu'elle utilise. L'inconnue ne porte ni vernis ni maquillage, et ses cheveux sont gris, scintillant d'argent.

Son visage paraît familier, aussi.

— Votre mère, dit-elle à Bairre, qui acquiesce.

— Vous pouvez m'appeler Aurelia, lui dit la femme en posant un plateau au pied de son lit et en versant du thé bouillant dans une tasse ébréchée.

Elle la tend à Daphné, qui en prend une petite gorgée en la regardant – le goût est amer, mais c'est tolérable. Cliona a affirmé qu'Aurelia était la plus grande empyria dont elle avait jamais entendu parler, mais elle rappelle plutôt à Daphné la nourrice de son enfance.

— Je suis sûre que vous avez l'impression d'être la mort en personne, continue Aurelia.

— Mais je ne le suis pas, murmure Daphné. Morte, je veux dire. Je suppose que je dois vous en remercier. Est-ce que Cliona va bien ? Son épaule...

— Elle va bien, l'interrompt Bairre. Elle est retournée au château raconter à mon père ce qui s'est passé, et l'informer que nous sommes saufs.

Daphné hoche lentement la tête, prenant une autre gorgée de thé. Elle repense aux événements dans la forêt, à la façon dont Bairre n'avait pas mis en doute la capacité de Cliona, ainsi que la sienne, à se défendre. Elle se rappelle à quel point il s'est mieux comporté que ce à quoi elle s'attendait. Elle remonte encore plus loin et se remémore la confiance implicite que Cliona lui a accordée, malgré le fait que son père à elle essaie de renverser son père à lui. Le ressentiment de Bairre envers sa nouvelle position.

— Depuis quand agissez-vous aux côtés des rebelles ? lui demande-t-elle.

Bairre ne semble pas surpris par sa question. Il soutient son regard, ses yeux d'argent plantés dans les siens.

— Cela doit faire cinq ans, maintenant, dit-il en se tournant vers sa mère pour avoir une confirmation.

— Oui, quelque chose comme ça. Tu avais douze ans.

— J'étais dans les bois, un après-midi, quand une étrange femme s'est approchée, dit-il. Elle a affirmé être ma mère.

Aurelia secoue la tête.

— Il ne m'a pas crue au début mais, comme vous l'avez remarqué, la ressemblance est troublante.

— Mais pourquoi ? D'après ce que j'ai entendu, c'est vous qui avez placé Bartholomé sur ce trône ; vous vouliez unir Friv. Pourquoi se donner tout ce mal pour ensuite aider la rébellion ?

Mère et fils échangent un regard, mais c'est Bairre qui répond :

— Elle lit les étoiles.

— Et alors ? demande Daphné. Tous les empyrions lisent les étoiles.

— Pas comme moi, précise Aurelia. Je n'ai jamais eu à apprendre, ni à entraîner mon don. Les étoiles m'ont parlé toute ma vie, me racontant des histoires sur le monde à venir. Pendant si longtemps, ça a été la guerre, les effusions de sang, la mort. Tellement de morts. J'étais jeune et fatiguée de tout ça, et assez stupide pour croire que je pouvais y mettre un terme.

— Mais vous l'avez fait, souligne Daphné. Il n'y a eu aucune guerre à Friv depuis presque deux décennies.

— En effet, reconnaît Aurelia. Mais j'ai appris que l'absence de conflit armé ne signifie pas la paix. Les étoiles me racontent toujours des histoires de guerre, princesse, mais maintenant, je suis suffisamment sage pour savoir que la guerre ne meurt jamais, elle ne fait que dormir.

Il y a plus à dire, qu'Aurelia ne révèle pas, Daphné en est certaine, mais Bairre semble avoir accepté son raisonnement, alors elle tient sa langue. Pour l'instant.

Elle pense aux plans de sa mère pour Friv, à sa volonté de forcer le royaume à une guerre contre Cellaria dont personne ne veut, au nombre de personnes qui devront mourir pour un royaume et un conflit qui ne sont pas les leurs. Elle ne peut pas être en colère contre Bairre d'avoir eu des secrets, pas lorsque les siens sont bien pires. S'il apprend la vérité sur elle, il ne lui pardonnera jamais. Soudain, elle comprend pourquoi ses sœurs se sont élevées contre leur mère ; il lui est impossible d'approuver leurs décisions, mais elle les comprend.

— La guerre se réveille, maintenant, dit Aurelia. Je le sais depuis un moment. Alors quand le seigneur Panlington est venu à moi et m'a demandé mon aide, je la lui ai accordée, et nous travaillons ensemble depuis.

— Mais vous, pourquoi les avez-vous rejoints ? demande Daphné à Bairre. En allant contre votre père, contre votre frère ?

Bairre tressaille et détourne le regard.

— J'ai cru que je pourrais convaincre Cillian, admet-il. Je pense toujours que j'aurais pu le faire, si j'en avais eu le temps. Quant à mon père… Je l'aime. Mais on peut aimer quelqu'un et être en désaccord avec lui.

Daphné réfléchit à cela pendant un moment, en s'appuyant un peu plus sur ses oreillers.

— Vous devez avoir été horrifié, dit-elle lentement, lorsque votre père a fait de vous son héritier.

Aurelia les regarde l'un et l'autre alternativement, le front plissé, avant de déclarer :

— Je suis sûre que vous avez faim, je vais vous réchauffer de la soupe.

Lorsqu'elle se glisse hors de la pièce et referme la porte derrière elle, Bairre pousse un profond soupir.

— Je voulais attendre, dit-il. Quand j'ai hérité du trône, j'aurais pu le refuser. Ça aurait été facile, mais le seigneur Panlington, ma mère, tout le monde, en vérité, s'y est opposé. Et puis, rien n'a vraiment changé quand j'ai été nommé héritier : cette couronne, je savais que je ne la porterais jamais, quoi qu'il arrive. La seule chose qui a tout bouleversé, en réalité, c'est vous.

Il fait une pause un instant et une partie de Daphné voudrait qu'elle dure pour l'éternité, parce qu'elle sait où il veut en venir, et même si c'est exactement ce que veut sa mère – ce qu'elle veut, *elle* –, elle sait aussi que s'ils continuent sur ce chemin, cela leur fera du mal à tous les deux. Il poursuit :

— Après le poison, quand vous étiez délirante et fiévreuse, vous avez dit certaines choses, affirme-t-il lentement.

Daphné hoche la tête.

— Ma mémoire est un peu floue, avoue-t-elle, mais je me souviens que vous aussi, vous avez dit des choses.

— Daphné… la reprend-il gentiment, mais c'est pourtant bien un avertissement.

Elle l'ignore et attrape sa main, la serre fort, comme elle l'a fait lorsqu'ils étaient dans les bois, comme pour lui signifier : « Je suis là, je ne vais nulle part. » Un autre mensonge, pense-t-elle, mais dont elle aimerait qu'il soit vrai. Il serre sa main en retour, la portant à sa bouche pour effleurer ses doigts d'un baiser.

Soudain, Daphné comprend exactement ce qu'elle est : elle n'est ni une fille, ni une princesse, une espionne ou une saboteuse. Elle est un poison brassé, distillé et fermenté pendant seize ans, élaboré par sa mère pour détruire tous ceux qu'elle touchera. Le poison est une arme de femme, après tout, et elle, c'est une arme faite femme.

Bairre le perçoit, lui aussi. Peut-être même qu'il l'a toujours su, depuis la seconde où il l'a aidée à sortir du carrosse à la frontière frivienne. Il lui a dit qu'elle était comme la foudre, et c'était avant de la voir poignarder un homme et tirer sur un second, mais peut-être qu'une partie de lui a toujours su ce dont elle était capable.

Elle commence à retirer sa main de la sienne mais, à sa surprise, Bairre tend les siennes pour prendre son visage en coupe. Et le voilà qui l'embrasse, et qu'elle lui rend son baiser.

Ce n'est pas le premier baiser de Daphné. Lorsque ses sœurs et elle avaient quinze ans, leur mère leur a lancé un défi : embrasser le plus de garçons possible à la cour en un mois. Beatriz a gagné, bien sûr, en en embrassant cinq, et Sophronia était trop nerveuse pour en embrasser ne serait-ce qu'un seul, mais Daphné a réussi à atteindre le score parfaitement honorable de trois. « Entraînement pratique », avait dit leur mère, qui visait à les préparer à ce moment inévitable.

La pensée semble ridicule maintenant, parce que rien n'aurait pu préparer Daphné à cet instant. Ce n'est en rien comparable à ces baisers d'entraînement, étranges, maladroits, et malgré tout plutôt agréables, suppose Daphné. Embrasser Bairre ne paraît ni étrange, ni maladroit, et « plutôt agréable » est loin de suffire à décrire les sensations qui la traversent. C'est un baiser qui menace de la consumer, un baiser qui lui semble aussi nécessaire que l'oxygène, affamé et désespéré ; le doux contact de la main de Bairre sur sa joue, son bras passé autour de sa taille la font se sentir en sécurité, chérie, peut-être même aimée.

C'est un sentiment nouveau, un sentiment dans lequel elle serait prête à se noyer.

Ils se séparent quand Aurelia revient, un bol de soupe dans la main. Lorsqu'elle le passe à Daphné, elle hésite.

— Je ne comprends pas pourquoi vous n'êtes pas morte, dit-elle lentement.

— Je croyais que nous avions établi que c'était grâce à vous.

La femme secoue la tête.

— Je vous ai confié que les étoiles me parlaient. Ces derniers temps, elles ne font rien d'autre que crier : « Le sang des étoiles et de la royauté a coulé. »

— Les étoiles ont dit ça ? demande Daphné.

Aurelia hausse les épaules.

— C'est difficile à expliquer, mais c'est ce que j'ai entendu, en tout cas. Les mots résonnent dans mon esprit depuis plusieurs semaines maintenant. Depuis que vous êtes arrivée à Friv. Au début, j'ai eu peur que leur message ne concerne Bairre, mais lorsqu'il est apparu en vous portant, avec ce qui était très proche d'une blessure fatale...

— « Le sang des étoiles et de la royauté », répète Daphné. Vous avez eu recours à la magie pour concevoir Bairre.

— Tout comme votre mère, répond Aurelia. C'est pour cela que vous avez les mêmes yeux : les yeux de ceux nés des étoiles. « Le sang des étoiles et de la royauté », cela désigne une personne à la fois née des étoiles, et de sang royal.

— Mes sœurs… dit Daphné, le moindre muscle de son corps se contractant. L'une d'elles est à Cellaria, avec des yeux comme les miens. La dernière fois qu'on s'est parlé, elle avait des ennuis… Elle semblait certaine qu'elle pourrait s'en sortir, mais… Je dois leur parler. Je l'ai fait, déjà, avec Beatriz, en utilisant la poussière d'étoiles. Est-ce que vous en avez ?

Daphné est assise en tailleur sur le lit avec une fiole de poussière d'étoiles dans chaque main, et Bairre perché à côté d'elle.

— Je souhaite parler à la princesse Beatriz et à la reine Sophronia, dit-elle en fermant les yeux.

Pendant un moment, rien ne se passe, puis le monde autour d'elle s'estompe et s'assourdit, et elle entend, au loin, le grondement d'une foule qui hurle.

— Sophie ? demande Daphné, hésitante. Triz ?

— Daphné, est-ce que c'est toi ? Que les étoiles soient louées, dit Beatriz. Tant de choses sont arrivées…

— Que se passe-t-il ? demande Sophronia, la voix plus fatiguée que surprise. Pourquoi puis-je vous entendre ?

— C'est grâce à la poussière d'étoiles – trop long à expliquer, nous n'avons que quelques instants, les presse Daphné. Est-ce que vous allez bien, toutes les deux ?

— Pas du tout, dit Beatriz. C'est une foule qu'on entend crier, Sophie ?

Pendant un long moment, Sophronia reste silencieuse.

— Oui, finit-elle par dire d'une voix éreintée. Je crois qu'ils acclament mon exécution.

SOPHRONIA

Quand les gardes la font sortir, la lumière du soleil fait battre des cils Sophronia tant elle est puissante, provoquant une explosion de douleur dans sa tête. Mais sinon, elle ne ressent rien. Les cris furieux de la foule d'inconnus dont les regards sont braqués sur elle, les planches en bois pleines d'échardes sous ses pieds nus, la peur dévorante qui lui ronge la poitrine : elle ne perçoit rien de tout ça.

Son exécution a été reportée d'une journée, le temps de rechercher Leopold à Kavelle et dans ses environs, mais comme il n'y a aucun signe de lui, Ansel l'a informée que l'exécution aurait lieu ce soir. Sophronia était presque soulagée : l'attente a été une véritable torture.

— Sophie, de quoi tu parles ? demande Daphné.

Dans la tête de la jeune reine, la voix de sa sœur est faible, mais, heureusement, suffisamment claire pour dominer les cris de la foule, les cris réclamant sa tête.

— C'est une assez longue histoire, dit doucement Sophronia, les yeux fixés droit devant elle, vers l'estrade de bois au centre de la place et l'argent scintillant de la lame de la guillotine. Je n'ai qu'un instant.

— Sophie, non ! s'écrie Beatriz d'une voix brisée. Cela ne peut pas être vrai. Mère va te sauver.

Sophronia éclate d'un rire nerveux.

— Non. Mais je suis contente que vous soyez toutes les deux là, même si je ne comprends pas comment. Je vous aime tant. Et je suis désolée de vous avoir abandonnées.

— De quoi parles-tu ? demande Daphné. Que se passe-t-il ?

Mais Sophronia ne répond pas, car Ansel est déjà là, qui lui prend le bras et la guide vers le bloc de bois, encore souillé de sang rouge foncé. Combien de personnes ont été exécutées aujourd'hui ? L'ont-ils gardée pour la fin à dessein ?

— Je n'ai pas le temps, dit Sophronia, se concentrant sur la voix de ses sœurs, sur leur présence dans son esprit.

On la met à genoux et on place sa tête dans la cannelure du bois. Elle se laisse faire, en fermant les yeux.

— J'ai des amis qui vont te rejoindre : Leopold et Violie. S'il te plaît, Daphné, aide-les. Il y a bien plus en jeu que ce dont nous avions conscience. Je ne comprends pas tout, mais s'il vous plaît, soyez prudentes. Je vous aime tant, toutes les deux. Je vous aime jusqu'aux étoiles. Et je…

MARGARAUX

L'impératrice Margaraux comprend la valeur des secrets mieux que quiconque, et sait que les siens sont inestimables. Elle ne les a confiés ni à ses plus proches conseillers, ni à ses filles, ni même à Nigellus – et les étoiles savent qu'il ne lui dit pas tout non plus. Non, seule une personne au monde les connaît.

La voilà qui descend de son carrosse doré, vêtue d'une robe de deuil sophistiquée en soie noire, si alourdie par des perles d'onyx qu'on dirait une armure. Son visage est couvert d'un voile noir, pas suffisamment opaque pour cacher ses yeux secs et le pli sévère de sa bouche.

Cela fait six jours que la guillotine est tombée et que Temarin a sombré dans le chaos, quatre jours que ses armées ont envahi le royaume pour venger le meurtre de Sophronia, deux jours que les rebelles ont pris conscience qu'ils ont été trahis, qu'ils sont en sous-effectifs et sous-équipés, un jour qu'elle a accepté leur reddition et que Temarin est devenu sien. Elle a conquis un royaume sans même y mettre le pied.

L'impératrice lève les yeux vers l'imposante forteresse de pierre de la sororia de Sainte-Elstrid, un lieu redoutable et froid, si différent du palais royal bessemien, bien qu'il ne soit qu'à vingt minutes de ses portes. Mais, si froid et redoutable que soit ce sanctuaire, d'après ce qu'elle a entendu, c'est le grand luxe comparé à la sororia où Beatriz est désormais confinée.

Elle serre les dents à la pensée de sa fille aînée, qui aurait dû mourir en même temps que Sophronia. « Bientôt », se dit-elle.

La porte de bois brut s'ouvre et la mère supérieure sort dans le soleil. La mère Ippoline a toujours semblé à l'impératrice être l'incarnation vivante de la sororia, aussi froide, dure et inflexible. Même si, pour la première fois depuis presque deux décennies qu'elles se fréquentent, elle décèle une trace de compassion dans les yeux de la femme. Mais cela ne la touche pas.

— Votre Majesté, dit la mère Ippoline, s'inclinant dans une rapide révérence, qu'est-ce qui vous amène à la sororia ?

— J'ai éprouvé un besoin de consolation, mère, répond Margaraux.

Elle a tourné les mots dans sa tête si souvent sur le trajet qu'ils sortent facilement. Ce n'est pas comme si c'était un mensonge, cependant, mais la phrase lui permet de laisser la mère Ippoline combler elle-même les vides, émettre des hypothèses.

— Bien sûr, compatit celle-ci en inclinant la tête. Nous avons toutes été dévastées d'apprendre la mort de la reine Sophronia. Je vous en prie, recevez toute la consolation possible entre ces murs.

— C'est très aimable à vous, mère, dit Margaraux. Je suppose que la sœur Heloise est ici ?

— Où d'autre pourrait-elle être ? s'étonne la femme en haussant les sourcils. Elle est à l'endroit habituel.

— Bien sûr, répond l'impératrice, avant de se retourner pour ajouter, à l'intention de son cocher, de son valet de pied et du reste de sa suite : Je serai de retour dans une heure.

Sans attendre, elle suit la mère Ippoline à travers les couloirs sombres, froids et sans fenêtres, éclairés seulement de quelques rares appliques dont les chandelles meurent.

— Je ne pense pas que la sœur Heloise apprécie vos visites, Votre Majesté, hasarde la mère Ippoline.

C'est audacieux de sa part, mais Margaraux attache du prix à l'honnêteté.

— Je ne les apprécie pas non plus, réplique-t-elle. Mais la sœur Heloise et moi nous comprenons. Et je doute qu'elle reçoive d'autres visites.

La mère Ippoline ne la contredit pas. Elle s'arrête devant une porte en bois anodine et l'ouvre, laissant l'impératrice entrer. Elle n'a pas à demander qu'on les laisse seules, plus maintenant. La mère Ippoline referme derrière elle et elle entend le bruit régulier de ses pas qui s'éloignent dans le couloir.

Alors seulement, elle se tourne vers la pièce : une chapelle, aussi sombre et humide que le reste de la sororia, mais bénéficiant d'un unique vitrail au-dessus de l'autel, un ciel bleu foncé avec des pointes de verre doré en guise d'étoiles. Il ne laisse pas filtrer beaucoup de lumière, mais Margaraux présume que c'est l'objectif : une pièce dans laquelle il fait toujours nuit, où ces étoiles de verre brillent en permanence.

Une femme est agenouillée devant l'autel, sa robe simple étalée sous elle et ses cheveux dissimulés sous une guimpe et une coiffe. Autrefois, ils avaient la couleur de l'or pur, suscitant la jalousie de l'ensemble des femmes de la cour, mais Margaraux suppose qu'ils ont dû virer au gris, désormais, un peu comme les siens.

— Sœur Heloise, la salue-t-elle.

La femme se raidit en entendant son nom, mais elle ne se retourne pas. Margaraux essaie à nouveau, en utilisant un prénom par lequel elle n'a pas été appelée depuis près de deux décennies, depuis qu'elle a prononcé ses vœux et rejoint la sororia.

— Seline, dit Margaraux, la voix plus aiguë.

Avec un lourd soupir, la femme se hisse sur ses pieds et se tourne vers l'impératrice. Cela prend plus de temps que cela ne le devrait, pense-t-elle avant de prendre conscience des années qui se sont écoulées. Ce n'est plus la figure royale et imposante qui avait intimidé la jeune Margaraux jusqu'à en pleurer, à plus d'une occasion. Ou, plutôt, c'est toujours cette femme, mais maintenant, elle a vieilli, sa peau est ridée et pâle à cause du temps passé dans cette pièce, et son dos voûté par toutes les heures agenouillée devant l'autel.

Avec un frisson, Margaraux prend conscience qu'elle aussi a vieilli. Le temps, semble-t-il, ne s'arrête pour personne, pas même pour les impératrices.

— Vous avez toujours été une impudente créature, affirme la sœur d'une voix pleine de venin.

— Oui, admet placidement Margaraux en s'asseyant sur le banc d'honneur et en retirant son voile. C'est pourquoi j'ai pris votre trône et vous ai envoyée ici.

L'âge n'a pas entamé la capacité de la femme à s'offusquer, ni à lancer un regard si féroce qu'il suffirait à réduire en cendres une personne de moindre importance. Mais Margaraux n'est pas une personne de moindre importance. Plus maintenant.

— Et moi qui pensais que c'était parce que vous vous étiez mis un empyrion dans la poche et aviez remué ciel et terre !

Margaraux hausse les épaules.

— Oui, mais c'était assez *impudent* de le faire, et vous n'avez pas eu la force de m'arrêter.

— La force, je l'avais, Margaraux, dit calmement Seline. Mais je n'avais pas le cœur à ça. Ou peut-être avais-je trop de cœur, justement.

— Ça vous a été très bénéfique, rétorque Margaraux. Et pour vous, c'est « impératrice ».

Une ombre de sourire tremble sur les lèvres de la femme.

— Oui, je sais. Le titre était le mien avant d'être le vôtre, je vous rappelle. Avant que vous ne tiriez les ficelles et ne réécriviez nos destins, avant que je ne sois envoyée ici pendant que vous vous empariez de ma vie, de mon mari et de mon royaume.

— Rien de tout cela n'était vraiment à vous si vous n'étiez pas capable de les garder, rétorque Margaraux.

— Peut-être avez-vous raison, concède la sœur, que ce constat ne semble pas trop chagriner. J'ai cru comprendre que Sophronia était morte.

Elle dit cela si platement. Il n'y a pas de compassion dans sa voix, pas de simagrées, pas de pitié dans ses yeux.

Il faut une seconde à Margaraux pour se rappeler qu'elle lui en sait gré, et que c'est pour cela qu'elle est là.

– Et Temarin est à moi, ajoute-t-elle doucement, comme le seront bientôt Cellaria et Friv.

– « Trois filles sous terre, trois royaumes dans votre main », dit Seline. C'est ce à quoi vous avez été promise, il y a longtemps, non ?

Margaraux ne nie pas. C'est la première confession qu'elle a faite à sa rivale d'autrefois, un peu plus de seize ans plus tôt, quand son ventre était si gonflé qu'elle ne pouvait rester debout plus d'une minute et devait être portée partout comme une baleine échouée. Elle a véritablement détesté être enceinte, mais c'était le prix du pouvoir, alors elle l'a payé.

« Trois filles sous terre, trois royaumes dans votre main. » C'était ce que Nigellus lui avait promis, et il a tenu parole dans un cas, pour l'instant. Elle ne doute pas que les deux autres vont suivre rapidement : Beatriz a déjà échappé de peu à la peine capitale, et il y a Daphné. Après la mort prématurée du prince Cillian, Margaraux s'est impatientée, s'inquiétant que son frère bâtard connaisse le même sort. Elle espérait pouvoir tuer Daphné avant qu'elle n'épouse Bairre. Cela aurait été plus simple, et lui aurait évité de devoir lier sa dynastie au règne finissant de Bartholomé ou à la lignée souillée de Bairre, et le meurtre de Daphné aurait été une raison plus que suffisante pour envoyer ses troupes à Friv – ses troupes, et maintenant celles de Temarin, aussi. Elles auraient rapidement pris le dessus face aux rebelles désordonnés de Friv.

Peut-être a-t-elle été idiote d'embaucher ces assassins, peut-être a-t-elle trop bien réussi à former sa fille à s'en défendre… Mais personne d'autre à Friv ne semble vouloir la mort de Daphné. Par les étoiles du ciel, les rebelles sur lesquels comptait Margaraux pour la tuer en sont venus à *l'apprécier* ! Elle a même redouté qu'ils ne se rallient à elle, si elle attendait trop longtemps.

— Vous avez élevé ces filles comme des agneaux pour l'abattoir, dit alors Seline, la ramenant à la situation présente.

C'est une accusation qui claque comme un coup de couteau, mais qui glisse sur Margaraux comme l'eau sur l'aile d'un canard.

— Oui, répond-elle simplement. C'est ce pour quoi sont faits les agneaux. Je suppose que vous allez prier pour leurs âmes ?

Si Seline a perçu l'ironie dans la voix de l'impératrice, elle ne le montre pas.

— Je le ferais si elles étaient humaines, finit-elle par répondre. La magie des étoiles peut faire beaucoup, je le reconnais, mais elle ne peut pas créer une âme.

Cette réponse surprend Margaraux. Elle se penche en arrière, observant attentivement Seline.

— Vous pensez que mes filles ne sont pas humaines ?

La sœur vacille un instant avant de reprendre pied.

— Vous avez oublié que j'ai été mariée à l'empereur pendant plus de deux décennies et que je ne suis jamais tombée enceinte.

— Peut-être que vous êtes stérile.

— Peut-être, admet Seline. Et les nombreuses maîtresses qui vous ont précédée ? Elles aussi étaient stériles ? Parce qu'il n'a jamais engendré le moindre bâtard. J'ai toujours pensé que c'était lui qui était stérile.

Margaraux pince les lèvres et ne répond pas.

— Ce que vous dites relève de la trahison, observe-t-elle au bout d'un moment.

— Nos petites conversations ont toujours relevé de la trahison, n'est-ce pas ? Trahison, infanticides, tous vos plans diaboliques.

— Infanticides, cela impliquerait que j'aie tué mes filles. Je n'ai pas tué Sophronia. C'est Temarin qui l'a fait.

— Vous avez signé son arrêt de mort avant même qu'elle ne soit née, avant même qu'elle n'ait été conçue, ou créée, ou quoi que ce soit !

Margaraux reste silencieuse un moment, dévisageant l'ancienne impératrice d'un regard pensif.

— Conçue, dit-elle finalement. Vous n'avez pas tort : l'empereur ne pouvait pas avoir d'enfant, pas sans aide, pas sans une bonne dose de magie des étoiles, davantage que ce à quoi il avait accès. C'est là que Nigellus est intervenu. Je vous assure, Seline, elles sont humaines, ce sont mes filles et celles de l'empereur, même si, en effet, il y a peut-être encore autre chose en elles. Je suppose que cela n'aura plus d'importance dans quelques mois.

Une série d'émotions vacillent sur le visage de Seline, que Margaraux lit une par une : surprise, horreur, dégoût.

— Vous êtes un monstre, dit-elle, presque impressionnée.

Le mot ne fait pas tressaillir l'impératrice, qui répond posément :

— Les gens puissants sont des monstres. Si c'est le prix à payer, qu'il en soit ainsi.

— Vous ne payez aucun prix, rétorque Seline avec un rire brutal. Ce sont *elles* qui le paient. Les filles de votre propre chair, et elles ne le savent même pas. Elles doivent penser que vous les aimez...

— C'est le cas, l'interrompt Margaraux d'une voix tranchante.

Seline scrute son visage et éclate à nouveau de rire.

— Elles ne sont que des moyens pour atteindre votre but, et vous les sacrifiez, elles, leur avenir, leur vie, pour sécuriser les vôtres. Ce n'est pas de l'amour.

— Je ne m'attendais pas à ce que vous sachiez quoi que ce soit sur les enfants, Seline, réplique-t-elle d'une voix froide.

L'ancienne impératrice se tait, levant les yeux vers le vitrail.

— Pourquoi êtes-vous là ? demande-t-elle. Pourquoi insistez-vous pour m'entraîner dans vos horribles secrets alors que vous savez... (Elle laisse sa phrase en suspens.) *Parce que* vous savez.

— Que personne ne vous croira, complète Margaraux. La femme répudiée du défunt empereur, bannie dans une sororia pour faire place à une épouse plus jeune, plus jolie et plus fertile ? Bien sûr, vous êtes jalouse, amère et en colère, bien sûr, vous ne voulez rien de plus que de me voir mise à terre. Personne ne croira un mot de ce que vous direz contre moi.

— Je ne suis pas amère. Ni en colère. Vous étiez prête à sacrifier plus que moi pour le trône, alors vous l'avez pris. Il se trouve que cela ne me manque pas d'être impératrice.

Je ne souhaite pas vous voir mise à terre, Margaraux. J'ai simplement pitié de vous.

— Pitié ? demande Margaraux, dont les lèvres se tordent autour du mot avec dégoût. *Vous* avez pitié de *moi* ?

— Oui. Parce qu'un jour, lorsque vous aurez tué les trois seules personnes qui vous aient jamais aimée, vous allez prendre conscience de ce que vous avez fait et vous le regretterez jusqu'au jour où vous mourrez, seule, sans amour, et indésirable auprès des étoiles. Vous avez réussi à obtenir suffisamment de pouvoir pour écrire le récit de votre vie. Je vous en félicite, vraiment, mais ce récit est une tragédie.

Margaraux reste silencieuse un long moment.

— Je suis fatiguée de nos conversations, dit-elle enfin.

— Et pourtant, vous reviendrez, remarque Seline. Vous le faites toujours. La prochaine fois, je suis sûre qu'une autre de vos filles sera sous terre.

Elle prononce ces mots avec l'intention de blesser Margaraux, mais celle-ci ne flanche pas.

— Daphné et Beatriz feront leur devoir. Tout comme l'a fait Sophronia. Je les ai bien élevées, après tout.

Elle se retourne et commence à se diriger, vers la porte, mais elle n'y parvient pas avant que Seline reprenne la parole, déterminée à avoir le dernier mot :

— Vous ne les avez pas élevées, Margaraux. Vous les avez façonnées. Et maintenant, vous allez les enterrer.

REMERCIEMENTS

Écrire un livre, paraît-il, ne devient jamais plus facile, et c'est encore plus vrai pour les remerciements. Comme toujours, essayer de rendre hommage à chacun de ceux qui ont contribué à rendre ce livre le meilleur possible semble être une tâche irréalisable, mais je vais faire de mon mieux.

Merci à mon éditrice absolument géniale, Krista Marino, de m'avoir encouragée à sortir de ma zone de confort pour ce roman et d'avoir su me donner une carte quand je me suis perdue en chemin. Si difficile que ce texte ait été à écrire, je sais que ce travail a fait de moi une meilleure autrice, grâce à toi.

Merci à mon merveilleux agent, John Cusick, pour son soutien, ses encouragements et sa capacité à garder une attitude posée et rationnelle face à mes nombreux emails angoissés.

Merci à toute l'équipe de Delacorte Press – Lydia Gregovic et Beverly Horowitz en particulier – de croire en ce livre autant que moi.

Merci à Random House Children's Books : la phénoménale Barbara Marcus, mon incroyable attachée de presse Jillian Vandall Miao (désolée d'avoir nommé la méchante Margaraux, c'est une coïncidence, promis !), Lili Feinberg, Jenn Inzetta, Emma Benshoff, Kelly McGauley et Caitlin Whalen.

Merci à mon père et à ma belle-mère d'avoir toujours été présents au bout du fil, et à mon frère Jerry et à ma belle-sœur Jill pour leur soutien sans faille. Merci à ma famille new-yorkaise : Deborah Brown, Jefrey Pollock, Jesse et Eden.

Merci aux amis qui m'ont aidée lors des moments les plus difficiles du processus de création, et qui ont fêté avec moi chaque succès, chaque déblocage : Sasha Alsberg, Lexi Wangler, Cara et Alex Schaeffer, Katherine Webber Tsang, Alwyn Hamilton, Samantha Shannon, Catherine Chan, Cristina Arreola, Arvin Ahmadi, Sara Holland, Elizabeth Eulberg et Julie Scheurl.

Enfin, merci par-dessus tout à mes lecteurs. Je n'aurais, littéralement, pas pu réussir sans vous.

À PROPOS DE L'AUTRICE

Laura Sebastian a grandi dans le sud de la Floride et a fréquenté le Savannah College of Art and Design. Elle vit et écrit maintenant à Londres, avec ses deux chiens Neville et Circe. Elle est également l'autrice de la série *Ash Princess*, best-seller du *New York Times* : *Ash Princess, Lady Smoke* et *Ember Queen*, ainsi que de *Half Sick of Shadows*, son premier roman pour adultes.

RETROUVEZ LE TOME 2 DE

Souveraines

EN 2023 !